钱江／著

越南密战

1950—1954中国援越战争纪实

天地出版社 | TIANDI PRESS

图书在版编目（CIP）数据

越南密战/钱江著.—成都：天地出版社，2019.10（2025年2月重印）

ISBN 978-7-5455-3661-4

Ⅰ.①越… Ⅱ.①钱… Ⅲ.①纪实文学-中国-当代 Ⅳ.①I25

中国版本图书馆CIP数据核字(2018)第031287号

YUENAN MI ZHAN
越南密战

出 品 人	杨　政
作　 者	钱　江
责任编辑	杨永龙　李建波
封面题字	董胜利
装帧设计	思想工社
责任印制	王学锋

出版发行　天地出版社
　　　　　（成都市锦江区三色路238号 邮政编码：610023）
　　　　　（北京市方庄芳群园3区3号 邮政编码：100078）
网　　址　http://www.tiandiph.com
电子邮件　tianditg@163.com
经　　销　新华文轩出版传媒股份有限公司

印　　刷	北京文昌阁彩色印刷有限责任公司
版　　次	2019年10月第1版
印　　次	2025年2月第7次印刷
开　　本	710mm×1000mm 1/16
印　　张	44.25
字　　数	722千字
定　　价	78.00元
书　　号	ISBN 978-7-5455-3661-4

版权所有◆违者必究

咨询电话：（028）86361282（总编室）
购书热线：（010）67693207（营销中心）

如有印装错误，请与本社联系调换。

/ 前言 /

我从这场征战中走出

文　庄

　　读书读史读自己，细读描述自己亲身所见所闻的文字最让人动情，让人回思不已。也许可以这样说，我是当代中国和越南关系发展历程的见证者之一。我从青年时代起就投身于越南人民的抗法救国独立战争，随后又曾作为中国顾问团的一员，亲身经历了从边界战役到奠边府战役期间中越两国相互支援、共同奋斗的战斗生活。《越南密战》（初版书名为《秘密征战》）一书描写的正是这段历史。我有幸成为本书的第一位读者，从作者的采访开始，一直到书稿摆到案头。原以为战争烽烟远去，尊敬的首长陈赓、韦国清、罗贵波、梅嘉生……还有敬爱的胡志明主席等渐次乘鹤仙去，那场战争中惊心动魄的往事也将淡化。但是这部书将我带回那场决定一个民族命运的伟大战争，又使我想起了许多难以忘怀的人和事。

　　历史之所以动人心魄，在于通过它能够加深对现实的认识，能够激发一代又一代生活的开拓者总结前人的经验，丰富自己。

　　往事值得回顾与思索。

　　第二次世界大战后，法国在本土刚刚摆脱德国法西斯的桎梏，即派遣远征军涉渡重洋，于1946年对印度支那三国发动侵略，意在恢复老牌帝国的殖民统治。这真是历史的悲剧。当时，胡志明已领导越南人民建立了独立的越南民主共和国。胡志明和他的战友们不屈服于法军武力，率领人民抗击侵略，进行了长达八年的抗法独立战争。

这场战争可以分为前后两段。前四年，法军全面进攻，力图一举消灭胡志明领导的越南人民军。越军从全面防御、撤退，到逐渐在山区稳住阵脚，建立起根据地，逐渐削弱法军，到后来与法军打成相持局面。在此期间，中国正在进行规模浩大的解放战争，因此越南人民军独力支撑抗法战争。他们以落后的装备抗击法军，以游击战消耗法军，书写了越南反殖民主义战争史上惊天地、泣鬼神的一页。

1949年中华人民共和国的成立，使越南抗法战争面临重大转机。胡志明抓住这一历史机遇，派遣特使前往中国求援。在中华人民共和国成立之初、百废待举之际，以毛泽东为首的中共中央，在投入抗美援朝战争之前，即决心援助越南取得抗法独立战争的最后胜利，先后派出联络代表罗贵波、中共中央代表陈赓，以及以韦国清、梅嘉生、邓逸凡为首的中国军事顾问团进入越南北部，协助越方进行了从边界战役、红河中游战役到西北战役等一系列重大战役。特别是在举世闻名的奠边府战役中，在中国的大规模援助下，越军全歼法军精锐部队1.6万人，使之遭受其亚洲殖民史上最大的失败，从而被迫同意撤军，承认越南、老挝、柬埔寨三国独立。越南抗法战争终于取得最后胜利。《越南密战》再现了这段历史。

越南抗法战争前后八年，据我所知，钱江写作此书，前后也正好八年。20世纪80年代后期，钱江任《人民日报》驻云南首席记者，对中越关系有所接触，后来他将这种接触转为深入、持久的研究。我们就是在这时相识的。前后八年中，钱江的工作多次变动，但他始终坚持研究和写作。在作为中国访问学者前往美国霍普金斯大学高级国际关系学院研修之时，他还到美国国家档案馆查找有关档案资料。到后来，他已经说得上是关于这段历史的专家了。

我的家乡在云南，我早年投身进步学生运动，1946年毕业于云南大学外语系。当时环境恶劣，我的身份已经暴露，乃接受地下党的指示，与妻子叶星（杨月星）一起来到了中越边境。不久又来到越南，我的组织关系也转入印度支那共产党（越南共产党的前身）。我们义不容辞地投身于越南抗法战争，不惜在越南的土地上洒尽自己的热血。从此，我的一生都与中越关系的发展紧紧联系在一起了。1950年年初罗贵波来到越南，我很快转到中国顾问团工作，担任他的越南语翻译，我们在一起整整工作了八年，直到他首任中国驻越南大使的任期结束离开河内回国担任外交部副部长。在战争期间和战后，我和胡志明主席有过很多接触，他关心我的成长，使我毕生难忘。胡志明主席对中国人民怀有深厚的感情，他是越中友谊千秋大业的奠基者。

在这场战争中，中越两国战友用青春和鲜血凝成了最令人珍视的友谊。在胡志明领导下，越南人民经过艰苦卓绝、前仆后继的战斗取得了最后胜利。仅在奠边府战役中，就有3000多名越军战士捐躯疆场。同时，胜利的取得也离不开中国人民的援助。在越南抗法战争中，毛泽东、刘少奇和中共中央军委彭德怀元帅、粟裕大将关注着各个战役的全过程，与胡志明和越南劳动党中央保持密切联系，中越双方反复商讨，共同研究和制定战略决策、战役计划，甚至具体的战斗部署。大量的中国援越物资，包括武器、弹药、军装和粮食等，通过边界源源不断地运往越南前线。中国承担起了越南抗法战争大后方的责任。本书的内容跨度从1949年年末至1954年奠边府战役，详述了在此期间印度支那战场的发展和变化、越南人民军的成长、中国军事顾问团的征战经历，以及法国远征军在美国支持下强化战争的种种挣扎和失败，对当时的国际关系、战场形势和战争进程做了生动的阐述和描写。

历史事实就是这样的。在战争中，中国军事顾问配备到越南人民军正规师营级以上单位（随后到团，后来在师一级配备顾问，对此本书都有详述），出生入死指挥战斗。即使作为顾问团首长的韦国清、梅嘉生将军也是这样，他们经常冒着法军的猛烈炮火和敌机轰炸亲临前线，协助越军总司令武元甲将军进行指挥。我的一些战友长眠在越南战场上，如今，他们的墓地上已经长满青草。

半个世纪后的今天，每当我想起这些，就觉得这实在是一段值得记录的珍贵历史。所以，我认为钱江为完成此书所做的努力同样值得称道。他收集、研究了许多材料，特别是及时地采访了许多当事人，包括罗贵波、梅嘉生、邓逸凡等当年军事顾问团的领导人，利用了当事人保存的珍贵档案和材料。他的勤奋、认真和执着，使我深受感动。因此，他请我来做本书的第一读者，我欣然从命。

捧读之际，我深感本书特点首在翔实。作者使用的大量资料都尽可能通过采访加以印证或修正，务求准确无误，凡有引用都尽可能注明出处。这样做符合历史唯物主义的基本要求。二是全面。作者不仅从我方、友方的角度考察战争进程，还将视野进一步打开，从法方及法方之友方的角度来做客观的叙述和分析。这就给读者提供了一个完整的历史画面。任何事物都是多侧面组成的，是两个对立面相互矛盾发展的结果，这是辩证法的一般法则。本书从两个对立面来进行叙述，亦是作者功力的体现。本书的特点之三是生动。作者将一位新闻记者特有的敏锐和热情，与历史学家的深刻交融在一起，把一出波澜壮阔的现代历史剧写活了，的确引人入胜。掩卷之余，顾问团首长陈赓、韦国清、罗贵波、梅嘉生，还有胡志明主席的音容笑貌跃然眼前，许多老首长、老战友的身影又在我眼前晃动起来。我深信，他们虽然已经远去，但他们亲手谱写的中越两国人民友谊的篇章将永垂青史。

我愿意向青年朋友们郑重地推荐这部书，请青年朋友们了解现代中越关系史是怎样发端和发展的。中越关系经历了曲折以后重归睦邻友好，今后还将怎样发展？我将希望寄托给青年朋友们。这不仅仅是因为我从这场战争中走出，更重要的是，青年一代是我们伟大国家的未来。读史使人渊博，使人睿智。我国是一个面向世界的大国，我国有着众多的山水相连的邻邦，我国与邻国之间有着内涵丰富的相互关系史。我们今天正在经历的现实就是从历史中孕育而来的，而现实又在奔向明天。了解这些知识，倾听历史的声音，有助于青年一代在建设伟大祖国的事业中丰富自己的人生。

我们过去的征战是为了和平，有和平的今天才有灿烂的明天。

于北京外国语大学

目录
CONTENTS

第 1 章 风云骤起印度支那

胡志明特使秘密访华 / 2

印支共代表身边的中国助手 / 5

越南独立战争的关键时刻 / 8

第 2 章 联络代表罗贵波受命入越

中南海万字廊中,刘少奇赋予使命 / 12

援助越南,中共中央果断决策 / 15

毛泽东起草电文,承认越南政府 / 18

中共联络代表悄然出发 / 19

胡志明秘密来华 / 22

第 3 章 毛泽东和援越抗法决策

胡志明的"小礼物" / 26

刘少奇将胡志明送往苏联 / 27

中苏两党就援助越南达成协议 / 29

毛泽东说,我们要派的都是土顾问 / 31

从赣南山岭中走出的罗贵波 / 33

意外重逢越南老战友洪水 / 37

胡志明,越南人民爱戴的领袖 / 40

刘少奇告诉罗贵波,你将担任驻越大使 / 42

第 4 章　组成中国军事顾问团

韦国清担任军事顾问团团长 / 46

二、三、四野，各组越军一个师的顾问队伍 / 48

一纸密令，战将云集顾问团 / 50

会说越语的都去越南当翻译 / 58

周希汉军长负责整训越军主力团 / 60

越军战斗力迅速提高 / 63

梅嘉生、邓逸凡相聚北京 / 66

第 5 章　中共中央的期望

朝鲜战争与中共中央援越部署 / 70

刘少奇、朱德叮嘱顾问团 / 71

邓逸凡意外受命，走进颐年堂 / 75

毛泽东说，滴水之恩当涌泉相报 / 76

第 6 章　陈赓秘密进入越南

大将陈赓入越 / 84

辗转南下，朝鲜战争风云激荡名将心胸 / 87

陈赓说，东南亚问题不解决死不瞑目 / 90

打好第一仗将影响战略全局 / 92

陈赓确定战役意图 / 96

第 7 章　中国军事顾问团奔赴战场

韦国清出任越军总顾问 / 104

邓逸凡的戎马生涯 / 106

梅嘉生挥别深情世界 / 110

顾问团团训：履行国际主义义务 / 115

第 8 章　调整战役方向

将星闪烁越南边境小村落 / 118

放下高平，先打东溪 / 120

武元甲与陈赓的默契 / 122

边界战役计划的质疑和论证 / 124

大战前夜的忙碌 / 127

越军攻占东溪 / 131

第 9 章　边界战役获得全胜

两军对垒，谁的指挥官更胜一筹 / 136

法军忍不住了，七溪守军增援东溪 / 139

热带密林里的厮杀 / 142

"这样的仗再不打，就无仗可打了" / 145

法军终于崩溃 / 147

越北战略态势的改变 / 150

陈赓奉调回国 / 155

第 10 章　援越抗法和抗美援朝同时展开

陈赓奔赴朝鲜战场 / 160

罗贵波再赴越南 / 161

一波三折的阅兵式 / 168

第 11 章　巴黎，临危拜将塔西尼

法兰西的担忧 / 172

来自英美的压力 / 174

法军换将塔西尼 / 176

法军名将的强硬姿态 / 179

第12章　红河中游战役

韦国清，深山里走出的壮家人 / 182

准备发起中游战役 / 187

长途奔袭，急盼速决 / 190

初战得手 / 192

恶战钉子山 / 194

印度支那共产党更名越南劳动党 / 196

第13章　红河三角洲拉锯战

保大政权和塔西尼站在一起 / 200

越军计划发起东北战役 / 204

冒溪之战 / 206

转战宁平，越军受挫 / 210

中国新闻摄影团历险 / 212

三次战役的得与失 / 215

第14章　平原对峙拉上了雨幕

雨季整训 / 220

塔西尼访美商议扩大援助规模 / 221

义路之战与和平战役 / 224

和平战役中的相持 / 227

和平战役的积极意义 / 232

第15章　神秘的亚热带丛林

胡志明称罗贵波"卧龙先生" / 238

中国顾问照顾胡志明的生活 / 239

最得力的越语翻译 / 243

胡志明向中国顾问授勋 / 245

顾问团成员的婚事 / 247
董仁：在刘少奇催促下赴越 / 251
许法善：聆听胡志明说《孟子》/ 254
青山处处埋忠骨 / 257

第 16 章　兵锋指向越西北

彭德怀关注印度支那战场 / 260
中国顾问提出主力转向越西北 / 261
罗贵波的五点意见 / 262
为战略转移做准备 / 265
解放军边境剿匪，解除越军后顾之忧 / 266

第 17 章　攻克义路，粉碎"洛林行动"

越军的优势和胡志明的鼓励 / 272
韦国清再次赴越参战 / 273
西北战役大幕拉开，越军包围义路 / 275
中国士兵献出生命 / 276
打破"洛林行动"，越军占领奠边府 / 278

第 18 章　那产遇挫，出兵老挝

那产攻坚战，骨头太硬啃不动 / 284
转身西进，进攻老挝上寮 / 287
韦国清的故乡之行 / 291
老挝在印度支那的地位 / 293
越军主力疾进上寮 / 296

第 19 章　法军换将和"纳瓦尔计划"

法美协调印支政策 / 302

纳瓦尔将军走马上任 / 307

柬埔寨，印度支那重要一环 / 310

"纳瓦尔计划"与奠边府 / 311

第 20 章　组建越军炮兵部队

亟待建设的越南炮兵 / 316

朝鲜停战，印支战场成为焦点 / 318

中国炮兵军官的新使命 / 320

装备和训练越军高炮部队 / 323

从朝鲜战场到越南战场 / 325

协助越军政治整军 / 330

法军展开反击 / 331

第 21 章　大战前的博弈

法国人眼中的奠边府 / 334

纳瓦尔获得新内阁的支持 / 337

胡志明拍板：战略方向不变 / 339

罗贵波的计划更胜一筹 / 341

毛泽东的十二字战略方针 / 344

确定战役计划 / 346

法军进攻奠边府 / 348

第 22 章　"海狸"飞落奠边府

奠边府的浓雾 / 354

法军夺取奠边府 / 356

科尼将军的犹豫 / 359

德卡斯特里上校粉墨登场 / 361

越法两军同时备战奠边府 / 365

第 23 章　千载难逢是战机

中越将领：英雄所见略同 / 368

武元甲：下定决心再战西北 / 370

未雨绸缪，周密部署 / 373

大战前的最后准备 / 374

耐人寻味的和平信息 / 377

短兵相接奠边府 / 381

第 24 章　法军布局奠边府防御阵地

法军构筑集群据点工事 / 386

法军调来坦克 / 388

德卡斯特里的防御构想 / 390

无法走通的退路 / 392

奠边府圣诞夜 / 394

第 25 章　"速战速决"方案的提出

梅嘉生提出"速战速决"方案 / 398

战役的后勤保障 / 400

武元甲提出质疑 / 404

"速战速决"方案即将实施 / 406

第 26 章　停止进攻，紧急变阵

迟滞的越军重炮 / 410

从"速战速决"到"稳扎稳打" / 412

武元甲彻夜不眠，决定改变战法 / 415

武元甲和韦国清取得一致意见 / 417

第 308 师出击老挝 / 420

第 27 章　战场风云与日内瓦会议

"亚特兰大行动"与美军顾问 / 426

奠边府外围攻防战 / 430

法军失去拯救奠边府最后时机 / 433

日内瓦会议的前奏 / 435

第 28 章　大会战的后勤保障

越军再次集结奠边府 / 442

来自中国的军粮 / 443

艰难险阻运粮路 / 446

第 29 章　大战前的运筹帷幄

越军完成进攻准备 / 454

法军的反制应对 / 456

进攻推迟一天 / 457

红河三角洲的策应 / 460

大决战前夜 / 462

第 30 章　石破天惊，奠边府决战终于打响

德卡斯特里等待越军进攻 / 466

法军火力被全面压制 / 468

首战告捷，越军攻占兴兰高地 / 470

攻克独立高地 / 473

第 31 章　缩小包围圈

策反成功，越军进占板桥高地 / 480

越军高射炮兵初显身手 / 483

比雅尔指挥法军反扑 / 488

第 32 章　法国再求紧急军援

胡志明的安详和纳瓦尔的焦虑 / 494

印支战场的美国影子 / 496

美国：援以物资，但不出兵 / 499

下阶段的焦点 / 501

第 33 章　东部山头血战

反复争夺东部山头 / 504

犬牙交错的 A1 高地 / 508

H6 高地血腥拼杀 / 514

第 34 章　战与和的选择

东方四国的步调 / 518

毛泽东和周恩来的期望 / 520

美英各自的如意算盘 / 522

鹰派再次失望 / 525

法国的急切和英国的冷淡 / 527

第 35 章　艰苦的相持战

法军"坑道"引起注意 / 532

向奠边府增派坑道战指挥员 / 534

新华社记者戴煌奔赴战场 / 536

严肃军纪，务求完胜 /·538

越南老百姓的贡献 / 541

激战 E1 高地 / 543

彭德怀再次确定不出兵 / 546

第 36 章　胜利天平倾向越方

杜勒斯的游说与艾登的质疑 / 550

法军补给难以为继 / 553

法军放弃 H6 高地 / 556

奠边府守军大势已去 / 559

第 37 章　外交努力徒劳无功

机场拉锯战 / 564

美英法各怀心思 / 568

大英帝国的不和谐音 / 571

第 38 章　举世瞩目的时刻

趴窝的"神鹰" / 576

周恩来抵达日内瓦 / 577

丘吉尔再一次拒绝法国 / 578

周恩来驰电：配合谈判，打下奠边府 / 581

美国放弃在印支使用空军 / 583

第 39 章　攻克奠边府

武元甲发布总攻令 / 586

彭德怀、粟裕激励韦国清 / 590

奠边府法军的最后补充 / 591

越军攻占东部制高点 / 595

法军终于放弃抵抗 / 598

最后的胜利 / 600

第 40 章　北纬 17 度线

欢庆胜利的时刻 / 606

扫清残敌 / 609

胡志明的欣慰与拉尼埃的沮丧 / 612

印度支那问题的关键所在 / 614

日内瓦会议的转机 / 617

日内瓦协议终于达成 / 618

第41章　拂去尘埃的回望

奠边府战役双方伤亡人数 / 622

奠边府战役的伤员们 / 623

走向丛林深处——战俘命运 / 625

法军突围者总共78人 / 627

奠边府战役成败谈 / 628

第42章　完成使命

顾问团完成使命 / 634

回到祖国的中国军事顾问 / 641

法国的奠边府老兵们 / 644

附录一　中越关系两千年 / 647

附录二　风云际会中越近代史 / 665

初版后记　从头顶掠过的炮弹引发了这部书 / 679

修订再版后记　冲出历史的旋涡 / 687

致谢名单 / 689

第1章

风云骤起印度支那

胡志明特使秘密访华

1949年10月6日（农历八月十五）黎明，越南海防，波涛起伏的海岸边，静悄悄地漂出了一只打鱼的小帆船。

在海空飘行了一夜的那一轮圆月，被东方喷薄而出的霞光照射得淡淡隐去了。

帆船在波涛中远去，蓝色的大海上竖起一桅白帆，小船认定航向驶往中国的北海。

1945年2月召开的"雅尔塔会议"上的"三巨头"（前排左起：丘吉尔、罗斯福、斯大林）的合影

那是一个翻天覆地、沧海化为桑田的历史转折年代。当此之时，俯观天下，20世纪后50年世界大分野的轮廓已经清晰可见。

四年前的1945年2月4日至11日，第二次世界大战三个盟国的首脑——美国总统罗斯福、英国首相丘吉尔，还有苏联最高统帅斯大林——来到苏联黑海边的雅尔塔，举行世界大战开战以来的第二次会晤。他们来到风光秀丽的海滨，当然不是为了观光美景。三位首脑都把雅尔塔会议看成是安排战后世界秩序至关重要的会议。会议决定，在盟军彻底粉碎希特勒法西斯军队后，由苏、美、英、法四个大国分区占领德国，并且决定必须让德国在战后进行战争赔款。

雅尔塔会议还决定，于1945年4月5日在美国的旧金山召开联合国成立大会，由美、苏、英、中、法五国作为未来联合国组织的常任理事国，在战后联合国讨论解决一切问题时，常任理事国采取"一致原则"，即每个常任理事国都拥有否决权。

雅尔塔会议划分了此后半个世纪的国际大格局。

就此分野，水流各自东西。苏美英法盟军消灭了法西斯德国的军队后，果然将德国一分为四，各占一端。战争的硝烟还没有在欧洲大陆消散净尽，虎视眈眈的"冷战"已经代之而起。20世纪东西方两大阵营的对立是当代史上最引人注目的政治现象。

从欧洲移目东望，战争风云漫卷整个亚洲东部。最壮观的战争景象发生在中国，数百万人民解放军已渡过长江追歼国民党军残部。非洲大陆上，则滚动着挣脱殖民主义枷锁、争取国家独立的阵阵雷鸣。在人类历史上，20世纪才真正是百国林立的时代。

当此世界变化令人目不暇接之际，有谁注意到了，那只在北部湾海面漂荡的小帆船？

清凉的海风鼓起了船帆，除了水手，船上还坐着两个衣装朴素、不时眺望远方的人。其中的一个三十七八岁年纪，略显老成的样子，他是越南民主共和国华侨司司长、胡志明领导的印度支那共产党[1]的华侨工作委员会主任李班。他打扮成商人模样，奉命秘密前往中国，进入解放区，去找中共中央委员会，使因为各自的解放战争而多年未通音讯的越中两党中央重新建立联系。

这个使命非同一般，越南民主共和国主席胡志明特意选中了李班，亲笔写下一封致周恩来和邓颖超的暗语密信，命李班面交。这项任务关系国家命运，为了万无一失，印支共中央另派一位精通华语的干部阮德瑞作为李班的副手，两人分路前行。阮德瑞走陆路，步行越过中越边界，从芒街进入广东的东

---

[1] 印度支那共产党，即越南劳动党和越南共产党的前身。当时，中国有关方面为表述上的方便，也经常称之为"越南共产党"，或将"印度支那共产党中央"简称为"越共中央"。

兴[1]，再寻道去中共解放区；李班走水路，争取到中国后与阮德瑞会合，一起与中共中央代表会谈。

对中国，李班太熟悉了，熟悉得几乎就像自己的祖国。

李班是越南南方人，15岁投身革命，18岁参加印度支那共产党，此后两次被法国殖民当局逮捕入狱。出狱后他与党组织失去了联系，却认识了一位参加了中国革命后来到越南的华侨，这位华侨了解了李班的经历之后对他说："共产党人是国际主义者，要解放全人类，到什么地方都可以干革命。现在中国有红色政权，如果你愿意，我可以介绍你去……"

带着中国革命者的介绍信，李班于1933年来到中国，次年春天进入江西瑞金苏区，由中共著名领导人陈潭秋、何叔衡负责，将他转为中共党员。

当年10月，李班随中央红军长征，行军不久就因患病掉队被俘。他没有暴露自己的身份，很快获释后辗转来到他初到中国时生活过一段时间的汕头，以李碧山的名字继续从事革命活动，并且和中共地下党组织接上了关系。

1936年年底，中共南方临时工委委任李碧山为中共汕头市工委和韩江工委负责人，开辟和发展当地的工作。在整个抗日战争时期，他长期担任中共广东梅县中心县委书记，曾任闽粤赣省委（后改为闽西南特委）组织部部长、宣传部部长。在梅县，他和中国姑娘温碧珍结为夫妻，这使他的家庭一半属于越南，另一半属于中国。

他把一生中最好的年华献给了中国人民的抗日战争。1945年2月，李碧山组建并领导闽粤边抗日游击队韩江纵队，建立电台和远在延安的中共中央建立了直接联系。韩江纵队很快开辟出纵横300里的游击根据地。

不过，李碧山毕竟是越南人，他无时不关心着自己祖国的命运。日本投降后，胡志明领导的越南民主共和国临时政府成立。消息传来，李碧山无法抑制自己的激动心情，向中共中央提出了回国工作的报告。

经周恩来批准，李碧山于1946年7月回到越南，恢复了李班的名字。两个月后，越南抗法战争爆发，李班从一场战争跨入了另一场战争。

纵使阅历既丰，磨难也多，此时的李班还是难以抑制心潮如浪翻卷。时间也如浪潮，越南抗法战争最艰苦的历时两年多的战略防御阶段终于过去了。更

---

[1] 1949年12月9日，东兴解放时属广东防城县管辖，1951年划归当时的广西省。

想不到，时隔三年，自己又要回到中国，和当年一起浴血奋战的首长、战友见面了。

三年前，李班告别中国战友回国之际，在广东梅县三乡虎坑，党委机关和电台的战友们为他举行了送别大会。李班在大家面前说："经过我本人向中共中央申请，中央已经正式批准我回到祖国越南去工作，新姐[1]也要和我一同去。不久我就要走了，要和亲爱的同志们告别了！"一语方出，他已经热泪长流，话语哽咽，在场的人们也都流下了眼泪。在分手前的最后一刻，李班动情地说："我坚信，今天我们在革命的旗帜下分别，将来我们还一定能在革命的旗帜下再见。"[2]

虽然过去了三年，但当时的情景恍如昨日，而眼下这只小帆船，正载着他去实现临别赠言。

印支共代表身边的中国助手

同一只船上，26岁的小伙子侯寒江是中国人。此次他身负双重使命，一是作为在越百万华侨的代表，前往北京参加第一届中国人民政治协商会议；另一个，也是更重要的任务，就是护送和陪同印支共使者，和中共中央接头。

侯寒江原是抗日战争中广东韩江纵队的游击战士，李班的老部下。抗日战争胜利后，这支中共领导的队伍，遵从国共谈判达成的协议撤向山东解放区。由于运送部队的船只所限，侯寒江遵照上级指示，于1946年撤到了越南，最初在河内中华中学

侯寒江，1949年12月摄于北京

---

[1] 新姐，指夫人温碧珍。
[2] 广东梅县地委党史办公室：《国际主义战士李碧山》，1986年编印。

教书，同时从事华侨工作。1946年11月，法军向河内进攻，侯寒江随印支共中央的队伍撤到越北地区，继续从事华侨工作，李班就是他的直接领导人。几年下来，侯寒江的越语已经讲得相当不错了。不久前的一天，李班找到他，要他一起回国，去和中共中央建立直接的联系。

回祖国和中共中央建立联系，侯寒江是第二次领受如此重要的任务。

那是在一年前的1948年7月，也是李班找到侯寒江，要他从越北去香港，找中共南方局领导人，介绍越南华侨工作情况，并请南方局派人来越南加强华侨事务工作。

侯寒江坐船到中国的北海，再从北海换乘小船到香港。按照李班的指示，侯寒江找到中共主办的报纸《华商报》社，由一位女士带领，他见到了香港工委负责人方方、连贯和乔冠华，侯寒江向他们详细汇报了越南华侨的情况，并转达了李班的意见。

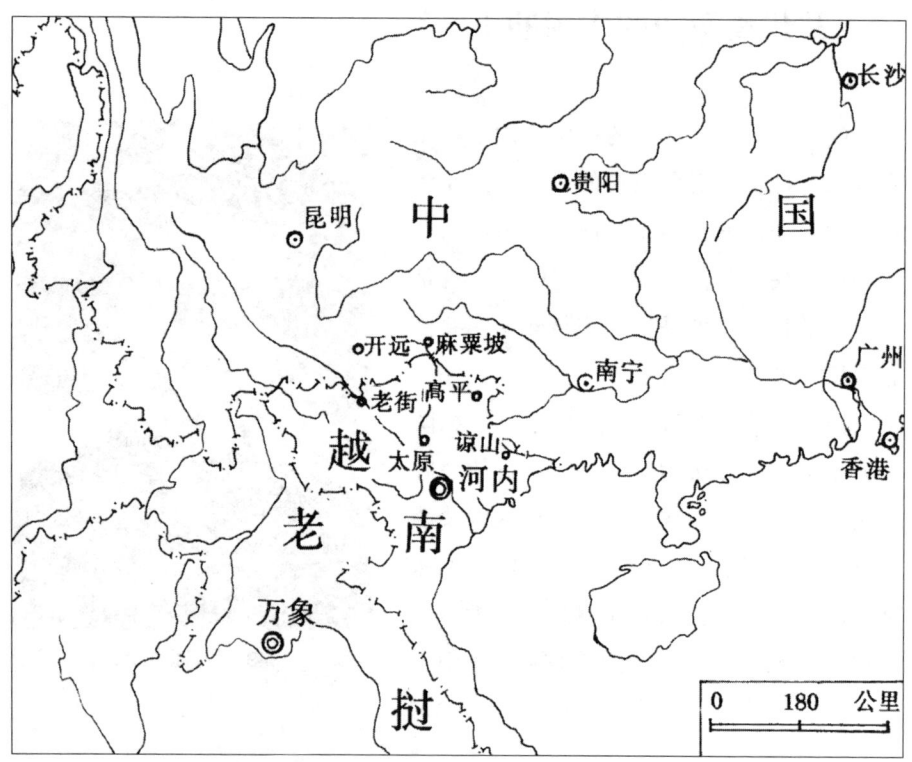

1949年底，中国、越南和老挝地理位置示意图

这时，中国国内战争的局势已发生重大的转折，解放军在各个战场上转入反攻，南方局负责人们为此极为振奋。时当盛年的乔冠华意气风发、指点江山，面对来自越南的侯寒江畅谈印度支那问题。乔冠华谈到，印度支那是战后东西方两大阵营争夺的战略地区，其重要性将日益突出。乔冠华强调说，在印度支那，老挝是一个重要的战略区域，要经略印度支那，就要重视老挝，因为老挝是印度支那的战略后方和迂回之地。

中共南方局同意了李班的请求，派出许实、吴健、刘莲、杨行、荷子五人分别从不同的路径进入越南，从事华侨工作。

侯寒江圆满完成了李班交给的任务，同南方局派出的杨行一起来到越南南方的西贡，再辗转回到越北解放区。

有了上次的经历，李班自然想到了侯寒江，要他与自己同行。

此刻，侯寒江坐在船边眺望大海兴奋不已，因为在大海那边等待他归来的，是已经在天安门广场升起五星红旗的新中国了。

李班、侯寒江此行所循正是上次侯寒江走过的路线。中国人民解放军兵锋已达两广地区，正在进行解放华南的最后战役，国民党军正从海峡纷纷撤往台湾。现在李班、侯寒江的船迎面而去，很难说一路上会遇到些什么，所以他们还须十分隐蔽，时常绕道而行。从另一层意义上说，李班是老首长，侯寒江必须全力保证这位印支共中央代表的安全。

还有一个因素也使李班和侯寒江充满警惕。这次出来，因经费所需，越币又不通行，他们随身携带了数量相当可观的金条，一旦在海上或靠岸时出事，真不知道会发生什么！

帆船静静地漂，终于，船上的人看到了中国长长的海岸线，那是当时还属广东省的北海海岸。

李班、侯寒江在北海登岸后换乘了一条客船。北海是个渔港，侯寒江在鱼市上见到刚刚上市的鲜活大红鱼，灵机一动，买下几尾，把随身携带的金条都塞进了鱼肚子。他们把这几条大红鱼带到了香港，安全上岸。

这时，香港工委负责人方方、夏衍、乔冠华，以及连贯等人已先后去了北京，香港工委干部吴荻舟接待了手拎红鱼前来的李班和侯寒江。李班向吴荻舟介绍情况后，希望他尽快向中共中央通报。吴荻舟很快通知李班，中共中央请李班、阮德瑞二同志到北京面谈。

经中共香港工委周密安排，李班和侯寒江乘海轮到了青岛，再转道前往北京。这一路，他们走了将近两个月，来到北京已是寒冬季节，第一届政治协商会议早就开过了。

阮德瑞也在几天以后到了北京。[1]

中共中央统战部负责人李维汉、徐冰、连贯会见了李班和阮德瑞，听取他们介绍越南情况。

越南独立战争的关键时刻

越南民主共和国从1945年9月2日诞生之日起就面临严峻的局势。

按照1945年7月苏、美、英三国首脑和外长波茨坦会议的决定，彻底粉碎日本法西斯军队之后，对于占领越南的日军，以北纬16度线为界，其北由中国国民党军受降，该线以南地区由英国军队受降。9月，就在越南民主共和国成立不久，受到美、英两国支持的法国军队在西贡登陆，越南抗法战争由此爆发。

战争爆发之初，法国殖民军总兵力约8万余人，胡志明领导的越盟武装约4万人。战至1946年1月英军从西贡撤走时，法军占领了越南南方大部分地区。

1946年3月，进驻北越的国民党军开始撤出，法军随即在海防、河内两地集结兵力，于12月19日发起进攻。法军同时以5个团的兵力对越南中部的岘港、东海蜂腰地带实施登陆作战，完成了对南北越的军事分割。

1947年初春，侵越法军总兵力超过了10万，攻占了越南北方的大部分城市和集镇。当年9月，法军又集中了12个团，在空降兵和海军江河舰队的配

1945年越南独立建国后，胡志明在河内主席府

---

[1] 1988年7月、1994年9月，作者在北京多次访问侯寒江时谈及这一情况。

合下，使用机械化装备作纵深穿插迂回，多次对越盟武装进行长达上百公里的合围。法军占领了越中边界地带，大致形成了对越盟武装的包围，不断寻找机会歼灭越军的有生力量。

印支共中央和越南政府转移到越北山区，各根据地被法军分割，不断遭受扫荡。

高耸延绵的大山为越盟部队的生存提供了掩护，越军也在顽强地打击和消耗法军。

斗转星移，此时的法国今非昔比，它在第二次世界大战中受到严重削弱，虽然扩张野心一如既往，但国力已经难以应付遥远的越南战场的局面。从1948年起，法军无力贯彻原定速战速决的战略方针，改而采取巩固占领区，蚕食越军根据地，多用小规模进攻逐步扩大战果的战法。随之，越法战争进入战略相持阶段。

战略相持是艰难的，越军的粮食、武器和药品供应始终面临极大的困难。在根据地被分割的情况下，越盟部队分散为一个个连、营单位各自为战，开辟着一个又一个农村游击根据地。

就在越军艰苦抗战之际，中国革命发生了巨大的战略转折，人民解放军百万大军饮马长江的消息传到了越南，这场即将胜利的战争将给世界带来的变化，山水相连的越南无疑是最先感受到的。

1949年1月，印支共中央举行会议，确认解放军即将打到中越边界。会议要求越南部队努力做好准备，迎接"大好时机的到来"，"绝对不要错过战略机会"。会议讨论了美国可能介入印度支那战争的问题，做出决议说："无论美国用什么方式进行干涉，我们都不怕，如果美国在中国被打败，那么，它也必将分摊法国殖民主义者在越南惨重而又可耻的失败。"[1]

会议决定，越军将在各个战场连续发动突袭性质的小规模战斗。

中国革命即将胜利所产生的影响，法国殖民当局也感受到了。1949年初，法军总参谋长雷沃斯视察印度支那战场，判定越北是印度支那的主战场，要求加强对越中边境的封锁。根据他的命令，法军向越军根据地连续发动了8次蚕食

---

[1] 越南人民军总政治局军史研究委员会：《越南人民军历史》第1集，第408页，河内人民出版社1977年版。

进攻。雷沃斯要抢在人民解放军抵达中越边境之前，稳住法军阵脚。

越军根据地再度缩小，越法两军在战场上形成犬牙交错的态势。不过，由于法军用有限的兵力将占领区域扩大到最大范围，其机动兵力反而较前分散了。

正是在这样两军相持，法军仍占优势、越方仍处于劣势的困难情况下，印支共中央派李班和阮德瑞出使中国，向中共中央提出援助的要求。此中原委在由李班面交胡志明致周恩来、邓颖超的密信中表达得非常巧妙——尽管用的是隐语，胡志明的期望还是跃然纸上，一望而知：

恩哥、颖姐：

　　弟与哥、姐相别十年，时时思念，且有许多新事要告诉你们。弟谨代表敝店祝贺贵公司的伟大发展。

　　敝店年来生意颇好，意欲争取时机，打胜对方，谨派亲信伙计两人，赶紧求你们帮助。

丁[1]
十月

李班、阮德瑞把重要的信息带到了北京，现在，该由中共中央做出答复了。

---

[1] "丁"是胡志明在抗法战争中使用的姓名代号。

第 2 章

联络代表罗贵波
受命入越

中南海万字廊中，刘少奇赋予使命

1949年12月中旬的一天，北京中南海700亩湖面晶莹一片，点点冰光闪烁，映照着岸上古老的元、明、清三朝帝王故宫。湖畔，墙外的世界完全变样了，湖边的曲廊却石栏依旧，宫墙里静谧得没有一丝声响。中共中央军委办公厅主任罗贵波走出居仁堂，冒着凛冽寒风朝着万字廊刘少奇办公的地方走去。

中华人民共和国成立快有三个月了，红墙环绕的中南海是中共中央机关和中共中央军委办公所在地。毛泽东住在中南海丰泽园内的菊香书屋，刘少奇、周恩来、朱德也住在中南海红墙之内。

穿过一道两边红墙耸立的窄巷，经过万字廊，罗贵波走进刘少奇居住的院落。刘少奇夫人王光美先迎了上来，寒暄几句，将罗贵波引入办公室。

罗贵波抬眼望去，只见院落年久失修，墙壁和油漆剥落得斑斑驳驳。王光美看出了罗贵波的诧异，解释说，这里原是光绪皇帝读书的地方。光绪的命运是个悲剧，后来自然没有人为他修房子。少奇同志住进来以后，把东边厢房做了办公室。这个院子，房间也

刘少奇，摄于1949年访问苏联期间

窄小，曾有不少人建议把房子扩建一下，少奇同志始终没有同意。

天气很冷，罗贵波踏进屋子，明显感到供暖不足，室温较低。但刘少奇看来毫不在意，他气色很好，身着黑色旧粗呢中山装，两鬓头发已成银色。待罗贵波坐下，刘少奇神情庄重地说："中央经过仔细研究，并报告了毛主席，准备让你完成一项特殊任务，担任我党的联络代表去越南工作。你有什么意见吗？"

越南党派来代表请求援助这件事，罗贵波早些天就知道了。

罗贵波是于1949年10月由第1野战军第7军政委任上调任中共中央军委办公厅主任的。就任这个职务之前，他来到北京打算看病，军委即告诉他将另有任用。

中央曾考虑要他去江西担任赣南区党委书记，兼军区司令员和政委。紧接着又有新的考虑，征求罗贵波的意见，打算派他去湖南，在已经起义的陈明仁将军的第21兵团担任政委之职。那正是新中国诞生百业待兴之时，最后由解放军总司令朱德下了决心，要建设正规化的军委办事机构，报请毛泽东同意后把罗贵波调来军委办公厅当主任。

刚刚组建起来的军委办公厅条件有限，罗贵波的办公桌就和朱德的办公桌对拼在一起，聂荣臻、叶剑英也在同一处办公。成天出现在这几位开国元勋的面前，也许就是挑选罗贵波去越南担任中共中央联络代表的一个原因。

几天前，刘少奇已经征询过罗贵波的意见。当时罗贵波没有准备，未置可否，于是刘少奇在此刻又一次明确地说，胡志明写信并且派人来要求我们援助，要我们派人去越南。中央决定要你去，看你有什么意见？

罗贵波想了一下说："我以前从没有担负过这样的工作，缺乏经验，怕误事。另外，不知道去多长时间，我到北京来原想是检查身体的。"

刘少奇说："你去越南时间不会很长，大约三个月，主要是去越南了解情况，向中央汇报。"

刘少奇明确地说，你到越南去任务有三条：第一是感谢越南同志对中国革命的支持；第二是沟通两党中央的关系；第三是调查越南当前政治、军事、经济、文化等各方面的情况，以便中央确定对越南进行帮助的方针和计划。因为我们对越南的情况知之甚少。

罗贵波倍觉责任重大，他望着刘少奇说："我深感中央对我的信任，但这对我来说是一项从来没有接触过的新工作,任务复杂而且艰巨,我担心难以胜任。"

刘少奇接住话头,说:"我们认为你是能够胜任的。"

刘少奇向罗贵波简要地介绍了越南目前的情况。他说:"法国殖民主义卷土重来,占领了越南南方各个城市和交通要道。在越南北部,法军正在蚕食被分割的由印支共领导的根据地,情况非常困难。在国际上,现在还没有一个国家承认越南民主共和国,更没有一个国家向越南提供援助,越南人民的革命斗争正处于敌强我弱、孤立无援的境地。"

刘少奇说:"中央认为,已经获得革命胜利的人民,应该援助正在争取解放的人民的正义斗争,援助越南人民的抗法斗争是我们义不容辞的国际主义义务。"他补充说:"更何况法国殖民主义者还勾结国民党残余部队和边境土匪,封锁中越边境,经常骚扰我国云南、广西地区的边民,这就给我们两国人民带来了灾难。"

他规定了罗贵波赴越后的任务:"作为中共中央联络代表,到越南主要是去看一看,去商量怎样援助越南。你先去了解情况,首先建立起两党关系,做调查研究,供中央决策。时间大约三个月。身体情况嘛,去三个月再说,完成了任务就回来。"

最终,罗贵波以他那一代人习惯的语气说:"坚决服从中央的决定。"[1]

42岁的罗贵波是老红军,他是江西南康县人,1907年出生在潭口镇一个衰败中的旧式家庭里,在辛亥革命以后反封建思想广泛传播的年代里接受了民主革命的启蒙教育,又在赣州的省立师范读书时逐步接受革命思想。1926年,罗贵波由当时也是国民党员的著名共产党人陈赞贤介绍加入国民党,不久即加入中共,

中国赴越南政治顾问团团长罗贵波。摄于20世纪50年代前期的越南

---

[1] 罗贵波:《少奇同志派我出使越南》,见《缅怀刘少奇》,中央文献出版社1988年版。另:1989年2月24日、1990年4月18日,作者在北京访问罗贵波。

参加过赣南秋收暴动，后任中共安远县委书记等职。1930年，担任赣县县委书记的罗贵波转入红军，任纵队政委。这年下半年，23岁的罗贵波担任赣南红军第35军军长，随即改任政委。他参加了二万五千里长征，是红军干部团第3营的政委。长征途中，他率部担任过著名的遵义会议的警卫任务。

1937年抗日战争全面爆发，罗贵波任八路军第120师民运部部长、新编第358旅政委，此后长期工作在晋绥，曾任晋西北新军政委，晋绥分局吕梁区党委书记，吕梁军区司令员、政委。解放战争中，他是晋中军区司令员兼政委。罗贵波性情平和，平日里言语不多，处事谨慎，善于在艰苦的环境里打开局面。他长期主持一个方面或一个地区的全面工作，经验丰富。

与刘少奇谈话之后，在中共中央办公厅主任杨尚昆安排下，罗贵波先和途经苏联来北京的越共中央委员黄文欢（当时化名陈春风）见面会谈，接下来与一直等在北京的李班、阮德瑞谈话，听他们介绍越南情况，又同中共中央军委总参谋部、总后勤部和中共中央组织部等部门进行了接洽。

援助越南，中共中央果断决策

更早些时候的1949年深秋，解放军进入西南各省追歼国民党军残部，与越南的关系进入新中国领导人的视野。一部分国民党残军逃进了越南，并且受到法国殖民军队的庇护。为此，周恩来总理于1949年11月29日发表声明指出，不管战败的国民党军队逃到什么地方，我国政府都保有权利过问这一事实，而容留国民党武装力量的任何国家的政府必须对此负责，承担一切后果。

听取了李班、阮德瑞就越南情况的介绍后，刘少奇认为，这两位代表级别较低，建议越方派一位高级领导人秘密来华会商。

1949年12月24日，刘少奇主持中共中央政治局会议，研究与越南民主共和国建立外交关系的问题。会议认为，在法国正式承认中国之前，我们与胡志明领导下的越南建立外交关系有利之处较多。会后，刘少奇以中共中央名义致电印支共中央：

> 为了建立中越两党的经常联系，并讨论反对帝国主义共同斗争中的各项问题，我们希望越共中央能派一个政治上负责的代表团来北

1949年10月1日,毛泽东在中华人民共和国开国大典上讲话

京,以便讨论和共同决定有关的各项问题。[1]

刘少奇在电报中说,这个代表团应该秘密地进入中国:

> 只要你们代表能安全地进入中国人民解放军所管辖的地区,以后一切安全即由我们军队负责护送。[2]

越方很快复电,接受中共中央建议,将很快派出负责人前来中国。越方说,这位负责人将是印支共中央政治局委员陈登宁。实际上,胡志明决心自己亲赴北京、莫斯科,只是越方害怕电报内容被法军截获发生意外,所以只说陈登宁将去北京。

12月25日,刘少奇致电印支共中央,将罗贵波的使命通知越方:

> 李碧山、阮德瑞二同志来北京,已经作了报告及转达了你们的要求。我们很愿意给予你们一些援助。为了使这些援助能够具体实现,我们拟派一个代表并随员五六人携带电台一具同阮德瑞同志一道经广西到越南和你们接洽。你们是否同意?请即复。[3]

12月28日,刘少奇再电胡志明:

---

[1] 中共中央文献研究室、中央档案馆:《建国以来刘少奇文稿》第一册,第229页,中央文献出版社2005年版。

[2] 中共中央文献研究室、中央档案馆:《建国以来刘少奇文稿》第一册,第229页,中央文献出版社2005年版。

[3] 中共中央文献研究室、中央档案馆:《建国以来刘少奇文稿》第一册,第231页,中央文献出版社2005年版。

我们准备派到越南的代表暂时仍采取秘密的形式。[1]

越南很快做出了反应。1950年元旦前夕，胡志明致电毛泽东：

我非常高兴地得知中华人民共和国政府成立的消息。我谨代表越南政府和人民，向主席、中国政府和人民祝贺。越南和中国两个民族是具有数千年历史的兄弟关系。从今以后，这一关系将为发展我们两个民族的自由幸福、保卫世界的民主和持久和平而更加密切。[2]

1950年1月7日，中共中央接到印支共中央电报：

你们派代表团到越南一事，我们非常欢迎。

当时，毛泽东正在苏联访问，周恩来将于1月10日前往莫斯科与毛泽东会合，他在出发前召来罗贵波，告诉他说，中共中央正在考虑和越南民主共和国建交的问题。1945年9月越南民主共和国成立以来，还没有得到任何一个国家的承认，如果中国承认了，苏联以及社会主义阵营的东欧国家也会陆续承认越南民主共和国。这对于他们打破孤立，提高国际地位很有好处。[3]

1月15日，时任越南外长黄明鉴向周恩来总理兼外长发出照会：

越南民主共和国的政府和人民，根据中华人民共和国政府1949年10月1日宣言，宣布承认毛泽东主席领导的中华人民共和国政府。

为了增强中国与越南两民族之间的友谊与合作，越南民主共和国政府决定与中华人民共和国政府建立正式外交关系，并互换大使。[4]

---

[1] 中共中央文献研究室、中央档案馆：《建国以来刘少奇文稿》第一册，第242页，中央文献出版社2005年版。

[2] （越）胡志明：《胡志明选集》第2卷，第112页，越南外文出版社1962年版。

[3] 罗贵波：《中国援越内幕》，载《世纪》1993年第2期。

[4] 引自中华人民共和国外交部官网资料。

毛泽东起草电文，承认越南政府

越方照会及时转给了正在苏联的毛泽东。毛泽东是于1949年12月16日乘火车到达莫斯科的。毛泽东和斯大林经反复磋商确定，在这次访问中，中苏两国要签订一个友好条约。毛泽东电召周恩来去苏联参加具体谈判，黄明鉴的照会发出之时，周恩来还在去莫斯科的火车之上。

毛泽东收阅了由刘少奇转来的越南外长照会，即亲自起草复电，并于1月17日电告刘少奇：

（一）对越南政府要求建立外交关系，应立即答复同意。起草了一个复文，请于明（18）日广播发表，同时由内部电台发胡志明。

（二）请将越南政府要求和各国建立外交关系的声明，由我外交部转送苏联及各新民主国家。[1]

刘少奇收到毛泽东电报后，即转给胡乔木，吩咐与黄明鉴的来电一并发表。

第二天，北京的中央人民广播电台播发了一份以周恩来名义发表的致越南外长黄明鉴的复电：

我很荣幸地接到贵部长1950年1月15日要求和中华人民共和国建立外交关系的电报。我现在通知贵部长，中华人民共和国中央人民政府认为越南民主共和国政府是代表越南人民意志的合法政府，中华人民共和国中央人民政府愿意和越南民主共和国政府建立外交关系并互派大使，借以巩固两国邦交，加强两国的友好和合作。特此电复并希察照为幸。[2]

这样，中国就成了世界上第一个与越南民主共和国建立正式外交关系的国

---

[1] 中共中央文献研究室，中央档案馆：《建国以来毛泽东文稿》第一册，第238页，中央文献出版社1987年版。

[2] 中共中央文献研究室，中央档案馆：《建国以来毛泽东文稿》第一册，第238页，中央文献出版社1987年版。

家。越南方面对此感到特别高兴，黄明鉴于1月26日就此对"越南之声"电台记者发表谈话说："现在我们有了一个友好的邻邦。这样一个朋友的出现，将大大地鼓舞我们的人民和军队。我们将一天天地变得更加强大，并一定能够实现胡志明主席所提出的加速准备总反攻的号召。"随中国之后，苏联于1月31日也承认了越南民主共和国；在苏联之后，则有一批东欧国家相继承认；这就使印支共方面打破了持续已久的外交困局。

身在苏联的毛泽东对越南问题十分关注。十多天后，刘少奇自北京发电请示，是否允许胡志明领导的越南军队在情况紧急时避入中国境内？毛泽东回电表示应予准许，而且，"我方党政军必须尽可能给越盟人员及越南人民以便利和帮助，把他们看成自己的同志一样"，如越方要求给予武器、粮食等，也要"尽力帮助"。[1]

中共联络代表悄然出发

总司令朱德找来正在做出发准备的罗贵波，听取汇报后再度明确，罗贵波的任务主要是进入越南了解情况："看看他们需要什么援助，采取什么样的援助方式为好。"朱德叮嘱罗贵波说，要严守行动保密，入越以后，他的身份只能在越南少数领导人中间公开。

1950年1月13日，刘少奇再次和罗贵波谈话。

刘少奇回顾了他和胡志明的交往。20世纪20年代的中国大革命时期，刘少奇在广州认识了作为共产国际代表鲍罗廷翻译兼秘书的胡志明。胡志明在广州创办了培养越南革命青年干部的"特别政治训练班"，常常邀请刘少奇、周恩来、李富春、彭湃等人讲课，当时刘少奇专讲工人运动。1938年，在延安，刘少奇又和秘密前来的胡志明见过面。延安一别，已经十多年了。

不过刘少奇也说，他和胡志明相识虽早，后来也有接触，但毕竟不很熟悉。解放战争中，中越边境地区两党之间有些联系，部队之间也有联系，我

---

[1] 中共中央文献研究室、中央档案馆：《建国以来刘少奇文稿》第一册，第271页，中央文献出版社2005年版。

军的地方部队,即桂滇黔纵队,在困难的时候曾经转移到越南境内,受到了他们的保护和帮助。但是,中越之间这种联系不是固定的、正式的,"你去越南后要建立两党中央之间的联系"。

刘少奇嘱咐说:"你去越南这件事绝对保密,到越南后的工作方式由越南党中央确定,在适当的时候回国汇报。赴越联络代表在越南工作期间的待遇,请胡志明主席和越南党中央按照越南干部的标准供给。"说着,刘少奇拿起毛笔,为罗贵波书写了致越共中央的介绍信:

越共中央:

兹派罗贵波同志前来与你们联络,希予接洽。我们给予罗贵波同志的任务,由罗同志面告。特此介绍并致敬礼!

中国共产党中央委员会　刘少奇[1]

在此之后,刘少奇又有了新的考虑,他提起毛笔,为罗贵波写了第二封致胡志明的介绍信:

兹介绍我们的一位省委书记和军队中的政治委员罗贵波同志到你处担任中共中央联络代表。带助手和随员共八人。

中共中央秘书长　刘少奇[2]

中央军委为罗贵波配备了一部电台,谷密云任台长,还有报务员薛培芝、机要员张思智,以及警卫员武怀德。

罗贵波挑选李云扬作为他此行越南的主要助手。

李云扬,1912年生,广东台山县人,青年时曾留学日本,于1936年由著名共产党人林基路介绍在日本东京加入中共。抗日战争全面爆发后他到延安抗大任教,1939年随陈潭秋、毛泽民、林基路等去新疆。1942年新疆军阀盛世才追随蒋介石掀起反共高潮,将在新疆工作的共产党代表逮捕,李云扬也被投入监

---

[1] 罗贵波:《中国援越内幕》,载《世纪》1993年第2期。
[2] 罗贵波:《中国援越内幕》,载《世纪》1993年第2期。

狱，直到1946年6月才出狱。

1946年7月，李云扬回到延安后任第359旅旅长王震的秘书，此后转战至山西吕梁军区，和罗贵波一起工作。中华人民共和国成立前夕，李云扬来到北京，在中共中央组织部工作。此时，准备进入广东的叶剑英正从各地急调广东籍干部，李云扬也被选中。由于一时未能成行，李云扬就先到华北中学担任副校长，主持校务。

罗贵波打听到李云扬在北京的地址，匆匆赶到华北中学，对李云扬说："现在解放了，有那么多的工作等待我们去做，你还是跟我到越南去一趟吧。"

李云扬欣然应诺："那好呀！我们是老搭档了，你要我去我就去。"据李云扬回忆，罗贵波找他谈话的时候，尚无"顾问团"的名称，当时叫作"联络组"，对外称"华南工作团"。李云扬到罗贵波身边后，即负责与李班和阮德瑞的联系，安排出使越南的细节。[1]

由李班、阮德瑞陪同，罗贵波一行于1950年1月16日乘火车离开北京南行。临行前，他们的队伍里又增添了一位越南人刘德福，他是越南总工会执行委员会书记，来北京出席亚洲、非洲的工会会议后回国。刘少奇在次日将罗贵波的姓名用电报正式通知越方，并告知说，罗贵波一行"经汉口、广州、南宁、龙州，然后进入越南，大概需一个月才能到达"。

在此之前，刘少奇已与罗贵波南下沿途所经之处的中南局和广西、云南省委联系，要求给予帮助。1月11日，刘少奇致电中南局第一书记兼司令员林彪："中央已决定派罗贵波到越南，不日即从北京起身，并同越南代表一路回去。他们经过武汉及广西时当与你们接洽，并和你们建立电台联络，以便于他们到达越南后我方与越南党的联系，并实现对他们系统的帮助。目前你们可令前方给他们一些临时帮助，数目由前方与越南商定（后）电告。"

果然，罗贵波一行到达武汉后，林彪对此事非常重视，特地在汉口设宴招待。[2]

---

[1] 1993年12月15日，作者在广州访问李云扬。
[2] 罗贵波：《少奇同志派我出使越南》，见《缅怀刘少奇》，中央文献出版社1988年版。另：1989年2月24日、1990年4月18日，作者在北京访问罗贵波。

胡志明秘密来华

抗法战争中的胡志明主席

在越南北部丛林里，胡志明由陈登宁陪同，带领六名助手秘密离开越北根据地，向中国进发。所以，当1950年1月黄明鉴、周恩来电报往返之际，胡志明已经在前来北京的路上了。

胡志明、陈登宁一行于1950年1月16日进入中国广西的靖西县，而就在当天，罗贵波一行离开北京去越南。胡志明进入中国境内后，广西军区相关负责人率领一个排兵力前往迎接，当晚在解放军龙州军分区司令部下榻。由广西军区安排，胡志明从龙州乘汽车于1月25日到达南宁，下榻于民生路金山大酒店。当晚，广西省[1]委书记张云逸和正在南宁的第2野战军第4兵团司令员陈赓设宴招待了胡志明一行。

这天晚上，在北京主持中共中央常务工作的刘少奇收到广西发来的电报，得知胡志明已秘密到达南宁。

刘少奇对胡志明来华早有思想准备。将近半年前的1949年7月，刘少奇曾作为中共中央代表去苏联与斯大林会商中华人民共和国的建国问题。斯大林会见刘少奇时曾就苏联党在过去相当一段时间内错误地干涉了中国革命表示道歉，他说："我们干扰过、妨碍过你们，我为此感到内疚。"由于长期置身于苏联国家最高权力的顶端，苏联国内已出现了个人崇拜的严重问题，所以斯大林能做这个表示颇不容易。随后，斯大林代表苏共正式建议新中国应于1950年以前建立。这时，斯大林谈到了他对世界形势的一个认识，他说，中国是一个大国，中国革命的成功将对世界产生影响，那么，世界革命的中心可能东移，中国将会成为亚洲革命的中心。在这样的情况下，像越南这样的国家可能会求助于你们。如果这样，由你们给予援助是比较合适的。而我们则不行，因为我们离得远，也不如你们了解情况。

---

［1］ 中华人民共和国成立之初，曾设广西省。1958年3月，始改设广西壮族自治区。

斯大林的这番话，实际上已经定下了20世纪50年代苏联、中国、越南相互关系的总格局。

鉴于这种背景，刘少奇于1月26日致电中南局：

> 胡同志到达武汉，暂不要公开欢迎，而采党内秘密欢迎。但在他到达武汉后，你们可和他商量是否能在北京公开欢迎他，看他意见如何再作决定。你们对胡同志应热情招待，周密护送来京。[1]

1950年代，毛泽东等中共中央领导人陪同来访的胡志明在北京中山公园看节目

---

[1] 中共中央文献研究室，中央档案馆：《建国以来刘少奇文稿》第一册，第421页，中央文献出版社2005年版。

第 3 章

毛泽东和援越抗法决策

胡志明的"小礼物"

胡志明等人于1月27日到达武汉。

在中共中央领导人中,胡志明最熟悉的是周恩来。由于当时的桂湘铁路只通到广西东北部的来宾,胡志明一行从南宁乘汽车到那里,由桂北区委书记何伟接待,安排他们转乘火车去北京。胡志明和何伟在抗日战争中就相识了,何伟看到胡志明从越南来衣服穿得单薄,就把自己身上的一件棉布军大衣披到了胡志明的肩上。胡志明欣然接受,还神秘地向何伟讨几个零花钱用。何伟满心疑惑,不解地问胡志明:"你要这几个钱做什么?"

胡志明操着广东口音的中国话笑答:"给邓颖超买点小礼物。"

何伟拿出一点零钱给了胡志明。事隔多年,担任中国驻越南大使的何伟在一次闲谈中听胡志明说起,前去北京路过天津的时候,他买了一包糖炒栗子带给了邓颖超。[1]

1月30日,胡志明、陈登宁来到了北京,中共中央办公厅主任杨尚昆到火车站迎接,按刘少奇的指示把胡志明送进中南海,以"丁"的名字住了下来。按胡志明的要求,此行全程保密。

胡志明和邓颖超在北京

---

[1] 1990年2月10日,作者在北京访问1950年曾任中共南宁市委书记的何伟夫人孙以谨。

刘少奇夫人王光美在晚年回忆这件往事时说：

> 我认识胡志明同志就是这次。少奇安排他住在中南海。那时我们家在中南海的万字廊。有一天他自己很随便的就上我们家来了。我正好在家，一抬头见进来一个人，脖子上围了个大围巾。我一看就猜到他是胡志明，因为少奇回家简单讲过他来中国的事。我马上请他在客厅落座，一面赶紧叫少奇。少奇出来，他们俩就在客厅里谈话。因是老朋友见面，谈得很轻松很随便。胡志明同志喜欢小孩子，让我把我们家的孩子叫出来看看。我还对胡志明同志说："你留胡子干吗呀？还要用围巾盖住，多麻烦，干脆剃了算了。"他笑着说："这不行。越南人民就认我这胡子。"[1]

刘少奇随即电召已经出发的罗贵波返回北京与胡志明见面。同日（1月30日），他发电报将此事向远在莫斯科的毛泽东做了汇报，说："胡志明离开驻地已有1个月，赤足步行17天才进入中国地界。他年已六十，身体瘦削，但尚健康。胡志明离开越南时，只有两个人知道他来中国，所以只能在北京逗留数天。"[2]

刘少奇将胡志明送往苏联

刘少奇还决定，他本人参加，由朱德、聂荣臻、李维汉、廖承志等人组成一个小组，与胡志明会谈，解决胡志明提出的问题。他随即将此事向毛泽东做了汇报。

胡志明抵京当晚，刘少奇以中共中央政治局的名义设宴招待。中方出席的有朱德、董必武、林伯渠、聂荣臻、李维汉，越方有陈登宁和黄文欢等。

刘少奇在席间告诉胡志明，中国已承认越南民主共和国，还正在与苏联磋商，建议他们承认，使越南获得国际地位。中国承认越南，会使正打算承认中国

---

[1] 黄峥执笔：《王光美访谈录》，第306页，中央文献出版社2006年版。
[2] 罗贵波：《少奇同志派我出使越南》，见《缅怀刘少奇》，中央文献出版社1988年版。

1950年2月，胡志明和朱德在北京

的法国延缓承认，但是我们不怕。现在的主要问题是积极支援越南人民的抗法战争，使越南人民尽快取得胜利。

刘少奇回忆起当年在广州和胡志明的相识，谈起了1925年至1926年间胡志明在广州开办的"越南青年干部训练班"，问起当年的学员现在的情况。

胡志明对在座的人说："那时在广州举办训练班时，周恩来、张太雷、彭湃、陈延年、李富春、恽代英，以及领导省港大罢工的一些老同志都为我们讲过课，少奇也是训练班的授课老师之一。我们非常感谢中国同志对越南革命事业的关怀与帮助。"

这时，黄文欢向刘少奇敬酒，说明他就是当年训练班的第3期学员："那时，中越两党革命者志同道合，亲如兄弟。当时政治训练班没有食堂，我们每天到中国农民运动讲习所吃饭。"

刘少奇对胡志明表示，希望他在中国多留几天，待毛泽东、周恩来从苏联返回后，具体商谈中国对越南革命的援助事宜。

胡志明对此感到十分高兴，但不打算在北京多住，而是打算马上去苏联。他对刘少奇说，他这次出国的主要目的是去找苏共中央，他想面见斯大林。既然毛泽东和周恩来都在莫斯科，去苏联正好可以一起谈。

刘少奇即将胡志明的要求向毛泽东报告。

在莫斯科，毛泽东和周恩来就刘少奇报告胡志明访华后想来莫斯科一事进行了磋商。当时在莫斯科负责毛泽东警卫工作的汪东兴在日记中记录了这件事情：

1950年2月1日：

我来到毛主席住房，主席正和总理商议事情。毛主席看我进来，转过身来对我说："越南民主共和国主席兼总理胡志明正在北京访问。胡志明同志是个中国通,他对中国特别是广东广西一带尤为熟悉。他是越南人民杰出的领导者和组织者。我和恩来同志已拟向国内去电,请少奇同志热情接待,并代我们问候胡志明主席。"

周总理接着说:"中越两国已决定建立外交关系。胡志明主席访问中国后可能会来苏联访问。"[1]

苏中两国领导人都同意让胡志明到莫斯科来。1950年2月2日,正在莫斯科的毛泽东和周恩来向刘少奇发出电报,请他转致对胡志明的问候。毛泽东还让周恩来飞到苏联远东,在那里与胡志明会面,然后陪同胡志明飞回莫斯科。

于是,胡志明于2月3日乘火车离开北京,2月6日到达苏联远东的赤塔。在那里,他见到了专程从莫斯科赶来迎接他的周恩来,然后一起乘飞机去往莫斯科。

中苏两党就援助越南达成协议

胡志明到达莫斯科的当晚,苏共中央政治局设宴招待了他,只是斯大林没有参加。斯大林在事后对毛泽东说:"胡志明要求苏联直接向越南提供援助,帮助他们打法国人,对于这个问题,我们还有些不同的考虑。"

斯大林做这个表示,与他半年多前向刘少奇提出的,向越南援助可能要由中国负责的思想是一致的。同时,他还有另一层顾虑,担心胡志明是一个"民族主义者",会和南斯拉夫的铁托走到一起去。

1950年毛泽东在苏联期间与斯大林的合影

---

[1] 汪东兴:《汪东兴日记》,第198页,中国社会科学出版社1993年版。

毛泽东向斯大林说，胡志明是一个老资格的革命者，不是"民族主义者"，胡志明得到了越南人民的拥护，你应该见见胡志明。

斯大林同意了毛泽东的意见，并明确地说："中国革命的胜利证明，中国已经成为亚洲革命的中心，我们认为，支援和帮助越南的工作，主要由中国来承担为好。"

毛泽东对斯大林说，越南需要的主要是武器弹药，也还有其他军事物资，中国不一定都能满足。在毛泽东和中共领导人心里，自然希望苏联给予援助。

在毛泽东做了介绍以后，斯大林会见了胡志明，听取他关于越法战争的介绍。胡志明向斯大林当面提出了请求苏联派出军事顾问援越，并且提供弹药援助的要求。原来，在军事顾问这个问题上，胡志明对苏联抱的希望要比对中国大得多，所以才执意要来莫斯科。

斯大林当时没有答复，他要同毛泽东商量这个问题。

日后的苏共领导人赫鲁晓夫曾这样回忆胡志明的秘密到访：

我始终忘不了他的眼神，他凝视人们时眼睛里闪耀着一种特殊的真诚和纯洁。这是一种高尚的共产主义者的真诚，是在原则上和实践上献身于革命事业的人的纯洁……胡志明直接从越南的丛林飞来莫斯科，他告诉我们他如何在丛林中徒步走了好多天才到达中国边界，再从那里来到苏联。

在我们的谈话过程中，胡志明两只不平常的眼睛总是凝视着斯大林。我要说，在他凝视的眼神中有着几乎是孩子般的天真。我记得有一次，他从皮包中取出一本苏联杂志——我想是《苏联建设》——要斯大林签名。在法国，人人都追求亲笔签名，显然，胡志明也有这个瘾了。他想回越南后，可以让他的人民看看斯大林的签名。斯大林给他签了名，但不久，这本杂志被偷偷地从他那儿拿回来了。因为斯大林担心，胡不知会去派什么用场。

胡志明将他的人民反抗法国占领军的作战情况告诉我们，并要求我们给他物质援助，特别是武器和弹药。离开莫斯科后，胡志明又来信要我们支援他们奎宁，因为他们的人民当中正流行着疟疾病。我们的医药工业大量生产奎宁，所以斯大林慷慨大方地说："给他半吨。"[1]

---

[1]（苏）赫鲁晓夫：《赫鲁晓夫回忆录》，第681—682页，东方出版社1988年版。

20世纪50年代初,"输出革命"的思想如流星闪烁,仍然划行在以苏联为首的国际共产主义阵营中。毫无疑问,斯大林是坚决地持有这个思想的。与毛泽东讨论越南问题时他再次谈到了关于"世界革命中心东移""中国将成为亚洲革命中心"的预想。斯大林对毛泽东说,他希望援助越南抗法战争这个职责,还是主要地由中国来承担,因为中国和越南在历史和现实中都有许多联系,双方比较了解,地理位置也就近。斯大林认为,援助中国搞经济建设则是苏联的重要任务。至于其他,斯大林说:"我们已经打完了第二次世界大战,大量的武器是用不上了,我们可以运许多到中国去,你们可以留下来,其中适用于越南的,你们也可以运一些到越南去。"

在莫斯科,中苏两国领导人对援助越南抗法战争问题达成一致意见:苏联援助中国的建设,越南抗法战争则由中国援助。罗贵波从后来解密的档案中知道:有一次会面时,斯大林、毛泽东、胡志明都在场。

毛泽东说,我们要派的都是土顾问

承诺由中国承担起援越抗法的责任,是一项重大决策。越南是东南亚的重要国家,土地南北延绵,人口众多,法国殖民势力已在越南经略多年,法军牢牢控制着越南的城市和平原。要将法国殖民者的军队赶出越南,必须要经历一场漫长的、规模宏大的独立战争。援助越南,必然伴以巨大的民族牺牲。这一点,毛泽东是非常清楚的。与斯大林协商之后,毛泽东下定了决心。这是中华人民共和国成立之后确定的第一个境外军事援助计划,比下决心投入抗美援朝战争,至少早了半年。

2月17日,胡志明随同毛泽东的专列离开莫斯科,经西伯利亚回中国,沿途多次下车参观。车行途中的2月22日,毛泽东、周恩来和胡志明在专列上举行会谈,商议了中国向越南提供援助的问题。胡志明向毛泽东明确提出了向越南派遣军事顾问、提供武器弹药的要求,胡志明甚至设想,由中国派出人民解放军进入越南和法军作战。

毛泽东倾向于派遣军事顾问,他不无幽默地对胡志明说:"我个人没有意

20世纪50年代，周恩来、朱德和胡志明

见，还要回去同中央的同志商量。要派，我们的顾问也都是土顾问呦。"[1]

1950年3月4日，毛泽东、周恩来回到北京，召集政治局会议讨论援越问题。会议认为，越南革命是世界革命的一部分，如果越南抗法战争胜利，也会使中国南疆的安全得到保证。

在北京，毛泽东亲自主持隆重的宴会，招待胡志明、陈登宁以及黄文欢，刘少奇、周恩来、朱德、董必武、林伯渠等人参加。

在北京期间，胡志明与毛泽东、刘少奇、周恩来继续会商中国援助越南的具体问题，讨论中国如何援助越方在北部边境战场作战。刘少奇介绍了中国的经验，如进行土地改革的政策等。胡志明介绍了印支共的历史和现状。为便于向越方提供援助，中方建议，越方在广西南宁、云南昆明建立总领事馆。

身在北京的胡志明完全意识到了中国的承诺意味着什么。他对越南海外事务工作负责人黄文欢说："现在中国已经解放，这有利于世界人民的革命事业，特别有利于越南人民的抗法战争。抗战几年来，依靠本身的努力我们取得了很大的胜利，现在中国决定在各方面向我们提供援助，因此我们目前对外工作的重点不在泰国，必须转到中国。因此，你可能要留在北京接受新的任务。你在工作过程中将会面临许多的挑战，但最有利的一点是毛泽东、刘少奇、周恩来等几位同志都表示要尽力支援越南人民的斗争。尽管中国刚刚获得解放，他们还有许多困难需要解决。"此后，黄文欢就任越南驻中国大使。[2]

---

[1] 1989年2月24日、1990年4月18日，作者在北京访问罗贵波。
[2] 黄文欢：《沧海一粟》，第254页，解放军出版社1987年版。

从赣南山岭中走出的罗贵波

本来,得知胡志明已经来到中国的消息后,刘少奇于1950年1月27日致电中南局的林彪、邓子恢,要他们通知罗贵波折回北京,让越南陪同人员先行归国。但当时罗贵波已经离开武汉,正在去广州的火车上。

1950年2月5日,罗贵波到达广州才看到刘少奇要他回北京面见胡志明的电报,但胡志明已在1950年2月3日启程去苏联了。刘少奇接到罗贵波的请示后只得命令罗贵波继续前往越南,不必返回。

在广州,罗贵波拜会了中共华南分局第一书记兼广东省委第一书记叶剑英。叶剑英对胡志明很熟悉,向罗贵波介绍了不少情况,还为他增调了能说越南语的秘书兼翻译莫扬。

在广州,李班和大家分手,取道香港先行回国汇报,于1950年2月27日返至越北丛林根据地。

罗贵波一行出于路途安全的原因又返至湖南衡阳,然后向广西进发。

到达桂林后,南去的铁路被土匪破坏了,一时无法修复。当地驻军以一个连的兵力将罗贵波一行护送到南宁。

在南宁,有张云逸接待,罗贵波他们度过了春节,于大年初五(1950年2月21日)这天由一个连护卫向越南进发。

1950年2月26日,罗贵波到达毗邻越南的靖西县城。阮德瑞于当日越过边境回国报告,越方即派出政府典礼长武廷莹前来靖西迎接罗贵波。

即将走向越南之际,罗贵波思绪万千,心情久久不能平静。这是他第一次离开自己的众多战友和部下,前往一个陌生的国度,而自己担负的使命又和这个国家的命运紧紧联系在一起。

凤尾竹、南疆月,四下里重重山影,多少往事,总在离乡辞国之际涌上心头。

罗贵波的家乡在赣南的南康县潭口镇,

罗贵波,1958年后担任外交部副部长

那里是一个一马平川上热闹的集镇。罗家算得上潭口的一个大户人家，罗贵波的祖父和父亲两辈家中都算得上广有钱财。罗贵波的上辈人中二伯父中了武秀才，四叔父考上了文秀才。罗贵波父亲罗宝光文化不高，旧观念极深，想到自己全无功名可言，实在意气难平，就仗着手中钱财，在40多岁时一发狠心，以5000两银子捐了一个直隶府的五品候补知府，眼巴巴地等着实缺。

罗贵波的生母是父亲的第三个妻子。因第二位太太膝下没有孩子，罗贵波就由这位母亲抚养长大。养母受教育不多，但性情温和，信从古训，相夫教子，给予罗贵波许多温暖。

6岁时，罗贵波上了私塾。就在这一年，父亲去世了。在此之前，辛亥革命结束了千年的封建统治政体，父亲的做官梦已经破灭。可是，旧传统并没有远去，这个延续在封建末世的家庭，竟将丧事办得轰轰烈烈，将昔日的五品候补知府归路着实打点得风光气派了一番，把银子花得像赣水决堤一般。

对这个葬礼，幼小的罗贵波有极深的印象。从此，罗家迅速地败落了。

这时，新思想的风潮从广东那边渐渐吹了过来，新学堂一所所地办了起来。罗贵波读了一年私塾后转入新式小学。他的性格有些内向，但读书甚慧，学习成绩总是名列全年级的第一或第二。

20世纪20年代，赣南还极为封闭，没有铁路，甚至没有像样的公路。幼年的罗贵波没有见过汽车，看见刚刚投入赣江航运的小火轮就觉得大千世界无奇不有了。

眼前的世界很小，纵使坐落在平原的潭口也不过极目十数里。好在罗贵波爱读书，两个要好的同学廖贵潭和陈铁生也喜欢看书。那时的赣南村镇里谈不上有什么外国文学著作，倒是有不少中国传统小说，《三国演义》《水浒传》，还有《说岳全传》《薛丁山平西》《三侠五义》以及描写太平天国农民英雄的故事书深深地吸引了他们。在这些书中间，对他们影响最大的自然要数《三国演义》和《水浒传》。三国人物足智多谋，于鞍马之上得天下。诸葛亮六出祁山，却又未遂其志。梁山好汉们仗一身好武艺，啸聚山林，杀富济贫，替天行道。凡此种种，都给这几位成长中的赣南少年以深刻的影响。

小学毕业以后，罗贵波到赣州的省立师范学校读书，他继续在书本中苦苦求索，有时激愤，有时也陶醉。

可是一旦从书中回到现实，罗贵波发现生活太沉闷了。辛亥革命把皇帝赶下了台，但是逊位皇帝仍然住在北京紫禁城里。皇家官吏被赶跑了，遍地贪官污吏还在欺压百姓，苛捐杂税数不胜数。各派军阀乘机混战，赣南诸县，就是盘踞广东、江西、湖南一带军阀相互争战、反复拉锯的地方。兵灾拥来，百姓流离；水旱再至，民不聊生。

罗贵波的少年时代是在巨大的精神苦闷中度过的。在求学中他日渐不满于现实，却不知生活中出路在哪里。为了挣脱苦闷，他常和廖贵潭、陈铁生交谈，产生过许多离奇而幼稚的念头：学梁山好汉去占山为王，替天行道。可是当今的桃花山、梁山泊在哪里呢？要不然遁入空门，不再与尘世结缘。可是如此则实在太绝情。出洋，到南洋去闯荡一番呢，又觉得自己不明世事，心中实在没有把握。

天高地阔，却没有一条路能走通。这几位血气方刚的青年只好又回到罗贵波家中，操起祖上传下的笛子、二胡、洞箫，或委婉或悲怆地演奏起来，寄托满腔情怀，一缕愁思。

这时候，孙中山先生在广东举起了三民主义的"共和"旗帜，黄埔军校也办起来了。革命信风拂动了赣南大山中几位青年的心，于是罗贵波和廖贵潭、陈铁生商量，到广东去，投奔国民革命政府，跟随孙中山先生改造中国。

他们马上行动了起来，廖贵潭到广州去了农民运动讲习所，陈铁生进了黄埔军校，只有罗贵波被家人从半道上拦住，截了回来。无奈之中，他跟着一个姐夫做了一年多买卖。他不喜欢生意经，闲下来依旧捧书研读，思索今生去向。

1926年年初，同乡人陈赞贤从广州回到了潭口。陈赞贤已在上年加入了中共，他径直来找罗贵波，大概是廖贵潭、陈铁生已在广州做了介绍的缘故。陈赞贤向罗贵波讲述了孙中山的革命主张，希望罗贵波也和他一起投身革命，去唤起民众。陈赞贤说的和罗贵波心里想的一拍即合，罗贵波立刻就答应了。

不久，陈赞贤介绍罗贵波秘密地加入国民党，还推荐罗贵波到一家小学去教书，向少年们讲述革命道理。

又过了些日子，廖贵潭从广州回来了，和他一起回来的另一位同乡是黄埔军校第5期学生蓝广孚。他们都成了共产党员，回来搞农民运动。廖贵潭、蓝广孚一回来就找罗贵波，向他介绍在广东学到的新思想。此时的罗贵波已经读过不少《向导》《新青年》杂志上的文章，还有恽代英、萧楚女写的一些介绍共

1950年2月26日，罗贵波（左一）来到中越边境，武元甲握手欢迎。站在中间的是黄文泰，武元甲身后戴帽者是阮山

产主义的小册子，思想急剧变化。罗贵波说，在这个时期，他接受了马克思主义。1926年12月，由廖贵潭、蓝广孚介绍，罗贵波加入了中国共产党。入党宣誓于一个夜晚在蓝广孚家里举行，一面红旗，一盏油灯，三个赣南青年心情激动地站在一起。

罗贵波受命开展学生运动，驱逐了小学的校长，并把廖贵潭请来当校长。但是县教育局不予承认，并通知学生家长不交学费，使学校难以维持。罗贵波拿出了自己的积蓄，坚持将近一个月就支撑不下去了。被赶走的校长复职了，罗贵波在1927年秋天离开学校，从事农民运动。

这时，大革命已经失败。罗贵波在当年年底曾组织年关暴动未成，又在1928年2月参加组织了潭口暴动，率领数百名农民，仅靠四支步枪和一支驳壳枪，就消灭了当地的靖卫队数十人，缴获了十来条枪。但是，清晨暴动，国民党军下午就赶到了，农民军寡不敌众，卷起红旗上了山。

此后，罗贵波还到赣县、新风等地组织过农民暴动，并于1928年9月担任了安远县委书记，是当地的赤卫队（游击队）队长兼政委。1930年，年轻的罗贵波加入红军，当过纵队队长和军长、政委，在赣南作战。数十年后，罗贵波回忆往事的时候，不禁感慨地说："其实我没有受过军事教育，待到上阵打仗，打埋伏、包围、袭击，都还是从《三国演义》《水浒传》那里学来的。再加上自己的热情，仗就这么学着打起来了。"

尤其让他感慨的是，他最要好的战友廖贵潭、蓝广孚、陈铁生，都在红军时期残酷的战斗中牺牲了。从那时起，罗贵波戎马倥偬，苏区反"围剿"、二万五千里长征、雁北根据地抗日、与阎锡山军会战晋中，最后攻取太原。20

年岁月飞逝，中国共产党终于夺取了全国政权。

此刻，罗贵波一路南行，离乡辞国，要去越南了。留恋祖国的罗贵波，同样企盼着把胜利也带到越南去。[1]

意外重逢越南老战友洪水

1950年2月26日，罗贵波来到了中越边境线上。

边境线对面的丛林里，走出几个笑容可掬的越南人。他们是印支共中央政治局委员、越军总司令武元甲，越军副总参谋长黄文泰，越南第4、第5联区司令员洪水。而洪水，竟是罗贵波的老战友！

洪水，越南河内人，1906年生，原名武文博，青年时曾在法国留学，在那里结识了胡志明。1925年，从法国回到越南不久，刚满19岁的武文博来到中国广州，考入黄埔军校，并加入中国国民党。他参加了胡志明创办的越南青年干部训练班，还是胡志明组织的"越南青年革命同志会"成员。这个"同志会"被视为印度支那共产党的前身。1927年春大革命失败时，武文博加入中共，易名洪水，参加了广州起义。起义失败后他转战四方，后来进入江西苏区，成为一名红军军官，曾任红军第34师政治部主任和红军学校宣传科科长兼文化教员。

洪水经历了二万五千里长征。抗日战争爆发后，洪水任八路军总部民运部干事，不久后到晋绥边区任职。洪水曾和罗贵波一起工作，当时担任过晋西北地委宣传部部长。1938年春，洪水和中国姑娘陈玉英（陈健戈）结婚。1945年，经胡志明向中共中央请求，洪水回到越南，先后担任第4、第5联区司令员，战功卓著。

越南抗法战争中的洪水

---

[1] 1989年2月24日、1990年4月18日，作者在北京访问罗贵波。

洪水和罗贵波这两位老红军在越南见面了，紧紧握手。[1]

踏进越南就走进了战争，罗贵波一行走出十余华里，来到一个叫作便马的小山村宿营休息。

印支共迎护人员已经在便马村中安排了一个小竹楼，但是再难有更多的住处了。当夜，武元甲等人与刚刚进入越南的罗贵波等九位中国人同室而眠。

在越南，高脚竹楼通常是楼上住人，楼下饲养牛猪鸡鸭。为了迎接罗贵波，这家住户已把楼下打扫一清，用干土掩盖了禽畜粪便。即便如此，罗贵波他们还是感到气味难闻，一夜难以入睡。

次日清晨，安排好罗贵波一行的食宿和行程路线，武元甲、黄文泰、洪水等人先行离开，罗贵波等人则在一个营越军护卫下待天黑后才开始行进。

昼伏夜行，罗贵波一行走得很慢，一天才走20余公里。他们被告知这是印支共中央的安排，为的是不让客人太疲劳，也是为了保证安全。罗贵波说："客随主便，让越南同志安排行军日程吧，这也叫入乡随俗。"

1950年3月10日下午，曲折行走了200余公里后，罗贵波一行来到越南太原省群山环抱的印支共中央驻地。越南领导人或骑马或步行，从各自住地来到一座竹木结构的"迎宾馆"前，迎接远道而来的罗贵波一行。他们是：党中央总书记长征、政治局委员范文同、人民军总司令武元甲、国会主席孙得胜、主持财经工作的中央委员阮良朋、人民军总政治局副主任黎廉，还有李班。

宾主寒暄后入室交谈，李班现场翻译。

长征向罗贵波介绍了战争局势，表示希望罗贵波首先了解军事情况，以及与军事有关的政治、经济问题，以便具体商量中国如何向越南提供援助。

越方提出了请求中国进行军事、经济援助的一揽子方案，强调说，当务之急是组织一个战役，将法军封锁的越中边界线打开一个口子，开辟一条中国至越南的交通运输线，将援助的物资运进越南。为此，越南方面已经准备了两个作战方案：一是进攻老街，打开中越云南边界的通路，争取利用滇越铁路运输援助物资；另一方案是先打高平，打开中越广西边界。

整个求援计划相当庞大。在这以前的1950年1月上旬，越中两党刚刚沟通联络的时候，越方向中共中央提出，急需战防炮弹1200发，美式30步、机枪子弹

---

[1] 1988年7月15日，作者在北京访问洪水将军之子陈寒枫。

42万发，英式30机枪子弹9.1万发，并希望援助（借用）汽车20辆。这些，刘少奇全数批准。罗贵波入越后发现，这点儿实在是远远不够的。

十几名华侨青年紧张地进行翻译，以供各种材料给罗贵波研究。热带森林里热气蒸人，入夜则蚊阵大起。罗贵波虽是江西人，

抗法战争中越南四位主要领导人（左起）：长征、胡志明、范文同、武元甲

却已在中国北方生活了十几年，一到越南，不禁觉得酷热难当。每到晚上，他总是把自己赤膊罩在蚊帐里，点一盏油灯，研读材料、起草电文直至深夜。

1950年3月19日，也就是罗贵波入越第十天，他向中共中央发出电报，报告了与印支共中央会商的结果。罗贵波认为，有必要争取在5月间组织战役，首先消灭越南北部边境高平、老街之敌，然后消灭东溪之敌，进逼谅山，并争取解放河内以南的太平省。罗贵波转告了越方提出的要求：请中方先帮助装备高平、老街方面的越军各两个团，另外再装备两个炮兵营，或由中国派出两个炮兵营进入越南协助作战。

有了罗贵波在身边，越方大受鼓舞，与法军一争高下的念头十分强烈。1950年3月20日，罗贵波致电中共中央，报告说与越方进一步会商，考虑"争取雨季前（6月或7月）完全解决高平、老街的战斗"。

1950年3月21日，罗贵波再电中央和林彪、叶剑英、张云逸、陈赓，报告他了解到的滇越铁路目前状况和利用前景，希望修复滇越铁路，以便向越南运送援助物资。

同一天，印支共中央邀请罗贵波再作商议，表示他们已经决心制订老街与高平两个战役的计划。计划中的老街战役地区将包括老街、莱州、山萝、义路等地，高平战役将包括高平、东溪、七溪等地。由于这两个战役所在地区基本上都在越中边界地区，因此统称为"边界战役"。

罗贵波向北京报告，如果先打老街，打开云南方向边界，则因云南地势

太偏，那里的物资和交通条件或许不足以供应越南战争的需要。至于滇越铁路问题，由于在抗日战争中从开远至河口段已经拆除，短期内难以修复，无法利用，因此应当先打高平，将广西作为援越物资的主要通道。[1]

胡志明，越南人民爱戴的领袖

就在罗贵波紧张工作的时候，胡志明结束了中国之行，于1950年4月4日回到越南中央根据地。胡志明一回来就派人通知罗贵波："明日见面。"

4月5日清晨，由越南主席府典礼长武廷莹陪同，罗贵波第一次见到了胡志明。

那是大山里的一块平地，一条清澈的小溪淙淙淌过，小溪边搭起了一个小竹楼，就是胡志明的"主席府"了。胡志明在门前迎接罗贵波，一见面就和他紧紧拥抱。

胡志明是越南革命传奇式的领袖。

越南沦为法国殖民地五年之后的1890年5月19日，胡志明出生在义安省南檀县金莲村。他原名阮生恭，上学后取名阮必成。他的父亲阮生辉精通汉文，曾在顺化会试中考中副榜（相当于候补进士），当过平定省平溪县知县，因与法国殖民当局及阮氏官吏不和而去职。少年和青年时的阮必成对中国古典文化做过刻苦钻研，在法国殖民主义者的压迫下产生了救国图存的热切愿望，逐步接受了民族革命思想，决心终身致力于越南的独立和解放。

1911年，阮必成当上了一名海员，漂洋过海。几年后他来到英国居住。对于西方文化的了解，阮必成是在欧洲完成的，欧洲文化，尤其是英、法两国文化对他产生了深刻的影响。1917年，被第一次世界大战弄得精疲力竭的法国从越南征调近10万民工到法国为战地服役，阮必成利用这个机会移居法国，开始使用"阮爱国"做自己的名字，在旅法越工中宣传新思想。俄国十月革命爆发后，他接受了马克思主义，加入法国社会党。1922年该党分裂，阮爱国拥护的一方改组为法国共产党，他也由此成为共产党人。法国共产党是"第三国际"成员，阮爱国于1923年去了莫斯科。从此以后，莫斯科成为他一生中理想萦绕之地。

---

[1] 1989年2月至1991年10月，作者先后对罗贵波、邓逸凡、窦金波、雷英夫等人进行访问。

1924年,阮爱国作为第三国际代表鲍罗廷的秘书和翻译来到中国广州,他的主要任务是推动越南革命,准备建党。中国的大革命失败后,他在东南亚一带活动,终于在1930年1月组织成立了越南共产党,不久改名为印度支那共产党。

建党后不久,阮爱国就在香港被捕。他于1933年年初出狱,随即在中国共产党的帮助下取道海参崴去了莫斯科,在那里继续指导越南革命,并且一直住到第二次世界大战爆发以后。

1950年5月19日,越南中央根据地的少年们祝贺胡志明60岁生日

1938年年底,阮爱国离开苏联从新疆来到延安,接着往南进入中越边境地区,在那里直接领导了漫长的抗日救国斗争。1942年8月,他化名胡志明,从此一直使用这个名字。在胡志明领导下,印支共逐渐发展壮大,建立起抗日救国的统一战线组织"越南独立同盟"(简称"越盟"),在第二次世界大战将要结束的时候又建立了自己的军队。抓住1945年8月日本法西斯军队土崩瓦解的有利时机,胡志明领导军民实行总起义,在1945年9月2日发布《独立宣言》,宣告越南独立。

在长期的曲折经历中,越南人民逐渐认识并爱戴自己的领袖——胡志明。

初次见面,胡志明即告诉罗贵波,他在莫斯科见到了斯大林、毛泽东、周恩来,在北京见到了刘少奇、朱德。中苏双方商定的基本方针是:中国直接援助越南,向越南提供武器装备和军队训练方面的全面援助。胡志明对此表示感谢,他还邀请罗贵波参加于次日召开的印支共政治局会议。

这次政治局会议前后持续了两周,详尽讨论了如何打开越中边境局面,以便接受中国援助的问题。会议中越方政治局委员们提出,为了实施反攻,最好将越军主力开到中国境内的云南和广西两地进行整训,整训兵力将达1.25万人。胡志明也持此见,并于会议进行中的4月12日亲自致电中共中央,希望中国援助3000吨粮食,以供人民军七个月之需,并在云南、广西两地训练人民军主力部队。[1]

刘少奇告诉罗贵波,你将担任驻越大使

在北京,刘少奇非常关注罗贵波在越南的工作,仔细阅读他从越北丛林中发回的电报,1950年3月23日,刘少奇即指示铁道部部长滕代远,请他考虑修复滇越铁路的问题。

刘少奇也同意由中国方面在云南、广西境内整训越军主力部队。

1950年5月8日,中共中央向罗贵波发出了由刘少奇起草的指示,要求他准备在越南长期工作。指示说:

罗贵波同志并告陈宋、张云逸、西南局、中南局:
你4月29日来电悉。
越南同志对中国党和中国党的干部一般还是不很了解的。同样,我们对他们也不是具体了解的。在这种互相不大了解的情况下,很容易发生一些不应有的误会和过分的警惕。此点望你加以注意。但两国党及其中坚干部都经过了长期革命斗争的锻炼,在基本上是完全可以相信的,现在也是相互信赖的。此点,你亦需加以注意。
越南某些同志可能有某些毛病,例如害怕说出自己的缺点错误,对中国的经验不重视,更多地依赖外援,随便开口要帮助等。但这些毛病不是一下能够改正的。这些毛病在许多中国同志中也有,也不是短时期能够改正的。这只有在互相了解互相信任以后,并在多次的实际经验中证明以后,才会逐渐改正。
你现在根本不要用过多的心思去注意越南同志这些毛病,更不要去批评他们这些毛病。你现在只应该诚恳老实和热情地从正面提出你认为正确

---

[1] 1989年2月24日、1990年4月18日,作者在北京访问罗贵波。另参见罗贵波:《初见胡志明主席》,载《世纪》1994年第1期。

的意见并介绍中国的经验给他们，以待他们采纳。他们能够采纳多少或甚至不采纳，你亦不要去计较，你只诚心诚意地去帮助他们就行。他们不愿意你调查的事你就不应去调查。你如此坚持工作一个时期之后，你就可能逐渐取得他们对你的进一步的信任，你也能够更多地了解他们（但不要一切事都去调查和询问），然后，彼此不敢当面说的话，就可慢慢说出来了。而这是完全不能性急的。

你应在越南坚持工作下去，中央准备任你为驻越南大使，在适当时机，中央即准备将此事提交越南征求同意，如越南同意，你即以大使身份长驻越南。……

另外，韦国清不久亦率军事顾问团去越南，负责在军事上帮助他们，陈赓和宋任穷则不能长驻越南，只能在必要时去越南一转，他们的任务是在后方帮助越南，不能代替你的工作。韦国清因要集中注意在军事方面工作，亦不能代替你。你的任务现在实际上是，将来名义上也是驻越南的大使并兼中国党驻越南的代表。你应准备相当长时期在越南工作，才能得到应有的成绩。[1]

由武元甲陪同，罗贵波视察了越南人民军。越军主力的状况使他吃了一惊，直到几十年后，罗贵波还清楚地回忆："我没有想到越军的情况竟是这样的，部队普遍缺粮，油更谈不上，战士们体质虚弱；衣服多已破旧，大多数人打赤脚。武器装备更差，什么型号的枪都有，

1950年8月，罗贵波（右一）和陈赓（右三）一起与胡志明（中）在越南北部

---

[1] 中共中央文献研究室编，中央档案馆：《建国以来刘少奇文稿》第二册，第146—147页，中央文献出版社2005年版。

使弹药的补充很困难。特别是他们没有打过较大的战役，缺乏攻坚战的经验，纪律也松弛。这样的部队怎么能在越中边界打大的战役呢？"

罗贵波向越方提出："要打通中越边界，是要把军队捏起一个两个拳头的。目前越南部队大都以营、团为单位独立活动，力量过于分散，越南党中央应该早下决心，组建起一个或两个正规的作战师。"[1]

对这个问题，印支共中央已有清楚的认识。罗贵波入越前的1950年1月，印支共中央在越北根据地举行了第三次代表大会，会议在讨论军事问题时指出："我们的政治基础强大，后方巩固，军民士气高昂。但我们还缺乏正规军，缺乏攻坚和攻城的兵种和重型武器，缺乏快速通信手段，缺乏真正懂得韬略的指挥运动战的干部。"

待罗贵波视察完部队，印支共中央和越军总部正式地向罗贵波提出，越方已决心整编正规军，请中国在云南和广西两省提供地点，将需要整编的越军主力开到中国去进行整训，由中国对这部分越南部队进行武器弹药、医药和通信器材方面的全部装备。同时，为了顺利实施拟议中的越中边界战役，请中国向越军派出军、师级的军事指挥员担任战役顾问，派出一批团、营级的军官到越南部队中担任团、营顾问。越方还提出，他们希望在1950年内组建起6个师约10万人的部队，请中国为之提供武器装备。

就这样，1950年春天，越军第一个正规的整编师——308师（越方当时称"大团"）——集结到一起，正式组建起来了，由王承武任师长，高文庆任副师长，双豪任政委。

中方的答复亦很快做出：将视情况的成熟与否逐步地帮助越南方面组建这些正规师，并同意在中国境内整编越军。进入中国的越军将分为两部分：进入云南文山地区的308师，由中国人民解放军第13军负责整训；越军的另一支主力部队——174团和209团——开入中国广西龙州，由广西军区整训。[2]

实际上，中方更重要的决策是，迅速组建军事顾问团进入越南，以长期协助越军作战。

---

[1] 1989年2月24日、1990年4月18日，作者在北京访问罗贵波。另参见钱江：《在神秘的战争中——中国军事顾问团赴越南征战记》，河南人民出版社1992年版。

[2] 1988年4—5月，作者在昆明多次访问王砚泉。

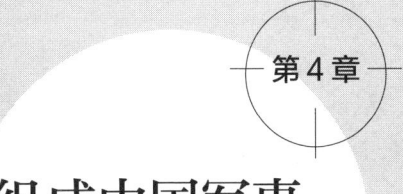

第4章

组成中国军事顾问团

韦国清担任军事顾问团团长

根据印支共中央的连续请求和罗贵波就此事的报告,中共中央于1950年3月下旬正式形成会议,组成中国军事顾问团入越,协助越军作战。顾问团团长由原第3野战军第10兵团政委韦国清担任。

选韦国清入越,颇经多方考虑。首先,他久经战阵,长期以来是独当一面的军事指挥员。在红军中,他曾是一名工兵。在抗日战争中,他是征战于江淮地区的"麻雀战专家"。解放战争中,他成为纵队(军)和兵团的司令员,指挥了许多重大战役。渡江战役前夕,他担任第10兵团政委,和司令员叶飞一起挥师解放了福建。入闽后,韦国清转而接手地方工作。此种经历使他既熟悉军事也熟悉政治工作,足当重任。

还有一个重要原因是,韦国清是广西壮族人,他的家乡和越南相距不远,越南也有壮族人,彼此的语言可以相通。去越南,这是韦国清得天独厚的条件。另外,从个人性格来说,在第3野战军的高级将领中,韦国清以机智稳重著称,担任赴越军事顾问团首长很合适。[1]

韦国清恰好在北京,正等着中共中央军委分配工作。

韦国清原名韦邦宽,1913年出生于广西东兰县劳石乡一个贫苦农民家庭。1928年夏天,15岁的韦国清参加了韦拔群领导的农民自卫军,参加过攻打东兰县城的战斗。1929年他加入共青团,同年参加由邓小平、李明瑞、张云逸领导的百色起义,当过张云逸的警卫员。此后他转战桂黔湘边界地区,然后进入江西苏区,于1931年转为中共党员,很快成为一名年轻的红军团长。

---

[1] 1991年10月,作者在北京访问雷英夫。

第4章 组成中国军事顾问团

1934年10月,韦国清参加二万五千里长征。他曾率部参加抢占皎平渡、巧渡金沙江的关键性军事行动。红军抢渡乌江时,当时任干部团特科营营长的韦国清跟随团长陈赓,率工兵连星夜疾行60华里,赶到边界河渡口,神秘迅速地架起浮桥,使中央红军得以及时全部过河,攻占遵义。到达陕北后,在红军的最后一战直罗镇战役中,韦国清身负重伤,伤愈后进入红军学校学习。

抗日战争初期,韦国清担任过八路军总部随营学校校长。1940年后任新四军第3师第9旅政委、第4师第9旅旅长等职,转

中国赴越南军事顾问团团长韦国清

战于淮北。他于1942年12月指挥了朱家岗战斗,这次战斗对粉碎日本侵略军发动的对淮北地区的大扫荡具有决定性意义。1943年春,国民党江苏省主席兼鲁苏战区副总司令韩德勤突然率部袭击新四军淮北根据地,韦国清率第9旅主力迅速包围了韩德勤部,予以围歼,生俘韩德勤,为新四军坚持在淮北和苏北的抗战创造了有利条件。1944年9月新四军第4师师长彭雪枫牺牲后,韦国清就任副师长。

抗日战争胜利后,韦国清曾任军调处执行部徐州小组中共代表。1946年解放战争开始后,韦国清任山东野战军第2纵队司令员兼政委,指挥部队参加了朝阳集、宿北、鲁南等战役。1947年2月,他率领一个纵队越过陇海铁路,发起白塔埠战役,歼灭了国民党第42集团军军部和它的第2师、第4师,活捉其司令郝鹏举。随后,韦国清率部参加莱芜战役。在著名的孟良崮战役中,他指挥两个纵队在青驼寺阻击国民党援军,血战三昼夜,挡住了援兵,保证了华野主力在孟良崮全歼国民党最精锐的第74整编师。

1948年起,韦国清任苏北兵团司令员,参加了淮海战役。担任第10兵团政委后,他同司令员叶飞率部渡过长江后参加上海战役,而后进军福建,先后任福州市委书记、福建省委组织部部长。中华人民共和国成立后百废待兴,韦国清被调到北京,准备让他去联合国任职。正好赶上要成立赴越军事顾问团,几

乎是一夜之间，韦国清未来若干年的人生轨迹完全改变了。

二、三、四野，各组越军一个师的顾问队伍

1950年3月中旬，组建赴越军事顾问团的工作紧锣密鼓地展开。刘少奇写了一封信，要韦国清持信向四个野战军首长请示，请他们为军事顾问团选派干部。

韦国清拿着刘少奇的信先找到了第2野战军政委邓小平。邓小平看过刘少奇的信，爽快地说："这样吧，我们刚好都在北京开会，你一个一个去找太辛苦了，我们一起去找他们商量一下。"

邓小平和韦国清一起来到林彪住处，邓小平对林彪说："中央决定派军事顾问团去越南，韦国清来请我们各个野战军选调干部，少奇同志还写了信来，我们一起到彭老总那里商量一下如何？"

林彪表示同意，大家一起到了彭德怀那里。彭德怀一口答应，说："现在国内战争基本上结束了，你们要什么干部就给什么干部，要多少给多少，我们全力支持。你说要多少人吧。"

林彪在一旁附和彭德怀的意见。

韦国清说："越南现在要组建三个师，有的是罗贵波去了以后刚组建起来的。越方的意见，除了总部机关以外，第一步要选派三个师的各级顾问去越南。"

邓小平说："我看三个师的顾问由中央决定分配吧。军事顾问团的团部人员，为工作方便，就由你所在的第3野战军选调，怎么样？"

韦国清说："这样办好，我再向少奇同志汇报。"

听了韦国清的报告，刘少奇说："小平同志的意见很好，顾问团团部人员就由三野选调。那三个师，还有一个学校的顾问，要发个通知，向各个野战军明确分配一下。"

韦国清请示："可否由二、三、四野战军各选调一个师的各级顾问，军政学校的顾问和教员，由四野就近选调？"

刘少奇同意韦国清的意见，说："这样好。一野在西北地区，任务很艰巨

复杂，人员又少，这次就免了吧。你把这个考虑向聂总报告，看他还有什么意见，请中央军委发个通知。"

此议最后经毛泽东批准。

1950年4月17日，中共中央军委命令：二、三、四野战军各抽调一个师的全套干部参加赴越军事顾问团。同时确定，由第3野战军调集干部组成顾问团团部班子，由第4野战军抽调一个军事学校的班子担任越军军事学校的顾问。

4月26日，中共中央军委再次指示西北、西南、华东、中南军区和军委炮兵司令部，要求增调营以上干部13名，参加军事顾问团，准备担任越军高级指挥机关和部队的顾问或助理顾问。

1955年被授予少将军衔的梅嘉生

第3野战军首长粟裕和韦国清商议后，由粟裕提名并确定，由当时设在南京的华东军政大学第3总队首长组成顾问团团部，由总队队长梅嘉生担任韦国清的主要助手。

梅嘉生，是第3野战军各军中颇具传奇色彩的将军。他是江苏丹阳人，1913年生于一个清贫的农民家庭，幼年随母亲到上海读书，初中毕业后当过店员，而后继续求学并且接受了进步思想，不久又到南京投考军校，学习装甲兵课程。七七事变爆发后，日本发动大规模侵华战争，梅嘉生于1937年秋天回到自己的家乡，组织抗日武装。这时，在他的邻村，大革命时期就成为中共党员的管文蔚也在组织抗日部队，梅嘉生于当年冬天和管文蔚取得联系，组织起农民自卫团。不久，陈毅率领的新四军第1支队北上，梅嘉生所部即归属新四军，不久后参加了著名的黄桥之战。梅嘉生于1939年入党，初任丹阳游击纵队第3大队队长，后任新四军第1师第3旅参谋长。在整个抗日战争和解放战争中，他转战苏北、山东，参加了许多重大战役，战功卓著。尔后，他曾任华东野战军第4纵队参谋长，第23军副军长兼参谋长。在渡江战役中，他所在的第23军经历了和英国军舰发生冲突的"紫石英号事件"，这是中华人民共和国成立前发生的最重大的涉外军事冲突。他熟悉司令部业务，思考细致周密，是一名出色的参谋长。

越南密战

一纸密令，战将云集顾问团

一纸密令颁发，刚刚拂去了解放战争征尘的上百名师、团、营级军官迅即离开熟悉的岗位集合起来，向南方那个多少有些陌生的国度进发。

在几十年光阴闪过之后回首这段往事，几乎无人不说由于年深岁久，这段奇异经历埋藏得太深，使得记忆的探铲在启封它们的时候也不知不觉磨损得太多了。几乎是四十年后，当年的军事顾问赵瑞来对笔者说："历史学家为什么要等历史走远了才来研究历史？1950年，我正在滇西南的大山里剿匪时，通信员送来副师长王砚泉的信。信上告诉我，已经确定让我去越南当军事顾问，并要我立即回军部报到。眼下四十年过去了，我只记得信里的一句话了，副师长说：'……这是我们中国第一次向外国派军事顾问，希望你发挥在国内革命战争中取得的宝贵经验……'这封信我保存了三十多年，可是最后一次搬家，把这封信给烧了，烧成灰了。历史学家，你们来晚了。"[1]

不过，在中国和越南的现代关系史上，这样牵动历史的事件毕竟是不可能磨灭的。让我们记录下几位当年的顾问团成员对久远往事的回忆吧。

张英（原中国赴越军事顾问团办公室主任，后任中国驻斐济大使、外交部领事司司长）：

我于1946年随广东东江纵队离开老家东莞撤到山东，编入后来的第3野战军。在山东，我们打胜了。苦战三年，终于一路打到了南京。进入南京以后，我在华东军政大学第3总队担任组织科科长。1950年4月下旬，总队首长梅嘉生、邓逸凡先我一步调离。邓逸凡走后由原政治部主任李文一担任政委。谁知过了不久，李文一也接到了去军事顾问团的调令，我们刚开完梅、邓首长的欢送会又开了欢送李文一的会。这期间，总队的倪有石、孙志明和王振华也调到顾问团去了。李文一出发前告诉我，上级已经确定我担任副政委，要我抓好总队的工作。

看来我要在南京生活一段时间了。我妻子李南很快请假回了广东东莞老家。我是抗日战争前夕在那里参加革命的，算得上东江纵队的老战士。

---

[1] 1988年8月3日，作者在昆明访问赵瑞来。

因为战争环境险恶,我和李南把出生不久的女儿托付给一位农民抚养,自从撤离广东后就再没有音讯。现在战争结束了,我们想把女儿找回来。

李南到东莞不久就来信说,女儿找到了。差不多同时,我也接到了去军事顾问团的命令。

这时顾问团团部已经离开了南京。我想在离开祖国之前再和妻子见上一面,同时看一眼多年不见的小女儿。经过上级批准,我带了一位警卫员,抱着1岁多的儿子,奔波几天到了东莞。

我见到了女儿建芳,她正和养父、养母在一起。我走过去,建芳的养母说:"快叫啊,叫爸爸。"已经8岁的建芳愣了一下,指点着身边的养父说:"这不是爸爸吗?"

养母指着我说:"这是你的亲生爸爸。"

但是建芳没有叫我。

我感到一阵心酸。抗战多年,我没有几天和女儿在一起,解放战争三年多,连女儿的面都没见过。建国了,见到了女儿,却是一见马上就要离别。

一家人在东莞团圆了三天,照了一张相,我就带着警卫员赶往南宁,顾问团正集中在那里准备奔赴越南。[1]

窦金波(中国赴越南军事顾问团第一任炮兵顾问,后任兰州军区炮兵部队首长):

1950年4月下旬,当时我是炮兵团团长,刚从青岛移兵福建建瓯,遵照军委命令准备参加解放金门岛的战斗,并准备进而解放台湾。要参加那么大的战役,我特别兴奋。

4月底或5月初的一天,我突然接到军部电话通知:"窦金波,到军部来一趟,你的任命有变化。"

我赶紧去了。副军长刘勇跟我开玩笑:"你知不知道要去干什么呀?"

我随口说:"知道了。"

刘勇很吃惊,问:"你怎么知道的?"

---

[1] 1989年1月24日,作者在北京访问张英。

我说:"要我当副师长。来福建经过南京,特种兵司令部跟我谈了一下。"

刘勇晃了晃脑袋,把一纸电报推到我面前,说:"看一看这个吧。"

电报说,窦金波调往赴越南军事顾问团,立即到南京向华东军区司令部报到。我完全愣住了,没想到刚刚打下天下,又要出"天下"了。这世界变得真快。

没说的,我立即赶往南京,但心里唯一犯嘀咕的是:"越南那地方还不知道有没有炮兵呢!"

到了南京,司令部军务处处长张怀忠是我在胶东时就认识的一个师长,他把我介绍给了正在组建顾问团班子的梅嘉生。梅嘉生向我谈了顾问团的组成情况,要我先在南京住下,他说,凡去顾问团的干部家属都集中到南京来安排工作,你的妻子很快就要从青岛来了。组织上知道她产期临近,一定会妥善照顾。待顾问团人员到齐后,可能去北京接受中央的任务。

大约是6月20日,梅嘉生率领我们顾问团团以上干部近二十人去北京。很巧,华东军区副司令员粟裕应中央电召也去北京,列车上挂了一节专列车厢,我们也就搭乘他的车厢一起走了。事后才知道,朝鲜局势非常紧张,大规模战争爆发在即,中央同时在考虑解放台湾的问题,召集高级将领去北京商议对策。在列车上,我发觉粟裕将军经常沉思。我不禁想,到越南去,一定也是中央经过慎重考虑下的决心,这当然是光荣的任务。待我从北京参加了中央首长的会见回到南京时,女儿已经降生了。我给刚出生的女儿起了个名字叫"越华"。[1]

田大邦(中国军事顾问团派往越军主力团第102团的顾问,后任昆明军区副参谋长):

1950年春天,我任第14军第119团团长,率部向滇西北进发剿匪,随即又进至西昌地区,配合友军剿匪作战。仗打得很顺利,到5月间就班师返回昆明。当我来到洱源县的时候,突然接到命令,要我一人急返昆明报到,

---

[1] 1988年12月16—17日,作者在石家庄访问窦金波。

第4章 组成中国军事顾问团

1952年，中国顾问团照片。左起：许法善、马西夫、罗贵波、史一民、张志善、王宗金、金昭典、王许生、张振东

接受新任务。我赶到大理，恰巧碰上副师长王砚泉也接到命令从滇西往昆明赶，我就和他一起到了昆明。我随即向军部报到，原来是让我到越南部队去当顾问。

我们在昆明集中学习了一段时间，主要是学习领会国际主义精神，掌握政策。然后由第37师副师长吴效闵带队乘火车到开远，接着赶到了砚山县。越军主力308师的两个团——第88团和第102团——已经到了，我到第102团担任顾问，我的战友周耀华去了第88团当顾问。第102团团长是武安，政委是黄世勇。武安三十来岁，原先是河内的一个工人，作战勇敢，和我的关系挺融洽。我们团一级顾问最初的主要工作方式是听他们谈训练安排，我们提出意见。看了越军部队以后留给我的印象是，越军战士忠于祖国，能吃苦，这样的部队训练出来是能打仗的。[1]

张祥（中国军事顾问团顾问，后任云南文山军分区副司令员）：

---

[1] 1988年7月24日、1988年11月28日，作者在昆明两次访问田大邦。

那时候,我还以为国内战争结束了,这辈子我不再打仗了。

1950年年初,我任第13军第37师第110团第2营营长,结束了滇南战役后从元江回到昆明,驻守飞机场。5月初的一天,突然接到命令,要我立即去师部报到。我马上进城到连云巷师部所在地,师长周学义告诉我,已经确定,派我去越南当军事顾问,立即出发去开远向军部报到。他还特意叮嘱:"此事绝对保密。"

我赶到开远,在这里遇上了从别的团抽调来的顾问。我们在一起学习了一段时间,主要学习党章、国际主义精神和军事。大约有一个来月,学习结束我们就去了砚山。当时,越军第308师刚刚来不久,由我军整训。我们走前军部开了一个挺隆重的欢送会,会后周希汉军长带我们去第308师,我被分在越军一个小团(营)任顾问。

一到任我就知道了,整训结束之后,进入越南的第一仗就由这个小团打。[1]

李增福(中国军事顾问团顾问,后任昆明卫戍区司令员):

那个时候我年轻啊,才23岁。

我是江苏沭阳人,1940年13岁的时候参加了抗日游击队。第二年皖南事变发生,随着游击队"升格",我就成了新四军战士。抗日战争胜利,我随黄克诚师长进军东北,又从东北一路打下来,到了广东、广西,那就是一路追击了。1949年年底我军进了广西,一部分国民党残军就往越南跑,我在的第39军部队拼命追。追到了离镇南关六公里处,突然接到总部命令:就地停止追击,任何部队不得出关。

这样,我到了越南门口又折回来了。

1950年夏天,我们第39军集结到河南漯河整训,这时,我担任营长。有一天,我正在召集排以上干部开会,突然接到了团长的电话:"张师长打电话来,要你带上一个警卫员、一个饲养员,全副武装,立即到团里来。"

---

[1] 1988年11月28日,作者在昆明访问张祥。

我问:"什么事呀?"

团长说:"来了再说。"

我立刻离开会场,带上通讯员侯玉明和饲养员老陈,骑马赶到了团部。原来团长只知道要把我送到师部去。当下,我们套起一辆马车到了师部。师长张竭诚告诉我:"军里来电报,调你到中南军区,另有任用。具体干什么,我也不知道。但是,不管到哪儿,一定要把工作做好。我想,也可能把你派到艰苦的地方去。"

我立正向师长敬礼,说:"派我到哪里都行。"

马车接着往前赶,在哗啦啦的大雨中把我们三人送到了在漯河的军部。刚到军部门口,就见雨里站着军队列处(也就是干部处)的人,冲着我喊:"来的是李营长吗?"

一听我回答说是,他高兴坏了,说,不要进军部了,直接去火车站,票已经买好了,介绍信也开出来了,你直接去武汉报到。

就这样,马车把我拉到车站。只一会儿,火车就来了。

下半夜我到了武汉,想自己找到军区去,结果转了向,只好跑到一家铺子里给军区队列部打了个电话。接电话的人可高兴了,说:"部长正等着你呢,派人到车站也没把你接着,这下你可不能乱跑了,我们马上派车去接你。"

小车把我拉到了中南饭店。我们四野抽调的干部都集中在这里了,我大概是最后一个到的。我一进饭店就遇上发东西:便衣、雨衣、皮鞋,还一人发一块英纳格手表、一支派克钢笔。这后两样当时可是贵重东西,我一下子变成富翁了。我想,这次执行的一定是个特殊任务。

发完了东西,大家一起去照相,得到通知明天动身去南宁。临走了,军区一位部长宣布:"你们是到'越南工作团'工作。具体任务到南宁以后由工作团首长安排。"这下子,我才明明白白地知道,我要去越南打仗了。[1]

吴涌军(军事顾问团顾问,后任海军福建基地政委):

---

[1] 1989年11—12月,作者在昆明多次访问李增福。

越南密战

20世纪50年代初到越南的中国军事顾问团战士
（李增福供稿）

1949年夏天，我作为第3野战军第20军的一个营教导员，参加了上海战役。上海，是我度过了少年和青年一段美好时光的地方。我终于回到上海了，还在上海找到了失去联系已经12年的母亲。我见到母亲的时候，她一下子认不出我了，还说："你是从扬中老家来的，你们小一辈的人我都不认识了。你的老一辈是谁呀？"我说："你再看看我！"这下子母亲把我认了出来，一下子大哭起来。我也激动得说不出话来。我真想在上海多停留一段时间。

不久，部队移驻昆山。接下来，我来到南京，进入华东军政大学"高干团"，又称"一团"，开始了学习生活。我从小就喜欢读书，现在胜利了，能安下心来读书了，我特别想读出一个好成绩来，补上少年时期的欠缺。

一个崭新的国家在我们手中活脱脱诞生，接下来，我们应该去建设她。时间过得特别快，转眼就是半年。1950年初夏的一天，政治部主任把我叫到办公室，郑重地通知我："根据党中央的指示，上级决定派你作为军事顾问到越南去，去帮助越南人民进行抗法战争。现在你就去野战军司令部报到、集中。"主任还问我有什么意见没有，但我什么也说不出来——我怎么也没有想到这辈子会出国呀。

接受了命令，我来到中央路野战军招待所，邓清河、窦金波、于步血、倪有石、陈镇已经先我一步来了。我还很快知道李文一也要调到顾问团来。我们大家聚在一起就谈起了去越南的事。

我实在是百感交集，不知有多少念头涌上心来，晚上想得都睡不着觉。

新鲜、激动，又带着不安，我那时的心情实在难以形诸语言。

我本是贫苦农家的孩子，抗日战争爆发后不久参加新四军，打仗已经整整10年了。我打过日本侵略军，接着打国民党军队，可是从来没有打过法国人呀，这个仗将怎么个打法？多少年来，我一直受教育说，参加革命，要履行国际主义义务。但是毕竟只是从理论上明白，现在要我去实践了，我还没有经验呢。越南，这个邻国的解放战争究竟是怎么回事，我还一点不知道呢。

说真的，这时我格外留恋起国内来了。我打了十年仗，从踏上战场的那一刻起，我就没有想到过我还会亲眼看到胜利的今天。可是如今毕竟胜利了，我怎么不该多享受一分胜利的快乐呢？到越南去，又要置身战场，这个仗什么时候能打完呢？

还有，胜利了，我也28岁了，也应该考虑结婚成家了，我要在打下的天地里好好地生活。

再有，我还有在江苏扬中县老家的父亲，在上海做工的母亲，胜利了，我也该尽一尽过去没有尽到的供奉之责呀。

我还想到了我的妹妹。我和她感情很深。那一年我9岁，她才6岁，家里没办法养活她，把她卖给人家当童养媳了。卖她的那天夜里，妹妹哭，母亲哭，我也哭。我紧紧抱住母亲的双腿说："不要卖妹妹。我就要长大了，我长大了能养活妹妹。"可是母亲对我说："你才9岁……"从此我没有见到妹妹。现在胜利了，我要找到妹妹。

去越南，对一个人来说是生活的一个大变化，谁没有自己的想法呢？同去的邓清河是一位师政委，是老红军，他和我谈起去越南的事，也流露过希望留在国内的意思。可是邓政委说，想来想去，最后还是得服从上级决定，到越南去履行国际主义义务。自己的事情，就先放在一边吧。

我也是这样想的。想想那些在过去的战斗中牺牲在身边的许多战士，我能活着看到胜利，怎么还能讨价还价呢？我想，和我一起走向越南的顾问们，绝大部分人也都怀着同样的信念。世界上的事情，想一想也就想定了。

我们在南京集中以后，上级允许顾问以短暂的时间处理个人事宜。我决心找妹妹。我先赶到无锡，找到同在部队但已经五年没有见面的哥哥，他在苏南军区参谋集训队当队长。哥哥告诉我，他已经根据线索到常州找过妹妹，可惜，妹妹已经不在人间了。我们只晚了一步，妹妹就在常州解放以后因病死去了。

听了哥哥的话，我的泪水直在眼眶里打晃，难过得一句话也说不出来。于是我向哥哥辞行，家事全托付于他，我要全心全意地去越南打仗了。

7月下旬，我随顾问团来到南宁，团长韦国清也从北京来了。我们在一起制定了《出国守则》。我记忆中最深刻的，就是中央对顾问团的指示："把越南人民的解放事业当作自己的事业来做。"[1]

会说越语的都去越南当翻译

韦国清一直在北京负责军事顾问团的全面筹组工作，刘少奇和代总参谋长聂荣臻就赴越工作问题先后找他谈了两次。在韦国清陪同下，聂荣臻还在北京两次接见中国军事顾问团的顾问们。

顾问团的名单里出现了侯寒江的名字，他要重返越南了。原来，他跟着李班一到北京，就提出了留下来学习的请求。经李班同意，侯寒江进入中央统战部为华侨党员举办的学习班学习。5月，统战部突然通知侯寒江去见连贯。连贯告诉侯寒江，中央决定组建中国军事顾问团去越南协助作战，现在急需越语人才，就把你找来了，要你加入军事顾问团，先做翻译工作。连贯正式通知侯寒江："你的组织关系已经从越南转来了。"

5月底，侯寒江去南京向梅嘉生报到。同行的还有三位年轻的越南人，黄明芳、文维、武

1950年，首批中国军事顾问团成员。其中的侯寒江（右二）早在1946年就开始在越南参加革命工作了

---

[1] 1990年4月4—10日，作者在北京访问吴涌军。

德，他们都是越方最近派到北京到"青年训练班"学习的，现在结束学习，都到中国军事顾问团协助工作。日后，他们都成了越南方面的重要中文翻译。[1]

在军事顾问团紧急组建的同时，中越边境上，整训越南正规部队的工作也在紧张进行着。原滇桂黔"边纵"司令员、现任云南军区副司令员庄田赶往砚山，会同第13军干部整训越军，进行必要的协调。

翻译，越南语翻译突然变得万分急需。云南军区下令，在原先庄田统率的滇桂黔边纵的越南华侨青年中寻找懂越语的人才。太巧了，1948年至1949年年初，活动于滇桂黔边界地区的"边纵"受到国民党军的压力，曾从广西和云南边界出境，进入越南的高平、河阳等边境地区整训。在这段时间里，有许多华侨青年参军，其中有几十个华侨女青年，她们大都有一定文化，集中在宣传、医务分队。中华人民共和国成立后，这些华侨女战士集中在昆明、文山地区。

命令急下，驻地在昆明昙华寺的边纵医务处朱碧英、冯明等六七个女战士赶往庄田在翠湖边的住所，当晚就在庄田住处的一个空屋子里打地铺睡了一夜。次日，庄田带领工作人员和这批被视为宝贝的女翻译们乘车驶向开远，他们在第13军军部住了一夜，天明即赶往砚山。那里，越军第308师刚刚开到。

冯明记得，到砚山的那天特别热，她吃到了早熟的荔枝。[2]

当年才16岁的越语翻译丁苏萍在40年后向笔者回忆说：

> 那时候，真觉得天下没有比翻译更难的事了。在云南砚山整训越军主力团的时候，受过大学教育，越语汉语都说得呱呱叫的也就那么三几个人，我们管他们叫"大翻译"，他们负责首长之间和上大课的翻译。再往下，就靠我们这些小翻译了。
>
> 我出生在越南高平，是华侨的女儿，小时候读过四年书，13岁那年参加了"边纵"文工团。按说，我的越语挺流利，可那全是生活用语，要我理解军事用语已经困难了，何况还要翻译呢。我被分在越军"首都中团"的一个营，越南营长叫黎永明，中国顾问是李云龙。他们说的那些军事术语我从来没有学过，实在叫我为难了。可我倒也不怕，能翻多少是多少，

---

[1] 1994年9月13日，作者在北京访问侯寒江。
[2] 1990年6月，作者在昆明访问冯明。

嘴里说不出来就用手比画，再不行就实说我翻译不了。这时，他们也会换一种说法。我一身军装，越南官兵对我挺尊重，顾问也慢慢理解了翻译不是一件容易的事情，所以我们相处得很好。当然，笑话闹了不少。我们这些年轻姑娘初上练兵场，甚至有把步枪准星翻译作"蒜头"的。翻译到后来，我们比较顺当些了。但这时，越南部队也快回国了。[1]

周希汉军长负责整训越军主力团

中共中央军委责成第4兵团第13军负责，向进入云南的越南部队提供全套最新装备。军委要求凡是国民党统治区兵工厂制造的武器一件也不要给越军，要给，就给全套美式装备。给第13军的总原则就是："有求必应。"

第13军军长周希汉亲自拟订了整训越南部队的方案，副军长陈康先期赶到砚山布置。不久，周希汉带领第37师副师长吴效闵等一批干部和电台人员赶来，换回了陈康。

越南西北战区负责将领高文庆、双豪先期来到中国境内，和周希汉商议了越南各部队分批开进云南的具体安排。高文庆和双豪向周希汉递交了印支共中央总书记长征的亲笔介绍信，翻译当场口译。长征在信中说，现在派出越南人民军主力部队到中国整训，希望中国同志不要客气，把我们的子弟也当作你们的子弟……信中表达的诚挚之情，使在场的中国将领不禁为之动容。

1955年，周希汉被授予中将军衔

双方议定，越军第308师所属各个战斗单位在越南河江省集结，集结完成一批即从麻栗坡进入中国境内。开进部队的掩护问题，以边界的清水河为界，以南由越南部队负责，一过清水河即由解放军负责安全警戒。

---

[1] 1990年5月，作者在昆明访问丁雪萍（原名丁苏萍）。

整训地点应该在哪里？在麻栗坡不行，一来距离边境太近，二来县城地处山沟，太局促了。放在麻栗坡后50余公里处的文山县城也不行，因为解放军正有一个团在那里剿匪作战，不便于军队训练。于是，再北去35公里，周希汉军长将越军整训地点确定在砚山县。

遵照周希汉的命令，设在砚山的第13军随营学校数千人于5月初搬迁到滇中弥勒县，腾出房子让给即将开进的越军第308师。

从1950年5月7日开始，越南部队按照事先确定的路线由越南河江省进入云南，解放军在麻栗坡县边境老山下的清水河两翼布置了警戒。越南部队来到清水河边，把各种枪支放在国境线越南一侧的河岸上，然后徒手进入中国境内。因为越方提出，他们还缺少枪支。中方即表示，凡越方需要的枪支都带到清水河放下，然后运回根据地使用，徒手进入中国的越军在砚山领取全套装备。第308师开进中国境内两个团，但它的第36团被法军隔断在红河三角洲地区，未能来到云南整训。

跨过国境线，越南部队进入结束了战争的和平土地，不必专拣夜间行军，也不必担心法军直升机突然出现在头顶上。云南人民沿途箪食壶浆相迎，路边还打出了大幅标语："欢迎两广纵队！"[1]

这支"两广纵队"衣衫褴褛，绝大部分人打着赤脚，面带菜色。可是，一到砚山，情况就全变了。一个班走进安排好的房子，就会看到里面已经搭好了12个铺位，铺位上挂着12顶蚊帐，12支枪排列在门边，其中10支步枪、两支冲锋枪，还有崭新的军装……第308师的整编完全按照解放军主力师的建制进行。越军官兵高兴极了，第130营陈营长进屋看到这些装备，竟一下子跳了出来，拉着中国军官的手说："太好了，这都是毛主席给我们的。我们胡主席和你们毛主席是老朋友！"[2]

1950年6月初，除第36团以外，预定的第308师各个战斗单位都来到了砚山，越南人民军的第一个主力师——第308师（大团）——就在云南砚山县正式集结编成了。

整训随即开始，周希汉和吴效闵登台为越军干部讲课，越军连以下军官和

---

[1] 1988年5月，作者在昆明访问原中国军事顾问团翻译孙殿才。
[2] 1988年11月1日，作者在昆明访问牛玉堂。

战士则主要在练兵场上接受战术和技术训练。

为讲课，周希汉、吴效闵很费了一番脑筋。他们商量，得先摸一下越军的情况再讲才有针对性。可是怎么摸呢？周希汉出了点子，双方先交流情况，着重介绍本部队打得较好的一个战例。

吴效闵手执教鞭，为越军军官讲解了第13军在淮海战役中沈庄战斗的战例。吴效闵是有文化的军事干部，又是战斗的亲历者，讲得绘声绘色。讲课结束，越军干部走出屋子，师政委双豪亲热地搂住第13军作战参谋李挺的肩膀，说："真不得了，一个战役歼敌55万人，这么大的战役我们可打不了。"

越军第88团团长泰勇是一位在战斗中右臂伤残的战将，他在图表和照片前向中国军官介绍了不久前越军攻打法军据点的一场战斗。在那里，法军以一个连驻守，越军集中将近一个团的兵力进攻。战斗持续三天，最后将法军逐出据点。这是越军近期来组织的一次较大战斗。

听泰勇大体说完，吴效闵显得不耐烦了。天气正热，他把原先坐着的一条长凳翻倒在地，四脚朝天，自己双臂一弯，枕着后脑躺在凳腿中间。他问泰勇：战斗发起的时候，你们营、团指挥所设在哪里？回答是，营指挥所距离敌人800米，团指挥所距敌2000米，重机枪阵地设在营指挥所前面一点的地方。

这和解放军在战斗中指挥所靠前的做法有一些距离。吴效闵一时失态，脱口而出："什么战术，完全是资产阶级军事思想！"这句话，越军干部大都听懂了，满室默然。

这天讲越军战例时越军指挥员高文庆不在场，第二天，他来到了周希汉的屋里，提意见说，昨天有位同志批评我们是"资产阶级军事思想"，这不妥当。我们都是共产党人，希望不分彼此，有什么意见就告诉我们，因为我们确实缺乏经验。

正巧吴效闵也在屋里，高文庆不认识吴效闵，闯进来就直率而言，把吴效闵弄了个大红脸。

不过有此插曲，双方的了解总归是进了一层。周希汉、吴效闵再讲起课来，针对性强多了。周希汉的讲课是从中国革命战争的三种武装力量开始的：游击队、地方武装、正规兵团。战斗方式也主要有三种：游击战、运动战、攻坚战。最后，逐步过渡到以攻坚战为主。周希汉的主导思想十分明确：要让越军了解和掌握打歼灭战的战法。

第13军还抽出一部分连、营干部训练越军的战斗技能，主要内容是班、排、连、营规模的进攻战术训练，单兵技、战术训练，还有抵近爆破、扫雷、设障，以及用迫击炮抛射炸药包摧毁敌工事的战斗方法等。越军对迫击炮抛射炸药包特别感兴趣，认为适宜在越南战场广泛使用，后来他们果然发展了这一战法，使它成为摧毁敌军机场飞机和一些非永固性目标的常用战法。[1]

越军战斗力迅速提高

高文庆、双豪告诉周希汉，第308师整训后，预定的战斗目标是解放老街。

周希汉叫来作战参谋李挺交代说："给你一个连，用一个月的时间，让越南同志提供情况，仿造一个老街法军阵地，好让他们针对性训练。"

李挺按照军长指示四处踏勘，终于找到近似地形构筑了土木工事。这工事在当时看来已经是非常坚固的了，但半年多以后他亲自来到老街跳进法军工事一看，才知道法军设置的是混凝土永固工事，实在是比他的仿设阵地坚固出好多倍。

阵地设置完备，解放军训练分队为初到的越军做了破障爆破演示。

假设敌依托山梁构筑了碉堡，阵地前设置了多道铁丝网。攻击分队发起进攻前进行了炮火准备，将堡垒群淹没在浓重的硝烟里。然后爆破手突前，在火力掩护下炸断铁丝网，后续爆破手跟进，撕开第二道铁丝网……最后一个爆破手则把炸药包送到了碉堡的枪眼下面，随着一声巨响，混凝土碎块飞向天空……战斗集群发起冲锋。

一位凝神观看的越军指挥员对站在身边的第13军侦察参谋张秀明说："这真是打仗的样子。前些时候我们进攻安沛，一共只有一门山炮，三发炮弹，也做炮火准备。三发炮弹打出去了，我们从距敌1000米的地方开始进攻，冲到离开法军500米的地方，法军开火压制我们，我们就不能动了，只好退回来。要是我们也有这样的炮火，也照着你们这个办法打，法国人挡不住我们。"

演示之后，越军也按计划进行了实兵演习。中国军事顾问担任连、排长，越军排级军官当战士向仿设的法军阵地实施攻击。这样的演习增强了越军指挥

---

[1] 1990年2月3日，作者在北京访问李挺。

越军第308师炮兵阵地

员在实战中近战歼敌的意识。但是，演习过程中也发生了一次意外的事故。

演习中进行了实弹炮火准备，特意调来了九二式步兵炮做抵近直瞄射击。由于协同不好，一个炮手瞄准出现偏差，一发炮弹落在了越军冲锋的散兵线上，七人同时负伤。

双豪目睹了这个场面，沉痛地搂住李挺说："我们伤了七个人。我们的干部很宝贵，实在伤不起啊。"

周希汉军长闻讯赶来，到医院看望了负伤的越军干部。[1]

第13军不仅为前来整训的越军第308师装备了全副美式轻武器，还提供了12门山炮和充足的炮弹，帮助越军建立起一个完整的山炮营。第13军山炮大队为此专门开赴砚山，从大队长（营长）到连长、排长、瞄准手、驭手，一个对一个地手把手教练，最后还把拉炮的骡马一起交给了越军。这些骡马都是从北方转战千里来到云南边疆的。在交付骡马的那天早上，王砚泉正好从一旁走过，他看到好几位驭手抱着骡马流泪，一边把豆子塞到骡马的嘴里——他们和这些无言战友从此就要分手，再也不会见面了。

事实上，向越军第308师提供的装备之精良超过了解放军。第308师得到了十门五七式无后坐力炮，这是解放战争后期重庆兵工厂的最新产品，还没有使用过就先装备了越军。

一个炎热的上午，田大邦、赵瑞来来到越军第102团驻地。团长武安上前向顾问敬礼，说："我团刚刚发到五门新式火炮，大家以前见都没有见过，更不要说使用，请顾问为我们示范。"

在闪动着蓝色微光的火炮前，田大邦、赵瑞来暗暗吃惊。他们虽然身经百

---

[1] 1990年2月3日，作者在北京访问李挺。

战，却也都是第一次和这样的无后坐力炮谋面，甚至比越军还晚了一步。田大邦悄声问赵瑞来："这是什么炮？你会打吗？"

赵瑞来没有慌神，他从武安团长手里接过说明书，很快就看懂了，吩咐下午实弹射击，演练一番。在靶场，赵瑞来示范操作以后请一位越军士兵"立姿射击"，打一发试试。也许是翻译导致细微的差异，越南士兵立正肩炮射击。只听轰的一声，一团火焰从他肩后喷出，炮管的震荡使他猛地踉跄一步，大惊失色。这几位中越官兵一起领教了无后坐力炮的神力。[1]

越军总司令武元甲在回忆录里写到了越军精锐部队进入中国境内接受装备和整训的事情：

> 到中国的部队，除了重新装备武器外，友方还帮助训练攻坚技术，特别是爆破技术，这以前由于没有炸药，我们还没有使用过这一技术。经过3个月的训练，可以实弹射击，战士们进步很快。看到我国部队从干部到战士，听讲时都能迅速笔记，许多中国同志感到惊异，还曾以为我军中的知识分子太多！我们只好努力向友方解释，我们的多数干部是学生出身，而绝大部分战士是农村青年，许多人是参军后才学识字的。
>
> ……几个主力团冲锋使用的梭镖现在不用了，这还是第一次。那时，中国人民解放军还缺乏现代化武器设备，没有我们很需要的一些武器，如反坦克枪和高射武器。布鲁诺式轻机枪和马克辛重机枪太笨重，不适合我军小个子。174团几年来在四号公路上作战，缴获许多法国、美国造的轻便现代武器。他们建议保留这些装备。总参谋部指示部属各主力部队都必须换装新武器，才能统一供应弹药。过去几年，战士们只希望手里有一支枪。现在不只有了枪，而且弹药也相当丰裕。我军步兵团的火力与以前比较已大不相同。[2]

---

[1] 1988年8月3日，作者在昆明访问赵瑞来。
[2] （越）武元甲：《走向奠边府之路》，越南人民军出版社，文庄对其中中越关系部分作了翻译。引自文庄：《武元甲将军谈中国军援和中国顾问在越南》，载《东南亚纵横》2003年第3期。

梅嘉生、邓逸凡相聚北京

中国军事顾问团首长，左起：梅嘉生、韦国清、邓逸凡

在中国军事顾问团加紧配备人员，并在中越边界整训越军的同时，中国方面为即将迁入云南的越南陆军学校成立了顾问分团。原第4野战军第48军第143师师长张兴华由广东韶关调任顾问分团团长，他持中南军区干部部部长杜平的介绍信到北京向韦国清报到。韦国清对他说，毛主席等中央首长就要在北京接见顾问团干部，你先住下等待，准备接受中央交予的任务。[1]

1950年6月下旬，就在梅嘉生出任顾问团副团长不久之后，他在军政大学第3总队时的搭档，政委邓逸凡也来到了北京。邓逸凡是广东兴宁人，1912年生，1930年参加红军，做过文书、秘书等工作，经历了中央苏区第一至第五次反"围剿"征战，1934年参加二万五千里长征。抗日战争爆发后，邓逸凡作为第115师的政工干部随军开进敌后，参加了平型关战斗。此后，部队继续东进，邓逸凡担任过华中总指挥部后方政治部主任、新四军政治部秘书长。解放战争时期，邓逸凡担任过华东野战军第2纵队政治部主任。从参加红军之日起，邓逸凡就做政治工作，有着丰富的经验。

此时的邓逸凡并不知道梅嘉生的使命，因为他的工作几乎是和梅嘉生同时调动的。学期临近结束，他就得知自己要调动，而且是去北京，大概就是到总政治部去。刚刚于5月就任总政治部主任的罗荣桓是邓逸凡的老首长，在江西苏区他们就在一个军团里，彼此十分熟悉。所以邓逸凡一待学期结束就来到北京，他打算问问罗荣桓，究竟分配自己去做什么工作。

---

[1] 1990年5月，作者在昆明访问张兴华。

罗荣桓一见邓逸凡非常高兴，说："你来了，很好！家搬来没有？"

邓逸凡一愣，说："没有呀，还没有通知我。"

"你怎么还不知道呢？"罗荣桓说道，"已经决定把你调到总政治部来。"

"来总政做什么？"邓逸凡问道。

罗荣桓说："来了再具体分配嘛。你先回南京去搬家，今天就不谈什么了，你在北京休息一下就回去，一切等来了再说。"

又要和熟悉的老首长一起工作了，邓逸凡很是兴奋，回到打磨场招待所就张罗着订票回南京。谁知道票一时还订不上，他只好等在招待所里。[1]

---

[1] 1990年6月15—16日，作者在广州访问邓逸凡。

第 5 章

中共中央的
期望

朝鲜战争与中共中央援越部署

盛暑，6月下旬，华东平原上的小麦由南至北依次黄熟。

一列自南京开往北京的列车飞驰在一望无尽的大平原上，这趟列车加挂了一节专用卧车车厢。车中最高首长是第3野战军副司令员粟裕，另有一批人，则是由梅嘉生率领的中国军事顾问团团部的师、团级军官们。

根据中央军委命令，中国军事顾问团成员将在1950年7月下旬集中到南宁。除第2野战军已经派往中越边境整训越军第308师的干部以外，军事顾问团团部的团以上干部，则有机会去北京，由中央领导人接见，授予任务。

到达北京以后，军事顾问团的干部们住进前门外打磨场乡村饭店，也就是当时的中共中央招待所。韦国清已经先一步住进了招待所的一栋小楼，他赶来看望将在越南共同战斗的新战友，这中间也有不少老相识。韦国清对他们说："这几天不要外出，大家等待中央首长的接见。"

军事顾问团的干部们都是前方战将，中华人民共和国成立以后还没有到过北京，有不少人从来没有进过京城。他们兴奋不已，感觉到一定会见到领袖毛泽东，聆听他的讲话。

没有想到，他们很快得到通知：目前朝鲜局势非常紧张，中央领导同志很忙，接见暂时推迟。

几天后的6月25日，大规模的朝鲜战争爆发，接见再次被推迟。

军事顾问团的干部们得到了另一层意义上的满足。既然接见推迟了，中共中央招待所就组织他们游览北京名胜。

金碧辉煌的故宫、琼岛绿荫下的北海清波、秀丽古朴的颐和园，还有汉白玉栏杆环抱的天坛祈年殿……古老的土地，悠久的历史，从战争硝烟中走来的新中国战将们,对新中国的感受是别人很难体会到的。

朝鲜战局从一开始就向有利于北方的方向发展。朝鲜人民军于战争开始的当天清晨迅速越过"三八线",开始进行汉城战役。人民军主力在西线向南实施主要突

1950年,朝鲜战争全面爆发

击,于28日占领汉城,进至汉江北岸。东线人民军部队则攻克了春川和江陵。

人民军在汉城战役中初战告捷的战报传来,持续了两天的紧张空气飘然散去,顾问们等待的通知也来了:"明天,6月27日上午,毛主席、刘少奇副主席、周恩来总理、朱德总司令四位领导一起接见顾问团的同志们。"

刘少奇、朱德叮嘱顾问团

中南海丰泽园中颐年堂,画栋雕梁。

中国军事顾问团师以上干部、部分团级军官和机要人员约四十余人,在上午早早来到了这里。偌大的颐年堂里空空荡荡,没有沙发,没有地毯,什么装饰品也没有,屋子一头放着的两张木桌上连茶水、香烟也没有。桌前摆了几十张椅子和凳子,使得颐年堂颇像个会议室。倒是屋内四周墙壁上挂着的清代宫廷字画没有撤去,引得那些有文化的军官们拥到墙边仔细端详。

忽然,听到工作人员用不大的声音说:"首长来了。"大家登时纷纷回到座位前站好。

朱德总司令第一个进来了,随后是刘少奇和夫人王光美。迎接他们是顾问们的一片掌声。

刘少奇、朱德先和站在门口的韦国清、梅嘉生握手寒暄,然后拉着他们走

进屋子，在正中的桌前一齐坐下，只有王光美站在刘少奇身后。接着，大家也坐下了。

但是刘少奇又站了起来，点头向大家致意说："今天请诸位到这里来，主要和同志们谈谈去越南工作的问题。本来毛主席、周总理要一起和大家见见面的，但是朝鲜爆发了战争，相信你们也都看到报纸了。目前，战局很紧张，怕帝国主义插手，因为这关系着朝鲜的命运，也关系到我们国家的安全。所以中央很关注朝鲜局势的发展，忙得很。主席这几天很操劳，他是夜间工作，白天睡一会儿，现在他正在休息，我们就不打搅他了。周总理现在忙着开会，也不能来了。只能由我和朱总司令来和大家见面。"

刘少奇发问："是不是请大家先谈谈？有什么问题，有什么看法，都可以提出来。"

屋子里静悄悄的，没有人发言。刘少奇转向朱德说："总司令，你先说说吧。"

朱德带着浓重的四川口音推辞："副主席先说吧。"

刘少奇点点头，又一次问道："听说有的同志不愿意去越南，不愿意离开祖国到那里去工作。是吗？是什么原因啊？可以提出来嘛，有话直说，如果理由正当，可以考虑不去。"

没有人说话。在经历了一番思考之后，绝大多数顾问都已经决心服从中央的安排，完成中央赋予的任务，此刻来到中南海，更是充满了一种从未体验过的使命感。其实，在顾问团的组建过程中，只有极个别的几个人正式提出过不想去的意见。

刘少奇接着讲下去："没有人说话呀，那我就说了。这次你们去越南工作，是一件大事。去不去，是个原则问题，也是共产党员的立场问题。大家都是党员吧，共产党员怎么看这个问题？是的，我们国家是解放了。但是还要深刻地想一想，台湾还没有解放嘛，还有许多岛屿没有解放嘛，大陆上还有残余势力和暗藏的敌人，所以我们的任务还很重。毛主席说过，这只是万里长征走完了第一步。你们怎样理解呀？我们解放了大陆，蒋介石能甘心吗？帝国主义特别是美帝国主义能甘心吗？"

刘少奇讲起了历史："你们不是看过故宫了吗？李自成不是占了北京进了故宫吗？结果怎么样？李自成的部队骄傲了，以为大功告成，就是没有料到明朝残余势力勾结清兵入关，结果没有多少日子就完了。今天蒋介石背后有一个很强大的美帝国主义，如果勾结起来反攻大陆，这个危险不是很明显吗？共产党员能掉以轻心吗？"

颐年堂里静静的，除了刘少奇的话音，就是钢笔尖在笔记本上划过的沙沙声。顾问们紧张地记录着，生怕漏掉太多。

刘少奇接着说："共产党人是国际主义者。国际主义就是不仅要解放我们自己的国家和民族，还要解放世界上所有被压迫的国家和民族，包括帝国主义国家被压迫的人民，在全世界建立社会主义、共产主义的社会。同志们，想想这个任务有多大有多么艰巨呀！"

说话向来平稳、注重逻辑的刘少奇说到这里，也在话音中带出了情感："我们现在的胜利只是开始，不是完成了任务。我们没有理由满足，没有理由骄傲，不能有享乐思想，不能松劲。就拿越南来说，他们受帝国主义的侵略和压迫并不亚于我们，所受的痛苦甚至比我们还重，如同水深火热之中。中国和越南是近邻，边界上的人民互有亲戚，对于他们的困难我们能袖手旁观吗？能坐视不救吗？如果说，越南再被法国占领，我们的边界能安全吗？他们被征服，我们就会受到直接威胁。所以援助越南，既是国际主义义务，也是为了巩固我们自己的胜利。"

刘少奇回忆起往事："在中国革命过程中，也有许多别的国家的共产党人参加过我们的斗争，流血、牺牲，其中就有越南的同志、朝鲜的同志，还有其他国家的同志。白求恩不就是牺牲在我国的吗？他们为的是什么？这就是国际主义的精神。我们要学习他们，不要只看眼前，只看自己的小家庭，只想当前的利益。要看远些，胸怀要宽广些，这才是共产党人的气派。"

刘少奇说："越南革命胜利不会太快，因为敌人是帝国主义，我看三年的准备是需要的。今年要好好装备、训练部队，明年可以进行大的重要战斗。"

刘少奇讲完了，他看了看朱德，征询他的意见。

朱德说："你讲得很好，我完全赞成。"

刘少奇说："你也讲一讲他们到那里去的任务，要注意的工作方法。"

朱德不再推辞，宽和地对顾问们说了起来："刘副主席讲的我完全同意，一个共产党员就应该这样。这次你们去越南，任务很重要，也很艰巨，同时很光荣。你们去干什么呢？不是像外交官那样办外交，而是要去帮助人家打仗，

越南密战

中华人民共和国成立之初的中共中央领导人（左起：周恩来、刘少奇、朱德、毛泽东）

要上战场。帮助不是代替，不要推开人家，凭自己的意志指挥人家。而是出主意，想办法，平时介绍我们的经验，打起仗来帮助分析敌情，提出意见。"

朱德说："去了还要了解人家的实际情况。人家也有经验，不要看不起人家的经验。介绍我们的经验也要切合人家的实际情况，不能照套我们的经验。比如，他们大体上和我们抗日战争时的情况相似，是不是应该以游击战为主呀？在有利的情况下打一打运动战呀？至于具体的作战方式，我看咱们的经验是可以适用的。要想打胜仗，部队建设是先决条件。我们军队建设的经验我看都可以用上，那就是要建立一支在共产党领导下的人民军队，军民关系、军政关系、官兵关系都要搞好。"

朱德的讲话不长，他在快结束的时候说："听说越南还很艰苦，你们要准备吃苦，要把艰苦朴素的作风带去，这样可以以身作则。"说到这里，他用手轻轻地拍了拍桌面上的一张纸，又把它拿起来，说："我看了你们要携带物品的单子，有一些就不大需要，比如说皮鞋……"

话音未落，颐年堂里的顾问们发出了一阵轻微的笑声。朱德手里攥着的，是顾问团向中央提出的一张清单。顾问们要出国了，希望发一块手表、一支好钢笔，再发一双皮鞋。打了那么些年仗，大多数人已经多年没穿过皮鞋了，甚至还来不及拥有一双皮鞋。有的人，自小在牛背上长大，从来没有穿过皮鞋。

朱德显然不太满意："到了越南还要住农村，又是稻田、水网、山林什么的，皮鞋就没有多大用处，背上还很重，还是多带点草鞋、布鞋比较适用。手表，是不是每人都要有一块呀？我看领导同志有就行了。还有派克钢笔，听说要几十万元一支（当时币制，1万元合人民币1元），写好字不在用什么笔，毛主席的字写得好，他就没有派克钢笔，只有几支毛笔，有时也用铅笔。我看咱们新出的新华牌钢笔就不错，又便宜又好使，可以每人发一支。衣服，也不要像外交官，不要这个料子那个料子的。他们游击队都穿便衣，最近编了些正规军，听说正式军衣也没有发全。我们可以做一些像他们军衣那样的衣服，不要特殊……"

邓逸凡意外受命，走进颐年堂

当朱德手拿清单还在讲话的时候，刘少奇走出了颐年堂，刚才秘书轻轻地告诉他，邓逸凡来了。

这天上午，邓逸凡没有出门，端坐在房间里等车票回南京。突然有人敲门，开门一看却是个陌生人。来人问："你就是邓逸凡同志吗？"

邓逸凡点头说"是"。

来人很有礼貌地说："我从少奇同志那里来。少奇同志请你去，现在就走，车在外面等着。"

邓逸凡感到奇怪："刘副主席怎么知道我到了北京？"邓逸凡和刘少奇是熟悉的，他们曾在苏北盐城的新四军军部一起工作。邓逸凡深知刘少奇为人严谨，既然相召，必定有要事，所以跟着来人上车就走。

车开进中南海，径直开到了颐年堂前。

邓逸凡走向颐年堂，只见大门一开，刘少奇迎面而来。邓逸凡从开着的门口，看见了里面坐着的朱德、韦国清、梅嘉生。

刘少奇和邓逸凡打了招呼："邓逸凡同志来了？来得正好，你的工作要变动一下了。逸凡同志，打算派你到越南去。"

"去越南？"邓逸凡以为自己听错了。

"派你担任军事顾问团的一部分领导工作，去越南工作一个时期。"刘少奇说得清清楚楚。

邓逸凡毫无思想准备，说："少奇同志，总政治部罗荣桓主任已经和我谈过话了，要我到总政治部工作。"

刘少奇说："那就这样吧，这件事罗主任那里我去说。你去越南，是中央的决定。你现在就参加会议,等待主席接见。"

听到是中央决定,邓逸凡立即说:"我服从组织分配。"

于是邓逸凡也跨进了颐年堂就座。事后他才知道,就在顾问们齐聚颐年堂等待接见的时候,刘少奇会见了韦国清和梅嘉生,刘少奇问起:"在干部方面你们还有困难没有?"

韦国清说:"我和梅嘉生商量了,觉得还缺少一名政治工作方面负主要责任的领导,因为去了越南,我和梅嘉生的主要精力恐怕要放在军事上。"

刘少奇说:"这个问题提得很好,确实需要政治方面的顾问。那么由谁来担当呢?你们提名,我来决定。"

梅嘉生说:"我在军政大学时的政委邓逸凡现在正在北京等待重新分配工作,他能够担当这个重任。"

"邓逸凡呀,我熟悉,那就定了吧。他在哪里?"刘少奇当场拍板,于是就有刚才那匆匆的一幕。

邓逸凡刚刚坐定,就听到刘少奇说:"主席来了。"[1]

毛泽东说,滴水之恩当涌泉相报

听到毛主席到来的消息,大家一下子站了起来使劲地鼓掌,只见毛泽东由王光美扶着从他居住的菊香书屋走进颐年堂。在此之前,谁都不曾留意王光美是什么时候出去的。

刘少奇迎着毛泽东说:"大家已经来了个把小时了。这几天你太疲劳,想让你多睡一会儿。"

毛泽东挥起了手说:"唉,睡不着啊。"他先和韦国清、梅嘉生、邓逸凡握手,交谈片刻,又走到屋子中间,和顾问们逐一握手,并且询问每一个人的姓名、年龄、籍贯和职务。在顾问中间,毛泽东认出了曾在延安八路军总部和中央警卫团工作的老红军张兴华,笑着说:"你是江西兴国人,我们又见面

---

[1] 1990年6月15—16日,作者在广州访问邓逸凡。

了。怎么样,到越南去有准备吗?"张兴华回答:"坚决服从命令。"[1]

当毛泽东回到桌前的时候,刘少奇提议他向顾问团做个讲话。

毛泽东说:"你们都讲了吧?我再讲就要重复了。"

刘少奇、朱德,还有韦国清、梅嘉生、邓逸凡都请毛泽东讲一讲。

毛泽东点头了。他转身要顾问们坐下,自己就站在顾问们中间说了起来:"同志们,这次你们去当顾问,是一件大事、新事,我们党和国家、军队是第一次向外国派顾问团。这个意义很重大,是我们的光荣。你们是执行一项很重要很艰巨的任务,希望你们做出好成绩,取得好经验。随着国家和军队的建设,随着国际形势的变化,我们还可能更多地派顾问出去,帮助被压迫民族和国家的解放斗争,这是国际主义的问题,是共产党人的义务。世界上还有许多受压迫、被侵略的国家,他们在帝国主义的铁蹄下,我们不仅仅要同情他们,还要伸出双手去援助他们。不可因为我们打败了蒋介石,就认为我们的任务都完成了。还要看到帝国主义的力量还很强大,他们不会甘心在中国的失败。他们在朝鲜、越南的行动,是想造成对我们包围的态势,一有机会,就会直接对准我们。所以,帮助他们,也是为了我们自己的安全着想。唇亡必齿寒,为了我们自己的安全,为了帮助兄弟民族,你们去工作是一举两得的事。这也是我们要派顾问团的根本原因。"

和刘少奇说话的细密不同,毛泽东讲起话来音调高亢,富有诗人的感染力。他在谈到为什么要派顾问团的时候说:"同志们都知道,在我们中国革命斗争中,许多外国朋友参加了我们的斗争。胡志明同志在中国第一次大革命时就参加了,还有许多越南同志为中国的革命流血牺牲。当然还有其他国家的。大家都知道,他们就是在国际主义思想指导下这么做的。"

毛泽东提高了语调:"人家有国际主义思想,我们也应当有。中国有一句古语说,受人滴水之恩,当涌泉相报。从积极方面说,就是履行国际主义义务。另外,春节期间我去了一趟莫斯科。胡志明也去了,他是去寻求苏联援助的。在莫斯科,斯大林不了解胡志明,说不知胡志明是不是马克思主义者。我说胡志明是一个马克思主义者,还是见一见他为好。这样斯大林就见了。但是在胡志明提出请求苏联援助、派顾问时,斯大林没有同意。在回中国的路上,

---

[1] 1990年5月,作者在昆明访问张兴华。

我和胡志明又谈到这个问题，胡志明要求我们派出顾问团。我说，物质援助我们尽力而为，至于派顾问团，我们不大好办，因为我们的干部没有受过正规的训练，没有进过学校的门，只是打仗有些经验。可是胡志明还是多次要求。我就说，我个人没有意见，但还要回去同中央的同志商量一下。要派，也是土顾问呀。"

讲到这里，毛泽东不禁笑了起来。他接着说："我从苏联回来，中央研究了一下，大家一致同意派顾问团，现在已经派罗贵波同志先到越南去了。根据他们了解的情况，就决定派这样规模的顾问团。这就要同志们辛苦一次。中央还准备叫陈赓同志先一步进去，他和胡志明同志熟悉，并且已经在边界上帮越南同志整训部队，装备武器。他去了协助你们工作一个时期。"

毛泽东说："你们这次出去，中央决定请韦国清同志当顾问团团长。本来是叫他去联合国工作的，但是联合国在美国操纵下不让我们进去，还要那个蒋介石。以后我们又想让韦国清同志去英国当大使，但英国对我们总是三心二意的，那里只能降格，不派大使了。这样就叫他去越南当顾问团团长。他很同意，这很好！共产党人哪里需要到哪里去，舒服的环境可以去，艰苦地方也能去。只要工作需要，其他都不计较。这一点，你们要学习韦国清同志。"

讲到顾问团工作任务的时候，毛泽东说："你们去的任务，就是协助越南同志打仗。现在他们还是打游击战，没有打过较大的仗。法军现在主要是控制城市、交通线、沿海港口，越军占着广大农村。这和我们抗日战争的情况差不多。但是光打游击战不行，要取得胜利，还得打大一点的仗。能打攻坚战、能打运动战，才可以转入反攻、打败法国。要打大一点的仗，就要集中大一些的部队。目前他们已经组建了一些，由我们帮助装备。以后还要进一步集中一些有战斗经验的部队，编成正规部队，经过训练以后打一些大的仗。"

"当然，"毛泽东话头一转，说，"不能忽视游击战。有些游击队升级了，还要扩大游击队，这方面你们有经验。总地说来游击战结合必要的运动战，还是以游击战为主。但你们主要是帮助他们组建正规部队，教会他们打正规战。游击战他们自己有经验，由他们自己去搞。"

毛泽东强调："向运动战转变要注意步骤，多做调查研究。口不要张得太大，先打几个小一点的仗，锻炼部队，提高信心，初战必胜嘛。解放战争的原则不要忘记，每次都要集中优势兵力，一定要有三倍、五倍甚至更大的优势兵力,不打就不打,要打就打胜。运动战仍以歼灭敌人有生力量为主,占领城市据点为次。所以去了要先集中些部队,加强装备和训练。要搞些炮兵,学会攻坚。不攻坚,就打不到援兵,就不能更多地消灭敌人。你们去了,夜战近战、爆破、拼刺刀,都要教。还要根据人家的实际情况,传授我们的经验,做到实事求是,千万不要把我们的经验不问情况如何就去硬套,那要把事情办坏的。千万不可急于求成。从支部工作、思想政治工作,管理、训练直到作战指挥作风,都要在实际情况中去提高他们。除了你们以身作则以外,还要把你们自己的经验教给越南同志。打一仗,进一步,不断总结经验教训,必要时在战斗间隙搞短期训练。功到自然成。也要耐心学习人家的经验提高自己,自己不断提高,才能真正帮助越南同志。"

接下来,毛泽东谈起了大家最关心的问题:"怎么样当好顾问?这要研究。顾问就是顾问,实际上是参谋,给人家的领导同志当好参谋。参谋就是出主意,想办法,协助领导。所以不可包办代替,更不能当太上皇,发号施令。你们到越南以后,首先要和越南同志把关系搞好,为开展工作奠定良好的基础。"

毛泽东又说:"我们不要有大国思想,不要看不起人家,不要以胜利者自居,不要盛气凌人,要戒骄戒躁。既然是诚心诚意帮助越南同志,那就要把他们的解放事业当作我们自己的事业来做。有了这种思想,才能做好工作。你们到了越南,要爱护那里的一草一木、一山一水,要爱护那里的人民,要像在中国一样,尊重老百姓的风俗习惯,遵守三大纪律八项注意。"

毛泽东讲起了历史:"越南是怎么成了法国殖民地的呢?那是清朝末年,清朝腐败透顶,中法战

20世纪50年代,毛泽东在北京会见来访的胡志明

1955年，洪水被授予解放军少将军衔。他是中华人民共和国唯一一位被授衔的外籍将官

争，中国本来已经取得了不小的胜利，但是法国恐吓清朝，逼迫清朝签订了割地赔款求和的条约，承认法国占领越南，这样越南成了法国殖民地。第二次世界大战期间，法国本土被德国占领，顾不上越南了，日本帝国主义就乘虚而入，控制了越南。1945年第二次世界大战结束，日本战败投降，胡志明的游击队就进了河内，成立了政府。不久，法国夺回了本国领土，又出兵越南，把胡志明的游击队赶出河内。这时，我们正在打解放战争，也无法援助他们。现在，我们一解放，就开始援助……我们是共产党人，中国是共产党领导的国家，是搞社会主义、共产主义的，和封建主义不同，和帝国主义不同。我们援助他们完全是无私的，是诚心诚意协助他们打败法国殖民主义，取得民族解放。胜利以后，他们将建立独立自主的国家。"

毛泽东的这番话，为顾问团工作定下了基调。

说到这里，毛泽东提起了刚刚从越南回到中国的洪水。这是罗贵波到越南后不久处理的颇为棘手的事情。洪水回越南担任军区司令员，在开辟和巩固根据地的战斗中屡建战功，但是他和总司令武元甲的矛盾却越来越深，终于到了很紧张的地步，以至于胡志明亲自找罗贵波谈了这件事，表示说洪水愿意返回中国工作，越共中央也同意，请毛主席予以批准。毛泽东熟悉洪水，很快答复同意，即由罗贵波负责把洪水护送回中国，来到了北京。1948年1月，洪水曾被授予越南人民军少将军衔；1955年，他又被授予中国人民解放军少将军衔。这样洪水便成了新中国唯一一位授衔的外国将领。[1]

毛泽东借洪水的事提醒大家要虚心，不能骄傲、看不起越南同志，否则，搞得不好也会损害两国关系。

"还有一个问题，"毛泽东又说，"要使越南同志了解自力更生的重要意

---

[1] 1989年2月24日、1990年4月18日，作者在北京访问罗贵波。

义。革命，要争取外援，但不能完全依靠外援。这不仅仅是因为我们穷，不可能把他们的需要包下来。穷，也是事实。一百多年来，内忧外患，战争连年不断，我们是搞得很穷。虽然我们援助被压迫民族是无私的，但我们要援助的不仅仅是越南，所以我们的援助将是有限的。而自力更生的重大意义，就在于自己有克服困难的思想、精神和方法。这些我们是有丰富经验的，要介绍给他们。"

毛泽东提高了声音："一个国家、一个党、一支军队，要有自力更生的思想，有克服困难的精神，有克服困难的办法和能力，这样的国家、党、军队才是坚强的，才有胜利的希望。胜利了，才有力量建设自己的国家，才能富强，才是真正的独立解放，才是真正的胜利。"

毛泽东的讲话充满激情，一气呵成。

毛泽东意识到该结束这次讲话了，他叮嘱道："最后，讲一讲保密问题。这件事要特别注意，'顾问团'的名字不要随便叫，要搞个代号。如果帝国主义知道我们派了顾问，一定要大做文章。所以，你们的行动要绝对保密，不可张扬，连亲友也要保密。要多穿便衣或者越军的军服，我们的军衣一律不要带去。在越南不要随便外出，不要单独行动。作战时要十分慎重，不要太靠前，免得被敌人俘去。而且当顾问也不能代替人家指挥，也不需要冲锋陷阵，到第一线去。你们要多想点办法，严守机密。"

之后，毛泽东又问起了一些细节问题。他询问，要带的东西都定下来了吧？朱德说，已经有了一个清单，还得叫下面研究研究，有些东西似乎不那么必要，比如手表、皮鞋、派克钢笔。

毛泽东把手轻轻一挥，为顾问们讲情："总司令批了就行了吧，不要叫别人研究了，知道的人越少越好。你就大方一些吧，手表、皮鞋、钢笔，统统满足他们的要求。第一次派顾问团嘛，代表我们的国家，我们再困难也不在乎这点东西，你们看呢？"毛泽东问刘少奇和其他几位领导同志。

既然毛泽东说了话，大家也就都表示同意，说："好吧，就按这个清单吧。"于是颐年堂里又腾起一阵笑声。

人们都站起来了，使劲鼓掌。毛泽东、刘少奇、朱德走到顾问们当中同大家一一握手。又是毛泽东大声说："就这样吧。祝你们健康！胜利！"[1]

---

[1] 本章部分内容根据对邓逸凡、窦金波的采访记录编写，并参阅了林均才当时所做记录。

第6章

陈赓秘密进入越南

大将陈赓入越

1950年6月中旬，西南军区副司令员兼第4兵团司令员陈赓接连收到中央电报，命令他代表中共中央前往越南，帮助越军组织、实施边界战役。中共中央在6月18日给陈赓的电报中说：

> 你去越南，除与越南方面商谈和解决若干具体问题外，主要任务应根据越南各方面的情况（包括军事、政治、经济、地形、交通等项情况在内）及我们可能的援助（特别注意物资的运输条件）拟定一个大体切实可行的军事计划，以便根据这个计划，给予各种援助，分别先后运输各种物资，并训练干部，整编部队，扩大兵员，组织后勤，进行作战。这个计划必须切合实际，并须越共中央同意。望你到越南了解他们各方面的情况之后，和越共中央一道共同拟定一个可行的计划，并将我们援助他们的计划亦加以拟定，报告中央批准后实行。[1]

战争环境中，情况瞬息万变。6月21日，罗贵波电告中共中央，在老街的越军缺乏粮食，难以实施原定作战方案，印支共中央和总军委决定暂时放弃老街战役，改而进行高平战役，争取在7月下旬开始。考虑到在云南整训的第308师对高平较为熟悉，拟将该师调往高平作战。

接到这份电报的次日，6月22日，中共中央电告陈赓，要他准备尽快出发去

---

[1] 中共中央文献研究室、中央档案馆：《建国以来刘少奇文稿》第二册，第256页，中央文献出版社2005年版。

越南协助组织战役。同一天，毛泽东电告广西省领导同志："现在云南整训的越南部队约1万人，准备于12—15日由砚山启程，7月下旬到达靖西，并准备作战。请你们指示沿途给予帮助，并替他们选择集中地点，代为准备一个月的粮食。该部队到达靖西后，如枪械军火有所不足，向你们要求补充时，你们应尽可能给予帮助。"

陈赓行事果断，即刻确定了随同他赴越的工作班子。他们是：第4兵团宣传部部长曾延伟、兵团作战处副处长王振夫、兵团军械处副处长杨进、兵团机要处副处长刘师祥、第14军作战处处长梁中玉、后勤处处长张乃詹、副师长王砚泉、炮兵团团长杜建华。[1]

和陈赓一起去越南的，还有原边区纵队参谋长、36岁的黄景文和团政委黄为。这两位都是"越南通"。

原来，1945年日本战败投降后，根据国共两党协议，坚持敌后抗战的东江纵队主力由司令员曾生率领，经海路撤到山东烟台。中共中央指示，广东南路武装坚持粤桂边地区游击战争。1946年2月，由于受到国民党军压力，经中共南方局与越南党商洽，南路武装主力第1团由团长黄景文率领，大部入越整训，余部原地坚持斗争。

黄景文率部入越后，曾协助越军在北江和海宁省与法军作战，得到越方称赞，为此黄景文于1946年10月被聘请为越南高级步兵学校（校址在义安省）顾问。黄景文化名"陈光"，刻苦学习，越南语水平明显提高。

1947年，在越南整训的解放军部队于10月返回国内，于1948年年初编入新成立的"滇桂边区纵队"（简称"边纵"），黄景文任一支队司令员。1949年7月，"边纵"改称"滇桂黔边区纵队"，简称仍为"边纵"，庄田任司令员，林李明任政委，黄景文任参谋长。

有这个背景，边纵参谋长黄景文入越自然顺理成章。据黄景文夫人李夏湘后来的回忆，陈赓组织入越工作班子的时候，黄景文主动请缨说："请组织让我参加顾问团吧。我对越南的情况熟悉。"[2]

考虑到随行电台沿途要和中共中央、西南军区、在越南的中共联络代表罗

---

[1] 1988年4—5月，作者在昆明多次访问王砚泉。

[2] 2004年3月20日，黄景文之女黄晓夏向作者提供了书面材料。

边纵领导人1950年合影：（左起）林李明（边纵政委）、庄田（边纵司令员）、黄景文（边纵参谋长）（黄晓夏供稿）

贵波和第4兵团司令部这四个方面保持及时联系，刘师祥带上了三个机要员——傅孝忠、岳星照、延月庚。为了及时收录中央人民广播电台播发的新闻，还从兵团新闻科调来了机要员赵锡峰。

一声令下，代表团成员齐聚昆明。

第40师副师长王砚泉还在滇西南凤庆地区指挥剿匪作战，并且刚刚完成了对赴越军事顾问团干部的选派。待接到兵团命令急返昆明的电报，他就只有纵马飞奔了。赶到大理的时候，王砚泉遇见了要去昆明向军事顾问团报到的第119团团长田大邦，两人结成一路急如星火般来到昆明。陈赓一见王砚泉，大声说道："回来得真快，跟我一块到越南去打一仗吧。"

随陈赓出发的干部们都很愉快，几年来他们跟随陈司令员出征，捷报频传，信心十足。只是28岁的刘师祥原打算7月里和同在一个处的女机要员张瑞云结婚的，这下子婚期可就不知道要推到哪一天去了。

陈赓细心地为印支共中央准备了礼物——从香港买来的一批收音机、手表和钢笔。他还为罗贵波带上了慰问品，加上别的，林林总总，足足用了20头骡子驮运。

临行之际，陈赓的考虑颇为周到。6月28日，他致电中共西南局并中共中央，报告说："我决定于7月5日由昆动身赴越，但我应以何名义去越，请即示之。"

6月30日，他接到了中共中央复电："陈赓到越可用中共中央代表名义。"陈赓的身份是"中共中央代表"，他被赋予全权，入越后即为中国派出的最高负责人，在必要时可代表中共中央做出决断。而罗贵波则是中共中央派往越南的联络代表。

毛泽东对陈赓的军事才能完全信任，他同意越方改打高平的决定，于7月2日致电印支共中央说："对高平的具体作战方案，等陈赓去后，由你们最后商定。以后如何作战,由你们自己根据具体情况决定。我们如有意见,仅供你们参考,因为你们比我们熟悉情况。"

后来,陈赓的出发日期略有推迟。

7月7日早晨,一列小火车静静地滑出了昆明火车站,向南驶去。车窗里,有人想贴着窗户往外张望,一看到路边有人,又急忙缩了回去。他就是陈赓。清晨,陈赓吻别了当年4月8日才出生的女儿小进。算起来,小女儿再过十天就过百日了。

在一个警卫连护卫下,陈赓率随行人员乘坐滇越铁路小火车开始了他的秘密使命。

辗转南下,朝鲜战争风云激荡名将心胸

小火车在云南的群山中曲折行进。这条窄轨铁路是法国殖民者占据越南之后,为了将势力范围推进到中国的云南而在20世纪初修建的。铁路随山势蜿蜒,火车不能开得很快,看沿路水光山色却是再好不过的。但此时此刻的陈赓,一路凝思着越南战局,已经无暇顾及风景。他的思绪还不时飘向北方,飘向遥远的朝鲜战场。在前去开远的小火车上,他叫过刘师祥,布置了此行机要工作的三项任务:及时翻译电报,接收新华社播发的《参考资料》,收录中央电台的新闻。他吩咐说,在可能的情况下,每到播发新闻的时候,电台停下来接收。[1]

此时,朝鲜半岛上的战争吸引着整个世界的注视。朝鲜人民军利用突然作战的效果,在雨幕中突破"三八线",迅速击溃了对手,于1950年6月28日占领汉城,又

1955年,陈赓被授予大将军衔

---

[1] 1989年10月23日,作者在昆明访问刘师祥。

将主力分为东西两线大举向南推进。

6月30日，美国总统杜鲁门命令美军参加朝鲜战争。7月1日，美国陆军第24师先遣部队抵达朝鲜半岛。5日，美军一个步兵营和一个炮兵营北进至乌山地区，遭到疾进的朝鲜人民军重创。但是，美军还在不断登陆，朝鲜战争复杂化了。

1950年7月1日至6日，朝鲜人民军实施水原战役，主力强渡汉江，于7月4日击溃水原之敌。为了赶在美军主力展开之前歼灭锦江、安东当面之敌，人民军马不停蹄，在南线成立方面军司令部，于7月7日发起大田战役，意在迫使敌军主力决战，进而解放全部国土。

这些，就是出发当日陈赓最关心的天下大局了。

小火车的轰隆声在滇南的崇山峻岭中不时唤来重重叠叠的回音。一代名将陈赓，又要为自己的历史翻开风云变幻的新一页了。

陈赓，1903年2月27日生于湖南湘乡县农村，原名陈庶康。陈赓的祖父陈翼怀出身寒苦，因武艺娴熟，早年投入湘军，逐渐升为军官，中年后解甲归田，成为当地富豪。陈翼怀的经历对幼年的陈庶康颇有影响。20世纪初的湖南，新思想、新潮流如春风拂地，润物无声。陈庶康6岁入私塾，几年后厌倦了"四书""五经"。12岁时，陈庶康进入湘乡县东山书院读书。这座新式学校颇具盛名，陈庶康入学之前五年，毛泽东也曾在此书院求学，并受到了新思想的熏陶。

来到东山书院的陈庶康，广泛涉猎各类图书，思想发生了重大变化。1917年，父母做主，为他挑选了一位年长两岁的姑娘，要他回家即刻成亲。无法容忍这一事实的陈庶康愤而抗婚，像祖父那样离家出走，投身湘军，从此更名陈赓。最终，他迫使父母亲赔送钱财，把陌生的姑娘送回了娘家。

陈赓却从此自由了，尽管这时他只有14岁。他扛着几乎与自己等高的步枪连续参加了孙中山领导的护法战争，以及此后湘军进行的多次战斗。

在战阵中驰突四年后，18岁的陈赓对战争失望了，退伍来到长沙铁路任职，在工余刻苦学习文化。出乎意料的是，他的英语水平获得了很大的提高。这时，他特别希望借此学习西方先进的科学成果，用科学救中国。在长沙，陈赓曾进入自修大学学习，听过毛泽东、邓中夏等人讲课，并在何叔衡、郭亮等早期共产党人的引导下，于1922年12月加入青年团，不久转为中共党员。

此后，陈赓曾到上海大学学习。1923年冬，他考入设在广州的由孙中山主持的国民政府"大本营陆军讲武学校",次年春成为刚刚成立的黄埔军校第一期学生。就学期间,陈赓参加了平定广州商团叛乱的战斗。

黄埔军校毕业后,陈赓留校任连长,先后两次参加了广东革命军讨伐军阀陈炯明的战斗。1925年9月,以蒋介石为总指挥、周恩来为政治部主任的东征军进攻广东惠州,陈赓是主攻连连长。他英勇善战,破城有功,战后即率连队调任总指挥部警卫。在当年10月27日的战斗中,蒋介石亲自到前线指挥,突然与粤军林虎所部遭遇被围,部队被打散。万分危急之中,陈赓背起蒋介石突出险境,此后又单独携带蒋介石的亲笔信徒步百余里,找到周恩来、何应钦,让他们派兵接出了蒋介石。蒋介石对这件事念念不忘,陈赓也由此被誉为"国共合作的典范"。

大革命失败后,陈赓跟随周恩来到南昌,参加了著名的八一南昌起义。陈赓在起义后南下作战时腿部负重伤,辗转来到上海,成为中央"特科"的负责人。1931年,他进入鄂豫皖苏区,任红军第12师师长,打仗时连战连捷,成为著名的红军战将。次年,陈赓在作战中腿部再次负伤,潜回上海治疗,伤愈后被国民党当局逮捕,并送交蒋介石处理。因陈赓与蒋介石有东征时的一段故事,更兼宋庆龄等人积极营救,陈赓被释放。他回到江西苏区后任红军第1步兵学校校长,随后参加了二万五千里长征。

抗日战争开始,陈赓是八路军第129师刘伯承师长麾下的第386旅旅长。他屡建功勋,是抗战名将,所部逐渐壮大为太岳纵队。解放战争开始后,陈赓率部于1946年秋连续进行了闻夏、洪赵、临浮战役,歼敌2.5万人。1947年8月下旬,陈赓率领太岳兵团8万余人强渡黄河,挺进豫西,连续作战歼敌4万余人,积极配合了刘伯承、邓小平率领的晋冀鲁豫野战军向大别山地区的战略挺进。陈赓从此成为解放军在一个重要战略方向上独当一面的将领,深受毛泽东、周恩来的器重。

陈赓兵团在中原地区吸引住了大量国民党军,在淮海战役中,陈赓兵团是围歼黄维兵团的主力。

1949年4月,陈赓指挥第4兵团渡过长江,进军江西。10月,解放军发起广东战役,陈赓指挥两个兵团22万余人,作战月余,解放了广东全境。之后,陈赓参与指挥了广西战役。随后指挥了进军云南的滇南战役,活捉国民党军陆军副总司令汤尧,解放了云南全境。至此,陈赓也完成了他在中国大陆上的主要战斗使命。

在三十余年的戎马生涯中，陈赓名副其实地身经百战。以整个解放战争的战绩作统计，陈赓所率兵团，从山西太行山出发，最后转战至云南，总计歼灭国民党正规军及地方部队50.3万人。在日后授衔的人民解放军十位大将中，陈赓大将在解放战争中所指挥的总兵力，仅次于粟裕而居第二位。

历史与陈赓有缘，总是将充满传奇色彩的使命放到他的肩头。

陈赓说，东南亚问题不解决死不瞑目

1950年7月7日下午4时，陈赓到达开远，再往前就不能坐火车了。

晚上独坐灯下，陈赓取出一个新笔记本，提笔写日记。笔记本是出发前夫人傅涯递到他手上的。陈赓和傅涯感情深切，他们之间有一个极富感情色彩的约定，但凡陈赓率军出征，傅涯不在身边，陈赓天天写日记，待相聚时就把日记交给傅涯收存。于是每当陈赓整装待发之际，他总会接过妻子递来的新笔记本。解放战争中，陈赓驰骋疆场，和傅涯离多聚少，因此留下了大量日记。1949年年初淮海战役结束，陈赓即将挥师南下，经中央组织部副部长安子文的动议和批准，傅涯调到第4兵团随军南下。这一年来陈赓基本上停止了日记。现在，陈赓又要写日记了。多亏傅涯的这本新笔记本，它留下了陈赓在越南经历的翔实记载。[1]

第二天早晨倾盆大雨，道路泥泞不能行，只好等了一天。

7月9日，陈赓一行继续南下，途中遇雨，坐在敞篷卡车上的官兵被淋得浑身透湿。当晚，陈赓接到罗贵波转发的印支共中央电报，通知陈赓，越军总部改变了原定的攻占老街的计划，打算改向高平进攻。

10日中午，陈赓到达砚山，立即安排会见了越军师、团级干部，听他们介绍了整训情况。当晚又听取了第13军军长周希汉和越军第308师中国军事顾问吴效闵等人的汇报。陈赓得出一个清晰的印象：越军"月余训练成绩很大，初步解决了战术思想问题，特别是炮兵射击、爆破及机枪使用，取得很大成绩"。

---

[1] 1990年1月23日，作者在北京访问傅涯。

周希汉汇报时坦率地告诉陈赓:"我军总地说来和越南部队相处不错。但是,越军连以上军官还有一些人认为自己文化程度比中国顾问高,看不起我们的顾问,认为我们土气,打国民党行,打法国兵不一定行。"

"是吗?"陈赓虽有准备,还是敏感地问道。

"是的,有这个问题。"周希汉回答。

陈赓在砚山停留了两天,这期间他细细阅读了原越南西北战区政委、现任第308师政委双豪关于越军西北战区状况和越军现状的报告。双豪的报告语言朴实,陈赓深感满意。

从到达砚山开始,陈赓的整个身心都投入中越两党、两国合作粉碎法军的全盘计划之中。他会见了即将随同第308师开往越南的二十多位中国军事顾问,做了一番鼓励。他第一句话就逗乐了众多部下:"兄弟受中央委托,前来解决东南亚问题。东南亚问题不解决,兄弟我死不瞑目。"至于顾问们的归期,陈赓说:"现在国内革命战争已经胜利,可是你们的事情还没有完,还要吃点苦,还要跟我到越南打仗去。你们想回来,可以,有两种可能:一是战死疆场,光荣了,我把你运回国内;二是打下河内,我用飞机把你们接回来。"[1]

在砚山,陈赓有一个意外收获——从周希汉处得到了精通越南语的翻译周毅之。

周毅之是一个越南华侨的儿子,1919年出生于越南河内附近的河江省。他的幼年在越南度过,小学毕业后父亲把他送回中国上中学。抗日战争中,周毅之就读于西南联大新闻系,与傅作义将军的女儿傅冬由大学同学进而相恋。上大学期间,周毅之、傅冬相继接触了中共组织。抗战结束后,周毅之、傅冬到北平,在《平民日报》当记者。1947年,周毅之参加了中共地下党,傅冬也于同期入党。在平津战役中,为了促成傅作义将军起义,傅冬、周毅之做出了自己的贡献。

北平和平解放后,周毅之进入复刊的《北平解放报》工作,1949年秋南下,随陈赓的第4兵团进入昆明,参加创办《云南日报》。为时不久,周希汉为砚山训练越军寻找越南语翻译,很自然地把周毅之找上了。在砚山,周毅之是周希汉身边最得力的越南语翻译。

---

[1] 1990年2月3日,作者在北京访问李挺。

现在整训越军事毕，陈赓要去越南，看到周毅之越语非常出色，点名要周随行。[1]

打好第一仗将影响战略全局

1950年7月13日，陈赓一行于中午来到云南省文山县城。设立在文山县的文山地委负责人庞自、安朗、马丽用云南"过桥米线"做午餐招待。大概是陈赓的思绪还盘绕在中越双方的错综关系中，或者是他实在天生爽直、幽默，他一只脚刚刚踏进地委办公室，见面前端坐着三个人，还没有问一声谁是地委书记，就大声责怪起来："你们有没有搞大国沙文主义？那是要不得的。我们是大国，人家是小国，小国就有小国的难处，我们要体谅，不能摆大国沙文主义的架子。知道吗？……"

庞自等三人全愣了。事后回想起来，觉得陈赓所指，或许是说解放战争时期，我滇桂黔边区纵队一度退入越南，对当时越方还与国民党政府保持联系一事表示不满，认为这显得太不顾人家的实际情况了。当时，庞自等人没作什么解释，但是陈赓这番突如其来的话，给他们留下的印象直到几十年后还很深刻。[2]

滇南公路至文山而断，陈赓等弃车乘马进发。7月16日，满天雨水之中，陈赓一行人来到了临近边境的麻栗坡县城，越南河阳省委已先期派人来到这里迎接。

当晚，陈赓召集随行人员开会，向他们明确宣布此去越南的任务：第一，协助印支共中央确定切实可行的边界战役作战方针，拟订具体的作战计划，并协助越方实施战役指挥；第二，根据战役计划，确定向越方提供物资援助的计划，协调各项援越工作；第三，帮助越南人民军进行建军工作。

陈赓说：

---

[1] 1994年12月1日，作者在上海访问周毅之。
[2] 1989年12月17日，作者在昆明访问安朗、马丽。

援越抗法，是新中国建立后第一次援助邻国抗击外来侵略，是我们党第一次直接帮助兄弟党打仗。我们受党的委托到越南工作，肩负着国际主义的崇高义务，这项工作是光荣而艰巨的。我们的一举一动，都代表着党和国家，必须非常谨慎。边界战役，就其规模来说算不上个大仗，但我们切不可掉以轻心。因为这次战役对于越南抗法战争来说，是至关重要的一仗。这一仗打赢了，整个越北战场的局势将为之改观。现在我们既不熟悉敌人，对越南人民军也不够了解，要当好参谋，出好主意，很不容易。因此，我们应该充分意识到任务的困难所在，要竭尽全力，帮助越军打赢这一仗。[1]

由于在这天的行程中被雨水浸泡，到了晚上，陈赓负过伤的双腿开始隐隐作痛。不过，他的心情却是舒畅的，以颇为优美的笔触写下当天日记：

因雨迟至8时才出发，路上泞滑，前仆后继。沿途山峰壁立，树木耸天，风景之佳，甲于江南。到达麻栗坡，已下午2时。镇不大，夹谷中，两山环抱，清洁幽雅。距国境仅五十余里。[2]

第二天，陈赓在麻栗坡休息了一天，也许是希望双腿的疼痛能够消失。他在这里反复思考即将开始的越南作战。当天的日记表明，先克高平，已是他首战越北的中心点：

整日考虑越南作战。越南作战方针，应该是争取完全主动，求得消灭法帝机动部队为目的，改变敌强我弱之局面。高平作战，应该是围困高平，引诱谅山之敌增援，求得在运动中歼灭其5个机动营。如达到此目的，对越北作战即有决定性之胜利意义。[3]

---

[1] 周毅之，曲爱国：《陈赓同志在越南战场》，载《人物》1993年第2期。
[2] 陈赓：《陈赓日记》，第8—9页，解放军出版社1982年版。
[3] 陈赓：《陈赓日记》，第9页，解放军出版社1982年版。

中国军事顾问团翻译周毅之

来到麻栗坡,陈赓接到了两份电报。一份是西南军区司令部来的调令,调王砚泉去东北长春航空学校任校长。陈赓找来了王砚泉,把电报放到他面前问:"怎么样,你是去长春当校长,还是跟我去越南打仗?"

王砚泉说:"我愿意去越南打仗。"

"想好了啊。"陈赓说着收起电报,"西南军区由我去解释,你可是想好了要去打仗的。"[1]

这份电报好处理,但另一份电报就让陈赓颇费了一番思量。电报是云南省委发来的,认为周毅之去越南可能不妥,电报说周毅之在越南期间曾惹出过麻烦,如今与越南方面修好关系事大,如果周毅之去了越南有所不便,还不如不去。

陈赓唤来周毅之,告诉他云南省委对他去越南有异议,是不是以不去越南为宜?周毅之很爽朗,说,不去就不去吧。

可是当天晚上周毅之却睡不着了。他左思右想,觉得自己在越南工作期间坦坦荡荡,如果在过去的工作中有一些误会,去越南反而可以加以说明。

次日一早,周毅之找陈赓说明情况。

原来,抗日战争结束不久,周毅之又来到了越南。这时,他已和中共组织有了密切的联系,他一边在河内的中华中学教书,一边接受中共组织的领导,作为"越华通讯社"的员工从事新闻工作。当时越南的情况十分复杂,周毅之的领导人与印支共方面出现过一些误解。本来事情不大,却因战局突变,印支共中央撤出河内,彼此都失去了说明的机会。1946年12月,周毅之到距离中越边境不远的谅山看望亲戚,不料大规模的越法战争爆发,他回不了河内,就越过边境回了祖国。

周毅之断定,省委所说的情况本是很小的误会,他去越南反而有助于情况的澄清。

---

[1] 1988年4—5月,作者在昆明多次访问王砚泉。

1950年，中越高级指挥官合影。左起：黄文泰（越）、陈赓、武元甲（越）、黎廉（越）、陈登宁（越）、韦国清

听了周毅之的说明，陈赓大加赞赏，说，心中坦荡的人就应该这样，心正不怕鬼叫门，既然没有事就要敢于为自己负责。他举自己的往事为例，说他在上海临时中央工作时，也曾有一事引起上级怀疑，他就跑上门去说，你不是怕我有事吗？现在我来了，接受审查，我们当面把事情说明白。结果问题迎刃而解。

陈赓拍拍胸脯，非常肯定地对周毅之说："我们一起去越南，这件事由我负责。"[1]

陈赓于7月18日离开麻栗坡。临走，他问麻栗坡负责人徐德钧："你们还有什么困难吗？"

徐德钧想了想，说："我们的重武器不足。"

陈赓立刻拿起笔写了一张条子，请他到文山向第13军所属部队领取两挺重机枪。

徐德钧堆满了笑容为陈赓送行。当陈赓的队伍已经在峡谷中消失的时候，徐德钧突然想起了什么，大声叫道："忘了，应该告诉陈司令我的电话还不通。"这时候，遥望南方，只见一江波涛南去，两岸山势耸立，蓝天之下，唯

---

[1] 1994年12月1日，作者在上海访问周毅之。

有满目绿色了。[1]

离开麻栗坡，山路更加逼仄崎岖，有时还可以骑马，更多的时候则只能步行。陈赓顺着盘龙江南下。巴巴傲、落水洞、坪寨……一个个富于南疆韵味的地名、村落闪到这支队伍身后去了。海拔高程越来越低，两边山峰愈见高伟，天气则越来越热起来。当晚，他们宿营交趾城，这个地名简直就是越南的代称了。

在走向国境线的路上，山势重叠，有几处飞瀑直下，风光甚美，但遗憾的是雨后泥泞，难于行走。在一处山间瀑布前，陈赓招呼大家休息片刻，却闻得耳边有人抱怨："这哪里是路，简直是烂泥塘！"

陈赓接住话头说："我们到越南去，去做国际主义战士，所以先付出一点国际主义代价也是应该的。"他环顾四周，将自己的感慨寄予青山绿水："要离开祖国了，这里风景挺好，我们在此留影作为纪念吧。"[2]

陈赓确定战役意图

1950年7月19日，陈赓踏上了越南国土。这天的陈赓日记分外生动：

> 天气炎热，山高路窄，泥滑难行，有马不能乘，下山至清水河，已精疲力竭。今天算是付出了一点国际主义的代价。
>
> 清水河为中越交界处，河上架有铁索桥，河岸法人筑有堡垒。过桥，越共派专员设亭招待，备有各种饮料及水果，饥渴至此，狼吞虎咽，也顾不得国际礼貌了。越共备有马车十余辆，把我们带到距清水河16里之小乡村宿营。此为越共专门设以招待我们的地方，招待甚周。吃喝均不同于我国，饶有趣味。稍事休息，即令代表团同志开展调查活动。
>
> 一夜大雨。牙痛甚剧。[3]

---

[1] 1988年3月29日，作者在云南文山访问曾在徐德钧身边工作的龙永科、梅森。
[2] 周毅之，曲爱国：《陈赓同志在越南战场》，载《人物》1993年第2期。
[3] 陈赓：《陈赓日记》，第9—10页，解放军出版社1982年版。

第6章 陈赓秘密进入越南

按照事先安排,陈赓进入越南后径直前往太原印支共中央所在地。

除了引导人员,越共中央还指派了三位青年妇女赶着两辆水果车随行款待。陈赓天性幽默,把这番招待称作"五小时一小宴,十小时一大宴,上马香蕉,下马柠檬,饭后咖啡,睡前菠萝"。他和大家一起赠雅号给三位女性,把她们分别叫作"柠檬小姐""菠萝姑娘"和"咖啡大嫂"——这是陈赓初次入越旅途中颇为浪漫的插曲。

入越后陈赓亲眼看到了战争对越南北方山区的严重破坏,看到了山民们极度贫困的生活。所以,陈赓对受到的款待颇不自安,请求免去。不过,他得到的回答是:"你初到越南,又是我们中央的贵宾。越北山区气候变化无常,并且是疟疾流行区,保证你的健康是我们的责任。这样做是我们中央的决定,我们必须照办。"

沿途走着,所到处与越方各级负责人交谈,走到河江与宣光之间的永绥时还接触了越军第165团部队。陈赓渐渐发现,越方干部对于即将进行的战役目的和自己想的有一个明显的不同点。他们很少谈论怎么去消灭敌军的有生力量,争取战场主动权;谈论多的是如何攻占老街、如何攻占高平,着眼点是夺取城镇、夺取更多的地盘。

对高平作战,陈赓形成了自己的想法。7月22日,陈赓就关于在高平地区作战问题发出电报,向中共中央报告:

> 越军主力一部经滇、桂整训装备后,情绪甚高,但营以上干部实战指挥经验较少。据此,目前越北作战方针,应争取于野战中歼敌之机动部队,首先拔除一些较小的孤立据点,取得首战胜利,积累经验,提高与巩固部队情绪,争取完全主动,逐步转入大规模作战。对于越方决定打高平,建议采取围城打援,先夺取外围孤立据点,取得经验,再夺取高平,并利于吸引谅山之敌,集中业经整训的部队,选择战场,歼灭谅山方向出援的法军机动部队。若谅山机动部队三至五个营被歼,则高平及谅山附近之若干据点均将便于攻占,越东北及越北敌我形势亦可大为变化。[1]

---

[1] 依据梅嘉生将军保存的赴越军事顾问团文件。

这份电报说明,陈赓腹案中的高平作战计划,是先打高平外围分散而孤立的据点,再用围城诱敌的办法创造战机,将法国援军歼灭于野外。

同一天,陈赓还向罗贵波发了一个电报,请他重视越军的作战指导思想问题。

毛泽东对高平作战至为关切,7月23日,他复电陈赓:"(一)你的几个电报均已收到。(二)越军高平战役甚为重要,请你自己并帮助越南同志充分研究情况,务做充分准备,确有把握,然后动手,期于必胜。此战胜利后,应估计老街之敌可能逃跑,因此越军要准备打第二仗,歼灭老街逃跑之敌。你在越南应帮助他们打几仗,打开一个相当局面。"

在以后的几天里,毛泽东继续思考高平作战问题。7月26日,他为中共中央军委起草了对陈赓的指示电:"我们认为你的意见是正确的。越军应先打小仗,逐步锻炼能打稍微大一点的仗,然后才可能打较大的仗。目前不要直打高平,先打小据点,并争取围城打援是适当的。"

有了毛泽东代表中共中央军委发来的连续电报,陈赓心里就踏实多了。7月27日,是陈赓入越的第八天。这天,牙痛时时困扰他,双腿也很不得劲,他强忍着,在崎岖山道上走了30余公里,在专程赶来的印支共统战部部长范文同引导下,终于来到了位于宣光省山阳县以北12公里处的印支共中央所在地。胡志明和几位印支共中央委员,还有罗贵波迎出了山口。他们为远道而来的中国客人每人准备了一杯牛奶。

胡志明和陈赓在大革命时期的广州就相识了。当时,胡志明是苏联顾问鲍罗廷的翻译兼秘书,不时和正在黄埔军校学习的越南青年联系。陈赓从黄埔军校毕业后留校当连长,经常领受周恩来的指示执行任务。以周恩来、李富春等人为纽带,胡志明和陈赓相识了。陈赓还和胡志明一起,于1925年8月在广州参加了周恩来和邓颖超的婚礼。此后岁月飞逝,1950年1月,他们终于在南宁久别重逢,陈赓为主人,胡志明为客人,两人于席间畅叙别情。半年以后倒了过来,胡志明在密林中期待着远方来客。此时,在越北古树成荫的山谷里,胡志明和陈赓见面后紧紧拥抱。

当天晚上,陈赓要他的随行成员听取越军军委秘书主任杜得坚和总参谋部军官关于越北战局的介绍,他本人和胡志明谈了自己的看法:越军应该着眼于制造战机,歼灭法军有生力量,掌握战场主动权。而现在越军还缺乏大规模作战的经验,攻坚能力还不足,所以应当先打法军小据点,取得胜利,积累经验,然后逐步转入大规模作战。在目前情况下,原则上应该采取围点打援的战法,在野战中大量消灭法军的机动兵力。实现了这一点,最后即能拿下高平、谅山等较大的据点。

胡志明表示同意陈赓的意见。

第二天,陈赓收到了毛泽东关于高平作战方针的电报,他在当天日记中写道:

> 接毛电,谓高平作战甚关重要,要我帮助他们在军事上必须打开局面,并完全同意我的作战意见,嘱我注意秘密与自己安全。[1]

罗贵波向陈赓介绍了当前的越南局势。罗贵波提醒陈赓,经历了长期而又艰苦的战略对峙后,中国革命一取得胜利就迅速支援越南,也使得一部分越南同志对抗法战争的胜利变得十分急切,他们对于新近装备的武器寄予很大的希望。而罗贵波认为,法国虽然在世界大战中受到了削弱,但因为越南的各方面都太弱,所以战争还会持续相当一段时间。

1950年7月30日上午,由罗贵波陪同,陈赓、曾延伟带着翻译周毅之看望了胡志明。他们从住所沿着一条羊肠小道来到山口弯弯曲曲的小河边,登上竹筏渡到对岸,进入竹林深处。胡志明"公馆"——一间茅草顶高脚屋——就在一块小平地边上,满面笑容的胡志明迎了出来。

简陋的小竹棚里,床上一席一毯,桌上一架打字机,柱子上挂一块儿怀表、一个背包,背包里一套换洗衣服和几本书,这就是胡志明的全部财产了。过惯了军旅生活的陈赓也为胡志明的简朴所感动,回过头对自己的战友说:"胡主席太简朴了,可敬可敬!"

胡志明是特意请陈赓来吃午

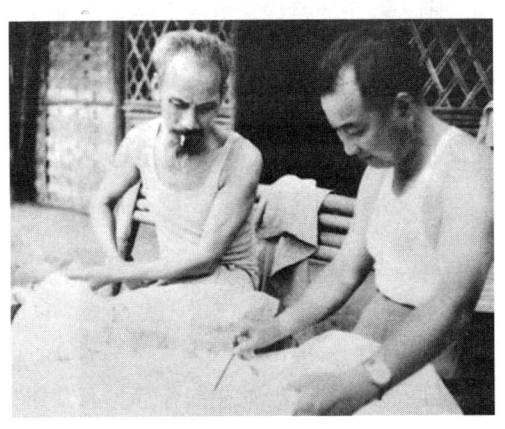

1950年8月,陈赓和胡志明在一起研究作战方案

---

[1] 陈赓:《陈赓日记》,第13页,解放军出版社1982年版。

餐的，备有烧乳猪一只。

陈赓牙痛，不能多吃，干脆谈起话来。在小竹棚里，他与胡志明再次谈定了即将实施的高平作战方针：先围困高平，吸引七溪方面的法军增援，在野外予以沉重打击。

陈赓谈论越南战局条分缕析，全局在胸。胡志明听得喜从中来，随口吟出两句汉诗："乱石山中高士卧，茂密林里美人来。"

陈赓闻诗而笑："不妥，不妥，胡主席，我这模样怎么称得上'美人'呢？"

胡志明自然会意，接着说："看来后句似有不当，那么就改两个字，叫作'茂密林里英雄来'。高士和英雄合作，我们定能打赢这一仗。"[1]

胡志明与陈赓最后商定，陈赓于明天离开这里，前往高平附近，与越军总部会合。在陈赓临行之际，胡志明对他行踪的保密问题格外关切，想了想对陈赓说，你在中国太有名气了，来越南后不要随便叫，还是用个化名吧。你姓陈，不如去掉个"耳朵"，就留一个"东"吧。

陈赓欣然同意，从此，他在越南使用化名："东"。[2]

1950年7月31日，胡志明走出山口为陈赓送行。他看到陈赓等每人带着一把雨伞，就说："我们越南人在山里走路很少打伞，为了保守秘密，我要给你们换装了。"说完，亲自动手收走了雨伞，发给大家一人一顶小草帽。他告诉陈赓，前去高平的路线是由他亲手安排的，一定要时时注意安全，不能随意。

越北山区的晨雾渐渐飘散开了，茂密的热带森林里传出小鸟鸣啭。陈赓的牙痛，经过胡志明指派医生的悉心治疗大有好转，他和同志们谈笑着踏上了前往高平前线的路——这一趟，足足走了两个星期。

这又是一条崎岖的洒满汗水的路。

其间，陈赓和随行人员坐过两天以烧木炭做动力的旧汽车，一天走不了二十公里。后来，他不再坐车了，像一名普通战士那样向前线走去。

遇山爬山，逢水涉水。

陈赓的伤腿又开始隐隐作痛。有几回，山路太险，警卫员只好牵马缓行，

---

[1] 周毅之，曲爱国：《陈赓同志在越南战场》，载《人物》1993年第2期。
[2] 1994年9月10日，作者在北京访问文庄。

遇上溪流挡道，就由身材高大的刘师祥把陈赓背过去。[1]

他们必须走路，此外别无选择。好在陈赓对这一切都习以为常。当年，他从广州走向江西苏区，又从瑞金经过二万五千里长征到延安，都是这么走的。只是，这一回他是走在异国他乡而已。

---

[1] 1989年10月23日，作者在昆明访问刘师祥。

第7章

中国军事顾问团奔赴战场

韦国清出任越军总顾问

陈赓向高平走去的时候，在中国云南、广西境内整训的越军主力共计1.2万余人，正打点归国行装，准备投入战斗。

1950年7月中旬，除了正在砚山、龙州整训越军的人员以外，中国赴越军事顾问团全部集中到了南宁，韦国清宣布顾问团正式成立，他担任团长，梅嘉生任参谋长，邓逸凡任政治部主任。顾问团下设三个组，梅嘉生任军事顾问组组长，邓逸凡任政治顾问组组长，马西夫任后勤顾问组组长。梅、邓、马三人分别担任越军总参谋部、总政治局、总供给局顾问。韦国清本人担任越军总军委和总司令顾问。

军事顾问团成立了党委会，由韦国清、邓逸凡、梅嘉生、马西夫、李文一、邓清河组成，韦国清为书记，邓逸凡为副书记。

实际上，这个人事安排格局是在6月27日毛泽东、刘少奇、朱德会见军事顾问团后定下来的。那天会后，韦国清、梅嘉生、邓逸凡在颐年堂留了下来，刘少奇又一次走来，吩咐说，需要什么人选你们只管提出来，提出来由我们批准就行了。

刘少奇走后，韦国清主持三人会议，首先商定了工作安排。他们三个都是老熟人了，抗日战争中邓逸凡还担任过韦国清旅的政治部主任。韦国清说："现在，我们三人就坐在一起了。中央要我抓总的工作，那么我就照办了。我想司令部一头就由梅嘉生来主持，那么梅嘉生就是参谋长了。政治工作这一头，归邓逸凡来管，今后邓逸凡就是政治部主任了。"三人一致同意这个分工。此后，顾问团中的顾问们都称梅嘉生为"梅参谋长"，把邓逸凡叫作"邓主任"。

这天的颐年堂会议确定，顾问团在7月中旬集中到广西南宁，在此之前，顾问们抓紧时间把个人事务处理好。[1]

奔赴前线作战,对韦国清来说已经司空见惯,但这一次出国作战,还要离别新婚的妻子许其倩,却是韦国清始料不及的。

1950年2月下旬,新婚还不满一个月的韦国清从福州调到北京,和妻子许其倩住进由外交部安排的前门外解放饭店。在那里,他见到了韩念龙、姬鹏飞、袁仲贤、黄镇等老战友。这些军中战将都是准备第一批出国担任大使级外交官的,韦国清也是其中之一。

他们集中起来上了一堂外交课后,韦国清突然腹部疼痛难忍。开始他没有在意,拖了两天才去北京医院检查,结果发现是阑尾炎,要动手术。局部麻醉后一刀下去,医生才发现韦国清的腹腔有问题,阑尾炎已经引发了腹膜炎。韦国清本人痛得大叫起来,医生立刻将局部麻醉改为全身麻醉。麻醉过程中使用的乙醚使韦国清大受其苦。原来,韦国清对乙醚过敏,红军长征到达陕北后,韦国清在直罗镇和瓦窑堡两次战斗中负伤,动过手术,对乙醚特别敏感,一闻见就恶心,会引起头痛。到北京再次领教乙醚,韦国清难受极了。

4月初,韦国清病愈出院,被安排在前门东大街南侧的打磨厂街乡村饭店。这个饭店不属于外交部,而是中央军委招待所,韦国清夫妇住在二楼的一个小套间里。韦国清察觉,自己的使命变化了。

韦国清入住乡村饭店后,即被召入中南海,刘少奇和他谈话。刘少奇是韦国清的老上级,询问过韦国清的身体情况后即转入正题说:"韦国清同志,毛主席、朱总司令、恩来同志和我研究过了,答应越南胡志明主席的要求,我国秘密派出军事顾问团到越南,由你去当团长。"

韦国清说:"我服从中央的决定,只是我从来没有搞过顾问团。"

刘少奇说:"我们考虑过,觉得你比较合适。打仗、军校自不必说了,谈判小组你也搞过,同美国人打过交道。你又是广西人,到越南工作有比较方便的一面。"刘少奇接着说:"对顾问团的工作,毛主席十分关心,我们几个也亲自过问,一定要搞好。你有困难,就来找我们。"

韦国清接受命令后立即忙开了,着手组织人马。许其倩记得,有一次周恩来

---

[1] 1990年6月15—16日,作者在广州访问邓逸凡。另参见张雪峰:《中将邓逸凡的人生履历》,载《党史博览》2001年第12期。

越南密战

1950年，初入越南的中国军事顾问与越南战友合影。前右四穿白衣的是黄文欢，左三韦国清，左五武元甲，左七陈赓

让秘书打电话给韦国清，要韦国清凌晨1时到中南海面谈工作。周恩来早就知道韦国清，但直接接触是1946年韦国清担任徐州军调小组中共代表的时候。当时，周恩来、马歇尔、张治中一起巡视各地，途经徐州由韦国清接待住了两天，多年后，周恩来还谈起过这次会面。

许其倩参军前在苏州上过大学，是中共候补党员。在那个充满理想的年代里，她理解丈夫做的是大事业，应该倾心支持。韦国清出国前，许其倩协助韦国清做了一部分秘书工作，为丈夫打点了行装。她到北京东单的旧货摊上买了一个有皮革棱边和拉锁的帆布衣箱，五成新，是美国制造的。这个衣箱伴随韦国清度过了在越南的战争岁月。[1]

邓逸凡的戎马生涯

邓逸凡赶回南京搬家，没有想到，他去越南的事遭到了夫人周志中的激烈

---

[1] 廖西岚：《毛泽东派出第一个军事顾问团》，载《解放军文艺》1993年第12期。另：1993年3—5月，作者在北京多次访问许其倩。

反对。他对妻子争辩说,韦国清不是燕尔新婚吗?他都去越南,我们还能说什么?我这一生,什么时候不服从过命令?妻子挺不情愿地收拾东西去了北京。这时的邓逸凡远没有意识到,军事顾问团的越南之行将导致他一次婚姻的失败。

邓逸凡接着到了广州,他想回家乡兴宁一趟,看看阔别了23年的父母亲。在广州,中南军区参谋长洪学智和政委赖传珠热情接待了邓逸凡,他们都是新四军的老战友。邓逸凡告诉他们,很想回家看看,自己还是在西安事变后写过一封信给家里,告诉父母亲,自己在陕北红军中。之后收到了堂兄的回信,说父母亲都健在。后来自己到了新四军,和家里的联系又断了。

洪学智、赖传珠表示能够理解邓逸凡的心情,但他们说眼下邓逸凡还回不了家,因为梅县地区偏处广东东北角,山高路远,没有顺畅的公路,沿途土匪猖獗:"你要去,光派辆车还不行,还得派一支部队护送你。"听这么一说,邓逸凡也就作罢了。

邓逸凡转道去南宁,离开广州之际,他发现自己走的正是当年走向革命的那条路。

邓逸凡1912年出生在广东兴宁县(今兴宁市)峭峰堡村一个农民家庭,7岁进入本村私塾,1926年考入水口镇上高小,接触到一些关于共产主义思想的启蒙读物,逐渐受到影响。1927年,15岁的邓逸凡考入中学,参加了青年团。同年11月,家乡闹农会,他即回家参加组织农会,秘密散发传单、传递信件。

为时不久,大革命失败了,邓逸凡受到县政府通缉。他在民团赶来捉拿之前得到报信,连夜一个人离家跑到了汕头,投在一家竹器店做篾匠。藤筐藤椅刚做得有了样子,篾店却倒闭了。邓逸凡出来当上了排字工人,不久又遭失业,不得不流落街头。人生的苦难使邓逸凡早熟了。

1929年,国民党军第5军独立团学兵队在汕头招收学兵,邓逸凡赶去报名,不想人家嫌他个头太小,拒不接收。正在走投无路之际,招兵处的竹帘掀起,走出一个军官来,用客家话问道:"小老弟,从哪里来?"原来,他听

1955年,邓逸凡被授予中将军衔

见邓逸凡说客家话，就走出来了。

邓逸凡说："我从兴宁来，因为家里穷，想找个活路。"

那人听了，吩咐招兵登记的人收下了邓逸凡。那人名叫邱少郊，是广东梅县人，后来成了邓逸凡的连长。邓逸凡当兵不久参加了对军阀陈济棠的作战，所在部队被打散了，他从乱军中逃出，去到广州到处打工，生活又十分窘迫。说来也巧，有一天邓逸凡走在街上，竟迎面遇上了那位邱连长，于是重新入伍。邱连长升任副营长，邓逸凡到学兵连当了班长。此时是1930年年初。

当年3月，粤桂军阀相争，激战梧州，邓逸凡所在学兵连也要开上去了。开拔前，邓逸凡找到邱副营长说，到那里打仗我不去，死得太没有意义了。

邱副营长对他说："你们不是去梧州，而是过大庾岭，到靠近湖南的南雄，再开过去就是共产党了，要防他们到广东来。共产党不是土匪，很厉害。你们去吧，去了以后不要大打，只要防一防。"

邓逸凡闻言心中大喜，原来那里有共产党。

几天后，当上了代理排长的邓逸凡和部队一起出发。就在他们到了南雄后布哨的第二天，他们驻守的山岭被红军包围了。邓逸凡身边的人都吓坏了，在山顶附近的排部竹棚子里挤了四五十人。有人提出由邓逸凡指挥冲出去打，强行突围，被邓逸凡制止了。很快，红军冲了上来，兵不血刃，将山头的一二百人尽数俘虏。

红军带着他们走路，邓逸凡迫不及待地告诉押送他的红军战士，他是共青团员，因为大革命失败离开了家，现在，他要回"家"了。

在南雄附近，全体俘虏被集中起来，听红军统帅朱德讲话。朱德讲了一番话以后宣布，愿留者欢迎，愿走者每人发三块大洋当路费，请自由选择。

邓逸凡一下子被身边的俘虏兵们围住了，大家都要听他的意见。邓逸凡高喊："我不回去，我要留下来当红军！"他一喊，一百来人留下来当了红军。以后，除了战争中的阵亡者，这些人都成了解放军的高级将领。

红军对个子不高的邓逸凡很感兴趣，一个干部模样的人过来问："你当红军想干什么？"

邓逸凡说："最好当宣传员。"

"宣传员？你会写字吗？"红军干部问。当他得到了肯定的答复后，立刻找来一支毛笔，递到邓逸凡手上。

邓逸凡乘兴挥毫，写出几个蛮不错的毛笔字。红军干部喜出望外，说："你不用当宣传员了，你当文书吧，我们正在找文书呢！"

1930年，邓逸凡在江西会昌加入共产党，当了营文书，不久改任支队文书，支队首长是林彪、罗荣桓。

邓逸凡参加红军一个月后就入党了，但在当年冬天经受了"打AB团"的严峻考验。有人诬陷他是"AB团"，因查无实据，他被从轻处理，受到撤销支部委员的处分。邓逸凡意志坚决，在战场上出生入死，又逐渐被提拔起来。

长征中，邓逸凡是第1军团第2师参谋处的文书，除了背负枪支弹药和行李，还身背全师的统计文书。个子不高的邓逸凡不堪重负，向上级申请免背步枪。谁知在战争环境下性情大受影响的首长闻言大怒，非但不予同意，还斥责邓逸凡调皮捣蛋，有动摇之嫌，又一次撤销他的党支部委员职务，还指定一人来监视他。

邓逸凡内心充满痛苦，但仍以最大的忍耐接受挑战，在万里长征中尽心尽职，证明自己的忠诚。没有想到，艰苦的跋涉和战斗使那个监视邓逸凡的人忍受不住，没过多久就逃跑了。邓逸凡不为所动，爬雪山、过草地，一直走到了陕北。

1937年7月抗日战争全面爆发，陕北红军改编为八路军，邓逸凡任第115师政治部组织科科长，随军挺进华北，后转战至山东。1941年2月，邓逸凡任华中新四军、八路军总指挥部后方政治部主任。皖南事变后新四军重建，邓逸凡任新四军政治部秘书长。

在新四军，邓逸凡有了第一次与外国盟军的接触。那是1944年8月，美军一架轰炸机执行任务时受伤，机上人员纷纷跳伞。最后跳伞的五个人降落在新四军苏北盐阜根据地，邓逸凡负责接待了他们。他下令以最好的条件接待，为此还让出自己的住房，粉刷一新接待五位美军战友。后来，又安全地将他们送到大后方。

解放战争中，邓逸凡调任山东野战军第2纵队政治部主任，协助纵队首长韦国清的工作。1949年渡江战役前夕，邓逸凡任解放军第21军政治部主任。

这年5月3日，第21军占领杭州。稍后，邓逸凡调往南京，任华东军政大学第3总队政委，开始与梅嘉生搭档。这时，他的妻子周志中也从上海军管会调到南京。他们两人自1941年在新四军中结婚，戎马倥偬之间，已经有了两个女儿，眼下还都寄居在上海。妻子特别希望将两个女儿也接到南京，一家人团聚，不料想邓逸凡却要出国征战。

20年弹指一挥间，在南北征战中成长的邓逸凡酷爱读书，知道即将奔赴的越南就是古代的交趾国。离乡辞国之际，他不由地联想起唐代大诗人李白的名句："何日平胡虏，良人罢远征。"[1]

梅嘉生挥别深情世界

和邓逸凡带着婚姻的些许裂痕前往越南不同，梅嘉生要挥手而别的是一个深情的世界。他和妻子周政共同经历了战争洗礼，使他们的爱情别具浪漫情调。

在梅嘉生记忆中，故乡江苏丹阳县那个农民家庭里，一切都保持着古老传统。父亲梅德元颇精家计，攒了一点儿钱前往上海，在老城隍庙附近开了一家名叫"中和堂"的药店。父亲算得上苏南农村里一个成功的农民，和多少世代里曾经发生过的故事那样，到上海以后渐渐淡薄了对留守乡间的妻子的情感，娶了第二个妻子，留下独子梅嘉生和原配妻子在乡间种地。

丹阳土地肥沃，风清雨润，梅嘉生和母亲耕作虽艰，温饱还是可以维持的。梅嘉生小时候给舅舅家放过牛，牛在田边吃草，这个细心的小男孩总喜欢在田埂两侧种上些果树之类的东西，虽无一定之规，却以桃树居多。舅舅倒是挺喜欢梅嘉生，供他上了两年乡间私塾，略略读些个赵钱孙李、子曰诗云。

13岁时，梅嘉生随母亲来到上海。母亲进一家日本人开的纺织厂做工，梅嘉生进小学读书。这时，梅嘉生的父亲和后娶的太太同住，母亲带着梅嘉生另租了一间小阁楼安身。母亲的工作紧张而劳累，每天中午梅嘉生放学回家，就赶紧做饭给母亲送去，然后再去上学。

几年后梅嘉生小学毕业，由父亲托人介绍到杨树浦中药店"德胜堂"当学徒。待出徒后，他回到父亲的"中和堂"药店当伙计。梅嘉生从小好学，来到

---

[1] 1990年6月15—16日，作者在广州访问邓逸凡。另参见张雪峰：《中将邓逸凡的人生履历》，载《党史博览》2001年第12期。

上海更觉得一个人如果没有学识就断然没有出息。工作之余，他抓紧自学。他发现英语是自己的薄弱环节，而在上海闯世界，英语的用处太大了。他用自己积攒的钱，报名上了英语夜校。

在夜校，梅嘉生遇见一位美丽温柔的姑娘。

她叫周政，是一位富商人家的小姐，比梅嘉生大一岁。

周政祖籍浙江宁波，父亲周惠良在上海开一家百货商行，经营得相当不错，家有两层的洋房一幢，颇有气派。周政聪明伶俐，喜欢读书，从小生活得无忧无虑。父亲视她为掌上明珠，鼓励她好好读书，母亲却是典型的传统脑筋，认定"女子无才便是德"。周政从宁波来到上海读到小学毕业，在家中很有发言权的母亲就再也不让她读下去了。疼爱女儿的母亲希望女儿像那个时代多数女孩儿一样，由家里看定一个好人家，嫁出去过一生平静的生活。

可是周政偏不。

母亲的主意是要她老老实实待在闺中，周政却找来新书新杂志读个没日没夜。母亲一让她考虑结婚的事，她就报以沉默。遵循媒妁之言、父母之命，17岁的妹妹出嫁了，妹夫大学毕业后在繁华的南京路上开有生意兴隆的皮货店。这使母亲更加着急地催她选定人家。周政不为所动，还是像往常那样对母亲说："我要读书。"她不住感叹的就是邻居的孩子能上学。

母亲说："读了书要和男人写信吗？那不行！"

周政又沉默了。

媒人接二连三地来。在这些人面前，周政毫不客气，总是一顿嘲弄，最后把他们赶将出去。在母亲面前，周政吵着要出去读书。

滴水穿石，几年过去，周政20岁出头了，母亲终于妥协，答应周政去上一家夜校。

周政选定要读英语，因为在小学里，她所有的英语考试都是100分。

开学以后，周政在英语世界里如鱼得水，此外的一切都不加关心。她前面的座位是不固定学生的，谁坐都行。但是，不知从哪天起，就总由一个中等个头、英气勃勃的小伙子及时赶来坐下了。"他总来坐在这儿干什么？"周政曾感到奇怪。

又过了不久，坐在前面的小伙子开始向她请教英语方面的问题了。原来他的英语不如自己，特别是做中译英练习的时候有困难，周政自然帮助解答。待

援越抗法战争中的梅嘉生将军（周洪波提供）

到做课堂作业，前面的小伙子递来了小纸条，还是向她请教英语问题。

到后来纸条传多了，周政感到有些异样，就警惕地发话："从今天起，你不要问我了。"可是纸条还是不断。

终于有一天，纸条变成了一封信，信上说了什么，永远不会有人知道，因为周政当着他的面把信撕了。于是又有了第二封、第三封信。不知从什么时候起，周政打开了信封。她看到了信封里包裹着一颗炽热而充满了活力的心。

又不知从什么时候起，周政小心翼翼地回了一封信。母亲的预感终于变成了现实——女儿读了书，和"男人"通起信来了。她看到了家庭之外那个广阔的世界。

这个"男人"就是梅嘉生。

这是一个敢于追求的青年。

他没有因自己和周政家境悬殊而收住神圣的爱情之箭。周政，将往日的求婚者视如过眼烟云，却偏偏接住了梅嘉生的连珠信。在谈话中梅嘉生分明听出了周政对妹夫受教育程度的羡慕。没过多久，梅嘉生告诉周政，自己不上夜校了，已经依据广告考上了近郊真如的华夏大学附属中学，他要读书读出一个样子来。从此，梅嘉生的身影从夜校消失，而他和周政的爱情也在那以后成熟了。

20世纪30年代初，日军占领中国东北三省，中国的民族危机震撼了每一个关心着祖国命运的青年。中国会不会沦陷？中国将走到哪里去？梅嘉生的思想开始了急剧变化。不过一年光景，梅嘉生来信告诉周政，作为一个中学生，过了20岁，他的年纪显然太大了。但是对于中国的未来，他还正当年，在此国家灾难日益迫近之际，他不能再读书了，他已经投考了南京的陆军学校，将学装甲兵，效仿班超投笔从戎。

对梅嘉生的思想变化，周政感到吃惊，她不知道梅嘉生的今后会怎样。她在信中询问梅嘉生，你读书没有多久又去军校了，如此多变，你和我的关系还变不变？天下像我这样的姑娘你是找得到的，如有考虑，尽早定夺。

她等来的，是梅嘉生的一封急信。由于战争，这封信没有保存下来，而信中所言，经过几十年岁月的淘洗，将近八十高龄的周政还依然记得："一切等等，皆不如其人（指周政——本书作者注），我要把心捧在手里你才相信啊！"

对周政来说，这当然是一次对命运的重大选择。作为一个富裕家庭的小姐，她要选择一个生活优裕、收入丰裕的夫婿只消在父母询问后点一下头就够了。但是，她在父亲支持下选择了梅嘉生——这个家境清寒、从苏南农村到上海来闯世界最终又选择了戎马生涯的青年人。同样是在几十年后，辗转于病榻之上的周政对本书作者回忆说："在当时，面临生活的选择，我没有去想梅嘉生的穷，因为我想穷不要紧，可以用自己的努力改变它；也没有更多地考虑文化上的差距，因为我的文化程度也不高，文化水平也可以通过努力去提高；我唯一的希望的是他永远不要变心。"

在人类生存的这个五彩缤纷的星球上，唯有感情世界是很难用语言表述清楚的，百岁人生漂泊间，真情唯有两心知。

在军校，梅嘉生的重要经济接济者成了周政，5块、10块的汇款不断地汇往南京。最多的一次是350块大洋，这在当时算得上一个大数目了。原因是梅嘉生突发奇想，打算从军校退伍，自己开办一个养鸡场，为此写信请周政支持。

正在梅嘉生为选择人生之路苦苦求索的时候，发生了七七事变，日本侵略军大举入侵，抗日战争全面爆发。战火很快逼近南京，梅嘉生所在军校南迁了。

何去何从，梅嘉生再一次面临选择。

周政赶到南京，和梅嘉生一起商量。梅嘉生对周政说，他想留下来，作为一个热血青年，又是一个经过了军事学习的青年，在国家生死存亡关头，理当舍生忘死。梅嘉生下决心了，回丹阳故乡去拉起一支武装，抗日图存。

在南京，梅嘉生和周政结婚了。婚礼是简单的，只请了几个最要好的朋友。婚礼之后，日军轰炸机飞临南京上空。一片兵荒马乱中，梅嘉生、周政走出石头城，向丹阳而去。

在家乡胡桥一带，梅嘉生在青年中组织抗日武装。周政拿出自己的积蓄，再加上父亲周惠良从上海寄来的数百块钱，他们从国民党散兵手里买下十来支步枪。这时,中共党员管文蔚也在自己的家乡组织抗日武装。管家离梅嘉生的庄子仅三里路,咫尺之隔。1937年冬天的一个夜晚,梅嘉生找到了管文蔚,商议组织武装力量抗日自卫。1938年春,丹阳仙桥镇成立了自卫总团,管文蔚任总团长,梅嘉生任镇北分团团长,管辖几个村庄的自卫团。自卫团成立不久,就由梅嘉生率领,时常到丹阳以东的陵口伏击日军的火车。

自卫团的一部分逐渐发展成脱产的地方武装,梅嘉生任第3大队大队长。1938年夏,率部挺进江南的新四军一支队司令员陈毅派政治部主任刘炎来到丹阳,将丹阳自卫总团改编成丹阳游击纵队,梅嘉生所部从此编入新四军序列。1939年10月,梅嘉生部改为主力部队,梅嘉生任新四军挺进纵队第3团团长。这时,梅嘉生已是一名中共党员,指挥过多次战斗,他的军事才能在频繁的战斗中迅速展现出来。

在十多年的战争中,周政的经历令人慨叹。1938年,女儿丹波出生,周政是在战火中把女儿抚养大的。周政先后担任过新四军的文化教员、保管员、保育院长,大部分时间和部队一起南北征战。一个身材娇小的富家小姐,就在战争血海中行进着。有一年冬天,她所在部队被日军包围,在激烈的突围战斗中周政冲了出来,赤脚数次蹚过河流,一连走了三天三夜,她几乎没有吃什么东西,又饿又累,最终倒下了。教导员为她买来了一个胡萝卜,周政吃了下去,竟奇迹般地又能抬腿走路了。

经过十余年征战,36岁时,梅嘉生已经是副军长了,他是新四军中晋升最快的几名将军之一,深受名将粟裕的器重。

在夺取全国胜利之后即刻奉命出征越南,梅嘉生虽然感到意外,但是作为军人,他坚决从命。就他内心世界而言,他还真有些舍不得硝烟弥漫的战场。他好读军事书籍,更从切身经历感受到,战场才是将军的用武之地。

这时,让他难以割舍的还有自己刚刚稳定下来的家。经历了十多年血与火的厮杀,他终于在南京小营的一座小别墅里安家,和夫人周政、女儿丹波,还有养子云波生活在一起。说起儿子,这是梅嘉生和周政对战争的奉献,由于抗日战争的残酷环境,他们把在丹波之后降生的儿子寄养在农民家里,由于生活条件差,生病后得不到及时治疗,孩子夭折了。后来梅嘉生夫妇就收了一个养子。

由于这个原因,丹波被视为掌上明珠,在解放战争中,一旦条件许可,梅嘉生就把女儿带在军中。每当战事稍歇，警卫员会拍马而来，将丹波接到父亲身边去相聚。中华人民共和国成立了，梅嘉生的打算是让孩子上学，上最好的学校，把因为战争而耽误的功课补回来。

现在梅嘉生要去越南了，这位在战场上坚毅果敢的将军一下子变得充满了温情，就连去北京领受任务，梅嘉生也带上了女儿。甚至那天毛泽东会见顾问团军官，梅嘉生也把女儿带到了中南海门口。在那里，女儿被挡住了，梅嘉生只好派人把噘起小嘴的她送回驻地。事后丹波还蛮不情愿地对梅嘉生说："现在是怎么了，不让我进。前些年在战场开大会，刘副主席、朱总司令讲话，我不都在他们身边走来走去吗？"

梅嘉生只好对女儿说："那是过去，现在我们胜利了，一切都要正规了。"

从北京回到了南京短住的那几天，只要一有机会，梅嘉生就要和周政、丹波在一起。他带着女儿散步，为她打热水洗澡。而丹波看到母亲为父亲打点行李，频频流露出不安的神情。这一切，梅嘉生的警卫员周洪波看了，心里觉得很不是滋味。

临出发之前，梅嘉生驱车丹阳，回故乡看望母亲。母亲和四周乡邻以家乡的芝麻汤团招待了梅嘉生。在自己长大的屋子里过了一夜，梅嘉生和母亲告别了，他趴在母亲的耳边大声说："妈妈，你有什么事就给周政写信吧，她还在南京，会照顾你的。"

乘火车离开南京的时候，顾问团军官的妻子们都去送行，月台上哭声一片，丹波也哭了，但是周政没有哭。战争年代里过多的离别已经使她变得特别坚强，她只是久久地凝视远去的火车，直到它消失在绿色的远方。[1]

顾问团团训：履行国际主义义务

汽笛长鸣，火车开走了，顾问们又开始了新的征战，他们的思绪很快从亲人的离别中抽了出来。一路还算顺利，只有一个500两黄金的故事，叫顾问们虚

---

[1] 1990年3月，作者在北京多次访问梅嘉生；1990年3月30日，作者在北京访问周政；1990年4月1日，作者在北京访问梅丹波。

惊一场。

　　那还是梅嘉生到北京的时候,军委从最坏的局面打算,决定让顾问团带上可供几年之需的经费,以便在局势最困难,不能从祖国取得供给的条件下使用。按照这个预想,梅嘉生带着周洪波,到中央银行领取了500两黄金和一皮箱人民币。500两黄金放在一个铁盒子里由周洪波保管带回了南京。

　　离开南京出发,这500两黄金就放在梅嘉生的卧铺下,一路到了湖南衡阳。顾问团在这里下了火车,再往西去就该换乘汽车了。火车到衡阳已是黄昏,远处突然传来枪声。这一带国民党军残部的活动还很频繁,不时袭扰过往车辆,因此顾问们在下车时略有慌乱。梅嘉生身边带了四个警卫员,周洪波是贴身警卫,他护卫梅嘉生下车,其他几人清点携带的物品。火车很快就开走了,这时他们才发现500两黄金没有拿下车。梅嘉生大为光火,批评了警卫员们的慌乱,并立即和车站驻军联系,要求封锁开走的列车前方各站,并把列车截下来检查。

　　火车很快就被截住了,500两黄金还安然躺在梅嘉生用过的卧铺底下。周洪波和顾问于步血(华东军区战斗英雄)连夜搭车前往取回了黄金。

　　到达南宁以后,了解到越南的情况远没有想象的那么严重,这500两黄金也就留在了国内。[1]

　　在南宁,韦国清、梅嘉生、邓逸凡一起拟定了《军事顾问团工作手册》,经毛泽东批准后立即颁布,要求全体赴越人员模范执行。韦国清向全体顾问宣布:这次到越南去,顾问团领受了三大任务,就是帮助越南军队打仗、建军,宣传毛泽东的军事思想。军事顾问团遵照中央军委的命令援助越南人民的解放事业,等到正在中国的越南主力部队整训结束,就随同他们进入越南。

　　时隔将近40年之后,问起这些已入桑榆之年的军事顾问们,在南宁集中学习"对什么内容印象最深"时,几乎每一个人都回答:"学习了国际主义思想。到越南去,要爱护那里的一草一木,把越南人民的事情当成自己的来办。"

---

[1] 1990年7月,作者在北京访问周洪波。

第 8 章

调整战役方向

将星闪烁越南边境小村落

1950年7月下旬，装备精良的越军第308师由中国顾问引导从砚山开拔，沿中越边境线向东，经云南文山、麻栗坡、广南县，进入广西靖西县境内。

韦国清率领中国军事顾问团于8月9日秘密出发，黄文欢从北京赶到南宁陪同顾问团入越。广西省党委第一书记、韦国清的老上级张云逸驱车送顾问团出了南宁。顾问团车队前后，是广西军区的护送部队。

车出南宁，在一个僻静的山野，军事顾问团成员下车整队，张云逸来到队列前，做了临别讲话："你们就要离开祖国到越南去了，本来，我应该召集南宁军民为你们举行隆重的欢送仪式，向你们致敬。但是，你们的使命是秘密的，不能公开欢送了。那么，就由我来代表广西的党政军民来为你们送行，祝你们一路顺利！同志们，你们正年轻，努力吧，你们是我们中国有史以来第一次往外国派出的军事顾问团，你们只能干好，不能搞坏……我相信你们，等你们胜利归来的时候，我一定来欢迎你们！"

张云逸的话音在山谷间回旋消失过后，韦国清命令："全体立正，向首长告别，敬礼！"

四野宁静，微风轻拂，历史凝视着这一刻。[1]

顾问们登车直向靖西驶去，与第2野战军派出的顾问会合。第308师则随即越过边境线，回到自己的国土上，向高平西北地区机动。

此前，韦国清已和广西军区司令员李天佑一起来过中越边境线上，还曾进

---

[1] 1990年1月12日、1990年4月17日，作者在北京访问王振华；1988年12月16—17日，作者在石家庄访问窦金波。

入越南境内与武元甲、陈登宁会面，商定中国军事顾问团进入越南的安排。

8月10日，李天佑再次入越，与武元甲、陈登宁会商边界战役期间，中方对越军作战进行后勤保障的问题。

1950年8月12日拂晓，中国军事顾问团顾问79人，随行工作人员250人，在浓浓夜色里进入越南。

武元甲、陈登宁在边界线上迎候中国军事顾问团。除部分护卫部队外，他俩还带来了民工，其中不少是妇女。她们热情地来到中国顾问身边，抢着搬运行李，许多人用不熟练的汉语说："同志中国！同志中国！"

中国军事顾问进入越南后在肃静中继续西行，于天亮前到达越军总部所在地——广渊。[1]

高平之战已箭在弦上。

吴效闵带领团、营顾问安庭兰、张祥和第308师参谋长阮士澄冒着热带雨季的迷茫大雨潜至高平法军防线前进行阵前侦察。事先，他们了解过情况，当地老百姓都说，高平不好打，工事坚固极了，不但城前的河道被挖深了，河上用的是吊桥，而且连整个大山都挖空了！吴效闵说，那就一定要看一看。

雨很大，隔远了什么也看不清楚，只听到雨帘那边有汽车声，也有人声。吴效闵径直朝前摸去，阮士澄参谋长生怕顾问被俘虏，轻声劝阻。吴效闵还是带着安庭兰、张祥朝前沿走。前面有一条小河，河水齐胸深，三个顾问蹚了过去。

看清楚了，高平是座小城，背依大山，三面环水，沿河开阔处设置了绵密的障碍，修筑了永久性工事，各个火力点能够相互支援。吴效闵趴在雨水里举着望远镜看了很久，直到天色向晚才返回。当夜来不及赶回部队，他们几人夜宿民家。吴效闵对安庭兰和张祥说："看来老百姓说的有道理，高平还不好打哩。"[2]

越方进攻高平的决心很坚决。7月25日，印支共中央决定成立以武元甲为书记的前线党委，武元甲还担任战役总指挥和政委。印支共中央政治局委员、越军总供给局主任陈登宁直接负责后勤保障，动员了7万民工冒雨抢修道路，运送弹药和粮食。越军总部准备调用刚刚从中国整训归来的精锐部队投入战斗。这

---

[1] 1990年4月4—10日，作者在北京访问吴涌军。

[2] 1988年11月28日，作者在昆明访问张祥。

越南密战

1950年边界战役前，中越高级将领的合影（前排左起：邓逸凡、韦国清、武元甲、朱文晋，后排左起：梅嘉生、阮志清、陈友翼、陶文长）

一切，一直准备到8月上旬之末，就只等着正从太原赶来的中共中央代表陈赓审定，双方取得一致意见后付诸实施了。

武元甲发电催促，陈赓急急赶往高平前线。

8月14日傍晚，陈赓来到广渊的越军总部，韦国清、梅嘉生、邓逸凡也在这里等候。广渊，这个与中国紧紧相邻的小村落，一时间将星云集，仅中方就聚集着两位兵团级、两位军级战将和一群师、团级军官。

当晚，陈赓住地灯火闪闪，顾问团师以上干部在地图前向陈赓汇报当前情况。呈现在大幅越北地图上的是一番什么样的交战态势呢？

放下高平，先打东溪

当时的法军正在推行所谓的"雷沃斯计划"，在印度支那拥有的总兵力为23万人左右（包括保大军队），其中法国本土部队4—5万人，欧（洲）非（洲）籍雇佣兵6—7万人。在越北，隶属于法军越北司令麾下的陆军总兵力是7.5万余人，大部分分散守备，机动兵力为10—12个营。另外印度支那法军空军约有150架飞机，战斗机和运输机各占一半，三分之二集中在越南北部，并有三四个伞兵营可以用作机动力量。法军通过1950年的春季攻势，在占领了太原、府里、宁平等省会后，基本上控制了红河三角洲产粮区。在靠近中越边境的广西当面，法军则处于守势，大致上沿着横向的第4号公路沿线重点设防，守军共有13个营大约1.1万人。5月25日越军第174独立团曾向高平、七溪之间的小据点东溪发起进攻，一度攻占东溪。法军迅速发动反击夺回东溪，随后加强了高平、东溪、七溪、那岑、谅山这些边境据点的守备力量。

越军方面，人民军总参谋部介绍说，包括地方部队，总兵力约16万人，一部分活动在越南南方。由总部直接掌握的战略机动部队就是第308师和第174、第209两个独立团、一个炮兵团，以及几个独立营，总共2万余人，现在都集中到高平附近了。因此在高平地区，面对法军守兵2000余人，越军占绝对优势。

摆到面前的问题是，何时打高平，怎样打高平。

中国军事顾问吴效闵汇报了对高平的侦察结果。

陈赓的目光在地图上凝住了，吴效闵关于高平工事坚固，进攻将引起重大伤亡的看法不由他不重视。吴效闵说："法军可能察觉了高平将受到进攻，因此守备兵力已经增加到了三个营，并且由原来驻守七溪的萨克东上校赶往那里指挥……"

吴效闵所在的中国人民解放军第37师是第4兵团的主力师，吴效闵身经百战，是陈赓麾下一员虎将。听了他的汇报，再加上入越后沿途了解的情况，凝视着地图，陈赓的战役构想变化了，他的目光从高平顺着公路南移45公里，在东溪停了下来。

东溪是一个极小的镇子，四面环山，中间一块小盆地，镇子则建在盆地北部隆起的小高地上，距离东面的中国边境布局关仅10余公里，4号公路呈西北往东南走向穿镇而过，西北面是高平，南距法军的重要据点七溪镇25公里。东溪所在的位置，正好卡在了从广西水口关经布局关进入越南公路的交叉点，封住了这个方向的中越通道。根据越军情报，法军在东溪驻扎了一个加强营，约七八百人，比高平守敌少一多半。

两个多月前的5月25日，越军第174团进入广西整训前曾集中兵力围住东溪打了两天，重创法军后一度占领了东溪。法军立即反扑，于28日清晨雾气飘散后，在东溪四周空投了一个伞兵营，乘越军立足未稳发起猛攻，夺回了东溪。这次战役越军伤亡300多人，法军也有两个连遭受毁灭性打击。两相权衡，法军的士气已经受到了重创。

陈赓的眼睛发亮了。对手已经被击倒过一回，再打一拳怎么样？在连绵起伏的大山之中，高平至七溪的公路也大体是西北、东南走向，公路两侧的山上长满树木，正好布置伏兵。一个完整的作战计划腹案产生了。

第二天，陈赓找武元甲商谈战役计划，他说："我的想法是先打东溪。"武元甲感到有些意外，为什么不打高平？这个决定不是已经做出一个多月了吗？

在陈赓面前，武元甲表示他自己对即将到来的战斗尚无成熟的意见。

武元甲与陈赓的默契

武元甲，1913年生于越南中部广平省安社农村，那是北纬17度线以北越南最穷困的地方之一。武元甲的父亲是个乡村知识分子，熟悉儒家经典，参加过抗法斗争。武元甲12岁开始上学，13岁参加了地下组织"新越革命党"。16岁时，武元甲进入法国人在顺化市开办的国立大学，两年后的1930年因参加农民运动和学生罢课被学校开除。这期间武元甲曾被捕入狱，在狱中数月发奋读书。出狱后，他来到河内，寄居在教授邓太梅家里，就读于河内大学法律系。在河内大学，他认识了越南革命的重要领导人长征。

1936年，法国民主运动的发展使海外殖民地可以自由出版报纸。1937年，法国共产党派代表来到越南，帮助虽然已经成立但是组织涣散的印度支那共产党发展和健全组织，武元甲在此时加入印支共。也在这时，武元甲认识了日后越南的重要领导人范文同。

同年，武元甲获得法学学士学位。他的法律学成绩一般，但是政治经济学成绩十分出色，遂决定继续求学。但这时父母已经无力供他上学了。虽然邓太梅教授继续供他住宿，但武元甲必须挣钱。他找到了一个中学历史教师的职位，一边教书一边继续学习，直到1938年获得另一个学位。获得学位后武元甲结婚，夫人也投身于反对殖民统治的斗争。1939年年底，越南殖民地形势紧张，武元甲带着妻子回到自己的家乡。不久，在殖民者的搜捕中，武元甲夫人被捕入狱，于1943年病逝于狱中。武元甲则在1940年逃过了追捕进入中国云南，和范文同一起来到昆明。

1941年5月，武元甲在昆明第一次见到了胡志明，并且接受胡志明的指示，和范文同一起来到贵阳的八路军办事处住了相当一段时间，准备从那里转道去延安学习。适逢德国希特勒军队向苏联发起大规模进攻，印度支那局势也发生了变化，胡志明即令武元甲等人返回中越边境秘密组织武装斗争。

第8章 调整战役方向

1944年12月22日,越南"宣传解放军"在高平附近的群山中成立,朱文晋任队长,武元甲担任指导员。从那时起,武元甲的生活就和越南的武装斗争联系在一起了。1946年,武元甲和邓太梅教授的女儿邓碧霞结婚。在艰苦的日子里,武元甲长期和胡志明在一起,深得信任。

武元甲结婚照

陈赓清楚,要改变先打高平的战役计划,应该首先说服武元甲,再统一越军干部的思想。

陈赓的湖南腔汉语谈吐清晰:印度支那的法军总数虽然还在20万人以上,但是成分十分复杂,大部分兵力分散守备,机动兵力很有限。再加上受国内反战力量的影响,要从本土大规模增兵已经不可能。这是法军无法解决的问题,对越军非常有利。

那么越军能不能充分利用法军的弱点呢?陈赓对武元甲说,现在的越军正面临着三个转变的过程——由分散的游击队转到部分集中的正规军,由分散的游击战转到适当集中的运动战,由过去的消耗战转到歼灭战的过程。要顺利完成这种转变,必须慎重初战,第一仗打不好,会严重影响士气。高平工事相当坚固,三面环水,一边靠山,易守而难攻。以目前越军的战斗力,要攻占高平是很不容易的,即使侥幸攻下高平,也会付出高昂的代价。

陈赓的意见是,先不打较大的高平据点,而是先打较小的东溪,孤立高平,迫使敌人增援,越军则争取在野外运动中消灭敌人的援兵。这样,在消灭敌人有生力量的同时,也可锻炼和提高越军的战斗力;围困而不马上攻击高平,则使它原先坚固的据点不能发挥作用,这就便于尔后攻歼之。

武元甲为之释然,说他感到陈赓的想法有说服力,没有别的意见了。[1]

---

[1] 1988年4—5月,作者在昆明多次访问王砚泉。

边界战役计划的质疑和论证

陈赓拟定了作战部署：以第174团和第209团分南北两路进攻4号公路上的东溪，将第308师放在东溪以南，设置一个口袋阵，准备打从七溪出援的法军。同时派出两个营到七溪以南阻击谅山方面援兵，再以少量兵力围困和监视高平之敌。打下东溪后，如果七溪之敌出援，第308师就全力聚歼。如果七溪守敌不出动，就在东溪战斗结束后，挥师南下，集中力量围歼。最后以全部主力进攻高平，尽可能迫敌出逃，在野战中消灭之。整个战役预计30到40天完成。

8月22日，陈赓将作战计划呈报毛泽东。

陈赓在电报中说：和武元甲、韦国清等人研究后确定，预计战斗发起后法军可能由陆上及空中增援四个营的兵力，以越军现有之兵力及准备情形，可能歼灭其守敌与援敌，胜利完成边界战役。因此，边界战役的指导原则为：

一　只打歼灭战，不打消耗战、击溃战，以消灭敌人有生力量为主。

二　集中优势兵力、火力，突击一点。将越军装备完善的五个团始终集中使用，使每一次战斗均处于优势兵力，以对付敌之伞兵与地面援兵。

三　先打较弱据点，再打较强据点，先打纵深据点，再打前锋据点，以出敌不意。[1]

陈赓拟订的战役计划是：

一　战役由进攻东溪开始，希望歼灭七溪来援之敌，尔后攻占七溪，最后攻占高平。

二　在东溪战斗中，除以一部分主力（两个团）进攻外，另以一部分主力（三个团）准备打援，而以两个小团（营）置于七溪以南，阻击谅山方向之援兵，另以两个小团（营）围困监视高平。

三　在东溪战斗中，如七溪之敌出援，则在东溪有利地形歼灭之，然后进歼七溪守敌。如七溪守敌不出援，则在东溪战斗解决后，乘胜全力围歼之。

---

[1] 依据梅嘉生将军保存的赴越军事顾问团文件。

四 在东溪、七溪战斗后，如谅山之敌来援，是否打援，视当时情况而定。战斗结束后稍加整顿，总结经验，即以全部主力进攻高平。这时以两个小团（营）布置在七溪以南，选择要点，破坏桥梁，监视与阻击谅山方向的法军。

五 最后稳扎稳打，在充分准备之后进攻高平，逐次夺取外围据点，控制机场，占领周围某些制高点，修建阵地，然后选择有利方向，集中兵力、火力，一举攻歼之。

六 整个战役预计30—40天完成。其中东溪、七溪战斗，力求在7—10天内完成。整个战役大约开始于9月中旬。

边界战役计划完成之时，胡志明也赶到了广渊，印支共中央政治局讨论通过了陈赓提出的作战计划。

1950年8月23日，武元甲召集越军团以上干部会议，进行东溪战斗动员。谁知道，动员并不顺利，一些越军指挥员有疑虑，议论纷纷，为什么不按照最先的计划打高平？次日，武元甲请陈赓到场释疑解惑。

陈赓到会后，一位越军指挥员说，我们力量有限，一开始应该集中兵力消灭高平之敌。这样打，虽然牺牲可能大一些，但可以完成任务。如果先打东溪、七溪，到再打高平的时候，我们的力量就消耗得差不多了，就不一定能打下高平了。不夺取高平，法军的边界封锁线还是不能打开。

陈赓回答，想解放高平，首先要消灭敌人有生力量，否则即使勉强攻下高平，也巩固不了。打东溪比打高平容易得多，比较有把握。首战胜利了，对战局影响很大。在东溪把敌人打痛，七溪和谅山的敌人可能增援，这就会给我军一个在野外歼敌的好机会。既然在作战中我军会消耗一部分力量，这就需要有计划地准备补充兵员。

有人提出，一开始就进攻高平，敌人没有准备，来不及增援。如果先打东溪、七溪，敌人就会加强高平的工事和兵力，再打不就困难了吗？

陈赓说，高平三面环江，背靠大山，工事坚固。进攻高平要渡江作战，而且只能从一面进攻，既要打敌纵深，还要准备打增援的伞兵，困难很多。当然，乘敌不备，突然进攻，在开始的时候会有一定作用，但是还不能解决我们在战术和技术上的全部困难。如果先在东溪和七溪消灭越东北边界地区敌人的一部分有

抗法战争中，越军指挥员研究作战地图

生力量，高平之敌陷于孤立，则会军心动摇；我军则屡战屡胜，战斗经验多了，胜利信心就会更足。那时再打高平，就不会是更加困难，而是更加容易。

又有越军指挥员向陈赓提出，我们没有连续作战的经验，体力又不好，这样连着打仗，恐怕坚持不下来。

陈赓笑了："既然如此，更不应该先啃硬骨头，而应该先进攻敌人比较弱的据点。先打弱的，再打强的，强的也就变弱了。至于部队没有连续作战的经验、体力差，解决的办法一是改善伙食，二就是在战斗中取得经验。"

越军干部的意见提完了，陈赓接着谈了越军存在的缺点和改进的办法，前后整整讲了4个小时。越军军官们开头还有窃窃私语的，到后来完全被陈赓的见解说服了。当晚12时，武元甲打电话给陈赓："你讲得太好了，讲了那么多中国战争的宝贵经验，毫无保留，解决了我们干部好多思想问题，我们都非常高兴。"

在电话里，陈赓没有多说什么。但是，作为一个兵团司令员，对于攻打一个数百人防守的小据点，付出那么大的精力，讲了那么多话，在陈赓这些年的经历中是少见的。因为这毕竟是在越南。陈赓对王砚泉和梁中玉说过几次："我们是代表党中央来越南工作的。我们是初次帮助兄弟国家打仗，仗要由越南部队打。我们既不熟悉法国人，对越南部队也不够了解，要帮助得好，很不容易，必须兢兢业业。"

就在同一天，8月24日，毛泽东以中共中央军委名义复电陈赓："同意你们的作战计划。"这份电报说：

……为了保证此次战役胜利，似应在干部中灌输连续作战的思想，以便对付谅山敌人来援，以及对付在东溪、七溪敌人被消灭后，高平之敌可能逃跑，或向南增援的情况。判断敌方统帅部可能想不到我方[1]现已能够集中2万余人在一处作战，可能以为仍不过几千人或1万人，因而从谅山派出三四个营或四五个营向东溪、七溪增援的可能性是很大的。如果敌只派出三四个营增援，而地形又有利于我军，则我军于解决东溪、七溪后就有可能歼灭此援敌。如果此援敌被歼灭，则敌方统帅部可能迅速改变其对我方力量过低之估计，而命令高平之敌放弃据点向南增援，夹击我军，则我军于歼灭谅山援敌后，又有可能要与高平援敌作战。如不作战，则只好让高平之敌逃跑。假如出现此种情况，则我方可能要在20天左右时间内打大小三四个仗。因此，（1）照你们估计的情况及计划，在40天内从容歼灭边界之敌，这样是很稳妥、很有利的。（2）照上面估计的情况，则准备在20天左右打大小三四个仗，如能打胜，则是更有利的。只是不知越军有此能力否？[2]

大战前夜的忙碌

接到中共中央军委同意边界战役计划的电报，陈赓的心完全踏实了。既然各种情况都已经考虑到了，他命令顾问团立即着手战斗准备。[3]

行事严谨的梅嘉生制订了详尽的作战方案。

邓逸凡率领邓清河、李文一等人组成的政治顾问组到达越军总政治局后，即与阮志清主任、黎廉副主任等共同研究了战役政治工作的部署，对战役各阶段的政治工作提出了自己的意见。阮志清、黎廉十分重视中国顾问的意见。

担任主攻的越军第174团举行了有炮兵配属的攻坚演习，第308师则开向东溪以南的山谷设伏。

偏偏在这个时候，吴效闵病倒了。从那天冒雨抵近高平侦察归来，他就感到不舒服，后来又染上了疟疾，病得昏昏沉沉。陈赓即令王砚泉接替吴效闵担任第308师顾问。

---

[1] 这份电文中的"我方""我军"皆指越方或越军。下同。
[2] 依据梅嘉生将军保存的赴越军事顾问团文件。
[3] 周毅之，曲爱国：《陈赓同志在越南战场》，载《人物》1993年第2期。另：1994年12月1日，作者在上海访问周毅之。

第174团和第209团到达了集结地域,两个团的顾问都是解放军第4野战军派出的。第174团顾问张志善,第209团顾问郝士忠。

战斗计划确定,进攻前越军先进行炮火准备。梅嘉生叫来了炮兵顾问窦金波说:"你速去越军山炮第95团,在不暴露总意图的前提下,帮助他们进行战斗准备。然后随同这个团一起去作战地点,到作战时以一个山炮营配属给第174团。战斗开始时间大约在9月中旬。"

窦金波赶到第95山炮团,在政委黄凤和副团长"约"的陪同下检查部队装备时,这位山东汉子的眉头微微皱起来了。广西军区为这个团装备了两个营的美式山炮,一个营的41式山炮,配齐了骡马。但是进入越南不过一个月,因为越军缺乏饲养经验,又不够爱惜,骡马已经病死了一些。余下的,几乎全没有豆类精饲料,光靠放牧吃野草,大都瘦弱不堪,驮载火炮的能力大大下降。约副团长看出了顾问的忧虑,对他说:"我们很少用马,过去行军,都是战士抬炮。"

"那就要迟缓多了。"到了这时候,窦金波自然是无可奈何。

有一点窦金波已经打定了主意,以他在华东战场的经验,根据东溪据点碉堡比较外露的情况,他要求在攻坚战斗中用一部分火炮抵近前沿,采用直接瞄准射击的方法摧毁敌人火力点。

"这不是让大炮也去冲锋吗?"约副团长有些疑虑。他过去曾经在法军中当过炮兵中尉,法军可从来没有这样打过。黄凤政委也模棱两可。倒是第3营营长尹岁对窦金波的指导问长问短,态度很积极。

窦金波说:"这个方法,旧军队是不用的。但是在实战中,火炮伴随步兵行动,出敌不意,收效大,伤亡小。"他又问了尹岁几句,原来尹岁是老游击队员,越南抗日战争初期入伍,打过不少仗,文化虽然不算高,但是显得干练。窦金波暗自下了决心,到时候就以他这个营配合第174团攻坚。

边界战役中,支前民工集中地一角

窦金波又发现，广西军区派出教授炮兵技术的一个副连长和两名战士也来到了越南，他立即从尹岁的营里抽出一个连，由这三名中国教员帮助训练，从火炮接敌、隐蔽发射位置到瞄准进行讲解，然后实地演习。窦金波嘱咐他们："帮助训练，但作战时不随这个连行动。"[1]

为了运送边界战役所需军用物资，解决战役的后勤保障问题，解放军总后勤部于1950年8月6日在南宁设立了办事处。

由马西夫率领的军事顾问团后勤顾问组于8月22日到达越方总供给局，中国方面很快确定，倾全力帮助越军筹划边界战役的后勤保障，尔后逐步在越军供应系统建立规章制度、培训后勤干部。

8月底，边界战役所需的粮食、弹药从中国境内陆续运进越南。由广西军区培训和装备的越军第一个汽车运输队60辆汽车星夜兼程，加入了运送物资的行列。根据中国方面统计，1950年4月至9月期间，从中国向越南境内运入的各种步枪、手枪约1.4万余支，轻、重机枪及冲锋枪1700余支。中国还向越军提供了山炮、迫击炮、60炮、无后坐力炮和火箭筒300余门（具），粮食2800余吨，还有大量的弹药、药品、被服等军用物资。[2]

为了把中方援助物资从边境线运往战斗地区，越方动员了大批妇女参与运送。

傍晚，陈赓走上简易公路，眼前出现了运粮妇女的长列，顺着山路弯曲，望不到头尾。她们大都很瘦小，以纤弱的肩膀挑着竹扁担，扁担两头是竹筐，筐底铺了芭蕉叶，装上满满的米，压得扁担一颤一颤的。她们要走很长的路，却不带什么衣物，实在累了，席地而卧；渴了掬一把河水，饿了吃一口饭团，完全没有菜，无非是摘几粒路边的野山辣椒，蘸点盐巴而已。

陈赓站在路边感叹："越南妇女的吃苦耐劳精神，堪称楷模！"

跟随罗贵波入越的顾问李云扬为之口占一绝：

吟越南妇女

食眠行住帽蓑披，

---

[1] 1988年12月16—17日，作者在石家庄访问窦金波。

[2] 1993年1月28日，作者在北京访问王振华，并援引王振华笔记。

馈我千军万马资。
悬赏将军谁倚树?
论功还推绿筠枝。[1]

广西省委派出人员,在中国水口关内设立了后方医院。根据军事顾问团急电,广西还紧急调拨来一批胶鞋,只是越南士兵惯于赤足行军,这批鞋子没有派上大的用场。

不能说法军司令官对高平、东溪前线的情况一无所知。9月3日傍晚17时,五架法军轰炸机突然袭击广渊,往来轰炸扫射了半个小时。两天以后,又一批法国飞机来袭,准确地扫射了越军总参谋部,造成数人伤亡。

法军发觉边界战役的企图了吗?这是陈赓最担心的。9月上旬,两名越军侦察员在东溪附近失踪,更增加了陈赓的不安。

1950夏,胡志明(后右一)、武元甲(后左一)和军事参谋在研究作战

陈赓关注着战场,战役决心不变。占压倒优势的越军,潮水般向着东溪涌去。

胡志明、武元甲一起来见陈赓。胡志明非常清楚即将展开的战役对于国家命运的意义,他郑重地对陈赓说,请你放手指挥,"包下这一战斗的胜利,再包下下一个战役的胜利"。

陈赓为之动容:"我一

---

[1] 1993年12月15日,作者在广州访问李云扬。李云扬在诗中用了典故。"悬赏将军",典出南北朝范晔《后汉书·冯异传》。冯异是东汉光武帝刘秀麾下深得军心的大将,严于治军,"进止皆有表识,军中号为整齐。每所止舍,诸将并坐论功,(冯)异常独屏树下,军中号为'大树将军'"。及破邯郸,乃更部分诸将,各有配隶。军士皆言:'愿属大树将军'"。这个故事是说冯异居功不自傲,人心皆为所向。"绿筠枝",在古典文献中指竹子,此句延伸指越南妇女挑军粮用的竹扁担。

定尽自己的最大努力。不过，打胜仗还要靠越南的军队和人民。"武元甲若干天前就对陈赓表示过了，说自己没有指挥重大战役的经验，务请陈赓留到这次战役结束以后再走。此刻，胡志明又对陈赓说，对于战场指挥，"我不是军事家，不长于此，你看准了做就行"。

对于即将展开的战役，胡志明行事也是慎而又慎。9月11日，胡志明亲临前线视察，并且会见了部分中国军事顾问。胡志明特意说，中国干部战斗了20多年，有很多宝贵的经验，越南干部不但要学习中国同志的打仗经验，其他方面也要学习。他说，中国干部也会有缺点。越南的风俗和中国的不一样，中国同志语言不通，有时会发脾气，这是可以理解的，我们要原谅。中越干部、各部门干部之间要团结得像一架机器一样。

胡志明还说，所有干部切记不要浪费，因为所有物资都是同胞的血汗，是越南人民的血汗，也是中国人民的血汗。中国同胞节衣缩食支援我们，我们要珍惜每一件东西。[1]

热带山林里，战云翻滚，能不能一举打开中越边界线，一战将见分晓。

越军攻占东溪

事实上，法军预感到高平、东溪至谅山一线将发生战斗，但没有想到越军竟有能力发动大规模的歼灭战。9月12日，按照战役计划，越军西北地区武装力量向老街发动佯攻，使法军司令官产生了几分疑惑。

9月16日拂晓，第174团突然袭占了东溪北部的两个小据点。

法军立即意识到这里才是越军真正属意之所，五架战斗机轮番飞来，在东溪四周盘旋扫射，直到天色向晚。

越军最害怕的法军飞机飞走了。下午6时，随着一声炮响，越军炮弹接二连三地在东溪法军阵地上爆炸，边界战役战幕拉开了。

窦金波正站在越军炮群中。这是位于东溪以北的一个小山坡，窦金波在炮火准备前快步爬了上来，他一边观察东溪地形，一面与地图相互对照。突然，

---

[1] 1993年1月28日，作者在北京访问王振华，并援引王振华笔记。

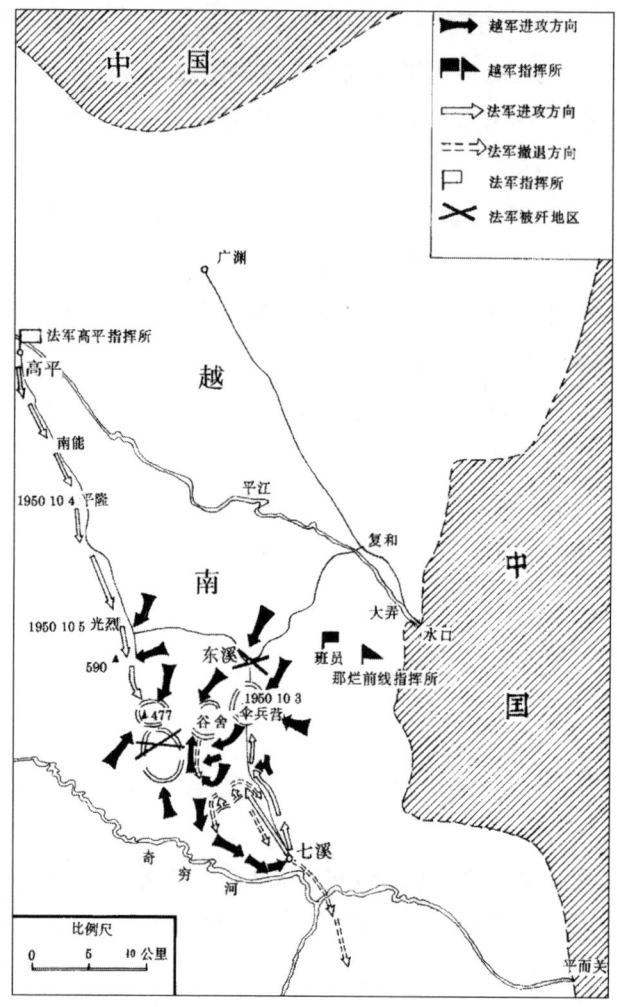

1950年9月16日至10月9日，越南边界战役示意图

他发现山上散落着几个罐头盒，这显然不是越军留下的。"这是怎么回事？"他急忙问道。

原来，5月下旬第174团去中国整训前对东溪发动的那次进攻中，有一门火炮的阵地就设在这里。"那么，从罐头盒可以肯定，事后敌人到这里搞过侦察测量，敌人一旦进行炮火反击，一定打得很准。"窦金波一边想着，一边急促地对约副团长说："这个阵地选得很危险，现在已经来不及改了，请你马上命令多挖单人掩体。"

果然，吃了越军炮火的东溪法军向越军炮兵阵地进行了火力压制。炮弹纷纷落在越军炮群中间，幸好单人掩体已经齐备，大大减少了越军的伤亡。[1]

这时，越军的抵近火炮也打开了，射击相当准确，东溪笼罩在浓浓的硝烟中，越军炮火占了上风。

又过了一会儿，炮声渐渐消停，枪声响成了一片，越法双方短兵相接了。

陈赓于战斗发起前一天回到了广西布局关，在离前线十余公里的国境线

---

[1] 1988年12月16—17日，作者在石家庄访问窦金波。

上和越军总部保持联系。韦国清、邓逸凡和越军总部在一起,梅嘉生离战场更近,他和越军副总参谋长黄文泰都在前线指挥部,直接担任指挥。

午夜,好消息传来,第209团一个营突破防线,攻进了东溪。

奇怪的是,枪声整夜不停,到天明,越军退出了战斗。

梅嘉生感觉到情况不对,打电话给张志善,要他赶紧查明情况,防止东溪之敌突围。

第209团顾问郝士忠和营顾问李增福气坏了。原来,第209团的进攻队形十分松散,先头部队已经接火了,团部离开火线还有三四公里之遥,和战斗连队没有接通电话,命令要靠士兵步行传递,很难掌握部队。结果,这个团的一个连,利用第174团从北面主攻吸引法军注意力的机会,乘着夜色偷袭,拔掉了鹿寨,捣开了敌人防线的一个缺口钻了进去,占领了法军的一块阵地。但是,后续部队没有跟进,团部却以为前面打进了一个小团(营),团长黎仲迅也没有及时地将情况通报给中国顾问。另外,越军的步炮协同很差,炮火准备以后,步兵还远离冲锋地域,使得法军能够从容调配火力,打退越军进攻。打到天色渐渐发亮,越军生怕法军飞机再来,干脆退出了战斗。一夜徒劳无功,越军遭到了很大伤亡。[1]

越军兵力十几倍于敌,居然没有攻下东溪,陈赓也感到费解。17日早晨,他赶往越军总部,向武元甲当面了解情况后指出,攻击东溪之所以没有得手,一是各部队不遵守攻击时间,原来预定黄昏就发起进攻,结果是到午夜时分才开始的。二是各级指挥所不敢靠前,以致不能掌握部队。三是部队的通信联络不好。四是干部做了假报告,欺骗上级。

在越军总部,陈赓亲自调整部署,要求黄昏再行攻击。武元甲全都同意了。

17日晚17时,越军向东溪再次进行炮火准备,至21时,发起第二次攻击。这次,前线部队仍然没有完全遵照预定部署,攻击力偏重于第174团方向,法军得以集中火力应付一面。战至午夜24时,战局出现了僵持。前线指挥员请示,是否撤出战斗?

陈赓守在越军总部对武元甲说:"要坚持下去,要立即调整部署,改为四面进攻,但要把重点放在北面和南面。"

---

[1] 1989年11—12月,作者在昆明多次访问李增福。

武元甲接受了陈赓的意见，于18日凌晨2时将部队调整完毕，再次攻击。

战局改观了，仅一小时，越军突破了法军阵地，到上午10时，东溪守敌全部被歼。

至此，法军横挡在中越边界的一字长蛇阵被拦腰切断。

第9章

边界战役
获得全胜

两军对垒，谁的指挥官更胜一筹

陈赓凝视地图，长舒一口气。东溪一打，谅山法军果然出动增援了，而且按他预想的那样朝第308师设伏地带走去。

1950年5月，法军发现了越军大部队向北方调动的迹象，但没有判断出越军调动的意图。他们只是感到奇怪，铺楼战斗之后，第308师居然不见了。

在西贡，印度支那法军总司令卡邦杰将军于1950年8月18日拟订了雨季之后的越北地区军事行动计划。在这个被称作"固守越北前沿防区"的秘密计划中，法军的目标是继续坚守横陈于越中边界线南边的4号公路，特别是坚守高平、七溪、谅山等主要支撑点，逐步放弃一些小据点，把未来的战斗地域划定在4号公路以南和红河三角洲平原以北地区。计划要求，一旦越军向南越过4号公路，法军将予以攻击，并尽可能把越军吸引到三角洲边缘地带，然后实施较大规模战役。

卡邦杰不愿放弃4号公路，主要是觉得这样一来他在越南北部比较稳固的地带就只有三角洲和越西北地区了，这会带来政治上的困难。当然，他也意识到，这样做是一步险棋。

由于法军没有判明越军下一步的打击目标，8月，法军的越北司令亚利山德里将军甚至飞回法国述职，向国防部阐述他和卡邦杰在战略方面的分歧。倒是法国的三军参谋长们催促他赶快回越南，因为他们感觉到越军的进攻会很快开始。9月16日，亚利山德里飞回河内。

现在战幕揭开，卡邦杰将军几乎步步都晚一拍。参谋人员早就建议，从越中边界撤回守军，收缩防御。卡邦杰拒绝了。相反，他命令4号公路沿线的谅山、七溪、东溪、高平守军固守阵地。直到最后一刻，各方面情报都说明越军已集结了优势兵力,即将开始大规模攻势,卡邦杰才于9月16日发出第46号命令,部署这些据点的守军撤退。但就在这一天,东溪战斗打响了。

卡邦杰急令驻守谅山的勒巴日上校率军驰援东溪。18日,越北法军最精锐的第1伞兵营在七溪空降,勒巴日上校带着三个北非籍步兵营也于19日赶到七溪。这时,东溪已经掌握在武元甲手里了。

1950年边界战役前,梁中玉(左)在高平观察法军阵地(王邦供稿)

由于越军在中间打入,高平已成一座孤城。陈赓认定,对手绝不能把1600多守军扔在那里不管。只要七溪法军北上,就会一头钻进第308师的口袋阵。

陈赓暗暗作喜,他与胡志明、武元甲商议,取消了已经下达的第308师围攻七溪的战斗预令,继续设伏。他在9月20日的日记中写道:"决定停止七溪行动,打击北进之敌。以两个团位于东溪,三个团位于东溪东南山地,两个营位于西南山地,作袋形布置,待敌进至东溪以南时作钳形夹击,歼灭其大部或一部。"[1]

但是,卡邦杰和亚利山德里的头脑也不简单,他们看出了越军主力正集结在东溪一带,七溪法军如果贸然北进就有退不回来的危险。经过一番思索,法军祭起"围魏救赵"之计,在河内集中了五个营的机动兵力,于9月20日起向印支共中央所在地太原发起进攻,兵锋直逼位于宣光省山阳县以北太原、宣光两省交界地区的越南党政首脑机关,企图把越军主力从东溪吸引过去,再以七溪的兵力解高平之围。

一连几天,第308师静静地等在公路两侧的山头。天下起雨来,将越军战士

---

[1] 陈赓:《陈赓日记》,第28页,解放军出版社1982年版。

淋得透湿,七溪法军却是一动不动。

两军对峙,双方最高指挥员手握重兵眼对眼地相互盯着,看谁先犯错误,然后立刻发起致命的一击。

陈赓看起来很平静,照样和顾问们谈笑风生,但内心里已是风云翻卷。9月21日的陈赓日记写道:"天雨,敌未行动。此战甚重要,若此役能歼灭敌两个小团,则高平攻占即无问题。我所担心的,是东溪散敌逃回七溪,泄露我主力在此,恐敌不进,则使我无仗可打,这是最伤脑筋的事。"

第二天,陈赓身染疟疾,他躺倒了,而且一病就是五天。从河内北进的法军就在这时攻占了太原。

胡志明来了,陈赓正在病中昏睡。胡志明向旁边的中国顾问摆摆手,轻轻走到床前,摸了摸陈赓的额头,又轻轻地走了。

第308师还在等,但是他们有些忍耐不住了,牢骚满腹,怨言不断。有的军官开始请求撤下去。这番情景,直至38年后,当年的第308师中国顾问王砚泉还能清晰地回忆:

> 等啊等啊,七溪的敌人就是不动,越军有些干部就开始说怪话了。特别是那些原先就主张先打高平的人抱怨得凶,说打东溪错了,消耗了自己的力量,又没有援兵可打,还把打高平的有利机会也丢了。发这些牢骚的不是基层干部而是营以上军官,他们都知道陈赓在帮助越军组织这次战役,也知道先打东溪是陈赓提出来的,所以他们开始怀疑陈赓的指挥。这些牢骚和议论,通过各级顾问都反映到陈赓耳朵里去了。陈赓不予理睬,即使在病中,他总是把注意力集中在法军总指挥的动向上,他坚信法军不能放下高平不管,法军在已经做出的部署上必定要有下文。他已经断定,战役主动权掌握在越军手里,法军比越军急得多,坚持不了多久就要做出下一步举动了。[1]

几天过去,陈赓战退了病魔。这时,他对越军现状的认识也更深了一步。东溪之战的战果已经清理出来,法军死伤与被俘267名,有20来人突围而去(初

---

[1] 1988年4—5月,作者在昆明多次访问王砚泉。

时，越军报告歼灭法军800人）；越军伤亡则超过了500人，几乎是法军的两倍。以接近万人的兵力围攻300名守敌，战果尚且如此，可见越军的攻坚能力是很弱的。如果一开头就打高平怎么行呢？陈赓面见胡志明，要求越军主力继续静候打援，要是几天后还是没有动静，再准备围攻七溪。

9月29日，胡志明再次来到陈赓住地，听取了陈赓的作战谋划。胡志明同意陈赓的意见，只提出现在越军军粮不足，希望广西军区再拨150吨粮食应急。

主动与被动的转换，胜利和失败的变化，在此刻这个宁静的战场上，就表现为谁能够多坚持一分钟了。

法军忍不住了，七溪守军增援东溪

还是法军忍不住了。

9月30日下午，七溪法军指挥官勒巴日叫来麾下四个营长，脸色阴沉地下达了作战命令：天黑后向东溪方向出动。他没有做更多的解释，倒不是因为实在懒得去说，而是从越南北部司令部发来的电令就如此含糊不清。勒巴日发布完命令就独自走进自己的屋子，去做一个天主教徒的行前祷告，再进圣餐。

回想起这天早些时候发生的事情，勒巴日如坠五里云雾之中。他收到了亚利山德里将军自谅山发来的电报，命令他率军于10月2日进占东溪。占领东溪是不是他的全部任务呢？命令没有说。

勒巴日回电：目前没有掌握关于东溪越军的情报，不知越军主力去向。另外，4号公路已经遭到严重破坏，使重型火炮和运兵车难以伴行；蒙蒙细雨和低空的浓云也使空军无法支援。要占领东溪极为困难。

司令部回电很快就到了，命令勒巴日马上出发！

读到命令，勒巴日神情沮丧地对一名部下说："我们将一去不返。"

9月30日晚上，七溪法军约3000余人，由勒巴日率领，在没有空军支援的情况下朝东溪而去，于10月1日上午进入了第308师设伏地域。陈赓期待的在野战中大量歼敌的机会终于出现了。

偏偏在这个时候，第308师将近半数部队没有经过总部同意，撤下阵地往水口关方向背粮食去了。原来，10天埋伏之后，越军的粮食接济不上了，有的干部要求撤下去。王砚泉对师长王承武说:"山后有一些农田,稻子开始熟了,在这种紧要关头,军队不宜完全依靠后方运粮,可以派人去收割一部分粮食,自己搓米就食。"

王承武同意这个意见,但是副师长高文庆等人不赞成。最后妥协,派出一半战士背粮。他们刚刚离开阵地一天,法军就乘着清晨薄雾从眼底下穿过,直奔东溪而去。[1]

还好,就在东溪以东的山地前,第209团一个连的士兵发现了法军,开枪予以打击。法军慌忙中不知底细,急忙占领邻近的山头,和越军形成对峙。

突如其来的消息震动了越军总部。梅嘉生马上带着窦金波、倪有石赶到前线指挥部,武元甲显得有些为难地告诉中国顾问:"第308大团已经报告了,他们正在集中部队,准备出击。可是集中有些困难,有的小团和中团找不到领导人。"

正说着,第209团向武元甲报告:"敌人遇到东溪南山我军阻击后,不再前进,好像还后退了一些。"

差不多同时,越军截获了法军电台呼叫,说他们在东溪遭到顽强抵抗,要求空投火炮,加强进攻力量。

遭受阻击后犹豫不决,在野地里停下来,法军犯了更大的错误。

梅嘉生看了看地图,向武元甲建议:"派出一个营,赶到东溪以南10公里处,那里有一个山隘,占领它就切断了敌人的后路。"武元甲同意了,要第308师立刻派出部队。[2]

陈赓给王砚泉打电话,要他督促第308师背粮士兵急速返回,恢复建制后立即出发包围敌人。到一个营出发一个营,到一个连出发一个连。

这次越法两军对阵,实在很有特点,枪声一响,双方都躲了起来,不知道是谁被谁打怕了。

但是,在法军身后,满山遍野的越军背粮战士赶回来了,法军渐渐落入重围。

10月2日全天没有大的战斗。上午,法军运输机飞来,空投了四门90毫米

---

[1] 1988年4—5月,作者在昆明多次访问王砚泉。
[2] 1988年12月16—17日,作者在石家庄访问窦金波。

山炮，其中的一门落到了越军阵地上。接着又有十几架运输机飞来，向法军空投纸箱食品。山风斜吹，许多纸箱（一纸箱内装一个排一顿饭的食品）飘落在两军阵地中间，于是双方轻武器对射，控制这些纸箱。

开往东溪救援的法军

一架飞机低掠而过，投下了卡邦杰的命令。勒巴日这才明白，他的最终任务是沿着4号公路北上，接应从高平撤出的萨克东部队。卡邦杰命令，如果在东溪遭受越军的正面阻击，勒巴日必须从侧面绕过东溪，不惜代价地增援高平，于10月3日在高平以南的南能与萨克东会合，再一起撤回七溪。

这道命令无疑对勒巴日所部宣判了死刑。东溪周围尽是山岳丛林，可是勒巴日连一张详尽的东溪丛林地图都没有。读到命令，勒巴日不由得方寸大乱。严格地说，这位上校不是一位合格的战场指挥官，他本是炮兵出身，缺乏指挥步兵的经验，眼下他自信心大损，就只会机械地执行上峰命令了。

同一时刻，坚守高平的萨克东上校也接到了卡邦杰的命令：甩掉重装备，于午夜时分率军潜出高平，去和增援的勒巴日会合。

和勒巴日不同，萨克东算得上法军中打仗的能手，一接到命令他就明白了，这种天真的小花招谁也骗不了。10月2日，萨克东和亚利山德里将军接通了无线电话。

亚利山德里询问："要你沿着4号公路撤出来，怎么样？我知道，根据情况判断这样很危险。"

萨克东回答："这样做简直是疯了。"他接着说："我了解这个国家，也了解我的实力，如果执行这个计划，来接应的部队必须按时到达高平以南28公里处的南能和我会合。在这个距离之内我还有信心，再远就不行了。"

亚利山德里说:"好,我同意,我命令你撤到南能。"[1]

接受此令,萨克东带着愤懑和绝望,不顾一切地集中起高平的弹药装备,总共160余吨,惊天动地地炸个精光,然后带领1600名法军,带上了保大的高平省省长和各级官员,还有愿意跟着法军逃离高平的居民,总共约3000多人,携带大炮,在10月3日中午放弃高平,沿着4号公路向南而去。由于人员混杂,携带过多,这支队伍走得很慢。

这样一来,法军的意图完全暴露了,两股兵团打算会合,一起撤回七溪。他们一副守势,对沿途越军的攻击没有还手之力。

热带密林里的厮杀

越军动手了。

第174团在东溪以北展开,准备阻击萨克东部队。各个地方部队和游击队从四面八方袭击萨克东,第308师则在东溪以南向勒巴日发起了多路进攻。

勒巴日慌乱了。他指挥的部队颇有点"联合国军"的味道,他直接从七溪带出的三个营都是非洲殖民地黑人营,战斗成员大都来自北非的摩洛哥和阿尔及利亚,平日里训练不足,纪律松散。为了增强力量,他又呼唤来一群飞机,在自己的防守地域空投了"外籍军第一伞兵营"。这是一个欧洲雇佣军营,第二次世界大战中的东欧战俘尤其是德国战俘占了相当比例,战斗力要强一些。

说来也巧,空降的法军正落在越军独立营的火力控制区前。当数百个降落伞突然间在蓝色的天空中打开,晃晃悠悠落向树木茂密的山地时,那种铺天盖地的气势使得守在山头上的越军战士都怔住了。这个营的中国顾问李玉先却一个纵身跳起来,扯开嗓子喊道:"开火,开火!"翻译一时间愣神了,没有翻译他的话,身边的越南士兵一时不知道中国顾问在喊什么。李玉先一把拽住了营长,连连做出扣动扳机的手势。营长终于明白过来,命令全营开火。

子弹雨点般飞向天空和树林,这下子,勒巴日最后收拢来的就不到一个整

---

[1] Lucien Bodard(French), *The Quicksand War: Prelude to Vietnam*(Published in 1963. Translated by Patrick O'Brian, published in US in 1967).

营了。[1]

越军前线指挥部里充满了兴奋情绪，梅嘉生对黄文泰说："打野战是个好机会。东溪南面敌人兵力虽多，却又不敢进攻东溪，说明敌人害怕。千万不可放过这个良机。"

黄文泰十分同意，转过来和武元甲说了。但是，看武元甲的样子，还是决心未下。

梅嘉生将情况报告了陈赓和韦国清。陈赓正和胡志明在一起，向他提出了顾问们一致的意见。胡志明表示同意，随即拿起电话，要武元甲严格要求部队，务必抓住战机，先歼灭勒巴日部队。

胡志明的命令贯彻了，枪声响彻东溪以南的热带山岭。

战役发展到关键时刻，胡志明的心情无法平静，亲自登上山岭观看两军对垒，并赋诗一首：

> 携杖登山观阵地，
> 万重山拥万重云。
> 义兵壮气冲牛斗，
> 誓灭豺狼侵略军。

10月3日晚上，向北没有走出多远的勒巴日无力坚持，待夜色渐浓的时候，指挥部队离开了4号公路，向西南方向渗出了越军的包围圈，天亮时走出14公里，钻进了谷社山。他想在那里接应萨克东部队南逃。

东溪的枪声稀疏了，越军直到第二天上午10时才发觉法军已经溜走。

陈赓感慨不已，在当天的日记中写道："越南与法帝真是一对绝妙的对手，两方面的战斗力都不相上下。法帝从未主动冲过锋，每次都是摆着挨打的架子。越南部队行动之迟缓，动作之不积极，均出乎我的意料。因此，每次战斗，几乎都形成相持。假若越方战斗力提高一步，法帝必遭驱逐无疑。目前提高越方战斗力，成为非常急需。"

一旦下定决心，陈赓绝不动摇，他要求越军追上去，继续将法军围住，

---

[1] 1988年11月28日，作者在昆明访问李玉先。

抗法战争中的越军第308师师长王承武

采用"牛皮糖战法",把敌人缠住,零打碎敲。如果法军要突围,就层层阻击。这样,即使法军侥幸溃围而逃,经过越军层层杀伤,抵达七溪时,也必定是伤亡殆尽了。

萨克东指挥突围部队拼命向南靠拢,战局毕竟还是复杂的。

梅嘉生伏在地图上仔细地思考,然后侧过脸对几位助手说:"看来情况很有利。现在既然已经咬住了勒巴日部队,就不能松口,得加紧督促部队强攻,在萨克东赶到前歼灭勒巴日部队。如果让两股敌人会合,战斗的困难就大多了。应该派一支部队去阻击萨克东。"说完,他离开前线指挥部,去不远处的小村庄找胡志明和陈赓、韦国清。

梅嘉生走后,窦金波等顾问向黄文泰转达了梅嘉生的意见。

黄文泰沉吟着说:"意见我是赞成的,困难的是现在没有兵力可派。第308师、第209团都用在攻击勒巴日的方向上了,手里只有第174团,它是总部预备队,要派只能派他们。但是现在勒巴日部队还没有伤到元气,所以第174团暂时不能动用,只能用原来监视高平的地方独立营和别的小部队去拦截萨克东。可是现在联系不上,不知道他们在哪里。"

武元甲也来了,他刚刚见过胡志明、陈赓和韦国清。他说:"已经派人去东溪以北寻找地方部队和游击队袭击萨克东部队,并迟滞他们了。"

接着传来了令人兴奋的消息。萨克东军团一出高平,监视他们的越南地方部队和游击队主动地一路尾随,不停地追着打。10月4日傍晚,萨克东来到东溪以北,受到了第174团警戒部队的阻击。萨克东顿时变得惊恐万状,放火焚烧带出来的五十余辆汽车和十多门大炮。披着满身黑烟,这股法军也离开4号公路,向西钻进了深山密林。这下子萨克东就更走不快了。[1]

脱离了一天的接触后,第308师又追上了勒巴日部队。10月5日这整整一

---

[1] 1988年12月16—17日,作者在石家庄访问窦金波。

天，越法两军在谷社山扭杀成一团，双方都有伤亡。

谷社山中进行的是一场朦胧的血战，没有明确的战线，两军的战斗位置经常调换，联络亦不时中断。第308师向武元甲报告，法军且战且退。谷社山地形复杂，由于没有道路，火炮在密林里前进十分困难。第308师问，要不要停一停？

"这样的仗再不打，就无仗可打了"

纷繁复杂的战局万花筒般旋转着，和战例分析教科书上的严密论证不同，硝烟弥漫的实战进程经常是无序的、紊乱的和令人疲惫的。战争艺术无疑需要最丰富的想象、最坚毅的性格，以及战地指挥员的正确判断和果断决心。

梅嘉生要参谋与王砚泉联系。王砚泉在电话中说，他觉得现在越军的伤亡不算大，有一次伤亡出现在抢夺法军空降食品的时候，受到了法军的杀伤。问题是越军体力弱，但主要问题是指挥员的决心不够坚决。

10月5日傍晚，武元甲命令第308师暂停攻击，原地待命。他打电话给陈赓，说，他判断两股敌人即将会合，力量得到增强。谷社山崎岖难行，越军战士连打了四天，已经十分疲劳，看样子难以全歼敌人，是不是把部队撤下来？

陈赓震怒了，立刻答道："这样的仗再不打，就无仗可打了。"

这是陈赓入越以来少见的激动时刻，略一停顿，他又说："如果这样的仗不打，我就卷起铺盖走了！"

陈赓对武元甲说，在此关键时刻，司令部动摇，会葬送战役胜利的大好时机！

他放下电话，立即给胡志明手书一封短信，希望整顿干部思想，建议胡志明本人鼓励前方将士继续坚持战斗，一定要分割围歼两股敌人。短信立刻派人送出。陈赓还口述电文，将当前战场局势向中共中央军委做了报告。

接下来，陈赓转身命令身边的参谋，给第308师和各团顾问打电话，问他们："越军还能不能打？"

第308师顾问王砚泉报告："能打。越军的伤亡并不是很大，主要是疲劳，主要是干部的战斗作风问题。战士们是很勇敢顽强的。"

第174团顾问张志善报告:"能打,第174团可以随时投入战斗。"

第209团顾问郝士忠报告:"完全可以打下去。"[1]

使陈赓高兴的是,胡志明的复信很快就派人送来了。胡志明说:"你的意见很使我们感动,已令他们照办。"

谷社山的枪声重新响成一片。

在北京,毛泽东也在注视着越北群山中滚滚升腾的硝烟。收到了陈赓的电报后,毛泽东以中共中央军委名义电示陈赓:

先集中主力歼灭东溪西南被我包围之敌,然后再看情形围歼高平南逃之敌,此种计划是正确的。如果东溪西南之敌能在几天内就歼,高平逃敌又被抓住,谅山等处之敌又不出援或虽出援而我军能分出一部予以阻隔,使之不能妨碍我军对东溪、高平两地之作战,则你们可以取得两个胜仗。

……

你们除对东溪西南之敌必须坚持彻底加以歼灭,即使伤亡较大也不要顾惜,不要动摇(要估计到干部中可能发生此种情况)以外,并要对高平之敌确实抓住,不使逃脱,并要对谅山等处可能出援之敌有所部置。只要对上述三点处理恰当,胜利就是你们的。[2]

读到毛泽东的电报,陈赓完全放下心来,他扭过头大声说:"同志们努力吧,毛主席批准的战斗没有打不胜的。"他立刻将毛泽东的电报内容转告了胡志明。胡志明得悉后当即向前线将士发出电报:"现在形势非常有利于我,因此,战士们务必全歼敌人,取得全胜!"

胡志明的电令传达到了营级战斗单位,连中国毛泽东主席发来电报,支持在谷社山歼敌的事也传达了。越军战士士气大振,勇猛地朝法军阵地冲杀过去。当天下午,战局彻底改观,法军节节败退,勒巴日残部退缩到狭小的山地里。

萨克东呢?韦国清带的电台收到法新社播发的一条消息,说是已经和勒巴

---

[1] 1988年4—5月,作者在昆明多次访问王砚泉。

[2] 张广华:《1950年陈赓在越南》,载《百年潮》2002年第1期。

日会合，在战场上形成了一个强有力的兵团。

韦国清马上查问。第174团方面答复，没有发现萨克东。但电台时常可以收到附近两个法军电台的呼叫，从这个情况判断，萨克东和勒巴日离得不远，但是没能会合起来。第174团不时和萨克东的部队接触，打击他们。

因此，韦国清建议：以更大的决心聚歼勒巴日，再掉转头来打萨克东。

法军终于崩溃

陈赓渐渐平静了下来，控制住自己的情绪，打电话给武元甲，称赞越军打得好，希望再加一把劲。当天的陈赓日记这样写道："今日我改态度，以鼓励为主，不再批评，并为之积极想办法，对武表示，解决了春和[1]之敌，以后即转而围歼高平南逃之敌，必要时围攻七溪。若计划成功，越战局面即可打开。"

法军的末日临近了。

待萨克东赶到南能，连勒巴日的影子都没有找到，却接连收到两份司令部电报。第一份电报告诉萨克东，勒巴日在东溪以南被围，有被歼灭的危险。第二份电报命令萨克东尽一切可能驰援勒巴日。这一下，萨克东和勒巴日的角色正好调了个儿。

萨克东知道，再沿着4号公路走下去就是灭亡。他下达命令，焚毁重炮和辎重，向正南进入丛林地带，绕过东溪救援勒巴日。萨克东且战且走，于10月6日傍晚靠近了勒巴日。

此时的勒巴日突然身染重病，连站都站不稳了。10月7日凌晨3时，勒巴日指挥身边的部队朝着萨克东增援方向做了最后一次攻击，这支法军就全垮了。越军收缩了包围，法军防线彻底崩溃。勒巴日带着参谋人员退进一个石灰岩溶洞。越军第130营由中国顾问牛玉堂协助指挥，占领了附近的制高点。10月7日天一亮，越军战士冲下山梁，堵死了洞口，勒巴日的副手刚一走出洞口，就被一阵弹雨打倒。

---

[1] 春和，即谷社山。

相持到下午，勒巴日放弃抵抗，带领参谋部投降。越军战士欢呼起来，一拥而上，把勒巴日押到了牛玉堂面前。和勒巴日走在一起的，还有一位法国中校军医。

牛玉堂，昔日"红军团"里有名的好打硬仗的营长，从山西打到越南，还是第一次见到欧洲军官战俘。

勒巴日一脸病容，却把脖子挺得直直的，冷冷地看着包围着他的越南士兵。一个越南士兵要他把手举起来。不知是没有听懂还是不情愿，勒巴日不动，士兵上前就打。

牛玉堂喝住了士兵，对勒巴日说："你被俘了，要听我们的。"一个越军干部结结巴巴地用法语做了翻译。

"你们没有武器，是中国给的。"没想到，勒巴日竟说出这样一句话来，只是不知道他有没有看出牛玉堂是中国人。

天色向晚，谷社山的枪声渐渐稀疏。第308师大部分兵力又集中起来，去围歼困缩在477高地上的萨克东部队。萨克东部队很快被分割，损兵折将，奄奄一息。

第130营留在谷社山搜剿残敌，勒巴日和中校军医被送到营部（山间唯一一间茅草屋）里，和牛玉堂待在一起。为了表示对刚才越军士兵一顿拳脚的抗议，勒巴日拒绝晚餐。

这下子牛玉堂可忙碌了，他通过结结巴巴的翻译再三保证勒巴日的安全，后来又转请中校军医劝说勒巴日。好不容易到了很晚的时候，勒巴日才回心转意，把费了一番心思才为他搞来的晚餐吃了下去。实际上，勒巴日已经两天多没吃东西，饿坏了。

待到夜色深沉，山间雾气慢慢笼了起来，使人感觉到些许凉意。小茅草屋子里燃起了一堆火，勒巴日和他的中校同伴坐在角落里迷迷糊糊睡着了。牛玉堂却蹲在门口不敢含糊。他透过烟火注视着两位法国军人，竟有一股梦幻中的感觉。这感觉，直到他老了，早已告别戎马生涯了，还能捕捉到。[1]

当日傍晚17时，477高地上的法军被歼灭，萨克东和他的参谋人员，以及保大政府的高平省省长同时被俘。

---

[1] 1988年11月1日，作者在昆明访问牛玉堂。

第9章 边界战役获得全胜

1950年边界战役后，越军第209团军官与中国顾问合影。左五为越军团政委陈度，左七为团顾问郝士忠，左九为营顾问李增福

　　萨克东顽强抵抗到最后一分钟，下场和勒巴日相同。

　　在他统领下闯入了丛林的法军草木皆兵，觉得每一块岩石、每一棵大树后都有越军。战后一个漏网的法国军人告诉法国记者："陷入重围之后，我就发觉这次越军有完备的计划，也有了充足的实力，我们无路可逃了。"

　　在混战当中，南北两支法军曾有一部分兵力会合到了一起，但是会合没有给法军带来什么好处。越军发起的进攻迅速将法军再度分割，而且把萨克东和他的队伍打散。萨克东手持冲锋枪跑在前头，带领部分残兵向南突围。行至一片树林，突然听到树林里有人声，他一时没有分清是越语还是法语。颇有战斗经验的萨克东发出命令："停止前进，侦察。"但是他身后的人已经喊了起来："是越军！"

　　越军抢先开火，子弹像雨点般飞了过来。萨克东的鼻子和腹部两处受伤，但他仍然强忍着疼痛举枪射击。

　　越军围了上来，成串的手榴弹投将过来，森林里红光点点。萨克东的卫兵被弹片击倒，萨克东也多处负伤，倒在地上。一个越军冲到他身边正要开枪，却被一名指挥员叫住了："他是军官，抓活的。"这时，萨克东想动也动不了，只得束手就擒。[1]

事后知道，这两股法军的主力靠得最拢时，相距只有一公里多，但最终没有逃脱覆灭的命运。

此役法军损兵5000多人，边界战役越军大获全胜。

毛泽东于10月10日驰电陈赓："越军大胜极慰。"毛泽东在电报中还说："越军经此次胜利，必能提高一步。越军还年轻，只有从今后多次作战中才能逐步学会近敌作战各项技术和战术，中国同志帮助他们要注意自己的方法和态度，使他们乐于接受，而不可将关系搞坏。中国同志必须随时检讨自己的方法和态度，只许做好，不许做坏。"

毛泽东在电报中告诉陈赓："战役胜利后须休整20天至一个月，总结经验，补充兵员，进行近战教育及政治教育，选定下一次作战目标，做好下一次作战计划。"

越北战略态势的改变

卡邦杰以一连串撤退令装点了边界战役的尾声。

10月10日，法军撤出太原，对印支共中央老根据地的威胁解除了。同日，法军撤出七溪。

10月13日，法军撤出那岑。

10月16日，法军撤出同登。

10月17日，法军撤出谅山，而后撤出陆平、安州。

11月3日，法军还撤出了越西北边境重镇老街和沙巴，退守莱州。至此，越南西北战场和中国云南的联系紧密而顺畅了。

法军风声鹤唳，一路狂逃，越北边境的法军防御体系全线崩溃，越南和中国广西的交通线也全线畅通了。边界战役的预定目标是歼敌5个营，攻占高平。结果歼敌9个营，消灭敌军8000人（一说6000余人），克复5个市，13个县、镇。是

---

[1] Lucien Bodard（French），*The Quicksand War*: *Prelude to Vietnam*（Published in 1963. Translated by Patrick O'Brian, published in US in 1967）.

役法军损失了13门榴弹炮，940挺机关枪，各种运输车450辆，步枪8000余支。边界战役使越北根据地得以巩固和扩大。战果远远超出预想。

即便是久经风雨、阅历丰富的胡志明，也为边界战役的巨大成功欣喜不已，亲自拟写了致苏共领导人斯大林和法国共产党中央的电报，驰报战况并致感谢。10月14日，胡志明致信毛泽东和中共中央领导人：

1950年，边界战役后中国顾问团部分战友合影

高平七溪战役我们已获全胜。这胜利之最大原因是因为中共、苏共之尽量援助，滇、桂、粤同志们忘我地、热诚地、不辞辛苦地执行你们指示而给予我们以直接的帮助。我应该指出陈赓、任穷、云逸、天佑、贵波、剑英、方方、国清及顾问同志们在战役中之特别功劳。

总之，我认为这胜利是革命的国际主义的毛泽东路线的胜利。我不说"谢谢你们"的客套话，而说"今后我们越南同志们和人民将更加努力争取更大的最后的胜利，以成功来报答中共、苏共兄弟的深切期望与伟大的帮助"。[1]

胡志明
1950年10月14日

欣慰之中，胡志明派人给陈赓送来几瓶缴获的法国香槟酒，还有一封信。打开一看，是胡志明点化唐诗，亲笔写下的四句：

香槟美酒夜光杯，

---

[1] 引自罗贵波向作者提供的在越南工作回忆录稿。

> 欲饮琵琶马上催。
> 醉卧疆场君莫笑，
> 敌兵休放一人回。

越军部队欢声四起，情绪昂扬。

法军撤离七溪的晚上，梅嘉生带领参谋们离开前线指挥部返回顾问团，黄文泰副总参谋长对梅嘉生说："顾问团对我们帮助很大，不然，这次光叫我们打就打不了这么大的仗。感谢你们。"

在越军总部举行的庆功宴会上，胡志明向身边的中国顾问一一敬酒，连声致谢，并对陈赓说："这一仗你们真是帮了大忙，你和中国同志都出色地完成了自己的任务，我对你们工作非常满意。"[1]

在第308师，师长王承武由王砚泉陪着，一路笑呵呵地看望团、营中国顾问。

王承武是一位教师的儿子，从小受到良好的教育。20世纪30年代初，年轻的王承武来到中国云南，当上了滇越铁路的工人，在云南昆明和宜良工作过很长一段时间，中国话说得非常流畅。1945年他随滇军进入河内，即投身于越南解放事业，成为人民军的重要军官。他对中国怀有诚挚的感情，来到中国顾问中间，他高兴得大声唱了一段云南花灯，博得一片掌声。就在王承武唱云南花灯的当口，好几个越南军官凑到中国顾问面前，认真地问道："在你们中国，像陈同志这样的将军有几个呀？"

面对胜利，陈赓依然是冷静的。在勒巴日和萨克东两股法军被全歼之后，他立即要求越军第308师不怕疲劳，掉过头来包围七溪，把七溪出援的一股法军一口气打掉。但是越军太兴奋了，竟一时收拢不住部队，七溪之敌终于跑掉了。陈赓长叹一声："敌情变化、敌人逃跑就是命令嘛，缺乏主动精神，这么好的机会丢掉了。"[2]

10月8日，边界战役胜利，胡志明走进布局关来看陈赓，两人一番长谈。陈赓希望越军很好地总结这次战役的经验，克服暴露出来的缺点，提拔一批在作战中勇敢又有指挥能力的战士当干部。

---

[1] 1988年4—5月，作者在昆明多次访问王砚泉。
[2] 周毅之，曲爱国：《陈赓同志在越南战场》，载《人物》1993年第3期。

胡志明完全同意陈赓的意见。第二天，陈赓接到胡志明送来的一封信，打开一看，是胡志明用中文写的：

东（陈赓当时的代号）兄：
一　要提防敌机乱射。
二　请你把昨天你对我说的目前应该做的几点，简单地写成一个表给我。比方：
　　　A　嘉奖军队，鼓励人民……
　　　B　修理道路，准备迁都……
　　　C　训练干部，整编部队……
　　　D　暂定第二次打仗的方向，准备实行下一个战役……
祝你好！

你的丁（胡志明的代号）上
10月9日

再笔：对顾问同志们，我们也要有所表示，怎样做好？[1]

次日，陈赓写出了《战役胜利后的工作意见》，送达胡志明。陈赓在意见的题目下附注："简要提出如下，供你参考。"

意见主要包括政治鼓动和军事整训方面的内容。在军事方面，陈赓建议："加强炮兵的组织训练。根据目前情况（部队集中和道路条件等），以集中总司令部直接领导，作战时再适当配属为宜。目前，除加强已经组成的山炮中团外，还可逐步组织一个重炮中团。此次作战缴获的各种重炮，应加以修理使用（越南如不能修理，则运中国修理）。战役缴获的汽车应加修理，成立一个汽车输送大队；并组织一个以现有工兵为基础的工程部队，修筑道路（建议修筑3号公路及高平通老街的东西通道）。"

对于顾问团，陈赓的意见是："同意对顾问团给予适当的鼓励，请斟酌办理，以鼓励其努力工作，更好地与越南干部团结起来，共同打败法帝国主义的侵略（但请注意不做公开宣传）。"

---

[1]　依据梅嘉生将军保存的赴越军事顾问团文件。

这件事完成了，陈赓才坐上汽车，与武元甲同去七溪视察。

七溪镇上，一片瓦砾，街上到处遗弃着武器、子弹和粮食。陈赓带着几名随员信步走去，突然，七溪镇上的法军弹药仓库爆炸，山摇地动，火光冲天，滚滚浓烟使整个天空刹那间阴沉下来。这是陈赓入越后最危险的一个时刻。

此时的武元甲将军情绪高昂，他日后回忆："在整个（边界）战役期间，广西的领导和群众尽心尽力帮助我们。李天佑同志（时任广西军区副司令员）许多天亲自到越南边界对面的水口关敦促运粮。"

武元甲写道：

在水口与李天佑和顾问团在胜利后相聚，举行了一次宴会，使我永记在心。我不能喝酒，但那天喝了满满一杯，体会到了醉酒的感觉。[1]

边界战役大胜，完成了任务，陈赓心中有几多欣慰、一分忧虑。欣慰之一，是通过边界战役大胜，越军干部和中国顾问的关系整个地改善了、融洽了。那种认为中国顾问"土"，打不过啃洋面包的法国人的看法被巨大的胜利扫除了。有过这种怀疑的人至少是不吭气了，那些始终坚持友好态度的越南同志和中国顾问更加亲密无间，顾问团的生活得到了更多的关心和照顾。

作战刚刚胜利，第130营中国顾问牛玉堂身染疟疾，病倒了。营长着急地一天看望好几回，命令战士找鸡来炖给他吃，弄得全营都知道了。由于他高烧一直不退，前线医疗条件又差，顾问团最后决定把牛玉堂送回国内治疗。就在牛玉堂临走的时候，营长哭了，哭得非常难受。牛玉堂为之动情，他叫过营长，说："我们一起战斗了一场，临分手了，我实在没什么可以送给你做个纪念的。我有一匹小白马，是我参加滇南战役俘虏了敌人军长，缴获的他的坐骑。后来我要到越南来了，团里批准把小白马给了我，让我骑到越南打仗。我打仗十多年了，还没有骑过这么好、这么通人性的马。现在我要回国了，不打仗了，这匹小白马就送给你吧。"

小白马牵过来了，望着病中的老主人和紧紧护立在一旁的新主人，它竟昂

---

[1]（越）武元甲：《走向奠边府之路》，越南人民军出版社1999年版，文庄对其中中越关系部分作了翻译。引自文庄：《武元甲将军谈中国军援和中国顾问在越南》，载《东南亚纵横》2003年第3期。

起头来长嘶一声。那声音，是激昂不已抑或是感伤万端，总之是一缕回音，久久飘荡在中国和越南一脉相连的山岭之间。[1]

陈赓奉调回国

如果说陈赓还有一分忧虑，那就是电台连日抄收的新闻表明，朝鲜战局发生激变。美军于9月15日在朝鲜半岛西海岸的仁川港登陆，合围了主力已进至朝鲜半岛南端的人民军南进兵团，使之遭受重大损失。美军和韩国军队开始反击后不久，正在洛东江前线担负指挥的朝鲜人民军总参谋长姜健阵亡，主力胶着于南线的人民军仓促后退，美军进行了追击。

9月27日，美军第1骑兵师与美军第7师在汉城以南的水原会合，切断了人民军南进集团的后路。9月30日，韩国军队越过"三八线"北进。10月1日，美军司令麦克阿瑟通过广播发出最后通牒，要求朝鲜政府无条件投降。

情况危在旦夕。10月1日深夜，金日成召见中国驻朝鲜大使倪志亮和武官柴军武，希望中国尽快派遣已经集结在鸭绿江北岸的解放军第13兵团入朝支援作战。

10月2日，毛泽东发出指示，决定派遣志愿军入朝参战。刚刚成立的新中国面临一场规模巨大的战争。

边界战役开始后的陈赓，回到住地，经常急步匆匆地走向译电员发问："新闻抄录了吗？"说完，接过抄稿就看。一位译电员听到过他的低语："朝鲜来的消息越来越坏了。"

1950年，（左起）长征、胡志明、陈赓、罗贵波在越北根据地

---

[1] 1988年11月1日，作者在昆明访问牛玉堂。

10月7日，美军越过"三八线"向北推进。8日，毛泽东命令，志愿军迅即向朝鲜出动。10月19日，彭德怀司令员率志愿军6个军28万人隐秘进入朝鲜，中美两军厮杀迫在眉睫。

边界战役结束之后，陈赓把总结工作视为大事，抓得很紧。10月21日，他电告中共中央军委："此次战役获得如此战果，除越军之努力外，主要是敌人太弱了，此次战役对越军已有很大的提高，但并不能以此证明越军之战斗力很强。我们正在说服越方戒骄戒躁，并切实帮助进行总结工作，努力在组织与训练等方面提高越军战斗力。"

10月27日至30日，在高平以西20公里的南山，陈赓为越军营以上干部做了四天的战役总结报告。他谈了中国革命战争的经验，谈了越军在战斗中暴露出来的弱点，谈了官兵关系、军民关系、军队纪律……他把自己看到的想到的和盘托出，供越军指挥员思考。多年来，陈赓在国内也没有做过这样长、准备这样精细的讲话。

陈赓在自己亲手准备的讲稿上端正地写下14个大字："国际主义精神，知无不言，言无不尽。"这应该是他当时心灵的写照。

此后的历史证明，陈赓提出的意见，有许多被越南领导人接受了。胡志明对陈赓更是充满了感激之情。

10月29日，陈赓致电中共中央，报告说自己入越已四个月，除协助作战外还帮助越军的高级干部做了实战讲评和各种专题讲评，起草了下一步的作战计划。鉴于中国军事顾问团能力很强，自己已无长留越南的必要，并且征得胡志明同意，拟返回北京向毛泽东汇报工作，请求指示。

10月30日，毛泽东电复陈赓，同意他归国返京，"将来有必要时再去"。

陈赓与武元甲道别。边界战役一战，他们结下了战场之谊。将近半个世纪以后，武元甲还在回忆录中写道：此后"每次有机会到中国，我常去探访陈同志的家属。他给我留下的美好印象是一位革命军中智勇双全、富于国际主义精神而且一贯乐观、热爱生活的将帅"[1]。

---

[1]（越）武元甲：《走向奠边府之路》，越南人民军出版社1999年版，文庄对其中中越关系部分作了翻译。引自文庄：《武元甲将军谈中国军援和中国顾问在越南》，载《东南亚纵横》2003年第3期。

1950年11月1日，陈赓带着他从昆明带出的一标人马起程回国，这中间只少了一个王砚泉，他继续留任第308师顾问。

山叠嶂，水纵横。在绿色的山野里，武元甲、陈登宁送出很远很远。

下雨了，长满芭蕉树的山山岭岭浮动在忽浓忽淡的云雾中。

陈赓经布局关回国，而他的战友韦国清、梅嘉生、邓逸凡，以及罗贵波他们，还将在这片战火纷飞的越南土地上继续战斗。

那遥远的、在冰天雪地的朝鲜绽开的战火，在向陈赓招手了。

第10章

援越抗法和抗美援朝同时展开

陈赓奔赴朝鲜战场

秋高气爽时节，雁阵南飞。飞鸿声里，南国金秋五彩缤纷。

11月2日，身披征尘的陈赓夜宿广西龙州海关大楼，与正在那里治疗胃疾的韦国清会面。边界战役后期，韦国清胃疾发作，身体虚弱，不得不回国治疗，此时已经好多了。当夜，就援越抗法战争走向，陈赓和韦国清做了一番长谈，直到星斗阑干。

11月4日，陈赓回到南宁，受到张云逸、李天佑、陈漫远的迎接。这几位边界战役的直接组织者和参与者谈论起刚刚获得的胜利都格外兴奋。陈赓在南宁休息了两天，然后折向广州，向叶剑英通报了在越南战斗数月的情况，再转道北归。

1950年11月中旬，陈赓抵达北京，下榻北京饭店。正全神贯注于朝鲜战场局势的周恩来闻知陈赓到来，马上派军事秘书雷英夫前去探望。在北京饭店，陈赓简述了越北战况，雷英夫也向他介绍了毛泽东决心与美军抗衡，派志愿军出兵朝鲜的经过。

与陈赓的这次会见，雷英夫印象很深，首先联想到的是先陈赓而来的胡志明电报。那是11月2日，陈赓离开越南的第二天胡志明拍发的，电文说："毛泽东、中共中央诸同志：你们派陈赓、韦国清同志到这里来，他们给我们以莫大的帮助。这次胜利他们居功颇多。现在陈赓回去报告工作，我们有义务向你们致以诚挚的感谢，并建议给陈赓同志记一个特等大功。同时我们希望你们能再派陈赓同志来参加我们的重要工作。"雷英夫记得很清楚，胡志明这封电报在总参作战部由几位负责人传阅，引发了一阵大笑。

很快，陈赓面见刘少奇、周恩来，汇报了在越南作战的经过。陈赓指出越方也因胜利而增强了信心。陈赓还认为，以军事顾问团的方式援助越南是可行的，越方将在这种方式支援下迅速壮大，最终把法军彻底赶出印度支那。

听取了陈赓的汇报后，中央政治局会商了越南问题，认为采取既定方针是可行的，即在北方以百万志愿军进入朝鲜与美军为首的联合国军作战，在南线则以顾问团秘密援越，提供后勤保障，胡志明最终将会胜利，中共中央可集中精力于朝鲜战争。[1]

随即，刘少奇又召见了已经赶回北京的罗贵波。

罗贵波比陈赓先一步回到北京，正准备重返越南。

边界战役即将发起之际，9月3日，罗贵波接到中共中央的电报，召他返回北京汇报工作。罗贵波马上收拾行装，向胡志明辞行。胡志明一再表示，希望罗贵波继续留在越南工作，因为和中共中央的联系工作实在离不开他。胡志明将罗贵波送出驻地，临别之际叮咛再三："希望我们不久之后就能见面，我已经向中共中央发了电报，提出把你留在越南继续工作一段时间。因为我们合作得很不错呀。"胡志明还提出，同样欢迎罗贵波夫人也一起前来。

罗贵波颔首称谢。对胡志明的盛情挽留，他确实感谢，但就内心而言，他还是希望回京汇报后出现转机，奇迹般地留在国内。他已经知道中央打算要他继续担任驻越代表（实际上的大使），长期在越南工作，但他也一直记着，行前刘少奇说得清楚，他完成了联络代表的任务就可以回来，预计是三个月。

行军途中，罗贵波曾遇法军飞机轰炸，只好折入陈赓的指挥部住了两天，于9月13日回到南宁。越军士兵赤脚行军作战的现况给他的印象太深了，他一到南宁就和李天佑商量，请广西军区速向高平前线增拨军鞋两万双。

罗贵波再赴越南

9月24日，罗贵波风尘仆仆回到北京，首都正全力以赴准备庆祝中华人民共和国成立一周年。新生的国家迅速医治着战争创伤，使战地归来的罗贵波兴奋不已。

---

[1] 1991年10月，作者在北京访问雷英夫。

20世纪50年代的罗贵波、李涵珍夫妇

刘少奇在几天后召见罗贵波,告诉他,中央已经收到了印支共中央要求罗贵波留在越南的电报,中央研究后同意了。中央已经派出了军事顾问团,还正式决定成立派往越南的政治顾问团。几经考虑,现在任命你为驻越南总顾问,担任政治顾问团团长。你要挑选一些人组成政治顾问团班子,尽快地回越南工作。

罗贵波表示服从中央的决定,心中暗自惊诧胡志明与中央领导人相互关系的密切。

刘少奇对罗贵波说,毛主席要亲自听取你的汇报。说罢,他和罗贵波一起驱车去颐年堂见毛泽东。到达时,罗贵波看到周恩来和朱德也坐在毛泽东的身边。

刘少奇简要转述了罗贵波的汇报。毛泽东听后,从沙发上站起来说:"越共中央长征同志来电报,催你尽快返回越南工作,胡志明希望你当他的总顾问,你要做好在越南长期工作的思想准备。"

刘少奇这时插话说:"原定你在越南工作三个月,现在看来不行了,做长期打算吧。"

周恩来告诉罗贵波:"中央已经内定你是将来中国驻越南的首任大使。"

毛泽东接着说:"我们中越两党联系的任务由你来继续完成。你是我党派出的第一位联络代表,也许还是唯一的联络代表。"

接下来,周恩来和朱德分别就中央决定派遣志愿军入朝的经过,以及目前朝鲜的军事状况做了简要介绍,要罗贵波将此情况转告胡志明。

毛泽东对罗贵波说,我们根据朝鲜的情况决定抗美援朝,公开派志愿军赴朝参战,同朝鲜军民并肩战斗;我们又根据越南的情况决定继续援越抗法,秘密向越南提供军事援助、财经援助,还派去顾问帮助越南作战和工作。不论是抗美援朝还是援越抗法,都是国际主义、爱国主义,意义同样重大、同样光荣，只是援助的方法各有不同。

说到这里，毛泽东把话题一转，问起罗贵波夫人的情况。

罗贵波说，我的爱人李涵珍是1933年参加红军的长征干部。

毛泽东很高兴，说："哦，这么说她是经过战争考验的老同志，很好嘛。她干过什么工作？"

罗贵波回答："她干过机要工作、组织工作、干部工作……"

毛泽东立即接过话头说："好！让她也到越南工作，做你的助手。胡志明向我提议过，带你们的爱人到越南去，合适的我同意带去。"

刘少奇补充说："当前越南迫切需要解决经济问题，特别是粮食问题和货币问题，所以我们挑选了几位搞财经工作、银行工作、粮食工作的干部到越南担任顾问。他们同你一起先行一步，以后还要选其他方面的顾问组成帮助越南党政工作的政治顾问团，你是总顾问，又是政治顾问团团长。"

毛泽东听到刘少奇说"总顾问"一词时，插话道："当总顾问不能照搬苏联的一套，而越南也不是中国，你不能照搬中国这一套。一切要从越南的实际出发，在人家面前要老实、诚恳，我们革命成功的经验要介绍，失败的教训也要讲。"[1]

从中南海回到家里，罗贵波对夫人李涵珍说："我还要去越南。"

李涵珍问："原先不是说好了去三个月吗？"

罗贵波说："越南发来了电报，要我回去，中央也同意了。今天毛主席、少奇同志都找我谈过话了。这回，不仅是我去，胡志明主席还要你也去呢。毛主席、少奇同志都问起你的情况，我向他们介绍了，主席和少奇同志要你和我一起去越南呢！"

这段时间，李涵珍身体不好，正在治疗中。听罗贵波说这番话，她说，连毛主席和少奇同志都说要我去，我当然去越南，这样也好照顾你。

罗贵波和李涵珍都是老红军，他们在战火中结为夫妻，现在刚刚进入和平建设时期，又要一同走向新的战场了。

---

[1] 1989年2月24日、1990年4月18日，作者在北京访问罗贵波。另据罗贵波：《无产阶级国际主义的光辉典范——忆毛泽东和援越抗法》，见《缅怀毛泽东》（上），第288—290页，中央文献出版社1993年版。

李涵珍，1919年生于四川达县一个穷苦人家，还没有记事父亲就去世了，母亲改嫁，爷爷奶奶拉扯苦命的女孩过活。家里穷得连盐都吃不上，实在过不下去的时候，女孩只好跟着奶奶讨饭。

1932年，红军来过又走了。1933年下半年，红军又从湖北那边来了。这时爷爷奶奶都已去世，流落街头的女孩找到了前来召集儿童团开会的红军。她说，我也要当红军。

红军说："你为什么要当红军？"

女孩说："红军不打人骂人。"

红军说："红军要穷人的子弟，你是穷人的孩子吗？"

女孩说："是呀，我就是穷人呀。"

红军说："你怎么长得这样白呀？"

女孩说："那我不知道，你可以看我的手。"她伸出整天劳作的手说，"你看我手上的茧子多厚呀。"

这下子把红军说服了。他问："你叫什么名字？"

女孩说："我姓李，没有名字，爷爷奶奶从小叫我丫头。"

红军说，没有名字不能登记注册，你就叫李涵珍吧。

从此，女孩有了自己的名字，被编入红军达县妇女独立营。时为1933年10月，李涵珍14岁。

作为红四方面军战士，李涵珍经历了最残酷的战争，走完了二万五千里长征，先后当过运输队员和医院的看护。第二、四方面军在长征中会师后，二方面军总指挥贺龙要四方面军支援护理人员，张国焘把李涵珍所在医疗队给了二方面军，这使李涵珍没有编入西路军西征河西走廊，避免了惨痛的结局。

1937年春天，李涵珍离开医院来到红军教导师宣传队。这年她18岁，在战争风云中长大了，高挑个子，歌喉动人。这时的教导师里共有20来名女战士，大都先后结婚，还没有对象的仅两人，李涵珍即是其中之一。身边，把目光投向她们的人不少，其中就包括师政治部主任罗贵波。李涵珍全都不予回应，她觉得自己年纪还小，应该一心工作。

不过，到了这时候，有些事就由不得李涵珍了。师供给处处长张令彬不断来找李涵珍，介绍罗贵波如何如何，听得李涵珍心烦意乱，一个劲说，我反对谈恋爱。张令彬也不着急，只是反反复复地向姑娘说罗贵波的好话。

春天是月下老人最忙碌的季节。没多久，李涵珍在路上与罗贵波迎面相遇。他们之间从来没有说过一句话，罗贵波沉得住气，打招呼说："李涵珍，吃过饭了没有？"李涵珍早已慌了神，说了一声"吃过了"掉头就跑。

张令彬和妻子李玉兰很快把李涵珍叫到他们家里。张令彬开门见山地问："你对罗贵波主任有什么意见吗？"

这一问又让李涵珍慌了神，她对从来没有交谈过的师首长有什么意见呢，就说："我没有意见呀。"

"这就行了，你回去吧。"张令彬等的就是这句话。

若干天以后，张令彬通知李涵珍到罗贵波那里去一趟。李涵珍心里没有底，约了一位女友同行。

罗贵波一见面就告诉李涵珍，知道你已经同意，我就向上级打了结婚报告，"现在组织上已经批准，我们过几天结婚吧"。

李涵珍完全愣住了，不过到了这个时候，"组织上"都已经批准了，自己还说什么呢？回想起来，"吃过了"就是她在走入洞房前和罗贵波说过的唯一一句话。

就这样，从知道有罗贵波此人才几个月，只对他说了"吃过了"三个字，18岁的李涵珍和30岁的罗贵波于1937年7月24日在甘肃庆阳结婚。这时，抗日战争全面爆发，不久，罗贵波前往山西前线，李涵珍进入延安抗大学习，一年后也到晋北与罗贵波相会。

让两位老红军备感幸运的是，虽说一句话定了终生，他们的婚姻却是完美的。后来，李涵珍多次向张令彬夫妇致谢，而后来担任解放军总后勤部副部长的张令彬总是笑答："我是奉命行事，打定了主意的是罗贵波。"[1]

战争中的风风雨雨，李涵珍都是和罗贵波在一起度过的。现在罗贵波要她也去越南，还有领袖的指示，李涵珍马上整理行装。为了仪表整齐，她生平第一次为自己买了一双皮鞋。

10月里，除了向几位领袖汇报之外，罗贵波还就军事、后勤和财政援助等问题向聂荣臻代总参谋长、杨立三总后勤部部长等做了专题汇报。这些汇报都由中共中央办公厅主任杨尚昆安排。

---

[1] 1998年5月28日，作者在北京访问李涵珍。

此时的毛泽东，同时关注着朝鲜和越南两个战场，更偏重于朝鲜战场。彭德怀担任司令员的中国志愿军出奇制胜，从1950年10月25日开始，实施第一次战役，激战13昼夜，重创敌军，将敌人从鸭绿江边赶回清川江以南，初步稳住了朝鲜半岛北部战局。

毛泽东知道，朝鲜局势还没有根本扭转，在第一次战役中美军主力并没有受到重创，规模巨大的志愿军入朝作战刚刚开了一个头，关键还要看第二仗怎么打。

美军司令麦克阿瑟决定继续北进，再一次打到鸭绿江边。

彭德怀决心组织第二次战役，再度重创敌人。11月24日，美军在东西两线发起全面进攻。25日，彭德怀指挥的第二次战役开始。

密切注视朝鲜战局的时刻，从越南战场传来的每一个信息对毛泽东来说都是重要的。毛泽东对世界军事格局有自己的判断。他认为，美国要马上发动第三次世界大战是不可能的，但美国会不断地发动一个又一个局部战争，在局部战争中夺取优势，进而称霸全球。毛泽东的对策是针锋相对，把局部战争一个又一个地打下去，逐个击破，争取在这种局部战争中占上风。这样，在越南的战争就被毛泽东视为仅次于朝鲜战争的第二战场了。他把稳定和扭转越南战局的任务交给了罗贵波和韦国清，既要把法国势力逐出印度支那，又要避免使新中国在两个战场上同时投入重兵。由于同时关注两个战场，1950年秋至1951年夏天，57岁的毛泽东工作得特别紧张，经常通宵达旦，席不暇暖。

1950年11月28日，罗贵波向中央提出，政治顾问团已经准备完毕，可以前往越南。经批准，罗贵波一行28人于12月10日乘火车离开北京南下。和第一次入越时的小队相比，这次去越南的人马要多出不少，除了干部，还有几位勤务人员，其中甚至有一对父子：小灶炊事员沈德品和罗贵波的司机沈玉录。

沈玉录1947年参军，从攻占太原起就为罗贵波开车，这次随罗贵波去越南，他是有所准备的。40年后，他操着一口纯正的北京腔回忆说：

> 1950年年初首长去越南可是真保密了，他走了，我们一点没察觉，过了好久才知道他已经在越南了。我继续留在北京。到后来朝鲜战争眼看要大打了，我和留在北京的首长勤务员马有来商量，我们报名去朝鲜打仗吧。最后我们还是说定，等首长回来再说。结果，没过多久，首长突然就

回来了。刘秘书很快就问我,组织上决定你跟着首长去越南,你有什么困难没有?我当然说去。要说困难,就是我一家子都在北京,两个女儿还小。但那也得自己克服呀。我很快就把一家人都送回了爱人的山西老家。

首长要去越南,要一辆新车,我心想,要是有一辆越野车就好了。可是当时没有,中央军委办公厅给买了一辆小吉普。可是小吉普太小了,装不下几个人。办公厅的人灵机一动,又买了一个小车挂斗,可以专门放行李,问题就算解决了。以后在越南的那几年,我开的都是这辆车。[1]

1950年12月30日,胡志明(前右)、罗贵波(前左)、李涵珍(中)离开胡志明驻地,胡志明站在水中搀扶李涵珍跨过溪流

1950年12月中旬,罗贵波回到越南中央根据地,迎面扑来的,是越军总部准备反攻,实施新战役的热潮。

见罗贵波果真回到了越南,还带来了自己的夫人及多位顾问,胡志明非常高兴,在自己的住处请罗贵波、李涵珍吃了一顿饭。

李涵珍头一次赴"国宴",小心翼翼地穿上了特地从北京带来的皮鞋。那天的主菜是已经泛黄的空心菜(那是从游击区买到后背进根据地的),还有在河边生长的带苦味的野菜,以及一只干瘦的小鸡。吃完饭就要转移了,胡志明亲自将罗贵波、李涵珍送回驻地。李涵珍脚穿新皮鞋,在山地里走得歪歪扭扭。途经一条小溪,流水正激,水中有几个石块做蹬子。见李涵珍穿皮鞋走得别扭,胡志明卷起裤腿涉水下溪,将李涵珍扶过溪流。这一幕使李涵珍终生难忘。[2]

---

[1] 1990年3月21日,作者在北京访问沈玉录。
[2] 1998年5月28日,作者在北京访问李涵珍。

一波三折的阅兵式

边界战役的巨大胜利实在使越南党和军队的领导人欢欣鼓舞。4号公路上的硝烟还没有飘散尽净，武元甲即下令于10月24日在高平举行阅兵式。

对阅兵式，当时还在越南的陈赓有不同意见，劝武元甲说，越军还缺乏队列训练，着装也不够整齐，而且容易受到法军的空袭报复。他建议把精力集中到总结会议上去。武元甲则认为，此时阅兵，对越南军民的抗战士气鼓舞极大。而且，举行阅兵式不仅仅是越军总部的意见，印支共中央也同意了。

陈赓不再坚持，但他吩咐中国军事顾问不参加高平阅兵式，另行集中学习。

高平阅兵式在傍晚举行。阅兵式开始前，第308师顾问王砚泉叫过田大邦和周耀华，要他们到阅兵现场去看一看。

田大邦和周耀华立即骑上自行车前往。他们几乎是和数架低掠而来的法军轰炸机同时接近阅兵场的。法军显然获得了越军举行阅兵式的情报，几架呼啸低飞的轰炸机从西边的山头上冲出后，直奔阅兵场猛烈轰炸，造成了越军70余人的伤亡。爆炸声传得很远，在20公里外的南山住宿的陈赓当晚于日记中写道："黄昏闻剧烈的爆炸声，地为之动，连续达20分钟。"

越军总部的阅兵决心没有动摇，轰炸机飞走后，他们迅速清理现场，在暮色里完成了阅兵式。越军总部对阅兵式如此重视，使田大邦和周耀华吃了一惊。[1]

20世纪50年代初，胡志明在办公

陈赓走后，越军总部继续在南山举行边界战役总结会议。越南党中央总书记长征到会讲话，阐述边界战役意义的时候，他的欣慰之情溢于言表。他说，在一

---

[1] 1988年7月24日、1988年11月28日，作者在昆明两次访问田大邦。

个短时间里,敌人在一个不太宽广的战场上被消灭大量有生力量,被迫放弃大片土地,这是法国殖民者在侵略战争史上一次空前的失败。

长征说:"高平—谅山战役(边界战役)使我们看清了我国军民的巨大力量。我军已经迅速成长起来,不久前还是小小的游击队,而今已经能集中上万兵力,按正规的方法打仗了。"

胡志明也到会讲话,他说:"我们打了两个胜仗:第一个胜仗是我们消灭了敌人,并解放了高平、东溪和七溪;第二个胜仗是我们已经看清了自己的优点和缺点。"

胡志明说:"我们绝不能因为胜利而骄傲、主观、轻敌,我们必须记住:在整个长期抗战中,这一胜利只是第一步,我们还要进行许多次更加激烈的战斗,取得更大的胜利,才能赢得最后胜利。"

胡志明指出,法军之所以在战役中失败,一个重要原因,是"敌人主观、轻敌,没有想到我们是这样强大以及进步这样快,因此他们疏忽,不慎重提防"。

胡志明告诫越军将领:"不要轻敌。敌人不是蜷缩苟安,而是蜷缩后准备跳将出来。敌人正在极力争取时间,准备报复。"[1]

---

[1](越)胡志明:《在第二次黎洪峰战役总结会议上的讲话》,引自《胡志明选集》第2卷,第142页,越南外文出版社1962年版。

第11章

巴黎,临危
拜将塔西尼

法兰西的担忧

越南北部丛林里战云密布，远在万里之外，法国巴黎爱丽舍宫中一言九鼎的人物也在为印度支那局势忧心忡忡。

面对从印度支那传来的报告，第四共和国总理普利文已经连着几天睡不安稳了。

勒内·普利文生于1901年4月15日，早年就读于巴黎大学法律系。大学毕业后他一度投身实业，担任一家工厂的经理。第二次世界大战爆发后，普利文参加由戴高乐领导的"自由法国"政府，法国解放后任戴高乐内阁的财政部长，1948年当选为比较保守的"民主抵抗联盟"主席，1949—1950年6月任政府国防部长，1950年7月出任政府总理。正是他，刚刚就任总理就在巴黎主持召开会议，提出了以统一欧洲军队为主旨的"普利文计划"。这份计划的核心是，成立欧洲防务共同体，把北大西洋和西欧的防务统一于一个高级司令部，与美国联合以对抗苏联。越南的边界战役就在这个时候打响，在重要时刻搅得普利文心神不宁。

边界战役消息传来，引起法国议会轩然大波，主和派再次提出，法国应该通过与胡志明谈判的办法来结束战争。而在"盟友"这边，正在法国的越南"皇帝"保大和他的总理陈文友闻得边界战役的结

时任法国总理勒内·普利文

果,心慌意乱,已经急匆匆赶回越南去了。

和普列文一样,第四共和国首任总统樊尚·奥里奥尔也卧不安席。

巴黎人常说,这座城市清晨5点钟醒来,但是在一片林立的高墙中有一座宫殿从不睡觉,这就是总统府所在地——爱丽舍宫。

奥里奥尔是在1946年1月16日当选总统的,入主爱丽舍宫以后,他每天都起得很早,自己做早餐。他在6时整穿着睡衣走进二楼的私人办公室,直到8点30分以前,都在阅读头天晚上送来的卷宗。得悉法军在中越边境作战失利的消息,他为印支战局急剧恶化而心急如焚。

奥里奥尔的思维既跳跃又严谨。他出身于一个贫寒的家庭,曾祖父勒维尔是烧石灰的工人,祖父是花匠,父亲成了一个小面包商。奥里奥尔上小学的时候,经常在放学后为父亲到街上去卖面包。如果说他个人还有什么不幸的话,那就是上小学时有一次玩带火药纸的手枪,不慎走火弄瞎了自己的一只眼睛。贫寒的生活锻炼人,他勤奋学习,大学毕业后当上了一名律师。1905年,19岁的奥里奥尔加入了社会主义学生联合会,于次年创办《社会主义南方报》并任主编。

第一次世界大战爆发,奥里奥尔因只有一只眼睛无法奔赴前线,但他是一名坚定不移的主战派。1919年12月,法国社会党在图尔召开代表大会,奥里奥尔站在12名社会党议员少数派一边,追随莱昂·勃鲁姆,拒绝参加第三国际,和自己早年热衷过的社会主义理想从此分道扬镳。20世纪30年代,奥里奥尔曾在内阁中担任过财政部部长。

第二次世界大战开始后,奥里奥尔随同议会来到了维希。1940年7月10日,他和另外79名议员一起坚决反对授予贝当元帅全权,遂被维希政府逮捕。他于1942年10月出逃成功,1943年10月来到英国伦敦,不久和戴高乐领导的法国抵抗运动会合。他在随后成立的法国临时政府中担任要职,在担任议长之后终于成为戴高乐的继任者。

奥里奥尔政治经验丰富,身处法兰西总统这样一个特殊的地位,他总是注意分寸地向总理提出自己的看法。这回,他和总理普利文的意见完全一致:必须更换印度支那远征军的司令了。

此时,令法国首脑感到困难的地方还在于,由于印支局势变化,英国和美国向法国施加了压力。

越南密战

来自英美的压力

边界战役的结果传到欧洲,英国驻法国大使迅即向法国政府通报了伦敦的看法。英国政府希望,在目前的亚洲形势下,法国应放弃对印度支那的直接控制,同意印度支那三国的独立,只有这样做,才能振作那里的士气,挽回颓局。目前英国已逐渐退出亚洲,希望法国也同时动作。

紧接着,美国向法国表示,同意英国的看法,如果法国接受英国的意见,法国的印度支那政策将会得到美国的有力支持。

从华盛顿传来的信息,普利文和奥里奥尔不能不重视。

确实,在朝鲜战争激烈进行之时,美国政府也注视着东南亚。甚至可以说,对于东南亚局势发展成这个样子,美国方面是有预感的。引人注目的是,在过去五年中,美国的印度支那政策发生了明显变化。

由于历史的原因,直到第二次世界大战爆发之际,美国政策的制定者们对印度支那这个地方还相当陌生。第二次世界大战爆发后,美国总统罗斯福明确地认为,战后不会允许法国重返印度支那,他们甚至向五角大楼发出了一个训令,要求军方不要制订关于印度支那的计划。[1]

时任美国总统杜鲁门

罗斯福去世,继任美国总统杜鲁门修改了前者的方针。特别是在中国的国民党政府崩溃之后,美国即着手制定一项在东南亚实施"堵截"的政策,防止中国的势力向南"扩张"。与此相应,美国软化了对法国维持印度支那殖民地的态度。

1950年2月7日,法国与保大签订"越南在法兰西联邦内享有有限自治权"的协议还不足一个月,保大还没有来得及过问国内事务,美国即承认了保大政权。

1950年2月16日,在华盛顿,法国驻美国大使博内造访了美国国务卿艾奇逊。他向

---

[1] （美）威·艾·哈里曼:《哈里曼回忆录》,第110页,上海人民出版社1975年版。

艾奇逊说明，他奉法国内阁之命，要就印支局势和美国紧急磋商，寻求美方援助。他说，已经进行了四年的战争给法国带来了沉重的经济和政治负担，使法国不能专注于紧张的欧洲事务，而正是美国盼望法国在欧洲给予美国最好的合作。现在的问题是，北京和莫斯科先后承认了胡志明领导的越南民主共和国，法国认为这表明了在中国和苏联支持下，越盟会在战场上采取攻势。法国非常重视中国承认越南这件事，认为它会造成某种后果。

接住话题，艾奇逊问法国大使，北京承认越南是不是直接影响了法国正在拟议中

时任美国国务卿艾奇逊

的承认中国的计划。法国大使用外交语言回答，这确实是一件大事，需要认真对待，如果美国政府对此有什么意见要向法国政府转达的话，他将尽力而为。

然后，法国大使提出了三点要求：（一）美国最好能和英国一起发表一个声明，支持法国在印度支那的所作所为。（二）美国向在印度支那的法国远征军提供军事援助。（三）美国直接向印度支那三国政权提供援助。这是法国第一次就印度支那局势正式向美、英两国寻求援助。[1]

其实，不用法国开口，美国已经看出法国在印度支那日渐力不从心，国务院早就在研究从军事上援助印支法军的问题了。2月16日，美国国务院远东事务局完成了关于在1951财政年度向印度支那法军进行军事援助的报告，建议美国插手东南亚事务"以减少共产主义在该地区的威胁"。

3月16日，美国收到了法国大使递交的清单，清单上列出的总援助额高达9400万美元。

5月8日至11日，艾奇逊来到巴黎，和法国外长舒曼、法国印度支那高级专员皮尼翁就美国援助问题达成了一致意见。针对美国急于稳住欧洲的意图，舒曼再一次对艾奇逊说，只要印支战争继续严重消耗法国的力量，法国就无法

---

[1] Gareth Porter, *Vietnam: A History in Documents* (New York, 1979), pp.175—282.

满足北大西洋公约组织（北约集团）对法国参加欧洲防务的要求。相反，舒曼说："只要美国对法国在印度支那的行动予以军事援助，并相信法国能够解决那里的问题，就可能出现好的结果。"

6月15日，由美国国务院官员和美国海军陆战队军官组成的美国观察组进入越南进行了为期三周的调查。美国军官们来到了中越边境和越南—老挝边境做实地调查，美军上尉尼克·索恩甚至参加了一次法军组织的捕俘行动。美国观察组最后认为，在中越边境地区，法军的优势正在丧失，但是暂时尚能稳定局势。

7月30日，美国步兵在韩国投入地面战斗。同一天，8架C-47运输机飞抵西贡，带来第一批美国军援物资。31日，可装备12个营的武器从美国装船运往越南。

8月3日，美国军事顾问团35人抵达越南，训练法国士兵掌握运达越南的美国装备。这个军事顾问团的首席顾问是47岁的准将弗兰西斯·布林克，他是美军中的亚洲问题专家，在第二次世界大战中曾任美军驻新加坡的军事观察员，1948—1949年，他被派往中国，就任美军顾问团参谋长。由于他的到来，在越南，实际上就有两个军事顾问团相互较量了。

1950年9月14日，法国外长舒曼来到纽约和艾奇逊再次会谈，商定美国援助的细节问题。艾奇逊明确表示："美国同意增加军事援助。"法国进一步提出，如果中国出动空军援助越南作战，美国是否也向法国提供空军援助？对这一点，美国拒绝发表意见。

尽管法美双方已经多有接触，武器援助也到了越南，但法军还是在边界战役中大败而归。得知战况，美国迅速通过外交途径向法国明确表明了对印度支那局势的关心。而法国当局一方面希望因此得到美国越来越多的援助，一方面又不愿意让出自己的世袭领地，其政策举措非常矛盾。

法军换将塔西尼

法国不愿意放弃印度支那殖民地，美国的过问使法国在处理印支战争时又面临一道难题，卡邦杰不能胜任印度支那远征军司令的重任，如果需要撤换，谁能挽印支狂澜于既倒？

第11章 巴黎，临危拜将塔西尼

陆军上将戴·拉德·塔西尼的名字提到了总理普利文的办公桌上，政府要员和军中宿将都注视着这位将军的名字。奥里奥尔也同意军方的推荐，他确信自己一目了然，这回绝不会看错。

塔西尼是法军中最孚众望的将军。

他于1889年出生在法国南部一个堪称富有的家庭里，自幼意志颇坚，爱好骑乘。他毕业于著名的圣西尔军校，毕业后在法军最精锐的骑兵部队中当了一名下级军官。第一次世界大战爆发时他任骑兵小队队长，参战不久膝部负伤，伤愈后立即重返前线。

在战斗前线，他率领的骑兵和德军巡逻骑兵打了一场猝不及防的遭遇战。塔西尼冲杀在前，挥舞马刀砍倒了两个德军骑兵。就在这时，第三个德国骑兵拍马冲到，一刺刀扎进了塔西尼的胸膛。这一刺刀几乎使塔西尼魂归故里，及时的抢救才使他死里逃生。

待到塔西尼伤愈，德法两军开始了纵横交错的堑壕战，骑兵失去了用武之地。塔西尼看出骑兵已经在现代化大规模战争中完成了自己的使命，就果断地放下心爱的马刀，志愿去步兵分队当上了上尉连长，而且干得十分出色。作为步兵，塔西尼参加了第一次世界大战中的多次重大战役，其中包括凡尔登会战。他在战斗中先后5次负伤，后晋升为营长。

第一次世界大战结束后，塔西尼曾在军校任教职，还一度前往摩洛哥参加殖民战争。他的军事素养渐渐引起了军界关注，到12年后第二次世界大战爆发，他已经是一名准将师长，他统率的第14师是法军中最精锐的步兵师。

1940年5月10日，希特勒德军向法军发动了猛烈进攻。处于战线后的法军第14师于5月13日开赴前方，很快投入战斗。恶战一开，遭受了德军沉重压力的法军乱作一团，整个前线兵团的无线电通信联络时断时续，来自上级的命令不是到得太迟就是根本收不到。在这种情况下，塔西尼的师却稳住了自己的防线。

法国将军塔西尼

然而好景不长。1940年6月5日，德军再次发动大举进攻，第14师顽强地抵抗到6月9日。这天，第14师的左翼友邻部队被德军击溃，侧翼暴露了，塔西尼受到三个德军师的攻击还在坚持。次日，右翼友军也崩溃了。第14师孤立突出，塔西尼不得不退却。

退却的损失是惨重的，在德军航空兵和坦克的尾随攻击中，第14师损失了三分之二的兵力。但所余部队的建制大体完整，仍然继续战斗，塔西尼因此声誉日隆。

法军战败了，塔西尼没有撤到英国，他的部队被当了傀儡的贝当元帅所控制。在维希政府中，压抑着愤懑的塔西尼当过几个战区的长官，曾多次违令，力图与德军冲突交战。1943年1月9日，他放弃军职试图潜逃未能成功，被维希政府的军事法庭判处10年监禁。当年9月3日，在儿子贝尔纳的帮助下，塔西尼越狱成功。10月16日，一架轻型飞机悄然降落在德军战线的后面，载上塔西尼飞到了英国。

随后，塔西尼来到北非，与法国抵抗运动领袖戴高乐将军会面。当年年底，他被任命为法军"B军"军长，不久该军改称法军第1军。在北非，塔西尼率领全军进行了训练。

1944年8月16日，塔西尼率领第一军参加反攻，在濒临地中海的法国港口土伦登陆。塔西尼迅速消灭了据守在那里的2.5万名德军，进而挥师解放马赛。接下来，塔西尼所属部队归美军第6军团司令官德弗斯指挥。

塔西尼并非只懂得军事。这年12月，德军发动了对欧洲第二战场的最后一次大规模反攻。德弗斯命令塔西尼放弃刚刚占领的斯特拉斯堡，收缩兵力至沃热固守。这时，塔西尼拒绝接受命令，他争辩说，不能那么瞧不起法军，法军第1军有能力既守住斯特拉斯堡，也决不丢失沃热。这场争执显然进入了政治领域，塔西尼得到了戴高乐的全力支持。最后，德弗斯取消了先前的命令，但是要求塔西尼必须守住沃热。

在美军航空兵的支援下，塔西尼顶住了德军的反击，坚守沃热不失。

这以后，随着胜利的临近，塔西尼和德弗斯还发生了不少类似的争执，以至在第二次世界大战胜利之后德弗斯谈起塔西尼的时候，以不无敬意的幽默语言说："我们在同一条战壕里相互战斗了好几个月。"

战后，塔西尼于1948年就任欧洲联盟陆军司令，这是法国军人在欧洲大陆上的最高军职，在他之上的只有两人，那就是总司令、美国五星上将艾森豪威尔，还有副总司令、英国元帅蒙哥马利。蒙哥马利对塔西尼的才干十分敬佩。

面对将军如此炫目的军人资历，又面对极端困难的印度支那局势，法国政府终于拿定了主意，坚请塔西尼出掌印度支那帅印，以期扭转那里的颓势。

塔西尼，这位以"履险为乐"的军人，在新的任命前短暂犹豫了。

他冥思苦想，几个方面的问题都想到了。他已经61岁了，戎马一生，眼下已经登峰造极，自己还有多少余力呢？他非常清楚印度支那战争的困难，这种困难不仅来自印支热带丛林，而且来自巴黎的政坛——在法国，反对政府进行这场战争的呼声正日益高涨。

冥思苦想的结果，塔西尼临危受命，于1950年12月6日被任命为印度支那法军总司令兼法国驻印度支那高级专员。这是在第一次印度支那战争中被授予政治和军事行动全权的第一位法国将领。

一旦决定下来，塔西尼的行动可谓迅速。12月13日，这位法国四星上将登上飞机，向遥远的印度支那战场飞去。他完全清楚，这次，在前面等待着他的，已经不一定是金光灿灿的荣誉勋章了。

法军名将的强硬姿态

此时的越北地区，法军已经乱成一团，士兵士气低落，军官们互相埋怨，一筹莫展。1950年12月中旬，河内的法国官员要求法国妇女和儿童撤离"东京湾"——越南北部地区。他们认定越军不久就要发起新的大规模进攻，法军司令部已经拟制了放弃"东京湾"的计划。

1950年12月17日，西贡机场上奏响《马赛曲》，一架飞机徐徐降落。

飞机上走下了神色肃穆的塔西尼。他由一群军官簇拥着走向被热带阳光照射、反射出一片金光的军乐队。不知是紧张还是平日里演练纪律松弛、技艺不高，塔西尼走到跟前的时候，有一个乐手走了调，奏出了一个不和谐音。工于音律的塔西尼一耳就听出来了，他勃然大怒，立刻挥手命令停奏。他转过身来，当着大群欢迎官员的面，将一阵急风暴雨似的怒骂赏给了这支出了差错的军乐队。

塔西尼把下马威留在了越南南方。

两天后，塔西尼飞到了河内。见面才5分钟，他下令将前来迎接的河内地区指挥官免职，因为这个身为法国荣誉军团成员的军官居然在第一次进见上级的时候衣冠不整，像个邋遢鬼。

在河内的欢迎仪式后，塔西尼召集全体军官讲话。他的讲话照例是严厉的，当他面对站在一侧的尉官的时候（他的儿子贝尔纳也在其中），塔西尼动情地说："上尉和中尉们，正是由于你们我才勇于接受如此艰巨的任务。我答应你们，从今天起好好干，由此你们必将得到晋升。"

来到司令部，塔西尼做的第一件事就是取消了拟制中的放弃东京湾的计划。他命令停止法国妇女儿童的撤退，为此他还把夫人迅速接到了河内。在军队中，他更换了一批不合格者，并把他们送回国内。他到各个部队中视察，每到一地都告诉军官和士兵："你们不再有援军，也没有更新的武器装备，你们必须迎接即将到来的激烈战斗。但是，你们能够打赢。"塔西尼的这番讲话通过电话向驻守在印度支那的法军做了迅速的传达。

塔西尼清楚，要整肃困境中的军队，提高士气，光靠一番激昂的鼓励或是一阵痛骂是办不到的。到任之后，他立即命令加强红河三角洲边缘地带各个据点的防御工事，并迅速地把美国空运来的炸弹和新式的凝固汽油弹充实自己手下的空军。他制订了包括四个要点的计划：（一）紧急集中精锐的欧非籍部队，部署到河内附近作为战略机动集群。（二）在红河三角洲边缘地带修筑钢筋水泥工事，将越军主力和产粮的红河三角洲隔开。（三）增强保大政权的军队，用它来保证红河三角洲腹地的安全。（四）对越北根据地进行轰炸和骚扰，为自己的反攻争取时间。[1]

不过，塔西尼还没有完全准备好，越军的新一轮攻势就开始了。

---

[1] Phillip B. Davidson, *Vietnam at War, the History, 1946—1975* (California：Presidio, 1988).

第12章

红河中游战役

韦国清,深山里走出的壮家人

1950年12月上旬,绵绵雨尽,越北群山的早晨大雾弥漫,仿佛是那片林莽大地沸腾的气息。

越军中央根据地中心区位于河内以北100多公里的大山中,这里重峦叠嶂,林深草密,恰为太原、宣光、北𣴓三省交界处。这片山脉以碉页山为中心,东面的太原一侧是印支共机关驻地,西边的宣光一方是政府机关所在地,越军总军委等军事机关则在山的北侧。印支共在此经略多年,经边界战役一仗,基本上解除了法军对中央根据地的威胁,于是,在密林遮掩下的小竹楼渐渐多了起来。

小竹楼大都以绿色的竹篱笆葵叶为顶,如从空中俯瞰,只见一片暗绿色的原始丛林,绿到山岭尽处,难以察觉有什么密集的房屋。这里的山民基本上都是岱族,印支共习惯地把这里称为"安全区",简称"ATK"。中国军事顾问团的驻地也在这里。

清晨,大雾还没有消散,在一个看似普通的竹楼窗前,经常会出现一个中等个头、略显清瘦的中年军人神色平静地注视眼前的一切,久久思索。他,就是中国军事顾问团团长韦国清。陈赓走后,他的担子自然重了许多,胃病也时常袭扰他,好在他对军旅生涯的动荡不定早就习以为常,而且身负千钧重任也已经多年了。傍晚的时候,他有时会去找几位下属,有时是叫上罗贵波,拿起扑克"甩上一把"。而清晨,他照例是用来思考问题的。

在越南战场上,韦国清分外思念自己的祖国,也特别想念自己的家乡,他离别故乡已经整整22年了,这22年中他未曾和家乡的亲人通过一星半点的消息。

韦国清忘不了自己的家乡——广西西北部东兰县的板梅乡（后改称三坡乡）弄英屯（今劳石乡山坡村）。"弄英"，壮语的意思是"野猫聚居的山谷"，可见那里非常偏僻。那里石峰耸立，秀木成林，老虎、金钱豹、野猪出没在壮家村寨的四周。几条崎岖的羊肠小道将这个小山村与外部世界连接起来，但走在这条小道上常临险境，就是青年人也得一手拽着树枝或灌木条，一手攀缘着身边的石头侧身而过。韦国清的童年都在这个寂寞的山村里度过，他说不上什么家世，唯有记忆将往事刻画得棱角分明，清晰极了。

1955年，韦国清被授予上将军衔

祖父韦庭藩是一个读过些古书的农民，对家人、孩子要求甚严。他和两个堂兄弟一起租种四五亩地过活，其中有一个堂兄弟因为家贫一生没有娶妻，全屯只有他们一家是在一个锅里吃饭的。韦庭藩的独子韦宗典即是韦国清的父亲。

韦宗典自幼跟着父亲读过些书，青少年时学过武艺，成年后出山挑过盐，称得上山里见过世面的人。他为人刚直勇敢，勤劳机敏，平日里种田打柴，农闲时打些个山中野味，日子过得艰难是不言而喻的。在贫苦生活的煎熬下，韦宗典带头抗过税，演练拳脚的时候组织过一个"三坡武术队"，从附近村寨来向他学武术的青年不少。韦国清后来曾有这样一个想法：自己家亲戚怎么这么少呀？在那个偏僻的山乡，一户农民居然也能识文断字，练些个武艺，这里有没有一些可以推敲的地方？他想是那么想过，但要考究起来大概已经是不可能的了。

韦国清是家中长子，有两个弟弟、一个妹妹。韦国清6岁时生母病故，继母嫁到弄英屯又给他添了两个弟弟。韦国清这一辈皆以"邦"字排行，所以韦国清原名韦邦宽。也许是由于家中长子的原因，祖父送他到六七里路之外一个壮汉两族杂居的村子读过两年多私塾，背了些《百家姓》《千字文》《三字经》一类的东西。后来教私塾的先生染病身亡，私塾也就停了。不久，韦国清转到另一个汉族村子的学堂里读书，这时他读到了用半文半白文字写成的课本，颇有兴趣。

那个私塾和那家学堂都是极小的，都只有一个老师。教小学堂的程老师给韦国清留下了深刻印象。他思想开明，不仅教学生读课本上的文章，还讲些社会历史，提倡民主，反对专制，也常在课堂上讲授些自然常识，总之是讲山讲水，还讲虎豹虫蛇。岁月飞流，这位程老师的笑貌音容已漫不可考，但韦国清的聪慧好学却是可以肯定的。他记忆力非常好，幼年读过《增广贤文》，直到晚年还能脱口而出，一口气全文背诵，赏析其中的哲理。韦国清在晚年时曾说："祖父要求严格，我从来认真读书。早上上学，拿一块红薯或一竹筒粥当午饭，下午放了学就要放牛、割草、打柴。晚上祖父督促我在一盏桐油灯下学习功课，往往要到困得睁不开眼睛了，才去睡觉。"

小学还没有毕业，由于弟妹频添，家里需要干活的人手，韦国清不得不辍学。若是晚上由祖父看着背些个诗文，就算是他对学生时代的温馨回顾了。纵使天远地僻，韦国清的童年生活中也有一些美好的回忆。每逢春节，壮家村寨的青少年男子盛行打陀螺。桂西北山里盛产硬木，各家打的陀螺都由各自削制，打陀螺好手打出的陀螺似乎永远也不会停下来，青少年们聚到一起打陀螺，就一定要比出谁的陀螺转得更久。这一比，往往连着比上半个月。在附近村寨里，韦国清是出了名的打陀螺好手。在打陀螺的日子里，韦国清算是解放了，除了回家吃饭，什么都不用干，只要他在回家的时候嘴角挂着胜利的微笑就够了。

进入20世纪20年代，偏僻的桂西北再也不能平静了，大革命风云终于卷到了东兰山区。东兰县农民领袖韦拔群早年就读于广西法政学堂，1916年在贵州加入讨伐袁世凯的护国军。受五四运动影响，韦拔群于1921年回到东兰从事农民运动，逐步拉起了一支农民武装，先后三次攻打东兰县城，赶跑县知事和团总。尽管如此，韦拔群没有找到思想上的出路，遂于1925年年初到广东进入广州农民运动讲习所学习，听过毛泽东、刘少奇等人讲的课，接受了马克思主义。学习结束后，他回东兰举办农民运动讲习所，发展右江地区的农民运动，颇有声势。1926年，韦拔群加入共产党。韦拔群的家乡武篆和板梅乡相距不远，北伐开始后，东兰的贫苦农民跟着韦拔群闹起了农会，打土豪、分田地。韦拔群听说韦宗典的情况后就派人前来联络。在那个赤贫的山乡，反抗的烈火一点就着，韦宗典跟着韦拔群闹革命了，他被山民推选当了农会秘书。

革命是浸透着鲜血的。1926年春天,桂西军阀派出龚寿仪团进至东兰一带镇压农民运动。军阀心狠手辣,到处制造惨案,在短时期内就杀害了140多个农会骨干。板梅乡是龚寿仪镇压农民运动的重点,一时间有20多人被杀,10多户房屋被烧毁,韦宗典的房子也被烧掉了。在严峻的日子里,韦宗典带着乡民们上了山,进山洞藏身。1927年夏天,韦宗典正在山上,突然有人来报告:"敌人失利了,有人带枪前来投降,来人要韦宗典去处理。"

韦宗典闻讯,带着十几个农军下山。谁知这是官军设下的圈套,韦宗典中计,在途中遭到民团伏击,农会会员们被俘了。民团要将他们押往县城治罪,韦宗典拼死抗争,被杀害在丘劳屯的一棵大榕树下,时年39岁。他的首级被悬于树上。

父亲牺牲几个月后,不屈的山民继续与敌人周旋。祖父韦庭藩又在烧成了废墟的家园上搭起茅草房安身。为了家人的安全,祖父让儿媳带着孩子们继续在山洞里躲避,他说自己老了,什么也不怕了,就在新搭的茅屋里住着。

1927年春天的一个傍晚,韦国清带着一个弟弟下山到家里看望爷爷。当晚雷雨大作,夜色如漆,韦国清兄弟就在家里睡下了。他们刚刚睡着,就发现外边有人包围了屋子,有人叫着韦国清的名字:"邦宽出来!"

莫非是想斩草除根?祖父不顾一切地把韦国清兄弟推出了后门,要他们在夜色中跑向后山。韦国清拉着弟弟刚跑上山坡,枪声就在身后响了起来,再过一会儿,大火吞没了韦家新搭的茅草屋,也吞没了韦国清的爷爷。事后知道,这是山乡中"打仇家"的人做下的惨案。在那个偏远山乡,贫穷和落后使人们的相互关系沾染了挥之不去的血腥。

家乡没法住了,姨父捎信过来,韦国清带着弟弟投奔到姨妈家,帮姨父种地为生。可是不久后听说官军还在追剿,为了不连累姨父一家,韦国清只好带着弟弟离开。可是他们能去哪里呢?自己的家园在哪里呢?

在父亲、祖父惨遭杀害后的一年里,韦国清是在巨大痛苦的煎熬中度过的,人生的裂变使他早熟了,痛苦使他内向了。家破人亡,更有两代人的血海深仇,家没有了,家乡再也待不下去了,他除了殊死搏斗之外再没有出路。经过一番思索,韦国清告别弟妹,和十几个青年人一起毅然离家,投奔韦拔群的赤卫队去了。这时是1928年的夏天,韦国清15岁。

韦国清走后,家庭的悲剧还在继续。弟妹们四散而居,躲在深山里的妹妹实在饿得受不了，下山找吃的，被民团发现抓住，转手把她卖了。继母外出讨饭时也被民团发现，课以600毫银币的罚款。她拿不出钱来，带着最小的儿子改嫁，才缴上了这笔钱。

加入赤卫队的时候，这位壮族少年使用了"韦国清"这个名字。从那以后，就很少有人知道他的原名了。直到中华人民共和国成立之时，韦国清再没有和家乡通过信息。

韦国清加入红军后，曾任军部手枪班班长。妻子许其倩后来问他："那个时候你见过邓小平吗？"韦国清说："我们负责警卫首长，邓小平、张云逸他们出出进进，我们不是都见了吗？"

红七军向江西苏区"小长征"中，韦国清曾任排长。到江西前夕，他进入红七军教导队。在教导队，韦国清接受了严格的军事训练。来到江西苏区后，韦国清进入红军学校学习，和张爱萍是同学，曾在课目考试中各获一项第一。待学习结束，韦国清留校当了教员。

万里长征来到陕北，韦国清再入红军大学。红军主力西征后，瓦窑堡一度守备空虚，国民党军一个营乘机偷袭。正在红军大学的韦国清率领学生营顽强抗击。学生营仓促组成，装备奇差，连挖战壕的铁铲都没有几把。韦国清沉着指挥，终于击退了在装备上占优势的敌人。在战斗中，他的腰部负重伤。

抗日战争全面爆发后，韦国清任八路军总部随营学校校长，1939年2月后改任抗大一分校训练部部长。自从他进入中央苏区后，除了长征路上，韦国清的主要工作都在学校教学方面，这使他在军事理论和训练上获益良多，也使他特别渴望到战场上一显身手。在抗大一分校向山东挺进途中，韦国清向八路军副总司令彭德怀提出了上前线杀敌的要求。彭德怀没有同意。韦国清没有气馁，1940年年初，韦国清提了两瓶酒找到朱德总司令再提此事。他终于说动了朱德，八路军总部即任命韦国清为八路军山东纵队陇海南进支队政委，当年3月，韦国清带领13名干部战士进至苏北邳县，来到了和日本侵略军战斗的最前线。

抗日战争和解放战争是韦国清的辉煌岁月。现在，他来到了越南，在异国战场上独当一面。他深知工作不易，每一步都需深思熟虑。[1]

---

[1] 陆海川等编：《鏖兵苏鲁豫皖——新四军第九旅老战士回忆录》，长征出版社1992年版。另：1993年3—5月，作者在北京多次访问许其倩。

准备发起中游战役

1950年12月上旬，韦国清、梅嘉生等与越方总军委会商了下一步的作战方向，最后决定发起红河中游战役，越方又称"陈兴道战役"。

要扩大边界战役的成果，是越军总军委和中国军事顾问团一致的意见。对此，越军总军委早已有了预想。在边界战役前夕，武元甲就告诉陈赓，如果边界战役得手，应该乘胜前进，向红河三角洲平原地带发展。那里是越南两大粮仓之一，人口稠密，物产丰饶，拿下了红河三角洲将是越南战争的决定性胜利，最起码也可以就此解决越军的粮食供应问题。

中国顾问团四首长在越北根据地。左起：梅嘉生、邓逸凡、罗贵波、韦国清

至于是否向越南西北部地区发展的问题，武元甲认为，越西北部是少数民族聚居区，工作基础薄弱，土族、黎族、泰族群众和京族人在感情上有隔阂。再加上那里山高林密，地广人稀，筹粮特别困难，更兼交通不便，大兵团进出都很困难。即使拿下了越西北，对战局也没有决定性的影响。

待到边界战役结束，下一战役的发展方向问题就提出来了。中国军事顾问窦金波回忆，边界战役之后，关于下一个战役在哪里进行的问题，中国顾问团做过认真的考虑：

> 边界战役后，顾问团曾建议，在西北地区开辟几个战场，打几个战役，夺取西北山地，这样既可以扩大与巩固越军已占领的根据地，又可以俯视越北平原，进可以攻，退可以守，控制战略主动权。在西北山区，山高林密，地形复杂，便于以劣势装备战胜优势装备的敌人。同时派部分部队，在河内东北地区打掉敌人未撤的据点，巩固已扩大的解放区。

但是越方有不同意见，坚持要夺取越北平原，直接威胁河内。这个问题在边界战役后的总结会议上就有所暴露。1950年11月下旬,越方提出在河内西北红河中游地区进行一次战役,顾问团仍认为应在西北山区寻求战机。但是为了顾全大局,顾问团没有继续争论,而是基本上同意了越方的计划。[1]

边界战役结束后,中国军事顾问团的组成上有一个重大改变,在越军营一级作战单位担任顾问的中国军官都奉调回国,或者到越军团一级指挥部担任中国顾问助理。顾问团在越军主力团设顾问一人,助理顾问二人;在师一级设顾问小组。做出这个决定的依据是,经过在中国整训,加上边界战役的实战经历,越军营连基层指挥员得到了很大锻炼,大都具备了独立指挥的能力。而营级单位的作战任务十分具体,常常身临战阵,在战场厮杀中不便于开展顾问性质的工作。另一方面,精通中越两种语言的翻译极度缺乏,在营一级担任翻译的越方人员常常不能在战斗情况下胜任工作。

中国撤回营级军事顾问,将顾问设置在团、师和总军委三级,趋势是逐步地将顾问工作向战役、战略方向转移。志愿军进入朝鲜作战之后,这种趋势就更加明显了。

边界战役之后如何确定战略发展方向,韦国清、梅嘉生确实费过一番心思,提出过移军西北的意见,但在当时条件下,这种意见还是不很坚决、不那么清晰的。分析了向西北进攻或向平原地区发展这两者之间的利弊之后,中国顾问觉得,越军要在平原地区进行大规模运动战,困难之处在于那里的敌人据点星罗棋布,在开阔的地形条件下,法军机动部队能够迅速增援,便于发挥火力上的优势,特别是空军的威胁很大。但是越军也有有利条件,那就是越中边境已经连成一片,便于从中国得到补给;平原地区的京族农民倾向越盟,群众基础好。那里又是产粮区,可以就地取得补给,便于支撑重大战役。韦国清多年后曾向顾问团老战友说过:"越方提出要在平原地区寻找战机,也不是没有道理,他们也有他们的实际情况,所以我们也很快同意了(越方的主张)。"[2]

---

[1] 1988年12月16—17日,作者在石家庄访问窦金波。
[2] 1993年2月,作者在北京访问王振华。

中国军事顾问团同意红河中游作战计划也有来自自身方面的原因。边界战役的巨大胜利确实使许多顾问感到振奋，感到敌手并非原先想象的那么强。如果能够连打几个边界战役那样的大胜仗，是不是就能从根本上扭转越南战局以至夺取胜利呢？边界战役之后，陈赓和部下随意闲谈的时候，曾经兴奋地说，只要中央给我两个军，我将直下河内。[1]

在1950年10月10日致陈赓的电报里，毛泽东认为："这次胜利，是在敌人统帅部没有预料越军一次能集中2万余人及战斗力提高的情况下取得的。敌人得了此次经验，必要谨慎些。越军围攻据点时，除老街等地十分孤立的据点外，其他据点的守兵必增多，其增援必加大，即要准备围攻一两千人的据点和打四五千人或更多些的增援部队。因此，越军必须做出新的计划，即再集中和准备2万人左右，其中应有包括山炮、野炮、反坦克炮、重迫击炮、榴弹炮等各种炮火的两个炮兵团。总之，在今后半年内外，越军需建设一支总数5万人左右的正规军，和有法军地面部队1万人的两倍以上的火力（法军1万人如有大小炮100门，则越军5万人须有大小炮200门以上），准备一次能歼灭法军1万人。当然在这样的大兵团建设过程中，只要有可能还需打多次规模较小的仗，锻炼部队的战斗力，而不要企图很快能打大仗。但是目前就应做出一次能歼灭法军1万人的计划，方能做到半年以后，能够打大仗。此项计划，请你在此次休整期内和越南同志商量做出，并电告为盼。"

毛泽东这份电报的后半部分中，一方面认为越军"只要有可能还需打多次规模较小的仗"，但又指示"目前就应做出一次能歼灭法军1万人的计划"，这实际上是说边界战役以后越军可以着眼于打大仗。如果将越军主力移向越西北地区，一时间还看不出有大仗可打。相反，将主力指向平原地区，必有恶仗大仗在前。

毛泽东发出这份电报的时候，彭德怀已经赶往东北，中国人民志愿军正在向朝鲜边界集结，抗美援朝战争即将打响。当此之时，毛泽东仍然关注着越南战局，可见他心力所及，包含南北两端。

---

[1] 1988年4—5月，作者在昆明多次访问王砚泉。

长途奔袭，急盼速决

越军总军委和中国顾问团就红河中游战役达成了一致意见，韦国清向中共中央军委做了报告并获得了批准。同样，印支共中央也批准了越军总军委的计划。双方协调一致后，韦国清即命令师、团顾问随越军参加战役行动。

为实施红河中游战役，越军除投入第308师外，还投入了刚刚组建的312师。该师是越军第二个齐装满员师，原第209独立团是这个师的核心力量，原任团长黎仲迅担任副师长，代行师长职务；原第209团政委陈度晋升为副政委，代行政委职务。不久后他们分别成为第312师的师长和政委。第312师下辖第209、第165和第141三个团。

红河中游战役的意图是，仍然采取围点打援的办法，先攻占红河三角洲边缘的一个或几个小据点，引诱法军增援，然后寻找战机围歼之。越军投入的总兵力为两个师（欠一个团）约2万人，于1950年12月26、27日两个夜晚向河内西北方向约40公里的永安地区长途奔袭。

越军总司令部前线指挥部的行动还要提前一步。窦金波回忆说：

1950年12月17日或18日，军事顾问团随越军总前指由左竹地区出发，向红河中游地区前进。这时，在我国北方已是严冬，而这里却像春天，田野里水平如镜，三三两两的农妇在弯腰插秧。稻田中夹着大大小小的丘陵，丘陵上都是茂密的树林、竹林，或是葵树林。那葵树的叶子像我们常用的做芭蕉扇的叶子，但很大，直径一公尺多，景致别具一格。

一路上，树上鸟飞鸟鸣，五颜六色的虎皮鹦鹉成群地嬉戏，也常见各色蝴蝶翩翩起舞。但到了晚上，气温下降，我们就住在竹制的房子里，四面通风，又觉寒气逼人。

22日或23日，我们向右前方笼在云雾中的一座大山前进，那就是越南北部著名的避暑胜地三岛山。红河中游战役前线总指挥部也预定设在这里，我们将爬到山顶上协助越军指挥作战。

那山的南坡有法国人修的柏油马路上山，但我们是从北坡往上爬。北坡十分陡峭，天气虽然不热，也爬得我们汗流浃背。我们不时穿过一片片的树林，旱蚂蟥时常掉到我们的脖子里，汗水和血水流到了一起。我们午

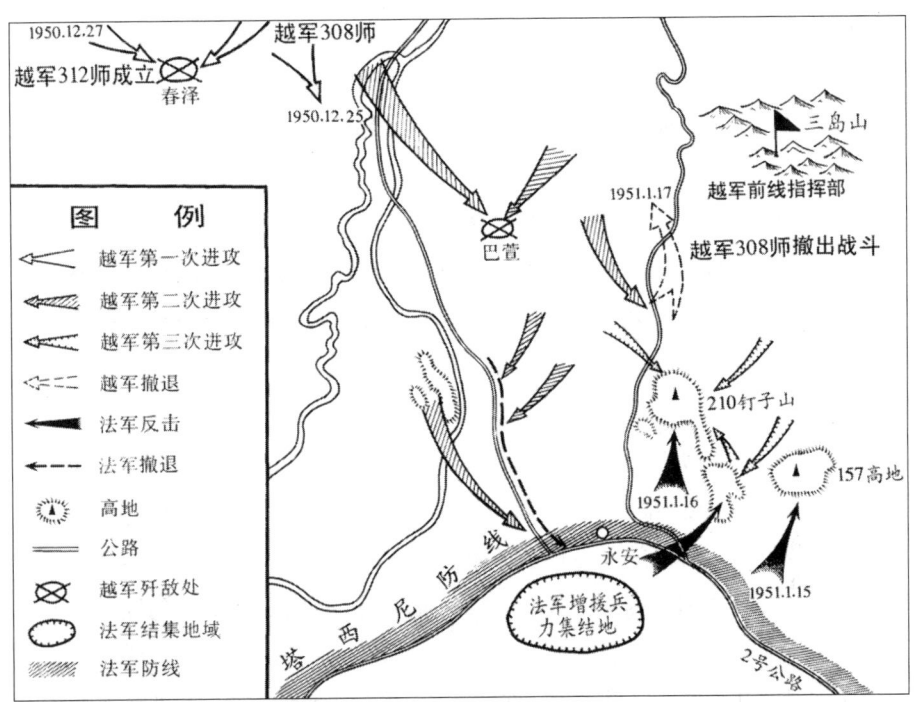

1950年12月25日至1951年1月16日，越军红河中游战役示意图

后开始爬山，直到晚上才爬到了山顶，真是筋疲力尽。向四面看去，黑压压的什么也看不见。原来山顶上隐隐约约散布着七八座小别墅，房子完好门窗早已破损，这些房子就由越军总军委和我们中国军事顾问团做了指挥所。[1]

越军总军委和随行中国军事顾问登上三岛山落脚甫定，越军的长途奔袭就开始了。武元甲对新的战役行动回忆说：

> 我同韦国清同志就我军转移到中游和平原地区作战的有利方面和困难交换意见。友方向我们介绍了中国人民解放军的"奔袭"战术：我军驻于距敌约15公里处，位于敌人炮兵射程之外，出其不意在晚上接近敌人，两三个小时内消灭敌军，解决战斗，天亮前返回出发的根据地。这种打法限制了敌人飞机、大炮的火力，特别是飞机的火力。但只能用于打点。这正

---

[1] 1988年12月16—17日，作者在石家庄访问窦金波。

好与我们以前的打法相符合，即在一夜中全歼敌人据点，借以限制敌空军和炮兵的压倒优势，并使敌人援兵不起作用。不同的只是这次是打敌人平原地区的据点，部队必须从更远的地方出动接敌，对体力的消耗更大。

……

1952年12月下旬，我军两个主力师从高平、谅山秘密南移……军团突然出现，连续行军，像一阵大风掠过根据地。经过两个月的学习和整顿，中国援助的粮食大大改善了供应，战士们在胜利和战线南移的鼓舞下，精神焕发，体力充沛。[1]

为了尽快展开战役，第312师边行军边组建地开向战地。此时该师第165团正在越中边境的老街地区肃清残敌，来不及向南靠拢，第312师以两个团参加战斗。

按照战役第一阶段的预定计划，越军夜间长途奔袭，以分散的兵力在同一时间向敌人的数个孤立据点进攻，速战速决速撤，保持战斗的隐秘性，以主力静待打援。

对越军的战役行动，法军毫无知晓，当地指挥官还派出一个外籍兵营从永安北出，向丘陵地带扫荡越军游击队。第308师担负第一阶段作战的主要任务，于12月26和27日两个晚上袭占了红河三角洲平原西北边缘的五个小据点。

初战得手

法军不知底细，派出扫荡的一个营徘徊而进，于12月27日下午在永安以北的春泽盆地与第312师遭遇后被围。待到夜幕降临，刚刚从副团长升任团长的阮鹏指挥第209团向春泽之敌发起进攻。交战两小时后，法国的外籍兵营溃败了，除死伤者外，士兵们纷纷逃入山林，有240人被俘虏，其中包括一名上尉营长。第312师首战告捷，12月27日就成了这个师的诞生日。

越军初战得手，法军却没有动，因为塔西尼尚未判断出越军进攻永安的意

---

[1]（越）武元甲：《走向奠边府之路》，越南人民军出版社1999年版，文庄对其中中越关系部分作了翻译。引自文庄：《武元甲将军谈中国军援和中国顾问在越南》，载《东南亚纵横》2003年第3期。

图。越军主力遂按预案于1951年1月13日向永安以北的据点保竹发起攻击，那里有50名法军驻守着。越军力图吸引永安之敌出援，按照边界战役的模式在野外予以围歼，预计的战役中心是永安。黎仲迅率第312师在永安以北设伏，王承武率第308师在永安以北偏东方向集结，准备打援。

永安位于太原省以南的平原和丘陵交错地带，是从西北方向进入河内的必经之路。它正好处在红河三角洲的西部顶角上，占领永安，就可以切断法军与越南西部地区的联系，打开继续向河内进攻的大门。由于这是一个战略要地，法军在永安及附近地区布置着两个机动集群，即第1和第3机动集群，每个集群有三个步兵营和一个炮兵营，总兵力约6000人。

在战壕中准备战斗的越南人民军战士

越军的保竹之战又成功了，第308师全歼了保竹据点里的50名守兵。14日夜间，第312师以一个团进行了10公里奔袭战，进攻永安北面的巴萱据点。摸到了据点跟前进行偷袭的越军进展顺利，直到剪开了敌人第一道铁丝网时才被发觉，越军即转为强攻。战斗持续了一夜，打到天明，付出少量牺牲的越军赶在法军援兵之前占领了巴萱，法军守军数百人多数被消灭。

这两个战斗打痛了法军，塔西尼判断出越军主力已经集结在永安地区，立即命令永安法军向北出援。

驻守永安的法军第1集群于1月14日出动解救保竹，其前锋部队遭到了第209团的伏击，法军的一个塞内加尔营几乎被全歼，一个阿尔及利亚连遭到重创。当日下午，法军第1集群在炮火掩护下撤回永安，而永安之南数公里就是东西长达10余公里的玛萨湖沼泽地带，法军只得背水一战了。越军占领了永安北部几个重要的丘陵高地，这些高地俯瞰永安，法军防务完全暴露在眼下。第312师一部还向南前进，插到了永安法军第1集群和在它东面的第3集群之间，把两个集群分割开来。

战局对越军十分有利。

意识到永安战局至关重要，塔西尼于14日白天乘一架轻型飞机赶到永安亲自指挥战斗。他命令法军第2集群立即携带重装备从河内出援，同时命令一部分远在西贡的空军作战飞机向越北转场，支援永安前线。

15日清晨，越军第312师第209团向永安以北大约7公里处的210高地前进，决心在法军赶到之前抢先占领210高地，进一步分割法军。

恶战钉子山

法军第2集群在这天清晨赶到了永安战区，总兵力增至1万多人。法军先头部队立即向210高地冲击。210高地，当地老百姓称之为"钉子山"，这个杂草丛生的山包成了当日战斗的焦点。

越军和法军几乎同时到达钉子山脚下，越军在山北，法军在山南。结果越南战士抢在北非兵前面先一步冲上山顶，一顿手榴弹把敌人砸了下去。

但是越军的攻势到此为止了，前线指挥员未能在有利的战势下发动进攻，反而打起自己并不擅长的阵地防御战来。法军争取到了喘息时间，在15日中午夺取157号高地，从侧翼威胁210高地。

战斗主动权就此易手。16日，塔西尼指挥法军大举反攻，从越军手里夺回210高地和它东侧的47号高地。法军还利用仅有的一点时间巩固了自己的阵地。

越军却选择了这样的时刻发动进攻。16日下午5时，越军第308师向永安北边几个刚刚被法军夺回去的高地发动猛烈进攻。战斗持续整整一夜，越军战士不怕牺牲，冒着法军的猛烈炮火冲锋，在激战中一度夺取了210和157高地的中央制高点。

但这回法军表现得也很顽强，退守到两个高地的两翼山腰间就不再后退。接近天亮时，法军空军对立足未稳的越军进行了不间断的轰炸，法军甚至把运输机都用来投弹。猛烈的凝固汽油弹轰炸和机枪扫射，造成了越军不小的伤亡。[1]

---

[1] Phillip B. Davidson, *Vietnam at War, the History, 1946—1975*（California：Presidio, 1988）.

第12章 红河中游战役

1951年1月17日早晨，对交战双方来说都至关重要。塔西尼使用了预备队，命令第2集群的三个营投入永安以北诸高地的争夺战。第308师也投入了新的战斗力量，终因没有空中支援，部队伤亡太大，王承武不得不命令撤出战斗。但这时越军的协调出现了问题，第308师刚刚撤出，第312师却开始攻击，蒙受了相当大的损失，数百名越军战士被俘。战至17日中午，越军总军委命令撤出战斗。

法军没有追赶，因为他们自己也已经筋疲力尽。

红河中游战役至此结束。双方都付出了千余人的伤亡，越军没有实现战役意图，但法军的损失也不小。从兵员消耗上说，越法双方大体得失相当，打成了平手。

事后检查，越中双方指挥员对法军在平原地区的作战能力估计不足，特别是对法国空军的作战能力和威力估计不足，对法军初次大量使用凝固汽油弹亦感到突然，受到轰炸时感到不知所措。另一个原因是越军指挥员在15日的战斗中主动进攻的意识不足，失去了好几个战机。

中国军事顾问团不得不随同越军总部撤下三岛山。顾问团秘书王振华回忆说："一开始我们是比较乐观的，还在三岛山度过了1951年元旦。节日那天，越军总军委送来了法国香槟，我们还和越军指挥员进行了联欢，武元甲、黄文泰还来和大家一起跳了舞。当时我们是说好了，我们既然是从三岛山背后爬上来的，打了胜仗我们就从前山翻下去。没想到最后竟是没打好，我们不得不又从三岛山背后下了山。"[1]

具体到这次战役指挥，中国军事顾问的作用比较有限，越军总军委和顾问团团部远离战场，这或许也是战役进展未能顺利的另一个原因。

永安之战使韦国清对越军的了解加深了一步。他确信，越军急需进行整训，解决在战斗中暴露出来的问题，提高战斗力，以逐渐适应运动战、攻坚战和歼灭战的需要。1951年1月27日，韦国清将这些想法向中共中央军委做了报告。两天后的1月29日，毛泽东电复韦国清："（一）同意你提出的整训计划。（二）越南同志的缺点要采取耐心说服的方法，使他们能够接受你们的意见，而不要引起他们的反感。他们现有的缺点正是中国军队在幼年时期所曾经有过的，并不足怪，只有用说服的方法帮助他们，在长期锻炼中才能使他们逐步改进。"

---

[1] 1990年4月17日，作者在北京访问王振华。

接到这个电报,韦国清心里踏实多了。

印度支那共产党更名越南劳动党

然而战场主动权毕竟是掌握在越军手里了,胡志明对此坚信不疑。1951年2月11—19日,在越北根据地举行了印度支那共产党第二次全国代表大会,罗贵波应邀列席。会议选举了新的中央执行委员会,胡志明当选为党的主席,长征为总书记。这次大会做出一项重要决定,将印度支那共产党更名为"越南劳动党"。

之所以改变党的名称,是由于印支共认识到,手中已经有了一支相当强大的军队,有了巩固的根据地,党无须继续处于秘密状态了,党应该公开,以适应变化了的国内和国际形势。公开后的党改称"劳动党"更有利于建立反对法国殖民统治的统一战线。从另一个方面说,虽然该党长期以来将"印度支那"冠于党名之前,实际上老挝和柬埔寨的党员极少,绝大多数党员是越南人。改名之后的党与党员的组成成分比较吻合。

胡志明在会议上做政治报告。报告中说,自从有了"共产国际","世界革命人民组成了一个大家庭,而我们党是这个大家庭中的晚辈之一"。

在政治报告中,胡志明没有提及中国顾问入越援助一事,但他特意阐明了越南和中国革命的关系。他说:"由于地理、历史、经济、文化等条件的关系,中国革命对越南革命有着极其巨大的影响。越南革命应该学习,而且已经学习到中国革命的许多经验。依靠中国革命的经验,依靠毛泽东思想,我们进一步懂得了马克思、恩格斯、列宁、斯大林主义,从而使我们取得了许多胜利。这是我们越南革命者应该牢记和感谢的。"在政治报告的结尾,胡志明还说,越南战争之所以会最后胜利,还在于"我们有着人类最英明的、当之无愧的兄长和朋友,这就是斯大林同志和毛泽东同志"。

胡志明谈到了华侨问题,说:"必须保护遵守越南法律的外国侨民的生命财产。对于华侨,最好鼓励他们参加越南的抗战。如果他们愿意的话,将同越南公民享受同样的权利和尽同样的义务。"

谈到印度支那问题时胡志明说:"我们抗战,柬埔寨和老挝两个兄弟民族也进行抗战。法国殖民者和美国干涉者是我们和柬埔寨、老挝民族共同的敌人。因此，我们必须大力支援兄弟般的柬埔寨和老挝，支持他们的抗战，进而成立越—柬—老民族统一战线。"

胡志明的这段话，为日后越法战争加速演变为真正意义上的第一次印度支那战争埋下了伏笔。根据胡志明的意见，会议在决议中专门阐述了越南劳动党的印度支那政策："由于印度支那是一个战场，越南革命有配合柬埔寨和老挝革命的任务，所以，现在要积极地帮助柬埔寨和老挝革命，发展游击战，建设武装力量，建立根据地。"

武元甲在会议上做军事报告，阐述了加速越军正规化建设的任务。

1951年3月3日，在越北根据地举行的仪式上，胡志明正式宣布越南劳动党成立。他发表了简短讲话说："越南劳动党的目的，可以用八个字来概括：团结全民，为国效劳。越南劳动党的任务是，坚决领导全民走向：抗战胜利，建国成功。"[1]

印支共第二次全国代表会议的举行和越南劳动党的成立，标志着越法战争的进一步复杂化。从那以后，印度支那战争越来越具有地区性有限战争的大国际背景了。

---

[1]（越）胡志明：《胡志明选集》第2卷，第139—162页，越南外文出版社1962年版。

第13章

红河三角洲拉锯战

保大政权和塔西尼站在一起

永安之战来得快，去得也快，这番激战使塔西尼意识到，红河三角洲将是今后越军进攻的重点，也是他期望中的主战场。塔西尼立即着手修筑一条"完备的"防线——以他的名字命名的"塔西尼防线"——意在稳固防守，在防守中消耗越军。

塔西尼防线沿着红河三角洲的边缘修筑，东起北部湾边的鸿基，向西延伸到陆南、北江、北宁，它的西部顶角在越池、永安一线，再经永福、山西，南至宁平一线。整个防线彼此呼应，以能够用炮火相互支援的小据点组成。在外侧与防线平行的地带，法军破坏了数以百计的村庄，强迫几十万居民迁入防线以内的"控制区"。到1951年盛夏，塔西尼在这条防线上建成了600多个据点，到年底又完成600来个。最后，塔西尼防线共由1300个据点组成，总共使用了20个营（两个整师）驻守。驻守塔西尼防线的主要是保大的军队——塔西尼一再要求保大政权加速征兵，最后单独镇守塔西尼防线。

设置塔西尼防线的着眼点，是要把法军机动力量腾出来掌握在手中，用于决定性的战斗，通过胜利最终掌握战场主动权。这时，塔西尼扮演的角色就不仅仅是一个将军了，在战争硝烟大团大团地向红河三角洲飘去的当口，塔西尼颇具外交家气质地与住在越南中部古都顺化的越南末代皇帝保大频繁往来，不住地给予对方鼓励。

保大皇帝阮福永瑞（1913—1997），一生经历有如传奇，但当时正在万分愁苦之中。

阮福永瑞前半生的历史颇似中国末代皇帝溥仪。他于1913年出生在顺化，是越南最后一个王朝——阮朝——皇帝的嫡系子孙。自从越南沦为法国殖民地，阮朝几代君主大都俯首帖耳充当傀儡，也有几人与作为宗主国的清朝皇帝有过联系，试图恢复阮氏君主昔日的荣光，但其结果不是被鸩杀，就是遭到法国殖民者的废黜，或者是流放孤岛，饮恨终身。在19世纪末的中法战争中，阮氏君主曾与中国清朝皇帝书信往来，言语

越南保大皇帝阮福永瑞

中流露出对失去的主权的怀念，这使法国殖民者大为不满。中国和越南划定两国陆地边界之后，法国殖民总督总是对孑遗的阮朝宗室戒心重重。

阮福永瑞的父亲是"启定皇帝"。启定的一生是在越南日益殖民化的痛楚中度过的，一方面是法国总督和驻印度支那司令官的武力威胁，另一方面，越南各地反对法国殖民统治的斗争此起彼伏。启定自幼担惊受怕，寝食不安，终于一病不起，中年驾崩。

1926年1月8日上午，未满13岁的阮福永瑞于父亲入葬后一个月在顺化即阮朝皇帝位。这天薄雾缥缈，香江无言地流过顺化，沿江两岸匆匆搭起的小祭台上香火如星，残香随风吹散。皇家长安殿里一片繁忙，大臣们往来奔走。待登基时辰到来，文武百官在掌玺大臣身后跪拜下去，各色锦袍连接在一起，闪闪发光。阮福永瑞登上宝座，阶下百官一叩到地。但是在场的法国总督和法国将军依然直身仗剑而立，使少年阮福永瑞心中感慨万端而不能发一言。

阮福永瑞的"年号"为"保大"，他当了阮朝末代皇帝之后，人们经常以"保大"相称，使许多人渐渐忘记了他的真名。阮福永瑞是比较早熟的，从幼年读书之时起，就羡慕日本的"明治维新"，他希望自己踏着明治君臣的遗迹奋起直追，恢复越南的独立。对于他来说，这种"独立"自然也包含着三千里故国江山。

对于法国的殖民统治，阮福永瑞心里十分矛盾，表面上却装聋作哑。他认为自己一方面离不开法国的保护，一方面又要时时提防。少年的阮福永瑞不时走上宫殿的露天平台凭栏远眺，只见顺化城里树木成荫，棕榈树、椰子树、缅

桂花高低错落、绿色参差。阮福永瑞的疑问在于，在这片富庶的热带土地上，如果有了现代文明和现代的组织机构，越南能摆脱保护国的控制吗？

　　保大登基不久颁发了第一号政令，将国家政权从皇帝手中转移给枢密院国家行政机构，在阮朝统治区实行君主立宪制。同时，他颁发一道谕旨，准许自己去法国留学。

　　1927年，14岁的阮福永瑞走出皇宫，远渡重洋到了法国。他在法国整整学习6年，先后就读于孔多塞公主中学和巴黎政治学院，并在成年不久与一位毕业于瓦索寄宿学校的越南小姐结婚。1933年，20岁的阮福永瑞回到越南，期望在越南推行"新政"。当时，他已经知道阮爱国的名字，但是他打算从另一个方面来努力，使越南摆脱殖民化的境地。

　　回到了越南的阮福永瑞很快陷入一筹莫展的境地。越南中部虽然勉强保留着阮朝政治体系，官员由设在顺化的小朝廷任免，但是这一切都要经过法国"钦使"的同意，否则任免无效。保大政权已是名副其实的傀儡政权，就连阮福永瑞要给手下的人颁发一枚勋章也要经过法国三个有关部门的批准；甚至是给自己的汽车换个轮胎，如果没有守库的法国军士签字也办不成。

　　回到了顺化的阮福永瑞很快就消沉了，他整天打猎、打桥牌，似乎与世无争。岁月无情，他的悲剧幕布就此正式拉开。

　　1940年9月，风云突变，日本军队进犯越南，法国驻印度支那司令德古中将在西贡千方百计维护法国维希政府的利益，与日军妥协。不久，胡志明领导的越南独立同盟（越盟）宣告成立。在第二次世界大战的烽火之中，阮福永瑞决心作壁上观，最后收渔翁之利。

　　1945年初春，日本在太平洋战场已经败定，末日不远了。日本帝国的军事重臣们却幻想保持住与南洋各殖民地之间的唯一物资供应线，于3月9日夜晚向印度支那的法军发起突然进攻。3月11日，正在山林里打猎的阮福永瑞被一小队日军包围，把他带回顺化。荷枪实弹的日本军官命令阮福永瑞在24小时内取消越南的保护国制度，并且宣布独立。在刺刀下，阮福永瑞一切照办，真是一转瞬之间，他变成了天皇陛下的附庸。阮福永瑞发表声明，废除当年与法国订立的"顺化条约"，转而与日本共建"大东亚共荣圈"。

　　阮福永瑞没有想到的是，日本帝国的总崩溃接踵而来。8月14日，日本宣告投降。8月18日，阮福永瑞在内阁会议上提出他最后的幻想，把政权交给越盟，但是在越南保持君主政体。然而，这一切都太晚了。

8月22日，拥护越盟的15万人拥进顺化，要求保大皇帝退位。23日，越盟顺化市委向保大发出最后通牒，命令保大交出全部权力和武装。至此，保大已经别无选择。1945年8月30日下午，保大在顺化皇宫午门外交出象征权力的金印和宝剑，他宣读了"退位诏书"，其中的一句话在越南家喻户晓："我愿做一个自由国家的公民，胜过做一个奴隶国家的皇帝。"

1945年10月11日，日本受降仪式在河内举行。胡志明（前排左三）和保大（后排中）一起出席

胡志明领导的越南民主共和国成立后，局势错综复杂。胡志明认为，保大虽然投靠过法国和日本，但此人仍有一定的民族独立意识，在越南公众中还有一定的影响，因此从建立统一战线着想，邀请保大以"平民皇帝"的身份参加越南临时政府，任政府顾问。保大同意了，还陪同胡志明参加了1945年10月11日在河内举行的日本受降仪式，并与胡志明一起做过一次全国范围的视察。

但是，保大不愿意与阮氏小朝廷彻底决裂，也不愿看到胡志明领导越盟取得胜利，遂于越法战争大规模爆发之前，只身来到香港住下来，过起醉生梦死的寓公生活。

倒是法国殖民当局没有忘掉保大这位"夜总会皇帝"，当几个大攻势过去，越盟进入农村和山区坚持游击战争，法军越来越不能自拔之际，巴黎决心再打保大这张牌。法国派人到香港找回了保大。1949年3月8日，法国总统奥里奥尔与保大换文，扶植保大再次粉墨登场当皇帝，要他保证越南留在法兰西联邦内，同时拥有无主权可言的"独立"。这个傀儡政权出现之后，在世界上反响并不大，只得到美国、法国等国和韩国的承认。不过，就保大的内心来说，他确实想通过这个机会，建立自己的武装，并进而再建"越南国"。1950年元旦，保大复位，又成了越盟的对手。

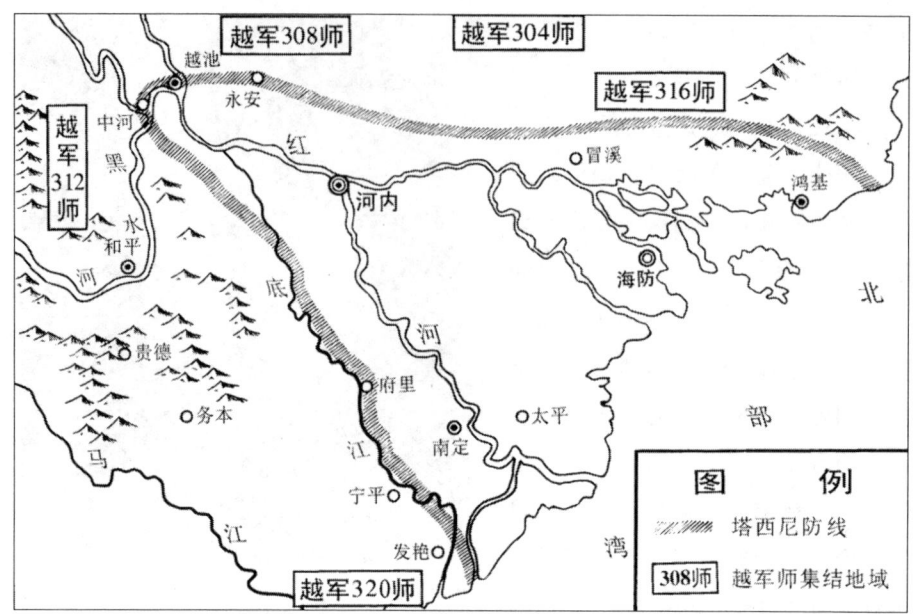

1951年，法军"塔西尼防线"示意图

边界战役大败，法国临危换将，塔西尼来到越南，和保大保持了良好关系，双方各有所图，但在构筑塔西尼防线上却意见一致。"塔西尼防线"大致成型的时候，越军的新一轮进攻又开始了。

越军计划发起东北战役

1951年2月初，韦国清向中共中央军委报告，越军总兵力的情况及其分布是：

越南劳动党中央将整个印度支那划分为10个"联区"，即越北联区（越南北部边境一带），然后从北至南分为3、4、5、7、8、9联区，其中的第9联区靠近西贡。此外还有"北老联区"（越南西北一部和老挝上寮地区）、"南老联区"（越南南方一部和老挝南部），以及"高棉联区"。

此时，越军正规军计有：

第308师，下辖3个团，1.6万人。

第312师，下辖3个团，1.3万人。

第316师，下辖2个团，7000人。

第304师，下辖3个团，2.1万人。

第95山炮团，2000人。

第151工兵团，1600人。

侦察、通讯、警卫、运输各两个营，3000人。

即将组建的正规师、团有：

第320师，主要由第3联区地方部队升成，将于1951年4月组建完毕。

第325师，主要由第4联区地方部队升成。

第34重炮团，待组建后将由中国部队给予装备和训练。

第99运输团，将在当年雨季组建。

越军地方部队情况：

在越北联区，第148独立团直属越军总部，下辖9个大队，总兵力约有1.6万人，具有师的战斗实力。

第3联区，第320师组建后还有地方部队1.85万人。

第4联区，第325师组建后还有地方部队1.17万人。

在越南蜂腰地带以南的第5联区，越军地方武装也很活跃，已经有5个团，兵力近2万人。

在其他各个联区，地方部队有一个团至两个团不等。

但是在越南南端的第7、8、9三个联区，陆上联系被法军阻断，连电台也不能正常联系，所以总部对他们的指挥很弱，主要由劳动党南方局来领导。

在老挝，越军有两个团分别进入上寮和中、下寮活动；在柬埔寨，越军有一个营时而到那里活动。

到1951年2月，越军总数约为20万人，其中在越南北部约有11万多人，在越南中部约有5万人，其余散布在各地。

经过两个月休整，越军于1951年3月决定发动东北战役，又称"黄花探战役"，主战场选择在越南东北海岸城市海防以北32公里的基隆煤矿附近。那是一个半丘陵地带，水网稻田点缀其间。20世纪初，越南民族英雄黄花探曾在那里抗击法军。

越军将于东北战役中使用在原第174团基础上发展起来、刚刚组建的第316师，进攻越南重要海港海防和重要煤田鸿基之间的"塔西尼防线"东起点上的小镇冒溪。实施战役的指导思想仍然是围点打援，将第308师和第312师放在第

中国军事顾问团在越南中央根据地居住的竹楼

316师后面，寻找战机歼灭法军的有生力量。这一带是法军力量比较薄弱的地方，这次战役的意图也不大，如果歼敌5个营就算完成了预定计划。为了迷惑法军指挥部，越军总部命令在红河三角洲南端的第304师和第320师向修建中的"塔西尼防线"南部实施佯攻。从3月中旬开始，越军3个师共7个团（第312和第316师各欠一个团）经长途行军集结到越南东北部战区。

中国军事顾问团随越军总部行动。

红河中游战役结束之后，中国军事顾问即提出，战役结果表明，和法军纠缠在平原有许多不利，不容易打歼灭战。不如向西北地区转移，开辟巩固的西北根据地。但是，顾问们没有说服越军的高级将领们，于是又提出先攻打越中边界线上的重镇芒街。因为边界战役后期，法军一度撤离芒街，不久又卷土重来。中国顾问建议先打芒街，理由是那里背靠中国，打下来之后可以稳固防守。但是越方表示不愿意打芒街，原因之一是那里的法方守军中有相当一部分是溃退入越的中国国民党军残部，他们为法方所收留。越方认为他们的战斗力较强，怕进攻时伤亡太大。越方还是希望进攻18号公路沿线。

经协调，中国顾问同意了越方意见，东北战役遂按计划实施。按越南战史的说法，战役自1951年3月20日发起。

冒溪之战

向东北战区的行军多在雨天中进行，中国军事顾问和越军战士一样艰难跋涉。顾问团秘书王振华回忆说：

这次战役地区靠近中国边境，顾问团首长韦国清、梅嘉生、邓逸凡都去了，我随行。记得这次顾问团是在一支越军小部队护送下单独向前线进发的。

行军时天气很不好，遇上了大雨。有一天说是预定要走18公里，我们听了都很高兴，18公里算什么呀。早晨出发后，尽是在大山里转，翻过了好几座山。中午时吃的是饭团。下午下起雨来，道路泥泞，我们一路摔着往前走，目的地总是到不了。吃过晚饭以后天就黑了，我们只得在树林中露宿。一片荒山野岭，没有人家。越军护送分队的战士砍来些树枝，找来了芭蕉叶搭成一个小棚子，让韦、梅、邓住进去，其实到后来韦、梅、邓的衣服也全湿了。我们则裹着雨衣靠在树上睡觉。那雨下了一夜，真正是凉透了心。第二天天亮我们又走，走到中午才赶到昨天预定的目的地。哪里18公里呀！后来才弄清楚，这个18公里是越军一位参谋在地图上用直线距离换算出来的！[1]

行军中，第308师顾问王砚泉找到韦国清，提议："最好不要进攻这个方向，因为这一带河流成网，法军兵舰随时可以增援，我们不容易找到打援的地方。"韦国清告诉他："这件事越军总军委已经决定，我们就不要多说了。我们在这里当顾问，工作有一定的复杂性，我们要特别注意和越南同志搞好团结。"

战幕拉开，最初的战斗和永安之战一样顺利。越军在1950年3月23日和24日晚间一连攻占了兰塔、陆内、芒内和松周四个法军小据点，引诱法军增援。但是法军没有动静。这一带法军兵力薄弱，不敢轻举妄动。越军两个师在红河三角洲南部的佯攻也使塔西尼一时摸不清越军进攻重点，所以他命令冒溪法军坚守勿动。

越军等了三天，战机不至，即以第308师和第312师各一个团攻占18号公路边的两个小据点秘则和长白。法军陆军仍然按兵不动，倒是江河舰队出动了三艘轻型驱逐舰和两艘小登陆舰，从水路靠近越军，使用舰炮猛烈轰击越军进攻部队，造成了越军的伤亡。

既然法军还是不动，越军便再逼近一步，越军总部命令第308师进攻冒溪小

---

[1] 1991年1月12日、1991年4月17日，作者在北京访问王振华。

镇，第312师攻击冒溪煤矿。

冒溪煤矿战斗首先打响。第209团经侦察发现，冒溪煤矿守敌不过140余人，遂定于28日夜间11时发起攻击。不料前进部队在途中受到了法军炮火的拦截，不得不隐蔽起来等待天色完全黑下来再接近攻击地点。到了天黑行动，经过一条小河时，炮火阻塞道路，耽搁了时间。等到第209团主力通过了阻塞区，带路的尖兵却迷了路，直到29日凌晨3时多才进入攻击阵地。越军不得不一进阵地即投入战斗，体力受到很大的消耗。

没有想到，冒溪煤矿守军顽强抵抗。外围阵地被越军突破后，本来就为数不多的守军退入矿区一幢三层小楼房死战。越军攻击部队一度占领了这座楼房的底层和第二层，守军退到顶层，以手榴弹顶住了越军的进攻。越军运上炸药爆破，但没有炸塌楼房，退守房顶的守军一个反击反倒把攻进了底层和二层的越军杀伤了不少，并将越军赶出楼房。

天亮了，法军的轰炸机飞来，用燃烧弹把楼房四周炸成一片火海，阻抑了越军的攻势。到中午，法军一个营赶来，在坦克的支援下救出了煤矿里的守军。

与此同时，第308师进攻冒溪镇之战也打得很苦。塔西尼于26日判断出，那里的敌人是越军主力。但他认为该战场狭小，不宜以大兵力出援，为此他命令增加舰只和火炮，还有限地增派了一些伞兵。

一个营法军伞兵冒着越军炮火进入冒溪镇，第308师几番进攻都被击退。30日凌晨2时，越军发动最后一轮攻势。越军集中火炮对冒溪猛轰，潮水一样的越军跟随炮火延伸发起冲锋。小小的冒溪镇硝烟弥漫，越军一度攻了进去，和法军进行激烈的巷战。

但是，法军江河舰队炮火严重威胁了进攻中的越军。法军舰队炮兵根据白天射击效果修正参数，在守军呼唤下以猛烈炮火切断了进攻越军的联系，最初攻进冒溪的越军在遭受重大伤亡后得不到及时的支援，反被法军包围，蒙受了损失。

夜色里，冒溪争夺战一度胶着。将近天亮，越军前线指挥部调上预备队，又向冒溪投入一个团。但是，这个团在进攻中走进了法军江河舰队的预设射击阵地，在炮火中遭受了很大的伤亡。由于这个损失，越军不得不在天明后撤出战斗。

越军伤亡颇重，零星战事持续到4月初，粮食供应也发生了问题。武元甲回忆说：

> 4月5日上午，我同韦国清同志交谈。
> "敌军一定不派出机动部队到这一地区。我们只好收兵！"
> "同意武总的意见。顾问团也认为应结束战役。"（韦国清语）
> "我军受到了损失。"（武元甲语）
> "已经掌握伤亡数字了吗？"（韦国清语）
> "参谋部门预计约2000人，近500名战士牺牲，其中有团长一人，1500多人负伤，敌我双方损失的比例是1:1多一点。"（武元甲语）
> "战役动用部队2.5万人，阵亡不到2%，不算大。许多负伤的同志还可以归队。"（韦国清语）
> "在越南，还没有哪次战役有这样大的伤亡！"（武元甲语）
> "越南军队已转入打大仗阶段，以后还不得不受到更大的损失。法帝国主义的炮兵很厉害！"（韦国清语）
> "我考虑要出出一个更有效的打击敌人的办法。"（武元甲语）
> 1951年4月5日，黄花探战役结束，战役给我留下了一个深刻的印象。[1]

越军打不下去了，只能撤出战场；法军兵力不足，不敢追击。东北战役就这样结束。

这次作战，越军未达成战役意图。原打算歼敌5个营，结果勉强打掉了敌人两个营。越军在指挥上有两个明显不足，一是战斗发起时没有抓住塔西尼的犹豫，在法军增援部队赶到前以全力攻占冒溪镇，形成以逸待劳之势。二是对法军江河舰队炮火的猛烈缺乏认识，进攻冒溪的伤亡主要是法军舰炮射击造成的。对于后一点，中国军事顾问承认，他们也缺乏经验，他们在长期的国内战争中还没有和海军进行过激烈的对抗。

通过这次战役，中国顾问发现，经历了中游战役的法军变得善于发现和利

---

[1]（越）武元甲：《走向奠边府之路》，越南人民军出版社1999年版，文庄对其中中越关系部分作了翻译。引自文庄：《武元甲将军谈中国军援和中国顾问在越南》，载《东南亚纵横》2003年第3期。

用越军的弱点，依托坚固防线或据点，发挥自己在装备上的优势。结果，越军一旦不能在夜间迅速结束战斗，法军往往能很快集中力量猛烈反击。这时候，如果战场狭小，难以迂回，越军很容易吃亏。

第308师顾问王砚泉在回师途中对韦国清说，我们已经在平原打了两战，都不理想，以后不应该这样打了。

韦国清对王砚泉说，中央派我们来，就是尽力帮助越南军队的，对战役计划双方有不同意见的事会经常发生。对这个问题，我们应该有耐心，不要急。我们会吸取经验，相信越方也会从战斗中吸取经验。

从东北回师途中，王砚泉心情不畅，总是骑在马上闷想。没想到偏偏在拍马经过一个山间旷野的时候，一架法军战斗机突然从山顶那边冒了出来。法军飞行员发现了骑在白马上的王砚泉，一推机头俯冲下来，瞄准射击。王砚泉躲闪不及，腿部中弹负伤。这使东北战役的结果更显得暗淡了。[1]

东北战役后，法军宣称越军在这次战役有3000人伤亡。越军总部的战役总结说，共打死打伤法军（包括保大军）1175人，自己的伤亡为1700余人。从总体上看，这一仗，主要是战役的后半段没有打好。

为了在后方协助越军，1951年4月初，驻守云南的解放军第13军的第112团和第123团，由越军第148独立团配合，进剿金平、河口、马关三县当面中越边境地区的土匪。这部分土匪中，有相当部分是从中国领土流窜到越南去的。中国军队在边界地区连续战斗20余天，歼敌500余人。

转战宁平，越军受挫

东北战役后，越军总军委拟制了新的战役计划，决心将作战重点转移到红河三角洲南线去，实施宁平战役。那里是越南的第3联区。对即将在宁平展开的战役，越方称之为"光中战役"。

根据在雨季到来之前再打一次大仗的预定方针，武元甲的战役预期是，在法军不断获得美国援助，装备条件明显改善之前，伺机寻歼法军有生力量。

---

[1] 1988年4—5月，作者在昆明多次访问王砚泉。

越军总军委和中国顾问商议后认为，兵锋指向南线的有利之处，一是可以调动法军，因为东北之战已将法军一部分机动兵力调到了北线。二是向宁平地区机动兵力便于隐蔽。在南线的红河三角洲边缘，有一条带江东流入海，越法两军隔江对峙。江东是人口稠密的平原产粮区，由法军控制。带江西岸是广阔的喀斯特岩溶地貌地区，在突兀而起的石灰岩山峰中遍布大小溶洞，可以藏兵。山间林木和灌木茂密，便于防空，极易大部队隐蔽行军。那个地区的河道大都很浅，估计法军江河舰队的驱逐舰开不进来。第三个有利情况是，带江两岸正是第320师的根据地，这次战役可以使用该师的两个主力团（第42和第64独立团），他们人地皆熟，有利于寻找战机。

宁平战役的目的比较有限。越军总部计划，主要使用第308、第304和第320师，以第308师担负主要作战任务。首先以第312师在永安以东地区吸引和迷惑法军，担负宁平作战任务的两个师（第320师已在宁平地区）秘密向南方机动。按照有利的设想，是攻击法军防线上的小据点，得手后设伏歼灭法军增援部队；如果法军不来，则在打开法军塔西尼防线南线东端的缺口后尽力巩固，控制人口稠密地区，同时抢收粮食，与法军争粮。

按最初计划，战役将在4月底或5月初开始。这是越南上半年旱季的最后几天，如果能在雨季到来之前完成战役计划，随后到来的大雨和它造成的大片泥泞地带可以阻滞法军的增援行动。

可是，越军主力在5月到来之前没有完成战役准备。

倒是1951年雨季提前到来了。5月初，越南北部连降大雨，越军第308师等部队和随军行动的将近4万民工不得不推迟行动。战役只好改在5月下旬实施。

5月28日，宁平战役拉开战幕。第304师由师长黎掌率领，中国顾问朱鹤云帮助指挥，在河内正南方向越过带江，于29日赶走了驻守富尼县城的法军。在主攻方向上，第308师突破塔西尼防线，包围省会宁平，继而全歼了那里的一个大队法军。5月29日，第308师进攻塔西尼防线上的欧哈据点时，打死了据点的指挥官贝克纳中尉，他是印度支那法军总司令塔西尼唯一的孩子。同一天，越军伏击了正在带江上航行，往宁平运送给养的船队。第320师的两个团迅速越过塔西尼防线，进入带江东岸地区。宁平战役初战得手。

法军确实没有料到越军会向塔西尼防线南部进攻，深为越军主力居然能够隐蔽地机动到南线而震惊。然而这回塔西尼做出了迅速反应。在29和30日两天中，塔西尼向战区派出了三个步兵机动集群，四个炮兵群，一个机械化集群和一个伞兵营，还有相应的江河舰队舰只，总兵力达到两个师2万余人。

增援的法军于6月1日赶到战场，战斗即出现了相持状况。雨后道路的泥泞不仅使法军的行动艰辛倍增，也使越军的兵力调动出现困难。由于越军主力已经越过带江进入平原稻田地区，法军空军的轰炸条件变得有利了。同时，法军江河舰队的小炮艇不顾搁浅的危险，一艘接一艘地开进了带江以东的水网地带。法军空军的轰炸和炮艇的轰击又一次造成了越军的伤亡。

深入带江东岸腹地的越军第42和第64独立团也遇到了事先没有想到的困难。他们遇到了当地天主教地方武装的阻击，久攻不克，最后受到了法军援军的夹击。法军空军和江河舰队在带江水面上击沉给越军运送补给的大船和舢板，越军的供给线和退路受到严重威胁。

战至6月6日，战局发生了转化，越军的带江供给线面临被切断的威胁，在前方战斗的越军也连连受挫。越军在宁平大量歼敌的战机已经失去。越军总军委和中国军事顾问紧急会商后，决定结束战役，于6月10日起撤出战斗。6月20日，宁平战役结束。但是，一部分越军没有来得及撤到带江西岸，被法军围住，约有1000余名越军战士被俘，还有一些牺牲了。

中国新闻摄影团历险

而且，宁平战役打到这个时候，还出现了一个惊险的场面——正在战场上的一支中国新闻摄影队险些被法军合围。

这支新闻摄影队是北京的中央新闻纪录电影制片厂派出的，由唱鹤龄、于叔昭、姚新德、王浩、雷震霖五人组成，于1951年3月进入越南，他们的任务是拍摄越南民主共和国成立以来的第一部新闻纪录影片。

对于这支摄影队，越方非常重视，《人民报》总编辑范文科专程赶到南宁迎接，亲自担任翻译。摄影队来到越北根据地后，被称为"中国电影团"。越方成立了专门的陪同队伍，协助拍摄。第308师政治部主任黄春随担任陪同队的领队，越南作家协会主席阮洵和知名记者钢新也担任陪同。

"电影团"进入根据地后，唱鹤龄、姚新德编写拍摄提纲，暂留根据地，

中国新闻摄影队队员姚新德（左二）与越南战友合影

于叔昭、王浩、雷震霖三人由黄春随、阮洵带领一个班战士护卫，在宁平战役打响后也跟了过去，准备深入战场拍摄逼真的战斗场面。

从5月中旬开始直到6月上旬，摄影队在接近前线的地方活动，白天怕法军的飞机发现目标不敢放手拍摄，晚上没有照明光源不能拍摄。正在着急的时候，有一天黄春随得到消息后兴冲冲地对中国摄影师说，最近宁平的战事激烈，主力部队打了进去，刚刚收复一个天主教地区，我们可以赶去拍些镜头。

在黄春随的带领下，摄影队扛起摄影器材就走，经过一夜行军，在天亮以后来到了越军一个团的宿营地。这次随军拍摄，担任翻译的范文科为协助唱鹤龄和姚新德而没有跟来，年轻的雷震霖入越后刻苦学习越语，已粗通一些日常用语，但是说深了就不行，所以他们找到了越军这个团的中国顾问。

一见面，中国顾问就是一副紧张的样子，对远道而来的摄影师们说："能在越南战场上和国内来的同志见面，真是很高兴。但是现在我们已经不能多说话了，我刚刚接到总部发来的电报，说我们团现在深入敌后。据情报，法军已经准备今天派一个营在你们昨夜经过的那个山隘实施空降，切断我们的退路。总部要我们赶紧想办法应对这个危险的局面。"

顾问说："如果法军现在已经在山隘那里空降，我们就一时退不出去了，全团就要分散打游击。所以，此时此刻我们很难保证你们的安全。这要你们赶紧拿主意，下一步怎么办？"

在宁平战役脱险后的中国电影团与越南当地老百姓合影

黄春随一听，急得眼泪直流，一个劲埋怨自己把中国摄影师带进了险境。接下来大家商量对策，决定立即往回赶，在下午之前冲出隘口。

商议既定，这支摄影队转过身子就跑。天降细雨，田埂泥泞，十多人的队伍跌跌撞撞地飞跑，滚了一身的泥浆。十分侥幸的是，法军并没有实施拟议中的作战计划，伞兵没有在山隘降落，给中国摄影队留出了一条生路，最后就连越军的那个团也撤了出来。[1]

当年参加了三次平原作战的越军第102团中国顾问田大邦对这段往事记忆犹新，他说："那几仗都是开头还好，往后的伤亡越来越大。打宁平旁边的几个据点，只剩一个到天亮还没有打下来。法军突然开来了几艘炮艇，舰炮一起开火，炮弹纷纷落在进攻的越军战士中间，越军牺牲很多，只好撤退。在这几次战役中，法军猛烈的炮火发挥了很大作用，往往在守卫的据点前构成一个火力保护圈，把越军的攻势压住了。越军缺乏重炮，小炮操作也不熟练，在强攻敌人阵地时就很困难。"[2]

宁平战役的结局对法军十分有利，如果乘越军撤退实施追击，一定会扩大战果。但是法军的兵力不足，弹药也成了问题，宁平一战消耗了法军的大量炮

---

[1] 1993年10月14日，作者在北京访问姚新德、雷震霖。
[2] 1988年7月24日、1988年11月28日，作者在昆明两次访问田大邦。

弹和炸弹，致使塔西尼面对良机无力发挥战场优势。此时又天降大雨，塔西尼也只能收兵。

印度支那的季风豪雨铺天盖地而来，使越法双方都收住了各自的军队。越南北部1951年上半年的战事就这样结束了。

三次战役的得与失

此后不久，南方传来消息，越军南方武装力量的领导人之一阮平在行军中突然与法军巡逻队遭遇，在枪战中阮平中弹牺牲。这是南方武装力量的重大损失。

战云飘散后回头细看，可以看到红河中游战役、东北战役和宁平战役都是在塔西尼防线正面或两翼靠海傍江的起止点进行的，法军和保大军受到重创，越军的伤亡也不小，甚至超过了对手。越军总政治局于20世纪70年代编著出版的《越南人民军历史》一书对此写道：

> 我军在敌人有飞机、大炮支援和火力强、工事坚固、机动性高等新的作战条件下，受到了锻炼。同时，我军力量也消耗了不少。这些战役没有改变北部平原战场的局面。[1]

对于这三次战役，越法双方究竟谁占了上风，军史专家们有不同的看法，即使是曾经亲身参战的中国军事顾问们在回忆的时候也思考再三。中国军事顾问大都做过这样的设问，如果边界战役之后立即将越军主力放到西北方向去会出现什么样的结果？可是历史毕竟不能假设，取得了边界战役巨大胜利之后，由于掌握了越北战场的主动权，已经苦战了四年多的越军求战之心甚切，中国顾问们也期望迅速扩大战果，顺着这样的思路，随后的平原地区作战是有其发展缘由的，其结局甚至是很难避免的。

---

[1] 越南人民军总政治局军史研究委员会：《越南人民军历史》第1集，第423页，河内人民出版社1977年版。

中国军事顾问团主要负责人曾在边界战役之后提出过向西北方向进军的建议，但是受条件上的限制，这种建议是不那么清晰的，甚至可以说更多地带有讨论的性质。双方都认为在红河三角洲边缘地带作战有可能抓住战机。如果再打上两三个像边界战役那样的大胜仗，就可以从根本上改变越南北部越法双方的力量对比，进而占领以河内为中心的红河三角洲平原。

实际上，边界战役具有很大的隐蔽性和突然性，将法军打了一个措手不及。但是战役之后，越军主力即已暴露，越军再难达成重大战役的突然性。塔西尼接任印度支那法军总指挥，则使遭受沉重打击后的法军在较短时间内改善了指挥和防御部署，加上美国迅速向印度支那法军运送了武器装备，也使法军的防御力量得到了增强。这些都使越军在红河三角洲边缘地区作战遇到了新的困难。对这几点，越军总军委和中国军事顾问团的认识都有不足。

同时，在红河三角洲边缘的这三次战役，越军离开自己的中心根据地进行运动战，长途奔袭使越军本来就显得薄弱的炮兵力量愈显不足，阵地战和攻坚战特别困难。法军则正好相反，他们发挥了自己在装备上的长处。这也是平原三战打得胶着的重要原因。

但是，不管从哪个角度说，红河三角洲边缘的三次战役至少在两个方面使越军得到了收益。首先，三次战役都在相当程度上消耗了法军，特别是消耗了对法军来说最难补充的欧洲籍兵员力量；其二，这三次战役使越军从指挥员到战斗员都得到了很大的锻炼，进程激烈、变幻无穷的战斗使越军指挥员在战前计划、战场指挥、后勤补给等方面都取得了经验。经过这个旱季的战斗，越军指战员的作战能力确实是大大增长了。

武元甲说，韦国清指出了战役对越军的锻炼和影响未来战争结局的积极方面。他在回忆录中写道："在这一光中战役结束后的总结会议上，韦国清同志说：越南军队真正是一支革命军队，只有革命军队才能经受这样巨大的考验。不到一年，千里行军，继续与法帝国主义的炮火对抗，即使是铁石也会磨损。"[1]

对于随军作战的中国军事顾问来说，旱季的拉锯战使他们对越军和法军的

---

[1]（越）武元甲：《走向奠边府之路》，越南人民军出版社1999年版，文庄对其中中越关系部分作了翻译。引自文庄：《武元甲将军谈中国军援和中国顾问在越南》，载《东南亚纵横》2003年第3期。

作战能力，以及自己的顾问职责都有了更为全面的认识，意识到了抗法战争的艰巨性和长期性，使他们在异国的战争面前变得冷静起来。由此可以看到，红河三角洲边缘的三次战役虽然有其不尽如人意之处，但它毕竟为后续的重大战役铺设了道路。伴随着雨季豪雨而来的是越军的整训，越法双方都已经看到，日后的战役规模将越来越大。

第 14 章

平原对峙
拉上了雨幕

雨季整训

雨季中的印度支那战场是平静的,直到1951年9月底,越法双方主力都按兵不动,各自秣马厉兵,等待下一个旱季的到来。

雨季里,越军组建了更多的正规军。1951年年初,中国军事顾问团协助越南总军委起草了《建设主力部队方案》,编制了装备计划。在越军已编成第308、第312、第304师的基础上,1951年5月,由中国提供武器装备,越军组建了第320师和第316师两个步兵师。文进勇任第320师师长,主要活动在红河三角洲南部边缘,伺机向红河三角洲腹地渗透;第316师是在原第174独立团基础上组建的,是由越南总军委直接掌握的又一个战略机动师,黎广波任师长,朱辉珉任政委。同时,越军组建了拥有两个榴弹炮团、一个山炮团和一个工兵团的第351工炮师,师首长范玉茂,窦金波担任该师顾问。第351工炮师组建后,两个榴弹炮团分批进入中国境内接受装备和训练。至此,在短短的一年里,胡志明的领导下已经有了五个步兵师和一个炮兵师的正规军。这六个师,以及于1951年年底在越南中部战场组建的第325师,构成了越南抗法战争中决定战局的基本军事力量。

为提高越军正规化的水平,由梅嘉生主持,军事顾问团为越军起草了《战斗条令》《队列条令》和《内务条令》,经越军总军委讨论通过后颁发全军执行。

这段时间韦国清身体不好。在3月间的东北战役期间,韦国清日夜思考作战问题,突有一日天旋地转,头痛剧烈,卧床休息时忍不住呻吟。随行军医不能确诊,不敢下药,只得紧急电招军事顾问团首席军医林均才前来。林医生赶到后确诊为用脑过度,导致大脑皮层失调,及时用镇静剂,使韦国清安睡了一夜，症状才大大缓解。但此后韦国清头痛头晕病时发，深感痛苦。

雨季到来后战事已缓，韦国清向中共中央军委要求回国述职和治病，得到批准后于1951年7月上旬回国治疗。他回国后告诉许其倧，有一次他在越北根据地呕吐，吐得很厉害，难受极了，站都站不起来。

韦国清回国期间，梅嘉生主持军事顾问团日常事务，帮助越军举办了多次军事干部短期集训班，并组织各主力师进行军事整训。训练大纲和教材均由军事顾问团主持编写。

这次雨季整训主要以战术训练为重点，帮助越军指战员总结以往战役、战斗的经验，着重解决夜战、近战、防空和防炮的战术和技术问题。当年秋，梅嘉生也回国治病，军事顾问团由罗贵波、邓逸凡主持。8月21日至30日，接受中国顾问团建议，越军总军委召开了全军第一次宣传教育工作会议，制定了政治教育制度，这也是越军第一次进行全军规模的思想整训。

在越北山林里，越军积极地治疗伤员、补充装备，一批批基层指挥员被送往中国云南和广西接受训练。在云南滇中地区的宜良凤鸣村，由黎铁雄任校长、陈子平任政委的越南陆军学校早在1950年8月就在一湾碧水的程海边开课了。在云南当地，这所军校的对外称呼为"云南军区特科学校"，第一任中国顾问是张兴华。从当年起至1954年6月，这所"特科学校"训练了来自越南的8期学员，共8000余人。[1]

塔西尼访美商议扩大援助规模

越军积极备战，塔西尼也没有闲着。

中国军事顾问在协助越盟作战，对这个情报塔西尼早就坚信不疑。但是，中国顾问由哪些人组成？在越军哪些级别上工作？他们的到来使越军在战略、战役，以及战术上发生了哪些变化？如此等等，对塔西尼始终是个谜。他深感气愤的是，直到他最后离开越南，手下的情报部门也未能提供关于中国顾问的确切情报。

---

[1] 1989年9月28日，作者在济南访问当年任职"特科学校"的马达卫。

塔西尼意识到，即使在红河三角洲地区，如果一味死守，最终还是逃不脱溃败的结局。要从根本上扭转战局，必须仰仗进攻。宁平战役的硝烟刚刚散去，他就在为下一次战役做准备了。

在雨季里，法军集中兵力，在红河三角洲反复清剿，意在摧毁渗入三角洲建立游击区的越军，巩固防御体系。战至10月初，塔西尼摧毁了红河三角洲内将近90%越盟游击根据地，稳住了阵脚。

塔西尼认为，下一步就该轮到他实施反击了。1951年9月中旬，为争取更多的美国军援，因失去儿子而臂缠黑纱的塔西尼访问美国。他于14日到达华盛顿的当天就先后会见了美国总统杜鲁门和国务卿艾奇逊。

这天中午见到杜鲁门，塔西尼阐述了自己的重要观点："对美国来说，印度支那战争和朝鲜战争是同一场战争，都是为了防止苏联的势力向亚洲渗透，所以美国应该更加积极地援助法国。"

杜鲁门明确表示了美国将支持法国远征军的意向，他说："我们不能让印度支那落到敌人手里去。"[1]

下午，塔西尼和艾奇逊进行了实质性会谈。塔西尼对艾奇逊说，如果没有中国援助的话，他有可能在一两年内打垮越军，但是现在这话就很难说了。他对艾奇逊说，在越南对面的中国边境地区，大约有六至八个师，约12万装备精良、训练有素的中国军队随时可以奉命入越作战，如果这样的话，"可能造成灾难性的结果"。可是塔西尼又说，他估计中国军队暂时不会进入越南境内作战，这使他有可能抢先击败越军。

艾奇逊告诉塔西尼，他对印度支那的军事形势并不怎么清楚，但是美国会向塔西尼的部队提供军事后勤援助，细节问题可以到五角大楼去谈。艾奇逊接着谈到了朝鲜战争和印度支那战争的相互关系，他告诉塔西尼，朝鲜战争已经出现了长期化的苗头，一时打不完。这场战争直接影响着美国的印度支那政策。

1951年9月20日，在五角大楼，塔西尼和美国国防部副部长劳微特会谈。塔西尼告诉劳微特，第二次世界大战结束后他曾和苏联的朱可夫元帅会晤，朱可夫对他说，苏联要等15年时间才能打下一场战争，因为苏联在这次世界大战中青年人的伤亡太大了。塔西尼对劳微特说，这就是一个机会，"美国现在就该

---

[1] Gareth Porter, *Vietnam: A History in Documents* (New York, 1979), p.371.

决定要不要亚洲。要，就必须给我援助"。

劳微特说，美国会帮助塔西尼，但是国会还没有批准1952年度的军事预算。另外，"从某种意义上说，你们的战争舞台也是美国的，但是美国的战争舞台不止一个"。

塔西尼打断了劳微特的话，说，昨天晚上他看到了美国国务院的文件，文件上说了，要给予印度支那法国远征军以援助。塔西尼说，这种援助是重要的。在今年5月，法军对越军作战已经取得了战术成果，但法军的弹药也打得差不多了。当法军在宁平击退越军进攻以后，本来出现了一个很好的反击机会，但是法军的大炮只剩下6000来发炮弹了，实在无力实施反击，未能扩大战果。塔西尼说："部下一定抱怨说，这是因为塔西尼失去了儿子而缺乏进攻精神。可是我怎么能把真相说出来呢？"

劳微特说，美国将尽力使塔西尼满意，但是不能认为所有要求都会满足，因为美国对朝鲜战争的重视毕竟要高于印度支那。

塔西尼不满意了，说："如果你失去了朝鲜，并不会失去整个亚洲；可要是失去了印度支那，亚洲就必失无疑。越南北部是东南亚的关键地区，如果失去了东南亚，印度支那也会像一堆干柴那样烧起来。"

紧张访问了一番，塔西尼没有使美方全面接受他的观点，但在催促美国扩大军援规模、加快军援速度上取得了成果。美军参谋长联席会议主席柯林斯认同塔西尼的看法，1951年上半年，出于种种原因，美国没有完成预定的对印度支那军援计划。在下半年，美国要加紧援助塔西尼。

果然，从塔西尼访美当月到1952年2月的半年中，印度支那法军从美国总共收到了13万吨武器装备，其中包括5300万发子弹和炮弹、650辆装甲车、200架直升机、1.4万挺（门）自动武器。[1]

1951年9月25日，塔西尼结束访美回到法国，在巴黎稍作停顿，即于10月19日返回西贡。

不久，塔西尼认为形势转而对法军有利了。首先是法军在印度支那的总兵力已经从1950年12月的23.9万人（其中欧非军11.7万人）增加到1951年12月的33.3万人（其中欧非军12.3万人）；第二，在1951年上半年的三次战役中法军在

---

[1] Ronald H. Spector, *Advice and Support: The Early Years 1940—1960*（Washington D.C., 1983）.

战术上占了优势，已经从一连串的失败中振作了起来。从政治角度来看，法军现在需要打一个像样子的进攻战。如果打得好，一来可以向法国国会表明印度支那局势还在法军掌控之中，这将有助于国会对战争预算的批准；二是可以向美国表明，印度支那法军仍然有战斗力，值得继续予以援助。

在此之前，塔西尼日益感觉到，美国将军们对印度支那战局的发展越来越缺乏信心，但如果法军没有美国军援的话，这场战争无论如何也是打不下去的。塔西尼私下透露过，打到最后，印度支那的结局可能会以谈判来告终。如果下一次战役打好了，会给法国带来谈判桌上的有利态势。

义路之战与和平战役

制订作战计划的时候，塔西尼认为最终的抉择应该有两个最基本的条件。一是有一定的政治战略意义，二是作战远端距离不能太远，要便于法军空军和舰队装备的支援，法军出击的最远点应在塔西尼防线以外40公里到48公里之间。这样，就有三个打击目标可供选择。一是南出红河三角洲，扫荡塔西尼防线以南大约50公里的清化。那里靠近北部湾，是越军控制下的著名产粮区。二是进攻太原，那里是越军最稳固的中心根据地城镇，占领了那里就能够直接威胁对手的最高首脑机关，以及一些小型军工厂。不过太原也是最难打的地方，法军已在那个方向失败过多次。第三个打击目标就是和平了。

和平是越南和平省的省会，位于河内以西偏南大约70公里，距离塔西尼防线西端大约40公里，是芒族聚居区，也是越军在国土蜂腰部北部根据地通往西部和北部的交通要道，6号公路可通达这里。如果占领了和平，就可以切断越军第3联区与中央根据地的联系。从军事地形上说，和平正北，黑水河南北垂直而下，江中可通小型舰艇，江西是群山，江东是逐渐平缓的丘陵。在和平以东，就是东西向的6号公路。法军如果占领了和平，有可能巩固黑水河以东、6号公路以北的三角地带。要是沿黑水河和6号公路构筑起坚固的可以相互支援的堡垒，就有可能使塔西尼防线向前推出，使红河三角洲得到稳固。经过再三权衡，塔西尼决定进占和平。

塔西尼认为越军的后勤保障能力薄弱。他通过计算发现，越军每进行一次战役进攻，都需要两个月左右建立后勤基地。例如，从边界战役到红河中游战役是两个月，再到东北战役是两个半月，从那以后到发动宁平战役又是两个月。如果战役时间长于一个半月，越军就可能因为后勤接济不上而退兵。因此，他决心把这个战役延续得长一些。在研究最新战报的时候，塔西尼感到有些惊异的是，越军居然抢先一步动手了，而且把作战位置选在了他最不愿意的西北方向。

1951年9月中旬，按照武元甲的命令，黎仲迅率第312师向越南西北方向开进，向西北地区的门户义路发起攻击。武元甲的意图是，使用一个师打开西北地区的大门，歼灭敌人部分有生力量，为5—6月间参加宁平战役的部队继续休整赢得时间，为尔后的进军铺平道路。根据作战计划，越南地方政府从四个省紧急抽调了5000余民工为第312师运送粮食和弹药。

9月23日，第312师各团在富寿境内渡过红河，翻山越岭向义路前进。29日，第312师从三面包围了义路。10月2日傍晚，第312师以两个团向义路——泰族聚居的城镇——发起攻击。越军初战不顺手，进攻部队意外地遭受当地泰族武装的抵抗，一连两个晚上没有打下来。

此时塔西尼正在美国，他的副司令沙朗将军得知义路战斗打响后决心立即增援。鉴于义路在河内以西145公里之外，沙朗命令使用空降兵打退越军。10月3日午后，法军向义路西北19公里处的嘉会空投了两个伞兵营，对越军第209团侧后展开攻击。次日，法军又向那里空投了两个营的兵力。越军攻坚不利，发现腹背受敌，于10月10日结束战斗撤回越北根据地。

规模并不大的义路战斗引起了塔西尼的警觉，他特别担心越军主力西移，开辟新的战区。一旦判断出越军主力又重新集结在越北，塔西尼就大动干戈了，命令实施和平战役计划。

1951年11月14日，法军向和平空投了3个伞兵营，克服了越军的轻微抵抗后占领和平。此后两天，在沙朗将军指挥下，15个营的法军顺利地占领了预定的"三角地带"。得手后的法军立即抢修公路，并动用了20艘小型登陆艇沿黑水河而下，开通航道，向和平城里的法军运送给养。这些军事行动都没有遇到越军的激烈抗击，沙朗判断，越军主力部队不在当地，因此拼命巩固新占领的地区，意在吸引越军主力前来，寻机消灭之。

越军根据地被打进了一个楔子，严峻的局面使越军总军委领导人顿时冷静了下来。武元甲邀请罗贵波和邓逸凡会商军事对策。此时正值韦国清和梅嘉生都回国去了，罗贵波是总负责。双方研究后认为，法军大举进攻固然带来不少困难，但是敌人把大批战略机动力量集中使用于新占领的和平及其以北、以东广大地区，维护新的交通线，增加了越军消灭法军有生力量的机会；法军抽空了战略预备队，也使得红河三角洲心脏地区显得空虚了，这是越军施展平原游击战的好机会。罗贵波进一步提出，如果和平正面战场和平原敌后战场两相配合得好，法军不难被赶走和消灭。他建议越方将一部分主力部队派往红河三角洲敌后，在那里恢复游击区，打击法军和保大军。他在会商中介绍了中国军队在开展敌后武装斗争中的主要经验，胡志明和武元甲表示愿意采纳罗贵波的意见。

邓逸凡请示了中共中央军委后向越方建议，越军应组织中小规模的运动战，并积极开展游击战，最好避开法军的锋芒，从侧后加以骚扰、打击，消耗法军的有生力量。越中双方都判断出，法军意在和平地区寻找战机与越军决战。罗贵波进一步提出，越军可以用两个师的兵力插入敌后进行广泛的游击战，着力于恢复那里的游击根据地。

越方认为罗贵波的建议十分中肯，最终全部接受了。以至于数年之后，罗贵波调回国内就任外交部副部长之际，越南劳动党中央特地为罗贵波做了一个鉴定，报告中共中央，其中特意说道，罗贵波在和平战役时曾向越方提出过一个非常有价值的意见，对夺取战役胜利起到了积极的作用。[1]

宁平战役后，越军第304师营以上军官会餐庆祝胜利。中间站立者为第304师顾问朱鹤云

会商后，越南劳动党中央和越军总军委决定在和平地区挑战法军。11月下旬，越军成立和平战役指挥部，制订出"和平战役"计划，调集第308、第304、第312师三个主力步兵师和新建的第351工

---

[1] 1993年1月28日，作者在北京访问王振华。

炮师大部分兵力进入和平战区，与法军的前线机动力量作战。以第320和第316师渗入红河三角洲平原地区，在敌后开展游击战。具体方案是，第316师在河内正北方向的塔西尼防线一带作战，伺机渗透塔西尼防线南下，直接向河内施加压力。而由文进勇任师长兼政委的第320师，则从半年前宁平战役时的出发位置前出，再次越过带江，打到红河三角洲腹地去，从南面威胁河内。

越军总军委决定发起和平战役之时，中国军事顾问团正在进行集中整训，由于韦国清、梅嘉生不在，邓逸凡经请示后指示军事顾问团继续集中整训。因此，在和平战役中中国军事顾问没有到前线协助指挥，该役成为边界战役之后由越方独立进行的唯一一次重大战役。尽管如此，中国军事顾问团负责人仍和越军总军委保持密切联系，掌握战役的进展情况，提出自己的建议。[1]

越军总司令注意到："这一战役将没有顾问参加。他们担心，如果我们继续投入大规模作战遇到困难，他们负有责任。这是我们在指导作战过程中必须注意的正当担忧。"[2]

和平战役中的相持

越法两军主力于1951年11月10日开始作战。黎仲迅、陈度指挥的第312师于当晚以两个团兵力，向黑水河西岸法军新占领的修武发动进攻。

修武位于和平以北30公里处，是黑水河航道的关键支撑点，由法军的两个摩洛哥连驻守。守军在那里部署了三个可以相互支援的火力点，并有设在黑水河东岸的12门大炮火力支援。越军担任主攻的第209团不顾牺牲，冒着法军的连续炮击，越过雷区和铁丝网，一波一波地向法军冲锋。激战5小时后，遭受重创的摩洛哥士兵被赶到了江心的一个小岛上。付出了400人伤亡的第312师没有渡水继续攻击，炸毁了法军在黑水河西岸的已设阵地后主动撤出战斗。

法军指挥官惊奇地发现，越军的战术发生了重大变化。越军不再像过去那

---

[1] 1990年6月15—16日，作者在广州访问邓逸凡。
[2] （越）武元甲：《走向奠边府之路》，越南人民军出版社1999年版，文庄对其中中越关系部分作了翻译。引自文庄：《武元甲将军谈中国军援和中国顾问在越南》，载《东南亚纵横》2003年第3期。

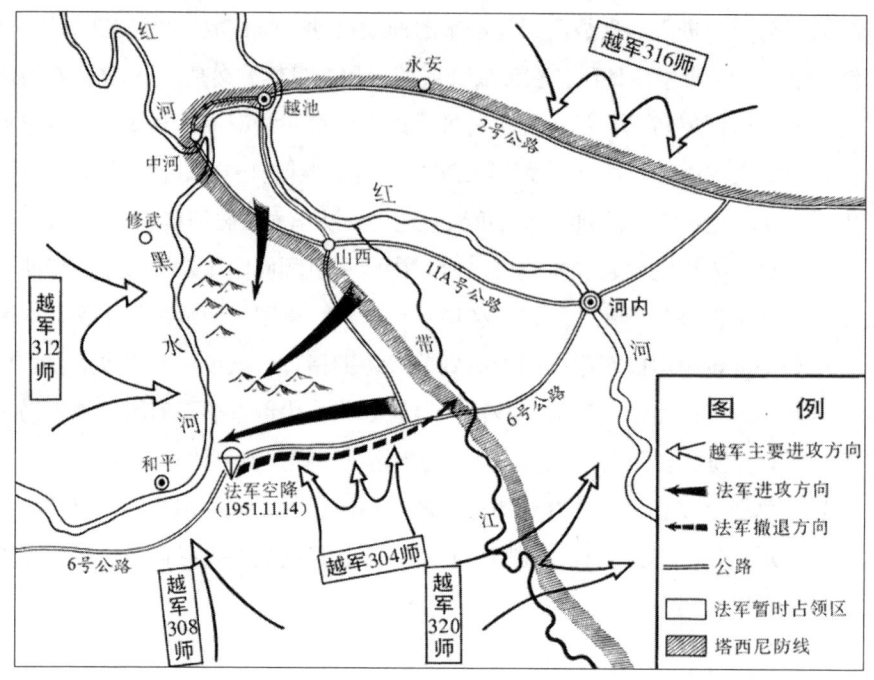

1951年11月14日至1952年2月23日，和平战役示意图

样对被围困之敌死死进攻，而是更着意于自己战术意图的实现，和过去相比，他们在战场上进退自如得多了。

与第312师的进攻相配合，范玉茂指挥的第351工炮师炮兵随即进至黑水河边设伏，打击法军江河舰船。在黑水河上的拉锯战反反复复，一直持续到1951年年底。

由黄明草、黎掌指挥的第304师主要从南向北，对6号公路沿线的法军施加压力。第304师在6号公路上连连设伏，打击了法军运输队。

文进勇指挥第320师转战敌后，成功地越过带江，在红河三角洲里分兵活动，四处游击，对河内形成了威胁。

在严酷的战斗中，越法双方都付出了颇为重大的伤亡，法军依靠优势的装备才抵挡住了越军的三面进攻。

然而，和平战役一开始，法军方面就出现了不祥之兆。战斗刚刚拉开序幕，塔西尼病情恶化，再也坚持不下去了。他患了癌症，此时病入膏肓，终于明白自己看不到和平战役的结局了。11月20日，塔西尼向副司令沙朗移交了指挥权，飞回巴黎就医。

在和平战役期间，罗贵波也回到北京，向刘少奇、聂荣臻等人汇报越南战局。鉴于韦国清已经返回国内，在越南的两个顾问团需要加强协调，中共中央决定将两个顾问团合并。代总参谋长聂荣臻于1951年12月5日致信军委主席毛泽东，向他汇报说：

> 驻越顾问团的组织领导及有关问题，曾召集王稼祥、杨尚昆、罗贵波、梅嘉生研究，均同意将罗贵波、韦国清所率干部组成顾问总团，以罗贵波为总顾问（团长）统一领导。为照顾战争情况，需设一副总顾问（副团长）专门领导军事工作，人选问题待批准后会商有关部门解决。韦国清因身体关系很难再去。另，尔后越方请求援助事项，应通过罗贵波，由罗转呈中央并提出意见，然后由中央解决。越地方政府、党委不得直接向我滇、桂边境省委提出援助请求。
>
> 上述两点批准后，需以中央名义电越中央。其他问题都已解决。现将记录一份呈上，请一并指示，以便遵办。
>
> 聂荣臻
> 1951年12月5日[1]

次日，毛泽东批示"照办"。

至此，在越南战场上的中国政治、军事两大顾问团在和平战役中合二为一，统一协调对越南的援助。在北京，解放军总参谋部开始考虑，如果越南战场需要，将从朝鲜战场抽调有经验的军官前往越南参加顾问工作。

罗贵波在北京期间，胡志明也秘密赶来，向毛泽东、刘少奇、周恩来和朱德介绍越南的战争情况，商讨中国继续援助越南的诸多事宜。

罗贵波回忆说，在一次交谈中，胡志明友善地向毛泽东提出，越南党的政治局要求罗贵波在列席政治局会议时多提意见，可是罗贵波太谨慎，总是发言不多。希望中共中央，特别是毛泽东主席给罗贵波指示，让他在越南的政治局会议上多发言。

毛泽东回答："我们同意，但是他向你们所提的意见或建议仅供你们参

---

[1] 依据梅嘉生将军保存的赴越军事顾问团文件。

考，你们认为他提得对，就采纳，不对，就不采纳，由你们自己决定。"

胡志明说："我和越南同志从你们的行动中感受到，（你们）对我们帮助的真心实意。"

在这次会谈后，毛泽东、刘少奇、朱德留胡志明就餐，周恩来因事告退，罗贵波留下作陪。

席间上了辣椒。毛泽东、刘少奇、朱德皆能食辣，胡志明亦然。用餐者对辣椒兴致甚浓，彼此介绍体会和各地食辣趣闻。胡志明高兴地谈起了越南的"朝天椒"："我们越南人也喜欢吃辣椒，我们那里的辣椒长得跟中国的辣椒不大一样，像小树，有一两米高，小小的辣椒朝天长着，吃起来可真辣……"胡志明介绍说，把这种辣椒放在鱼露里，再加上一点柠檬，味道很好。

毛泽东说："我们吃辣椒成习惯可不是因为乡土习俗养成的习惯，那是1932年到1934年，中央苏区遭受国民党经济封锁，根本吃不上盐。为了搞到一点食盐，我们不少同志花了很大代价，甚至牺牲了自己的生命，那时候可真艰苦啊！没有盐，下饭才难呢！我和大家一样用辣椒代替盐，用没有盐的辣椒下饭，可算是好菜呀！"

餐后送走胡志明，毛泽东、刘少奇、朱德留住罗贵波，继续谈了一会儿。

毛泽东对罗贵波说："胡志明同志要你参加他们政治局会议时，对他们各方面的工作多提意见，多给以帮助。你可以提，但是不论是提意见或提建议，都要说明仅供他们参考。你要注意调查研究，不能主观，要从越南的实际出发，结合中国的经验，不可生搬硬套。提意见或提建议都要慎重，要考虑好，要准备好，要认真负责。帮助人家就要帮助好，不强加于人。要十分注意尊重胡志明同志和尊重越劳中央的领导。不能有钦差大臣的架子，尤其不能有大国主义。你持谨慎态度是对的。"

刘少奇、朱德也对罗贵波说，工作中要注意，不要超越工作范围，重要的问题，事前事后都要及时汇报。

提到钦差大臣，毛泽东想起了往事，他再次向罗贵波提到了李德："长征前你在中央苏区，应该知道李德此人吧？"

"是的，我知道李德。"罗贵波回答。

毛泽东说："李德是德国人，苏联十月革命时期他在苏联红军中立过战功，颇受斯大林赏识，把他派驻中国共产党，后来到中央苏区做军事顾问。不久，他掌握了中国工农红军的指挥权，给中国革命事业造成重大损失。李德不了解中国的国情，也不了解中国工农红军的情况，不做调查研究，听不得不同意见，生搬硬套在苏联有效而在中国行不通的战略战术，打着共产国际的旗号到处吓唬人。包办代替，盛气凌人，指手画脚，强加于人，像个钦差大臣。李德和博古等人在军事上实行了一系列错误的战略战术，使我们吃尽了苦头，付出了惨重的血的代价。"

毛泽东继续对罗贵波说："你在越南工作，一定要切记李德在中国的教训。要向顾问团的全体同志讲这个教训，让大家记住这个深刻的教训。告诉顾问们，帮助人家不能照搬我们原有的办法，生搬硬套。帮助人家要帮助得好，只凭主观愿望是行不通的，要根据实际情况才能帮助好。要有老实谨慎的态度，少讲我们是怎样'过五关斩六将'，多介绍我们是怎样'走麦城'的，我们也有过失败。在帮助人家过程中，要经常检讨自己的言论和行动，每天一次，三天一次，最少每周一次，来检讨我们哪些做得对，哪些不对。"[1]

这一次，罗贵波在北京停留的时间不长。1951年12月18日，罗贵波接受毛泽东、刘少奇的指示后返回越南。

1952年1月5日，回到了越南中央根据地的罗贵波向胡志明等越南领导人转达了毛泽东等中国领导人对于亚洲战略态势的看法。

罗贵波转述说，毛泽东主席认为，越南战场要靠越南劳动党领导的军队来打，如果美军敢于开入越南，如果越南人民有要求，或法、美等敢于冒险侵犯中国领土，中国就有可能出志愿军进入越南协助越南人民作战。而目前，中国是不能先一步把军队开进越南的，因为这样对越南不利，对中国也不利。

对越南的援助，就目前中国的能力来说，只能集中在这样几个方面：

一、援助武器弹药，装备越南军队。

二、派遣顾问进入越南协助进行各方面的工作。

三、在财政上帮助越南一部分，以解决越方的困难。

罗贵波特意向越南领导人提出，毛泽东、刘少奇等中国领导人提请越南方面："注意解放老挝，这将在战略上有价值，目前又是敌人力量最薄弱的地方。"

---

[1] 罗贵波：《无产阶级国际主义的光辉典范——忆毛泽东和援越抗法》，见《缅怀毛泽东》（上），第293—296页，中央文献出版社1993年版。

如果美国不打到苏联和中国，第三次世界大战就打不起来。[1]

和平战役的积极意义

　　和平战役发展至1951年年底，在越法双方都有很大消耗的情况下，战局开始向不利于法军的方向发展。和平法军的水路供给线几乎全部暴露在越军的攻击下，黑水河西岸的法军陷于孤立。1952年1月初，沙朗经一番思量，决定撤出黑水河西岸，放弃黑水河航运线。

　　就在法军撤退的时候，1月7日夜间，越军第308师的第102团对和平以北六公里处6号公路上的飘村据点发动进攻。在一昼夜战斗中，越军重创防守的法军外籍军一个营，全歼其中的一个连。越军自己也有700余人伤亡。同一天晚上，第308师的第36团袭击和平。由40人组成的一支步兵小分队插入和平机场附近，以突然的火力，消灭了一个装备有四门105榴弹炮的法军炮群。

　　1952年1月12日，越军成功地以猛烈炮火伏击了法军船队，一举击沉6艘军舰，击伤多艘。

　　在黑水河上的枪炮声渐渐平静之后，主战场移到了6号公路沿线。越军炮兵开始占领和平四周的山头，架起大炮轰击法军机场。到1月中旬，法军共有6架直升机被击毁。更使法军惊恐的是，越军中出现了对空射击武器。越军的高射机枪使得法军飞机不敢再像过去那样在机场上空来去自由。据守和平的法军失去了黑水河航道，频频受到袭扰的6号公路难以承担起保证和平前线给养的重任，法军败局已定。

　　沙朗为肃清6号公路两边的越军进行了最后一次努力，于1月18—19日使用了12个步兵营、3个炮兵群沿6号公路从春和向和平方向实施扫荡。但是，法军每前进一步都需要付出惨重的代价。

　　已经钻进红河三角洲流域的第320师乘沙朗后方空虚，不断袭扰平原的法军小据点，连战皆捷，迫使法军不能不从前线抽出兵力来巩固后方。沙朗终于认识到，法军没有力量孤立前出，久占和平，只能及时撤军。1952年2月初，沙朗

---

[1] 1993年1月28日，作者在北京访问王振华。

着手制订撤军计划。

这时,巴黎传来消息,已于1951年11月底回到了巴黎的塔西尼将军先一步走完了自己的人生之路,于1952年1月11日因前列腺癌去世。在临终前几小时,他被授予元帅军衔。他的去世为越军除去了一个最强劲的敌手,也给正在进行和平战役的法国远征军蒙上了一层阴影。

沙朗决定,法军在2月22日傍晚实施总撤退,采用"蛙跳"方式交替掩护,从和平撤出全部法军。

1952年2月23日,越军收复和平,历时3个月的和平战役结束。

和平战役中,越军与法军正面交战两个多月后,越军宣布取得了歼敌2.2万人(其中在敌后歼敌1.5万人)的战果,但这个数字未得到证实。越军在和平的根据地得到了巩固,还在很大程度上恢复了在红河三角洲腹地的游击区。

越军也付出了重大牺牲。越军总军委在战役总结中统计,自身战斗减员也很严重,伤亡了9213人,其中三分之一阵亡。伤亡总数中连以上干部的伤亡达926人。但是,从战役目的来说,付出了牺牲的越军毕竟取得了最后的胜利。

和平战役以越军的最后胜利而告结束,中国军事顾问团领导人向越方表示了诚挚的祝贺。但是,对越军总军委提出的歼敌数字,中国顾问们持有保留意见,在研究了和平战役战报后认为,战役总结中提出的敌方损失数字被夸大了。中国顾问们认为法军伤亡总数不会超过1万人,其中在敌后歼敌可能只有7000人,这些人主要是保大当局的乡勇自卫队成员,法军的正规军被歼人数并不多。中国顾问认为,越方公布的歼敌数字可能是根据每个战斗预计消灭敌人的数字合计出来的。

可以作为佐证的是,整个战

越南民工翻山越岭为人民军运送军需

役中缴获的敌军枪械没有超过1000支。[1]

倒是法军统帅部承认自己在和平战役中彻底失败了。30年后公开的法军档案说明，法军方面总共付出了5000余人的伤亡，但是寸土未得。

文进勇指挥的第320师在和平战役中打得最好，为改变战局做出了重大贡献。

文进勇，1917年出生于越南河东省一个普通农民家庭，上过小学。1938年，文进勇到河内一家纱厂做工，开始投身于反抗法国殖民统治的工人运动。大约在来到河内的当年，他加入了印支共。1939年文进勇被捕，此后几次出入法国殖民者的监狱。1943年他越狱成功，从事地下活动，在第二次世界大战结束前不久来到越中边界地区，参加了越南宣传解放军，活动在高平一带。抗法战争爆发后，文进勇是平原地区游击战的领导人。第320师组建后，他担任师长兼政委。

和平战役说明，越军的战斗力确实得到了提高。从越军指挥员来说，他们已经学会在战斗中去发现法军的弱点，并予以及时攻击。他们已经能有意识地避开法军的空军和江河舰队的攻击。在和平战役中，越军还第一次有组织地使用了防空武器。

越军第308师顾问王砚泉在30多年后回顾和平战役的积极意义时说，越军"在整个战役中消灭了大量敌人，瓦解了大量伪军，扩大了解放区，发展了敌后游击战争，使从北江到北宁，再到6号公路两侧，以及兴安、海阳、太平、南定、宁平等地分散的游击根据地和游击区都能相互联系了"。

王砚泉认为："历时3个月的和平战役，在越北战场上，无论是对法军还是越军，都是一个重要的转折点。法军在1951年中刚有所稳定的形势到和平战役就彻底失去了。和平战役结束后，法军一时间难以进行影响大的进攻了。越军在1951年中逐渐形成的局部不利形势，经过和平战役有了转机，尤其是平原敌后游击战又重新有了发展。"[2]

越方也认识到，和平战役的胜利并不是决定性的。由于自身的伤亡和消耗过重，旱季结束前越军已无力发展攻势。尤其是几个主力师，大量的伤员需要

---

[1] 1989年2月24日、1990年4月18日，作者在北京访问罗贵波。
[2] 1988年4—5月，作者在昆明多次访问王砚泉。

安置，需要尽快从地方部队中抽调力量弥补战斗减员。

而法军从和平撤军，缩回塔西尼防线，除了避免遭受越军的进一步沉重打击外，另有一个目的是为了集中机动兵团，对渗入平原开展游击战的越军进行围剿。1952年3月至5月，法军为消灭越军第320师和第98、第42这两个独立团，接连发动了四次大扫荡和十多次规模不等的清剿。每次大扫荡动用的兵力为12—20个营，配属有江河舰队和航空兵。

越军第320师和两个独立团进行了艰苦的战斗，部队尽量避免正面作战，多次化整为零，从法军的包围圈中渗透出去，或是强行突围。由于法军兵力不足，大部分越军都突围出来，但是越军第98团由于指挥失当，全团始终集中作战，最后被法军赶入不利地形中合围，全团蒙受重创。在红河三角洲平原的大扫荡中，法军，尤其是它的外籍军团和配属的保大军，在战斗中也损耗了一些兵员。6月以后，法军转而实施中等规模的扫荡。

越法战争依然处于相持阶段，如何打破这种相持不下的局面呢？

第 15 章

神秘的
　　亚热带丛林

胡志明称罗贵波"卧龙先生"

中国顾问都不会忘记越南的雨季，尤其是越北中央根据地群山中的雨季。阵阵绵雨熄灭了灼热的战火，雨季总是越南战场上最平静的季节，因之被称为思考的季节。和平战役之后，印度支那战场再度风平浪静，越法双方都在雨季中进行新一轮的调兵遣将。

朝鲜战场上同样出现了交战两方长期相持的趋势。

中国领导人更加明确，中方将继续援助胡志明领导的抗法战争，这种援助主要是战略和战役方针上的帮助，以及对越南正规部队进行训练和提供后勤保障。中国军队，特别是战斗部队不直接卷入印度支那战争。

进入1952年，中国顾问团在越南的工作逐渐趋于正规化，实行轮换制。从春天开始，大部分师、团一级的顾问纷纷奉调回国，由国内新选派的人员接任。中国军事顾问的规模缩小了，团一级顾问都撤销了，在越军主力师中，只在第308、第312和第316三个步兵师和第351工炮师保留顾问并设助理顾问。师级顾问也实行轮换。第308师顾问王砚泉在1952年仲春归国，进入南京高等军事学院进修。罗贵波、韦国清、梅嘉生、邓逸凡四位顾问团最高领导除外，他们将坚持到战争的最后结束。

雨季开始后，韦国清、梅嘉生先后回国休假、治病，罗贵波、邓逸凡留守越北根据地。

中国顾问团领导人，特别是罗贵波、韦国清、梅嘉生、邓逸凡，和众多越南领导人建立了良好的关系。

罗贵波和胡志明接触最多，相互了解也多。胡志明主持劳动党政治局会议的时候，总是坐在会议长桌一头的木椅上，左边是劳动党总书记长征，右边就是中国总顾问罗贵波的座位。会议室竹楼外的大树上悬挂着一段钢轨，每当法军侦察机或轰炸机飞临的时候，警卫战士会敲响钢轨。这时，胡志明会迅速宣布暂停会议，大家到室外防空，等敌机远去后再继续开会。

政治局会议通常持续较久，中午吃饭时会议桌一收拾就是餐桌。伙食为越方的最高标准，一般是两荤两素加一汤，有时餐桌上还有葡萄酒。饭后大都休息个把小时，胡志明回他自己的竹楼，其他政治局委员们就在会议室竹榻上躺一会

1952年，罗贵波在越北山区的驻地。站在小屋门前的是他的夫人李涵珍

儿。这时，罗贵波总是被安排在会议室的里间休息，以示尊重。

有一次，罗贵波腰、腿发病，重至不能起身参加劳动党中央政治局会议，只得向胡志明请假。胡志明闻知此事，马上决定把会议挪到罗贵波的驻地来开。吩咐完，他就起身向罗贵波住处走来。

在政治顾问团驻地，李涵珍首先看到胡志明主席走来，立刻进屋向罗贵波报告。正说着，胡志明已经进了屋，说："我来看望'卧龙先生'！"

罗贵波躺在顾问团会议室里的竹榻上，见胡志明到来仰身欲起，连声说："不敢当，不敢当！"胡志明见状，立刻快步上前止住罗贵波，要他不要动，还风趣地说道："现在，你真的变成'卧龙先生'了。"[1]

中国顾问照顾胡志明的生活

胡志明身边有一个很小的工作班子。1947年法军向越北中央根据地发起大规模扫荡的时候，胡志明身边的工作人员有八人，胡志明用中文为他们分别起

---

[1] 1998年5月28日，作者在北京访问李涵珍。

名叫"长""期""抗""战""一""定""胜""利",后来逐渐减少,只剩三四人。阿期[1]长期担任胡志明的贴身秘书,此外就是警卫数人。抗法战争中期以后,胡志明身边还有一位年轻的女护士,名字叫"春",负责胡志明的保健工作,大家叫她"阿春"。也许是在长期的地下工作和游击战争中养成了习惯,即使在中央根据地的办公竹楼里,胡志明有事呼唤工作人员,不叫名字或职务,而是学一声鸟叫:"咕!"值班人员即应声而至。胡志明的这个习惯,一直保持到抗法战争胜利之后他搬进河内总统府。[2]

胡志明的日常生活极其俭朴,他住的小竹楼里除了有时挂着地图外说得上四壁皆空,天气炎热时地上通常没有床,只铺一领草席而已,草席上是薄薄的被褥。至于饮食,胡志明常以普通的素食为多,有时也饮些法国葡萄酒。

紧张工作之余,胡志明喜欢在他的竹楼边开一片地,种些蔬菜。他有两首中文诗,朴素而形象地描写了他在中央根据地的日常生活:

秋 夜

筹划更深渐得闲,
秋风秋雨报秋寒。
突闻秋笛山前响,
游击归来酒未残。

无 题

山径客来花满地,
丛林军到鸟冲天。
军机国计商谈了,
携桶偕童灌菜园。

胡志明对中国顾问的生活非常关心,常常信步走到中国顾问团驻地,问这

---

[1] 阿期,即武期,20世纪70年代后任河内胡志明纪念馆馆长。
[2] 1990年2月10日,作者在北京访问文庄。另,参考了文庄发表于云南国际问题研究所编辑出版的《国际问题》1991年第1期、1992年第2期上的文章《在胡志明身边》。

1953年春节，罗贵波（后排左二）率顾问团女战士（穿淡色军装）向胡志明拜年。后排左一是胡志明的护士阿香

问那，慰问在异国工作的中国战友。

在越北根据地，中国顾问的生活标准逐渐形成制度，实行供给制。最初时，战士和班长每月津贴为5元（人民币币制改革后单位）。从1951年12月起确定为：战士和班长每月10元，排、连长15—20元，营、团长20—30元，师以上军官每月为30—40元。越方对中国军事顾问也有不少照顾，在当时条件下已是尽了努力。顾问团的伙食虽然单调，因有鸡和鸡蛋、牛奶的供应，营养不成问题。

出于不增加越方负担的考虑，中国顾问在越南期间的伙食、服装供给，除了日常菜蔬要在当地购买以外，基本上由顾问团的大本营（设在南宁的"华南工作团驻南宁办事处"）供给。这个大本营在1950年的秋天就建立起来了。

中国顾问也很关照胡志明的生活，由南宁办事处安排，中国顾问定期赠送胡志明几个铁皮桶，里面装有一些饼干、点心、炼乳、各种罐头，还有糖果、香肠等。中国顾问注意到胡志明喜爱吸烟，他吸烟的历史至少可以追溯到20世纪20年代他初到法国之时，因此就定期向他赠送中国产的"中华牌"香烟。对这个牌子的香烟和稍后中国生产的"熊猫牌"香烟，胡志明十分喜欢。这样，从中国顾问入越以后，胡志明的香烟主要由中国顾问赠送。

每逢收到这样的礼物，胡志明总要向中国顾问，特别是罗贵波反复称谢，他和罗贵波的友谊也在战争中发展起来。工作之余，胡志明也经常和罗贵波交谈，话题甚广，无所不包。胡志明甚至还谈起自己早年在中国的恋爱和婚姻经

1952年10月，在越南中央根据地的一次会议后，（右起）胡志明、罗贵波、邓逸凡、梅嘉生、韦国清等走出会议室

历。那是在大革命时期的广州，当时使用李瑞这个名字的胡志明结识了中国姑娘曾雪明，两情相爱，于1926年10月18日成婚。

没有想到1927年4月广州风云突变，国共两党分裂，李瑞于5月初为避国民党追捕突然离开广州，从此和曾雪明天各一方，一时失去联系，此后再也没有见面。

失去曾雪明在胡志明的情感世界中留下了创伤，胡志明再没有结婚，曾雪明也没有，直到他们离开这个世界。

胡志明的战友们很多次婉转地提出，希望胡志明在越南组成家庭。但每有提及此事，总被胡志明岔开。不过，到了陈赓和罗贵波面前，还有在其他几位中国顾问面前，胡志明多次坦诚地流露出对曾雪明的深深思念。[1]

对邓逸凡来说，他最熟悉的是越南劳动党政治局委员、越军总政治局主任阮志清，两人很能谈得拢。阮志清于1914年1月出生在一个贫苦农民的家庭里，3岁就成了孤儿，由亲属抚养长大。他受过初级教育，又因勤奋好学，能说比较通畅的法语。他于1937年加入印支共，此后多次被捕，出狱后又坚持反抗法国殖民统治的斗争。他最后一次被捕是在1943年，在牢狱中度过了两年，直到1945年日本战败投降才出狱。阮志清是越盟武装力量的重要领导人，军、政皆熟，威望很高，很受胡志明的器重。阮志清对中国人民怀有诚挚的感情，对中国顾问非常尊重，与

---

[1] 罗贵波、李涵珍、王砚泉、文庄都向本书作者认真地叙述此事，他们的回忆是可靠的，可共同印证。

以邓逸凡为首的政治顾问组合作得非常愉快。[1]

在越北根据地，越南劳动党和中国顾问们的关系可谓水乳交融，中国顾问团主要翻译干部文庄的经历就是一个很好的例子。

最得力的越语翻译

文庄，原名舒守训，云南鹤庆人，生于1922年。早年他在昆明上学，后来考入云南大学外语系。上大学期间，文庄积极参加了中共领导的学生运动，1946年7月入党。1947年夏临毕业时，文庄已是云南大学学生会主席，昆明学联三名负责人之一。由于身份有所暴露，地下党组织要他撤退到越南去，视情况许可在中越边境地区组织武装力量。

1947年深秋，文庄和新婚妻子叶星（原名杨月星）离开昆明，跋涉3个月进入越南老街省。在等待新任务期间，已掌握英语和法语的文庄开始学习越南语。他自己也没有想到，3个多月下来，他的越南语大有进步，使他对于熟练掌握这门新外语充满信心。

不久，文庄、叶星来到越南富寿省，见到了越南华侨委员会主任李班并在他领导下工作。1948年春天，庄田率领的滇桂黔"边纵"开入越南河阳（即河江）整训，边纵致电印支共中央，要文庄等人前去河阳到边纵工作。

李班闻讯后告诉文庄，因为工作需要，印支共中央希望来到了根据地的中国同志留在华侨工作委员会工作。不久，法军向越北大举扫荡，文庄和叶星

文庄在政治顾问团工作期间，作为越南语翻译跟范文同参加了1954年日内瓦会议。图为文庄前往日内瓦途经莫斯科留影

---

[1] 1990年6月15—16日，作者在广州访问邓逸凡。

随印支共中央撤到太原北部的中央根据地，和许实等人一起办石印的《越华亲善》报。当时侯寒江是华侨委的南方工作委员。他们向印支共中央公开自己的中共党员身份，在印支共组织中"借过组织生活"。

1948年秋，由李班安排，文庄第一次见到了胡志明，他后来回忆说：

1948年，一个深秋的下午，我得到通知去见胡志明主席。交通员带我从印支共中央华侨委员会机关出发，沿着林中小径穿行约两三公里，来到一个树荫掩映下总共只有两三户人家的岱族小村寨。我们在一幢山边小竹楼旁停下。印支共中央负责华侨工作的黄国越在木梯口迎我。脱鞋上楼进入屋内，只见一位留着东方长髯的长者席地而坐。当然，这就是我到越南后向往会见的那位传奇般的越南人民的领袖胡志明主席。

"伯伯好！"我快步上前，按越南干部的习惯向他问好。

"老弟好！"他依然盘腿坐着，伸手同我握手，态度和蔼而自然，完全不像我心目中初次晋见的外国领导人。

"你会说越语了吗？"胡志明问。

"学会一些了。"

"那好，欢迎你来越南工作。在越南工作就得懂越语。"

胡志明知道我是从云南来的，即问我认不认识云南地下党的马子卿和陈方。我说不认识。他说，1940年前后，他多次到过云南，就是同他们联系的，得到过他们许多帮助。他又问我云南近况。我就自己所知和越语表达能力所及，简单地谈了昆明一二·一学生运动以来云南人民的反饥饿、反内战、争民主、反对美国干涉等情况。有几处，我的越语说不清楚，他当即为我纠正。我讲到1947年昆明反美大游行，要求美军撤走。他说："我在云南是抗日战争时期，那里就有美军，但当时还是同盟军。"

接着，我简略汇报了华侨工作，着重说明当前越南解放区的华侨工作主要是动员华侨群众积极参加抗法战争，同时尽可能解决一些同华侨切身利益有关的问题。他说，在动员华侨抗战上，"现在基本没有问题了"。

我问他对华侨工作有何指示？

胡志明说："要继续加强华、越人民之间的团结，共同抗击法国侵略。你来越南不久，要多注意了解情况，还要努力学习越语。你学得快，但发音还不够准确，还要多多努力。"[1]

文庄的回忆颇为动情：

> 初见这位仰慕已久的越南党和人民领导人，我心情十分紧张，思想集中在考虑如何应对和如何用越语表达。然而一开始交谈，他那亲切、自然，完全不拿我当外人看待的态度，使我感到像是在同一位自己的老师谈话，拘束感很快消失。我逐渐注意到，胡志明虽然年逾半百，形容清瘦，但面色褐里透红，两眼炯炯有神。他身着深褐色的越式短上衣和宽筒裤，披一件灰绿色美军夹克，赤着双足，俨然一位当地老人。[2]

1950年冬，文庄调到罗贵波身边工作，组织关系转入中国政治顾问团。经过几年的努力，文庄熟练地掌握了越南语，成为中国顾问团最得力的越语翻译。

胡志明向中国顾问授勋

1952年的雨季里，中国政治和军事两顾问团合并，在根据地中另建了新营地。新营地启用不久胡志明即来看望。为了防空，中国顾问团驻地建在山麓密林中，营房为大树覆盖。胡志明对房顶是否暴露非常重视，在视察中指示随行的越南干部对某几处再用蕨类植物加强伪装。他还沿着房后防空壕走了一段，详细地询问防空壕是否通到了山麓。他用汉语对罗贵波说："要特别注意防空，有警报就要出来。"[3]

当时中越战友间关系之融洽，从胡志明1951年12月5日致刘少奇、周恩来的一封信中可以印证：

---

[1] 1990年2月10日，作者在北京访问文庄。
[2] 1990年2月10日，作者在北京访问文庄。
[3] 1990年2月10日，作者在北京访问文庄。另，参考了文庄发表于云南国际问题研究所编辑出版的《国际问题》1991年第1期、1992年第2期上的文章《在胡志明身边》。

少奇、恩来同志：

因十位同志返回中国的机会，我写这封信，祝你们及诸嫂诸侄健康，并向你们谈谈心事。

文武顾问[1]同志们在此很积极，帮助我们很多，有时候他们免不了感觉到一点辛苦，不是他们性急，而是因为工作发展慢。

我想把一回故事讲给你听：却说我们打胜了边界（战役），收了许多新自法国送来顶精好的面粉。我们把这胜利品分给部队。可是他们不会做西洋式的面包，也不会做中国式的水糕，他们照做大米饼的方法去做，弄成不三不四的粉泥，结果是吐之则可惜，吞之则吞不下。我乃吩咐一位女干部："你快去向中国厨师学习做最简单的馒头。学会了，你介绍其方法给弟兄们，懂了吗？"

她说"懂得"，就去了。两个钟头后，她两手捧一大盘满装着几样很漂亮的面和糕，喜形于色地说："报告伯，厨师同志教我学会了这几样，请你尝尝，看侄辈做得好不好？"……

这小故事是我们全部工作的缩影。
（1）经验缺乏，得到新的东西而不会用。
（2）干部很热心，但常不明白上级的意思，因此事事走大弯。我们负责领导者对许多问题也不甚熟悉，比方财经问题，顾问同志来到以前，我自己对它也好像"小马入丛林"！

如果用一年以前的情况来比较，则现在每事都有或大或小的进步。但一个进步来了，却发现随之而来的许多困难和缺点。

比方，军事进步了，军数增多了，就发现粮食、运输等等弱点。运输问题是代表一般的矛盾。前时我们把公路彻底破坏，现在要彻底修理。修理要很多人工

1952年9月2日，胡志明主席授予罗贵波二级"胡志明勋章"

---

[1] 文武顾问，指中国政治顾问团和军事顾问团。

（只在太原省一段共162公里，而5月份据地方干部的报告，需动员36万多天人工）。用人工多，则一面影响到增加生产，另一面多费米粮。修路和运输，则希望天公长久晴旱，而农民种田则希望大雨连绵。白天，车不能走，路不能修，因为敌机乱炸。夜里驾车修路又迟缓又浪费人力和时间。我们鼓动人民增加生产，同时我们又不得不要他们修路、抬货……

虽然困难多端，但我们具有"布"的决心，加上顾问同志们的帮忙，再加上你们随时随事的指教、批评和援助，我们自信能一步一步地克服困难，渡过难关，完成任务，争得胜利。

刘同志5月初对各问题的电示，我们自应努力遵行。黄文欢同志在中国的工作，请你们多多领导和予以不客气的批评。

我写多了，我要结束这信了。望你们也写信给我，请你两兄替我问候毛主席和中共中央诸同志。

亲爱的敬礼！

你们的丁　启
1951年12月5日[1]

此信原文如此，胡志明的心情和他的中文遣词特色可谓跃然纸上，为历史留下了一个生动写照。

1952年9月2日，越南国庆，在越北中国军事顾问团驻地举行了隆重的授勋大会，胡志明、长征、武元甲、范文同等出席了会议。

胡志明亲自向中国顾问授勋。越南劳动党中央授予罗贵波、韦国清二级"胡志明勋章"，授予梅嘉生、邓逸凡二级军功章，授予王砚泉、李文一三级军功章。其他30余名顾问和工作人员也被授予英模勋章和抗战勋章。

顾问团成员的婚事

当然，世界上没有一切都顺利的时候。1952年雨季对邓逸凡来说毕竟是有

---

[1] 引自罗贵波向作者提供的越南工作回忆录稿。

些不愉快的。入越将近两年了,他没有回国探亲和休养,原因大概在于他和妻子之间在感情上的隔阂越来越深了。这年夏天,他接连收到来信,妻子明白地告诉他,分手的时刻已经到来,一切已经无可挽回。

邓逸凡复信同意离婚,表示自己还将留在越南一段时间,在北京当办的事情,由她在北京办就是了。在雨季的越南丛林里,邓逸凡在离婚协议书上签了字。

离婚对邓逸凡难免有影响。他本来说话就不算多,在这个夏天似乎更沉默了。作者在几十年后与他谈起此事,他只是淡淡一笑说:"没什么。"不过,在自身感情生活遇到挫折之际,他非常关心部下们的生活和婚姻,只要了解到哪个顾问还没有结婚,他总是慷慨地准以假期,让年轻的顾问回国相亲。[1]

再残酷的战争也阻挡不住人类的爱情。当时,师级顾问大都有了眷属,团一级军官都很年轻,凡尚未结婚的,邓逸凡都批准回国寻结良缘。这一切自然带着那个时代鲜明的特点,回想起来每个人都感慨万分。

1989年夏天,当年的顾问团成员聂如惠深情地回忆了她的婚姻:

> 我是贵州盘县人,1930年生,抗日战争胜利后到云南昆明上高中,在学生运动高潮中,先参加"民青",又于1949年年初加入地下党,当年秋离开昆明进入滇北参加了"边纵"独立团。建国以后我来到昆明,在云南军区办的速成中学当教员。
>
> 1952年夏,周耀华从越南到昆明休假,我想一定是领导上有意安排,总之是在我们学校教务主任的家里,我们第一次见面了。周耀华是河北藁城人,比我大7岁,那年29岁。初次见面,我们彼此印象不错。
>
> 从那天以后,周耀华天天派他的警卫员给我送一封信,每天读他的信成了我的一桩大事。年轻的警卫员来得勤,信还非得送到我手里不可,不能转交。学校的协理员不知道怎么一下子不乐意了,为这事我和他吵了一次。协理员的"无情阻挠"使我和周耀华之间的感情迅速升温,距离第一次见面还不到一个月,我们就结婚了。
>
> 结婚以后,军区同意我随周耀华去越南军事顾问团,我就此成为团部

---

[1] 1990年6月15—16日,作者在广州访问邓逸凡。

的工作人员，留在顾问团团部当书记员，担负抄写和文件管理。到了越南以后，周耀华赶着参加西北战役，我和他见面的机会并不多。在越北，我工作到1953年的秋天，在又一个旱季到来之前和丈夫一起回到昆明。[1]

顾问李增福的婚姻经历比周耀华略晚些，几十年过去，他做此回忆的时候思如泉涌，几度停下话语，沉浸在悠悠往事之中：

边界战役以后不久，我和周耀华被抽调到设在中央根据地的越南陆军干部学校，给越军团、营军官们讲课，一干就是8个月。我们的驻地在太原，离越南的中央机关很近。我算得上性格开朗的人，很活跃，顾问团首长都愿意和我说上几句话。也不知是不是这个原因，和平战役以后，不少顾问回国轮换了，我一直没有动，就在太原那个小山沟里成天忙着。

到了1953年年初的一天，邓逸凡找我说："小李，人家都回家看过了，你也回家看看老人吧。"

我告诉他，我回去，恐怕连家也找不到了。1946年我离开苏北去东北，母亲赶到驻地来和我见了一面，此后全没了音讯，我打听了几次也没有打听着，只怕回去了要伤心呀！

邓逸凡说："现在国内和平了，你总有个亲戚在家乡吧，回去一打听总能有个下落，要不然，找地方政府，他们也会帮助你。还是回去看看吧。还有，要解决什么事情，也趁回去的时候一起办一办。"

听首长那么一说，我心头一动，就回了江苏沭阳县。我先找到了姨父，果然打听着了母亲的下落。原来母亲已经搬了家。

我急急忙忙赶回家，从一个破草房里先出来的是弟弟，他一见我全副戎装的样子，竟吓得缩了回去。接着是母亲出来了，一看见我，她哗哗地流泪，哭了起来。

走进小草屋，原来两个弟弟和母亲生活在一起，家里很破败，和我走的时候差不多。母亲到邻居家借来一块豆腐，我们在一起吃了晚饭。

晚上，我怎么也睡不着。心想，家乡怎么这样穷呀，可是在过去，就

---

[1] 1989年12月3日，作者在昆明访问聂如惠。

是这穷地方养活了我们新四军。第二天,我叫上警卫员,到城里买了一套家具搬回家。那时我存了一千多元钱,这在当时可是不得了的事。我还拿出一笔钱,为家里修了房子。这一下震动了我的家乡,母亲高兴得不知道说什么好。

在家住了一个月,我回到广州听候顾问团的命令,准备随时回去。在广州军区招待所住下不久,军区组织部长把我叫了去。我和他从来没有见过面,也不知道叫我做什么。他倒真痛快,开门见山地对我说:"你26岁了,还没有对象,这次回来就把这个问题解决了吧。"

我大吃一惊,不知道该怎么说才好,就回答:"我还年轻,这些年光想着打仗了,没有认真考虑婚姻问题。再说,我也不认识人呀。"

部长哈哈大笑:"不认识人没关系呀,我们给解决了。我找几份档案,你先看看吧。"

我回到招待所不一会儿,就有人送来了好几份女青年的档案,有照片有文字。当然,她们也都是军人。我挨个看了一遍,都挺好,就是我没有主意。我还琢磨,这事接下来怎么办呀?第二天部长又叫我去了,问我选中了哪一个。

我张着嘴说不出什么,想了一想,说:"都挺好,可是我谁也没有见过面呀。"

部长低头从几份档案里挑出了一份,递过来,问:"她怎么样?"

我还是不知说什么好。部长说:"既然这样,那就见见面再说吧。"

不一会儿,就有一个年轻姑娘进来了。部长介绍说:"这位就是在越南打仗的李增福同志,你们谈谈吧。"

部长这么一说,我们两个人互相看了一眼,顿时一人憋了一个大红脸,面对面坐下来,手脚都不知道该往哪里摆了。这比指挥一个营、一个团打仗难多了。

"谈谈呀。"部长直催我们,可是我们说什么呢?部长抽身走出屋子,让我们两人在一起谈几句。可是我们这两人呀,互相看了看,马上各自低下了头,过一会儿又抬头看看,到末了还是没说出话来。

一转眼,部长回来了,问:"谈得怎么样?"我别扭地说:"还没说什么呢。"

"那就说呀。"部长又催了几次。可是有他坐在跟前,我们就更说不出什么了。还是部长老练,笑一笑说:"不吭声就是没有意见啊。"他把手一挥,就像我们打仗时司令员做决定那样:"那就定了。"

定了,我的婚姻就这样定了。1953年5月,我们才见过面不过10多天光景,反正不到20天,就在广州结婚了。新婚妻子是军区报务员,山东莱阳人。幸运的是,我们结婚以后感情还真不错。但在事后想想部长大手一挥的样子,我们都有些后怕呢。这样的婚姻我们的后代大概是不会理解了,因为它只能是属于过去那个时代的。

两个月后,我回到了越南。事后一想也就明白了,中南军区怎么知道我没有结婚呢,当然是顾问团委托军区办的事。我们那个年月,有许多婚姻就是这样结成的。[1]

董仁:在刘少奇催促下赴越

雨季是军事顾问轮换入越的主要时节,一批新的师、团级军官披着雨雾踏进越北群山。归国后曾担任军事博物馆副馆长的董仁和夫人赵玉珍充满感情地回忆了那段经历。董仁回忆说:

1952年6月,我任第44军第131师参谋长,正在武汉的中南军区高级研究班学习。下旬的一天,天下着大雨,班主任宁学文突然找我谈话,开门见山地说,中南军区要在我们班抽调一个干部去越南,到中国军事顾问团担任顾问,帮助越南进行抗法战争。现在就决定你去。

我一点也没有思想准备,说:"为什么要我去啊?韩怀智[2]去不好吗?他比我年轻。"

宁学文摇摇头,说:"已经决定了,你就快走吧,现在吉普车正在门外等着你呢,快去军区干部部报到吧。"

---

[1] 1989年11—12月,作者在昆明多次访问李增福。
[2] 韩怀智后任解放军副总参谋长。

一听说已经决定了，我立即表示服从命令，马上赶到了军区干部部。我跨进干部部的大门，干部部部长第一句话就对我说："调你去越南当军事顾问，现在一切都准备好了，车票也为你买好了，你今天晚上就乘火车去北京，到中联部报到。至于家属和警卫员的问题你都不要管了。"

我说："我的部队在广州，我总要回部队去交代一下呀。"

回答是："什么都不要交代了，你的任务必须保密。"

事后我才知道，如此急如星火，是因为中南军区已经受到刘少奇副主席的批评了。我是军区报上去的第三名人选。当时对人选的要求太严了，我前面的候选人中也有一位是师参谋长，各方面条件都很好，名字报上去了，仅仅因为他妻子是华侨的女儿，有这层海外关系，就没有批下来。当第二个人选也没有批准的时候，刘少奇副主席批评了，说你们中南军区是不是有宗派情绪呀，为什么不把最好的干部送上去。于是就定下我了。

我当天就上了火车，到北京时有人接站，告诉我，一起去越南的还有几个同志，昨天刘少奇副主席已经见过他们，谈过话了，和你就不单独谈了，有关精神会很快传达的，你要尽快做好去越南的准备。

我到了北京没有几天，妻子赵玉珍也从广州抱着孩子，还带着一位警卫员到了北京。在战争年代，我接到过许多突如其来的命令，但是这次接到的命令大概是最神秘的。[1]

赵玉珍，1932年出生在吉林梨树县，1948年3月初中毕业后参加了四野，接着参加辽沈战役，从东北平原南下，一直打到广州。她和董仁是在南下的行军路上结婚的，到达广州才有了一个安定的家。对于突接命令去越南，赵玉珍回忆说，那是永远不会忘记的旅途：

老董去越南真是太突然了，我压根儿就没有想到。1952年6月底，我是师干部部的一名干事，驻军广东东莞，大女儿才11个月。因为老董去武汉学习，家里的一切就由我一手包了。大约是6月下旬的一天，我接到了老董从北京打来的一个电报，电文很简单，就是一句话："带一切物品立即来

---

[1] 1989年3月27日，作者在北京访问董仁。

京！董仁。"

奇怪，他不是在武汉吗？怎么到北京去了。我拿着电报去找师长，还以为师长知道怎么回事呢。可是师长见了电报还挺不乐意，说，这个老董，有事怎么也不跟军里、师里说一声。他告诉我，师作战科也接到了老董的一个电报，要科里挑选一名警卫和我一起到北京去。也没有说什么原因。

那还说什么呀，我立即收拾东西，大大小小七个包袱，带着警卫员就坐火车上路了。这七个包袱可把我害苦了，因为我的家刚刚安定下来，我实在舍不得扔东西呀。

我手里还抱着11个月大的女儿，从东莞到广州没有座位，从广州到北京乘火车因为走得急也没买到座位。车厢里挤得要命，连包袱都没有地方搁，七个包袱放到了三个车厢，我手里托着女儿来回走着照管。列车员见我的样子挺同情的，问我要不要补个卧铺？我是东北普通人家的女儿，参军以后是一路走到广州的，我还不知道"卧铺"是什么。列车员说："卧铺就是可以睡觉的地方。"偏偏我没有听懂列车员的南方口音，而且我也不相信这么挤的火车里还能有可以睡觉的地方，就摇了摇头。这下子，我在人堆里挤了四天四夜才到北京。等到了站走出车厢一见太阳，眼一花，差点就栽倒了。

老董来车站接我，告诉我要跟着他去越南。我直埋怨："你怎么也不在电报里把事情说个明白呀？"他告诉我，请示了，这是军事秘密，领导上不让说。

没说的，跟着他去越南吧，可是11个月的女儿不能跟着一起去，虽然还没有断奶。我只好给远在吉林梨树县的母亲发电报，请母亲来北京把女儿带回去。发走了电报，我赶紧上街去为女儿买炼乳和奶粉。

母亲上午到的北京，下午就抱着

从硝烟中走出的董仁虽然年过耄耋，但精神矍铄。图为董仁（面对镜头者）2013年参加部队活动时的照片

女儿回了吉林。我们也在同一天下午乘火车离开北京去南宁。一路上,奶水胀得我生疼,我想女儿,只能牵肠挂肚流着眼泪直到睦南关。

我们到南宁以后换乘卡车进越南,整整开了七天七夜,一路颠簸,这时候我惦念女儿的眼泪已经流完了,接上来的是因为剧烈颠簸引起的呕吐。我一路呕吐,直到大山深处的越南中央根据地,也就是顾问团驻地。战争,给女人带来的艰难是男人体会不到的。[1]

董仁在顾问团团部见到了团长罗贵波。罗贵波告诉董仁,已经决定派他去越军总军委作战局担任顾问。

董仁希望直接到前线去。他提出,自己在部队一直是作战指挥员,冲锋陷阵,做参谋工作经验不足,是不是直接去作战部队为好?罗贵波同意了董仁的请求,改派他去越军主力师第312师当顾问,接替即将回国的顾问赵永夫。董仁在作战局的顾问空缺,后来由从朝鲜战场调来的茹夫一担任。

董仁随即带领两位助理顾问来到第312师,师长黎仲迅,政委陈度热情地迎接了他。按照预定的计划,董仁立即着手训练营连排基层军官。

许法善:聆听胡志明说《孟子》

和董仁、赵玉珍一起进越南的还有许法善。1989年9月,归国后曾任国家民航总局副政委的许法善回忆了这段经历:

我是陕西神木人,1918年生,小时候读过书。1949年建国时我是西北野战军第4军政治部干部部部长,当时随军部驻守在甘肃临洮。

1952年5月底的一天,我突然接到命令,总政治部调我去越南担任"组织顾问",要我立即去北京报到。5月31日,我离开了临洮,第二天到达天水时正是六一儿童节,小孩们吵吵得很热闹。也许是要去战场了吧,我突然变得对孩子们格外留意起来,觉得他们真幸福呀。

---

[1] 1992年12月至1994年,作者在北京多次访问赵玉珍。

来到北京以后才知道，西北野战军就去我一个人。在北京，总政治部副主任王玉桓找我谈了一次话，告诉我根据在越南的我国军事顾问团来电，他们急需要人，经总政治部考虑，认为我去是比较适合的。王玉桓对我说，你长期从事组织干部工作，有许多宝贵的经验。至于具体工作，到了那里以后听从顾问团首长的安排。顾问团的工作主要由中央领导，总政也负责一些具体的指导。家属问题，适合去越南的可以去越南，不适宜去的留在南宁"华南工作团"留守处。

我们在北京很快做好了入越准备，和我一起去的共六人，是王许生（保卫顾问，从华东调来）、王宗经（通讯顾问）、李时功（后勤顾问）、周复（后勤顾问），还有潘浩（宣传顾问）。

在北京那些日子里，我们几个人一起去了总参谋部作战部，一位负责人在挂着大地图的作战室里为我们讲了越南战况。印象最深的是他讲到文进勇率领的第320师活动在红河三角地区，仗打得很艰苦，在和平战役中起的作用很大，威胁了敌人的后方。总参谋部的干部还向我们介绍，越南的雨季很长，从4月持续到11月，约半年时间。一到雨季，双方都是易守难攻，所以越南人民军总是在旱季集中力量打一两个战役，歼灭敌人一批有生力量，然后在雨季整顿部队。

出发前，刘少奇会见了我们，在座的有中联部部长王稼祥，还有中联部负责此事的处长李起兴等几个人。那天天气很热，刘少奇请我们吃了冰激凌。

刘少奇说，我们已经赢得了革命的胜利，但是越南还没有，那里的战争还相当激烈。越南人民经过自己的奋斗，一定可以取得这场战争的胜利，如果有我们的援助，他们的胜利就可以来得更快些。如果越南解放了，我们漫长的中越边境线也就安宁了。所以我们应该援助越南这样的正在夺取革命战争胜利的国家。

中国顾问去那里是为了支援越南，另一方面也是为了我们国家自己的利益。现在我们正在抗美援朝，有几十万志愿军在朝鲜。派你们去越南，总共百八十人，你们算算看，是派你们百八十人去合算，还是派至少十几万大军去守中越边境线合算？

我们异口同声地说，还是派我们百八十人好。

刘少奇说，那你们愿意去不愿意去？如果不愿意去，现在提出来是可以的，我们将另行选派别的同志。当然，选派你们去是因为你们合适，所以让你们都到北京来了。

我们又回答，我们愿意去，决不辜负组织上的信任。

刘少奇说，现在越南还很艰苦，还处于战争状态。我们虽然也艰苦，毕竟已经处于和平时期。现在既然派你们去，就对你们抱有希望，你们要和法国殖民主义军队打仗，要把他们赶到海里去，要把战线推到越南的中部或南部去。

刘少奇对我们说，战争是要死人的，你们要有牺牲精神，在越南牺牲是光荣的，牺牲在越南也是为了保卫自己。

我们表示，我们都是参加革命多年的干部了，我们从参加革命那天起，就准备着为革命献身，请中央放心。

刘少奇特别强调："你们去一定要和越南同志搞好关系。我们是援助越南反击帝国主义侵略，我们和越南是兄弟关系。我们解放得早一点，积累了一些经验，但是一定要谦虚，对越南同志特别要尊重，这是很重要的。工作搞得怎样还是一个尽力而为的问题，和越南同志的关系搞得怎样可是个大问题。你们去了一定要尊重越南的风俗习惯。越南的风俗习惯和我们差不多，但还是有差别，我们要按人家的来。"

谈到最后，刘少奇幽默起来，说，你们去了越南，认识了越南的女同志，如果有了感情，可以结婚。如果人家愿意，可以带回中国来，但是一定要讲道德，不能半途甩了人家。

和刘少奇谈话后不久，我们六人一起乘火车离开北京。这时我们的同伴中又多了一对夫妇，他们是从南方赶来的董仁和赵玉珍。我们一起坐火车到了南宁，在南宁稍事停留，又到广西凭祥与在那里的越方办事处取得了联系，在那里停留一天后坐汽车乘黑夜进入越南。这时是7月盛暑中的一天，时当拂晓，只觉得越南到处是山，村庄和人烟稀少。

几天后到达军事顾问团驻地，团长罗贵波见到我们，即告诉我们说，你们的工作都已经安排好了。我被分配到越军总政治局组织局当顾问，和组织局局长阮仲一起工作。他后来当了越南驻中国大使。

罗贵波在和我们见面时就吩咐说："我们顾问的工作主要是提意见、

提建议,最后还是要由越南同志来做决定。这是一条原则,大家要注意。"

大约是我们到达顾问团的第二天吧,胡志明来看望我们。他来到罗贵波的办公室,请我们去。胡志明非常热情,一个一个地问我们的情况。问完了,他问我们大家:"顾问同志们读过'四书'没有?"

我们有的人说没读过,有的人说读过。我对第一次见面的胡志明说:"我小时候读过。"

胡志明应声即引《孟子·梁惠王》中的话说,诸公"不远千里而来,亦将有以利吾国乎"?他引用中国古语再次表示对我们的欢迎,我深为胡志明对中国古典文化的熟悉而吃惊。

我在越南安顿下来以后,主要协助越军进行组织工作。我起草了《支部工作纲要》,组织轮训师、团的党组织书记,以后又轮训了党支部委员,还办了两期训练班,轮训营以上干部。我还在部队中搞了三查,查斗志、工作、思想,营以上干部每个人都进行了批评和自我批评。越军干部的轮训有成效,有的干部在"三查"中痛哭流涕,悔恨自己以往的工作没有做好。而这一切,都是为即将进行的西北战役进行准备的。[1]

青山处处埋忠骨

无须讳言,在越北群山丛林中度过的战争岁月是艰苦的。罗贵波多次向本书作者述及:在越南,顾问们的情绪虽然高昂,但对生活的艰苦,诸如水土不服等也有抱怨,大家思念祖国,希望回到胜利了的祖国工作和生活。

1952年,罗贵波有一次回国述职时向毛泽东汇报说,大多数顾问本着国际主义精神,安心在越南工作。但也有少数顾问因为越南天气炎热潮湿,蚊虫多,生活上不习惯,经常害病,打摆子,体重明显下降。加上法军飞机不断骚扰,有的顾问担心病死、战死在越南,他们希望回国工作。

毛泽东听了罗贵波的话沉吟片刻,说,白求恩是加拿大人,不远万里来中国,帮助中国人民抗击日本侵略者。他毫不利己,不惜牺牲一切,这就是国

---

[1] 1989年9月15日至月底,作者在北京访问许法善。

际主义精神。他光荣地牺牲在中国,埋葬在中国,他是一位很好的国际主义战士,我们永远缅怀他。

毛泽东转过话头说,我们有许多北方人在南方工作、战斗和生活,有的人牺牲在南方;也有许多南方人在北方工作、战斗和生活,有的人牺牲在北方。我们的顾问都是共产党员,党派他们去援越抗法,帮助越南工作,为什么不能坚持在越南工作、战斗和生活?

毛泽东随口吟出了两句诗:"青山处处埋忠骨,何必马革裹尸还。"[1]

---

[1] 罗贵波:《无产阶级国际主义的光辉典范——忆毛泽东和援越抗法》,见《缅怀毛泽东》(上),第297—298页,中央文献出版社1993年版。

第16章

兵锋指向越西北

彭德怀关注印度支那战场

热雨潇潇,将山野笼罩在一片朦胧之中,而在看似相对平和的雨帘之后,交战双方都在悄悄地积聚更大的能量。

在朝鲜战场,经过5次大战役,到1951年年底以后,战线在朝鲜半岛中部的"三八线"附近逐渐稳定,交战双方互有进退,一时都没有重大的战役行动。

志愿军司令员兼政委彭德怀于1952年4月返回北京,主持中共中央军委日常工作,从这时起,彭德怀便开始直接参与处理和印度支那战争有关的事务。[1]

彭德怀回北京不久,罗贵波回国述职。他来到中南海向彭德怀汇报印度支

担任志愿军司令员的彭德怀

那战争情况时无意间说起,越南方面还不熟悉游击战争。

彭德怀听后即说:"中国的游击战经验也是在长期的战争中逐渐积累的。"一边说着,他拿出一本小册子递给罗贵波说,这是他在抗日战争时期写的对游击战争经验的总结。彭德怀说:"这个小册子还是一本手抄本,你不妨看看,也不妨拿到越南去给越南同志看看。"罗贵波接过小册子,带到了越南。他把彭德怀写的小册子给武元甲、阮志清、黄文泰看了,几位越南的军事领导人都

---

[1] 1990年8月,作者在北京访问彭德怀秘书徐之善。另,参考王亚志的文章《抗美援朝战争中的彭德怀、聂荣臻》,载《军事史林》1994年第1期。

说很感兴趣，就把小册子留了下来，后来罗贵波也没有再要回这个小册子。[1]

1952年雨季，越北战场亦出现相持。中国顾问驻地会议不断，电波频繁，中国顾问不断提出，应将越军主力移向越南西北地区寻找战机，实现重大的战略转移，他们希望得到劳动党中央的同意。

中国顾问提出主力转向越西北

分析红河三角洲平原作战的得失，中国军事顾问团日益明确地认为，越西北是关系抗法战争全局的战略要地，为兵家所必夺。占领了西北高原，就将越北根据地连成了一片，法军难以实施战略性大扫荡，越军则可乘势先易后难，得手后再将兵锋指向平原。而且，西北的少数民族同胞会提高觉悟，热诚地支持抗法战争。越西北与中国的云南接壤，解放那里，就打开了又一条边界大道，便于中国的援助。

和平战役进行期间的1951年年底至1952年年初，中国军事顾问团拟定了《对越南北部敌我情况研究及今后的任务方针问题》和《1952年任务与方针》两份重要的专题意见书，提交越共党中央和越军总军委，明确提出了发起西北战役的建议。

中国顾问团的意见是：在整体上，印度支那战场仍然是法强越弱。法方沿红河三角洲边缘不断加强着塔西尼防线，在防线内集结主要守备和机动部队，成为战略配制上的强点。如果越军主力指向这个区域，则法军容易发挥空军、火炮和水网地带江河炮舰的兵器优势，大量消耗越军的有生力量，战斗将十分艰苦；反过来说，越南西北部的莱州、山萝、义路以及老挝上寮的丰沙里、桑怒等广大山区，是印度支那的战略要地，这里地域辽阔，山峦起伏，如果打下来加以巩固，可以成为越军的重要后方，进可攻、退可守。而法军在那里的兵力显得稀少，是明显的薄弱部位。作为合理的选择，越军主力应向西北地区发展。

和平战役的进程和结果使越中双方对于未来战略方向的意见趋于一致。

---

[1] 1990年4月18日，作者在北京访问罗贵波。

在和平战役尾声中的2月16日，罗贵波向越军总军委提出了1952年的作战方针：大力开展游击战争，辅以小规模的运动战，但不放弃有利条件下较大规模的运动战；部队则轮流进行政治、军事整训。与此同时，越军应准备条件，在雨季后将主力移向西北地区作战。

中国军事顾问团的具体建议是：雨季之前，插入敌后作战的越军第304、第316和第320师仍以作战为主，发展并巩固游击区，袭击法军的交通线和突出据点，并随时准备反扫荡，打击和牵制法军，使离开了红河三角洲边缘战场的部队顺利整训。在雨季前，第308和第312师以整训为主，但不远离敌人，即在距离敌人一两日行程的地点整训，使法军不敢抽调大量兵力扫荡已渗入塔西尼防线建立游击区的越军。进入雨季，再把第304、第316、第320这三个师撤至越北中央根据地边缘地区整训。

罗贵波同时将建议内容上报中共中央军委。报告说，将进一步建议越方，为了将作战重点移向越西北，上半年做好准备，下半年进攻山萝、莱州、义路并巩固之，再以西北为基地，准备来年进入老挝作战。

罗贵波的报告得到了批准，刘少奇还批示："帮助老挝解放，甚为重要。"[1]

罗贵波的五点意见

实际上，在和平战役结束后的一段时间内，红河三角洲敌后的形势还相当严峻。法军主力撤出和平，转而集中机动兵力在红河三角洲地区反复扫荡，意在巩固局面。越军主力在和平战役中消耗颇大，一时亦无力进行有力的反击。

武元甲接受了中国顾问的建议，越南总军委于1952年3月18日举行扩大会议，提出了本年度的三大任务：开展政治整训，坚持敌后游击战争，积极准备在9月间发起西北战役。武元甲后来指出："中国顾问对和平战役的胜利没有我们那么高的评价，但完全赞同发动西北战役，把进攻的方向转向山林地区。"[2]

---

[1] 1990—1993年，作者在北京多次访问王振华。
[2] （越）武元甲：《走向奠边府之路》，越南人民军出版社1999年版，文庄对其中中越关系部分作了翻译。引自文庄：《武元甲将军谈中国军援和中国顾问在越南》，载《东南亚纵横》2003年第3期。

与会的越军总部和各师负责人大都对此表示赞同。也有许多人提出了疑虑，主要是担心发生供给困难。因为移兵西北，运输线拉长了，势必动员更多的民工，增加当地政府的负担。有人指出，西北地势起伏，多峡谷，兵力不易展开，有可能将战役时间拉长，部队体力消耗大，容易出现较大的非战斗减员。还有人担心西北是越南的少数民族聚居区，群众基础比较薄弱，会出现一些预想不到的困难。有人还指出，主力进军西北，法军有可能乘虚向富寿一带的越军根据地进攻。

胡志明主席来到会场，听取了关于未来主要战场的不同意见。他倾向于积极地组织西北战役，在会议上鼓励越军干部们克服困难。他还要求中国军事顾问团予以具体的帮助。

罗贵波、梅嘉生、邓逸凡参加了这次会议。罗贵波在3月18日的会议上发言，对越南总军委提出了五点意见。

罗贵波的主要意见是：

1.法军虽然受到了打击和消耗，但程度并不严重，尚有力量在平原地区实施扫荡。越军必须继续准备反扫荡，在作战中消耗敌人，逐步减少以至迫使敌人停止扫荡。

2.贯彻正确的战术思想与作战指导思想，主要是贯彻游击战的战术思想和作战指导思想，积小胜为大胜。纠正只打大仗的片面思想，也要纠正机械理解保卫村庄保卫地方的思想。

3.加强敌后斗争的统一领导、指挥，精简部队机关，迅速统一敌后工作的领导，制定敌后部队机关的编制及实施计划，健全联区和省的军事领导机关，明确其工作任务和工作方法。

4.加强敌后群众工作，严格群众纪律，帮助群众做好反扫荡的准备工作。

5.搞好敌后供应，一方面由上级负责供给，一方面要做群众工作，设法就地解决。[1]

---

[1] 依据罗贵波接受访问时提供的文件。

梅嘉生、邓逸凡也在会上讲话，介绍了中国抗日战争中的敌后斗争经验，提出了自己的建议。

1952年4月，越南劳动党举行了第三次中央全会，全会正式决定，将主力部队的主攻方向转向西北地区。相应地，会议通过了《关于健全少数民族政策的决议》。

罗贵波于1952年4月14日向中共中央军委报告了中国军事顾问团提出的《越南西北部作战方案》。他报告说，对在越南西北部开辟战场问题，经过几次的解释说服，已在越共党中央和越军高级干部中基本打通了思想。但越军总军委领导上和师团一部分干部中，对西北之地形、供给及少数民族问题尚存一些顾虑。主要思想是不愿到山地作战，强调地形困难、供给困难及少数民族难弄。

罗贵波指出，目前的有利条件是，这次胡主席也着重交代顾问团，要从始至终具体帮助越方完成西北作战任务。

罗贵波报告说，战役将在9月中旬发动。拟以8个团的兵力，第一步先攻取义路及周围据点。义路周围计有12个独立据点，敌总兵力约8个连，工事较坚固。战斗发起后，还要准备对付三至五个营的伞兵部队。因此，在部署上拟使用3个团打外围据点，用两个团攻义路市，其余3个团布置在义路附近，隐蔽驻防，准备围歼伞兵。另一打法：对义路市先采取围困，设法引诱伞兵来援，先求歼灭伞兵，再攻义路。待攻取义路后，再视部队伤亡减员情况，休整半月，即开始向山萝进军，拟今年内求得解放西北大部地区，然后于明年攻取莱州。

罗贵波分析说，先攻取义路，有利方面在于：（1）就整个西北敌情来说，义路比较突出，位置背靠解放区；（2）越军攻取义路后，继续进军西北有了立足点；（3）从越军主力集结地到义路，只有三天路程，后方供应上便于解决。而目前进攻义路的不利方面在于：义路去年秋季攻打过，但未攻下，因敌空中援兵赶到，只好作罢。有鉴于此，目前法军戒备较严。

中共中央军委接到罗贵波的报告后很快于1952年4月19日复电，原则上同意罗贵波上报的西北战役方案，并提醒应注意两件事：（1）加强战场准备工作，应选派比较强的干部，组织若干武工队，进入西北地区详细侦察义路、山萝、莱州地区的敌人的工事、道路交通、粮食等情况，并且积极进行群众工作，创造主力开进和作战的条件；（2）除部队的政治整训应注意少数民族政策的教育外，在军事演习中，应注意攻坚的战术教育，要注意攻坚演习，以提高攻坚能力和信心。现在云南训练的炮兵团是否提前回越，亦请考虑。

为战略转移做准备

彭德怀主持军委工作后，对越南战场的战略、战役指导愈加细致；另外，中共中央联络部于1951年成立，中共早期领导人之一的王稼祥从驻苏联大使任上归国，就任中联部第一任部长。中联部内专门设置了"越南处"，有"越南通"之称的张翼奉命从越南南方归国，就任越南处处长。

张翼，1913年出生于越南南方一个华侨家庭，1922年回中国读书，1934年参加革命。20世纪30年代，他就读于北平的中国大学文学系，1938年入党，同年转移到上海。在上海，张翼不幸患了肺结核，到广东汕头养病。不久，经中共汕头市委书记批准，他回越南南方休养。在越南，张翼参加了越南南方反对法国殖民主义的斗争，曾任越南南部华侨解放联合总会主任，和越共领导人黎笋、黎德寿等人有许多工作往来，彼此十分熟悉。

在张翼之后，还有几位在越南工作过的干部调进中联部越南处，组成处理越南问题的工作班子，其中有曾于1950年跟随陈赓入越的周毅之。[1]

从1952年5月开始，越军着手进行西北战役的准备，成立了红河左岸战区，负责经略红河以西以富寿、安沛为中心的根据地。该地区将成为越军进军西北的重要通道和补给基地。杨友棉被任命为左岸战区司令员，杜梅任政委。

杜梅于1917年2月2日出身于河内清池县东美乡一个农民家庭，1936年当上了油漆工，同年参加革命，1939年加入印度支那共产党。1941年杜梅被捕，被判处10年徒刑，但他于1945年越狱，重新投入了战斗。在抗法战争中，杜梅先后担任河东省委书记、河南省委书记等职。就任红河左岸战区政委，使杜梅首次担任战略方向上的重要职务。后来，1991年6月27日，杜梅担任了越共中央总书记。

1952年5月29日，中共中央军委致电罗贵波，明确了在越南的两个顾问团的

---

[1] 1990年2月4日，作者在北京访问张翼。

统一领导问题:"韦国清由于健康一直不好,不能回越南工作,军事顾问团即由你来兼任团长,梅嘉生任第一副团长,邓逸凡任第二副团长。前方实际工作即在你的指导之下,由梅、邓二人负责处理。"

越南劳动党中央决定从5月开始在全军进行政治整训,中国军事顾问团的政治顾问们从制定整训目的,到整训的内容、方法和组织实施,都给予了全力以赴的帮助。

与此同时,中国军事顾问帮助越军建立了正规的后勤供应和服务体系。这项工作主要由马西夫负责。

由于长期的游击战争,1950年以前,越军没有正规的后勤供给制度,也没有详细的后勤条例和规定,军队中的经济工作秩序混乱。马西夫就任越军总供给局顾问,与供给局负责人陈登宁相互配合,在边界战役之后一年多的时间里,为越军制定了一系列规章制度,重要的有《后勤总局工作条例草案》,以及军需、军医、军械、运输等方面的工作条例,为越军设立了自成系统的后勤管理制度,制定了供给标准和相应的财务管理制度。

边界战役之后,越军即实行新的后勤制度和财务规章制度。和平战役后,越军的后勤管理逐渐正规化,后勤保障系统初具规模。在马西夫主持下,中国军事顾问团后勤顾问组对越南后勤军官进行了业务培训,一部分越军后勤干部被送到中国的军事院校学习。

在越南南方,以黎笋为书记的越南南方局率领军民展开了活跃的游击战,渐渐在越南中部蜂腰地带以南和越南最南端的金瓯地区,开辟出越来越大的游击区,有力地牵制了法军。

解放军边境剿匪,解除越军后顾之忧

越军在准备新的攻势,法军并非没有察觉,法军对西北地区的担忧更是显而易见。为了牵制越军主力向莱州方向进击,法军指挥部加紧了对盘踞在中国云南对面越南边境群山中的土匪、中国国民党残军,以及当地越南少数民族"独立"武装的支援和装备。到1952年春天,在越南西北边境地区,以刀家栋、周光录、杨道尧等人为首的数股土匪武装已有数千人之众,形成了声势。

1952年5月，越南花龙地区的土匪酿成武装暴动，当地越盟政府带领部分民众，由越军第148独立团一部掩护，退入中国云南省河口的桥头、老卡一带，粮弹将绝。

法军这一招形成了对越军西北后侧的威胁。罗贵波为此于5月24日急电云南省委和省军区："据报敌军进至老街市郊附近骚扰，破坏仓库，掠夺民财，目的在于扰乱后方，牵制我剿匪部队。越共提议，或者请云南派兵一部进驻河口，或者从越境配合剿匪的部队中抽调回两个连至一个营驻守老街。"

为配合援越抗法，解放军在中越边境剿匪

5月28日，云南蒙自地委急电云南省委，报告说退入河口的越南军民处境窘迫。云南省委即电示蒙自地委先借给越方半月之粮。

这股背景复杂的敌对武装不除，即将开始的西北战役就有后顾之忧。在越南劳动党中央请求下，中共中央军委命令云南边防部队出境，与越军合作，以迅猛之势将这股敌人剿灭。

军事行动首先在云南东部边界对面展开。5月下旬，解放军第37师的一个团从广南县出发进入越南，在越军一个营配合下，追剿杨道尧、曹世凯匪徒。解放军在一个月中战斗十余次，歼灭匪徒340人，生擒杨道尧、曹世凯。

在河口当面，解放军第113团在5月中旬即进入越南黄树皮地区剿匪。随后，云南军区又组织8个营的兵力，从6月初开始，经过3个月作战，全歼国民党残军"滇南剿共救国军"指挥官陆正荣以下2221人。战斗中，解放军也付出了代价，因伤亡和伤病减员1023人。[1]

解放军入越剿匪作战时，法军曾使用战斗机袭扰。5月17日，法军战斗机3

---

[1] 1989年12月，作者在昆明多次访问原昆明军区参谋长李文清。

架,向正在黄树皮剿匪的中国军队扫射,但没有造成伤亡。7月3日,法军战斗机11架,飞至中国河口上空投掷两枚炸弹,炸断了长途电话线。7月4日,法军轰炸机3架飞临云南马关县城上空,投弹多枚,炸毁和焚烧了民房415间,造成居民261人伤亡,其中亡107人。

这些牺牲都由中国人民默默承受了。据统计,仅从1950年9月至1951年9月的一年中,美、法各型飞机飞临云南的河口、金平、镇武、车里、佛海、澜沧、江城等地侦察、扫射和投弹,计318次。

1952年9月24日,通过中国军事顾问团电台,越南劳动党向中共云南省委拍发了就此次越中边界剿匪战斗的感谢电:

云南省委:

顷接报悉,你们奉中共中央命令派遣部队帮助我们将老街、河江之大部土匪消灭,同时帮助我们的部队巩固群众基础,帮助当地人民谋生,剿灭匪特。谨致诚挚的感谢,并请转具有高度无产阶级国际主义精神之英勇的中国人民解放军各单位。

越南劳动党中央
1952年9月24日[1]

越军312师中国顾问董仁(右)和助理顾问李思恭1952年越南西北战役中合影于安沛

剿匪战斗解除了越军的后顾之忧,中方仍表示,一旦情况紧急,越中边界地区的越南政府和部队可以临时避撤到中国云南境内。为此,中共西南局在9月4日曾电示云南省委:"同意你们的处理办法,如越方政府人员被迫撤入我国,要给予热情的帮助和招待。"

进入8月,西北战役的准备已到最后阶段,越军总军委召开了组织

---

[1] 依据罗贵波接受访问时提供的文件。

工作会议。会议在中国顾问许法善协助下，由总政治局主任阮志清和组织局局长阮仲永主持，强调加强党在主力部队中的作用。中国后勤顾问们根据与越方一起编制的计划，从国内调运来大量的武器装备。

西北战役计划确定，以第312师为先头部队，先行挺进西北。这时，第312师顾问董仁已经和师长黎仲迅、政委陈度很熟悉了。董仁认为越南部队是有战斗力的，关键是要继续提高指挥能力。他来到第312师后，遵照顾问团首长的指示，集中了上百名团、营、连干部进行整训。现在董仁知道，该由战斗来检验雨季整训的成果了。[1]

---

[1] 1989年3月27日，作者在北京访问董仁。

第 17 章

攻克义路，粉碎"洛林行动"

越军的优势和胡志明的鼓励

1952年旱季朝着印度支那走来，带来又一个鏖战季节。

绵雨初收，阴云飘散之际，在越南战场上，双方的力量对比有了哪些变化？

越军方面，以武元甲为总司令的正规军有六个步兵师和一个工兵炮兵师，四个独立团，还有几个独立营，兵力12万余人。越方还有地方武装6万多人，并在各个游击区保持着15万人左右的游击队和民兵，武装力量总计约33万人。

越军正规军中，第308、第312、第316师及第304师这四个步兵师和第351工炮师是越军总部直属战略机动部队，兵力约6万人，主要活动在越南北方。黎笋领导的南方部队主要以团以下单位分散作战。

以沙朗为远征军司令的印度支那法军陆海空部队共9万人。其中法国本土籍军人5.1万余人，另外4万人主要是北非籍、越南籍和欧洲籍士兵。此外，保大政府军兵力有10万人，两下相加兵力总计19万人。此外，保大政权还有一些警察和保安武装。[1]

在兵员对比上，胡志明领导的越南人民军一方占有明显优势。

1952年9月初，胡志明主持了越南劳动党中央政治局会议，罗贵波列席，最后审议发起西北战役的计划。武元甲在会上做关于西北战役做战计划的报告。在总的主导思想上，武元甲主张进行西北战役，但是他对战役计划第二阶段越军进入山萝地区作战有所顾虑，认为拉长补给线后，越军走得越远，后勤就越困难。

---

[1] Phillip B. Davidson, *Vietnam at War, the History, 1946—1975*（California: Presidio, 1988），p.137.

罗贵波也在会议发言,坚决主张按计划实施西北战役。会议最后统一了思想,做出发动西北战役的最后决定。

梅嘉生在9月上旬着手制订战役计划,帮助越军总军委组织了战场侦察,还和武元甲、黄文泰、何文楼、陈文光等人一起,用8天时间进行了沙盘推演作业。

1952年9月9日,越军总部召开参战部队团以上军官会议,传达西北战役计划。胡志明来到会场,以自己特有的朴素语言对面前的干部们说:"昨天下大雨,山洪暴涨,当我们走到一条水流湍急的溪涧时,我看到对岸坐着一群同胞在等待水退之后涉过来。我想,如果不马上涉水过去,恐怕你们要久等了。因此,我和另外几个人就下了决心,解开衣服,一手拿着拐杖,慢慢地就涉过去了。看见我能够涉过去,那边的同胞们也决心蹚过来。这就给你们提供了一个经验:不论大事小事,咱们有了决心,就能把事情办好,而且还能动员其他的人。"

胡志明谈起西北战役,说:"党中央和总军委对即将到来的战事的困难条件和有利条件做了详细的考虑,并决心要在这个战役中打胜仗。"胡志明指出:"这个战役的意义和目的,是消灭敌人的有生力量,争取人民,解放国土。"[1]

胡志明讲话之后,即打点行装,秘密前往北京,先会见中国领导人,然后再转道去苏联。

韦国清再次赴越参战

9月底,胡志明秘密到达北京后即会见了毛泽东和刘少奇,毛泽东当面向胡志明提出,越南战争的总战略应该是首先夺取西北,进而向老挝的上寮地区挺进,建立宽广的战略迂回后方,然后从侧翼向越南南方推进,将法军主力拉到南方去,创造条件,最后攻取红河三角洲。

对毛泽东的建议,胡志明表示完全接受,并对毛泽东说,要将他的意见迅

---

[1] (越)胡志明:《在准备西北战役的干部会议上的讲话》,引自《胡志明选集》第2卷,第232—236页,人民出版社1964年版。

速向国内传达，遵照办理。

这两年，越南战争的局势日见好转，胡志明的心情变得越来越好了，他和中国领导人的关系也越来越密切。胡志明和周恩来、刘少奇很熟悉，除却公开场合，见面后经常在私下里称兄道弟，开开玩笑，在往来信件抬头和署名上也经常如此。

但是胡志明和毛泽东的个人关系却完全是另一种类型。面对毛泽东的时候，胡志明从来不以"兄"或"弟"相称，不管是在万人聚会的公开场合还是与毛泽东密谈，胡志明总是表现出对毛泽东的极大尊敬，尽管他的年龄要比毛泽东大3岁，比毛泽东更早地接受了马克思主义，参加共产国际的时间也更早。胡志明多次表示，毛泽东是亚洲革命的领袖，这个地位是在共产国际范围内确定的。在越法战争期间，凡是毛泽东对胡志明说什么，胡志明从来没有在当面表示过异议。

听取了毛泽东关于越南西北战役总的构想之后，胡志明向毛泽东提出，即将进行的西北战役事关重大，最好请韦国清再去越南，帮助打胜这一仗，因为韦国清熟悉越南的情况。毛泽东毫不犹豫地同意了胡志明的请求。

9月30日，刚刚和毛泽东谈完话的胡志明从北京致电罗贵波说，他已与中共中央商定，西北战役的重点是先打义路，而不是打山萝。一旦越军攻克义路，即向周围地区发展，巩固后修筑从安沛到义路的公路。胡志明还告诉罗贵波，韦国清将很快从北京出发，赶到越南参加西北战役。

10月1日是中华人民共和国成立3周年国庆节，当夜的天安门广场火树银花，万众喧腾。夜幕降临时分，毛泽东来到天安门城楼正中央落座，与主要助手们坐在一起观赏夜空礼花。已被任命为公安军副司令员的韦国清也上了天安门，在一侧就座。在天安门城楼上，韦国清见到了一身便装、面带微笑的胡志明，小小地吃了一惊。

礼花频频怒放，随风飘舞。毛泽东大手一招，韦国清于城楼上受命，去越南参加西北战役。

夜深时分，韦国清一回到家中就吩咐警卫员刘焕成："小刘，快准备一下，我们马上就要再去越南了。这次去，要打一个大仗。"[1]

---

[1] 1993年8月5日，作者在北京访问刘焕成。

第17章 攻克义路，粉碎"洛林行动"

西北战役大幕拉开，越军包围义路

接到胡志明自北京发来的电报，越南劳动党政治局举行会议，再一次商讨西北战役计划，罗贵波也参加了。会议决定撤销原定第二阶段在山萝地区作战的计划，按照胡志明电示，集中力量攻击义路。

武元甲没有参加这次会议，他已经随越军先头部队向前线进发。他接到长征会后向他通报情况的电报后，于10月14日复电，表示不同意改变第二阶段作战的计划。接到这份电报，在中央根据地的劳动党领导人决定等韦国清赶到后做最后的决定。

1952年10月10日晚，越军主力8个团驰出红河流域周围地带向西北突进。第308师居中，在安沛西北渡过红河。第312师在北侧，第316师在南侧一齐渡过红河。梅嘉生率领一部分军事顾问随同越军指挥所进发。

韦国清于10月16日赶到越南中央根据地。到达当天，他向越南领导人转达了毛泽东、彭德怀关于西北战役的意见，也转达了胡志明的意见。为此，越南劳动党中央政治局于18日召开会议又做讨论，罗贵波、韦国清列席会议。这次会议决定贯彻胡志明与中国领导人商定的战略计划，首先攻占义路和光辉两地，加以巩固，然后根据越军的伤亡、补充情况再考虑第二阶段作战计划。如条件确实已经具备，部队可休整10到15天后继续向山萝东南的安州、木州地区作战，但必须贯彻"充分准备、稳打稳进、打则必胜"的方针。

会议之后，韦国清随即出发，向义路前线赶去。

奔行在前往西北的路上，梅嘉生两次遇险。一次是在行经一段3号公路地段时，法军空军已在公路两边投掷了大量定时炸弹。在一段公路上，梅嘉生命令警卫员跟随他徒步跑过危险地段。就在他通过数十米后，一个定时炸弹在路边爆炸了。事过不久的一个下午，梅嘉生等人正在通过一个开阔地段，四架法军飞机突然飞临。飞行员显然发现了地面的行进者，四架飞机轮番俯冲扫射。由于附近没有隐蔽物可以利用，警卫员周洪波把梅嘉生压在了自己的身下。机枪子弹朝他们倾泻而来，在四周溅起一片烟尘。梅嘉生望着远去的法军飞机打趣说："法国飞机怎么老是跟我过不去呀？"[1]

---

[1] 1990年6月，作者在北京访问周洪波。

此前，10月14日，第316师的第174团围歼了哥咏据点中的敌军。第312师的第141团则将柴良据点的小股法军逐入山林。中路主力第308师一路疾进，完成了对义路的包围。

越西北地区法军于10月3日发现了越军主力向西北挺进的迹象。但是，由于越军夜行昼伏，法军始终不能确定越军的具体攻击目标。

中国士兵献出生命

西北来的情况零碎而不准确，弄得法军总司令拉乌尔·沙朗在河内的司令部里呆呆地凝视西北地图，却举棋不定。

说起来，沙朗也算得上法军中一员战将了。他生于1899年，1917年8月在第一次世界大战时服兵役。战后的1924年，刚刚晋升上尉的沙朗来到印度支那，驻军于老挝据点。在那里，他学得一口流畅的老挝语。第二次世界大战中，沙朗返回欧洲战场作战，在战争即将结束的1945年就任法军第14师师长，在塔西尼麾下作战，颇受赏识。1946年年初至1947年年初，沙朗再一次来到印度支那，就任法国远征军驻越北部队司令，指挥过法军向越南的大举进攻。这期间他多次到过中国，与国民党政府接洽越南事务。大规模的越法战争爆发不久，沙朗回国。1950年年底塔西尼来越南就任的时候，沙朗又被挑中，作为塔西尼的副司令一道前来。一年多来，越南战场上多次战斗都是沙朗指挥的。

也许是几次来印度支那任职的缘故，沙朗爱好东南亚文化、艺术品，熟悉这里的风俗习惯，他还在法军中赢得一个"远东甜橘"的绰号。沙朗早年拥戴法国领导人戴高乐，战后又离戴高乐而去。戴高乐熟悉沙朗，曾说他："就性格和能力的某些方面来说，沙朗聪明而带些狡猾，富于建设性，或许有些迷惑人。"

但是，在这次大战役行将展开之际，沙朗却显得迟疑了，他直到10月15日才做出一个明确但是错误的判断：他认为越军进至西北的部队为一个整师，目的是调动红河三角洲的法军主力，然后乘虚进攻红河三角洲。16日，沙朗命令向义路西北49公里处的秀丽县城空投了一个伞兵营，扼守那里通向西北的一条山谷，然后去救援哥咏据点。但是，他对义路的危险缺乏认识，待到发现已为

第17章 攻克义路，粉碎"洛林行动"

时太晚。

1952年10月17日，第308师的第102团占领了义路外围的丈布阵地，预定于天黑后发起攻击。法军在暮色降临前发现了越军的意图，从河内飞出的轰炸机赶到义路向越军阵地投掷了凝固汽油弹。惊险之处是法军空军的袭击击中了梅嘉生的掩蔽部，巧的是梅嘉生刚刚转移。

对义路法军来说，短暂的轰炸挽救不了他们的命运。越军于傍晚5时用重型迫击炮猛烈轰击了群山围绕中的义路，步兵随即发起进攻。战至次日天亮，义路法军700人被全歼，法军在越西北前沿泰族聚居区的支撑点被摧毁了。

但是，就在天亮之后，中国军事顾问团方面却发生了意外伤亡。义路战斗的硝烟还没有散去，第308师中国顾问于步血带领警卫员鲁显余巡视阵地。他们来到一个丘陵边的法军阵地旁边时，一眼看到阵地中心的法军军旗仍然树立着，微风吹来，军旗飘动。从阵地上看，越军在攻取它的时候付出了伤亡，进攻的通道上洒满斑斑血迹。

看到此情此景，年轻的鲁显余怒火中烧，大声喝道："我去拔了它。"说完，他一纵身朝法国军旗跑去。

1952年10月在越南义路战斗中牺牲的中国顾问团战士鲁显余（周洪波提供）

鲁显余的冲动来得太突然，于步血在他背后叫了一声："小鲁，回来！"他们身后的越军战士也喊了起来，意思是："前面有地雷，小心！"但是这一切都太晚了。就在大家喊声出口的一刹那，轰然一声巨响，法军埋下的一颗地雷在鲁显余脚下爆炸了。

刚刚20岁出头的山东小伙子鲁显余倒下了，把他的一腔热血倾洒在越南的土地上。[1]

在第308师得手的同时，第312师在义路以北地区也获得了重大战果——该师进攻嘉会、秀丽两地，粉碎了法军的抵抗，经过一番战斗占领了两城。

西北战役初战告捷，中共中央军委在获得

---

[1] 1990年6月，作者在北京访问周洪波；1993年8月5日，作者在北京访问刘焕成。

了汇报后于10月22日向顾问团发来电报：得悉攻克义路，甚慰！越中央决定续攻光辉、万安，肃清黑水河下游左岸之敌，使义路与和平走廊连成一片是完全正确的。中共中央军委认为，攻克义路后，越军宜攻取安州、木州，打开与越之中部、南部游击队联系道路，并可取得和平、府里地区粮食补充。中共中央军委还指出：越南人民军已进入少数民族地区，你们要执行民族政策，遵守各少数民族风俗习惯，遵守群众纪律。

义路作战得手后，越军接连战斗13天。第312师以第209和第165两个团向红河西岸的北部纵深攻击前进，一路上扫荡法军雇佣军的据点，沿途重镇嘉会、秀丽的法军守兵望风而逃。在这个方向，由越军西北战区司令平江指挥的越军第148独立团从老街南下，与第312师会师。

第308师和第316师在初战得手后继续进军，攻克扶宴、万安等地，直至饮马黑水河。

至1952年10月23日，西北战役第一阶段战斗结束，越军共攻克大小据点35个，毙伤敌兵513人，俘虏1200余名，解放了2000平方公里的国土。越军方面阵亡232人，有947人受伤。

1952年11月初，越军主力进至黑水河东岸，法军西北防线全线动摇。

打破"洛林行动"，越军占领奠边府

西北战场上越法两军捉对厮杀的1952年10月，英国爆炸了第一颗原子弹。为此，英方科学家已历时7年，耗资3.4亿美元。这颗原子弹的烟尘尚未散尽，11月1日，在太平洋马绍尔群岛的埃卢盖拉布小岛上，又一声爆炸惊天动地，一个火球翻卷着直上几十公里汇入地球同温层。在火球下面，一个长约5公里、宽1.5公里的小岛像泡沫一般的消失了——世界上第一颗氢弹在美国科学家手里爆炸成功，威力相当于1200万吨TNT炸药，是1945年投到广岛那颗原子弹的600倍。

当此之时，越南西北战场的两军将士还都无从理解，物理科学家对原子弹的研制，在人类战争史上犁地出一道深深的刻痕。

对此，法国领导人却有深深的感受。面对艰难的印支形势，法国政府催促

第17章 攻克义路，粉碎"洛林行动"

在"洛林行动"中涉水过河的法军

科学家加紧研制核武器。法国科学家要等到8年之后才引爆第一枚原子装置。不过从这时起，原子武器的阴影开始笼罩印度支那战场了。

在印支战场上，原子武器对沙朗来说实在是远水不解近渴。为保西北不失，沙朗决心先以伞兵驰援。他从河内抽调了4个伞兵营在西北的那产空降。再加上急速收编在义路前线溃散的士兵，至1952年10月23日，法军在山萝、莱州的守卫兵力达到1万余人，据守黑水河西岸长300公里的狭长地带。

沙朗制订了"洛林行动"计划，调集红河三角洲地区的几乎全部机动兵力，组成三个步兵集群和一个炮兵集群，每个步兵集群都由三个步兵营、一个炮兵营和相应的后勤分队组成。此外，战场指挥员还掌握了一个伞兵集群。"洛林行动"动用的总兵力接近3万人，由法军越北地区司令戴·里那莱将军指挥。

"洛林行动"的要点是，法军做出向越军中央根据地太原进攻的声势，以精锐部队从塔西尼防线西端驰出，进入越军重要后勤基地安沛，切断正在西北的越军主力的粮食供应线。如果越军急促回防，法军则以逸待劳，争取进行大规模战役，大量杀伤越军。如果越军主力一时不回，只要法军确实切断了越军的粮食供应线，也足以使越军主力师再难向西北进军了。

1952年10月29日，"洛林行动"开始实施。法军第一集群在塔西尼防线西端越过红河，只遇到了越军小股部队的轻微抵抗。11月4日，这一路法军在红河北岸建立了三个桥头阵地。同一天，法军的第二集群在第一集群出发地东北十余公里处的越池完成集结，沿2号公路向北推进。由于天气恶劣，道路和桥梁被越军破坏，这支法军行进得很慢，直到11月7日才与先前出发的那支部队在富寿附近会师。

1952年11月9日，会合后的法军继续北进，空军和江河舰队也加入进来。一支坦克部队则从身后赶来，越过步兵冲到了最前头。当晚，法军占领府尹县城。由于这天法军的行动保持了很大的机动性，法军在府尹缴获了越军一个后方基地储藏的军用物资，其中包括200吨弹药和两辆苏制卡车。"洛林行动"似乎旗开得胜。

接到后方的告急电报，武元甲和韦国清、梅嘉生看出了法军的战役企图。越、中双方将领认为，以法军发动"洛林行动"之仓促，以法军进军速度之迟缓，足以证明法军指挥官的决心是勉强的。法军仓促投入大规模行动，也必然带来严重的后勤补给问题。根据情报判断，法军既无力攻占太原，甚至也无力

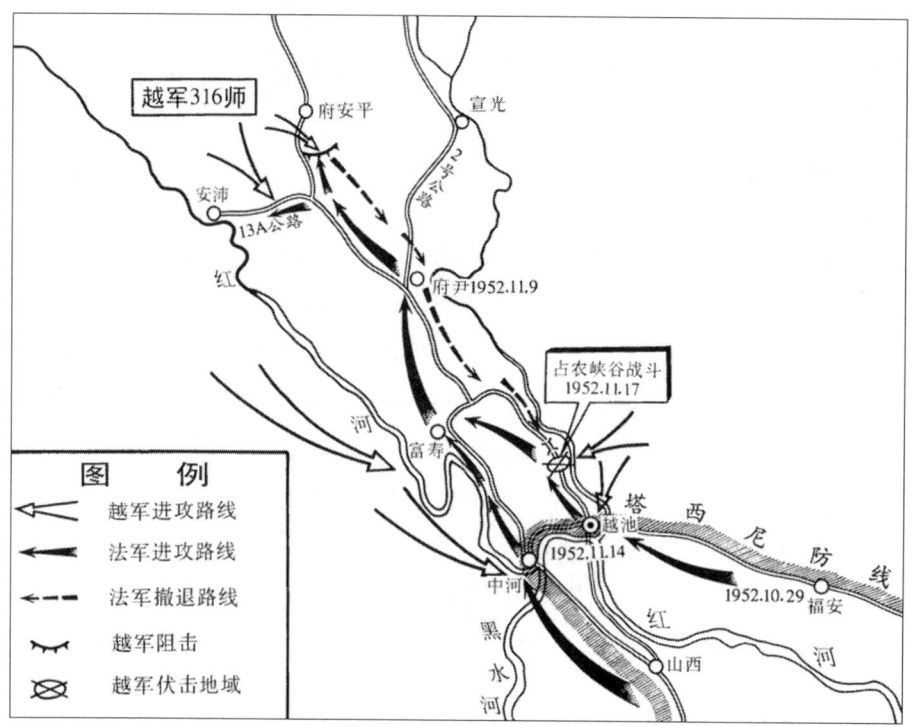

1952年10月29日至11月17日，越军挫败法军"洛林行动"示意图

第17章 攻克义路，粉碎"洛林行动"

占领安沛。

这时，梅嘉生代表军事顾问团向中共中央军委报告了越、中双方的决定：不为法军的动向所迷惑，实施西北战役的决心不变，越军只抽回一部分兵力去与进犯的法军纠缠，主力继续留在西北作战。

中共中央军委于1952年11月11日致电军事顾问团，同意他们的计划。

由于越军主力没有出现在向西北推进的法军周围，沙朗命令法军于11月13日继续北进。这天下午，法军来到了接近宣光城下的157号和13A号公路的交会处，突然兵分两路，一路顺13A号公路折向西，朝安沛方向而去，其余兵力接着向北徐进。这下子，连法军指挥官自己也知道战役意图暴露无遗。因为要想拉回越军，本来是应该全力向安沛挺进的。

这天，法军走出20余公里后遭到越军第316师第176团的顽强阻击。法军生怕孤军深入被围歼，立即停了下来。行动缓慢的法军失去了所有战机支援，也失去了下一步进攻的目标，后勤供应线也因为拉得太长而接济不上了。这时，越军准备向空虚的红河三角洲进攻的消息传来，搅得沙朗心神不定。狐疑了半天之后，沙朗不得不于11月14日命令实施"洛林行动"的法军停止前进，撤回红河三角洲地区。

1952年11月15日，法军开始回撤。撤退比前进困难多了，法军已经前出塔西尼防线150公里，3万军队分散在漫长的公路线上，他们往回走时，公路两边大都山势起伏，丛林密布，零星的越南游击队不时从密林中冒出来打上几枪，转眼之间又消失得无影无踪。有时候，越方的袭击还变得十分猛烈，原来是第316师的第176团参加了这一路追打。同时，越军第246团也赶到富寿地区，从侧后袭扰法军。接着，越军第308师抽出第36团返回富寿，使越军在这一地区的总兵力也达一个整师之多。

1952年11月17日清晨，从西北赶回的越军第36团在2号公路上的占农峡谷设伏。待法军前锋自北而来，接近峡谷南端终点的时候，越军直瞄火炮突然开火，当即击毁一辆坦克和数辆汽车，封住了峡谷。紧接着，埋伏在灌木丛中的越南步兵开火了，法军被打得乱成一团。时近中午，空军赶来助战，法军才组织起反击。越军在临时构筑的野战工事中顽强应战，战斗最激烈的几个阵地上发生了刺刀白刃战。战至当天下午，越军主动撤出战斗。

在这场伏击战中，法军被歼400余人，被摧毁军车44辆，其中包括十多辆坦克和装甲车。

法军败退了，越军的三个团一直追到塔西尼防线的西端才收住了脚。

在整个"洛林行动"实施过程中，法军付出了1200人的伤亡，不论从哪个角度来看，"洛林行动"都是一场败仗。

就在"洛林行动"兵疲师老，企图打击越军后方的法军以后队为前队开始后撤时，武元甲和韦国清又要动手了。为了巩固与发展第一阶段作战的成果，彻底解除安沛、富寿受到的威胁，打开通向老挝的通道，武元甲和韦国清决定，集结于黑水河东岸的越军主力乘胜前进，渡江向西发展，扩大战果。于是，西北战役的第二阶段就此开始。

越军六个团从西南方向突入靠近老挝的木州地区，连克法军重要据点本花（11月18日）、孟陆（11月19日）、巴莱（11月19日）、木州（11月20日），兵锋指向山萝。法军西北防线全线崩溃，军心动摇，至11月22日，原在山萝、木州地区未被歼灭的法军都龟缩到山萝以南约20公里的山间盆地那产。

在越军作战方向的北面，根据总部命令，第312师以一个团加上第148独立团的一个营，组成战役迂回部队，由平江指挥，渡过黑水河后插向莱州和山萝之间地区，于1952年11月17日占领伦州，11月20日占领巡教，11月21日占领顺州，最后于11月22日粉碎了法军的轻微抵抗后占领山萝。越军一路长驱，法军一触即溃，通向老挝的重要公路——第41号公路——被越军切断。

在越军攻击顺州的时候，一股从奠边府赶来的法军落入了越军的包围，一名法军上尉束手就擒。这位俘虏供述："现在奠边府兵力空虚，能够作战的两个连欧非籍士兵都被我带到这里来了，奠边府只剩下在一个中尉指挥下的200余名泰族士兵。"[1]

法军的奠边府防御出现漏洞，又一个机会落到越军手里。山萝得手后，越军以一个营向奠边府进军。

1952年11月30日，越军第542营的战士经过两天两夜跋涉后抵达奠边府盆地边缘。上午8时，疾进的越军与法军交战。枪声响过，越军的迫击炮跟着轰击，脆弱的法国雇佣军听到炮响后四散而逃，奔入山林。

几乎是兵不血刃，越军占领奠边府。

---

[1] 1989年3月27日，作者在北京访问董仁。

第18章

那产遇挫，
出兵老挝

那产攻坚战，骨头太硬啃不动

西北战事一败涂地，沙朗一边急令在黑水河西岸的法军退守那产，一边从河内抽调兵力，向那产空投了一支成分复杂的部队：一个摩洛哥团，一个保大政府军团和两个泰族山地营。这使那产的法军兵力在11月下旬迅速增加到8个营，近8000人，由吉尔斯上校指挥。沙朗下达的命令是：必须守住那产。

那产是大山间的一块15平方公里大小的盆地，平坦开阔，防区中心是一个飞机场。法军以极快的速度修筑起由21个支撑点组成的集团据点群，每个据点由一个加强连守卫，增援部队陆续到达。

那产上空法军飞机进进出出，那产盆地里的法军往来搬运东西，这情景被爬上周围山头的越军侦察兵看到，误认为对手正在撤出那产。

越军士气高涨，挥师包围那产。

1952年11月23日，武元甲命第308师向那产发起进攻。根据当时情报，那产法军只有2000多人，越军认为，趁热打铁，即可一鼓而下。谁知苦战一夜，越军没有得手，反而被法军逐退。武元甲遂将第312师调来，也投入那产战斗。[1]

11月30日夜间，经过了一周准备的越军再次强攻，以第308师一个团攻打布红据点，312师一个团进攻班亥据点。

当晚，越军经一番苦战，付出了相当大的伤亡后占领了布红和班亥据点，但在当夜无力扩大战果。

天亮后法军飞机赶来助战，越军停止前进，积蓄力量，准备晚间再战。

---

[1] Edgar O'ballance, *The Indochina War*, *1945—1954*（London, 1964）, p.177.

第18章 那产遇挫，出兵老挝

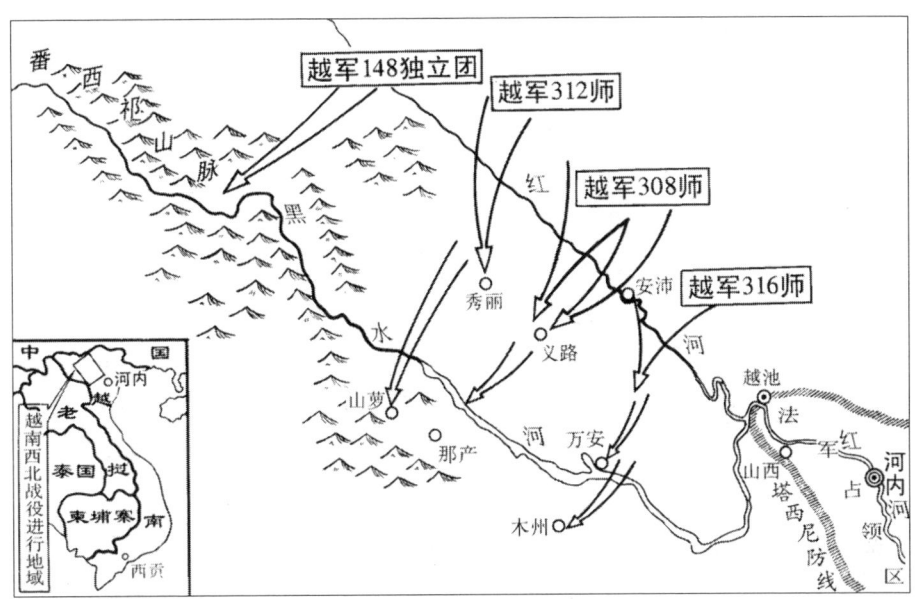

1952年11月15日至12月10日，越军西北战役第二阶段作战示意图

1952年12月1日晚，第308、第312师继续前出，各自进攻一个据点。但这回，法军的火力变得猛烈多了，火焰喷射器将据点四周打成一片火海，越军的进攻分队被死死地压制在据点前沿。越军一发起进攻，法军设在机场周围的大炮就迅速开火，切断进至前沿的越军和后继部队之间的联系。

率先出击的第308师一个团蒙受重大伤亡，无法守住阵地，天亮前不得不撤出战斗。

第312师的第209团攻克班亥据点后，师长黎仲迅即命令坚守。师顾问董仁同意他的决心，认为如果能巩固这个缺口，战局也许出现转机。

转机并没有出现。天亮以后，法军轰炸机从那产机场起飞，准确地轰炸了越军的新阵地。法军炮兵也集中炮火轰击班亥，将越军阵地打成一片火海。第209团坚守到夜间，全团伤亡300余人，再加上第308师的损失，再打下去伤亡就更大了。

天亮后，有迹象表明法军步兵将实施反击。董仁马上察觉到，不能再打下去了，法军已经巩固了那产阵地，而越军则缺乏打集团据点的装备和经验。越军的迫击炮打不着那产纵深，法军的大炮却能准确压制越军炮阵地。董仁把他的想法报告韦国清、梅嘉生。[1]

韦国清、梅嘉生同意董仁的意见，建议越军停止进攻。武元甲也有同样的看法。环视战局，西北战役的成果已经超出预想，完全可以掌握一下节奏，停顿一下了。

越军确实碰上了新问题——法军的集群据点防御。越军进攻火炮不足，无法分割法军的防御阵地。越军也没有高射炮，眼睁睁看着为那产法军运送给养弹药的飞机在那产机场自由起落。

越军总军委和中国顾问商议后，命令那产前线的越军停止进攻，韦国清于1952年12月3日将此决定报告中共中央军委。

中共中央军委于12月7日复电同意韦国清的意见，停止对那产的进攻。电报指示："敌人集中增援那产，依托工事、机场准备固守，我军暂停攻那产，主力撤至安州，（在）内线待机，进行必要之休整是对的。"电报认为，如果法军再占山萝，或将那产守军撤回河内，则越军可以再行攻击，夺取那产，然后扫清莱州之敌，完成西北战役的预定计划。电报还建议，如果那产之敌不分散，也不撤向河内原防地，越军可以一个师外加两个团、一个炮兵营及地方武装，先行消灭莱州之敌。得手后回头再进攻那产，或以一个师的兵力向

1952年越南西北战役后中国顾问与越南同志合影：后排左四韦国清、左五武元甲、左六梅嘉生、左七李文一。前排左一陈登宁。中排左一秦川（后勤助理顾问）、中排右一侯寒江。在韦国清前面的是林均才（军医顾问）

---

[1] 1989年3月27日，作者在北京访问董仁。

上寮进攻。

这份复电还向韦国清询问:"安沛至义路公路是否修复通车?如义路至山萝间山大,难以修通,可否从克龙(安沛、义路间)向安州修建公路?如此路修通,对解放寮国及发展越南中南部均属重要,在河内未下而和平受敌威胁时更为重要。并望调查金平至莱州、奠边府可否修建公路,及进兵莱州地区时需要云南何项帮助。"

在这份电报里,中共中央军委明确,越军在西北战场究竟作何部署,由战场指挥员"依据当时情况而定"。电报还将奠边府明确地纳入了战役视野。

1952年12月10日,西北战役结束。

西北战役获得重大战果,会同平原地区的战斗,越军共歼敌1.3万余人,夺取了有着25万人口的2.8万平方公里的土地,使之与越北根据地连成了一片,形成广阔的战略回旋区域。

但是,西北战役留了一个尾巴,就是那产盆地和莱州成了揳入在越方新解放区心脏中的钉子,打又打不动,放下不管又怕它伸出手来再占西北。

法军司令部对那产防御战的结果感到满意。沙朗在事后指出,由于那产战斗,至少使越军进入老挝的时间推迟了4个月。这个判断接近事实,只是沙朗为另一个事实伤透了脑筋,那就是西北战役严重消耗了法军空军。由于超负荷飞行,地勤保养不足,战役之后,一半以上的法军飞机已经不能起飞了。

12月,法国政府正式向美国请求予以飞机零件和地勤人员的援助。

转身西进,进攻老挝上寮

西北战役结束之际,胡志明正在北京。原来,9月底他到北京小住之后,即去莫斯科参加了苏共第19次代表大会。会后,斯大林会见了胡志明,明确地表示,他支持胡志明将抗法战争进行到底。胡志明于回国途中在北京稍事停留。

在北京,胡志明接到了关于西北战役的军情报告,他觉得越军停止作战过早,还可再战,最好一鼓作气拿下那产。12月14日,胡志明从北京致电武元甲和越南劳动党中央,认为那产法军已经孤立,如越军再接再厉攻克之,对巩固西北形势,继而发展老挝的战略形势关系甚大,应力争歼灭之,勿使逃脱。

如不能一次歼灭之，可分若干次歼灭。胡志明还认为，在不影响打那产的前提下，越军可同时或提前消灭莱州的法军。

置身战斗前线的武元甲比胡志明了解情况，接到电报后和韦国清商量，认为不能贸然攻击那产。

韦国清和梅嘉生商议后，以韦的名义于12月17日致电中共中央军委："胡主席14日电悉，执行该电有困难。那产守敌现有10个步兵营和1个榴炮营，而我5个团中有3个团伤亡较大，非整顿不能再战……因此，提议胜利收兵，对那产之敌暂时围困，待情况有利之时再图攻取。现宜用两月时间搞好部队整补，争取在雨季前再发动一次战役。同时，应在北面肃清莱州外围之敌，孤立莱州，在南面攻取老挝之桑怒，与奠边府连成一片，为继续开辟老挝战场创造条件。"

12月19日，中共中央军委电复韦国清，赞同缓攻那产的方针："那产之敌困难仍多，人民军如能攻克，对巩固西北、解放老挝均很有利。但进攻那产不是立即就打，须经至少3个月的准备，具有攻坚能力和胜利把握时方攻歼之。"

越中前线指挥员都认为不能急攻那产。黄文泰对韦国清和梅嘉生说，如果那产之敌只有6个营，越军完全可以一战，但现在那产法军兵力超过了8个营，恋战无益。如果去修通道路，调上重炮兵，则远水不解近渴。

韦国清、梅嘉生同意黄文泰的意见。这时，他们又有了新的想法，认为距

1952年年底，中越双方将领会商上寮战役作战。面向者左起：梅嘉生、李文一、韦国清、黄文泰。背对者左起：侯寒江、黎廉、武元甲、陈登宁

离雨季的到来还有4个月时间，不宜过早结束在西北方向的战斗。既然在越西北一时抓不到战机，越军可乘势以主力进攻老挝北部，发起上寮战役，将上寮和越南的西北战区连成一片。这也是中国人民解放军总参谋部早就定下来的战略方针。

在北京，中国人民解放军总参谋部认为韦国清、梅嘉生的建议合理。鉴于拟议中的老挝上寮战役关系重大，1953年1月初，韦国清奉命返回北京会商。

上寮战役计划逐渐成形了：第308、第312、第316三个师留在越西北不动，由文进勇指挥的第320师在越南中部地区发起战斗，吸引法军机动兵力。

1952年12月中旬，越军第320师一部在宁平以南发起进攻，攻击保大政权武装，法军驰援后越军迅速退走。

1953年1月，越军以两个团在北纬16度线以南的越南蜂腰地带发起攻势，进攻昆嵩和波莱古两个战略要地。沙朗立即向那里空投了三个伞兵营缓解局势，还派出了后继援兵。这是自大规模越法战争爆发以来这一关键地区发生的第一次重大战斗。

1952年12月中旬至1953年3月，西北战场似乎风平浪静，战争热点转到了其他地区。

沙朗拼死命保住了昆嵩和波莱古，他刚刚拟订的奠边府战斗计划却成了一纸空文。

原来，一个多月前的奠边府失守引起了新闻界的注意。奠边府易手后，法军司令部新闻发言人为此在河内专门向记者们讲了这样一段话："奠边府并非战略要点。在过去也曾数度遭到袭占，但敌人又很快放弃了它。现在，奠边府的失守并不意味着越盟已经进入了老挝。"

这位发言人说的也确是实情。在随后的日子里，莱州和那产相继告急，相比之下，奠边府就不那么重要了。不过沙朗对奠边府的重视是一般人想象不到的。他认为，奠边府有着战略上的意义，失去奠边府将意味着日后的极大被动。1952年12月30日，沙朗下达第40号命令，命令越北法军组织力量实施伞降，争取在1953年1月10日以前重占奠边府。这道命令称："在即将开始的战役行动中，重占奠边府是重新控制泰族地区，最后将越盟赶出黑水河左岸的第一步。"

沙朗的命令将由越北法军司令科尼执行。1953年1月7日，科尼的参谋长发出了重占奠边府的命令，这项命令规定法军的任务是："（一）摧毁叛乱者的基地

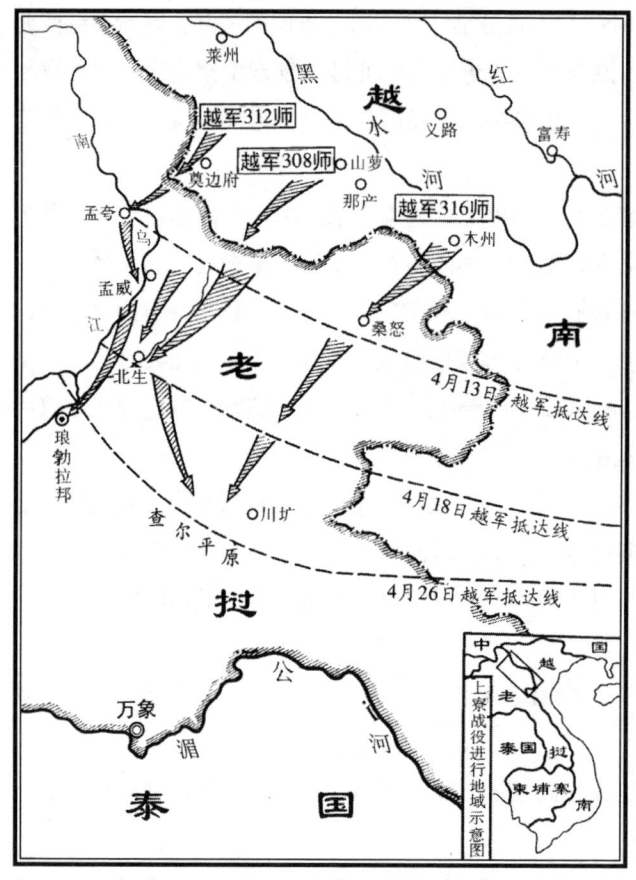

1953年4月9日至5月3日越军上寮战役示意图

和交通枢纽；（二）在该省实施扫荡。"

可是，越军在蜂腰地带以南的渗透性攻势使法军顾不上奠边府了。

在越南西北，韦国清离去之后，武元甲、黄文泰和梅嘉生等人会商"上寮战役"的细节。武元甲、梅嘉生还赶到越南和老挝的边境线上，会见了老挝巴特寮战线的领导人苏发努冯亲王。

1953年2月3日，越南劳动党中央电告中共中央：原拟在雨季前再打那产，因准备不及，决定雨季后再打，争取在4月间组织桑怒战役，攻取老挝上寮地区。

2月9日，中共中央复电表示同意越南劳动党意见。

3月2日，中共中央军委致电罗贵波，同意军事顾问团提出的建议，在雨季之后再攻占那产，并且同意中越双方在战场上形成的意见，于4月中旬再组织一个战役，挥兵进入老挝，攻取桑怒及周围地区。电报提醒罗贵波，为了保证拟议中战役的胜利，应在战前做好充分准备。电报指示：（一）战场准备工作要尽可能做得周到，特别要注意前进道路的侦察、对敌军分布和工事构筑情况要调查研究。（二）粮、弹供应要有保证，不得在战役发展阶段中对我有利时因粮、弹供应不上而失去战机。（三）发起桑怒和镇宁战役，我军深入敌占区作战，交通运输延长，大部分是少数民族地区，增加我军若干困难是难免的。

但敌人兵力比较平原分散，工事不坚，战斗力亦弱，故我在战役发起时，有可能采取远道奔袭战法，来对敌进行分割包围歼灭之。在情况许可时，可组织轻装部队切断敌人退路，占领要地，控制飞机场等。动作上应注意远道奔袭、分割包围，防空、防炮和攻坚战斗技术教育。（四）在战役准备工作中要严守秘密，战役未打响前尽可能不要暴露我主力西移，防敌空运增援桑怒。（五）随军进入老挝做地方工作的干部，事前要进行群众纪律、民族政策等教育。

这份电报通知罗贵波："韦国清同志不日即启程赴越帮助你们组织桑怒战役，他于3月14日可到凭祥。"

韦国清的故乡之行

1953年3月5日，韦国清奉命从北京启程赴越，协助越方组织上寮战役。胡志明也结束了在北京的访问和逗留，和韦国清同一车厢南下，一路上两人交谈甚多。

到达南宁当天，韦国清从广西省委处获知斯大林于3月5日在莫斯科病逝的消息，他默然不语，过了一会儿告诉警卫员刘焕成："带上些咖啡，明天跟我去东兰，我要回老家看看。"

自从在家乡投奔了农民自卫军献身革命，26年过去了，韦国清没有和家乡亲人通过一次音信。这次离京南下前，韦国清通过广西公安厅，打听到了弟弟的下落。

次日黎明，在一个警卫班护卫下，韦国清驱车驰向桂西北，待他来到东兰山区，已经是下午时分了。韦国清并没有回到他出生并在那里长大的小山村，那里已经没有他的家了。继母改嫁后，他的弟弟流落到别的村子里安了家。

在当地官员引导下，韦国清骑马来到距离家乡还不算远的一个村庄，找到了大弟弟韦邦洪。虽已得知了哥哥要来的消息，但在没有见面之前，弟弟还是不敢相信哥哥居然还活在人间。现在，一身戎装、在警卫保护下充满自信的韦国清来到了自己跟前，韦邦洪悲喜交加，一时间竟说不出多少话来。在山乡闭塞而贫苦的生活煎熬下，弟弟显得比哥哥老多了。

在东兰故乡的一座小学校里，韦国清住了两个晚上。第一个晚上，韦国清入村看望了自己少年时相识的两位老妇,这两位将一辈子光阴都抛洒在大山里,见到生人已经不会讲话的女人,在一番回忆、一番惊讶之后都认出了韦国清。

韦国清忍不住感叹地对刘焕成说:"当年我在家乡投身革命的时候,她们还都是年轻媳妇。"

次日,韦国清拿出30元钱,买下一口猪,由村人宰杀,请当地乡亲前来聚餐。晚上,他又招待乡亲,命警卫员在外屋煮起桂西北山乡人闻所未闻的咖啡,滤净加糖,捧进屋子待客。

26年未曾相见,韦国清对弟弟情谊尤深,交谈最多,甚至和别人谈话时,韦国清也少不了弟弟的帮助。离乡日久,对家乡方言,韦国清耳熟能详,说起来却不那么流利了。弟弟呢,中华人民共和国成立后参加过乡里的公务活动,在村子里就算得上一个见过世面的人。

这次回乡是韦国清久存心底的愿望。1月间离开越南的时候,他带上了一些越军在战场上缴获的法国罐头,如桃子罐头、橘子汁之类,打算给夫人许其倩尝尝,因为夫人即将临产了。但是一到北京,他又告诉许其倩,不要全吃了,我想找机会回一趟老家,我家里人从来没有尝过这种东西。许其倩听后把罐头留下了大半。这次南下,韦国清又从北京把罐头一直带到东兰,在临别之际送给弟弟和其他乡亲,使他们又惊又喜。

临别之际,倒是韦国清的一个侄子——韦邦洪的大孩子韦士先——意犹未尽,壮起胆子对韦国清说:"我想跟伯伯到镇子上去看一场电影,听说电影好看,但是我还没有看过呢。"

韦国清听了,心中感慨,遗憾地摇了摇头,说:"这次不行了,但是这桩事我记住了。你们这些孩子要好好学习,将来出去见见世面。"

韦国清挥手向亲人告别,重新踏上征程。

看过了故乡山水故乡人,韦国清带着内心的满足奔赴越南。对于家乡的孩子,韦国清又有了一个新的心愿——要让他们看上一次电影,那就等在越南打完仗归来吧。[1]

---

[1] 1993年8月5日,作者在北京访问刘焕成,1994年5月12日,作者在北京访问许其倩,两人都提到韦国清回故乡的情节。另:越南停战后,韦国清曾带领一个电影放映队回到东兰,给乡亲们放了一场电影。

第18章 那产遇挫,出兵老挝

韦国清走后的3月30日,韦国清、许其倩的大儿子小鹰在北京出生。

韦国清到达越南中央根据地后,与越军总军委统一了对未来上寮战役的总体构想。这次战役的主要进攻目标是桑怒,那里有法国殖民军共1500人左右驻守,指挥官是法国人,余众皆为老挝士兵,战斗力甚弱。桑怒以南还有敌军3个营的兵力。在力量对比上,只要越军越境而入,就占压倒优势。

3月23日,韦国清、梅嘉生率部分中国军事顾问团成员随越军前线指挥部进入老挝上寮,酝酿已久的老挝上寮战役终于拉开了战幕。

老挝在印度支那的地位

老挝是一个古老国家,疆域狭长,北与中国为邻,东与越南交界,南与柬埔寨相连,西与泰国、缅甸接壤。老挝总面积23.68万平方公里,当时总人口约200万。老挝境内多森林覆盖的山地,川圹高原上的查尔平原地处印度支那三国正中,建有一个机场,使法军空军战机的飞行半径几乎包括整个印度支那。

老挝的先人中至少有一部分曾居住在中国的西南部、主要是云南的部分地区。老挝王国建国于公元749年,当时名为"澜沧王国"。13世纪忽必烈率军南下,加快了这支部族的南迁。12—13世纪,老挝的北部建有猛斯瓦国(后称琅勃拉邦)。老挝的古代史亦记载,国君首创澜沧王国(意思是"百万大象之国"),开拓疆域,引进小乘佛教。从那时起,老挝民族普遍信奉小乘佛教。以后,由于越南君主入侵,加上卷入缅甸和暹罗的战争,古代老挝王国的局势曾长期混乱。直至苏里亚旺萨(1637—1694年在位)执政时,国势才得到恢复。位于老挝中部偏西,地处湄公河畔的万象是国家的政治和文化中心。

苏里亚旺萨死后,其侄在越南军队

20世纪中叶的苏发努冯亲王

援助下夺取王位，引起政局动荡，王国分裂为琅勃拉邦、万象和占巴塞几个部分，后来王室变迁频繁。历史上，老挝王室曾与中国长期保持过藩属国的朝贡关系。

1886年，法国殖民者控制了老挝，并通过与中国和暹罗等国的交涉将老挝变成法国的保护国。1893年老挝被法国并入印度支那联邦后，老挝和邻国越南的关系迅速发展。从那时起到20世纪初，每年都有几十名或更多一些的老挝青年去西贡或河内求学，苏发努冯王子即是其中之一。

苏发努冯于1909年7月13日出生在老挝王族家庭里，是国王之弟奔空的第20个孩子，也是最小的儿子。他的幼年在琅勃拉邦王室度过，但他的母亲却不是老挝贵族出身。少年苏发努冯王子在越南河内完成了初等教育，于20世纪30年代初留学法国，学习机械工程。在法国学习期间，苏发努冯和法国共产党人多有接触，接受了马克思主义，开始致力于老挝独立运动。他于1937年毕业，次年回老挝。在学习期间，年轻的苏发努冯显示出极好的语言天赋，学会包括俄语、希腊语在内的多种语言，法语和越语更是十分流畅。

回到老挝，苏发努冯王子一度在法国殖民政府任职。不久他来到越南谋职，一直到1945年。在这期间，他和越南姑娘黎氏圻南结婚。同时，他结识了许多胡志明的战友。

第二次世界大战开始以后，老挝独立运动随即发轫，主要成员都是老挝的青年知识分子。1945年3月，日本军队决心独占印度支那，一支从泰国出发的日本步兵进入老挝向万象进攻，很快赶走了那里的法军，并宣告老挝脱离法国而"独立"。几个月后，日本占领军又向盟军投降了。1945年9月1日，老挝正式宣布独立。

在老挝独立过程中，老挝王室中先后有四位王子成为其历史上非常重要的人物。佩差拉王子（又称"亲王"）是"自由老挝"运动领导人，1945年10月12日，以佩差拉亲王为首相，苏发努冯任外交大臣兼革命军总司令的老挝临时政府成立。

1946年3月，法军于战后重返老挝，苏发努冯亲王率部抗击，在法军飞机轰炸中背部负伤，撤入泰国。法军打散了抵抗武装，迫使老挝政府流亡泰国。

兄长们流亡曼谷，苏发努冯亲王却在伤愈后进入老挝农村，组织抗法武装力量。苏发努冯亲王的活动得到了胡志明的支持，在困难的条件下，越盟依然向苏发努冯亲王的游击队提供了武器援助和急需的财政支持，还派出一些人员协助他建立新的游击队武装，并把相当一部分武装置于印度支那共产党领导下。事实上，胡志明领导的印支共有意地将自己的老挝党员发展成"老挝支部"，凯山·丰威汉和诺哈就是这个支部的领导人。

1949年7月19日，法国和老挝流亡政府签订一项协定，双方妥协，法国给予老挝王国政府"有限的自治权"，老挝政府返回琅勃拉邦。

1950年夏天，老挝抗法力量举行了代表会议，苏发努冯亲王和凯山·丰威汉、诺哈、富米·冯维西，还有苗族领袖费当，以及中、下寮少数民族领袖西吞·库马丹等人参加了会议，决定成立以苏发努冯亲王为总理，富米·冯维西为副总理的老挝抗战政府。

1951年2月，印度支那共产党举行代表大会，将党更名为越南劳动党，并将党的老挝和柬埔寨支部分别组织为各自国家的政党。这次大会的正式宣言中有两段专讲越南和老挝、柬埔寨的关系：

> 越南人民必须和老挝人民、柬埔寨人民紧密地团结在一起，在共同的反对帝国主义侵略的斗争中全力支持他们，实现印度支那的解放，保卫世界和平。
>
> 印度支那三国人民有着共同的利益，越南人民将永远和老挝人民、柬埔寨人民站在一起，在符合三国人民意愿的前提下，最终建立一个独立、自由、强大、繁荣的越南、老挝和柬埔寨三国联邦。[1]

这两段话清楚地表明，当时越南劳动党的国家政策是最终建立印度支那联盟。

苏发努冯亲王参加了越南劳动党成立大会。会后，越南党领导人和苏发努冯以及高棉解放阵线负责人瑞亨举行联席会议，决定建立越南、老挝、柬埔寨三国抗战联盟，共同反对法国的殖民统治。

在第一次印度支那战争中，老挝的抗战力量明显弱于越南但是强于柬埔

---

[1] Paul F. Langer and Joseph J. Zasloff, *North Vietnam and the Pathet Lao* (Harvard University Press, 1970), p.50.

寨。苏发努冯亲王的"巴特寮"解放力量总人数在1952年旱季到来之时还不到1500人。不过，法国在老挝的力量也相当薄弱，成建制的部队很少。如果越南人民军主力师进入老挝，将在顷刻之间改变那里的力量对比。

越军主力疾进上寮

1952年3月20日和21日，越军主力第308师和第312师分别离开集结地富寿，向老挝进发。

越军的战略意图是，以三个师齐头并进。第308师为主力居中，留下一个团监视那产守敌，以两个团进入老挝后直插琅勃拉邦；第312师在北路，进入老挝后进攻孟夸，得手后折向南与第308师在琅勃拉邦前线会合；第316师居南路，主要战斗目标是攻占桑怒。与此同时，已在越南中部地区的第304师从蜂腰地带西进老挝，截击南撤的法军。

1953年4月6日，投入上寮战役的越军集结在木州地区，于4月9日进入老挝。10日，第312师以一个营轻装奔袭，打算突然袭占桑怒机场，切断敌人后路。但是，11日晚，越军一个侦察排长投敌，泄露了战斗秘密。

1953年4月，参加上寮战役的中国顾问在马江合影，后中为韦国清

面对越军攻击，沙朗本想坚守桑怒，后来发现桑怒的机场太小，不敷使用，加上获悉了越军的行动计划，沙朗于12日命令桑怒守军弃城南逃。但是，这道命令下得太晚了。

桑怒战斗演变为追击战。13日傍晚17时，越军占领桑怒后，追击部队一个营轻装上阵，日夜兼程追击，两个营背粮紧随供应。15日，越军在桑怒西南30公里处的那侬村追上了涣散的敌人，当即歼灭一个老挝籍营，余敌奔散。两天后，这股逃跑中的队伍正好被第304师堵住，大部被歼。桑怒守军一共2500人，最后撤入川圹的只有235人。

前锋扫过之后，韦国清带着身边的参谋人员进入桑怒，直入法军指挥官住所，只见屋里摆满了老挝特产，墙壁上挂着一张完整的虎皮，依然给人一种虎视眈眈的威风。听说韦国清到此，苏发努冯亲王率几

1953年4月，韦国清将军（中）与中国军事顾问团侯寒江（左）及越南战友黄明芳在上寮合影

位随从来访，将两只椰子和一柄老挝匕首赠给韦国清。韦国清当场打开一只椰子，与苏发努冯亲王共饮椰汁。[1]

第312师主力在老挝边境小镇孟夸曾遭守军300人的顽强抵抗，初战未能得手。于是，第312师留下部分兵力于两天后将其围歼，主力继续向前疾进。

在中路，第308师于4月9日开始进入南伞河峡谷，向琅勃拉邦挺进。4月18日，第308、312师在琅勃拉邦以北64公里处的柏森会合。其后，第312师继续向琅勃拉邦进军，第308师则向琅勃拉邦以南的老挝政治中心万象实施迂回。同一天，第316师来到了川圹以北40公里的地方。

1953年4月19日，沙朗不得不放弃川圹，命守军撤向查尔平原营地，使那里的总兵力达5个营，并且急速构筑集团据点。从军事角度来说，这不失为明智之举，不然的话，越军就可能顺利通过这个军事要塞，直接攻打万象。

法军从川圹南撤后，越军乘势追进，于4月23日逼近查尔平原。4月26日，越军包围了查尔平原营地，迫使法军只能从空中运送给养。

---

[1] 1993年8月5日，作者在北京访问刘焕成，1994年5月12日，作者在北京访问许其倩，两人都提及此事。

在援越抗法战争中,韦国清经常与胡志明主席会商

在老挝的法军力量之弱甚至超出了韦国清的预想,上寮战役摧枯拉朽,一帆风顺。1953年4月28日,第312师兵临琅勃拉邦城下。

越军兵力占绝对优势,沙朗最初打算放弃琅勃拉邦,但是老挝国王西沙旺·冯拒绝离开首都,情愿葬身于烽火之中。出于政治和军事的双重考虑,沙朗改变主意,命令固守。幸亏越军因缺粮缓兵数日,就在这几天之中,法军空投了3个伞兵营,加强了在琅勃拉邦的据点。

4月底,越军包围了琅勃拉邦和查尔营地,控制了上寮大部分地区,上寮战役的目的已经达到。

越军毕竟前进得太快,粮弹供应再次出现了问题。鉴于雨季即将来临,战士已经疲劳,后勤补给线拉得太长,法军再度实施集团据点固守后越军已难在上寮捕捉战机。1953年5月3日,越军停止进攻,结束上寮战役。

从1953年5月7日起,第312和第316师撤回越北根据地,第308师不久也撤了下来。

越军取得了上寮战役的胜利,全军振奋。是役歼灭法国殖民军3个营和11个连,是为老挝殖民军总兵力的五分之一。越军控制了桑怒全省及川圹、丰沙里两省的一部分,占老挝国土总面积的五分之一,它和越西北、越北的越军控制区连成了一片,为日后再进老挝提供了有利的条件。巴特寮部队也由此发展了起来。

在回师越北的路上,梅嘉生和他的战友们说,由于西北和上寮战役完全实现了中国军事顾问团的预想,现在,越军已经稳拿战场主动权。他确信,法国在印度支那战场上的失败只是一个时间问题了。

西北战役为越军在第一次印度支那战争中的胜利打下了基础,中国军事顾问团和中国人民解放军总参谋部都持这种看法。

中国军事顾问团返回驻地后,胡志明特意请韦国清、梅嘉生、邓逸凡到他的住处吃饭。席间有小菜四五样。胡志明首先用筷子夹起一块肉皮冻放到了韦国清的碗里,说:"吃了它,能治好你的胃病。"他又夹起一个鸡腿放到了梅嘉生的碗里,说:"你为了越南的救国事业染上了严重的关节炎,吃了这个,尽快康复!"[1]

上寮战役结束后,印度支那雨季的豪雨随即飘来,越法双方各自收住了步伐。

---

[1] 1990年7月,作者在北京访问周洪波,并据周洪波随后为作者整理的文字材料。

第 19 章

法军换将和"纳瓦尔计划"

法美协调印支政策

西北战役的结局标志着越军已在越南和老挝两个战场上占据了主动。特别是在至关重要的越北战场上，若不是空军占有完全的制空权，法军就只能处处挨打了。

法国政府首脑明白，若不扭转战局，法军势必被赶进大海。

法军的印支司令部确信西北战役已经结束的时候，一纸调职命令从巴黎飞来，沙朗将军奉命归国。法国总理又要换将了，这回轮到谁赶赴疆场呢？

此时，在亚洲另一端的朝鲜战场上，交战双方各投入百万大军，僵持已久。从1951年年底以来，战线胶着，双方进退可以用米而不再以公里来计算。朝鲜战争终于到了要摊牌的时候了。

临近1952年年底，美国举行新一届总统选举，宣称一旦入主白宫，"将亲自去朝鲜半岛，并结束这场战争"的共和党候选人德怀特·艾森豪威尔当选为美国第34届总统。

艾森豪威尔于1890年10月14日出生在美国得克萨斯州一个贫苦的家庭里。整个青少年时期，艾森豪威尔学习刻苦，成绩优异，对军事史著作特别感兴趣。1905年，艾森豪威尔与他的二哥同时中学毕业，但是手头拮据的父亲不再支持他们上大学了。这对青年一心向学，商定哥哥先

1953年，美国新任总统艾森豪威尔

入密歇根大学读法律，艾森豪威尔则去工作接济哥哥；然后再由哥哥工作，支持艾森豪威尔进大学。

艾森豪威尔在工作之余坚持学习，并且接受好友的建议投考西点军校，一来因为西点是美国最著名的军校，号称"将军的摇篮"；二来那里的免费教育可以解除他沉重的经济负担。1911年6月，艾森豪威尔被西点军校录取。

1915年，艾森豪威尔佩戴着少尉军衔毕业，开始在军中服役。第一次世界大战期间，艾森豪威尔任职于坦克指挥训练中心。1918年，他正要随一支坦克部队去欧洲参战，第一次世界大战却结束了。战后，1920年7月的某一天他晋升上尉，三天后又被提升为少校，此后保持少校军衔达16年之久。

1924年他被选入参谋学校学习，1926年以第一名的成绩毕业，两年后又在陆军学院以优异成绩毕业。1933年，他跟随麦克阿瑟将军去菲律宾，几年后才晋升中校。

1939年至1942年，第二次世界大战烽火连天。为了战备需要，美国军队总兵力从19万迅速扩充到500余万。1940年11月，艾森豪威尔成为上校，就任第三集团军参谋长。这时，他的运气来了。1941年夏季，在一次有50万人参加的军事大演习中，他的组织指挥才能受到陆军参谋长马歇尔将军的赏识。

1941年12月7日珍珠港事件爆发，美国迅速对日对德宣战，艾森豪威尔即被马歇尔召入国防部作战处，主持那里的紧张工作。1942年3月，他升为少将，任国防部作战处处长。

1942年6月，马歇尔又任命艾森豪威尔担任美国驻欧洲部队总司令，7月晋升中将。当年11月，艾森豪威尔受命指挥美英联合部队15万人实施在北非登陆的"火炬作战方案"。战至1943年5月13日，艾森豪威尔挥师突尼斯，共歼敌27.5万人，将轴心国军事力量赶出北非大陆。这一胜利与3个多月前苏联红军的斯大林格勒战役大捷南北辉映，使法西斯伙伴意大利的覆灭成为定局。

北非战役后，艾森豪威尔指挥美英联军进军意大利，终结了墨索里尼的统治。接下来，艾森豪威尔任盟军远征军最高司令，着手实施在欧洲大陆登陆的"霸王计划"，开辟反法西斯第二战场。

1944年6月6日，艾森豪威尔指挥300万大军成功地实施了诺曼底登陆作战。这年12月，他晋升为五星上将，这是美国的最高军衔。

在艾森豪威尔指挥下的盟军与苏联军队合作，彻底粉碎法西斯德国，于1945

年5月结束了欧洲战事。1945年6月艾森豪威尔回国，旋即就任陆军参谋长。

1948年5月，他退出现役，出任位于纽约的哥伦比亚大学校长。当年秋天，他出版了畅销的战争回忆录《远征欧洲》。

1950年秋，出于对欧洲形势的考虑，美国总统杜鲁门请艾森豪威尔复出，任北大西洋公约组织最高司令。在欧洲工作将近两年之后，艾森豪威尔于1952年6月1日再次退出现役，代表共和党参加总统竞选。

这位职业军人出身的美国总统，对战争的体会自然与众不同，对世界战略的权衡，在他心中更是由来已久。

竞选成功之后的1952年12月2日，艾森豪威尔带领一行人来到朝鲜半岛，做实地考察。

早在1946年夏天，艾森豪威尔就到过朝鲜半岛。那时他觉得朝鲜半岛气候炎热，遍地荒芜，道路和田野里一片尘埃。而这回，飞机降落处满目冰天雪地，朝鲜半岛变成了一个巨大的战场，艾森豪威尔唯一的儿子正在前线。

在前方观察哨所，艾森豪威尔通过高倍望远镜观察了正面中国志愿军的阵地。他认定中国军队已经在朝鲜半岛山野里找到了隐蔽和保全自己，并能向敌人实施炮火袭击的办法，那就是在山岭中开凿可以直通后方、大得可以容纳火炮的坑道。这种坑道蜿蜒纵横，犹如地下长城。

艾森豪威尔还乘坐轻型飞机在前线上空俯瞰双方阵地。在军事上，艾森豪威尔是个行家，他得出的结论是："显然，任何正面的攻击都将遇到巨大的困难……我们不能永远停留在一条固定不变的战线上，继续承受看不到任何结果的伤亡。"[1]

艾森豪威尔于1952年12月5日结束朝鲜半岛之行。在那之后的三个月里，"三八线"以北的中国志愿军部队进行了大规模的"抗登陆作战准备"。到4月底，这项准备全部完成，中、朝方面总兵力达180万人，其中志愿军135万人。"联合国军"方面总兵力近120万人，其中韩军有60多万人。双方大体上势均力敌，美军不可能大纵深地突破北方阵地。

解决朝鲜战争问题，只有谈判一条路了。

通过外交和舆论渠道，艾森豪威尔透出了希望重开谈判的信息。1953年2

---

[1]（美）艾森豪威尔：《受命变革》第2卷，第112—114页，三联书店1978年版。

月22日,"联合国军"的美国司令克拉克将军致函朝中方面,提议在停战前先行交换伤病战俘。3月28日,朝中方面同意这个建议,并且提议立即恢复停战谈判。4月20日,双方开始交换伤病战俘。4月26日,中断了6个月的朝鲜停战谈判恢复。

在决心通过谈判解决朝鲜问题的同时,艾森豪威尔开始把精力越来越多地投向印度支那。对于印度支那战争,他是在当哥伦比亚大学校长的时候开始关注并加以研究的。他认定,印度支那战争是东西方对抗的一个焦点,交战双方的背后都有大国的影子。1953年3月5日,苏联领导人斯大林的去世使艾森豪威尔感到,似乎有机会在某种程度上与苏联暂时妥协,以求得一段战略平静或稳定状态,以便调整世界格局。

对于美国的外交政策,艾森豪威尔在很大程度上委托给新任国务卿福斯特·杜勒斯主持,自己只是最后批准人。

就在1953年1月20日艾森豪威尔入主白宫之时,巴黎政坛也发生了较大的变化,勒内·梅耶当选为法国总理。

梅耶是老资格政治家,出生于1895年,早年毕业于巴黎大学。他在第二次世界大战中是坚决的抗战派,1944年任交通部部长,1945—1946年任德国事务高级专员,后来当过两任财政部部长。他倾向于把印度支那战争继续下去,直到出现军事转机后再寻求政治解决。

这时,按照华盛顿1952年度向法国军援的承诺,美国已把13.7万吨武器装备运到了印度支那。其中包括900辆装甲车,1500辆各种运输工具,2500门大炮,2.4万挺(门)自动武器,7.5万支枪,9000套无线电通信器材。法军空军则收到了160架F-6和F-8战斗机,41架B-26轰炸机,28架C-47运输机,以及9.8万枚炸弹。[1]

尽管有如此军援,但在印支战场上,每个月都有越来越多的法国士兵捐躯疆场,对西方世界来说,印度支那的战局非但没有出现期望中的改观,反而更加恶化了。

1953年3月,一个美国代表团访问了越南北部,法军越北部队司令冈萨雷

---

[1] Ronald H. Spector, *Advice and Support: The Early Years 1940—1960* (Washington D.C., 1983), p.168.

斯·利那雷斯将军向他们透露真情说，在越南北部，法越双方正规军兵力相差不大（实际上越军人数更多——本书作者注），但是，越军有能力集中4到5个师用于机动作战，而法军2/3的兵力被拖在各个防御点上动弹不得，机动兵力最多只有25个营，共2万来人。

同月，杜勒斯在会晤法国外长皮杜尔时说，艾森豪威尔和他都认为，朝鲜半岛和印度支那是一条战线上的不同组成部分。这是美国官方第一次将印度支那摆到和朝鲜半岛相等的地位。而此时的朝鲜战场渐趋平静，签署停战协议的日子已经可以预见了。

但印度支那局势却依旧扑朔迷离，法国新任总理梅耶带着外交部部长皮杜尔、负责印度支那事务的海外部部长让·勒图尔纳于3月下旬来到华盛顿会见艾森豪威尔，向美国提出：在新的财政年度向法国的印度支那远征军提供4到5亿美元援助。

艾森豪威尔和国务卿杜勒斯邀请梅耶一行登上总统游船"威廉斯堡"号，从波托马克河顺流南下，一直开到美国第一任总统华盛顿的故居弗农山庄，沿岸风光甚美，宾主于船上各怀心思，不断交谈。

艾森豪威尔说起，美国可以同法国达成关于欧洲防务和印度支那战争问题的某种协定，但条件是，法国应该在欧洲防务中承担更多的义务，法国必须明确宣布放弃印度支那这块殖民地。

这下子，梅耶闭口不言，皮杜尔则大叹苦经，表示要到印度支那战局好转，减轻了法国负担的时候，法国才有可能在欧洲防务上多做一些；对于印度支那，皮杜尔躲躲闪闪，拒绝做出完全放弃印支殖民地的保证。

艾森豪威尔可不愿意随随便便把美元往水里扔，他对客人说："如果希望得到美国的进一步援助，法国必须提供一个可行计划。至少，这个计划应该使人看到解决问题的希望。"在希望尽快了结印度支那问题这一点上，梅耶和艾森豪威尔的看法一致。为了争取美国的支援，梅耶当即命令勒图尔纳在华盛顿拟制新计划。

好在勒图尔纳对印度支那事务相当熟悉，对美国军援也是心中有谱，他把自己关在下榻的饭店里挥笔起草新计划。

一个真正的急就章——"勒图尔纳计划"——产生了。这个计划的要点是，法国分三个阶段通过军事行动解决印度支那问题。第一阶段，法军和保大军稳固越南南方和中部地区，随后将这些地区移交给新组建的保大部队，腾出机动兵力。第二阶段，法国向越南增兵，寻机与越军主力作战并战胜之。1955年春天开始实现计划的第三阶段：法国和保大联军彻底打败越军。[1]

虽然不全满意，艾森豪威尔和助手们还是倾向于接受法国的急就方案。为了使美国放心，法国总理当面向艾森豪威尔提议，请美国派一位有声望又有经验的将军到越南战场做一番考察，以印证法国远征军的能力和信心。

送走了梅耶，军旅出身的艾森豪威尔另有考虑。1953年5月初，艾森豪威尔要美国驻法国大使向梅耶总理转交他的一封信件。此信分为两个部分，第一部分要求法国给予印度支那三国以完全的独立地位，使法国摆脱"殖民主义"的政治压力，也同时减轻美国政府因为援助法国远征军而受到的国内外压力。

如果说此信的第一部分表达了美国久已坚持的立场，第二部分则使法方大吃一惊。艾森豪威尔建议法国政府，任命一位新的印度支那远征军司令，再派一个像塔西尼那样出色的将军去越南。信中甚至提出了推荐名单：一是老将瓦吕，他熟悉印度支那；或者是曾任驻德国法军司令的奥古斯丁·纪尧姆将军。

纳瓦尔将军走马上任

然而，信到巴黎之日，法国政府已经宣布，任命55岁的法国驻中欧部队参谋长亨利·纳瓦尔将军为印度支那远征军司令。

这真是一番众里寻他千百度的挑选，这位将军的使命就是从根本上扭转印度支那颓局。梅耶从美国归来，立即授意国防部和法军元老们推荐这位关键人物。

面对摆上办公桌的法国将领名单，由法国陆军元帅朱因推荐的纳瓦尔特别受到梅耶总理的垂青——那是老熟人了。1946年，德国被苏、美、英、法四大国分区占领，梅耶任法国占领区专员，纳瓦尔是法国占领军总部秘书长。1948年，梅耶转任非洲阿尔及利亚的君士坦丁市市长，纳瓦尔又正好是那里法国驻

---

[1] （美）艾森豪威尔：《受命变革》第2卷，第170页，三联书店1978年版。

初到印度支那战场的法国将军纳瓦尔

军的师长。梅耶对纳瓦尔印象颇佳,此时决心委以重任,把扭转印支战局的希望寄托在他的身上。

亨利·纳瓦尔,1898年生。第一次世界大战进行中的1917年,19岁的纳瓦尔曾在西线和德军作战。战后他去了叙利亚,在那里和当地的反殖民主义战士作战两年。之后他来到法国驻德国占领军任职,不久进入法国军事学院学习。1930—1934年,他到法国殖民地摩洛哥,参与对那里反殖民运动的军事镇压。1937年起,他转而担任军事情报军官,1938—1940年间,他是法军情报部德国情报处负责人。

第二次世界大战爆发,德军侵入法国,纳瓦尔是抗战军人,主持被占领国土上的情报工作。1944年法国解放,他回到作战部队任装甲团团长,很快升任法军第5装甲师师长,驻扎于德国领土上。后来又几经升迁,眼下是西欧盟军陆军参谋长。

无论从哪个方面的经历来说,他都应该算得上是个出色人物。虽然没有在印支作战的经历,但他的履历中分明有着在阿拉伯国家与当地游击队作战的记载。作为情报官员,他的思考细密,为盟军获取了不少有价值的情报。选任纳瓦尔的另一层考虑是,正因为他没有在印支打过仗,对那里的局势会因没有成见而比较客观。由于他有西欧盟军总部的工作经历,有助于他从全球政治的角度来看待印度支那问题。虽然他作为战场主官的经历确实短了一些,但毕竟也打过不少的仗。

纳瓦尔来到总理府向梅耶辞行赴任,总理面授机宜,他所领受的使命是,使法国"能够体面地结束印度支那战争"。

1953年5月21日,来到西贡接任总司令的纳瓦尔做了一个简短讲话:"一年以前,还没有人能够看到胜利。但是今天,我们可以看到曙光在前,如同隧道尽头已经出现的光亮。"他向新下属们发出一个简短的到任命令:"我期望着和你们，特别是和前线的战斗者们建立密切的联系，这将增辉于我的军人生涯。"[1]

来到陌生的印支战场，纳瓦尔用了整整3周时间巡视各地，与当地驻军将领和官员谈话。他甚至飞到了被越军包围的那产和莱州。在深入越军腹地的飞行中，他的座机几次被越军防空武器击成轻伤，他的历届前任都没有过如此令人心悬的尝试。

纳瓦尔勤于思考和分析，在印支热带雨林上空一次次掠过，俯视炮火纷飞的战场，必定思绪万千。在巴黎受命之时，总参谋长埃利有明确指示，到印支后迅速熟悉情况，对局势做出估量，制订一个切实可行的计划带回巴黎来讨论，由政府和军事首脑做出实施与否的决断。

纳瓦尔看得明白，印支局势极为严峻，特别是西北战役之后，战争的主动权已经易手，法军陷入守势。向他汇报的高级军官无不认为，1953年秋天，越军会发起更大规模的攻势。

纳瓦尔最担心的是红河三角洲及其周围地区，越军的七个主力步兵师以及一个炮兵师约12.5万人从内外两线威胁塔西尼防线。纳瓦尔得到报告说，越军主力部队装备整齐，训练有素。法军情报部肯定地说，大部分武器装备是由中国提供的。随着朝鲜停战，中国有可能向越军提供更加充分和更加优良的武器。

更使纳瓦尔不安的是，约有三个越军独立团渗透塔西尼防线，在红河三角洲腹地建立了和法军据点犬牙交错的游击区，控制了大约6000个村庄，牵制了该地区法军机动部队半数以上的兵力。

在越南中部，越军也掌握了主动权，越军三个团的兵力十分活跃，法军只得退守顺化、岘港、归仁等地。这些据点之间仅维系着一条受到了严重破坏、随时可能被越军切断的2号公路，法军不得不经常使用船只进行海上补给。

纳瓦尔看到，越南南方局势要平缓得多，法军控制着以西贡为中心的广大地区，但是越军已在越南和柬埔寨边境地区建立了几块根据地，还将游击区延伸到湄公河三角洲的边缘地带。在越南最南端的平定省出现了越军小股部队。

---

[1] Bernard B. Fall, *Hell in a Very Small Place*, *The Siege of Dien Bien Phu*（Published by Da Capo Press, Inc. Originally published by Philadelphia: Lippincott, 1967）, pp.28—29.

纳瓦尔最感到宽心的是柬埔寨，那里的游击队员人数尚少，武器不足而且破旧，总兵力不足2万人的柬埔寨国家军队虽然松松垮垮，却还可以控制局面。年轻的西哈努克亲王虽然总是在挥动自治和独立的大旗，但是他对法国的态度友好，使柬埔寨局面还不至于失去控制。

柬埔寨，印度支那重要一环

柬埔寨，面积18.1万平方公里，西和西北与泰国接壤，北部与老挝相邻，东和东南与越南交界，20世纪50年代初的人口约300万。

柬埔寨这块土地上最早的居民是马来亚土著人。柬埔寨的先民曾建立扶南国，约在公元225年，两名中国使者访问了扶南，中国史籍《梁书·扶南传》记载了那里的早期历史。公元10世纪前后出现的高棉王国曾强盛一时，阇耶跋摩二世（1113—1150）曾吞并占婆国，并进攻越南。13—14世纪高棉衰落，西部边境屡受泰国进攻，东部边境线则在与越南的相互关系中发生过多次变更。19世纪后期法国将越南变为殖民地时，于1863年和1884年与柬埔寨国王两次签订条约，完全控制了柬埔寨事务。

诺罗敦·西哈努克于1922年10月31日出生在金边王室家庭。当时，他的外祖父西索瓦·莫尼旺是柬埔寨国王。西哈努克自幼接受宫廷教育，1936—1940年到越南西贡的沙士鲁·罗巴中学读书时，日本军阀控制下的泰国对柬埔寨发动了军事进攻，后来虽由法国代表和对手缔结了停战条约，柬埔寨却失去了西部大片领土，面积约占全国领土的三分之一。

带着丧权辱国的忧苦，1941年11月，柬埔寨老国王在自己的高山别墅里死去。很快，法国殖民当局选中还不到18岁的西哈努克继任柬埔寨国王。

当时，第二次世界大战全面展开，日本军队控制了几乎整个印度支那，法国总督向日军妥协。西哈努克日后回忆说：那时"柬埔寨一直有两个主人，日本主人要我国人民向他们提供廉价的非正规部队的战斗员、劳工、给养、大米和木柴，法国主人要我国农民提供木棉"[1]。

---

[1]（柬）西哈努克：《西哈努克回忆录》，第107页，黑龙江人民出版社1987年版。

1945年3月9日,日本的印支驻军发起全面进攻,将法军赶出印度支那,并在控制局面后要西哈努克宣布柬埔寨独立,脱离法国的"保护"。西哈努克同意了,于3月13日宣布独立,废除1863年和1884年与法国签订的"保护条约"和"协议"。

当年8月,日本军队彻底垮台,法国专员回到了柬埔寨。但这回,法国的力量毕竟大大削弱了。随着年龄增长,西哈努克对国家局势的控制力增强了,他的民族独立意识也逐渐增强,决心以和平方式寻求柬埔寨的彻底独立。

年轻的柬埔寨国王西哈努克

1949年,法国和柬埔寨就独立问题进行了实质性谈判。由于法国急于抽出兵力对付胡志明领导的越盟,因此原则上同意柬埔寨独立,法国的军事和行政人员逐步撤出。

1952年4月西哈努克与心爱的莫尼克·依吉(莫尼克公主)结婚,告别了往日风流的宫廷生活,专心国事。在柬埔寨王国军队组建后,柬埔寨逐步获得了国际承认。在这种情况下,法国决定从柬埔寨脱身,集中力量经略越南和老挝。[1]

"纳瓦尔计划"与奠边府

相对于柬埔寨,纳瓦尔对老挝局势甚感不安。尤其是在上寮,当地政府军加上警察部队总兵力才1.5万人,对付苏发努冯亲王的巴特寮解放军尚能打成平手,越军一旦挺进上寮,老挝王国部队无论如何也顶不住。

纳瓦尔展望,在未来旱季,越军发动重大攻势在所难免,首当其冲的目

---

[1] 1953年8月29日,最后一个法国士兵撤离柬埔寨。当年11月9日,法国正式承认柬埔寨独立。西哈努克亦承诺保持与法国的友好关系。

标可能是红河三角洲。但是纳瓦尔断定，法军在这一地区的总体实力仍强于对手，能守住河内、海防等重要城市。纳瓦尔认为越军的第二选择是进攻越南中部的蜂腰地带，然后进入下寮，逐步威胁西贡。纳瓦尔认为，越军如果这样做，其主力将远离根据地长途跋涉，造成后勤供应上的严重困难，而法军在这一地区可以集结重兵予以反击。

纳瓦尔担心的是越军的"第三选择"。那就是越军出兵西北，进入上寮，然后向琅勃拉邦、万象发起攻击。经过计算，纳瓦尔又认为越军要进军西北会面对气候、地形、道路破损、距离遥远等一系列难以克服的困难，最后放弃这种选择。但纳瓦尔没有想到，他会在这里失足。

瞻前顾后，反复思量，"纳瓦尔计划"逐渐成形。追根探源，法国远征军在印度支那有过不少计划，"雷沃斯计划"以后，沙朗制订了第二个计划，尔后是"塔西尼计划"，接着又是沙朗接过手去搞了一个新计划。对这些作战方案，特别是"沙朗计划"，纳瓦尔一一俯首研读，尽可能寻求借鉴。

1953年6月16日，在西贡举行的远征军高级军事会议上，纳瓦尔提出了他的计划纲领。谈到下一个旱季作战的时候，纳瓦尔说，那产已经失去了继续固守的意义，它既不是当地的政治和经济中心，也不是交通要道，越军不占领它照样可以绕道而行，进入老挝上寮。因此，他决意放弃那产。但这并不是说那产的据守方式有什么问题。恰恰相反，法军将坚持那产集群据点的防御方式，坚守在越南西北部。越西北地区有没有一个其战略意义可以取代并超过那产这样的军事支撑点呢？纳瓦尔明明白白地告诉部下们：有，那就是奠边府。

对奠边府，纳瓦尔现在只能点到为止。

根据各处将领提出的意见，纳瓦尔对自己的计划做了进一步修改。7月13日，他飞回法国向首脑们汇报。

17日，纳瓦尔向法国参谋长联席会议提交了拟制完成的"纳瓦尔计划"。法国三军参谋长很快研究了这份计划，同纳瓦尔做了仔细的讨论。三军参谋长们向纳瓦尔指出，"计划"对老挝承担了过多的义务，似有鞭长莫及之虞。参谋长们认为，即使是身在印度支那，纳瓦尔也应该致力于这样一种努力，即促使美国和英国承担国际义务来保障老挝的领土完整，以此来警告苏联和中国不要继续通过支援越南来介入老挝事务。

7月24日，由法国总统主持，由总理以及外交、国防、财政和海外殖民部部长和三军参谋长等高级官员举行秘密会议，审议"纳瓦尔计划"。

这是一次至关重要的会议。越法战争持续7年了，法国籍将士已在血肉厮杀中伤亡了7.4万人，眼下还有十几万远征军官兵置身于印度支那战场，不知何时才能返回家园。更使法国内阁成员们忧心忡忡的是，法国公众早已厌烦了战争，反战民众到处都在呼喊，指责遥远的印支战争是一场"肮脏的战争"。到如今，任何人都不能不考虑法国反战运动的力量。[1]

与会者用眼睛盯住了纳瓦尔，眼下，也似乎只有他的口袋里才掏得出锦囊妙计。

面对总理和总统、内阁成员、三军参谋长，纳瓦尔侃侃而谈，将"纳瓦尔计划"和盘托出。

"纳瓦尔计划"详细列举了印度支那战场彼此力量的消长，提出的战略要点是：

> 1.以北纬18度线为界，将整个印度支那分为南、北两个战区。
>
> 2.北部战区法军在1953—1954年冬春旱季采取战略防御态势，尽可能避免使用重兵集团与越军进行大规模战役。如果越军在此期间向红河三角洲或上寮地区进攻，都可能对法军造成严重的威胁，因此必须加强这两个地区的防务。
>
> 3.由于越军掌握了战场主动权，拥有兵力上的优势，要求法国政府从欧洲向印度支那增援12个步兵营、1个机械化营和3个炮兵营；适当加强印度支那的海军和空军，使远征军能够掌握5个师的机动力量。
>
> 4.在加强越北防御的同时，在红河三角洲和周围地区进行若干次战术出击或一定规模的扫荡，以破坏或牵制越军的进攻。
>
> 5.重点是对红河三角洲内越军游击区进行剿灭作战。
>
> 6.加紧组建和训练新的保大军队，抽出更多的法军充实机动兵团。
>
> 7.如果在1953—1954年冬春作战中稳住局势，至1954年秋，远征军应该掌握6—7个师的机动兵力，其中包括一个伞兵师，使机动兵力与越军基本相等。到1955年，法国在印度支那三国可以控制的兵力将达到64万人。在这种条件下，法军要寻求战机，与越军进行战役决战，从根本上解决印度

---

[1] Sanford Wexler, *The Vietnam War: An Eyewitness History* (New York, 1992), p.20.

支那问题,或者是为政治解决印度支那问题创造最好的条件。

8.在南方战区,在稳定南部的前提下,将向越南中部实施扫荡,控制狭长的"越南走廊"。[1]

经过长时间讨论,国防会议批准了"纳瓦尔计划"。引人注目的是,在这次会议上,关于法国远征军是否有义务和能力保卫老挝、抵御越军攻击的问题,纳瓦尔明确地说,如果法国远征军承担保卫老挝的义务,在下一个旱季作战开始后,他将占领奠边府。

---

[1] Phillip B. Davidson, *Vietnam at War, the History, 1946—1975* (California: Presidio, 1988).

第20章

组建越军炮兵部队

亟待建设的越南炮兵

披着一身硝烟，韦国清、梅嘉生率领中国军事顾问们从越南西北返回中央根据地。

一路上，韦国清和梅嘉生交谈最多的，就是下一个旱季该怎么打。韦国清和梅嘉生觉得，西北战役确实打得不错，但是那产没有拿下来又实在惋惜。他们认为，那产之战之所以没打出好结果，除了情报不准，不知道法军迅速增兵以外，最突出的问题是越军在长途奔袭作战中没有装备重武器，结果在那产之战中，越军炮火打不着法军纵深阵地上的大炮，法军远射程火炮却能够自如地压制越军火力。上寮战役没有这样的问题，双方都在行进中作战，越军打得就比较好。那产作战中还有一个问题就是法国空军威胁太大，越军在白天几乎不能进行连、营规模的运动和作战。

回到越北驻地，中国顾问们总结经验时都说，以越军目前的战力还无法攻克法军的集团据点，法军在今后的战斗中有可能利用空中优势，反复使用集团据点的战法。在下一个旱季作战中，如何采用攻坚战术打破法军的集群据点，将是越军要解决的主要问题。

中国军事顾问团建议：

1.加强炮兵建设，向中共中央军委报告，在中国境内加快为越军装备和训练105榴弹炮、37毫米口径高射炮和12.7毫米高射机枪部队，大大加强越军的炮兵。

2.提高部队军事素质，加强攻坚战术的训练，为越军部队编写攻坚战战术教材。[1]

1953年5月下旬，韦国清多次召集军事顾问研究和布置编写教材。他指出，现在编写的教材不但要解决现实作战问题，而且要为今后攻坚战打下扎实的基础。编写教材和部队训练要多花时间，要扭转部队不愿意做工事的思想，学会大力构筑工事和土工作业，构筑进攻阵地，学会修筑道路和囤积粮草、弹药，学会用炮火控制敌人的机场，压制敌人的火炮阵地。

武元甲和黄文泰等非常同意中国顾问的意见。

6月，越军总部和各战略机动师负责人，以及中国军事顾问组成教材编审委员会，编写的教材主要以那产为假想目标，包括从单兵到连、营、团的攻击战术。在这次军事教材的编写中，韦国清、梅嘉生有了一个得力助手——新任越军作战局顾问茹夫一。

茹夫一是从朝鲜战场调来的。他是山西人，生于1916年，1931年才15岁就投身杨虎城的第17路军。作为杨虎城卫队的士兵，他是1936年12月西安事变的亲身经历者。次年抗战爆发时西北军已经分裂，茹夫一来到延安进入抗大学习，后编入抗大一分校挺进山东。在八路军中，茹夫一先后担任营长、团参谋长。抗战胜利后他进入东北，经历了坚持南满根据地的艰苦战斗。之后，他升任师参谋长，并参加了辽沈战役，朝鲜战争爆发时他是第42军第125师副师长。

茹夫一所在部队最先投入抗美援朝战争。他率部一路向南，最早进入平壤。第三次战役后，茹夫一到朝鲜人民军前线指挥部担任联络代表，与人民军的许多高级指挥员都很熟悉。第五次战役后，茹夫一到一支中朝侦察部队合编

越军作战局顾问茹夫一（右）和越军第312师师长黎仲迅在抗法战争中

---

[1] 依据梅嘉生将军保存的赴越军事顾问团文件。

的"联合支队"担任副支队长，准备越过战线深入敌后作战。此后这项任务取消，他又转入另一支部队进行反空降准备。

1953年4月，茹夫一接到志愿军总部的电报，要他去越南当顾问。茹夫一与志愿军参谋长解方很熟悉，当面问他：是不是你要我去越南的？解方回答，是组织上研究决定的。[1]

茹夫一富有作战经验，文化素养高，还有与友军合作的经验，要他去越南显然是慧眼识珠的结果。

茹夫一一行七人，于5月19日晚进入越南，22日到达顾问团所在地"竹林大厦"，开始履行新的任务。

6月底，韦国清、梅嘉生分别回国休假，中国军事顾问团由罗贵波总负责，教材编写和训练越军干部的紧张工作由茹夫一主持。

这时，广西省委副书记乔晓光奉命入越，担任中国政治顾问团副团长。

乔晓光，原名乔金亭，1918年5月生，河北广宗县人。乔晓光1932年就读于邢台的河北省立第四师范，1934年入党，两年后参加东北军学兵队，西安事变后曾任东北军骑兵第10师中共支部书记，抗日战争全面爆发后回到冀南进行武装斗争，曾任冀鲁豫十分区地委书记兼军分区政委。中华人民共和国成立后，乔晓光担任过湖南常德地委书记。1951年，乔晓光到广西，先后任省委组织部部长、省委秘书长和省委副书记。

乔晓光接受命令后入越与罗贵波会面。此前他和罗贵波并不熟悉，是越法战争把他们会聚到一起，从此成为战友和朋友。当乔晓光和罗贵波会面之际，远东局势发生了巨大变化。

朝鲜停战，印支战场成为焦点

1953年7月27日，朝鲜时间上午10时，朝鲜停战协定在"三八线"上的板门店签署，打了三年有余，谈判了两年多的朝鲜战争终于以分界线划定在北纬38度线上而告结束。

---

[1] 1998年7月4日，作者在成都访问茹夫一。

根据停战协定，7月27日22时，交战双方在横贯朝鲜半岛中部200多公里长的军事分界线上同时停火。

这一天，在上甘岭地区承担防空任务的志愿军高射炮连连长史国强的脑海中留下了深深的印迹：接到了晚间停战的指示，他命令战士把所有的高射炮炮弹都搬到阵地上，如果美军飞机前来攻击，他就要战士们把这些炮弹都打出去。

1953年7月27日，朝鲜停战协议正式签署

当日白天无战事，入夜后前线只有零星的枪炮声。殊不知此时战场的平静是为了等待一个激动人心的时刻。就在停火时间到来前15分钟，不约而同地，交战双方前沿阵地上枪声大作，震耳欲聋。双方士兵向对手的阵地倾泻弹雨，进行朝鲜战争中的最后一轮射击，以告别血与火的厮杀。站在高射炮阵地向前望去，可以看到半边天都打红了，照明弹不时照亮夜空，像流星那样在变了颜色的天幕中划过。

22时，停火时间到来的一瞬间，纵横200公里的朝鲜战场一下子宁静了，四野里静得没有一丝声响，听得见微风轻轻地吹拂。战争硝烟开始慢慢地飘散在浸透了鲜血的"三八线"上。[1]

朝鲜停战深刻影响着还在进行中的印度支那战争。朝鲜停战了，百万志愿军将撤回国内，过去三年里中国同时着手援助甚至直接参与的两个国际战场如今变成了一个，一批有朝鲜战场经验的军官将被派往越南战场，一些重要的武器装备也将调往越南，印度支那战场上的力量对比将发生变化。

问题的另一面是，数十万美军也将撤出朝鲜半岛。美国也会腾出手来，加强对印度支那法军的援助。

印度支那成为东西方对抗的主要战场，甚至成为全世界瞩目的焦点。

中国方面对越南重炮兵的援助和训练先行一步。

---

[1] 1993年9月29日，作者在镇江访问史国强。

云南军区早在1951年秋天，就在云南南部蒙自县的碧色寨装备和训练越军的重型榴弹炮团（第34重炮团），并派出杜友方任该团顾问。云南军区将24门105毫米美式榴弹炮交给了越方。

鉴于那产作战的结果，越方曾考虑把重炮团在1953年年初上寮战役前调回国内，投入西北战场。1953年年初，云南"特科学校"校长黎铁雄奉调回国，速遣重炮团回国的任务就由"特科学校"政委陈子平来负责。1月16日，陈子平向罗贵波发出了转致越南劳动党中央的电报：

罗贵波同志转劳动党中央：

　　榴弹炮团为便于长期训练作战，急需装备汽车。计需装备十轮卡车67辆，六轮卡车38辆，中（型）卡车3辆，工程车2辆，起重车、救护车、吉普车各4辆，共122辆。另该团亦需装备短枪89支。该次装备建议中央请中共中央设法解决。

　　当否？请示。

陈子平

1月16日 [1]

陈子平的要求得到了完全的满足。在解放军炮兵司令部安排下，云南军区为这个团配齐了所需的牵引车辆和通信器材。根据越南战场的需要，这个团1667人于1953年1月26日起程经云南河口进入越南，秘密集结于安沛。后因前往西北的道路无法通行，这个重炮团没有投入上寮战役。

中国炮兵军官的新使命

1953年夏天，原在云南宜良任越南陆军学校（"云南特科学校"）顾问的马达卫奉命入越，担任越军第351工炮师顾问。

36年后的1989年秋天，马达卫将军在济南无影山住所就当年往事对笔者谈

---

[1] 依据罗贵波接受访问时提供的文件。

第20章 组建越军炮兵部队

了很久：

我去越南完全没有准备。建国后不久，我从炮兵第3师参谋长任上到沈阳高级炮校深造班学习。1952年夏天，我已经通过了毕业考试，就等着参加毕业典礼了。突然，学校领导找我谈话，说已经安排我去云南，到越军"特科学校"当炮兵顾问，立即出发。我说："我还没考试呢，考完了我就走。"

校领导想了一想，说行，但毕业典礼你是肯定参加不上了。就这样，我没来得及参加毕业典礼就赶到了北京。

在北京，炮兵政委邱创成和我谈话，说我的任命又变了，是去特科学校当校长顾问，管的摊子大了，不只炮兵这部分了，要把工作搞好。不过，既然你是炮兵出身，要注意帮助越南部队搞好炮兵建设。他们那里也要打大仗，没有炮兵不行。

我乘飞机到达昆明，然后赶到宜良县凤鸣村，受到越方黎铁雄校长和陈子平政委热情欢迎，我很快就和他们搞熟了。

越方"特科学校"共有5个大队，第1、第2两个大队是一般干部大队，第3大队是团以上干部大队，第4大队是炮兵大队，第5大队是通讯和工兵大队。我自然对炮兵更加关心些，这也是战争的需要。当时对越军炮兵的装备和训练比较注重山炮，因为它体积小，牲口可以驮拽。但是后来就发现光靠山炮不行，因为它打不着法军的重型榴弹炮，帮助越军组建榴弹炮团的事就摆上了议事日程。训练这个重炮团主要由云南军区炮兵负责，训练地点和宜良隔得很远。我明确地意识到，"特科学校"炮兵大队的干部学习结束后有许多人将分配在这个炮兵团里。

1953年这个榴弹炮团入越集结是我主管的，重炮的牵引问题需要解决。过去越军都用人力抬炮，经常发生一次战斗下来，抬炮战士的脊椎骨被压裂的事情。在现代化战争中，这样的事本是不应该发生的，它会严重影响战斗力。

当时，特科学校校长黎铁雄回国参战了，政委陈子平来找我，希望我帮助解决这件事。我也就接手和有关部门联系。最后，我们像过去一样把最好的装备交给了越军，每个连装备了六辆牵引大卡车、三辆运输车。我考虑到一旦进入越南战场零件配备会有问题，又亲手造了一张表，为重炮团每个连配备了钳工床、套筒、扳手、千斤顶，还有备用轮胎。

重炮团装备完毕以后，我和陈子平一起去了碧色寨，看望越军的重炮战士。那次去还要解决从哪条路进入越南的问题。当时的方案，一是走睦南关，或是走河口、老街这一路。我的意见是走河口、老街更便于保密，还因为越军回国后将集结到安沛方向，从河口走用不着绕远路。

陈子平亲自回国了解情况，回来表示同意我的意见，越军重炮团就从河口回国了。

当年夏天，我接到命令，也入越参加战斗。我随即带着警卫员到了南宁，然后从睦南关进入越南。

在越军总部，总司令武元甲热情地接待了我，他和夫人、母亲一起和我吃了饭。

在军事顾问团团部，梅嘉生副团长接待了我。我们是老熟人了，解放战争渡江战役的时候我是炮兵团团长，配属给第23军指挥。当时陶勇任军长，梅嘉生是副军长兼参谋长，我们经常打交道。后来，又是梅嘉生和我直接参与了渡江战役中发生的和英国军舰冲突的"紫石英号事件"。没想到，我们又在越南见面了。

梅嘉生告诉我，越南部队特别需要加强炮兵，眼下窦金波已经回国，顾问团决定由我接替他，去越军第351工炮师当顾问。梅嘉生对我说，今年旱季一定会打西北的那产，到时候就要看重炮兵的了。

我马上去第351师就职，一去就见到了重炮团的中国顾问杜友方。再一看，第351师有许多干部曾在云南特科学校学习过，一见我来了，都很尊重。这使我增添了工作的信心。再一了解，黎铁雄回国后已经担任了越军炮兵司令，继续和我搭档。[1]

---

[1] 1989年9月28日，作者在济南访问马达卫。

装备和训练越军高炮部队

不仅仅是加强野战炮兵，1953年，中国军事顾问期待已久的组建越军高射炮兵的计划也付诸实现了。这是在印度支那战场上动摇法军空中优势的关键一着。

解放军总参谋部作战部提出了援助越军组建高射炮兵的详尽计划。朝鲜战争的战例也为他们的计划提供了有力的支持。朝鲜战争初期，中国志愿军的高射炮兵力非常薄弱，在作战中完全没有制空权，交通运输线几乎完全暴露在美军航空兵的轰炸之下。随着战争进程的发展，这种情况发生了变化。在志愿军高射炮兵未担负掩护交通线任务之前，敌机的投弹命中率约为50%，有时达到了70%，志愿军损失很大。而在志愿军高射炮兵执行了防空任务的地区，敌机的投弹命中率就普遍下降到了6%左右。在朝鲜战争中，志愿军高射炮兵共击落联合国军各种飞机2335架，远远超过了作战飞机的空中战绩。

从1953年春天起，广西军区遵照指示，在宾阳县为越军建立了高射炮训练基地。训练由中共中央军委炮兵司令部高炮部部长贾建国负责，上千名越军战士来到宾阳接受高射炮训练。根据预定计划，至1953年秋后，越军将组建起两个高射炮团。

同时，越军选拔了高炮部队营、连、排干部一百余人，由黎文知带领来到沈阳，进入解放军沈阳高炮学校作短期培训。他们被称为"胡南生"。

组建不久的越南人民军高炮部队

解放军华北防空军高炮团团长原野被任命为越军高炮顾问。

原野,原名袁金谱,1917年夏天出生在河北安国县一个普通农家,父亲袁庆禄是抗日战争全面爆发前入党的农村老党员。袁金谱小学毕业后被父亲送到安国县城一个中药铺里当了一阵学徒,七七事变后,袁金谱参加了抗日游击队,1937年入党。在残酷的冀中反扫荡战斗中,他更名原野。

解放战争结束时,原野是华北野战军的一个副团长。中华人民共和国成立后解放军组建高射炮部队,驻在北京郊区的原野被抽调到新成立的高射炮部队,成了新中国最早的高射炮团团长之一。

1952年底,原野进入朝鲜参战实习,准备将自己的团带入朝鲜参战。他在朝鲜不过几个月,1953年仲春,一纸命令将他唤回了北京。

华北防空司令成钧先找原野谈话,要他马上去越南军事顾问团担任高炮顾问。防空军司令员周士第也和原野谈了话,明确他的任务是:"到越南去当高射炮顾问,帮助越南军队把高射炮部队组建起来,参加战斗,削弱法国的空军优势。"

原野向周士第表示,自己学高射炮是半路出家,深恐误事。周士第毫不犹豫地说,这没有问题,你去越南是经过我们考察的。

不久,彭德怀在中南海永福堂召见了即将赴越担任军事顾问的十余名干部。彭德怀说,你们去越南当顾问是人家"雇(顾)"的,有事则问,无事不问,所以不能干涉人家的事,特别是他们的人事问题。还有就是不能喧宾夺主,说过的主意人家用不用要由人家做主。你们要做遵守纪律的模范。

彭德怀说话很直接,他说:"你们去越南工作是做贡献,牺牲了不上报纸,也不搞马革裹尸还,就埋在那里。活着不能出台唱戏,也不能参加越南方面的争论,完全是为了尽国际主义的义务。"

彭德怀介绍了越南局势,说越南西北的战略位置特别重要,控制了那里,就可以居高临下,也有了回旋的余地,所以一定要争夺。

彭德怀召见后不久,原野进入越南,用了大约两个月的时间随越军行动。他到了越西北地区,实地勘察地形,为日后高射炮兵团的进入做好准备。越南之行后,原野又奉命回国,向炮兵司令陈锡联汇报。

时值盛夏,陈锡联的办公桌上安了一个电风扇。和原野谈话的时候,原野惊奇地发现,陈锡联用了一阵电扇后,总是伸手把它关掉,过一会儿再开。屋里很热,原野忍不住说:"天气挺热的,就把电扇开着吧。"

已经沉浸在越南情况中的陈锡联却回答:"这跟用兵一样,不能老用着它。老用它,就兵疲师老了。要攒上劲,当用再用。"

原野有一种感觉,陈锡联是遵照彭德怀的指示来听取汇报的。这时,中国军事部门已经明确,在越南组建的高射炮兵主要装备37毫米口径的轻型高射炮,以适应越南北部极度困难的公路条件。[1]

从朝鲜战场到越南战场

在原野之后,已有了几次击落敌机经验的高炮团参谋长卢康民也投入了军事顾问团的行列。

卢康民,原名鲁廷安、鲁康民,1922年出生于安徽怀远县,1939年在家乡组织抗日游击队,不久编入新四军,多年投身战场。

参加了解放上海的战役后,卢康民调入三野特种兵纵队学习炮兵。1949年夏末秋初,苏联向中国援助了10个高射炮团的装备,华东军区奉命组建5个高射炮团,卢康民担任了一个高炮团的参谋长,率队前往沈阳受训。

训练结束后,卢康民所在团参加了舟山战役,在作战中击落国民党军飞机一架。朝鲜战争爆发后,卢康民所在团于1951年3月入朝,一过鸭绿江,刚卸下37式高射炮就和美军的喷气式飞机打了起来。朝鲜战场的对空作战是残酷的,志愿军高射炮兵在残酷的战斗中迅速成长起来。

1952年秋天,卢康民调到沈阳高射炮学校,担任训练部副部长兼战术系主任。1953年夏天,沈阳高炮学校迎来了100多名越南军人,全部是营、连、排级军官。毫无疑问,这些被称为"胡南生"的越南军人是未来越军高射炮师的骨干。他们一来就投入了紧张的训练,卢康民当上了他们的教官。

1953年秋,沈阳"胡南生"学习期满,南下广西宾阳,与那里的越军高炮部队会合。越军六个37式高炮营至此齐装满员,为他们提供的高射炮和牵引车辆中有不少是经历国庆阅兵后立即装运南下的。在初凉的秋风里,装备精良的越军高炮部队离开宾阳经凭祥秘密入越。

---

[1] 1991年9月11日,作者在北京访问原野。

这支越南高射炮部队就要起程的时候，卢康民奉命带着21名营、连、排级高炮军官赶到宾阳，随同越军一起入越作战。途经北京的时候，解放军炮兵政委邱创成和卢康民谈了话，大意是卢康民已经熟悉越南高射炮兵的干部，而越南部队还缺乏作战经验，所以派他入越，在实战中帮助越南部队。[1]

在入越的解放军高炮顾问中，经历最富传奇色彩的大概要数身经百战的史国强了。

史国强，1928年8月出生在江苏金坛县一个贫苦的农民家庭，从小没读过什么书。抗日战争中，史国强的家乡是新四军的苏南游击区。1945年6月，17岁的史国强参加新四军，在抗日战争胜利后随军撤到江北。

解放战争中，史国强参加了一系列重大战役，九死一生，在战场上立了二等功，升任排长。尤为不易的是，他披着一身硝烟扫盲，在战争中逐渐打开了自己的视野。

参加了豫东、淮海战役后，史国强大病一场，病愈出院后他所在部队已经准备渡江。发觉自己来不及赶到前线了，史国强就加入了准备成立的苏南军区的队伍，当了一名见习干事。

渡江以后，史国强来到苏南军区司令部，单枪匹马地回到故乡金坛接管了国民党县保安大队，然后抽空回了一趟家。

史国强的父亲已经去世，母亲在家中操劳。史国强一脚迈进家门的时候，母亲正在做饭，一见身披戎装的儿子归来，她激动得大哭起来，然后才断断续续地告诉儿子："全家都以为你已经死了，年年的7月15日在你随军离开家的这天为你烧纸，让你在阴间里用呢。"

不久，史国强返回军分区担任连长，率部进入太湖剿匪。1949年10月，史国强带领全连编入刚刚成立的高射炮第3团，北上沈阳高射炮学校，接受苏联教员的训练。

当年12月底，高炮第3团结束初训返至南京设防。他们才下火车，一架国民党军的B-26轰炸机呼啸而来。刚刚学得了高射炮操作技术的年轻高炮兵特别想一试身手，营长一声令下，战士们架起炮就打。有意思的是，他们非但没有打着飞机，反倒把附近的高压电线打断了。

---

[1] 1993年9月27日，作者在南京访问卢康民。

此后，史国强所在团转战上海、杭州、舟山。朝鲜战争爆发时，史国强正带着他的高射炮连在厦门布防，准备参加进攻金门岛和台湾的战役。

朝鲜战争的爆发使总参谋部不得不取消了进攻金门岛和台湾的计划。1950年11月，史国强所在团分批返回上海换装。就在这时，华东军区命令各个高射炮团抽调编制内的第2营火速入朝参战。史国强所在团的第2营正在前往上海的路上，该团遂以史国强所在的第3营入朝，编成志愿军的一个高炮独立营。

1950年12月5日，配属给第38军指挥的高射炮营跨过了鸭绿江，史国强顿时觉得随时都可能开火。有时，美军的飞机会从山沟里突然飞出来，朝着被它发现的行军队列投掷炸弹。

入朝第二天，高射炮营在行军中遭受美军飞机猛烈轰炸。兄弟连的4门高射炮、8辆卡车被炸毁，伤亡了20余人。一个高射炮连刚入朝，还没有和美军照面就损失了。史国强受命处理善后，心情自然沉重，对朝鲜战争的残酷性更是增添了认识。

掩埋了阵亡的战友，史国强参加了多次重大战役，一直打到汉城附近，连汉城上空的探照灯灯柱都看见了。但是，他指挥的高炮连四门37毫米高射炮却没有打下一架美国飞机。那时候每门高射炮只配发300发炮弹，炮弹太宝贵了，除非万分紧急或极为必要，高射炮不能开火。

史国强没有多少机会开炮，他的连队却经历了不少次面临美军飞机轰炸的险境。好在这时的志愿军高射炮兵战地伪装和隐蔽的技能也大大提高了，史国强的连队没受什么损失，他们对美国空军的战斗特点也逐渐有所了解。

牡丹峰下，1951年8月15日，志愿军几个高射炮营参加了激烈的对空作战。当日，美军出动数百架次的作战飞机，猛烈轰炸中国志愿军高射炮部队守卫的机场。

战斗从清早持续到黄昏，修筑中的机场跑道上布满弹坑，中国高射炮兵也大开杀戒，击落美军飞机多架。史国强是这场战斗的参加者，他说不上哪架飞机是哪门炮击落的，只是清楚地感觉到，在硝烟弥漫的沙场上，自己指挥高射炮与敌机厮杀比过去自如得多了。

在上甘岭，史国强经历了最激烈的战斗。他率领连队埋伏在一个山沟里，专门袭击过往的美国机群，多有斩获。美国侦察机终于发现了史国强连所在的位置，在一天清晨出动机群报复。

面对美军轰炸机的轮番进攻，史国强指挥全连打了整整一天。他描绘这一天的场面说："我们连每门高射炮都备有两根炮管，在战斗中，一个炮管打红了，我就命令换上新炮管。结果，换上的炮管又打红了，方才卸下的炮管还热得烫手呢。这一天，我们连生生地打坏了两门高射炮，但战绩是，击落8架美军飞机。"

美军飞机的轰炸，一次又一次把史国强连的高射炮阵地淹没在滚滚硝烟里。战至黄昏，美国飞机投下凝固汽油弹，把高射炮连阵地烧成了焦土。

待到夕阳西照，最后一架美国飞机离去，友邻的步兵团政治处主任岳忠来飞奔过来。他看到史国强连阵地多次笼罩在炸弹迸发出的火光和硝烟里，以为这个连高射炮兵早已不复存在，所有的一切都被炸光了。当岳忠来踏上高射炮阵地，看到了史国强，并且得知全连仅牺牲一人、受伤数人的奇迹般战况时，激动得连连说："我要为你们报功，我要为你们报功！"

当晚史国强率连队撤出阵地，全连集体立功。不久，中央军委授予该连"制空权威"锦旗一面。

1953年8月初，朝鲜停战刚满一周，正在盘算着班师回国的史国强接到命令，要他带上三名排长火速回北京领受新任务。受命当天，一辆卡车把史国强等四人从上甘岭送到了丹东，转乘火车去北京。

在北京火车站，史国强见到了前来接站的军委高射炮部参谋于立强，史国强问他："让我们这么急赶到北京来做什么？"

回答是："一个非常重大的任务。"

当天，军委高炮部部长贾

1953年11月，中国高射炮顾问史国强（右一）在结束集训赴越南前与战友合影

建国召见从朝鲜战场赶回北京的高射炮连、排指挥员,他宣布,这次从志愿军五个高射炮营各抽四人,立即出发去越南,到新组建的越南高射炮部队当顾问,帮助越南高射炮兵建军、打仗。具体任务,将由军委炮兵司令员陈锡联布置。

陈锡联对到来的高射炮基层指挥员说:"朝鲜战争结束了,本来是应该让你们先好好休息一下的。但是没有办法,越南战场需要你们,那里正处于抗法战争的关键时刻,只好有劳你们去越南当顾问,帮助人家打仗。这是履行国际主义义务。好在你们都经历了朝鲜战争,都是有经验的。但是去越南当顾问,工作方式有所不同。在朝鲜是你们上前线亲自开炮作战;去越南则是当顾问,不到万不得已,自己不上阵地指挥作战。这一点,到了广西和越南,先去的同志会向你们交代。你们都是朝鲜战场上的英雄,到了越南也要为中国高射炮兵争光。"

当晚,陈锡联、苏进、邱创成、陈锐霆、贾建国等炮兵将领设宴为前去越南的高射炮指挥员送行。史国强第一次享受如此盛宴,只见满眼菜肴,每个人面前都放了大、中、小三个酒杯,啤酒、葡萄酒和白酒尽情痛饮。陈锡联祝酒时又一次叮嘱大家:"你们去越南不要怕苦,一定要打了胜仗再回来。"

参加这次盛宴的高射炮连排军官们编成了"华南工作团支队",由史国强担任队长,经南宁赶到了宾阳。那里,越南高炮部队的训练正在紧张进行。越南部队从1953年6月起陆续开入中国境内,日常训练工作由王鼎新负责,一旦越南高射炮兵训练结束回国,就由原野担任前线顾问,史国强他们分到各个营当顾问。边界战役以来,越军营级作战单位又一次有了中国顾问。

训练中的越南高射炮兵编成两个团,确定一个团将参加下一个西北战役的前线作战,史国强就分到这个团里,为团长阮光璧当顾问。中国高射炮顾问都年轻,他们在训练越南部队的同时也学习越南的指挥用语,以备在紧急情况下直接投入战场指挥。

1953年秋天,雨季结束了,拥有崭新装备的越南37毫米高射炮团分批开回国内。[1]

---

[1] 1993年9月29日,作者在镇江访问史国强。

越南密战

协助越军政治整军

有了重型炮兵和高射炮兵,越军的阵地战和攻坚战能力明显提高,下一步就要一显身手了。越军总部和中国军事顾问团一致同意,下一个旱季先拿那产开刀。

1953年1月,越南劳动党四中全会通过了准备在越南实行土地改革的决议。为了配合越南的土地改革,并且保证越南军队支持土地改革,中国军事顾问团向越方提议,参照中国军队新式整军的经验,在越南部队中进行一次以土地政策教育和纯洁组织为中心的政治整军。罗贵波为此于2月7日向中共中央和中共中央军委做了请示。3月4日,中共中央批准了罗贵波的请示,要他向越南劳动党中央说明,土地纲领既然已经通过,迟早要公布实行,应及时在全军进行教育,否则会出较多问题。

协助越军进行政治整军的工作由邓逸凡负责。他于4月8日向越方提出了《关于政治整军的初步建议》,就政治整军的必要性、重要性,政治整军的方法、目的、要求和具体步骤提出建议。

1953年5月,上寮战役结束,越南劳动党中央和越南总军委采纳中国军事顾问团关于政治整军的建议,决定用两个月的时间,先在"四联区"以北的各主力师和各个地方部队,以及总部机关进行政治整军。邓逸凡组织力量协助起草了政治整军的具体实施方案和教育材料。

中国军事顾问团调来了著名的中国故事影片《白毛女》,在越军各主力师巡回放映。带有浓厚半封建色彩的越南农村和中国农村有许多相似之处,"白毛女"的故事深深地打动了越南青年战士的心。在第308师第102团放映《白毛女》的时候,有十多名战士当场哭倒,一名战士举起枪来跑到银幕前向幕布上的"黄世仁"开枪射击后晕倒。[1]

胡志明非常重视这次的政治整军,他亲临越军高、中级干部学习班讲话:"整军的目的是使我们的军队成为一支决战决胜的人民革命军队。"胡志明说:"我们所有的越南人多少年来都生活在殖民主义和封建主义的奴隶制度下,殖民主义和封建主义的教育一定或多或少对我们有些影响。尽管有几十年

---

[1] 1990年4月17日,作者在北京访问王振华。

的腐朽影响，但它阻挡不住我们的爱国心和革命志向。这是总的优点，这个优点压倒了殖民主义者和封建地主给我们留下的缺点和不良影响。"

当年7月和8月，越军基层干部和战士开展政治整军。

政治整军激发了越南青年反抗法国殖民统治，最后夺取民族独立的决心，越军的组织纪律性明显提高，战斗力进一步增强。越军战士们为祖国为民族而战的高昂士气，是法国远征军不幸的官兵们望尘莫及的。

法军展开反击

越军整军时，纳瓦尔将军已经飞来印度支那就职。尽管时当雨季，纳瓦尔还是不顾困难，在越南北部和中部实施了反击，其中有几次军事行动很令越军和中国军事顾问团大吃一惊。

1953年7月17日，法军实施"燕子行动"，严重破坏了设在越南北部重镇谅山的后勤补给基地。法军由越北空降兵司令吉尔斯准将指挥，出人意料地采用"穿梭式"运输法，于17日清晨将三个伞兵营在谅山实施伞降。当日天气炎热，守备越军疏于防范，法军着陆时只遇到轻微抵抗。

落地以后的法军伞兵迅速占领了设在谅山的越军后方补给基地，炸毁了囤积在那里的5000余吨弹药和军用物资，其中大部分是中国的援越物资，造成自越法战争开始以来越方最大的一次后勤损失。法军伞兵得手后被直升机运载到北部湾海滩，在那里得到海军船只的准时接应。越军措手不及，来不及反击

在越南战场上小心翼翼行进中的法军

法军，法军伞兵于20日顺利返回后方。

在这次行动中，法军计划周密，指挥得当，作战中共伞降2001人，作战中阵亡1人，失踪1人；在而后的行军中亡3人，伤21人。这个战果使纳瓦尔非常兴奋。

1953年7月28日至8月4日，纳瓦尔指挥法军在越南中部蜂腰地带顺化和广治之间进行扫荡，企图歼灭那里的越军。那里有大片沼泽，法军调动了10个营和3个两栖战车集群，在战斗直升机配合下分路进攻。越军化整为零，不断跳出法军的包围圈。但是有几次，越军的小部队被围住了，双方展开激战。越军约有200余人阵亡，400人被俘。[1]

与此同时，从7月28日开始，法军一部在德卡斯特里上校指挥下向红河三角洲以南的南定地区进行清剿，企图围歼那里的越军独立团。这回越军很快跳出了法军包围圈，法军未能实现战斗意图。

紧接着，纳瓦尔又使出一着。8月12日，那产营垒里的法军突然不见了。原来，从8月初开始，那产法军就不断发出"请求增援"的无线电呼叫，故意让越军截获。实际上，那里的法军总兵力已经悄悄地从9000人减少到了5000人，最后于8月12日全部通过空运撤到了红河三角洲。法军的撤退速度之快出人意料，越军来不及有所反应，那产竟然成了一座空城。

当时，困守那产的法军中有一位名叫亨利·艾罗的中尉，撤出那产使他有机会与中国结缘。后来，他平安地回到了法国，逐渐升迁为一名将军，并且在20世纪60年代后期出任法国驻中国大使馆武官。[2]

法军从那产撤退使越军失去了在未来旱季中的攻击目标。

---

[1] 越南人民军总政治局军史研究委员会：《越南人民军历史》第1集，第410—411页，河内人民出版社1977年版。Edgar O'ballance, *The Indochina War, 1945—1954* (London, 1964), p.200.

[2] 2004年4月20日，作者在北京访问亨利·艾罗。艾罗将军回忆说：当年24岁的他是一个外籍军团摩洛哥连队的排长，全连110人驻守那产的一个小山头与越军激战。战斗中全连伤亡30余人，小山头附近尸横遍野。当时他最大的困惑就是不知道自己为什么要来越南打仗，而对越军战士奋不顾身的勇敢精神深深敬佩。

第 21 章

大战前的博弈

法国人眼中的奠边府

纳瓦尔不会白白放弃那产。他在下令撤出那产之前，心目中已经有了一个取代那产的地方，它就是奠边府。

奠边府，究竟是一个什么样的地方？

它是越南西北地区最大的盆地，南北长20公里，东西较宽处6公里。总面积约40平方公里，像一个枣核。这个盆地距离老挝仅13公里，雨量充沛，盛产稻谷。

盆地里世代居住着泰族人，四围山腰上住着芒族人。19世纪中叶的时候，这里还与世隔绝，没多少人知晓。19世纪后半叶，英法两国对中国的鸦片贸易迅速发展，奠边府气候湿热，用于提制鸦片的罂粟种植面积急剧扩大。当鸦片成为与中国贸易的大宗货物时，此地即有人以贩运鸦片为生。1897年法国殖民者控制了这个地方，由于它靠近老挝，由此产生了"奠边府"的地名，意为"安边之府"。最初，法国殖民统治在奠边府的存在即是在此任命了一个当地官吏，让他出面掌管鸦片交易。首府莱州则有时派出一支小小的巡逻队到奠边府看看，表示统治力量已经伸展到了那个偏僻的山间盆地。

20世纪20年代后期，

大战前的奠边府盆地

印度支那开始出现航空飞行的痕迹。由于当时飞机的续航能力低，法国殖民者在印度支那各地着手规划机场建设。30年代中期，法国在奠边府建造了一个小型机场。在第二次世界大战中，法军曾使用这个机场撤退在印度加尔各答的使节和官员，也曾两次使用这个机场掩护在轰炸日军目标后被击伤、不得不跳伞的美军飞行员。

1945年3月9日，日本军队向印度支那法军发起全面进攻，在上寮和越西北的法军退至奠边府守了两个月。为了支援法军，美国第14航空大队的作战飞机曾在奠边府降落。最后，法军无法抵御日军，败退时又使用了奠边府机场向中国境内撤退兵员。

这年5月，日军占领了奠边府。为了战争需要，日军曾打算扩建机场，但计划尚未实施，天皇就宣布投降了。1945年夏天，中国国民党军控制了奠边府，直至次年撤走，法军卷土重来。当地是越盟力量的薄弱区，法军在奠边府的控制算是稳固的。这一切，到1952年旱季越军发起西北战役就完全改观了。越军于1952年11月30日占领奠边府。越军主力退出西北后，奠边府由越南西北军区的第148独立团一部驻守。

在"纳瓦尔计划"中，奠边府占有重要地位。

并不只是纳瓦尔一个人持有这种看法。

军事历史学家们认为，有两个人对奠边府的认识深深地影响了纳瓦尔。

其中的一个，是纳瓦尔的前任沙朗将军。

由于长期在印度支那作战，沙朗深知越南西北和老挝上寮地区对于印度支那战局的意义。在西北战役中失去了奠边府以后，沙朗曾发布命令，要求法军越北司令在1953年2月之前夺回奠边府。这个计划由于越军在越南中部地区的攻势作战而流产了。沙朗乃于1953年2月28日致信法国的总参谋部，建议在考虑未来作战计划的时候，如果要确保老挝上寮，就要将越南西北的莱州、那产，最好再加上奠边府作为反击的基地。

1953年5月25日，沙朗已经知道纳瓦尔将取代他主掌印度支那帅印，他再一次致信法军总参谋部，建议收复奠边府，以减轻越军对那产的压力。[1]

---

[1] Phillip B. Davidson, *Vietnam at War, the History, 1946—1975* (California: Presidio, 1988), p.172.

在纳瓦尔的任命被明确以前，沙朗已经制订了详尽的"沙朗计划"，作为下一个旱季作战的预案。在"沙朗计划"中，法军将在旱季作战开始的时候，相机夺取奠边府，把它作为保卫老挝的屏障。

纳瓦尔并不熟悉沙朗，在接任法国远征军司令的过程中，这两位将军也没有对未来的印度支那作战详尽地交换意见。沙朗是带着对战争的满腹忧愁归国的。

和沙朗离去时所带的满腹苍凉不同，纳瓦尔怀着一番雄心壮志，满心想着要比前任干得更好。他虽然没有对沙朗说什么恭维的话，但对沙朗留下来的作战预案确实潜心钻研。沙朗阐述的关于夺取奠边府和保住上寮之间关系的想法，在纳瓦尔心底引起巨大的共鸣。越西北和上寮是在沙朗手里危如累卵的，纳瓦尔不愿意在自己的手里丢掉它们。

因阐述奠边府的军事意义而影响了纳瓦尔的第二人是法军上校路易斯·贝特尔。

纳瓦尔到任之初广泛巡视印支战场的各个要点。6月初，纳瓦尔来到被越军围困着的那产，守备那产的法军第7机动集群司令路易斯·贝特尔上校晋见长官时高谈阔论，以满腹经纶吸引了纳瓦尔。

这位从法军参谋学院毕业、科班出身的贝特尔上校着重谈了法军在那产利用集群据点挫败越军的经验。贝特尔认为，那产防御战不仅仅具有战术意义，如果运用得当，"那产方式"很可能具有战役和战略上的作用。"那产方式"表明，利用构筑坚固的集群据点，特别是利用集群据点中心的机场，以及集中在机场附近的重炮阵地，吸引越军投入野战，能够大量杀伤敌人，进而夺取战场主动权。采用"那产方式"，以机场作为防御核心是最关键的一着，机场保证了孤悬敌后的法军掌握最大的机动，从容进退。在印支战场法军兵员不足的情况下，如此这般完全有可能保住西北或老挝的上寮。

贝特尔明确指出，那产作战直接保卫了老挝上寮，也间接地保卫了红河三角洲。这种以空间换时间的作战方式，适用于眼下的法国远征军。

这番话真是说到纳瓦尔心里去了。也就是说只要法军能够保住西北和上寮不失，印度支那战场鹿死谁手就得看下一轮较量了。

看着眼前的贝特尔，纳瓦尔心中大喜。没过多少时候，贝特尔上校就被调到西贡，当上了纳瓦尔的副参谋长。

做了一番战场巡视之后，纳瓦尔成竹在胸：如要保住上寮，"那产方式"将再奏神奇之效。但是，采用"那产方式"的地方不能选在那产了。

在1953年6月16日的西贡会议上，纳瓦尔向各战区司令们透露，他将在未来的某个时候放弃那产。理由是，在政治上，那产不是什么首府或重要城市，对人们的心理影响不大；在军事上，那产并不是交通要道，越军走别的路可以直通老挝。但是，"那产方式"依然可取，锋芒犹在。他透露，法军将在雨季集中兵力对越南中部蜂腰地带进行扫荡。

对纳瓦尔的阐述，越北法军司令科尼将军基本上表示赞同。科尼说，如果向蜂腰地带大举进攻的话，他唯一的担心就是法军主力前出红河三角洲太远，造成红河三角洲腹地空虚，被越军钻空子。他建议，在雨季里，法军可以有两种作战选择：一是集中力量对渗入红河三角洲的越军实施扫荡；二是出一支奇兵，骚扰越军的后方运输线。最好是打到越南西北地区和越南、老挝的边境地区。科尼明确地说："可以考虑，出兵占领奠边府，把奠边府作为袭扰西北的一个'锚点'。"

科尼对与会的军官们说，法军必须充分利用越南西北山区泰族人对平原来的岱族人的敌视心理。不幸的是，现在西北首府莱州连一次像样的攻击都抵御不了。科尼补充说："我觉得有某种程度的紧迫感，就是我们要将西北首府莱州迁移到奠边府去。"

听到越北司令这番话，纳瓦尔未置可否，但心里对科尼提出的重占奠边府的想法却涌出一阵欢喜，以为又有了一位支持者。

纳瓦尔获得新内阁的支持

1953年6月，法国又更换了内阁，梅耶总理挂冠而去，新任总理拉尼埃对印度支那战局满腹狐疑，决心难下，他要当面听取纳瓦尔的汇报。

1953年7月24日，法国国防会议审议"纳瓦尔计划"。纳瓦尔当着总理和总统的面，向三军参谋长提出：既然在即将来临的旱季中越军很有可能再次进攻西北乃至老挝上寮，法国远征军是否应当阻断越军，防止越军再次进入上寮？如果需要这样做，法国远征军无疑会遭受重大伤亡，国内对此是否理解？

三军参谋长们从印支法军的实力情况出发，认为法国不应在力量不足的情况下承揽老挝特别是上寮的"安全"。

在座政治家们的意见表达得非常巧妙。他们大都已经意识到上寮凶多吉少，勉强用兵难以奏效，最好的办法是逐渐从那里脱身。但是，在如此事关重大的会议上，总统、总理，还有其他政府官员都没有明确地这样说。他们认为，出于舆论和外交上的需要，法国不能放弃对老挝的义务。另一方面，政府高官们对纳瓦尔抱有希望，希望他能奇迹般地扭转战局。既然如此，何不让纳瓦尔根据自己的理解，调兵遣将安排一番呢？可是，这句话谁也没有说。

实际上，在这次会议上，纳瓦尔站到军方同僚们的对立面上去了。他侃侃而谈，详尽阐述了重占奠边府的计划。重占奠边府的核心思想就是确保老挝——特别是上寮——继续处于法国的控制下。

法国空军司令科尔尼·莫尼将军提出了反对意见。他说，作为一名飞行员，他在1946年到过奠边府，那里的机场四面环山，很容易遭受四周炮火的控制。而且奠边府距离河内太远，严重制约了空中支援能力。

纳瓦尔冷冷地回答说："应该全面地，而不是单纯地从一个飞行员的角度来看奠边府。"这个回答使会场出现了一阵沉默。接着，"保卫老挝"问题被搁置了，后来也没有再讨论。

会议持续了很长时间，没有就"老挝义务问题"达成一致意见。会议最后要求纳瓦尔采取一切可能的措施，确保印度支那远征军的安全，纳瓦尔被赋予全权相机行事。实际上，会议批准了"纳瓦尔计划"。[1]

会议后的第二天，7月25日，纳瓦尔向西贡自己的司令部发了一个电报，命令印度支那远征军司令部发布第563号命令，要求法国远征军的高级将领做好准备，一旦越军在旱季里再度进军西北，法军即重占奠边府，作为老挝上寮地区的屏障，确保湄公河上游不失。

对于奠边府的军事意义，纳瓦尔不知道盘算过多少回了。他固执地认为，失去越西北就意味着为越军向老挝进攻敞开了大门。如果法军重新占领奠边

---

[1] Bernard B. Fall, *Hell in a Very Small Place*, *The Siege of Dien Bien Phu*（Published by Da Capo Press, Inc. Originally published by Philadelphia: Lippincott, 1967），pp.31—32. Phillip B. Davidson, *Vietnam at War, the History, 1946—1975*（California: Presidio, 1988），p.181.

府,也就扼住了进入老挝的咽喉要道。奠边府是越西北的"谷仓",驻扎在那里的军队可以就地筹粮,做长期打算。在奠边府做集群据点式防御,可以在阵地战中大量杀伤越军。只要能够坚持过雨季,待前来围攻的越军退去,法军还可以伸出触角,再度争夺西北,把眼看从沙朗手里完全丢掉的西北拿回来。

作为印度支那远征军的新任司令,纳瓦尔希望自己建功立业,超过前任。他认为,只要政府和国防部支持自己,重占奠边府稳住越西北,同时扫荡蜂腰地带稳固"走廊",再坚持红河三角洲不失,就能度过最困难的1953—1954年冬春旱季,为此后的战略决战创造条件。

当然,7月24日的国防会议没有就法军是否可以在必要时放弃上寮做出决定,也使纳瓦尔心神不定。谁知,三个月后的1953年10月22日,法国和老挝王国总理富马亲王签署新的法国—老挝条约。条约宣称,老挝成为法兰西联邦内享有完全独立与主权的国家,而法国则有义务保证老挝的领土完整。这个条约的签署,恰好为纳瓦尔重占奠边府提供了依据,使他精神大振。

胡志明拍板:战略方向不变

由于那产之敌在瞬间撤光,越军总军委和中国军事顾问团认为,西北战役计划必须修改。越南劳动党中央于8月13日致电中共中央,通报了那产出现的新情况,请中国方面"对情况认识和今后作战方向问题"提出建议。14日,罗贵波也将此情况电告中共中央。

越军总军委在武元甲主持下重新制订作战计划,打算将主要作战方向改向越南北部平原,放弃攻占莱州的计划,将原拟包围那产的部队调到越南中部的清远地区寻找战机。

1953年8月22日,越南劳动党中央政治局讨论作战问题,武元甲在会上发言,倾向于加强在北部平原地区作战。他没有提及莱州方向的作战,也没有进一步主张开辟上寮战场。

罗贵波的看法不同,认为在下一个旱季中,越军仍须进行一次西北战役,攻克莱州,夺取西北全境,再以主力出上寮,经老挝的查尔平原,绕过法军重兵防守的红河三角洲平原,向越南中部蜂腰地带攻击,占领越南中部,切断红

越南密战

河三角洲和湄公河三角洲法军两个重兵集团之间的联系，然后寻找战机，重创法军有生力量。如果实现了这个战略意图，越军就稳操胜券了。

罗贵波面见胡志明，陈述了自己的意见。

中共中央军委于1953年8月27日致电罗贵波，阐述了关于下一步作战方针、整训和援助问题的意见，要罗贵波将此意见向越方转述。

中共中央军委认为，中国顾问团对法军情况的判断是正确的。法军最近积极扩编伪军，撤退次要据点和孤立据点，抽调各地机动部队集中河内三角洲地区，增设作战指挥机构，偷袭谅山，加紧扫荡敌后等一系列的措施，均显示敌有采取重点防御和试图进行攻势作战的意图。中共中央军委认为，法军在调整部署就绪后，可能会向红河三角洲地区进行较大规模的扫荡或向正面出击（开始可能是三五个营至七八个营近距离的小出击，若得到些便宜即可能逐渐扩大）。

中共中央军委指出，只要采取正确的军事政治策略，开展敌后斗争，进行运动战，或向敌守备力量薄弱地区攻击以歼敌有生力量，情况仍然是有利的。

中共中央军委明确，针对纳瓦尔来到印度支那后的军情变化，越南人民军在一定时期内应确定"以加强游击战，争取运动战和准备部分的攻坚战三者结合的积极主动的作战方针，不宜过分地强调某一种斗争形式，以免陷于被动"。

中共中央军委要求罗贵波向越方建议：派出一个加强团并配备得力部队干

1953年12月6日，越南劳动党政治局成员在讨论奠边府作战计划，右起：武元甲、长征、胡志明、范文同

部和地方干部南下,加强高棉地区的游击战和地方工作。目前活动在那产的地方武装,最好进入莱州地区活动。同时派一个加强团(加配无后坐力炮和迫击炮)配合越军西北军区部队,以奠边府为依托,向寮国的丰沙里地区活动,相机占领丰沙里。

1953年9月,越南劳动党政治局再次就冬春作战问题举行会商,对越军总军委提出的两个方案进行研究。

一个方案,是武元甲已经提出过的,在北部平原集中全部或大部主力,相对分散活动,寻找战机,力争在运动战中歼灭一部分保大的军队。在游击区,则大力开展小规模战斗,积小胜为大胜。当出现有利情况时,再视情况投入主力部队作战。

第二个方案更多地采纳了中国军事顾问的意见,认为此时法军主力集中在红河三角洲地区,法军的两大机场近在眼前,江河舰队也可以有效地配合作战,因此如果在平原作战,即使可以取得有限的胜利,尚不足以改变战局,而越军主力却可能在与敌人的陆、海、空三军作战中蒙受较大损耗。相反,如果越军主力坚持前往西北作战,虽然在供应上会出现很大的困难,但足以迫使法军分散兵力,使其海军完全不能发挥作用,并且大大减弱其空军的威胁,这就有可能消灭在那里出现的法国陆军部队。如果顺利,通过这个战役,将一举夺取整个越南西北和老挝上寮地区。

两个方案比较,第二方案的长处是不言而喻的,劳动党政治局再次肯定了西北作战方案,由胡志明拍板:"战略方向不变",主力进军越西北。

罗贵波的计划更胜一筹

中共中央亦于1953年9月27日就冬春旱季越南军事计划致电罗贵波,明确指示:今年秋冬至明年春季,应该派遣两个得力师及适当炮兵首先解放莱州地区,其次是北泮、湄公河以东地区。如果发起此行动而河内之敌仍无变化,即以第325师沿8号公路西进,解放塔克、巴沙、农坤、湄公河以东地区,配合北泮、莱州地区我军,在有充分准备情况下,夺取琅勃拉邦地区。如果河内之敌乘机北犯,则大胆让敌北进深入至适当地区,我集中优势兵力(二至三个师)灵活地各个歼灭敌军一路至数路,消灭敌五至六个中团。

根据北京的指示，罗贵波与越南总军委共同确定了1953年旱季作战计划。1953年10月8日，罗贵波致电中共中央，明确表示，越方已经确定把主力投向越西北。在此基础上，中国顾问团首长的战役决心是：

首先解放莱州地区，然后解放丰沙里地区——即北泒江和湄公河以东地区。上述作战任务的完成就巩固了越北及3、4联区的后方。

如在执行上述作战任务期间北部平原敌情无大变化，即使用两个师或两个团沿8号公路西进、南下，解放中寮之农坤、塔克、巴沙和沙望那克，进迫湄公河以东地区，以配合莱州、北泒、丰沙里等地我军的作战。

上述作战任务完成后，在有准备的情况下，继续发展胜利，夺取琅勃拉邦地区。北部平原之敌如不敢向北进犯我自由区，我正面战场主力可以在充分准备的情况下，攻打敌人几个邦克据点，以锻炼部队，取得经验，配合我军坚持与开展敌后斗争，以及配合我军在莱州、上寮各个战场的作战。

必须充分估计河内地区之敌可能乘机向北进犯我自由区。因之，又必须先做充分准备，大胆地让敌人北进，待北进之敌深入到适当地区时，我军确实掌握了情况，抓住时机，可以集结一部分优势兵力，灵活地各个歼灭敌军一路至数路。敌人脱离了据点、工事、碉堡而深入山地自由区，是有利于我军打歼灭战的好机会。只要我们在指挥上不犯重大错误，是能够达到歼灭敌人之目的的，是能够粉碎敌人向北进犯计划的。

在北部平原敌军向北进犯之同时，我敌后部队、民兵、游击队则可以开展游击战，扰乱敌人后方，增加敌人困难，有力地牵制敌人，配合主力在各个战场歼灭敌人，同时发展、巩固自己。但必须事先充分估计敌人可能对我进行残酷的扫荡而积极反扫荡。

目前，只有我们充分计划这些情况，并且预先有所准备，才能不影响莱州、丰沙里的战斗，取得战役的胜利，粉碎敌人向北进犯之企图。只有在各个战场上消灭敌人，方能保持自己的主动，并使敌人长期陷于被动。

进军莱州、丰沙里地区作战和沿着8号公路西进、南下作战，困难是很多的。供应固然困难，最主要的，还是弄通各级领导干部的思想，和克服某些领导干部怕困难的情绪。这是极端艰苦的工作。敌人进攻自由区，也会对我们在各方面产生一些影响，造成我方这方面不少的困难。但这种困难是暂时的，不可避免却并不可怕。

要充分地认识解放莱州、上寮等地区战略上的重要性，坚决勇敢地克服一切困难，不害怕敌人进犯自由

1953年，罗贵波（右二）与胡志明（左）面对越南地图商讨战略问题

区（但是必须估计到和准备好），这是现在和将来使我军在战略上能够长期处于主动而不至处于被动、不犯错误，而且能够改变北部平原敌我形势和争取胜利的一个非常重要的问题。

罗贵波
1953年10月8日 [1]

罗贵波的电报描画出了未来西北战役的总格局。直至几十年后，军事史专家仍然认为，这个计划的核心是：稳住红河三角洲，夺取西北高原，进占老挝上寮，同时以一部分兵力进入中寮作战，形成迂回越南中部之势，将战场延伸到越南中部甚至南部去。其构想气势磅礴，比"纳瓦尔计划"高出一筹，足以奠定胜局。

罗贵波还向越方建议，以8号公路和12号公路为依托，沿着长山山脉向南修筑一条急造军供路，以便在今后支援中部和南方作战。罗贵波的建议极富战略眼光，越方接受了这项建议，着手修路。后来，正是这条道路发展成了著名的"胡志明小道"，为越南的统一建立了不朽之功。[2]

---

[1] 依据罗贵波接受访问时提供的文件。
[2] 1998年7月4日，作者在成都访问茹夫一。

毛泽东的十二字战略方针

在北京，中国人民解放军总参谋部对罗贵波10月8日发来的电报非常满意。为了实现这个战略构想，中共中央决定：韦国清赶回越南，继续担任军事顾问团主要负责人。为此，中共中央于1953年10月10日致电越南劳动党中央：

> 1950年我们应你们的提议，曾先后派罗、韦二同志分别率领一部分军队和地方党群干部去越南做顾问性质的帮助工作，后因韦同志生病回国休养，一时不能回越工作，故由罗同志统一负责帮助你们进行工作。现韦身体较去年好了一些，我们仍派他回越帮助工作，并决定由韦同志为军事总顾问，负责帮助战争指导和军队建设方面的工作。罗同志为政治总顾问，负责帮助地方的党政建设和政策方面的工作。韦国清同志到越后即按上述工作性质负责帮助之。
>
> 韦同志等五位干部定于本月中旬起程赴越，10月21日可到凭祥。请派人到凭祥与他们联络。[1]

韦国清出发前被召入中南海，毛泽东、彭德怀先后和他谈话。

1953年10月，毛泽东下定决心，大大加重了投入印度支那战争的力量。在此之前，毛泽东考虑过，是否出动大军进攻金门岛。10月，华东军区司令员兼政委陈毅向中共中央军委提出，利用朝鲜战争结束后出现的局面，华东野战军准备以五个军的兵力攻占金门岛，为此需要突击修建福建的几个机场和一些铁路。接到这一提议后毛泽东当即予以批准。但是，毛泽东很快吩咐陈毅，暂缓进攻金门。[2]

10月中旬，毛泽东召来彭德怀和韦国清，做了一番深谈。

见面的地点在中南海丰泽园毛泽东住所。见面之后，毛泽东即问韦国清："你看过纳瓦尔军事计划吗？"

韦国清答："总参给我看过了。"

---

[1] 依据罗贵波接受访问时提供的文件。
[2] 徐焰：《金门之战》，第128页，中国广播电视出版社1989年版。

毛泽东问："你有什么看法？"

韦国清说："这是他的前任塔西尼计划的继续。他们的共同点是大力发展伪军，替法军驻守据点，用越南人打越南人，使法军能够集中执行机动作战任务的突击力量，以夺回战争主动权。他们提出在北部先取守势，而加紧在南部和中部的扫荡和进攻，先稳定他的战略后方后，再集中兵力与越南军队主力在北部决战。这种先南后北的军事方针，是他的计划，也是形势迫使他如此。"

毛泽东问："中央在8月底给罗贵波的电报你看了吗？"

彭德怀在旁说："我让人拿给他看了。"

韦国清说："中央为越南制定的战略方针同纳瓦尔计划是针锋相对的。实施这个战略方针，将完全打破纳瓦尔的如意算盘。"

毛泽东说："罗贵波来电说，胡志明对这个建议是赞成的，他们政治局也做了决定，可是越南军队的冬季作战计划迟迟定不下来，这是怎么回事？"

韦国清解释说，越方有一些人总有一个看法，认为西北作战条件艰苦，只有解放红河三角洲才是决定性的。

这时，毛泽东说："他们想走直路，可是这条路恐怕走不通。目前就打红河三角洲，条件还不具备。还是要走迂回曲折的路，才能达到目的。这是中国几十年的革命经历所证明了的，我看越南革命也没有直路可走。你回去后，要对越南人民军的高级干部多做些解释说服工作。"

毛泽东说："我看越南今后一个时期的作战方向应向中南部做文章。为了实现这个战略计划，当前需要采取一些切实的措施。我想到有这么三条：一是用两个步兵师和半个炮兵师的兵力，首先解决莱州之敌，完全解放西北地区这个重要战略基地，然后移兵上寮，进一步开辟上寮战场。在进军西北的同时，就派部分兵力去中寮和下寮。二是坚决修通南进公路（指由中部的第4联区起向南部穿过老挝的中寮和下寮，经9号公路抵达越南南部西原的公路，亦即后来著名的'胡志明小道'），这是今后部队南下作战的交通命脉，对未来战局关系极大。应该尽快测量，作出计划，分期完成。可以告诉越南同志，对于修路的态度，就是对于战争的态度。对修路不积极、不认真，就是对争取战争胜利不积极、不认真。三是应从越北联区和3、4联区各抽调一批党政干部向中、下寮和越南南部做开辟新区的工作，使部队打下一个地方就巩固一个地方，像我们解放战争后期抽调北方干部随大军南下那样。这三条办法，简单说来，就是十二个字：一条公路、两个半师、三班干部。"

在毛泽东讲话后，彭德怀发表意见说："我对越南战争形势和西北作战的意见，已同国清同志谈过了。再说一件事，纳瓦尔军事计划的法文本，可以带给越南同志看看，这对他们了解敌人，分析形势是有益的。不过要注意保守秘密。"[1]

毛泽东、彭德怀都认为，韦国清此去如果打得好，将使越南局面发生根本性的变化。

确定战役计划

韦国清迅速整装出发，于1953年10月25日到达越南中央根据地，次日向罗贵波、梅嘉生、邓逸凡和高级军事顾问传达毛泽东、彭德怀的指示，并听取关于越南当前形势的汇报。

1953年10月27日，韦国清面见胡志明，送交了亲携的"纳瓦尔计划"文本。这个计划文本正是越方苦心寻索，久而不得的关键性文件，亦可称为世界情报史上的一个杰作。越法两军决战之前，越军获得了这个关键性文件，法方即已大大失先了。

1953年，（左起）乔晓光、邓逸凡、韦国清在越北根据地

胡志明看过"纳瓦尔计划"后，心中自然豁然开朗。他向韦国清表示，能够获读"纳瓦尔计划"对越南党确定下一步作战方案帮助极大，中国方面的意见完全正确，依此意见而行，越军定可粉碎"纳瓦尔计划"。

---

[1] 于化辰（王振华）：《援越抗法战争中的韦国清同志》，见《中国军事顾问团援越抗法实录——当事人的回忆》，第74页，中共党史出版社2002年版。

武元甲对获得"纳瓦尔计划"极为重视,他后来回忆说:"中国同志转交给我们一份纳瓦尔计划,还附有地图。这是友方情报机关获得的。韦国清同志刚从中国国内回来,我们一起到奎达去见胡伯伯。胡伯伯听了敌方计划后说:'纳瓦尔很贪心,想在军事上取得胜利。敌人想主动,我们就迫使他们陷入被动。敌人想集中机动部队,我们就要定出计划迫使他们分散挨打。'"[1]

武元甲和韦国清、梅嘉生一起,着手制订《1953年冬1954年春作战计划》,这个计划有4个主要内容:

1.下一个旱季作战的主要方向是莱州地区,以第308、第316师各两个团,会同西北地区的第148独立团,配属相应的炮兵和工兵,总兵力2.5万人,于旱季开始后向西北机动,最后在1954年1月10日左右攻取莱州。得手后,以两个团的兵力于2月初进军老挝上寮,夺取丰沙里,在2月底时进逼琅勃拉邦。此时,将以另一个团插到琅勃拉邦以南和川圹之间,开辟战区。

2.将第312师和第304师集结在福寿一带,如红河三角洲的法军进犯中央根据地,即以这两个师出

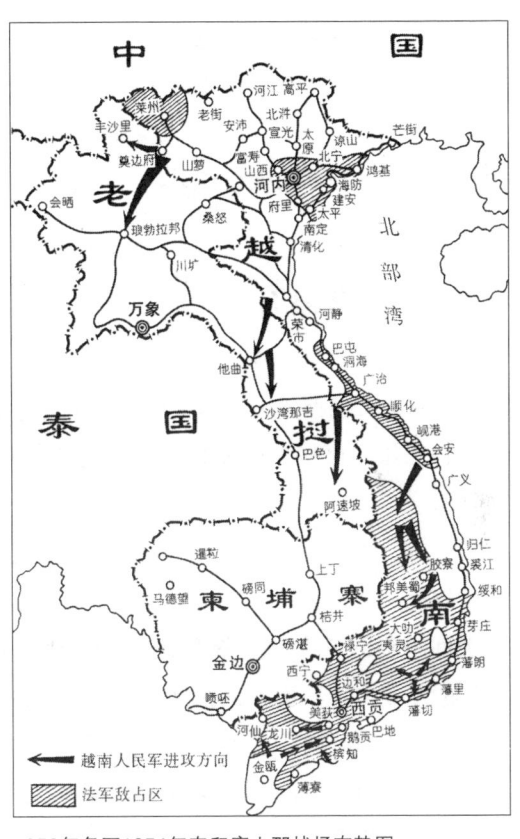

1953年冬至1954年春印度支那战场态势图

---

[1] (越)武元甲:《走向奠边府之路》,越南人民军出版社1999年版,文庄对其中中越关系部分作了翻译。引自文庄:《武元甲将军谈中国军援和中国顾问在越南》,载《东南亚纵横》2003年第4期。

击。诱敌深入，相机歼其一部。

　　3.在越军攻取莱州的同时，以第304师的一个团和越南中部第325师的一个团分别沿着8号公路和12号公路进军中寮，分割在老挝的法军。

　　4.越军在进攻中寮的同时，以一个加强营并配属较强干部，出击下寮的波罗芬高原以东地区，使战场遍及整个老挝。[1]

　　按照这个计划，如果战局发展顺利，越军就可能攻占老挝大部分国土，使法军侧翼完全暴露出来。按韦国清、梅嘉生的本意，向下寮出击最好以一个团甚至更多的部队才好。武元甲有不同的意见，认为分兵太多。最后大家同意派遣一个加强营执行此项任务。

　　1953年11月3日，越南劳动党中央政治局讨论通过了由越军总军委和中国军事顾问团一起拟订的战役计划。

法军进攻奠边府

　　千里之外的西贡，法国远征军也在纳瓦尔统领下努力备战。

　　1953年9月1日，法国政府正式向美国政府提出了总数为3.85亿美元的军援要求。

　　这时，由于朝鲜停战，美军总兵力已比上年削减三分之一。根据艾森豪威尔的授意，美军参谋长联席会议在雷德福主持下提出了"新视角"战略思维。与苏联争霸欧亚大陆，争取英国和法国合作，避免"孤军作战"，是"新视角"的重要内容。因此，在接到法国正式请求的当月，美国政府就予以批准。至此可以认为，纳瓦尔计划得到了物质上的保证。

　　1953年9月22日，纳瓦尔指挥法军在红河三角洲南部集中了20个营，分成两个集团，分别合围越军第42和第64独立团。但是法军行动迟缓，越军略作抵抗后成功地跳出了合围。纳瓦尔立即命令作战中的法军转而寻歼不远处的越军第320师主力。法军遂于10月14日发起"海鸥行动"，由北向南占领了府里、兴安

---

[1] 依据梅嘉生将军保存的赴越军事顾问团文件。

和海阳。这回，双方的主力相遇了，战斗一度十分激烈。越军灵活机动，以一部抗击法军，主力向西绕出，来到靠近老挝的地区集结。

跟随着满地烽火，印度支那1953年的雨季来到了柔软的末梢，纳瓦尔回顾就任5个月来的战绩，心中不免涌起一股难以名状的感慨。在刚刚过去的雨季中，法军确实打得还不错，几度交手都占了上风。不过，纳瓦尔心里非常清楚，五个月的沙场奔突，只不过是一场大战的序幕，只有旱季到来后的会战才是决定命运的。现在，战幕开启，河内、海防、永安、宁平、莱州……一座座散布在这块热带土地上的城池即将燃起冲天烽火。

在这些地方都可能发生一场恶战，但它们都不是纳瓦尔最关切之地。纳瓦尔的目光越过了它们，又翻过越西北重重叠叠的绿色山峦，最后落在群山环抱的一块盆地上，它就是奠边府。纳瓦尔认定，就是这个毫不引人注目的小地方，将决定1953—1954年冬春战役的成败，也是"纳瓦尔计划"能否顺利实施的关键。

就在1953年10月的最后两天里，情报部门给纳瓦尔送来了他最不愿意看到的情报：有迹象表明，10月27日，越军第316师开始向西北运动，其目的地可能是莱州。

纳瓦尔立即意识到，一场战略决战已经在所难免，他决心赶在越军主力到

1953年，法军士兵在越南

达西北以前,占领奠边府,挡住越军前往老挝的去路。

1953年11月2日,纳瓦尔发布第852号命令,指出越军可能向西北运动,为了确保上寮地区,攻占奠边府势在必行。该战役由科尼将军任总指挥,使用5—6个营,在11月15—20日(最迟不超过12月1日)之间进行。

来自美国的信息为纳瓦尔加了油。

在发布852号命令的前一天,美国副总统理查德·尼克松抵达印度支那作为期6天的访问。他先后到了西贡、金边和河内,甚至来到了红河三角洲的西南部,了解正在那里实施扫荡的法军状况。

在西贡,纳瓦尔会晤了尼克松。他对尼克松说,现在法国远征军最需要的就是C-47军用运输机,以应空投伞兵的急需,请美国支援。尼克松立即将此事向艾森豪威尔做了报告。当时,在美军服役的C-47运输机一共有1312架,而各方面的需求量为1432架。接到了尼克松的报告,艾森豪威尔决定优先满足纳瓦尔的请求,由五角大楼负责调拨。

11月6日,为了保证援助成效,美国特使奥丹尼尔来到西贡考察后向纳瓦尔建议,要在红河三角洲使用堡垒战术,把越军的游击区挤掉。纳瓦尔告诉他,这个问题已经考虑了许久,可惜法军没有力量在其他战场采取攻势的同时在三角洲也发动进攻。所以,现在印支战场上最关键的一着就是,使用伞兵突袭奠边府,然后在固守中大量杀伤越军,最终夺取战场优势。

分析了纳瓦尔计划开始阶段的执行结果,奥丹尼尔认为,法军在过去的几个月里改善了军事态势。他向华盛顿的美军参谋长联席会议报告:法军"已经创造了远比上一个旱季为好的形势"。他建议:"我们应该全力支持纳瓦尔计划。"[1]

奥丹尼尔的支持使纳瓦尔大喜过望,到这个时候,除了法国总理或国防部长下命令,谁也不能动摇纳瓦尔夺取奠边府的决心了。

11月11日,纳瓦尔向科尼和法军驻老挝司令克雷弗克上校发出了攻占奠边府的最后命令。命令规定,此计划代号为"海狸",参加行动的空降兵由科尼指挥,于11月20日占领奠边府。科尼于当日向所属部队发出了实施"海狸行

---

[1] Ronald H. Spector, *Advice and Support: The Early Years 1940—1960* (Washington D.C., 1983), p.180.

动"命令。

11月15日，法国负责印度支那事务的国务秘书马克·雅凯抵达西贡。17日，纳瓦尔会同雅凯和印度支那高级专员莫里斯·德让，还有保大政府总理阮文先一起飞往河内，视察"海狸行动"的实施准备情况。

在河内，纳瓦尔明确地对科尼说，虽有困难，但"海狸"必须按时行动。此令一出，法军前线将军们关于占领奠边府计划的争议偃旗息鼓。纳瓦尔坐镇河内，直到20日清晨第一架飞机朝着奠边府飞去，他才急匆匆赶回西贡。

印度支那北部战云密布，大战一触即发。

11月13日，法国国家安全委员会举行了与即将实施的奠边府作战计划有关的重要会议。与会高级官员认为，朝鲜停战以后，中国可能腾出大批武器装备援助越南战场，形势对法国远征军越来越不利。另外，法国国内反对印度支那战争的声浪越来越高，连国会议员们也卷进去了。1948年，国会议员中投票反对印度支那战争的只有五人，而到了1953年10月，已经有151位议员明确反对法国继续进行印度支那战争。

国家安全会议为此决定，法国政府将调整对"纳瓦尔计划"的支持，设法与越盟进行停战谈判，不再满足纳瓦尔的增援要求。与会者的分歧在于，是现在立即向胡志明提出谈判建议，还是等待旱季一场恶战过去，法国取得了较为有利的军事地位再谈。

这个问题悬而未解。会议决定，派国家安全委员会秘书长阿德米拉·卡巴尼耶海军上将前往越南征询纳瓦尔的意见。卡巴尼耶于15日离开巴黎，19日抵达西贡。

下了飞机，卡巴尼耶立即要求与纳瓦尔取得联系，当他得知纳瓦尔正在河内的时候，又要求马上飞往河内与纳瓦尔会晤。谁知道纳瓦尔回电说，请贵客暂留西贡，他明天清晨飞回西贡与卡巴尼耶会晤。

11月20日上午9时过后，纳瓦尔在自己的办公室和卡巴尼耶见面了。几句寒暄过后，卡巴尼耶直率地对纳瓦尔说，由于法国政府的决定，纳瓦尔不能再指望得到来自本土的兵力增援，即使是财力支援也变得有限，印度支那远征军必须量力而行。卡巴尼耶说，他这次飞越万里而来，就是要征询纳瓦尔的意见，从印度支那战场的军事角度来看，是现在就和越盟谈判，还是等待一场大战之后。

纳瓦尔听罢，淡淡一笑，对卡巴尼耶说："依我来看，谈判应该由来年的春天来推进，这已经无可置疑。因为就在我们开始谈话的时候，红河三角洲的机群已经升空，奠边府战役开始了……"

第22章

"海狸"飞落奠边府

奠边府的浓雾

1953年11月20日清晨，银白色的雾团弥漫蒸腾，裹住了山峦环抱的奠边府。

天亮以后不久，一架美制双引擎C-47运输机自东而来，飞临奠边府，在晨雾之上绕着圈子。

奠边府居民对时而在天空中响起的飞机声已经习惯，就连驻扎在村镇里的越军第148独立团的两个连士兵也安稳如常，按部就班地起床、吃饭、上岗。他们压根就没有想到，飞临头顶的这架飞机上竟载着三位法军将军：印度支那远征军副总司令皮埃尔·博代中将；印度支那北部战区空军司令让·德绍准将；还有一位，就是直接指挥"海狸行动"的空降兵司令让·吉尔斯准将。

1953年11月，科尼在奠边府视察

他们于清晨5时从靠近海防的白梅机场起飞，飞临奠边府上空判断当天的气候能否实施大规模伞降。这个任务称得上千钧之重垂于一发，因为随着旱季到来，法军的空中行动太频繁了，以致捉襟见肘，费了九牛二虎之力才凑齐了"海狸行动"所需的飞机。一旦"海狸"落地，许多飞机还得飞回出发地，去执行各自的任务。

机舱内的灯没有打开，博

代一次又一次将腕上的手表凑近嘴边的香烟,狠狠吸烟,靠那烟头的亮光观看时间。吉尔斯则用他的那只独眼凝神俯视奠边府盆地,眼神随着盆地上的白雾飘来飘去。

经过半小时的观察和测算,机上的法军气象专家判定,奠边府的雾气将在上午消散,随后是好天气。气象观测组组长走到正在眺望窗外的德绍准将身边汇报,他的声音几乎完全被飞机引擎声淹没了。

6时52分,机上的无线电用密码向科尼发出预定信号:"奠边府的雾正在散去。"

白梅机场,7时20分。科尼向"海狸行动"的飞行指挥员让·L. 尼克上校发出命令:"海狸行动开始。"

一切准备就绪,飞机马达的巨大轰鸣声打破了清晨的宁静。

尼克是十天前接到绝密命令,着手准备"海狸行动"的。他面临的困难太多了,最糟糕的是,他手头有70架运输机,可是只有62个飞行员,而战役行动却要他将70架飞机全部投入飞行。其次,属他指挥的飞机中,还有不少正在宁平、太平地区参加扫荡越军第320师的战斗。尼克使尽浑身解数,总算调集起了包括他本人在内的65名飞行员,勉强满足了战役需要。

根据尼克的部署,前一阶段配属"海鸥行动"的飞机在19日傍晚飞来白梅机场归还建制。地勤人员彻夜不眠地进行了检修和保养,终于保证战役行动可以按时开始。

清晨5时50分,尼克集合空勤人员发布作战令:"先生们:你们的任务是,在奠边府实施空降。全体飞行人员必须全力以赴,我亲自领飞。整个行动分两个波次。第一波次33架飞机分四队从白梅机场起飞。第二波次32架飞机也分四队,从嘉林机场起飞。第一波次由富尔科少校

法军在奠边府伞降

指挥，代号'黄头'。第二波次由马蒂内少校指挥，代号'红头'。我的代号'得克萨斯'。两个波次的起飞间隔时间为3分钟，每队间隔1分钟，每个编队内的飞机起飞间隔10秒钟。请对好表，必须绝对准时。"

尼克上校仔细地叮嘱："每架飞机起飞前装满550加仑汽油。第二波次的飞机还要飞一次，24架运送物资装备，8架运人。下午再空运一次伞兵，空投物资的时间不得超过20分钟。"

由于遥远的奠边府晨雾不散，法军机群起飞时间略作延迟，将近8时，飞机陆续起飞。8时15分，整个机群升空编队，一架接一架朝着覆盖在绿色丛林中的越西北高原飞去。

由于飞行员和飞机不足，在奠边府一次只能空投两个营。吉尔斯准将原打算一次空投三个营，力图全歼奠边府的越军，最好是擒获第148团团长，现在他感到有些难以如愿了。为了获得最大的战果，他挑选了两个最精锐的伞兵营，分别由马塞尔·比雅尔和让·布雷切斯两位少校率领，他自己则在空中盘旋指挥。

为了让战场指挥员明了战役的重要性，19日，远征军副总司令博代将军亲自召见了比雅尔和布雷切斯。让两位营长感到惊讶的是博代在交代任务时那种满腹狐疑的神情，他在结束谈话时说："战斗当然应该成功，但是，如果降落后情况复杂，允许你们酌情处理，务必保存实力。不管怎么说，要是明天天气不好，战役计划也就不存在了。"

分手之际，博代将军竟然脱口而出："明天怎么不下雨呀。"

倒是比雅尔和布雷切斯感到，将军就该在重大战役的炮火之中产生，他们满怀期望要打一个好仗。他们都没有想到，即将展开的奠边府空投计划几乎在最后一分钟前还经历了一连串的迟疑和似乎看不到尽头的讨价还价。

法军夺取奠边府

1953年11月20日上午10时30分，法军机群飞临奠边府，载着三位将军的那架飞机在高空盘旋许久，终于等来了自己的士兵。

此时，奠边府盆地里的雾气全部消散了。10时35分，伞兵空降开始。湛蓝的天空中，上千顶白色的降落伞突然绽开，纷纷扬扬，盆地里的人们全都惊呆了。

越军西北军区第148独立团的第910营有两个步兵连驻扎在奠边府，幸运的是这天他们没有集中在村子中心的营部，而是分别开出村子上操或执行任务，其中一支较大的分队开往盆地西北部的机场附近，为了阻止法军利用机场降落，他们已在机场跑道和附近地带挖掘了1200来个大坑，他们还打算再挖一些。

法军伞兵刚跳出机舱打开降落伞，地面的越军就意识到一场恶战扑来。指挥员高声呼喊收拢部队，命令立即对空射击。

越军先发制人，步枪

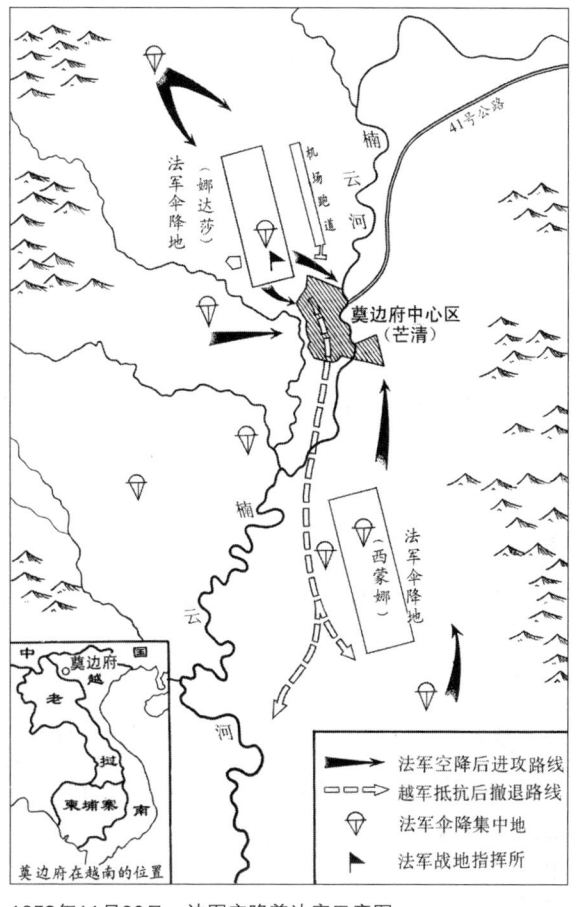

1953年11月20日，法军空降奠边府示意图

和轻机枪迅速开火。挂在伞下的法军上尉军医安德烈被一颗子弹击中前额，殒命空中，成了奠边府战役中第一个阵亡者。另有一个士兵离机后主伞、备份伞都没有打开，"砰"的一声摔死在地面上。

按照预定计划，法军一次空投两个营，1220人。由比雅尔指挥的一个营降落在盆地中心村落的西北部，收拢后夺取机场；布雷切斯的营在奠边府东南降落，切断越军南撤的通路，然后两个营合围，全歼越军。两个降落区在地图上标记得非常清楚，还起了两个美丽的名字，西北的叫"娜达莎"，东南的叫"西蒙娜"。结果，比雅尔手下的第4连偏出降落区，落到了盆地的西北顶端，第2连落点偏西南，好在另两个连准确地跳进了"娜达莎"的胸怀。10时40分，比雅尔收拢了一个连，迅即向越军逼近。

对于法军来犯，越军有所防备，第910营炮兵连的迫击炮炮口很快对准了"娜达莎"——那里是理想的空降场。因此比雅尔刚刚收拢兵力就挨了一阵迫击炮弹，一块溅起的弹片不偏不倚正好打坏了比雅尔携带的无线电报话机。

20分钟后，分散的法军聚拢来，从三面包围一步步向村子里退去的越军战士。

向"西蒙娜"降落的法军也没有完全落进预定位置。正在该区域里的越军进行了顽强的抵抗，抢先控制了南撤通道。

上午11时，比雅尔唤来中尉阿莱尔，急切地问他："你的炮火准备好了吗？"

"炮火准备完毕。"

"那好，赶快向村边打上10发炮弹。"比雅尔命令。

阿莱尔身边倒是真的有了一门迫击炮，可是一时竟没有找到炮弹。过了一会儿才扛来3发炮弹，立刻打了出去。

挨着了迫击炮弹的越军打得很沉着，战线僵持了。

中午12时15分，法军的一架小型侦察机飞来，沟通了比雅尔和吉尔斯的联络。另一架B-26轰炸机随之赶来在比雅尔的上空盘旋，但是它花了好一会儿才弄清楚越法两军的作战位置，朝着越军扔下炸弹。[1]

空军投入战斗使越军阵地上顿时硝烟弥漫。越军支持不住了，开始向南突围。

下午3时，乘第二波次飞机赶来的法国第一伞兵营空降"娜达莎"。半小时以后，这个伞兵营收拢了，前来增援比雅尔。援兵的到来完全改变了奠边府盆地战斗双方的力量对比，越军不再坚持，集中力量向南一阵猛冲，突出重围。

法军基本上达到了战斗目的，至当天傍晚，总共伞降1827人，以亡11人、伤52人的代价攻占奠边府。但是法军未能全歼奠边府越军。越军有115人牺牲，4名伤员被俘。[2]

---

[1] Bernard B. Fall, *Hell in a Very Small Place*, *The Siege of Dien Bien Phu*（Published by Da Capo Press, Inc. Originally published by Philadelphia: Lippincott, 1967）, pp.1—15.

[2] Howard R. Simpson, *Dien Bien Phu, the Epic Battle America Forgot*（Brassey's Inc, 1994）, p.15.

科尼将军的犹豫

次日清晨，吉尔斯将军带着他的司令部随员也跳伞来到奠边府，建立战地指挥部。1953年11月21日下午，法军的C-119运输机向奠边府空投了两辆自重7吨的推土机，它们俨然是盆地中的庞然大物。但是其中的一辆出师不利，顷刻间翻倒在稻田的深坑里。另一辆则立了大功，转眼间把越军在机场挖下的那些大坑推平了。

11月22日是星期天，根据科尼的命令，法军向奠边府空投了第六个伞兵营，使奠边府盆地中的法军总兵力达到4560人，足以在奠边府支撑一阵了。下午，一架小型炮兵校正观察机在奠边府盆地中央偏北的跑道上降落，一身戎装的科尼将军爬了出来。他实在放心不下这个孤悬越军战线后面的战场，早就想赶来看看。和他一起来到奠边府的是美国军事顾问团团长特拉普内尔。

尘土飞扬的奠边府阵地上，吉尔斯将军向刚刚降落的飞机走来，一见科尼就向他汇报情况。在向盆地中心走去的时候他突然压低了声音对科尼说："将军，要是能找一个人来接替我，那就感激不尽了。要知道，我已经在那产像只耗子似的生活了六个月。"

科尼一口承诺："一定如此，这只是个时间问题。"科尼了解49岁的吉尔斯，上次已经在那产立了大功，这回就不必让他再打一回野战了。何况吉尔斯身患心脏病，确实也不该再冒风险。

奠边府盆地狼烟四起。法军焚烧野地里的灌木，扫清射界。下一步，连四周的房屋都要被拆除，免得被越军在进攻中利用。

科尼踏上村边的坡地，久久地望着宁静的奠边府和周围起伏的山峦，心情非常复杂。

科尼出生于1904年4月25日，祖父是一位农民，父亲当了警察。青年时的科尼天赋甚高，顺利地拿到奖学金，先后获得政治学学士和法学博士学位。从军以后，科尼当上了炮兵，于1941年晋升上尉，次年成了一名少校。在第二次世界大战中，他参加了抗击德国军队的多次作战。他所在部队被打散后，科尼成为一支抵抗力量的领导人，继续战斗。在抵抗运动中他被德军俘获，押往德国的布痕瓦尔德集中营受尽折磨。好在为时不久，盟军攻进德国解放了他，科尼马上回到了法国。

战后，科尼担任过名将塔西尼的副官，于1950年来到印度支那。塔西尼对科尼的才干十分赏识，让他到前线去带兵作战。塔西尼死后，科尼当上了师长，驻守海防。他于1953年成为越南北部地区的法军司令，这年49岁的科尼是法军中最年轻的三星将军。他统辖的部队，算得上是法国印度支那远征军的精锐所在。

对于奠边府的战略地位，科尼的认识颇有反复。一开始，他认为法军应该尽快占领奠边府，切断越军去往老挝上寮的通道。但是，随着雨季将尽，他开始改变自己的看法，觉得占领遥远的奠边府，将一旅重兵孤悬敌后，其危险之处就像法军将自己的身躯舒张得太开，会暴露许多弱点，远不如收缩兵力来得踏实。但是他没有机会向纳瓦尔详细陈述这个观点，生怕自己对奠边府的意义看得不透，被刚到印支战场的上司纳瓦尔看作是庸人自扰。

11月2日，身在河内的科尼接到了尽快占领奠边府的命令，他确实有些犯疑了。尽管他曾在几个月前的军事会议上支持过纳瓦尔提出的再占奠边府计划，眼下真的要动起手来，他还需三思而行。他唤来司令部的参谋，要他们就第852号命令写一个"备忘录"。

科尼的参谋费尽斟酌写出的备忘录甚为微妙，备忘录的基调是，执行第852号命令有可能带来严重的后果。

备忘录指出，执行第852号命令，占领奠边府大概需要5个营，但在占领奠边府之后，可能受到越军9个营（即1个师）的围困和攻击，会迫使远征军司令部从红河三角洲抽调更多部队去加强奠边府的守备。备忘录还认为，法军在占领奠边府之后，还是难以完成封锁去往老挝的通道。因为越军可以绕道而行，把奠边府甩在身后。再次，法军占领奠边府后，可能受到包围，因此难以向外"辐射"兵力；在那里可能筹得的粮食仅够一个师维持三个月之需。对这一点应计划在先。

备忘录写出来了，科尼却有了新的想法。他没有把备忘录立即呈报纳瓦尔，而是把它塞进自己的文件柜。他打算执行纳瓦尔关于迅速占领奠边府的命令，而把刚刚拟就的备忘录留在手头，以备日后万一需要时再拿出来。

实际上，此时的科尼并不完全否定奠边府战役行动，因为纳瓦尔的建立奠边府"坚固空降场"的设想和科尼自己曾提出的"锚固点"设想毕竟有许多相似之处。反过来说，富有战场经验的科尼知道，对一个庞大的战役计划，战地指挥官总有不少预料未及的地方，不能排除它成功的可能性。

想到了这点，科尼在11月6日致信纳瓦尔，表示他将执行第852号命令。科尼只是提醒纳瓦尔，他只是怕投入奠边府战斗的部队会付出太大的伤亡，以致越军大举进攻红河三角洲，使整个战局出现危机。

占领奠边府是一着险棋，把局面搅得太复杂了，精明的科尼对之冥思苦想，还是未得其解。

科尼于当天飞回河内。

德卡斯特里上校粉墨登场

1953年11月25日，法军的河内电台截获了一份越军司令部命令，命令要求第308、第312和第351师也向西北地区进发。再综合其他情况，法军情报官推断，越军第316师已经行至中途，12月6日左右就可能到达奠边府。第308师如果迅速出动的话也能够在12月24日前后到达越南西北。

接到这份报告，科尼心里有一种不祥之兆。他总觉得将法军主力集结在红河三角洲地区比较有利，可以充分发挥空军的优势。过去这个感觉还不太明显，一旦重兵云集奠边府，他切实感到在那里建立庞大基地离自己太远了，空军难以照料周全。他把自己的担心告诉了纳瓦尔。

纳瓦尔对科尼的情报有些拿不准。他认为正向西北而去的越军只是一旅偏师而不是主力，其意图是吸引法军的注意力。越军大部队不会那么快地向西北移动，因为他们的后勤供给有困难。纳瓦尔对科尼说，他计算过，要与已经和将在奠边府的法军作战，越军至少需要集中4万人以上的兵力，还要加上人数大体相当的运输力量。他认为，在12月底以前，能够到达奠边府的越军最多也只能是一个师而不可能达到三个师以上。越军如果调上两三个师，法国空军将会及时发现并在空中予以重创。可是现在空军并没有确切的情报。

听纳瓦尔这么一说，科尼倒也没什么新词了。

1953年11月29日下午1时45分，纳瓦尔和科尼同机到达奠边府。走下飞机，纳瓦尔似乎漫不经心地问科尼："谁来接替吉尔斯？"

奠边府法军集群司令吉尔斯准将的心脏出现问题，科尼已经想好了接替他

法军奠边府守军的前、后任司令：（左起）吉尔斯准将、德卡斯特里上校

的人选。他掉头对纳瓦尔说："我打算向您推荐……"

没想到纳瓦尔打断了他的话头："也许我们已经想到一块去了，你说说看。"

科尼说："瓦尼克桑上校不那么振作，我想让德卡斯特里上校来，他是老骑兵。奠边府地形开阔，便于兵力机动，我们需要一个能在这里打败越南人的指挥官。"

纳瓦尔点了头："他正是我想到的人选，你可以在任何合适的时候任命他。"说实在的，纳瓦尔和科尼的想法还从来没有这样合拍过。

科尼想了想说："我觉得还是您来告诉他这个任命更好。"

当天下午视察了奠边府阵地之后，纳瓦尔和科尼飞回河内。第二天，他们赶往太平，向那里的驻军司令德卡斯特里上校宣布了新的任命。

德卡斯特里并不感到意外，因为纳瓦尔早就暗示性地征求过他的意见了。在纳瓦尔宣布了任命以后，德卡斯特里对他说："如果您只是打算在奠边府建立一个以壕沟设防的营地的话，那不是我的所长，倒不如另选他人。"

纳瓦尔说："吉尔斯倒是想让奠边府变成第二个那产。我不那么考虑，所以才选上了你。"

站在一边的科尼补充说："我们需要一个富于山地和旷野作战经验的人，你是老骑兵，那里的开阔地等着你施展抱负。"

奠边府战场上的法军主角就这么粉墨登场了。

德卡斯特里，1902年出身于法国巴黎一个贵族家庭。这是一个军人世家，其先祖从十字军东征时起就仗剑为王室服务。德卡斯特里的祖上有人当过法国的陆军元帅，家族中当过将军的则有一群人。倒是德卡斯特里从小就蔑视传统的仕进道路，他没有直接投考军校，而是在20岁时入伍当了一名骑兵，由一名

第22章 "海狸"飞落奠边府

军士被慢慢提拔起来。

1925年,他作为一名候补军官进入骑兵学校。他精于骑术,曾是法国国际优胜赛马队的成员,驰誉于一时。

第二次世界大战开始,德卡斯特里作为一名骑兵参加了战斗。1939年9月,德卡斯特里参加了马其诺防线上的对德军作战。作为一名骑兵侦察队长,他多次带领部下越过萨尔河,到德军战阵中捕俘。有一次在捕俘后撤时被德军发现,他的小分队遭到德军炮火的猛烈压制,两名士兵在他身边阵亡。这件事对德卡斯特里影响很大,使他对战友的伤亡有一股难以言喻的情怀。在二战后期,人们发现他总是避免去探望伤员,也不在安葬阵亡将士的场合出现,甚至很少来到战场包扎所。

但是德卡斯特里又以勇敢精神闻名于法军。1940年,他曾率领60余人和配有坦克的德军一个整营血战三天。弹尽之后,他本人负伤被俘。德卡斯特里被俘后三次越狱未成,但他还是不懈地努力。1941年3月31日,他在德军防备相当严密的西里西利集中营成功地掘地道越狱,和20余名被俘法军军官一起历尽艰辛逃回法国,又经西班牙到非洲加入"自由法国"战线。

不久,德卡斯特里参加了配合美军进攻意大利的战斗,在战斗中他乘坐的吉普触雷,他第二次负伤。伤愈后他参加了在法国南部登陆的战斗,一直打到战争结束。

对于德卡斯特里的经历和特点,纳瓦尔太熟悉了。德卡斯特里投身行伍时,纳瓦尔是他的中尉排长;纳瓦尔当了连长以后,德卡斯特里升任他手下的排长;在第二次世界大战中,纳瓦尔就任上校团长时,德卡斯特里是他团中的一名少校。在那以后,两人的军阶才拉开。

确定了奠边府守军司令,还得为他挑选一个副手。这件事,德卡斯特里自己解决了。11月30日,德卡斯特里走进河内一家大饭店,在楼梯上和皮埃尔·查理·朗格莱中校不期而遇。朗格莱是奠边府盆地里的首批负伤军官。

奠边府法军战将朗格莱

1953年底，奠边府前线的法军严阵以待

11月20日早上，他带领伞兵随着吉尔斯在奠边府空降，落地时扭伤了左脚踝关节，只在奠边府住了一夜就回河内治伤。朗格莱告诉德卡斯特里，几天治疗下来，他的脚伤已经好多了，只是走路还不灵便。

闻得此语，德卡斯特里大喜过望，他正要去科尼那里会商在奠边府的指挥配备问题，却没有想到最称心的合作伙伴正好站在自己面前了。

站在楼梯上，德卡斯特里立即邀请朗格莱担任奠边府守军集群的副司令。朗格莱向他说明，自己正在治疗踝骨伤，走路一瘸一拐的。"上校，你打算让个瘸子给你当空降兵司令吗？这脚下个月还好不了。"朗格莱对他说。

德卡斯特里毫不犹豫地回答："到了奠边府，我就给你弄一匹马，你先骑马巡视阵地就行了。"

朗格莱是个极豪爽的人，1945年就和德卡斯特里相识了，听他如此一说，当场就答应了下来。于是，奠边府的又一个重要人物应运而至。

朗格莱生于1909年，毕业于圣西尔军校，细高个子，模样清瘦，有棱有角。他的性格和德卡斯特里正相反。德卡斯特里在任何场合都忘不了衣冠楚楚，说话讲求分寸。朗格莱则对自己毫无掩饰，生性好酒。德卡斯特里从军后多在巴黎附近驻防，锦衣玉食。朗格莱却浪迹四方，从军校毕业后即来到非洲的撒哈拉大沙漠服役，忍饥受渴。

第二次世界大战期间，朗格莱先后在意大利、法国和德军作战。战后的1945年9月，他升任营长来到越南，参加了1946年12月对越南北部的大规模进攻和1947年占领河内的战斗。1949年，他回国两年后再次入越，先是驻扎在靠近中国边境的地方，不久调往越南中部，接着来到老挝北部。一年后他回国在伞兵部队任职，1953年第三次来到了越南。

朗格莱虽然看上去随随便便的样子，作战时却以果断、清醒著称。对这一点，德卡斯特里非常清楚，所以拽住朗格莱不放。

朗格莱意识到奠边府之战的意义非常重大，自己能在德卡斯特里身边亲自参与指挥这么庞大的战斗集团，也是难逢的机会。

1953年12月12日，朗格莱脚缠绷带乘飞机来到奠边府，果然，一匹小白马已经在机场上等着他了。

越法两军同时备战奠边府

朗格莱看到的奠边府，像是一座巨大的工地。

在奠边府，紧跟着伞兵空投下来的是一个工兵连。一架架运输机飞来，投下美制的跑道钢板。修整好跑道地面，再把一块块钢板像拼图那样拼接起来，一个天衣无缝的机场跑道就算大功告成了。

来到了奠边府，从法军司令官到士兵都意识到机场将是维系奠边府生死存亡的生命线，所以筑起机场来不遗余力。到11月22日，奠边府机场可供小型飞机降落。七天后，机场跑道基本完备，足可以供大型运输机使用。至12月4日，1828.8米长的奠边府机场跑道全面竣工。

占领奠边府以后，四周寂静无战事，科尼和纳瓦尔愈加关心越军的动向。12月初，法军又截获一份越军总军委的电报，这份命令要求越军的三个师向越西北方向开进。科尼判断，越军的三个主力师都向奠边府开过来了。随后的无线电侦察判明，越军一部在安沛的红河地段上架桥，他们得到的命令是每夜需过6000人。

科尼向纳瓦尔报告说，这回，越军不会是虚晃一枪。他建议法军在红河三角洲的机动兵团迅速向越军的中央根据地发起进攻，拖住越军主力。

纳瓦尔否决了科尼的建议，答复说，这样的做法，法军已经试过多次了，但没有一回是成功的。纳瓦尔还是盼望在奠边府与越军决战。

1953年底,法军在奠边府巡逻

12月3日,纳瓦尔发布命令:

我决定接受即将在西北进行的战役。实施这次战役需充分注意下列条件或目标:

1.不惜一切代价坚守奠边府空降场,这是守卫西北的关键。

2.在我军力量可以坚持的前提下守卫莱州。

3.尽可能地保持奠边府和莱州,以及通过孟夸与老挝的联系。

考虑到奠边府距离越盟主要根据地路途遥远、供应困难等因素,在奠边府与越盟的战斗将经历:

运动阶段——越盟部队和后勤给养在数周时间内陆续抵达西北前线。

相互接触和侦察阶段——抵达前线的越盟侦察部队将试图了解我军的实力,寻找我军的防御弱点,确定他们将使用的突破口。

进攻阶段——越盟的进攻将持续数日,而最后的结局必然以越盟的失败而告终。[1]

纳瓦尔的命令充满乐观。然而问题在于,作为战略区最高指挥官,他的命令指出了对手进攻西北时会遇到的困难,但是法军自己呢?纳瓦尔居然一字不提。

---

[1] Bernard B. Fall, *Hell in a Very Small Place*, *The Siege of Dien Bien Phu*(Published by Da Capo Press, Inc. Originally published by Philadelphia: Lippincott, 1967), pp.23—45.

第23章

千载难逢是战机

中越将领：英雄所见略同

法军于11月20日空降奠边府的消息传到越北中央根据地时，越军总军委正在召开师以上干部会议，确定旱季作战实施方案。韦国清、梅嘉生，还有茹夫一与会。会议从19日持续到24日。

"一个绝妙的战机出现了！"鲜明的念头马上从韦国清脑海里跳了出来，梅嘉生也几乎同时得出相同的结论。[1]

"这是一个好消息！"越军副总参谋长黄文泰说道，"它意味着，我们已经成功地把六个营的法国伞兵从红河三角洲调动到了越西北，调到了奠边府。接下来，就应该把他们钉在奠边府，并且把更多的法军吸引过去。"

总军委会议改变议程，商讨起奠边府的局势来。

会议对法军作战动机提出了几种推测。一种可能是法军要在西北守住莱州和奠边府，或者只守其中之一。如果是只守一地，那么他们可能选中的是奠边府。另有一种可能是法军虚晃一枪，然后很快地从这两个地方撤走，重演那产的故事。

不管怎么设想，法军空降奠边府都是一个天大的错误，纳瓦尔将一个千载难逢的战机向越军拱手托出。它至少说明，纳瓦尔不是对越军新增添的重炮和高射炮力量毫无所知，就是估量得太低了。三个月前，越军憋足了劲要打那产，那产之敌却突然消失了。眼下，越军手里已经有了榴弹炮和高射炮部队，不是正好可以用来打奠边府吗？[2]

---

[1] 1989年1月24日，作者在北京访问张英。

[2] 黄文泰：《奠边府战役的由来和进程》，1984年4月作，引自文庄的翻译稿。译自：George Katsiaficas, *Vietnam Documents: American and Vietnamese Views of the War* (New York: M.S. Sharpe, Inc, 1992), pp.16—23.

越军应该抓住天赐良机，迅速开向奠边府，实施重大战役。在这一点上，武元甲、黄文泰和韦国清、梅嘉生、茹夫一的意见非常一致。问题仅仅在于：纳瓦尔占领奠边府的意图究竟是什么？除了已经确定开向越西北的两个半师，越军还要不要增添新的力量？增添多少？

刘焕成、周洪波这些警卫员发现，得知法军占领奠边府的消息以后，韦国清、梅嘉生、茹夫一显得相当兴奋，他们在办公室进进出出，而韦国清住所的灯光一直亮到凌晨。韦国清的睡眠变得很不好，为了不惊动他的休息，连军事顾问团工作人员的早操都取消了。[1]

韦国清失眠了。

韦国清在陈毅、粟裕统帅下的三野中有"小诸葛"之称，他的睡眠之差也是很有名的。用他自己的话说："一打起仗来，我几天几夜不眠是很平常的，经常是打完一个战役才有一个好觉。"所以，参谋人员在韦国清休息时间内因军情紧急而呼唤他已成习惯，因为在这时他们往往解救了正因无法入睡而苦恼的韦国清。

由于失眠，韦国清早就和安眠药结下了不解之缘。他常常数粒数粒地吞食诸如"速可眠""鲁米那"之类的安眠药，他当年服用的安眠药在20世纪后期都成了医生的慎用药。

由于失眠和肠胃不调，头痛症久久地纠缠着韦国清，两侧太阳穴疼痛起来持续甚久，给他带来巨大的折磨。对于他的头痛，广西、北京的大医院医生纷纷束手，无奈的医生只好给他一个在20世纪早期出现过的"健脑器"，头痛时紧紧地勒在额际减缓痛楚。这种情况，一直持续到20世纪60年代"文化大革命"前夕，上海华东医院的医生将韦国清诊断为"不典型的美尼尔氏综合征"，这才对症施治，使韦国清的身体明显好转。[2]

来到越南的韦国清工作起来不分昼夜。他深知，身为越军总顾问，这与当年亲自率兵上阵有许多不同之处，思考更需周密，处理问题更要讲究方法。战役战术的制定和实施、武器装备的加强和完善固然重要，但是在战役决策过程

---

[1] 1990年7月，作者在北京访问周洪波，1993年8月5日，作者在北京访问刘焕成，两人都提及此事。
[2] 1994年5月12日，作者在北京访问许其倩。

中，指挥群体间的协调配合，或是分歧、龃龉，也会对战争进程产生深刻的影响。决策当前，他不能不慎而又慎。

韦国清的信念非常坚定：越军应该指向西北与法军决战，为此必须取得武元甲的同意。

梅嘉生完全支持韦国清的意见。1953年夏季，他回北京汇报工作之后曾去青岛疗养。这时，梅嘉生正满40岁，英姿勃发、将军风度。中华人民共和国成立之初是一个崇尚战场英雄的年代，青岛疗养院的一位年轻女护士被梅嘉生的将军气质深深吸引，对他照料有加，不时向警卫员周洪波打听梅嘉生的情况。终于，周洪波会意，告诉她使君有妇，何况将军之心对夫人始终如一。姑娘听罢，长叹一声，默默垂泪而去。

看着女护士的苗条身影，周洪波也是一番惆怅。寻思之后，他将此情婉告梅嘉生。梅嘉生摇摇头，哑然一笑，然后话题一转，对周洪波说："马上准备行装，我刚刚得到消息，越南战场上法军有反攻的苗头，我们要马上回越南，准备打一场大仗。"

谢过年轻女护士的照料，梅嘉生提前结束疗养，比韦国清先一步赶回越南，着手准备西北战役。战争使梅嘉生养成了爱读兵书和地图的习惯，如果没有事务安排，晚饭之后稍许活动一会儿，他就会在地图前捧书研读，直到深夜。法军空降奠边府的消息传来，他马上意识到，如果放掉如此战机，作为参谋长将遗憾终生。他对韦国清十分敬重，总是把自己的意见和盘托出。让梅嘉生感到高兴的是，他的意见往往和韦国清不谋而合，在奠边府战役问题上也是如此。

韦国清很快接到了北京回电，中国人民解放军总参谋部同意越军主力去西北实施大战役的决心。胡志明也同意武元甲向他的报告，他要求总军委拟制更详尽的计划，再由政治局会议最后决定。

武元甲：下定决心再战西北

1953年11月23日，武元甲在各师师长参加的高级军事会议上，就法军空降奠边府以后的军事部署作总结讲话，提出了冬春作战的总方针。

武元甲说："到现在为止，我们还没有确切地知道，敌人究竟占领了哪些地方，打算在那里待多久。我们对敌人的未来行动也缺乏周全的预见。看来，是因为西北受到威胁，敌人向那里增援了。如果是这样的话，就表明敌人占领奠边府，是为了保住西北和上寮，扼制我们的进攻。但这样一来，敌人的机动兵力就分散了，原有的守备力量也减弱了。"

武元甲向大家提问："在未来的作战中我们该怎么办？"

他首先分析了法军的动向："敌军指挥官的目的，也许是想守住奠边府和莱州，但以奠边府为首要目标，莱州则是次要的守卫点。如果发现我军的威胁加大，他们也许会从其中的一个据点撤兵去增强另一个。我们不知道他们究竟重视哪一个，但估计就是奠边府。要是真的如此，他们会在那里掘壕据守。"

武元甲惋惜地说，由于缺乏准确的情报，一时无法判断法军动向。但是他肯定地说："如果法军撤走，他们就要丢失土地；如果向那里增援，则势必分散机动力量。至于究竟应该怎么办，法军也许还没有拿定主意，或者要依据我军的行动再做决定。"

武元甲说："不管怎么说，不管敌人的指挥部里再发生什么，敌军空降奠边府为我们提供了一个千载难逢之机。敌人会发觉他们已经进入了两难境地，往西北屯兵则分散了机动力量，不往那里去吧又怕丢了整个西北。"

武元甲明确了未来旱季作战的方针："将西北作为主要战场。"他宣布：

1954年初摄于越南中央根据地。前排左三是茹夫一，他怀抱着文进勇的儿子。前排左四是薛碧天，前排左五是王元才，后排中三名穿浅色军衣的是军事顾问团的中国警卫战士，其余大都是越军战士，其中后排右四是越南干部、翻译阮世元

"我们的任务是消灭敌人的有生力量，在西北新解放区提高人民的政治觉悟，建立根据地，进一步分散敌人的力量，进而夺取上寮。"

武元甲说："总部决定调两至三个师向西北进发。我军之一部要迅速向西北出动，防止莱州之敌撤走。如敌撤退，则在途中将其消灭一部分。我军主力则布置其后，寻找战机。如果敌人向奠边府增援，我们也将调集更多的部队到西北去。"

武元甲强调："红河三角洲地区为次要战场。"越军要以一旅偏师，在红河三角洲吸引敌人的重兵集团，扰乱敌人的后方，伺机消灭小股敌人，发展游击根据地。[1]

武元甲讲话次日，韦国清也讲了话。他指出："越南西北虽然山高沟深，土地贫瘠，人烟稀少，但是战略地位重要。完全解放西北，就可以和越北联区连成一片，背靠中国，南接上寮，就有利于开辟上寮战场，进而向中寮、下寮以至高棉和越南南部推进，就可以打破纳瓦尔企图巩固战略后方，集中兵力与我们在北部决战的梦想。"

韦国清说："听说有些同志对去西北、上寮这些边远地区作战还有这样那样的想法，强调这样那样的困难，认为应把主要力量放在红河三角洲，进攻敌人的邦克据点，夺取红河三角洲地区，才可以实现总反攻，赢得抗法战争的胜利。这些同志的愿望无疑是很好的，他们想走一条直路，早日夺取抗战的胜利。但是这条路恐怕是难以走得通的。那里是法军在印支的最强点，不仅驻有大量精锐部队，而且交通便捷，有利于敌人机械化部队运动。以人民军目前的技术装备条件，去进行较大规模的攻击作战是很不利的，我们已经有过这方面的经验教训。避强击弱，避实击虚，是历代军事家的一条重要原则。西北，上、中、下寮，以至高棉和越南南部、中部许多地方，都是敌人防御薄弱的地区，我们应把进攻矛头指向这些地方，把敌人的战略后方变成新的战场。只有这样，才可以调动敌人，分散敌人的机动力量，不断地消灭和消耗敌人，从而进一步打乱敌人的战略企图，造成最后攻取红河三角洲的条件。同志们，这是一条迂回曲折的路，但它是走向最后胜利的必经之路。"

上述这段话，显然是韦国清对毛泽东在丰泽园中一番指示的理解和解释，

---

[1] Stanley Karnow, *Vietnam: A History* (New York, 1991), p.483.

他又以中国革命战争的历史为例指出，毛泽东曾长期经略西北，在那里生活了13年，最后依托西北根据地夺取了全中国。他希望越军官兵以此为借鉴，充分重视即将在西北地区展开的重大战役。

韦国清在讲话中谈到奠边府时说："纳瓦尔正在南部、中部和北部占领区内进行大规模扫荡，并准备向解放区进犯。最近几天，他又派兵空降奠边府，气势汹汹。但是他高兴得太早了，不要多久，我们的攻势开始，就会打他个措手不及，使他手忙脚乱，穷于应付。他若坚守奠边府，也必然逃脱不了被歼灭的命运。"[1]

未雨绸缪，周密部署

这次会议与法军空降奠边府的时间恰好重叠，开得很紧凑。与会中国顾问茹夫一本来每天写日记，这几天却将数日的日记并在一起写了：

> 1953年11月21日至24日：几天来，主要参加友方作战会议，在会议中听取友方各部队汇报。这个会议，准备达一周，开会四天，个别交谈两天，共六天。会议主要解决了作战方向和作战方案（方向：西北和平原；方案：攻坚和运动战）的问题。会议中和友方个别同志交谈了出发前的一些准备和中寮作战方案问题。会议期间敌情变化：奠边府敌突然空降四个营，其意图尚不能真正判明。[2]

茹夫一回忆，在他的印象中，法军空降奠边府没有引起专门的讨论，法军占领奠边府的意图是逐渐暴露出来的。但是，不管法军是否占领奠边府，越军都要向西北进军，然后向老挝北部发展。奠边府发生的新情况，促使越军总军委和军事顾问团首长加快了布局"西北战役"的进程。[3]

武元甲命令，副总参谋长黄文泰率领精干的总司令部前线指挥部（前指）立

---

[1] 于化辰（王振华）：《援越抗法战争中的韦国清同志》，见《中国军事顾问团援越抗法实录——当事人的回忆》，第81页，中共党史出版社2002年版。
[2] 引自茹夫一1953年11月21日至24日日记。
[3] 1998年7月4日，作者在成都访问茹夫一。

即奔赴西北前线。韦国清决定，梅嘉生和黄文泰同行，除指挥第308师作战外，到前线汇总情报，勘察作战地形。双方共同商议，向总军委提出战役初步计划。

让茹夫一感到心急的是，法军空降奠边府后的几天里，越军侦察人员在两天中无新情况报来。茹夫一在这天专门就奠边府前线捕俘问题找了越军作战局负责此事的副局长陈文光，和他商议，一周内一定要在奠边府前线捕俘，"否则，情况无法查明"。[1]

韦国清、梅嘉生还特别注意集结于红河三角洲的法军科尼集群的动向。他们担心，一旦越军主力西去，科尼会拼力进攻越军中央根据地。

为了判明情况，韦国清、梅嘉生未雨绸缪，早在11月初就将刚刚入越的军事顾问薛碧天派往靠近红河三角洲的游击根据地了。

薛碧天是山西芮城县人。1953年1月，他是驻守新疆的王震兵团的一个师参谋长，驻军于南疆莎车。这年早春，他接到命令入越担任军事顾问。4月间他来到北京时曾和新任顾问杨增彤等人一起受到刘少奇的接见。由于越南的雨季即将开始，战争形势缓和，薛碧天等人的行期也推迟了。

1953年9月，薛碧天来到越南，主管军官训练。10月底，韦国清又来到越南继续担任军事顾问团团长，他是薛碧天的老首长，曾在抗大为薛碧天这一期的学员讲过课。韦国清命令薛碧天带一部电台前往越北联区，与主持那边工作的越军将领朱文晋会合，判断红河三角洲法军的动向。

在朱文晋处，薛碧天根据情况分析，在旱季到来之前，未见红河三角洲法军有较大行动的迹象。11月中旬，薛碧天带着这样的判断回到韦国清身边——他带来的无疑是个好消息。[2]

按照预定作战方案，越军第316师于11月中旬向西北方向开动。

大战前的最后准备

第316师出动之时，这个师的中国顾问出缺，韦国清急电解放军总参谋

---

[1] 引自茹夫一1953年11月26日日记。
[2] 1990年5月6日，作者在成都访问薛碧天。

部，要求尽快派出一名有朝鲜战场作战经验的师级顾问赶到越南来，协助第316师作战。

这回，被选中的是解放军第63军第118师参谋长徐成功。

徐成功，1916年生，1938年6月到延安抗大学习。他是1952年入朝参战的，主要在板门店以东进行防御。1953年9月回到河北邯郸驻地后不久，徐成功到北京参加军区组织的战役集训。学习还不到一个月，

胡志明主席在读报

军干部部部长找到徐成功通知他，军里接到了上级命令，调他去越南当军事顾问，并且要求马上出发。

军长傅崇碧和徐成功谈话，要他务必尽心尽力，克敌制胜，打出第63军的威风。

徐成功赶到越北根据地时，第316师已经向西北进发了。韦国清命令徐成功带领助手赶往西北，履行顾问职责。[1]

韦国清、茹夫一会同武元甲，和越军作战局局长何文楼、副局长陈文光、杜德坚等人，修订出了更加周密的作战计划。越中将领确定，调整作战计划，整个西北战役作战分两步走：先打莱州，再战奠边府。进攻奠边府时，需要增调步兵和重炮兵、高射炮兵以及工兵。

这些天，韦国清的身体很不好，由于过度紧张，他甚至在一次会议过程中发生虚脱，突然倒在地上，把军事顾问团团部的人吓得不轻。[2]

根据韦国清、梅嘉生的要求：在广西边境，为越军运送弹药的卡车日夜不停；在云南南部，大批粮食集中起来，运往与莱州、奠边府最近的金平县境内囤积。

1953年12月1日至3日，胡志明主持召开了越南国会第三次会议，宣布在解

---

[1] 1990年5月8日，作者在成都访问成都军区原副司令员徐成功。
[2] 1992年12月19日，作者在北京访问赵玉珍。

放区范围内"加紧实行土地改革，以保证抗战的完全胜利"。

12月6日，胡志明主持劳动党政治局举行的会议，听取武元甲做关于法军在奠边府空降后总军委的作战决心报告。罗贵波、韦国清列席了会议。

越军总军委的作战方案写道：

敌情和战役方向：如要保证在冬春作战中消灭敌人的有生力量，夺占莱州、老挝的丰沙里乃至琅勃拉邦，必须从法军正在构筑集群据点这一情况出发，作好准备。

在这种情况下，要在奠边府地区进行的将是一场前所未有的大规模攻坚战。

越军总军委决心：在兵力和作战时间上，使用九个步兵团，一个工兵炮兵师，新增的高射炮兵一部，总共3.5万人，投入西北作战。预计战役持续时间约45天。[1]

越南劳动党中央政治局批准了越军总军委的作战计划，决定成立以武元甲为总指挥的西北战役前线指挥部，成立以政府副总理范文同为主席的"中央前线供给委员会"，保障战役后勤。陈登宁受命全权负责西北前线的道路修筑和后勤供应。

越南劳动党中央政治局会议的当日，武元甲以总司令名义向全军发出进行西北战役的命令：

同志们：

根据党中央、胡志明主席的命令，今冬你们将向西北进军：摧毁敌人的防御；解放那里的人民；解放仍被敌人占领的地区。

敌人仍然占领着我们可爱的西北，在我们的同胞之间挑拨离间，又百般蹂躏他们，骚扰我们的后方。

我们必须修通道路，克服艰难险阻，顽强奋斗，忍饥受渴，跋涉高山

---

[1] 越南人民军总政治局军史研究委员会：《越南人民军历史》第1集，第428页，河内人民出版社1977年版。

深谷，负重远行，最后抓住敌人并彻底消灭他们，解放我们的同胞。[1]

耐人寻味的和平信息

对于即将展开的重大战役行动，胡志明考虑得相当周密：一方面是以主力进占西北；另一方面是做出和平谈判的姿态，试探法方。

就在德卡斯特里上校受命接任奠边府前线司令的同一天，11月29日，北欧国家瑞典的《快报》发表了胡志明主席对该报记者提问的书面回答。

这件事算得上该报驻法国巴黎记者斯文·勒夫格伦的得意之作。几周前，勒夫格伦感到，印度支那局势正来到一个重大转折点上，法越双方若不摆开架势决战，就得坐到谈判桌上来。他低头拟出了几个问题，通过信函方式寄给胡志明主席。但是，他的提问是否会得到回答，勒夫格伦完全没有把握。

实际上，通过某种方式表示和谈意愿，是胡志明考虑中的重要问题。1952年年末，胡志明去莫斯科参加苏共第19次代表大会，斯大林在会见胡志明时曾说，越南的抗法战争，只要打得好，战局有利，打到一定的程度是可以与法国和谈的。斯大林的看法对胡志明影响很大。

1953年7月27日朝鲜停战，苏、中两国迅速协调了双方的战略认识，认为在印度支那战场进行和平谈判也是可能的。这一共识引起了胡志明的关注。8月3日，越南劳动党中央致电中共中央，表示越方正在考虑以胡志明的名义发表一个声明，表示欢迎朝鲜停战，越南同样有和平的希求。越方将把和谈条件定为：1.法军全部撤出印度支那。2.保证越南领土完整和完全的独立。

中国方面很快答复，认为如果在一定的合理条件下获得越南问题的和平解决是有利的，建议越方可以用越南通讯社的名义发表社论文章，表示和平意愿。这是中方第一次正式地就和平解决越法战争问题向越方表示意见。

由于没有找到合适的机会，越方始终没有就和谈问题公开地表示意见。1953年11月初，收到了瑞典《快报》记者的书面提问，胡志明稍作迟疑后认为，这是

---

[1] 越南人民军总政治局军史研究委员会：《越南人民军历史》第1集，第433页，河内人民出版社1977年版。

越南密战

一个表达越方和谈愿望的好机会，可以作答。胡志明把起草的答复交给罗贵波，请他转给中共中央。11月16日，罗贵波向中共中央转发了胡志明的答复稿。

毛泽东亲阅胡志明的答记者问全文，于11月26日回电，同意胡志明的决定，对电文略作修改，请胡志明主席酌定。毛泽东的复电由中国顾问转交。梅嘉生看了毛泽东的复电后颇生感慨，对正在身边的王振华等秘书说："胡主席这回可找了个大秘书！"[1]

得到北京复电表示同意之后，胡志明于11月29日以明码电报方式对瑞典《快报》记者勒夫格伦的提问做了回答，回电全文是：

问：法国国会中的辩论，表明了法国政界大部分人士想通过同越南政府的直接谈判，和平地解决在越南的冲突问题。在法国人民中，这种愿望更为普遍。那么，阁下和贵国政府是否欢迎这种愿望？

答：在越南的战争是由法国政府挑起的。越南人民七八年来被迫拿起武器来进行反抗侵略者的英勇战斗，为的是保卫独立和自由，过和平的生活。现在，如果法国殖民主义者要继续进行侵略战争，那么，越南人民也坚决地继续进行爱国战争，直到取得最后的胜利。然而，要是法国政府已

1953年12月，法军在奠边府巡逻

---

[1] 1998年6月9日，作者在北京访问王振华。

从几年来的战争中吸取了教训，愿意通过协商来实现在越南的停火，并且采取和平方式解决越南问题，那么，越南民主共和国人民和政府将随时接受这种意图。

问：有没有停火或停战的可能？

答：只要法国停止侵略战争，在越南的停战就会实现。在越南停战的基础是，法国政府真诚地尊重越南的真正独立。

问：要是一个中立国家出面调停，让对方司令部的代表同阁下会晤，阁下是否愿意？瑞典是否可以出面斡旋？

答：要是某些中立国家愿意出力，以谈判方式促成越南战争的结束，那将受到欢迎。不过，停战谈判主要是越南民主共和国政府和法国政府之间的事情。

问：照阁下的意见，是否有结束战争的其他方法？

答：越南战争给越南人民带来了许多痛苦，因此，法国人民进行斗争，反对在越南的战争。

对法国人民和法国和平战士们，我一向都表示同情和尊敬。目前，不仅越南民族的独立遭受严重的侵犯，而且法国的独立也正在遭受很大的威胁。美帝国主义一方面策动法国殖民主义者继续和扩大对越南的侵略战争，使法国越打越弱，以便替代法国在印度支那的地位；另一方面强迫法国批准欧洲防务条约，就是说要复活德国军国主义。

因此，法国人民为法国的独立、民主、和平，为结束在越南的战争而进行的斗争，是和平解决越南问题的重要因素之一。[1]

胡志明答瑞典记者问透露出解决印度支那问题的新信息，是一件重要的历史文献。此举使瑞典《快报》在北欧新闻界声誉大增。

根据胡志明的指示，答瑞典记者问全文暂不对内发表，同时这一对和平问题的谈话丝毫不影响西北战役的准备。越军两个步兵师按时出发。为了防备科尼在红河三角洲的机动兵力向中央根据地袭击，第312师和第304师主力暂时集结在根据地附近，待机而动。

---

[1]（越）胡志明：《胡志明选集》第2卷，第263—264页，人民出版社1964年版。

1953年12月，逃离莱州的法国伤兵

对于出征战士，胡志明亲下指示："这次战役，在军事、政治、国内、国际等方面都是一次重要的战役。因此，全军、全党、全民务必集中力量打好这次战役。"

1953年12月中旬，越军榴弹炮团和高射炮团向西北进军。在他们前面，工兵团和上万民工紧急修路。

前进方向上有许多地段没有公路，有的地段即使有公路，也因为战争的破坏而变成了人行小道。亚热带的高温和雨水，会使一时废弃的公路上长满野草，灌木和小树时而出现在道路中央。

砍刀和利斧在崎岖的山岭道路上开路，重炮缓缓西行。

越军高射炮部队昼伏夜行。有时法军飞机经过，年轻的越南瞄准手就盯着它们做捕捉目标训练。曾有过一两次，法军飞机似乎发现公路上有动静，俯冲扫射，打坏了隐蔽在公路旁的越军车辆。为了保守秘密，越军高炮部队没有回击。

韦国清特别担心重炮和高射炮兵前进太慢。一天晚间，高射炮顾问原野赶到指挥部去见韦国清、梅嘉生，汇报高射炮兵行程。他见韦国清伏身地图久久不语，禁不住问了一句："法军飞机飞得很低，一旦发觉了我们，我们是不是可以开炮射击？"

"不！"韦国清马上抬起身来，两眼盯住原野说，"不能打。'集中火力，突然使用'这个原则你知道吗？我们的高射炮不多，必须使用在最关键的时候。"按原野的理解，韦国清认为，这些高炮最好到了奠边府前线后突然使用。[1]

---

[1] 1993年9月27日，作者在南京访问原野。

短兵相接奠边府

就在第316师先头部队已经出发的时候,西北局势又出现了变化。

1953年11月30日,科尼向奠边府前线司令下达指示,要求:1.尽快完善机场设施,以保证随时可以使用该机场;2.尽可能多地收集情报,了解越军动向;3.准备将莱州守军撤向奠边府。

奠边府法军遵照科尼的命令,向四周山岭进行搜索性侦察。

1953年12月3日,法军一个营自奠边府出发向东北方向的山林地带搜索,整整两天一无所获。

为了扩大搜索范围,12月5日,法军又以一个营沿41号公路朝着奠边府东北的巡教方向搜索。走出5公里后,他们进入一个近千米长的峡谷。上午9时45分,行进中的法军电台突然收到附近一个可疑电台的信号,指挥官刚刚把这个情况报出,越军的伏击就开始了。迫击炮弹从山坡上劈头盖脸地砸下来,把法军尖刀排全闷在炮弹爆炸的烟尘之中。随着一阵弹雨,一队越军冲出灌木丛,与行进中的敌人短兵相接,冲在最前头的拼起了刺刀。

跟在后头的法军士兵赶紧抢占阵地,举枪反击。

战斗来得快,去得也快。等到法军的火力整齐了起来,越军的迫击炮就停了。很快,越军钻进丛林消失了。突如其来的短兵相接使法军14人阵亡,26人受伤。惊魂未定的法军越南籍士兵们搜索战场,发现了几具越军没有来得及带走的尸体。从尸体着装上看出,刚才的攻击者不是越盟游击队,而是穿着统一军服的越军正规军。缴获的证件表明,阵亡者是越军第316师第176团的士兵。毫无疑问,第316师先头部队已经赶到了奠边府![1]

1953年12月7日和9日,又有两支法军小分队分别受到伏击,遭受伏击者均认为,是越军正规军所为。

接到12月5日法军分队受到伏击的报告,正在奠边府的科尼知道再也不能迟疑了,他与吉尔斯和德卡斯特里商议,决定尽快从莱州撤退。科尼命令法军快速抢占奠边府东北方向紧挨第41号公路的506高地,在这个高地修筑坚强工事,

---

[1] Bernard B. Fall, *Hell in a Very Small Place*, *The Siege of Dien Bien Phu*(Published by Da Capo Press, Inc. Originally published by Philadelphia:Lippincott, 1967),p.61.

作为未来战斗的支撑点。

12月7日，科尼在夫人和女儿陪同下和吉尔斯飞到莱州，将撤退一事向当地泰族首领刁文龙通报，组织莱州守军向奠边府撤退。嗜好鸦片的刁文龙虽然满肚子不愿意，但越军兵锋逼近，他已无可奈何，乃于次日带着家人乘法军提供的运输机飞到河内。几年后，他在法国巴黎死去。

莱州守军从12月8日起撤退，法军飞机运走了约两个营的正规部队，还剩下20来个连，约2000人的泰族地方武装，就要靠他们自己向奠边府或老挝夺路而逃了。挡在这支队伍面前的是上百公里没有大路、森林密布、灌木丛生、野兽横行的延绵群山。

在36名法军指挥官和士官率领下，这20来个连分成几群，于8日起分批向奠边府和老挝方向撤退。他们带上了一部分武器和少许食物，一部分人还带上了家眷。剩下400余头骡马不能牵带，就一撒缰绳随它们撒野去了。10日，莱州已成空城。法军空军根据无线电联络向撤退途中的军队空投食品，接济他们突向奠边府。

11日，奠边府法军三个营组成救援集群，向莱州方向前进。

法军从莱州撤退的消息报来，越军第316师主力正在靠近莱州。黄文泰命令第316师以大部分兵力投入莱州以南歼灭逃出的敌人；命第148独立团沿途阻击，迟滞敌人；跟在后面的第308师则以先锋团——第36团——插向奠边府以北作兜底之战，力争将莱州之敌全部歼灭在南逃路上。

第316师的两个团按方位角穿过密林阻截逃敌。担任先头部队的一个连于12月12日与南逃之敌一部遭遇，在山林中进行了一天的阻击战。13日，第174团主力赶到，将当面数百名敌人全部歼灭。第二天，后续赶到的越军咬住了已在密林乱撞了几天、人困马乏的敌人。从莱州南逃的敌人一股一股被歼灭了。

1953年12月12日，第316师的一个营占领莱州。

18日，从莱州撤出的最大一股泰族武装，共6个不满员的连队行至莱州和奠边府之间，终于被越军截住了。一阵迫击炮弹落进溃退中的泰族士兵群中，炸得山林中血肉横飞。数百溃兵逃进了大森林，但是，人们再也没有见到他们从茫茫林海里走出来。

漏网之鱼毕竟还是有的。22日，最后一股从莱州出逃的泰族地方军终于到达奠边府。撤出莱州时，这支已丧失士气的队伍尚有2101名泰族士兵和36个法国指挥官、士官，经过一路折损，只有175个泰族士兵和10个法国人进了奠边府。

从奠边府向莱州出援的法军，本来就犹豫不决，走出不久受到越军小部队的袭扰，很快就缩回去了。

在向西北进军途中，越军原拟的战役方案渐渐显露真面容，在旱季的阳光中演变成"奠边府战役计划"。

第24章

法军布局奠边府防御阵地

法军构筑集群据点工事

奠边府法军大兴土木，要抢在越军主力赶到之前完善集群据点。

1953年12月初，安德烈·苏拉特少校率领一个工兵营空降奠边府。苏拉特立刻成为德卡斯特里的工兵顾问，指挥部下修筑奠边府机场。待到跑道基本竣工，工兵营主要任务即转为构筑坚固野战工事。

根据苏拉特的建议，德卡斯特里于12月26日发布命令：各单位加紧构筑防御工事，所有阵地工事均按抵御越军105毫米榴弹炮的能力修建。根据两次世界大战的经验，105毫米口径榴弹炮是标准的重火力，法军教范手册上说得明白，相应的防御工事必须敷设两层15厘米以上的原木，原木上面是夯实的接近2米的土层，工事顶部还必须有将近2米厚的沙袋。按此要求，仅仅构筑一个班的防御工事，就需要30吨从原木到钢筋水泥的修建材料。按1953年年底法军在奠边府已有10个步兵营、2个炮兵营的需要来计算，总共需要3.6万吨材料。这在当时

1953年底，法军士兵在奠边府挖掘战壕

看来，几乎就是天文数字。

按照防御榴弹炮的标准构筑一个步兵班野战工事，需要一个40人的工兵排工作八天。即使是构筑一个能够防御自动武器的步兵班工事，也需要他们紧张地干上五天。照此计算，这个工兵营进了奠边府，头两个月为自己修工事就够忙的了。

但是科尼手头派不出更多的工兵了，苏拉特只好从奠边府核心阵地干起，能干多少算多少。

落进了奠边府盆地的法军深知战地生存的重要，早已开始就地取

法军奠边府守军炮兵指挥官皮罗斯上校

材，不仅砍光了盆地里的所有树木，还到四周的山冈上砍伐了一番，一共筹得2200吨左右的木材。但是再远就不敢去了——越军小部队无时不在四面的山林里游动，而且远处山势渐陡，搬运木材也成了问题。

这么算来，构筑奠边府工事所需的另外3.4万吨材料需要C-47型运输机飞行1.2万架次才能完成。事实上，在1953年12月里，每天来往于河内和奠边府之间的运输机只有80余架次，依此频率，即使不运弹药粮食，也要五个多月才能把建筑材料运足。

材料捉襟见肘，主持工兵事务的苏拉特少校只好集中材料，先按标准修筑了德卡斯特里的司令部和野战医院的X光室，以及有限的炮兵阵地。

除了修筑工事，法军工兵还在楠云河边安装了4个饮用水净化装置，可以日处理水16吨，大体可满足需要。工兵们还安装了一个15匹马力的发电机，供司令部和医院照明及驱动电话之用。

巡视匆匆构筑起来的奠边府工事，马上可以发现一个最简单的问题——大量工事缺乏伪装，几乎完全暴露在越军侦察兵的眼睛底下。特别是炮兵阵地，说得上是一目了然。有限的伪装网只能用于各个司令官的掩蔽部，但那里的无线电天线又像竹林般冒了出来。

奠边府盆地里的灌木早就没有了。一部分是在扫除射界时被打掉的，剩

下的被当作柴火烧了。

久经战阵的德卡斯特里心里明白，奠边府工事不可能全部按标准构筑。看着一片土色的奠边府阵地，他把全部的希望都寄托在自己的炮兵和坦克兵身上了。还有一点，德卡斯特里全身心地祈祷：越军可不能把重炮拉到奠边府来。

德卡斯特里的主要炮兵助手是48岁的查尔斯·皮罗斯上校。

皮罗斯于12月7日也担任了德卡斯特里的副司令。他是一名老炮兵，参加过第二次世界大战中法军的反攻。他于1943年在意大利作战时负重伤，失去了左臂。但是皮罗斯热爱军旅之心不减，一直在军中服役。在印度支那战场上，他曾任精锐的第69非洲炮兵团团长。此番受命前来奠边府，皮罗斯满以为可以大显身手。

在法军奠边府炮兵的序列内，有一个属于远征军第4炮兵团的炮群，装备着崭新的美制155毫米榴弹炮。如果追溯起这个炮兵团的历史，它可是法国派往亚洲的第一个炮兵团，早在1883年就参加了进攻越南北部的战斗，随后又被调往中国参加1900年镇压义和团运动的"八国联军"行动。此后这个炮兵团就在越南长期驻防。在第二次世界大战中，该团受到日本军队的进攻，士兵们拒绝投降，且战且退进入中国境内，直到战后重返印度支那。现在，这个炮群的155毫米榴弹炮也是奠边府战场上口径最大的火炮。这种大炮在红河三角洲边缘地带反击越军进攻的战斗中造成了越军的重大伤亡，所以皮罗斯一到奠边府，马上就把155毫米榴弹炮编入了自己的炮群。

根据一位有过朝鲜战争经验的美国少校沃恩的建议，河内向奠边府空运来两挺大口径高射机枪。美国顾问告诉法国人，用这东西扫射密集冲锋的步兵效果非常好。应该说这位美国顾问的建议颇有老到之处。后来的实战说明，这两挺平射的高射机枪确实给进攻中的越军战士带来了重大伤亡。在奠边府战役过程中法军的大炮被连连击毁，但是这两挺高射机枪一直用到最后一天。

法军调来坦克

就在皮罗斯正忙着调配火炮的时候，1953年12月17日，纳瓦尔和科尼又来到了奠边府。这回，在德卡斯特里和皮罗斯陪同下，纳瓦尔和科尼登上了突出于奠边府东北部的兴兰高地。纳瓦尔登上山顶，看着41号公路从山脚下向东北蜿蜒而去，隐没在群山之中。

法国的将军们都判断，越军主力将沿着这条公路朝向奠边府而来。越军要打到哪里去呢？纳瓦尔又回过头来，顺着公路久久凝视平静的奠边府盆地。

法军机械师在奠边府阵地拼装坦克

在兴兰高地和奠边府腹地之间，还有几个小山包，从兴兰高地看去一清二楚。纳瓦尔担心的是，如果战事一开，法军一旦失去兴兰高地，那些小山包就完全处在越军的俯视之下；要是越军再把大炮搬上兴兰高地，就可以精确地轰击小山包（奠边府的最后一道屏障），轰击奠边府核心阵地也毫无问题了。纳瓦尔把自己的担心告诉了皮罗斯。

胖乎乎的皮罗斯回答得很痛快："越军朝着这个高地打不了三个齐射就会被我炮火摧毁。"

"那当然好，"纳瓦尔闻得此言，仍有几分担心地说，"可是这里已经不是那产了。"纳瓦尔的这句话没有说错，而且很耐琢磨。可是他没有说，奠边府究竟在哪些方面同那产不一样了。

德卡斯特里还为奠边府战场调来了坦克。自从离开骑兵序列，爱好骑乘的德卡斯特里一直把坦克视为今日的战马。他一接手奠边府指挥权，立即向科尼提出，奠边府非常需要坦克。

1953年12月，法军总共向奠边府调去10辆M-24型坦克。这种坦克重18吨，新近从美国运来。为了把这些坦克空运到奠边府真可谓费尽周折。每辆坦克都得在河内分拆，至少用了五个架次的C-47运输机才把这些坦克空投到奠边府，再由机械师在战场上组装起来。

伊夫·埃尔维特上尉被任命为奠边府坦克连连长。这位相貌文雅，戴着一副金丝边眼镜的年轻上尉不久前还在摩洛哥服役，几个月前来到了印度支那战场，11月初参加了法军在红河三角洲南部的扫荡。在那次作战中因一次坦克意外，埃尔维特左臂受伤，所以他来到奠边府的时候左臂还缠着绷带。这个年轻人打起仗来沉着冷静，也敢于冲锋陷阵。他一直打到了奠边府战役的最后一天，被越军俘虏后，于1954年6月死在从奠边府前往俘虏营的路途上。

至1954年1月17日，由10辆坦克组成的坦克连共三个排在奠边府战场部署完毕。其中两个排部署在奠边府盆地的中间地带，另一个排三辆坦克部署在南面的伊莎贝尔。

1954年2月1日，法军坦克在奠边府战场首次投入战斗。[1]

德卡斯特里的防御构想

德卡斯特里的思考堪称精密，他准确地判断，越军主力将来自东北方向。所以，那里被定为法军的防御重点。

1953年12月7日，法军占领机场北部偏西的半月形高地，将其作为保障机场西翼安全的屏障，取名"安妮·玛丽"。对这个小高地，越军地图上标作"板桥高地"。

12月9日，德卡斯特里接掌奠边府指挥权的次日，法军占领了奠边府盆地东北部海拔506米的高地，取名为"比阿特丽斯"。对这个重要的高地，随后赶到的越军称之为"兴兰高地"。兴兰高地有三个山头，都在楠云河东边，从山头上能以火力控制通向奠边府中心的第41号公路。在这个高地，德卡斯特里放上了一个以摩洛哥士兵为主的加强营。

在板桥高地正北千余米处的奠边府盆地北缘有一个高地，被越军称为"独立高地"，它的法国名字叫"加布里埃勒"，法军将它戏称为"鱼雷艇"。它是奠边府机场北部的重要屏障，由一个以阿尔及利亚士兵为主的加强营驻守。

以奠边府中心区以南七公里处为核心，围绕那里的备用机场，组成一

---

[1] Bernard B. Fall, *Hell in a Very Small Place*, *The Siege of Dien Bien Phu*（published by Da Capo Press, Inc. Originally published by Philadelphia: Lippincott, 1967）, p.97.

个独立的防御区域,名为"伊莎贝尔"。法军在那里放了两个营和两门105榴弹炮、三辆轻型坦克。这个集群由拉朗德中校指挥,他的任务是以火力支援奠边府,将步兵用作机动力量。事后证明,这个防区距离奠边府太远,大炮够不着北边的越军火炮阵地。

1954年,奠边府法军司令德卡斯特里上校(未获准将衔前)困坐指挥部

法军在奠边府修筑了两个机场。实际上,大战一开,伊莎贝尔的机场就再也没有使用过。

德卡斯特里以盆地中央的村子为中心,在中心地带设置了四个可以相互支援的区域,配备了五个步兵营和一个105毫米榴弹炮营,再加四门155毫米榴弹炮。在阵地中心区域,德卡斯特里放上了两个营作为预备队,配属了七辆轻型坦克。

根据扩展后的奠边府防御阵地需要,德卡斯特里于12月13日向科尼提出,奠边府战区共需要12个营。科尼同意德卡斯特里的看法,并且补充说,他将以较精锐的营替换下那些战斗力较弱的营。

接过指挥权以后,德卡斯特里经常手持拐杖出现在各个阵地上,回到指挥部则久久地凝视地图。在构想未来战斗的时候,德卡斯特里突出考虑的就是炮火和坦克的配置。他的最基本构想是,法军的火力必须做到后发制人,一旦发现越军火力点即予以及时摧毁;坦克则主要用于引导步兵反击,将发起进攻的越军消灭在野战中,并及时协助炮兵消灭越军的大炮。

1953年12月19日,德卡斯特里上校的思路已经相当清晰,他向下属指挥官下达一份任务书,勾画了自己的战斗设想:

……我期望未来在奠边府盆地中展开的歼灭战将基于下列条件:

1.每一个据点都构筑永久性工事,这些工事组成五个防御分区,最终组成奠边府整体防御，并且利用奠边府的地形不断完善理想的战场。

2.在我手中始终可以集中占整个战场五分之四的火力支援某一个据点。

3.始终作好准备，进行大规模反击……在战斗中，某防御分区可能被包围，即使是其中的某一个据点失守，该防御部队也不能撤退。他们的任务是，尽可能以自己的兵力夺回阵地；至少也要用自己的炮火，或是呼唤中心防御区域的火力完全压制所失阵地。[1]

在这样一幅战斗构思图中，指挥奠边府战区总预备队实施反击的任务至关紧要，德卡斯特里把它交给了副手朗格莱中校。

无法走通的退路

在奠边府筑垒的同时，法军着力打通从老挝中寮通向奠边府的通道，以备一旦出现危急情况时，奠边府守军可以向南撤入老挝境内。

1953年12月3日，由法军少校沃德雷指挥，一个老挝士兵营，另加将近一个摩洛哥士兵营千余人离开老挝中寮北部的孟奔，行进于山林小道，到达小镇孟夸，然后于12月中旬向边境村镇索脑靠近。索脑是距离奠边府最近的老挝村镇，两地之间由一条40公里的小路时断时续地相连。一路上，他们受到苏发努冯亲王的"巴特寮"游击队和越军一部的袭扰，前进得非常缓慢。

在奠边府这边，新任奠边府守军副司令朗格莱脚伤初愈，指挥两个营在12月21日离开奠边府，也向南朝着索脑前进，去和从中寮开来的部队会合。这一行动称为"峡谷计划"，意在打通奠边府与老挝法军的联络通道。

12月23日中午，两头开进的法军终于在索脑附近会师。会师之时，两股法军皆汗透军服，口渴难当，幸好越军没在一旁冷枪伺候，使法军惊魂稍定。两军会合后，朗格莱所部在野外暂留，按尖兵后卫分配停当，然后与沃德雷分手返回奠边府。

---

[1] Bernard B. Fall, *Hell in a Very Small Place*, *The Siege of Dien Bien Phu*（published by Da Capo Press, Inc. Originally published by Philadelphia: Lippincott, 1967）, p.96.

折返的路要比出来时更困难。山路两旁森林茂密，杳无人烟。即使是小路上也长满了野草，甚至大树也在路中间顶出了茁壮的新枝。热带雨林绵雨浸淫，山溪改道，深涧纵横，时而有石灰岩壁立。在这样的地形中断难展开大部队攻击前进，奠边府一旦出险，部队若朝这个方向突围，必然挤作一团，束手被歼。朗格莱身历目睹奠边府以西如此地势，心头不由地沉重起来。

往回走的路上，瓢泼大雨迎面而来，将上千法军浇成落汤鸡，裹着一身雨水在林间小路的艰难挪行中度过了圣诞节之夜。

1953年12月26日，朗格莱带着队伍回到奠边府。当他们越过最后一个小山

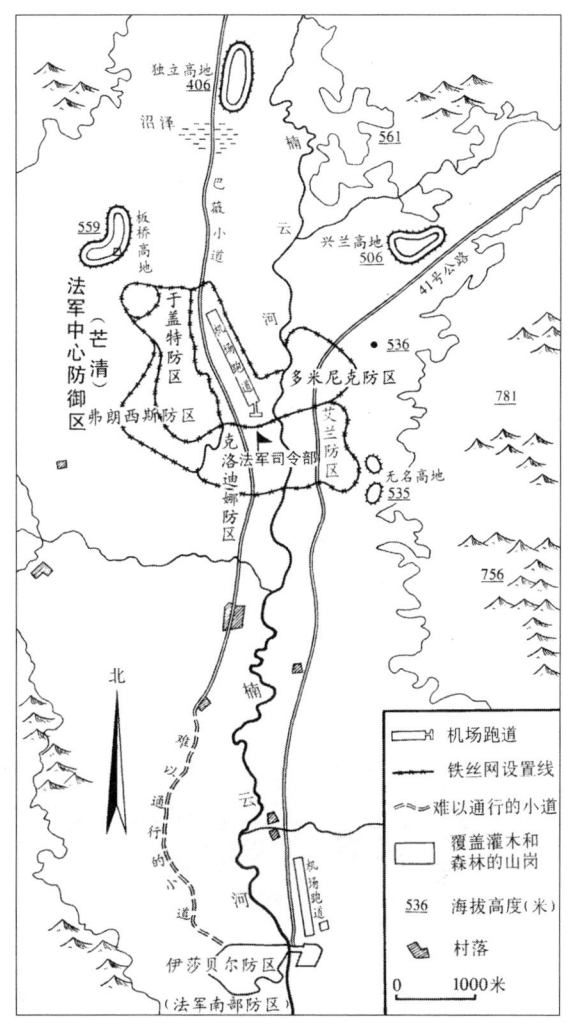

1953年12月，法军奠边府防御阵地示意图

岗的时候，走在头里的尖兵一眼看到了盆地里的营地，不由得失声高叫："奠边府！"就在这时，"叭"的一声枪响，越军的狙击兵藏在树丛里小试锋芒。

一个法军士兵应声倒下，在几小时后死去，为法军这次打开通道的试探画了一个句号。

"奠边府和索脑之间森林太密，地势起伏，如果要在这两地之间建立通道，非数月努力不可。"朗格莱的最后判断如此。

根据战场报告,法军司令部打消了沟通奠边府与老挝上寮间军事接应的念头。[1]

奠边府圣诞夜

在法军空降奠边府以后,外表上最平静的非纳瓦尔莫属。在身边的人看来,纳瓦尔对奠边府的命运持有充分的信心。科尼经常提醒他注意,越军主力正在朝奠边府赶来,他则坚持认为,能进至奠边府的越军最多也就两个半师,总兵力约2.5万人左右。如果多于此数,后勤供应的规模就要大得多,非得动员与之数目相等的民工不可。数万民工走在路上,无论如何也会被法国空军发现,然后受到猛烈轰炸的重创。

另外,纳瓦尔也留了一手,他要按照"纳瓦尔计划"的设想,在越南南方集中大兵团扫荡,只要能在南方战场上寻歼越军重兵集团,必然会动摇越军在西北战场的战役决心。

1953年圣诞节前,面临大战的法国士兵正在举办一场宗教活动

---

[1] Bernard B. Fall, *Hell in a Very Small Place*, *The Siege of Dien Bien Phu*（published by Da Capo Press, Inc. Originally published by Philadelphia: Lippincott, 1967）, pp.72—76.

第24章 法军布局奠边府防御阵地

1953年12月12日，纳瓦尔发布第964号命令，命令集中整个中南部可以聚拢的机动兵力，实施"亚特兰大行动"，行动目的是彻底摧毁北起岘港南至芽庄之间越军新建立的根据地。

纳瓦尔胃口不小，他的"亚特兰大计划"预计分三个阶段，第一阶段将集中30个营，在北纬13度线附近的绥和海岸实施两栖登陆，围歼那里的越军，然后由南向北扫荡，控制从归仁到安其的19号公路。第二和第三阶段的具体目标要看第一阶段的战果来确定。按纳瓦尔的打算，最好在第二阶段使用39个营，到第三阶段动用53个营。如果奠边府能在北头顶住越军的攻势，"亚特兰大计划"又能在南方得手，"纳瓦尔计划"开局就十分美满了。纳瓦尔打算在1954年初实施"亚特兰大计划"。

在12月里，纳瓦尔估计奠边府方向不会有大的战斗。12月25日是圣诞节，纳瓦尔带领一大批参谋，在科尼陪伴下又一次来到奠边府，走上阵地分送礼品，与自己的将士们共度圣诞节。

12月中旬以后，来到奠边府的法军高级官员和美国军事顾问一拨接着一拨，德卡斯特里为此编制了一个程序：凡有高级官员踏上奠边府机场，他们会受到一队头裹白色缠头布的摩洛哥籍士兵仪仗队的欢迎。检阅之后，尊贵的客人大都由德卡斯特里陪同视察一个外围阵地。中午，德卡斯特里在他的司令部招待大家吃一顿军营午餐。餐后由他本人或参谋长站到地图前做30分钟的战役布防讲解。然后通常是到炮兵阵地或坦克阵地看上几发实弹射击。除科尼外，高级将官大都不在奠边府过夜，一般在夜幕降临前就登机返回河内。

这一回纳瓦尔要在奠边府过夜了。奠边府盆地已经驻扎了10910名法军官兵，未来的战斗关系着法军在印度支那的生死存亡。

傍晚，在芒清中心德卡斯特里司令部前的小空地上，一棵圣诞树悄无声响地立了起来。它的主干是一根敷设铁丝网用的长杆，杆头挑起一顶越军的盔形帽，分支上缠绕着带刺的铁丝，上面挂着纸板给养箱和形形色色的罐头盒。在奠边府法军防区，每个营都竖立了一棵圣诞树。

篝火也燃起来了，纳瓦尔和法国士兵们围着圣诞树和篝火，唱起一支又一支法国民歌。也许是在战场的缘故吧，那歌声带着苍凉，缓缓地飘过一个又一个阵地，勾起远征军士兵的悠悠乡思。

不知唱过了几支歌，奠边府盆地边缘突然响起了几声枪响。夜空中，这枪声格外清晰,给人有一种凄厉的感觉。纳瓦尔呼的一下子站了起来。

  阵地前沿的法军进入戒备状态,德卡斯特里司令部前的篝火被迅速扑灭,纳瓦尔却拒绝了身边的人要他走进掩蔽部的请求,静静地站在墨一样的夜色里。[1]

---

[1] Bernard B. Fall, *Hell in a Very Small Place*, *The Siege of Dien Bien Phu*（published by Da Capo Press, Inc. Originally published by Philadelphia: Lippincott, 1967）, p.107.

第25章

"速战速决"方案的提出

梅嘉生提出"速战速决"方案

越军副总参谋长黄文泰少将率领前指人员，于11月27日出发前往奠边府，梅嘉生率领部分军事参谋和政治、后勤干部随行。在武元甲和韦国清到达前线之前，黄文泰和梅嘉生担负西北战区的指挥全权，他们要在战地拟制详尽的作战方案供上级决策。

11月26日晚，黄文泰到作战局向茹夫一辞行，双方交换了意见。黄文泰提出几个重要的问题：如果奠边府之敌增加到10个营怎么办，还打不打？如果在此期间，红河三角洲之敌再以较大的兵力向越北部中央根据地扫荡怎么办？

茹夫一的看法，还是坚持西北作战的方针。他认为敌人从西北几个据点撤出，似乎是为了"构成与奠边府部队之呼应"。[1]

精通中文的越军总军委翻译处处长黄明芳以前指助理的身份跟随黄文泰，负责与梅嘉生的联系。20世纪40年代后期，黄明芳是越军的一个营长，从小就有中文基础，受选调于1950年初到北京，进入中共中央党校，一边学政治一边研习中文。实际上，他还是一名优秀的军事指挥员，在1975年解放西贡、统一越南的战役中，他是一个军的副军长。

司令未动，参谋长先行，亦是用兵之道。黄文泰和梅嘉生于11月30日抵达不久前法军主动放弃的据点那产，停留了一天，对那产法军遗弃阵地做详尽考察，琢磨未来进攻敌人集群据点的战法。12月6日，黄、梅率部到达距离奠边府20多公里处的审布，在一个山泉石洞边设立指挥所。

黄、梅用三天时间了解奠边府敌情和地形，指挥第316师歼击从莱州撤逃的

---

[1] 引自茹夫一1953年11月26日日记。

敌军，又命令跟进的第308师迅速包围奠边府，还指挥工兵部队急速扩建从巡教到奠边府的通路。

两位参谋长一到，对奠边府的侦察就抓紧了。这时，获知奠边府法军兵力已增至九个营，拆除了奠边府中心区域的全部民房，机场已被修复和扩建，盆地四周的山冈上构筑起坚固工事。但此时法军构筑的多数还是野战工事，西边防区甚为疏漏。前沿报告：一个越军侦察兵抵近机场收取降落伞和捕捉俘虏，到天明时无法撤出，就躲到一堆降落伞中，吃敌机空投的罐头，睡了一整天，敌人一点也没有发觉。

12月9日，黄文泰、梅嘉生会同越、中军官商讨了未来战役的方案，由黄明芳当场翻译。梅嘉生提出了两个方案：

一是使用全部步兵，在重炮和高射炮的掩护下，多方向同时攻击集团据点。主攻方向直插敌军指挥部，如利剑直插心脏，一开始便造成敌军防御中心混乱，然后从里向外打。跟进的部队从外向里打，在较短时间内歼灭敌军。

梅嘉生把这种打法称为"挖心战术"。

第二方案称为"剥皮战术"，即由外而内，渐次攻击。他分析：去年攻击那产，我们采用"剥皮战术"，依次攻击各个据点，又没有远程重炮压制敌炮和指挥机关，使敌军能集中集群据点的全部火力支援受到攻击的每个据点，我军遭受较大伤亡而未能攻下，即使攻下也守不住。现在，奠边府敌军还处于临时防御状态，工事尚未巩固，西面防线还有多处漏洞。我们应争取早打，使用步炮协同新战法迅速攻击。如不早打，敌军增兵，加强工事，完整布防，攻击可能遇到困难。

梅嘉生倾向第一方案，亦称"速战速决"方案。

黄文泰提问：我们主张早打、快打，但来不及修好炮车行进道路，怎样运动重炮进入阵地？我军在白天连续作战，怎样限制敌空军、炮兵的作用，减少我军伤亡？

梅嘉生解答说："扩建巡教至芒清路段之后，我们可砍伐林木野草，用人力拉炮进入阵地。这种办法我们用过，虽然困难、辛苦，但可出敌不意。至于如何对付敌空军和炮兵，我们可在进攻开始时，以猛烈的炮击重创敌炮和机场敌机，继以几路步兵突击队插入分割敌军，主攻的一路以'中心开花'之势攻入敌军指挥机关。如果这样，白天的战斗将在敌我犬牙交错状态下进行，敌空

1953年末,武元甲在奠边府前线开设的前线指挥部中

军和炮兵难以击中我军战斗队形而不伤及自身。据我所知,苏联援助装备的几个越军高射炮营在中国训练进步很快,回国前,指战员已掌握了战术、技术。这是限制敌空军活动的可靠力量。"

其实黄文泰也倾向于第一方案,他的提问是为了使计划更加周密。在座的越、中军官也一致同意。黄、梅两位参谋长都倾向于速战速决方案,准备向武元甲和韦国清报告。[1]

战役的后勤保障

1954年1月1日,胡志明以中文诗的形式向越南军民发表《1954年新年祝词》:

新年两项新任务,我国军民要记住:
推进抗战须大力,独立自由定争取。
土地改革任务重,耕者有田不再穷。
我国军民团结紧,抗战建国定成功。
世界和平与民主,遍及全球五大洲。
新年,更大的胜利和更多的成功![2]

同一天,越南劳动党政治局常委任命:越军总司令武元甲大将担任奠边府

---

[1] 黄明芳于2004年4月13—14日在河内"奠边府50周年回顾"研讨会上的发言:《谈奠边府战役"稳扎稳打"的主张》,文庄译。黄明芳参加了2004年4月19—20日在北京举行的"奠边府战役50周年暨日内瓦会议50周年国际学术研讨会",就同一命题做了介绍。本书作者是这次会议的参加者。

[2] (越)胡志明:《胡志明选集》第2卷,第280页,人民出版社1964年版。

战役总指挥兼战役党委书记,副总参谋长黄文泰少将担任战役参谋长,总政副主任黎廉担任政治部主任,后勤总局副主任邓金江担任后勤部主任。

原集结于中央根据地的第312师全师和第304师主力两个团在1954年1月初抵达奠边府前线。

1954年1月5日,武元甲和韦国清一同出发去奠边府前线。越军作战局副局长陈文光、军情局局长黎重义、通讯局局长黄道翠等同行。

兵马未动,粮草先行。早在1953年8月法军自那产撤兵之后,根据新的战略意图,越军总供给局在中国顾问协助下制订了新的战役保障计划——莱州战役计划。1953年10月底,越军总供给局以副局长邓金江、总政治局副主任陈良为首的西北战役后勤前线指挥部到达山萝,中国后勤顾问周复一同前往。

法军空降奠边府以后,越军总供给局迅速制订了新的计划,追加物资调运。中国后勤顾问史一民协助陈登宁筹划。1954年2月,奠边府战役箭在弦上,史一民又从中央根据地赶往山萝,协助支前总指挥部工作,并兼顾整个后勤保障,直到战役结束。

数万名民工被紧急动员,直接为前线服务的民工达3.4万人。战后统计,为奠边府战役一共动员了26万名民工,为战勤服务了300万个工作日。[1]

民间的自行车被征集起来,以人力推行向前方驮运粮食。战后统计,越方为奠边府战役共征用自行车2万余辆,平均每辆驮载80—100公斤的粮食或弹药,此举使自行车在越南战争中名声大振。

越南的自行车支前运输队

奠边府战役之前,越军总供给局拥有运输卡车240余辆,其中80辆部署在西北前线。越军以奠边府作为主要作战方向后,即显得运力严重不足。原先准备

---

[1] 越南人民军总政治局军史研究委员会:《越南人民军历史》第2集,第444页,河内人民出版社1977年版。

进攻莱州的弹药和粮食储备计划总共3600余吨，法军空降奠边府后增加为6000吨，此后又一再追加。在越方紧急要求下，中国向越方紧急援助了284辆运输卡车，其中大部分在1954年2月底以前交付。

为保障奠边府战役，越中双方的军事（后勤）决策者把运输线分为三段：山萝以西为"前线"，由前线后勤指挥部负责；安沛至山萝和木州至山萝为"中线"，安沛和木州以东为"后线"，中、后两线统由总供给局直接指挥，以山萝作为主要中转站。中国顾问参与了后勤计划的制订和最后审定工作。马西夫、史一民、周复、张剑仲等中国后勤顾问有着在中国战场组织重大战役保障的丰富经验，他们的努力是越军得以顺利进行奠边府战役的重要条件之一。

要具体落实浩繁的奠边府战役后勤供应，靠的是动员起来的越南农民。他们爱戴胡志明，决心争取越南民族的彻底独立，所以在运送弹药和粮草的过程中流汗流血在所不惜，这是法国殖民军远远不及的。

参加了奠边府战役的中国顾问团成员们都向本书作者描绘过越南民众积极支援前方的情景，他们对越南百姓积极支前的情景留有深刻的印象。梅嘉生的警卫员周洪波说：

> 奠边府战役中，越南老百姓支前的坚决和中国的情景是一样的。或许，在越南山区，我们没有看到在淮海战场后方那样人海一样的壮观场面。但是越南老百姓在支前中承受的艰苦，比起中国农民来甚至可以说有过之而无不及。他们的个头小，营养很差，体力也弱，居然扛着粮食弹药默默地走了那么多路，实在是令人吃惊。[1]

在后勤供应线上，武器弹药主要由汽车兵运送，粮食、药品主要由民工用肩扛、用自行车推运。

和后勤民工走在一起或赶到了他们前面的，是载荷最重的越南炮兵。重炮和高射炮前进的困难来自两个方面。首先是法国空军的封锁。法军从占领奠边府之时起就意识到能否阻断越军后勤是能否守住奠边府的关键，占领奠边府后即集中轰炸机对越军补给线进行了猛烈轰炸，实施"绞杀战"。轰炸的重点

---

[1] 1990年7月，作者在北京访问周洪波。

是41号公路和13号公路，以及红河和黑水河上的渡口。法军还对巡教越军物资中转站进行了轰炸。

让法军空军飞行员特别惊讶的是，他们在白天轰炸时的确多次命中了目标，但是，仅仅一夜之间，越南民工就将公路修复通车了。

越南抗法战争中的乡村识字运动

在这场"绞杀战"中，法军飞行员还意识到，越军防空火力大大加强了。进入1950年以后，直到1952年12月，法军飞机在越南北部执行空中任务时，一共发现过170余个防空火力阵地，曾有55架次飞机受到射击。到1953年，法军空军先后发现的越军防空火力点已达714个，244架次飞机受到射击，其中10架被击落。

从1953年11月24日开始后的两周内，法军飞行员多次报告，通往奠边府的41和13号公路已成为一条"高射火力走廊"，55架执行轰炸任务的飞机中有51架受到过地面射击，一架轰炸机和两架侦察机被击落。

不言而喻，越军交通线受到了很大破坏，军民奋不顾身的抢修才克服了严重的困难。

越军重炮兵行进困难的另一个主要原因是路况太差。中国炮兵顾问原野回忆说：

> 越南炮兵部队的开进非常困难。原因是进军奠边府的道路有的还可以走，有的地段要边修边走，还需人力拖拽。边修边走就走得很艰苦，不得不调用了步兵帮助拉炮前进，还征用了大量民工修路，其中不少是妇女。她们吃得非常简单，劳动强度却非同一般。除了战争年代，这样的艰苦劳作是不可想象的。[1]

---

[1] 1993年9月27日，作者在南京访问原野。

1954年1月上旬，越军105毫米榴弹炮团和高射炮一个营到达距离奠边府不远的巡教以西，再往前要进入阵地就没有大路了。

武元甲提出质疑

1954年1月5日，武元甲和韦国清一同出发去奠边府前线。同行的有越军作战局副局长陈文光、军情局局长黎重义、通讯局局长黄道翠等。

1月12日上午，武元甲到达巡教，黄文泰从驻地前来迎接。此前，黄文泰已同黎廉、邓金江见面，交换了对战役方案的意见。黎廉和邓金江都同意"速战速决"，黄文泰即向武元甲呈递了这个作战方案。

武元甲看到，这一作战方案与1953年12月6日越南总军委送呈政治局的预案相比，战役时间大大缩短了。他当时没有表示什么，到达审布指挥所后立即召集会议进行讨论。与会者除前线党委委员外，还有战役党委办公室主任阮文孝，主要做记录。事后他曾回忆说："在这次会议上，所有党委委员一致选择'速战速决'方案。"

黄文泰向武元甲详细报告：大家认为，我军正处于力量充沛之时，战斗决心极高，又有重炮和高射炮参战，我军可以出奇制胜。如不及早进攻，让敌军集群据点进一步增强，我们可能错过今年冬春打一场大歼灭战的时机。长时间作战，供应问题很难解决。在奠边府地区，我军每天消耗大米50吨。如包括山萝以西

1954年1月，来到前线的武元甲将战役指挥部设置在距离前线不远的一股山泉下

的所有人员，则平均每天需要大米90吨供应军队和民工。一旦战役开始，敌人还将加紧破坏我方供应线。战役时间拖长，会影响粮食供应。对指战员来说，我军本来就喜欢在平原作战，现在会战西北的思想已经打通，大家求战心切，但如在山林战场久留，伙食艰苦，疾病丛生，体力和斗志都可能逐渐下降……

从内心来说，武元甲不赞同黄文泰这些意见，但见到与会者都同意"速战速决"方案，他一时不好多说什么。会后，他去和未参加党委会议的韦国清商谈，希望得到他的支持。

武元甲说："没到前线之时，我和你都曾预计奠边府战役将采用逐步歼敌的战法，作战时间约需45天。而现在先遣组的同志主张早打、快打。我认为这一方案不妥，你有何考虑？"

韦国清说："我问过梅嘉生和一起去准备战役的几位顾问，他们曾在那产停留一天，仔细研究了法军撤走后的集群据点。吸取那产的教训，他们一致认为这次打奠边府，应争取早打、快打，因为这样打胜的可能性较大。我们刚到前线，黄文泰和梅嘉生两位已到前线一个多月。党委和干部们看法一致，有决心，我们还没有反对他们所提方案的根据。同时，也要考虑如不争取敌军立足未稳之时早打，今后敌军增兵，加固工事，会增加困难，可能贻误战机。"

韦国清把各方面都说到了，态度比较明朗。武元甲虽对"速战速决"的方案心怀疑虑，但自己也认为，若要否定经过党委多数人和前线中国顾问一致赞同的方案，目前依据也不足。由于不能通过电台就此绝密决策进行联系，写信向胡志明请示，来回路途也等不及，武元甲遂同意1月14日召开干部会议，部署奠边府战役。他指示情报局，通过地面和无线电侦察掌握敌军动向，特别要注意西面和北面的情况，每天向他做三次汇报，有特殊情况随时报告。这时，他单独同办公室主任阮文孝说了自己的看法，认为"速战速决"打法是冒险的。他又交代说，这个观点是个别谈话，是为了让阮文孝协助掌握情况，对任何人都不要讲。[1]

---

[1] 黄明芳于2004年4月13—14日在河内"奠边府50周年回顾"研讨会上的发言：《谈奠边府战役"稳扎稳打"的主张》，文庄译。黄明芳参加了2004年4月19—20日在北京举行的"奠边府战役50周年暨日内瓦会议50周年国际学术研讨会"，就同一命题做了介绍。本书作者是这次会议的参加者。

根据黄文泰清晰的回忆,武元甲是最早对"速战速决"战法提出疑义的统帅部成员。

"速战速决"方案即将实施

1954年1月14日,武元甲召集参战部队团以上军官召开作战会议,韦国清、梅嘉生与会。

此时,赶到奠边府前线附近的越军已经有四个步兵师(其中第304师缺一个团),一个独立团,一个工兵炮兵师,计4.5万人,在兵力上对法军占压倒性优势。

武元甲在会上作战役计划说明和动员报告。他指出,这次战役的主要目的是两个:消灭敌人的重兵集团、解放整个西北地区。

武元甲说:"奠边府战役将是我军有史以来规模最大的战役。过去,对坚固据守的敌军,我们只使用过一个团,最多两个团施行攻击。这次,我们调集了几个师来进攻敌人。过去,我们还从来没有进行过如此规模的步、炮协同作战,我们只是向敌人以一个连,最多一个营固守的据点进攻过。这回,我们是几个方面合成作战,向有十多个营据守的敌军集群据点进攻。"

武元甲说,越军一旦取得奠边府战役胜利,就将彻底粉碎纳瓦尔计划。纳瓦尔想集中机动兵力,我们偏偏把他们打散;纳瓦尔想夺取战略主动权,我们偏偏把主动权握得更紧。奠边府战役的胜利将使法国远征军兵员受到不可弥补的损失。[1]

韦国清也讲话说,法国自二战以后发动侵越战争,到现在已经换了七任总司令,而我们的武元甲总司令还是总司令,说明敌人屡遭失败,我们接连胜利。越军经过了多次重大战役的考验,军队成熟了,指挥员也成熟了,武元甲总司令是完全可以信赖的。越军完全可以凭自己的力量,打胜奠边府战役。

韦国清指出,越军各主力部队战斗力也增强了,第308师和第312师已是具有坚强战斗力的部队,可以说一个是"钢丝部队",一个是"铁丝部队"。我

---

[1] Gareth Porter, *Vietnam*: *A History in Documents* (New York, 1979), pp.127—128.

们有了钢铁部队，就会无往而不胜。"[1]

在沙盘模型前，武元甲下达奠边府战役作战命令，确定采用"速战速决"方案，规定了各部队、各兵种的任务，确定奠边府战役作战时间预计为三夜两天，发起攻击时间是1954年1月20日（之后推迟到1月22日）。

命令下达后，与会人员情绪激奋，几位师长都表示决心完成任务，任何人都没有不同意见。

但是武元甲做会议总结时打了一个伏笔，他说："目前敌情还没有大变化的征兆。我们必须全力注意掌握敌方的意图和行动，以备情况一旦发生变化，可以及时处理。"[2]

会后，军情局即向总司令报告，奠边府法军兵力已从9个营增加到11个营，超过了1万人。每天，敌军飞机，包括由美国飞行员驾驶的E119型飞机运送成百吨粮食，还有武器、弹药、铁丝网和铁拒马到芒清和航岗机场。奠边府北部的独立高地早先只是一个前哨据点，现已扩建成牢固的防御中心。兴兰据点群也已加固。法军在奠边府北部的防御已经严密。

越军总部决心不变。1月17日夜到18日晨，总指挥部从距离奠边府前线20公里处前移，设置于纳凑村附近丛林中。指挥部成员到各部队检查督促准备工作。

然而，就在奠边府战役就要打响之际，谁也没有想到，重炮团的行进发生了严重问题。

---

[1] 于化辰（王振华）：《援越抗法斗争中的韦国清同志》，见《中国军事顾问团援越抗法实录——当事人的回忆》，第89页，中共党史出版社2002年版。
[2] 黄明芳于2004年4月13—14日在河内"奠边府50周年回顾"研讨会上的发言：《谈奠边府战役"稳扎稳打"的主张》，文庄译。黄明芳参加了2004年4月19—20日在北京举行的"奠边府战役50周年暨日内瓦会议50周年国际学术研讨会"，就同一命题做了介绍。本书作者是这次会议的参加者。

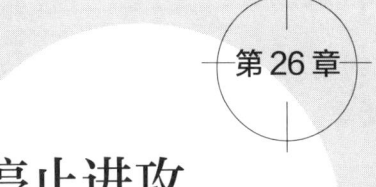

第26章

停止进攻，紧急变阵

迟滞的越军重炮

1954年1月14日武元甲部署作战方案的时候，重炮部队行进到了距离前线65公里处，但要进入各个火炮阵地却没有大路了。工兵和民工赶在重炮团和高射炮营抵达前修出了一条15公里长、3米宽的简易道路，但是通行等级低，无法用卡车牵引，需要骡马和人力拖拽。而105榴弹炮的准确射程为1万多米，重炮阵地必须设置在距离奠边府预定摧毁目标10余公里的阵地上。

1954年1月17日，武元甲下令，即日起调用第312师和炮兵一起拉炮通过山间道路进入阵地。

这条便道穿过山间森林，通达奠边府外围独立高地以北大约6公里处，一路上山岭崎岖，有的地方倾斜达60度。狭窄的道路盘旋而前，一边是悬崖，另一边是峭壁，路面只能通行一辆炮车。稍有不慎，大炮就会滚落山谷。

越军战士深知大炮对战役意味着什么，拼出全身力气拉炮。他们在每门高射炮上拴四根绳子，每条绳子由25个战士拉拽。随着一声吆喝，上百人一起发力，但炮车有时只前进几厘米。在前线拉炮的第一夜，大部分火炮只前进了1000米，有的仅500米。

上坡自然艰难，下坡更加惊险。

坡短的地方，众人拉着绳子慢慢往下放；坡道长的地方，就要把绳子先拴在大树上，再由人拉着慢慢地放。有时刚刚拴上绳子，战士们还没有吃上劲，大炮就开始往下滑了。战士们猛拉绳子，绳子会在树皮上擦起青烟，藤条会深深地勒入战士的肩胛和手掌。

大炮缓缓前进，但越军步兵已经在奠边府和法军交上火了。

这时，法军在奠边府兵力部署基本就绪，工事也修出了模样。

不久前的1月3日，当纳瓦尔和科尼陪同法国印度支那专员德让飞抵奠边府，再一次估计战役形势时，大概是回想起了一周前那个圣诞之夜的枪声，纳瓦尔对奠边府的防御突然产生某种怀疑，他问德卡斯特里："如果越军在四面山腰上建立了炮兵阵地怎么办？"

德卡斯特里倒是信心十足，他回答："不太可能。"他补充说，"到现在为止，越军的大炮口径还在75毫米上徘徊，没有发现越军有了更大口径的火炮。75毫米山炮的射程有限，其炮兵阵地必然设在法军的大口径火炮射程之内，一旦被发现，必遭法军的炮火压制，法军轰炸机也将随后飞到它们上空予以摧毁。而到目前为止，越军只有小口径的高射机枪，还没有发现拥有大口径高射炮。而且，奠边府阵地已按防御105毫米炮弹轰击的标准构筑，完全可以抵御越军炮火。"

对奠边府司令的这个回答，不仅纳瓦尔和科尼，连德让专员都表示满意。当天下午，德让返回西贡。他在两天后写给法国政府的报告中说："我军司令官认为：如果敌人发起进攻，战斗将十分残酷，但这将给予我们一次真正的机会去赢得胜利。因为武元甲的部队从来没有经历过像进攻奠边府这样艰巨的战斗。"

当天傍晚，纳瓦尔和科尼同机返回河内，在飞机上，科尼请求纳瓦尔尽快在南方执行亚特兰大行动，以减轻奠边府的压力。纳瓦尔答应他，法军机动部队正在南部集结，他说："要是我不能如愿地实施亚特兰大行动，我将请求政府将我免职。"

两天后，法国记者格雷翰·格林来到奠边府采访，他应邀和德卡斯特里等人一起吃饭。席间皮罗斯上校说起了那产，他的谈话被德卡斯特里打断："别提那个那产了，我不愿意听那么多的那产。那产只是个掘壕据守的营房，

1954年，越军312师战士奋力拉炮，将重炮运抵奠边府前线

而我的奠边府是随时可以反击的战役集结地。"

1954年1月上旬和中旬是奠边府法军求战最切的时节。1月9日，法军飞行员的航拍照片让科尼吃了一惊：照片显示出越军的105毫米大炮向奠边府前线移动的迹象。科尼立即向纳瓦尔报告了这一最新情报。德卡斯特里则在1月15日获得了自己的情报：发现来到奠边府的越军拥有105毫米榴弹炮和80毫米大炮的迹象。他希望奠边府之战赶快打响，这天，德卡斯特里利用已知的越军电台波长发出明码挑战："等什么？为什么不敢向我们进攻？你们还敢不敢打奠边府？"

1月20日，法军电台截获了越军重要电报，获知越军将在1月25日下午向奠边府发起进攻。科尼立即电令德卡斯特里做好战斗准备。

同一天，越军军情局向武元甲汇报：奠边府之敌巩固东面几个山丘防线后，又在芒清西北增建几个据点，可能在那里形成坚固的防御中心，同时还加紧加固工事和设置障碍物体系。每个据点周围均布有密集雷场，结合多层带刺铁丝网，宽度为50—70米，有的近200米。特别是侦察兵发现法军拥有一种四管机枪[1]，而且就安装在德卡斯特里的指挥部近旁，可向多方扫射。

1954年1月23日上午，越军总部通过电话检查第312师战役准备情况。黎仲迅师长报告，敌军已加强工事，增设一种铁丝网，我军必须继续突破敌军三道防线才能进入中心区。虽有困难，但决心完成任务。不过，没有重炮兵恐打不了攻坚战。

因此，武元甲、韦国清催促炮兵尽快进入阵地。

从"速战速决"到"稳扎稳打"

重炮在奠边府起伏的山峦间缓缓挪动，第312师派出了精锐团参加拉炮，战士筋疲力尽，还是无法在22日前进入阵地。韦国清发现情况不妙，和梅嘉生商量，只能推迟进攻时间了。1月21日，韦国清致电中共中央军委：

奠边府之敌现增至13个营（欧非兵8个营、其中伞兵2个营，越南伪军5个

---

[1] 四管机枪即高射机枪。

营、其中伞兵1个营）。另有105毫米榴弹炮4个连，155毫米榴弹炮1个连，120毫米重迫击炮1个连，75毫米无后坐力炮1个连，机械部队1个连，汽车50—60辆，坦克10辆，及经常停在机场之侦察机、驱逐机7—8架，共1万人左右。

原集结于奠边府以西孟夸、灰亚那宋、索脑一线之敌，现主力已调至琅勃拉邦与中寮，只剩下孟夸1个营，如发现我主力西进，孟夸之敌可能南逃，或用飞机撤走。

此外越军现已陆续赶至奠边府附近集结，有步兵8个团，及榴弹炮、高射炮各2个营；由于部队内部不纯，部队到达奠边府附近后，第102团有一班长逃跑投敌，故敌已发现我部分部队之番号与情况。

根据上述问题之粮弹供应、运输已接近完成，原拟定于1月22日对奠边府发起攻击，但因直达奠边府之最后路段尚未修通，榴弹炮、高射炮需绕小道12公里翻山，未到达射击阵地而不得不推迟发起攻击时间。只有等炮兵部队到达预定位置，才能打到奠边府之机场，使敌撤退困难或增援困难，有利于我歼灭奠边府之敌。

否则，如炮兵不能控制机场，敌依靠美援之119式双身大型运输机，则敌于一两天内撤光或增加几个营都极容易。

故为争取迅速进入阵地，由步兵将榴弹炮、高射炮抬至奠边府北面之预定阵地，每炮也需60—100人，约需三四天可全部完成，因此对奠边府发起攻击时间需延至1月26日左右。

韦国清
1月21日 [1]

在这份电报里，发起奠边府战役的时间变得模糊了。也就是说，即使1月26日也未必能发起进攻，而要看那时情况又有什么变化。

在北京，解放军总参谋部作战部特别关注来自奠边府战场的电报，一接到韦国清的报告，他们立刻转呈彭德怀批示。彭德怀同意战场指挥员的意见，中共中央军委遂于当日复电韦国清，同意推迟对奠边府的进攻，并提醒韦国清：

---

[1] 根据梅嘉生将军保存的赴越军事顾问团文件。

"不要四面平均使用力量，要以分割包围的办法，一股一股地歼灭敌人。要细心组织火力，切不可把阵地攻坚战当作运动战来打。"

时间又过去了两天，越军炮群继续在山路上挪行，不能按时进入阵地。

战场形势的变化使韦国清的决心跟着变化，他不再坚持原来的设想，打算变"速战速决"为"稳扎稳打"。1月24日，韦国清就变更奠边府作战计划致电中共中央军委：

> 由于道路地形限制，榴弹炮、高射炮进入阵地极难，第312师全师帮助推拉，六个晚上只前进12公里，已精疲力竭，尚未全部到达预定射击阵地，还须翻过两座很陡的山，始能完全控制机场。但恐时间再长，敌人还可能增加，部队体力不支，不拟再推，而在现地构筑阵地，榴弹炮可控制一部分地区，并直接打到奠边府北之两个据点。[1]

韦国清认为，以越军现有的力量和部署，即使能够在夜间以部分兵力突入法军纵深，也没有把握消灭德卡斯特里的指挥部。同一份电报说：

> 由于敌兵力较前增加，外围工事加强，而我炮兵又未能全部进入预定阵地，部队一夜突入纵深较困难，消灭敌指挥所与炮兵无甚把握；或突入纵深后，伤亡过大，不能消灭敌机动部队，中途退出，对继续战斗，甚为不利。故需改变速战速决之打法，而采取稳扎稳打：第一晚消灭两个营的据点，第二晚再消灭一两个营，消灭一个据点算一个据点，但攻则必歼，以后再视情况而定。如敌不增加，而战斗又顺利，则坚决全歼奠边府守敌；如敌自空中继续增援，造成新的困难对我作战不利时，则我不打奠边府，另选其他地区作战。以上打法，较有把握。[2]

发出电报后要等中共中央军委回电，改变奠边府作战方案事关重大，韦国清还没有向武元甲说起。

---

[1] 根据梅嘉生将军保存的赴越军事顾问团文件。
[2] 根据梅嘉生将军保存的赴越军事顾问团文件。

实际上，在上面这个电报中，"不打奠边府，另选其他地区作战"一句，包含了更深刻宽广的战役选择。韦国清和梅嘉生商议，不马上对奠边府发起进攻，奠边府前线一时无战机，可从奠边府抽出一个师，按原先制订的西北战役方案，向上寮发起进攻，相机占领琅勃拉邦，进一步分散印度支那法军的战略机动兵力；第316师留在奠边府继续钳制奠边府法军，使之不出盆地周边；在奠边府前线的第312师主要任务是保护大炮和炮兵阵地，由他们再吃一回苦，把重炮拉回出发地，再进一步修建道路，为重炮重新进入阵地创造条件。这样做，越军在兵力上仍对奠边府法军保持明显优势，减少一个师风险并不大。

发出给中共中央军委的电报后，韦国清和武元甲商议，阐述了自己的想法。[1]

武元甲彻夜不眠，决定改变战法

此时，武元甲的思考更加深入细致了。

1954年1月23日下午，负责掌握拉炮进度的越军总军委特派员、保卫局副局长范杰向武元甲电话报告："我军火炮均安放在野战阵地上，地形空旷，如遭敌炮反击或空军轰炸，难免遭受损失。而且，部分火炮尚未进入阵地。请考虑。"武元甲后来曾说，敌情的变化和范杰的汇报促使他反复考虑……范杰副局长是越军高级军官中第一个向武元甲提出按原计划向奠边府发起进攻有困难的人，他的看法使武元甲更感到不能冒险按既定方案作战。

1月24日，越军一名战士被俘，由此判断法军会掌握越军发动攻击的具体时间。武元甲决定把发动攻击的时间再推迟24小时。

此后，武元甲对进攻时间反复思考，几乎两个晚上彻夜未眠。起先他就不主张急攻奠边府之敌，现在更感觉不能快打，快打容易出险。但是要进攻部队马上刹车，撤回出发阵地，特别是第312师拉炮已经整整一周，现在要他们再把大炮拉回去，光是这种心理调整谈何容易！

改变作战计划的命令要由武元甲来签署。晚年武元甲回忆说，在奠边府前线

---

[1] 1993年1月28日，作者在北京访问王振华。

下令进攻部队撤回阵地，命令第308师西进上寮，是他做出的最艰难的决定，为此他彻夜未眠。

越军上校裴信战后回忆说：

> 武元甲将军后来告诉我，他在1月24日晚上彻夜未眠，不停地判断奠边府战局，不断地问自己："要是打的话，能不能打赢？"
>
> 武元甲将军说，他主要面临三个问题。
>
> 一是战役规模扩大了，和那产相比，奠边府战场大了许多倍。我们能不能拿下奠边府？因为我们的部队从来没有在这么大的战场上进行过战役。
>
> 二是对于自身的问题。以前，越军一次只动用一个师加两个团投入战役前线，现在，我们投入了五个师，我们具备这样的组织能力吗？
>
> 三是战役持续时间的问题。以前，一个战斗通常只持续12小时，傍晚发起进攻，黎明结束战斗。我们这回能不能在白天继续战斗？[1]

武元甲得出结论，现在贸然投入战斗是危险的。他反复掂量行前胡志明的叮嘱："我已经授予你战场全权。如果发起进攻，必须胜利；如若不能，就不要贸然进攻。"[2]

1月25日，武元甲又整整思考了一天。

想来想去，武元甲有了新的想法，于1月26日黎明要通信员唤来了黄明芳。

黄明芳走进武元甲的指挥部，只见总司令坐在竹皮桌旁凝视着摊开的地图，头上粘满艾灸。黄明芳吃惊地问："头痛吧，怎么粘了这么多艾灸？"

武元甲回答："过去11天我反复考虑，昨晚整夜失眠。今天下午就要发起攻击，但制胜因素尚未完全掌握。你去请韦同志来，我有急事同他商量。"

---

[1] （越）裴信：《跟随胡志明：一名北越大校的回忆录》，第315页，夏威夷大学出版社1995年版。

[2] Howard R. Simpson, *Dien Bien Phu, the Epic Battle America Forgot*（Brassey's Inc, 1994），p.53.

武元甲和韦国清取得一致意见

韦国清也没有睡着，马上就来到了武元甲的身边，也是马上注意到武元甲头上粘满艾灸。他向武元甲致意后即问："战斗就要打响，请武总告知最新情况怎么样？"

"这就是我要同你交换意见的问题。"武元甲说，"11天来仔细了解情况，我认为敌军已不再处于临时防御状态，而是已建成一个坚固的集群据点。因而不能再按预定计划攻击。眼前存在越军还不能克服的三大困难：

"第一，时至今日，我们的几支主力部队最多只能歼灭据守坚固工事的敌军一个加强营。还不能在短时间内歼灭据守集团据点的十几个营。1952年底，在那产，用一个团攻打据守野战工事的敌军一个营都没有打下来。尽管过去一年中我军有了大的进步，但现在，敌军共据守49个据点，兵力、火力更强，且具有坚固的工事和密集的障碍物体系，更不好打。

"第二，这次战斗，我们增加了榴弹炮和高射炮，中国同志帮助训练，效果良好，但大规模的步炮协同作战还是第一次，又没有进行过演习，干部还不熟悉怎样指挥，有的团长甚至建议把部分掩护进攻的炮兵交还给总司令部指挥。

"第三，如你所知，法国空军比中国解放战争时期的蒋军空军要强，现在又有美国空军协助。长久以来，我军只习惯于在易于隐蔽的地形夜间作战，避开敌空军和炮兵的优势。而现在必须连续对具有空、炮和坦克优势之敌，在开阔地形，特别是相当宽敞的芒清平野进行三夜两天的作战，很难避免伤亡，难以完成任务。

"对所有这些困难，我们都还没有仔细讨论解决办法，只是计划了依靠第一天夜晚攻击时使用火力突击消灭敌炮和敌机。1月12日，多数同志表示赞成速战速决的方针。我不赞成，已经同你谈过。但你我都是初到前线，只听了汇报，尚未掌握实际情况，所以不便否定一个月前到前线的同志们的意见。到现在，情况已经变化。我已派干部下去实地检查，各地炮兵阵地大部分设置在空旷地区。如第一夜未能消灭敌炮，白天敌人使用空军轰炸，炮兵轰击，再用步兵、坦克反击，我们又没有道路和拖炮车辆，把炮撤到哪里？

"总而言之，我认为如按原定计划去打，必定失败。我们党中央曾提

多年以后，昔日共同创造了奠边府战役辉煌胜利的武元甲（左）和韦国清热情拥抱

醒：'我国战场逼仄，我军人数有限，因而只能打胜，不能打败，打败就折了本。'经过八年抗战，我们才组建了六个主力师，现在大部分都参与这一战役……"

武元甲表述得非常清晰，论据充分。韦国清想了一下，问："按武总的意见怎么办？"

武元甲说："我的意见是下令推迟今天下午攻击，把炮撤下来，军队返回集结地，按稳扎稳打方针另做准备。战役时间拖长，困难不少，特别在供应方面。但我确信，通过指战员的努力，全党和后方全体人民的支援，又有顾问同志的热情帮助，这次战役一定能取得胜利！"

黄明芳清楚地记得，只经过一瞬间的考虑，韦国清就说："我赞同武总的意见。我去打通顾问团同志的思想，武总去打通越南干部的思想。"

武元甲说："时间紧迫。我必须立即召开党委会做出决定。我想派第308师向老挝琅勃拉邦方向进军，故意暴露部分力量，吸引敌人到那一方向，以使敌人不能在我军后撤和拖炮退出阵地时制造困难。"

武元甲和韦国清交换意见只半个多小时，就把改变奠边府作战方案这样的大事定下来了。

半个小时后，前线党委委员齐集指挥部召开会议。担任会场记录的越军前线党委办公室主任阮文孝后来回忆说，武总司令讲了他很久以来对集团据点的考虑，以及已经同韦国清顾问谈过的三项尚未能克服的困难。总而言之，我们仍坚持歼灭奠边府集群据点敌人的决心，但打法必须改变。

武元甲说完自己的意见，现场沉默了一会儿。

片刻，政治部主任黎廉发言说，我们已就战斗任务进行了深入而广泛的动员，指战员都很有信心，各单位、各兵种都已处于临战状态。现在要撤下来，把炮拖出阵地，无异于在大家头上浇冷水，怎么解释？以后再动员，要做到像现在这样有决心和信心，可不容易。

后勤部主任邓金江说，我认为应当坚持既定决心。时至今日，粮食、弹药的准备已经困难，如果不立即打，以后更不能打。粮食送不上去，军队饿了，哪里还有力气战斗？西北战役期间的教训提醒我们：不管怎么打法都要算计供应的能力。许多时候粮食是司令员，是决定因素！

武元甲说，军队的士气很重要，但下决心要有根据。后勤是先决条件，可是为了争取胜利，最后的决定因素是要有正确的打法。

黄文泰说，武总的考虑也是应该的……但这一仗我们具有兵力、火力优势，有榴弹炮、高射炮控制敌人的炮兵和空军，有友方的战斗经验，我们的部队又经过训练，我看，要是打，还是可以取胜的。

会议没有定论，暂时休会。

少顷复会，武元甲再次强调："情况紧急，必须早做决定。不论情况如何，我们必须紧紧掌握的最高原则是'有胜利把握才打'。我出发来前线时，胡伯伯交代，这一仗极其重要，必须打胜。有把握取胜才打，没有把握取胜不打。我们要对胡伯伯和中央政治局负责，对几万指战员的生命负责。请答复这个问题：要是打，有没有百分之百打胜的把握？"

黎廉说："武总的问题实在难以回答，谁敢保证能百分之百打胜？"

邓金江接着说："怎么敢做这样的保证？"

武元甲强调："我考虑，这一仗我们必须保证百分之百打胜。"

黄文泰表示："如果要求百分之百打胜，那难……"

话说到这时，意见趋于一致，都认为这一仗可能遇到许多困难，越军还没有克服这些困难的具体办法。

武元甲做了结论："为了保证实现'战必胜'这一最高原则，必须把'速战速决'的作战方针改为'稳扎稳打'。现在我决定推迟攻击。命令部队全线后撤到集结地点，火炮撤出阵地。政治工作保证像执行战斗命令那样彻底执行后撤命令，后勤工作按新方针进行准备。"

急攻奠边府的军事行动半道刹车。这是1954年1月26日上午11时。

武元甲对黄文泰说："我这就向炮兵下达命令，向第308师交代任务。你向其余部队下达命令。"

武元甲通过电话命令炮兵当天下午撤出。

第308师出击老挝

整装待发的越南人民军士兵

当天下午14时30分，武元甲打电话同第308师师长王承武取得联系："注意接受命令：情况变化。你师的任务是今天下午即向琅勃拉邦方向进军。沿路遇敌，酌情歼击。掌握部队，接令立即返回。保持电台联系，有电讯问才能回答。"

"知道了。坚决执行命令。怎样使用兵力，请指示？"

"从一个营到全师，由你全权决定。后勤自行解决。1月26日16时准时出发。"

"保证彻底执行命令！"

当天，武元甲写成特急报告，派人驰送胡志明主席和越南党中央常委。[1]

临战变更作战方案是大胆的举动。1月27日，中共中央军委回电韦国清，同意他更改奠边府作战方案的意见：

> 同意1月26日部署意见。对奠边府攻击，应采取分割包围，一股一股歼敌，先歼一股再歼一股，每次大约歼敌一个营左右。只要能全歼敌四五个营，奠边府之敌可能发生动摇，或向南撤逃，或继续增援，两种情况均于

---

[1] 黄明芳于2004年4月13—14日在河内"奠边府50周年回顾"研讨会上的发言：《谈奠边府战役"稳扎稳打"的主张》，文庄译。黄明芳参加了2004年4月19—20日在北京举行的"奠边府战役50周年暨日内瓦会议50周年国际学术研讨会"，就同一命题做了介绍。本书作者是这次会议的参加者。

我有利。

　　故如来增援，其他地区守备减弱，我可乘机解放其他地区；不增援，我可稳步解放奠边府。[1]

　　这是一份非常重要的电报，说明了中共中央军委对前方军事顾问的信任，并且准确判断了奠边府战场的未来发展趋势，恰当地提示了奠边府作战的重要步骤，即一个营一个营地消灭法军，而不必要求一战即歼灭大量敌人。

　　韦国清马上向武元甲通报了情况。1950年入越以来，韦国清对武元甲始终尊重，在重大行动上更是如此。他认为，随着作战规模不断扩大，武元甲指挥大兵团作战的能力明显提高了。

　　由于有韦国清的一系列电报和中央军委的复电，中国军事顾问们后来回顾历史的时候，倾向于认为韦国清在改变奠边府作战方案上起了决定性作用。越军军官则倾向于认为，武元甲在这件事上肯定有首倡之功，居功至伟。1993年6月24日，本书作者在北京访问了奠边府战役时任越军作战局副局长的陈文光上将，他回答说："武元甲将军是奠边府战役的指挥者，在改变奠边府战役决心的问题上，武元甲将军的贡献至关重要。我不知道在这件事上他和韦国清将军是怎么商量的。但是，他在做出如此重要的决定的时候，一定要征求韦国清将军的意见。"[2]

　　有一点要清楚，韦国清同意了，才能有中国的后勤支持。打仗没有后勤是不行的。

　　在事过半个世纪之后，随着历史档案逐一解密，当事人回忆录纷纷问世，对此综合研究可以看出，1954年1月20日前后，在奠边府前线的越方一侧，武元甲和韦国清的决心都在变化，几乎是同时做出判断：应该改变最初动议，改"速战速决"为"稳扎稳打"。

　　武元甲是前线总司令，命令由他签署和下达，越军指挥员推崇武元甲的决心，完全可以理解。而韦国清和中共中央军委的往返电报，则为今天的人们认识历史提供了实证。随着更多历史文献的披露，人们还可以有更加清晰的

---

[1] 依据梅嘉生将军保存的赴越军事顾问团文件。
[2] 1994年6月24日，作者在北京访问陈文光。

了解。

以第308师打进上寮无疑是一着妙棋。该师的任务是进占上寮的南康河、南乌河（湄公河上游支流）流域。

军令如山，1954年1月26日，第308师战士每人携带有限的粮食，绕过奠边府南部的"伊莎贝尔"防御分区，分两路于当日越过越老边境，向老挝的孟赛、琅勃拉邦方向攻击前进。

散布在边境线后面的法国殖民军小部队闻风而逃，第308师重演去年春天长途追击的故事，以第102团作先锋昼夜兼程进击。

1月31日，第102团在孟夸追上数百名逃敌，将其分割包围后消灭。越军第148独立团一部在苏发努冯亲王的巴特寮部队协助下，向北发展，迅速占领老挝北部丰沙里省全境，使巴特寮根据地扩大将近1万平方公里，和越盟控制的西北根据地连成了一片。

另成一路的第36团和第88团击溃当面之敌的微弱抵抗，2月8日，先头部队来到了离开琅勃拉邦只有30公里的地方。

纳瓦尔往琅勃拉邦紧急空运了五个营，应对越军的急攻。

为了配合奠边府战役，越军在整个印度支那战场发起攻势。早在1953年12月21日，由黄参、陈贵海指挥的越军两个营进攻老挝中部的法军坎海据点，歼敌数百。22日，越军第304师的第66团完成了对暮夜、巴那伐据点的进攻准备。两个据点的守军望风而逃，第66团即行追击。中寮法国殖民军毫无战斗力，一触即溃，三天里丧师2000余人。12月25日，越军这一旅偏师逼近湄公河，几乎是兵不血刃，占领中寮重镇他曲。

越军第66团继续向南，几乎没什么伤亡地攻占了欣秀、同献、法兰、孟品等地，切断了横穿印度支那中部重要的9号公路，完全占领了沙湾拿吉的东部地区。这样，几乎整个中寮都被越军控制了。

总参谋长文进勇指挥第320师主力于1954年1月中旬从西南方向突破带江，进入红河三角洲流域作战，破坏交通线，伏击法军运输船只，严重威胁河内至海防的交通干线。第320师的渗透战使科尼无法大规模增援奠边府。

在越南南方西贡（现胡志明市）以南战区，黎德寿、范雄指挥军民开展游击战。游击队以营、连为单位袭击法军据点，获得不小战果。

在老挝下寮，情况继续发生戏剧性的变化。1954年1月31日，越军第101团的一个营向老挝下寮的阿速坡镇发起进攻。下寮守军除若干指挥官外全是当地人，装备极差，听到枪声一响，不消片刻即分崩瓦解。越军只用了一个团兵力即横扫下寮。2月，这支越军继续向南开进，进入柬埔寨东北地区。

这下子，印度支那战争的战火名副其实地燃遍了整个印度支那。

第 27 章

战场风云与
日内瓦会议

"亚特兰大行动"与美军顾问

越军第308师进入老挝之前，纳瓦尔已着手实践他对科尼许下的诺言，于1954年1月20日发起"亚特兰大行动"。法国远征军集中了15个营从位于北纬12度线稍北的芽庄出发，沿海岸线向北扫荡。战斗发起当日，法军还以一支舰艇运载步兵在越军侧后的绥和登陆，意在对该地域内的越军进行南北夹击。

然而，构成这次"亚特兰大行动"主体的却是保大政权军，他们大部分是征召入伍不久的农民，训练极差，"扫荡"起来走走停停，狐疑不决，一副丧气挨打的样子。到后来，连纳瓦尔也不得不承认这支军队根本打不了大仗。2月中旬，"亚特兰大行动"虎头蛇尾，无疾而终。

越军南方部队司令部只以游击队骚扰执行"亚特兰大行动"的法军，将主力部队调往西原战场——越南南方中部高原。1月26日，越军开始攻击西原重镇昆嵩以北的法军据点。28日，越军袭击了波来古市。战斗持续到2月5日，越军占领昆嵩，将法军在西原的防御体系分割成两段。随后，越军以两个团的兵力合围了波来古法军。双方你来我往，越军始终保持主动。为解波来古困境，纳瓦尔在3月初调去三个营兵力。越军迅速撤去，新到的三个营连越军主力的影子都没有摸到。[1]

越军在各地的攻势迫使法军一再分散机动兵力。1953年雨季结束时，法国远征军的机动兵力曾达44个营，但到1954年2月，只剩20个营了，对付文进勇的第320师和地方游击队都显不出宽裕。

---

[1] Phillip B. Davidson, *Vietnam at War, the History, 1946—1975*（California: Presidio, 1988），pp.212—213.

第27章 战场风云与日内瓦会议

就在纳瓦尔对印度支那战局感到有几分迷惑的当口，倒是旁观者清。1954年2月4日，驻西贡的美国军事顾问团向美军参谋长联席会议送出一个秘密报告，以悲观的态度阐述了对目前军事态势的看法。报告从"纳瓦尔计划"谈起，马上切入正题——奠边府：

> 纳瓦尔计划的一开始很顺利，毫无疑问，纳瓦尔正在遵循沙朗之所为采用保守的战略战术。现行的战役计划不过是1953年3月"勒图尔纳计划"略作修改之后的翻版。
>
> 奠边府是又一个那产，但它对赢得战争几乎是无足轻重的。在越南西北，越盟部队仍保持主动。越军部分兵力已经越过奠边府筑垒区域向琅勃拉邦挺进，迫使法军进一步分散其机动力量。
>
> 在奠边府，法军数千精锐部队以及大部分空运力量被牢牢拖住了。除非越盟愚蠢至极，贸然向集群筑垒的奠边府发起一场断无成功希望的进攻，使法军抓住机会向越军实施突然的前后夹击，奠边府是不会有多大作为的。
>
> 越军以主力部队开往越南西部，显然已无足够力量保护他们在红河三角洲以北的根据地。但是，由于机动兵力分散在整个印度支那，纳瓦尔也无法利用这个机会在此关键地区发起主动进攻。
>
> 就印度支那战场的总兵力来说，法方比起越军主力仍拥有二比一的优势，并在战略运输和装备上占有压倒优势，但是法方在印度支那的战略仍然是防御性的。
>
> 奠边府已经用完了空运去的2300吨铁丝网，纳瓦尔还在要求我们使用C-119运输机再运500吨。目前奠边府外围的巡逻线已被大大压缩，只能应付阵地防御的需求了。法军确曾增强了机动能力，但是现在他们又像一年前在沙朗指挥下那样分散到了整个印度支那。法军的战术行动多半是为了阻止越军的攻势，或是为了实施扫荡，短暂地赶走越盟的地方武装。[1]

---

[1] 1992年5—7月，作者载美国国家档案馆阅读该馆所藏美国国务院关于1954年日内瓦会议的档案。

越南密战

一批批美军顾问来到奠边府视察

显然，在越美国军事顾问认为，奠边府战区态势不妙，暗含危机，看不出前景何在。

此事说来话长。以布林克将军为首的美国军事顾问团甚至先韦国清一步来到越南。但是，这两个军事顾问团在越法战争期间所起的作用却完全不同。除了人事安排以外，以韦国清为首的中国军事顾问团协助越军总军委全面处理军事问题，尤其在战略、战役决策和指挥，以及后勤保障、政治工作、部队编制等方面负有重要的职责，韦国清经常和罗贵波一起列席越南劳动党中央政治局会议，参与重大决策。

美国军事顾问团主要负责后勤军援和武器训练方面的事务，法国远征军司令部坚决地拒绝他们参与军事参谋。在指挥权方面，经历了第二次世界大战的法国人特别敏感，跟美国人站在一起时尤其如此。此事一开头倒还没什么，可是随着美援的增加，随着美军顾问对印度支那战争局势的不断了解，同时也因为法军吃的败仗越来越多，美军顾问要求介入印度支那事务的呼声日益增强了。

布林克将军任满离去，让接任的托马斯·特拉普内尔最不能忍受的是，法国远征军司令部总是不能及时地向他们通报印度支那战况，送给美国军事顾问团的情报都经过挑选。有时候，这种经过了挑选的情报不是直接送到西贡的美军顾问团，而是先送到巴黎，由法国国防部再送到美国大使馆武官处。想到这里，特拉普内尔将军心里隐约有一种被轻视了的感觉。不满情绪也由此而被激发。

在这份报告里，特拉普内尔对法国远征军的不满一览无余：

在各个战略要点，在红河三角洲周边，外围巡逻已不能正常执行。法军不愿主动地与越军保持接触，毋宁说，他们是在等着越军前来进攻。法军采取攻势行动总是稳字当头，缺乏想象力，战役目标也很有限。除非法军已构筑好阵地，或出现绝好的机会，法军总是避免与越军主力接战。

令人费解的是，纳瓦尔未能在中寮与越盟军队坚决作战。面对毫无空中运输能力、远离后方根据地200公里之遥，完全倚仗苦力运送粮食而进至中寮的6个营越军，法军方面有20个营，并且配有火炮和空中支援，此外还能得到伞兵的增援，法军却未能抓住机会决定性地击败越军，反倒让越军扩展了地盘，直接威胁从巴色到沙湾拿吉的广阔战场。现在可以肯定的是，越军的意图是在当地长久地拖住大量法军部队。

在过去一年中，红河三角洲地区的战局无显著变化。但是，由越南（保大）政权军控制的越南中部地区的局势最近恶化了。

在过去一年中，对越南（保大）政权军的野战训练与心理战训练几乎没有什么进展。可以设想，纳瓦尔已经接到本国政府的指令，在印度支那战争中尽可能减少伤亡，努力改善自己的态势以迎接最终将要出现的谈判。在另一方面，越盟则进行着一场似乎不带来重大军事胜利的消耗战。他们显然认为时间对他们有利，法国和美国的公众舆论将迫使政府进行有利于越方的谈判。

不在此地与法军人士日常接触则几乎想象不到，法军参谋人员的思维和做法老式得就像1935—1939年的战前时期那样。一方面，纳瓦尔要求美国军援却又希望美方不加监察，另一方面，纳瓦尔的参谋人员缺乏某种能力，以正确地掌握美国提供的装备。如果美国继续进行援助而不加以日常监督，势必浪费无可计数的美元。

法军参谋人员通常缺乏协作精神，也没有迹象表明他们制订了长期的周密计划。令人震惊的例子是，他们不断要求美国增援更多的飞机，却不去充分利用自己已有的飞机。法方几乎认为，只要增援大量新式武器，如重型轰炸机、炮舰雷达等，他们就可以控制局势，也就无须投入更多的人力。他们的计划完全忽视了操作、维修、储存诸如此类的问题。

在越南的军事顾问们的一致意见是：对印度支那军事胜利的最大制约因素是法国远征军缺乏本国政府的有力支持，缺乏足够的训练和军事参谋人员，缺乏主动进攻的心理，即便是美国援助以大量物资和新式装备也不能予以弥补。[1]

在华盛顿，艾森豪威尔凭着一位将军的本能，从一开始就觉得法军仓促占领奠边府不是一着好棋。现在，几个月过去了，奠边府局势的发展似乎证实了他的预感。

华盛顿与印度支那有整整12个小时时差，东边是半夜的时候，华盛顿时当正午。艾森豪威尔在2月10日上午举行记者招待会的时候，一个记者站起来问艾森豪威尔，怎样看待奠边府地区严峻的军事形势？

艾森豪威尔回答："把美国在那个地区卷入热战，我比谁都更激烈地反对。因此，我命令采取一切步骤，其目的都是，只要有可能的话，使我国不卷入。"

一位记者接着问道："总统先生，你这句话能否理解为，不管印度支那战事怎样发展，你决心不卷入或者不是更深地卷入战争呢？"

艾森豪威尔说："如果美国现在在任何地区中深深地卷入一场全面的战争，我看就是没有比这更大的美国悲剧，特别是如果要用上大部队作战。"[2]

奠边府外围攻防战

1954年2月，围困奠边府的越军转而采取防守态势。

越军第308师打到老挝去了，一直等着越军进攻的德卡斯特里松了一口气。纳瓦尔则接连电示，要德卡斯特里迅速查清越军在奠边府周围的兵力现状。

审时度势，德卡斯特里决定，在奠边府盆地中的法军主动出击，改善防御态势，寻歼敌人的炮兵。向奠边府外围出击的战斗主要由朗格莱指挥。1月31日，法军以兴兰高地为基地，向北搜索前进。

越军火炮阵地受到了威胁。当夜，武元甲批准几门大炮向奠边府机场轰击，奠边府首次响起了越军105毫米榴弹炮和75毫米山炮的吼声。

在兴兰高地以北的山峦中，战斗发展至团规模。

---

[1] 1992年5—7月，作者在美国国家档案馆阅读该馆所藏美国国务院关于1954年日内瓦会议的档案。

[2] （美）威廉·曼彻斯特：《光荣与梦想》下卷，第692页，海南出版社2004年版。

1954年2月1日上午，法军两个营从独立高地前出，随后以一个营掩护，一个泰族营向独立高地以北约800米的633高地进攻。法军已经判明，这个高地上有越军的炮兵观察哨。

其实，越军观察兵刚刚撤走，换上了一个排的步兵。633高地是正在撤退的越军炮兵的第一道屏障，越军前指命令坚守阵地，保障炮兵安全。在过去几天里，633高地上的32名战士已挖出若干条隐蔽的战壕。

上午，战斗打响，633高地上的越军击退了敌人的四次进攻。亲历战斗的越军排长陈度战后撰文回忆："敌人第四次冲击在山沟里激烈地展开，使我方受到严重的损失。他们利用山沟冲进了我军阵地的空白地带。副连长已经把剩下的力量，包括三名情报人员、一名通讯员和一名卫生员全部投入战斗。"越军战士浴血奋战，副连长范掌战死疆场，活着的战士把手榴弹一个接一个地朝敌人投去，终于将敌人打退。

下午，法军卷土重来，已伤亡12人的越军在排长陈度指挥下，居高临下，战斗持续到晚霞飞腾。天色向晚，越军以阵亡12人、大部分人负伤的代价守住了阵地。[1]

633高地血战强烈地震撼了奠边府法军，也强烈地震撼了科尼。次日，科尼接到纳瓦尔来电询问，由于越军第308师进入老挝，奠边府法军可否减至九个，甚至六个营？读了这份电报，科尼勃然大怒。他坚决反对纳瓦尔的意见，毫不客气地指出，虽然第308师走了，留在奠边府的越军至少还比法军多出一倍。[2]

越军占领着奠边府外围山峦，让法军如同芒刺在背。2月6日，朗格莱指挥两个营兵力向奠边府盆地东边的754和781高地进攻，并在中午占领了这两个高地。但是，越军于午后进行猛烈反击，又把法军赶下山顶。在这天的战斗中法方共有93人阵亡。五天后，在这次战斗中受重伤的一位摩洛哥连长在医院中死去。

2月10日，朗格莱指挥法军再次向独立高地以北约1000米处的几个山头进攻。当进攻者冲到距离山头不远处的时候，受到越军步兵火力压制。法军呼唤

---

[1]（越）陈度：《在633制高点上》，引自《奠边府战役回忆录》第1集，第47—70页，作家出版社1965年版。

[2] Bernard B. Fall, *Hell in a Very Small Place*, *The Siege of Dien Bien Phu*（Published by Da Capopres, Inc. Originally published by Philadelphia：Lippincott, 1967），p.81.

法军在清扫奠边府外围的战斗中

炮火轰击越军阵地。谁知一排法军炮弹从身后飞来的时候落到了自己的散兵线上，15名阿尔及利亚士兵当场阵亡，在这个山头的战斗中化为青烟，飘散得无影无踪。

2月13日，法军的出击战发展到前所未有的规模。在轰炸机配合下，朗格莱指挥精锐的欧洲籍伞兵营打头阵，共三个营向东面的山地突击。这次法军攻击得手，一口气连下四个高地，还用炸药和火焰喷射器将高地上的越军掩体全部破坏。

越军第316师奉命反击，法军立足不稳，被从山上压了下来。越军夺回阵地。[1]

向外围突击、试图摧毁越军火炮阵地的战斗使德卡斯特里付出了高昂代价。根据战场统计，从11月20日法军空降奠边府以后至2月15日，法军共伤亡了32名军官、96名代理军官、836名士兵，约占奠边府法军总兵力的十分之一，即整整丢了一个营士兵和两个营的军官。

衡量轻重，科尼于2月17日决定，将奠边府大规模清扫外围的战斗改为小规模的"侦察性突击"。迫使他做此决定的另一个原因是，由于越军在其他战场的攻势，河内不得不减少对奠边府的弹药供应，德卡斯特里想要大打也打不下去了。

1954年2月，奠边府外围的中小规模战斗此起彼伏，法国和美国、英国高级官员视察奠边府的人流则出现高潮。

1954年1月底，第308师突然插入老挝，是纳瓦尔没有想到的。纳瓦尔和参谋人员的判断是，武元甲认定自己没有力量进攻奠边府，因此改变了战役企

---

[1] Rene Julliard, *The Battle of Dien bien phu*（Published in 1963. Translated by Robert Baldick. Published in New York, 1965）.

图。但是科尼察觉了越军的真实意图,向德卡斯特里发电提醒说,第308师的意图可能是牵制法军,他们是要回奠边府的。

法军失去拯救奠边府最后时机

1954年2月7日,法国国防部长普利文在总参谋长埃利将军陪同下飞往越南。普利文被授予全权,最后确定奠边府战役的地位问题。

8日,普利文到达西贡再一次和纳瓦尔会商。纳瓦尔仍然表示乐观,认为越军放弃进攻奠边府而进入老挝是因为奠边府太强大了,他们打不动。奠边府集群据点的建立至少使越军进攻老挝的时间推迟了两个月。

随行的法军空军参谋长皮埃尔·弗赖伊将军问纳瓦尔,随着雨季的到来,处在低洼地势中的奠边府工事会不会泡在雨水里?纳瓦尔没有想到这个问题,施了个缓兵之计说,我以后再给你答案。

15日,普利文一行飞赴越北。

普利文走后的2月18日,纳瓦尔接到科尼转来一份被破译的越军电报,该电要求增加向奠边府前线的弹药运输量。法军还在一名越军战俘身上缴获了一张标有奠边府越军炮兵阵地位置的示意图。科尼报告,已请有朝鲜战场经验的美国飞行员用彩色和黑白胶卷拍摄了奠边府地面照片,可是炮兵专家并没有在照片上发现越军炮兵阵地。

纳瓦尔的副参谋长贝特尔为此直接提醒皮罗斯:"要是越军也像中国军队在朝鲜作战那样把炮藏在地下掩体里,对我们进行直瞄射击,那可就麻烦了。"

19日午后,普利文飞

奠边府法军最高指挥官德卡斯特里(中)陪同法国国防部部长普利文(左)、法军总参谋长埃利将军视察阵地

抵奠边府。当德卡斯特里朝他们走来时，普利文大声说："你一定知道，整个法国都在注视着你。"

听罢德卡斯特里的战场解说，几乎所有随行将军都表示了或多或少的乐观，只有空军参谋长弗赖伊沉默不言。普利文转身征询他的意见，没想到弗赖伊回答说："部长先生，在此看到的一切都使我得以肯定自己的想法，并不得不向您直言：从我的职责出发，我们应该奉劝纳瓦尔将军利用越军的犹豫和他目前可以充分利用的两个机场，尽其可能将全部兵力从这里撤走。空军一定为此尽力。"

这句话使普利文吓了一跳，但空军参谋长没有进一步阐述自己的想法。在飞返河内的飞机上，普利文和埃利交换意见，埃利认为情况似乎还在向好的方向发展，要是从奠边府撤军，就等于说，以前全做错了。埃利明确表示，奠边府阵地是坚固的。

19日当晚，普利文一行回到西贡。法国高级官员举行了秘密会议。纳瓦尔在会议上激烈地坚持在奠边府作战的主张，逐一反驳不同意见。最后他对空军参谋长弗赖伊说："奠边府是反复思考后的选择，那是为了赢得战争的胜利。"

当此之时，57岁的埃利总参谋长的意见具有一言九鼎的意义，没想到埃利模棱两可地对纳瓦尔的勇气大大称赞了一番。听他的意思，埃利似乎支持在奠边府与越军决战。会议形成的最后意见是，法军有能力在奠边府与越军会战，不必考虑立即撤出奠边府的问题。

空军参谋长弗赖伊失去了继续坚持自己主张的勇气，反而在会后私下对纳瓦尔说："我向您保证，空军将尽到自己的职责，给予您所有可能的支持。"这番表态使纳瓦尔大大地松了一口气。

一次挽救奠边府法军命运的机会悄悄滑过去了。根据会议的结论，普利文起草了向内阁的报告，认为目前在印度支那战场上法越两军战成均势，越军一时间还无法取得决定性的胜利以改变战场现状。另一方面，只要中国不给予越军以直接的军事援助特别是空军支援，法军的情况就不会迅速恶化。但是，普利文指出，事情不会一成不变，法国方面要保持现状的话必然要付出日益增加的伤亡，法国远征军的后备力量快要用尽，士气越来越低落。

普利文专门提出了中国援助越南的问题，他在报告中指出，中国的援助使越军军事素质不断提高，法军在印度支那卷入了一场看不到尽头的战争。即使法军在奠边府作战中挫败越军，也不会导致印度支那的和平而只会使战争延期。[1]

让普利文感到比较满意的倒是保大政权军队，截至1954年元旦，保大军队总兵力已发展到21万人，共有160个营。普利文指出，法国急需与保大政权谈判，促使他们承担更多的战争责任。

普利文的结论是，在未来日内瓦会议上，法国要尽一切可能寻求谈判机会以结束战争。而在奠边府战场上，法军力量尚可支持。

普利文的视野显然比纳瓦尔来得宽阔，因为正是在这个时刻，陷入冷战的东西双方，很快就要聚会瑞士名城日内瓦，坐到谈判桌边上，开始举世瞩目的日内瓦会议。

日内瓦会议的前奏

奠边府战役是日内瓦会议的推进剂。日内瓦会议是由第二次世界大战中的"三大国会议"发展而来的。

1951年10月，77岁的老政治家丘吉尔重新当选英国首相，提出了西方"三大国会议"的设想，以协调美国、英国和法国的立场。后来这西方三国发现，几乎所有的世界重要问题还得和苏联谈判，"四大国会议"的提议也就时隐时现。苏联外长莫洛托夫针锋相对地反复提出，举行四大国会议还不够，应该加上新中国。对此，正在朝鲜半岛和中国志愿军激战的美国坚决反对。

1953年3月斯大林去世后，丘吉尔发表讲话，主张于5月或6月举行"四大国"最高级会谈，会见苏联新领导人。1953年6月23日，刚刚举行了欢迎意大利总理的宴会，并在宴会上发表了一段讲话的丘吉尔，一来到客厅中坐下就轻度中风，左半边身体不听使唤，原先的提议只好暂且按下不表。当年秋天，丘吉尔的身体基本恢复，再次建议举行美、法、英三国首脑会议。

开始，法国对三大国、四大国乃至五大国会议都不怎么感兴趣，一个重要

---

[1] Philippe Devillers and Jean Lacouture, *End of A War* (Published in France in 1960, Translated by Alexander Lieven and Adam Roberts, Published in USA in 1969), p.41.

即将开幕的日内瓦会议，中苏朝越组成东方阵营。图为周恩来（左三）和苏联外长莫洛托夫（左二）、朝鲜外相南日（左一），以及越南代外长范文同合影

原因是法国总理没有在第二次世界大战期间参加大国会议的经历，对大国首脑会议有陌生感。法国的冷淡致使丘吉尔的建议几乎搁浅。

没想到苏联却积极了。1953年11月下旬，苏联提议于1954年1月在柏林举行四大国外长会议，讨论欧洲问题。同时，苏联还建议举行一次国际会议来讨论远东问题，其中包括印度支那和平问题。也就在这时，胡志明答瑞典记者问发表在瑞典《新闻快报》上。东方在印度支那和平问题上铺了一块台阶，下一步就要看西方愿不愿走上去。

原来，苏联最高领导人斯大林逝世后，特别是1953年7月27日朝鲜停战协定签字以后，苏中两国就和平解决亚洲两大战场的问题达成一致。苏联新领导马林科夫和赫鲁晓夫积极主张通过停止进攻与和平谈判的方式来停止战争，与西方进行经济竞赛。

著名法国实业家贝尔纳·德普拉斯于1953年6月访问了北京。中方向他提出，中国愿意和法国改善关系，愿意通过和平的方式解决印度支那问题，前提是尊重印度支那半岛人民要求国家独立的愿望。中国特别指出，停止战争，比在目前情况下讨论实现中法关系正常化还要急迫和重要。[1]

法国政府也在寻找通过谈判解决印度支那问题的机会，所以，到1953年11月底，法国对四大国乃至五大国会议的态度出现了180度转弯，响应莫洛托夫的建议，表示愿意参加拟议中的柏林会议。法国还向美、英通报了自己的打算，并且希望先召开一个西方三国首脑会议，协调立场。

美、英两国首脑这时完全明白，法国希望通过谈判来解决印度支那问题。英国也有此意，美国不得不做出让步，"四大国会议"于1954年1月25日在柏林

---

[1] John Prados, *The Sky Would Fall*: *Operation Vulture*: *the US Bombing Mission in Indochina 1954*（New York, 1983），p.42.

举行，这是当年的四大同盟国外长在战后第一次坐到同一个会议桌旁。法国为会议进行了紧张准备，其中包括纳瓦尔在1月20日集中15个营在越南南方发起的扫荡，即"亚特兰大行动"，无非是希望为会议提供些筹码。

会议首先在讨论德国问题时陷入了困境。东西方立场相距甚远，结果与会者索性谈起了亚洲问题。这正是法国巴望不得的。

苏联外长莫洛托夫发言，主张在讨论远东问题的大国会议上必须邀请中国参加，法国外长皮杜尔表示没有意见，而美国国务卿杜勒斯却明确表示反对。

会议出现僵局。28日，皮杜尔再也忍不住了，发言说："法国政府希望尽一切可能在一切地方恢复和平，因此法国毫不犹豫地宣布，从现在起，法国政府每时每刻都准备抓住每一个机会和联邦共和国（即印度支那三国）一道，通过协商，在印度支那实现和平……因此，任何一个可能带来进展、最后带来和平的会谈都是值得欢迎的。"他在会下还说，法国愿意和任何愿意解决亚洲争端的国家谈判。[1]

1954年2月6日，杜勒斯发表模棱两可的声明说：在任何情况下，美国政府都不会同意举行五大国会议，特别是其中包括中华人民共和国在内的五大国会谈来决定世界命运。但是杜勒斯话题一转又说，他准备就具体问题进行谈判，同意在讨论朝鲜半岛问题时必须邀请中国和朝鲜、韩国的代表参加。因此，只要中国表示愿意解决亚洲问题，会议发起国就会确定会议的地点和日期。

美国的立场出现了松动。

皮杜尔再次向苏联外长表示，法国愿意同中国接触，促进印度支那问题的解决，希望把印度支那问题列入日内瓦会议的议程。

苏联向法国转达中国的意见：中国愿意为和平解决印度支那问题而努力，但中国的作用也是有限的，因为印度支那战争在新中国成立之前就已经持续了很久。

在2月11日的会议上，法国外长建议，讨论朝鲜问题的会议于4月15日在日内瓦举行，然后在朝鲜问题取得积极成果的基础上举行关于印度支那问题的会议。

---

[1] Rene Julliard, *The Battle of Dien bien phu* (published in 1963, Translated by Robert Baldick. Published in New York, 1965).

柏林会议终于取得一致的意见，1954年2月18日，美、英、法和苏联发表会议公报，宣布将于4月26日在瑞士日内瓦举行会议，讨论朝鲜问题。日内瓦会议"还要讨论恢复印度支那和平问题，届时将邀请苏联、美国、法国、英国、中华人民共和国及其他有关国家的代表参加。在取得谅解之后，无论是邀请参加上述会议或举行上述会议，都不得被认为含有在任何未予外交承认之情况下予以外交承认之意"。[1]

四国公报发表以后，苏联力主中国不但应该参加日内瓦会议，还应在会议上发挥积极作用。毛泽东、刘少奇、周恩来同意苏方意见。他们认为，中国参加日内瓦会议有好处，这将是新中国成立后，特别是朝鲜战争爆发后中国第一次出席举世瞩目的大国会议，非常有利于提高中国的国际地位。会谈谈好了，可以解决若干实际问题；即使没有谈成，也可在国际讲台上宣传中国的主张。

1954年3月2日，中共中央致电越南党中央，希望越方组织越、寮（老挝）、高棉（柬埔寨）出席会议的代表团，着手拟订谈判方案。在这份电报中，中方提出了一个未雨绸缪的见识："如果提出停火就要有一条界线。这条线画在什么纬度于越方有利，也能使对方能够接受，要慎重考虑。我们认为这条线能越往南画越好。北纬16度线似可作为方案之一来考虑。"这是一个及时的和重要的提醒，日后日内瓦会议进程证明，军事分界线最后发展成谈判的主要内容。

在中国领导人中间，周恩来称得上富有经验的谈判能手。眼下印度支那烽烟滚滚，周恩来深知战场优势对即将开始的谈判意味着什么，他要解放军总参谋部转告韦国清、梅嘉生，在奠边府好好打几仗，配合日内瓦会谈。

1954年3月3日，解放军总参谋部作战部致电韦国清，转告周恩来的指示：

> 日内瓦会议将讨论越南问题。周总理指示：为了争取外交上的主动，能否与朝鲜停战前一样，在日内瓦会议前，在越南组织打几个漂亮的胜仗？因此，请你们研究一下，在此期间，有无把握攻歼奠边府之敌？或按中央军委2月9日电示，彻底肃清南乌河与红河间之敌，解放该地区，打通我国与寮西北的联系；同时在中下寮或5联区发动有把握的联合攻势。请提

---

[1] 世界知识社编：《日内瓦会议文件汇编》，第1页，世界知识社1954年版。

供意见，以便我们研究后向中共中央军委提出建议。[1]

人们的目光又要回到奠边府这个碧水长流、群山环抱的盆地了。在那里，越法双方酝酿已久的空前恶战就要开始。

---

[1] 世界知识社编：《日内瓦会议文件汇编》，第1页，世界知识社1954年版。

第28章

大会战的
后勤保障

越军再次集结奠边府

正当深入老挝境内的越军第308师攻势正猛的时候，1954年2月9日，中共中央军委致电韦国清："估计琅勃拉邦之敌已集中相当兵力据守，我第308师连续作战可能已相当疲劳，相机夺取琅勃拉邦似不可能。"电报建议越军抽调一部分兵力肃清战线的后方，为回师奠边府创造条件。

2月23日，逼近琅勃拉邦的第308师收住兵锋，班师向奠边府折返。

在奠边府，屡屡出击的法军未能扩大外围防线，寻歼越军炮兵的计划化为泡影，越军则利用宝贵的一个月时间稳固了包围圈。在前线步兵掩护下，越军工兵不仅修整了运送大炮的前进道路，还在中国炮兵顾问帮助下构筑了坚固而隐蔽的坑道式大炮掩体，或是将山顶开挖成"凹"字形，以绳网覆顶，放上草皮，再覆以绿叶茂盛的树枝，隐蔽藏身其下的大炮。这是热带环境对于炮兵作战的特殊垂青。虽在同一地域，法军却无法因势利导，只得将火炮置于旷野，终于酿成悲剧。

从1954年2月底开始，越军大炮再次进入阵地。由于没有制空权，大炮只能在夜间缓缓行进，中国炮兵顾问马达卫在指挥炮车行进时竟然因意外事故身负重伤。

那是一个夜晚。由于接近战场，大炮的牵引车开得很慢。在现场指挥的炮兵顾问马达卫心急了，眼看就要天亮，法军飞机会很快飞来。他跳下驾驶室，站到道路中间，手举蒙着一层白布的手电筒亲自指挥炮车前进。

马达卫指挥牵引车绕过了一个炮弹坑。没想到，过了坑的越南司机突然加速，把马达卫撞倒，导致左腿骨折。

战士们把马达卫抬到路边，军医赶来作了紧急处理。此时，马达卫心里想的还是奠边府战事，吩咐前来看望他的越军炮兵指挥员："我的问题不大，现在你们的任务就是赶快让火炮进入阵地。还有一个问题，是我们的地图严重不足，也不准确，必须立刻派出测绘兵，完善奠边府地图。"

没想到，奠边府地图得来全然不费工夫。驻守奠边府的法军也遇上了同样的问题，并马上绘制了新的地图。2月初，一箱箱新地图被空投到奠边府盆地。其中一箱地图落到了越军手里，解决了越军指挥员的大问题。由于这个原因，在奠边府大规模战斗展开之后，越法两军使用的地图差不多是完全一致的。[1]

战斗中的越南人民军高炮

不久，马达卫被送回北京，进入协和医院治疗。韦国清命令原野接替马达卫兼任地面炮兵顾问，杜友方仍任越军榴弹炮团顾问。在越军炮兵司令黎铁雄身边，还有李培昌和刘疏准两位中国炮兵专家。原野接替马达卫职务后对李、刘两位炮兵顾问说："我对地炮不如你们熟，请你们多费心了。"[2]

来自中国的军粮

奠边府战役预期时间大大延长，韦国清和梅嘉生特别关心的还有一桩大事，就是越军的粮食供应。

奠边府山峦起伏，地广人稀，产粮不多，越军集中4万多人的主力部队，1954年1月陆续到达。在长达将近半年的战役准备和战役实施期间，总兵力始终在4万人以上，后期将近5万人，这对后勤保障尤其是粮食和弹药补给压力很大。

---

[1] 1989年9月28日，作者在济南访问马达卫。
[2] 1993年9月27日，作者在南京访问原野。

中共中央军委决定，由靠近战场的云南省对奠边府越军进行粮食补给。

越军开进西北作战之初以民工背粮跟进供应为主。越南农民体形小，营养差，一个男子步行背粮不过30公斤，待他将粮食运到前线，自己在路上就吃掉了一半。背粮跟进的民工人数几乎相等于开往前方作战的越军正规军。

此次奠边府战役，越军总部决心将粮食供给改为依靠当地筹集为主，后方供应为辅，同时请中国负责很大一部分军粮，这在越军重大战役史上还是第一次。

中国后勤顾问详细地介绍了自己的经验，帮助越方组织队伍先期前往西北筹粮。

云南省粮食厅具体负责向金平县边境小镇勐拉调集粮食，中共滇南工委和滇南卫戍区负责动员民工向越南境内运送。在短短的1954年2月至4月两个月时间内，云南省向奠边府前线调运了总共1870吨粮食。

奠边府距离中国云南省金平县约130公里，有一条藤条江（当地又称金水河）从中国境内流入越南，流向莱州，汇入黑水河。金平县是一个多民族杂居的山区，苗、瑶、傣和汉族农民在当时过着勉强温饱的日子。从新中国成立之日起，金平人民就承担援越抗法的任务，越军第148独立团经常从金平得到帮助，该团军官不时进入金平商谈受援事宜。

1954年1月11日17时，越军一位副团长范玉珊，持越军总供给局邓金江副局长和中国军事顾问团副团长梅嘉生的介绍信来到金平县，向当地驻军某师师长及云南滇南工委提出紧急援助粮食的要求。

其实，从云南滇南地区集中粮食，囤积于金平国境线上，准备随时援助越军的工作，早在1953年11月20法军空降奠边府前就开始了。11月14日，根据云南军区传达的命令，云南省粮食厅以省财经委员会的名义向蒙自专区发文，要求该地区迅速调集500吨大米，于12月25日前集中到金平县边境上的勐拉镇。为此，云南省粮食厅派出运输股长汪树铭前往协同筹办。在当地财委组织下，动员人力、畜力，以破界入库折征大米等方法，至12月28日，将500吨大米集中到了勐拉镇。

根据云南省粮食厅工作记录记载："蒙自专区财委接电后，即向金平县财委作了布置，（粮食）仍在勐拉集中，争取1月20日完成。该县接到240万斤的任务后，经县财委研究，决定以该县全部力量，坚决完成这一任务，并计划由一区发动牲口1500匹，调出大米70万斤；二区牲口700匹，调出大米30万斤；三区牲口700匹，调出大米30万斤；四区牲口500匹，调出大米30万斤；五区牲口1500匹，调出大米80万斤。自1月1日起开始向勐拉集中。"

越南抗法战争中由妇女组成的民工队伍行进在山林中

且不说粮食，就是在金平动员驮粮的牲口就必须克服许多困难。这时，金平县库存的牲口饲料仅7万多斤，不够供应。蒙自专区行署动员了蒙自、开远、建水、石屏、屏边、龙武、曲溪等七个县的牲口1000匹，驮马料30万斤，前往金平帮助运粮。所需民工、牲畜的开支统由政府财政支付。

金平境内遍布高山林莽，当时还有土匪骚扰。在向勐拉集中第一批500吨粮食的时候，一支运粮队行经茨通坝乡老林，埋伏在那里的土匪突然开枪，打死民工一人，打伤两人。事发后当地立即组织民兵护送运粮人马，并由县内各区设立茶水站、医药站。勐拉粮食集中地则由驻军负责警戒，保证了运粮安全。

前项任务还没有完成，1953年12月17日，云南省又接到通知，再向金平增调大米1200吨。这在非产粮区的滇南是一项艰巨任务。由于预先有所准备，云南省粮食厅和蒙自专区党委、滇南工委和滇南卫戍区密切协作，到1954年1月27日，超额34万斤（170吨）将增调的这批大米1370吨（274万斤）运到了勐拉和金水河乡。

大批粮食突然集中到边境小镇勐拉和边境的金水河乡，带来了一系列问题。首先是勐拉的仓容不足，运来的大部分粮食只好搭草棚用麻袋包装堆存。勐拉地处河谷，天气潮湿，常有雨雾，堆积起来的上、下层粮食很快就潮湿了，如果不及时运走就会霉坏。

由于将滇南的粮食调往勐拉，致使金平县的库存粮食一时间只剩了400吨，造成了当地老百姓的恐慌。

范玉珊就在这个时候来到金平。他提出，此次进入中国要接收500吨粮食（主要是大米）和一些食盐。运送粮食入越的工作最好从1月18日开始，由中方将粮食运至越南境内的巴丹交接，然后从巴丹经水路运到莱州，再由莱州运向奠边府。范玉珊的心情非常急切，他告诉滇南驻军首长："莱州一带地广人稀，交通十分不便，而且处于法军空军的骚扰之下，因此奠边府前线总参谋长黄文泰要我带话：'请求中国帮助运输。'"

范玉珊还提出，粮食移交时按500吨的数字一次交完。自起运时起，越方接受粮食的工作人员需要住在中国境内的金水河乡或勐拉。过境越方人员还需要在中国境内买菜，拟在年前向中方预借人民币1000万元（为当时币制，约合后来的人民币1000元），此外还需要麻袋2000条。

云南省委、云南军区于1月16日电报答复，同意范玉珊的请求。

艰难险阻运粮路

几天后，根据奠边府前线的指示，范玉珊又向滇南负责人提出，希望中方在2月15日至3月20日运粮1000吨进入越南境内大约20至30公里，在巴丹一带交接；在2月15日前越方需要马料75吨、大麻袋1万个、食盐3万公斤等，也请中国提供。

从这个要求看，显然越方已经知道了中方要在勐拉第二批次集中1200吨粮食入越的决定，否则不会提出如此明确的要求。

在范玉珊的这项要求中，使人最感困难的是食盐。原定援助计划是向越南方面提供食盐1.5万公斤，而此时整个滇南地区的库存食盐只有1万公斤，不足部分正在调运。

另一个使人感到为难的问题是越方运输人力、畜力不足，到2月初，越方总共调集了约1000人和550匹马，从中越边界线上中方一侧的金水河向巴丹运输粮食，每天仅能把大约30吨粮食运至巴丹。如果这样的话，运完1700吨粮食将耗时近两个月。

倒是贯通中越两国的滔滔藤条江水引起了中越双方干部的注意。越方有小船百余只，顺水而下可以直抵莱州，用船运粮比马驮人背的效率要高多了。

但中国在藤条江上游，水浅船只不多；越方的小船虽有百来只，但无处寻觅新船。中越双方商议的结果是，将水运作为运粮的主要方式，中国一侧的山岭之中长竹遍野，可以砍下来捆扎竹排。

考虑到竹排运输有去无回，中方作出决定，安排3亿元（约3万元）经费捆扎6000个竹排，向莱州运送粮食。

从巴丹至莱州有一河段处于峡谷之中，水中有礁石阻碍航道，中国滇南驻军派出工兵顺河而下，炸除了礁石。

金平县处于援助越南实施奠边府战役的第一线，县委、县政府于2月11日向蒙自专区党委发出一份请示报告：

> 勐拉至莱州，水路交通初探可行。唯巴丹上游一段约百米长峡有石岩，需组织力量卸转后方可通行。现盟方一面要工兵前去爆破，一面在用竹筏6只载实物做一次试验。
>
> 为此，我们共同研究，意见是水、陆并用，现在至月底一段（时间），还须依靠马帮为主，只是还有以下几个问题：
>
> 1.盟方要15万斤马料。范（玉珊）说："在本月15日前要拿1万斤，否则马要吃大米。"而马料需经蒙自直调金水河，并在月底前要我方直运大米60万斤。我们根据省委电示精神，准备用700匹马于本月14日起运。但巴丹至莱州段盟方船只不足，必须由我方由勐拉每日供应竹筏100个。我们计划14日开始，本月共需（竹筏）1600个，每个约需6万元，共需1亿元。这项任务我县主要缺乏水手下送，盟方要求我们解决800名水手，而我县最多只能动员100名。水手问题如何解决？亦请电示。
>
> 2.全部粮食运出还差1万条麻袋。范玉珊提出："当前要借人民币2500万元，本月底要借15吨盐，2000万元的食物、干菜，1000万元的咸鱼，500万元的花生米，500万元的干萝卜丝。"（这些物品）亦请由蒙自调金水河。
>
> 3.双方保卫工作上除我组织有轻重机枪对空（防御）敌轰炸外，其他没有对空力量。
>
> 4.范玉珊对军区乔同志说："镇沅、勐腊（这两处均在云南西双版纳州境内）的100万斤大米当前不用，请电转省委暂作处理，以防久放损烂。"

5.缩短运输时间问题。现据水、陆（情况）看较难，①山路窄，摆不下更多的人畜；②水路尚在第二次试行，如成功，水手是个大问题，且单人往返一次需八天。

以上请示。[1]

对金平县的这份请示，蒙自专区党委研究后形成了向云南省委的又一份报告，称：

就以上问题进行研究后认为：

1.经请示省委批准可解决人民币2500万元，食盐15吨，2000万元的食物、干菜，马料15吨。

2.1000万元的咸鱼，500万元的花生米，500万元的干萝卜丝，麻袋1万条（存粮需麻袋，马帮运粮需两条麻袋），款请省里解决。

3.水手最多动员100人，其余700人内地亦无法解决。工价问题由金平根据当地情况拟定具体办法，但钱的办法应如何解决？

4.人、畜动员面大，而气候又坏，前次失踪武装干部一人，病死一人，摔死马10匹。此情况曾专门上报省（委），只是省财政厅通报望今后注意，但未得到具体答复。医务员（包括医药）、抚恤问题应如何解决？

5.我们认为为了鼓励民工情绪，积极支援运输，进行评奖贺功是完全必要的，但经费问题需省委指示。

蒙自专区党委
1954年2月13日[2]

这个报告说明，在蒙自专区财力物力许可的范围内，越方提出的要求均得到满足，但蒙自的财力物力非常有限，因此提出报告，希望由省财政解决钱款等主要问题。

---

[1] 引自作者1989年底和1990年在云南省档案馆查阅的省粮食厅档案。
[2] 引自作者1989年底和1990年在云南省档案馆查阅的省粮食厅档案。

主持军委事务的彭德怀也在关心着滇粮南运。接到了关于采用竹排运送粮食的报告之后，中共中央军委已于2月12日电告云南军区，越方需要的食盐可先给3万斤，同意竹排运输的办法。军委强调的是，援越的粮食，"我方只能送至中越边界，不能送入越境"。

实际上，向越南境内运送粮食的工作从1954年1月14日就开始了，在中共中央军委的电报到达之前，中国民工已将大量粮食运到了越南的巴丹交接，然后由越方再经水路运向莱州。从云南省档案馆现存的粮食厅档案中判断，中国民工运粮进入越南境内，持续到1954年3月中旬越军在奠边府实施进攻时为止。此后军粮在边境线交接，中国民工不再越界。

现存档案中另有当时的蒙自专区财经委员会（相当于后来的财政局）发给云南省财委，并请转报省委、工委的报告：

省财委并报省委、工委：

　　关于金平所辖勐拉大米任务，至2月17日已按通知，340万斤全部集中完成。由勐拉运金水河乡（系国界）任务由1月22日开始，截至2月13日运送大米190万斤，勐拉存150万斤。2月11日经军区乔正兴同志和金平陈县委（原文如此，似应为"县委书记或县委副书记"——本书作者注）等同志会同越南负责代表谈妥，由我区所发动马帮直运越南国内巴丹镇交50万斤。由勐拉至金水河30华里，金水河至巴丹70华里，由勐拉运巴丹粮食已于2月14日开始，三天一转。此次运粮由我（专）区各县发动，前往金平马匹709匹，后因气候炎热、生病回家121匹。据反映被土匪打死2人，死马8匹，已经政府处理妥善。

　　3月8日有敌机骚扰，在金平所辖三区格寨村，敌机丢下3枚燃烧弹，据反映损失粮食2万余斤。省粮食厅2月15日电示，按越方所需调15万斤苞谷至金水河交越方。由玉溪、文山两（专）区共发动马匹400匹负责运输，截至3月8日，运出苞谷11360斤。

　　我委对上述问题的处理：

　　1.防止敌机的骚扰破坏，对于粮食应加以防空隐蔽；2.请省财委与越方联系，增强对方运输力量；3.请省财委督促玉溪、文山两（专）区马匹迅速集中蒙自；4.金平应加强运粮人畜的组织教育，特别应加强茶水、医药

越南民工在运粮途中学习文化

照顾；5.我（专）区马帮越过国界运粮是否符合上级指示，请即示。

蒙自专财委

1954年3月16日[1]

向奠边府战场运送粮食，动员了滇南蒙自、玉溪、文山三个专区的力量，中方运粮民工和马匹均有伤亡。为了及时运出粮食，很多中国民工越出国境线，将粮食运到越南境内的巴丹，交付给越方继续前运。

中国人民解放军总参谋部一直在关注奠边府战役的进程，十分清楚保证奠边府前线用粮意味着什么。奠边府进攻战斗全面打响后的1954年3月16日，总参谋部致电正在奠边府前线的韦国清，提出建议：

国清同志并云南军区并告西南军区：

……建议：

由滇南卫戍区调拨一部分高射武器，加强金平地区的对空防护。

暂时改为夜间运输。

对死亡人畜进行抚恤赔偿，并对民夫加强教育，安定情绪。

我民夫绝对不能越境。

我们同意云南的意见。唯目前我民夫不出境，胡南（即越南，此处使用了约定暗语，下同）人力动员困难，即敌机已经发现目标，连续进行破坏情况下，如何加速完成此项任务，请即与胡方商量。他们能否再派一部分得力干部到莱州、巴丹，加强民工的动员？整顿运输组织，以提高运输效率，争取完成运输任务。同时，请他们勘察莱州经巴丹至勐拉的道路情况，看能否在较短期内修建道路，通行汽车。还有什么其他好的办法，请

---

[1] 引自作者1989年底和1990年在云南省档案馆查阅的省粮食厅档案。

研究后电告。[1]

根据档案记载，法军空军发现了越军正在从金平边界线上得到粮食补给的迹象，于3月7日和8日派飞机轰炸了金水河口岸，造成万余公斤粮食的损失和越方200匹马的伤亡。由于金平当地组织得当，向奠边府前线运粮的工作始终进行着，虽因法军轰炸一度减缓速度，但很快恢复，而且加快了运输速度。金平县的档案记载："3月15日后，对方说，需每天运到前方粮食30吨方可达到计划数字。至4月18日，全部粮食运走，比对方原计划提前两天。"

1954年4月下旬，金平县委向滇南工委送交的向越南境内运送粮食的"总结报告"称：

2月初范玉珊来谈，我们即已感觉对方陆路运输力量薄弱，故极力建议利用竹筏作水路运输，这样一是运量大，二是运费省。但对方对此非常怀疑，后来在我们的极力建议下，对方同意试行。2月20日试行成功，竹筏可自金水河经巴丹直达莱州。水道试行成功，对如期完成运粮任务起了决定性的作用。

3月1日，水道运输正式开始。起初，由于水手不够熟练，对方领导思想上有顾虑，每天只能放60个筏，每个筏只载30多公斤……至3月中旬，每个筏平均已能载200公斤，每天可运出1万多公斤，若把对方300匹马的运力计算在内，这一时期每天可运出大米2万多公斤。[2]

中方从金平运向奠边府的粮食（主要是大米），是前线越军军粮的重要组成部分。从上述记录得知，在5月7日奠边府战役取得最后胜利之前，中方从金平总共向奠边府前线调运了1870吨（374万斤）粮食，75吨（15万斤）马料（主要是玉米），15吨（3万斤）食盐，以及相当数量的花生米、干菜、萝卜丝等。除了稍许储运损耗（如在3月初被法军空军炸毁10吨粮食）外，中方调运粮食时产生的民工用粮不在其内。为了运送这些粮食和物品，中方2人牺牲，还损失了

---

[1] 引自作者1989年底和1990年在云南省档案馆查阅的省粮食厅档案。
[2] 引自作者1989年底和1990年在云南省档案馆查阅的省粮食厅档案。

一些马匹。

如按越军每个战士一天用粮0.75公斤的较宽裕标准，中方从云南运出的军粮可供4万人军队62天之需。从奠边府战役实施情况看，越军主力四个步兵师、一个独立团、一个工兵炮兵师共4万至4.5万人在1954年1月中旬集结到奠边府战区，对军粮的巨大需求持续了四个月120天以上，直至5月战役全胜。

由此计算，中方为奠边府战役运送的粮食，大约是该战役越军全部军粮的一半以上。本章所列，仅为云南从金平运出的粮食数量。实际上，中方还从其他地点向越方提供粮食，这个数字没有计算在内。1954年5月以后，越军主力逐渐撤离，金平是否还向奠边府前线运粮，作者未做进一步考证。

在此，必须交代的是，中国向奠边府战场调运的粮食、食盐和其他物品全部是无偿的。

整个奠边府战役过程中，越军的粮食供应基本上得到了保证，而置身重围之中的法军，自1954年3月13日越军开始进攻以后，再也没有摆脱过食品短缺的阴影。

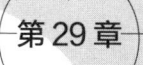

第29章

大战前的运筹帷幄

越军完成进攻准备

奠边府大战的指挥千头万绪，异常繁重。1954年2月底，韦国清突患急病，被军医诊断为"急性感冒"，一连卧床四日。此后又肠胃不适，难以进食，遂由梅嘉生代理韦国清的工作一周。事后看来，韦国清患的是美尼尔氏综合征，只是医生未能在战场确诊，使韦国清多受了许多痛楚。

就在此期间，梅嘉生接到了中国人民解放军总参谋部发来的转达周恩来指示的电报。

1954年3月上旬，中国增援的牵引卡车开到奠边府战区。此时山间通道已经修好，这批卡车牵引越军重炮和高射炮陆续进入阵地。

第308师赶回来了，挡在奠边府以西方向。

第304师的两个团包围南边的伊莎贝尔，切断了它和奠边府防御区的地面联系。

第312师和第316师从东北和东南方向包围奠边府。

参战部队均按指定时间到达位置，总兵力约4.9万人，除了四个步兵师（第304师缺第66团）外，另有1万多人的后勤保障人员。特别是，越军的作战炮兵到齐了，计有105毫米榴弹炮24门、75毫米榴弹炮20门、120毫米重型迫击炮16门、82毫米迫击炮将近100门，还有一个高射炮营、两个高射机枪营。

奠边府法军拥有105毫米榴弹炮24门、122毫米迫击炮4门、155毫米榴弹炮4门，另有一些轻型迫击炮。两相比较，双方拥有的105毫米榴弹炮数量相等，越军拥有更多的75毫米榴弹炮和重迫击炮，占有明显的优势。

3月7日，梅嘉生向中国人民解放军总参谋部报告：

越军包围奠边府之敌已有三个月之久（应为两个多月——本书作者注），越军战士在飞机、大炮轰炸下获得很大锻炼。他们在周围岭上修筑了60公里的公路，重炮能沿公路抵近。步兵工事（3月）10日前可迫近敌外围500—1000米左右。炮兵阵地已做出，高、榴、山炮今日开始分批进入阵地，准备本月12日黄昏前用炮火破坏和封锁机场，断敌空运，同时攻取敌人两个较重要的外围据点。如能获胜利，断敌空援有保证。如果第一仗打得好，全歼奠边府之敌的把握就更具备。

越军对固守阵地的作战还是首次，在最近40天中采取了边教边学边战的实际锻炼，多次击退敌人的联合兵种攻击。越军坚守阵地的信心和战术技术都在提高，工事越做越坚固。[1]

梅嘉生的结论是："从我们对各方面的初步检查来看，首战有胜利把握。"武元甲决定，由第312师来打奠边府第一仗。

武元甲和韦国清、梅嘉生商定，越军在3月12日晚间向奠边府北部发起攻击。这天是农历二月初八，恰是半轮新月当空，进攻的步兵既可以借夜色隐蔽自己的活动，又能在月光下依稀看到眼前的进攻目标。这天还是星期五，周末将至，也是进攻者常常采用的日子。

临战前的3月7日，梅嘉生就云南援助粮食一事致电中共中央军委，重申前线的需求：

云南援越粮食，越方仍全部需要。目前因莱州省初解放，地广人稀，人力动员十分困难。平原动员来的民工因不习惯气候条件，疾病和死亡以及怠工现象严重，因此破坏了原定计划。现越方已在抽调力量加强（运粮），计划在4月份运完。

镇越、勐腊之粮暂时不需，请做处理。上次我们已有电答复。丰沙里省越军有一个团兵力，正在追剿散敌，现粮食勉强可解决。奠边府战役结束后，越军将有一个团插入澜沧江地区，时间约在5月份。具体需要将来再

---

[1] 依据梅嘉生将军保存的赴越军事顾问团文件。

报告。[1]

法军的反制应对

1954年2月底,奠边府法军察觉到越军将对奠边府发起进攻。2月28日科尼致纳瓦尔的电报指出,越军可能在3月下半月,也许是3月20日至25日之间进攻奠边府。科尼认为,在奠边府周围,越军总兵力(包括后勤部队)已经接近7万人之众。[2]

1954年3月初,纳瓦尔也察觉到,越军即将完成进攻奠边府的准备。3月4日,他向科尼建议,再向奠边府空投两至三个伞兵营,在奠边府中心区和伊莎贝尔之间建立防御支撑点。科尼没有同意,他认为在奠边府法军防御阵地够拥挤的了,再多了施展不开。最根本的原因是,法军的空中运输力量无法保证15个营的弹药、粮食和其他后勤供应。再说,已经放在那里的12个步兵营,足以打一场防御战了。

在奠边府,德卡斯特里焦虑的是,到3月第一周,法军还是不能有效压制越军的炮火。心急火燎的皮罗斯只好寄希望于一旦越军火炮大规模射击时暴露位置,再由法军大炮进行摧毁。3月9日,他不得不向科尼报告:迅速摧毁越军火炮阵地显得相当困难,"越军火炮在数量上与我军大致相等,但他们占据了好得多的观察位置"。

在皮罗斯的报告左上角,科尼拿起笔来批道:"这个情况为什么不早些发

1954年初,法军向奠边府实施空运

---

[1] 依据梅嘉生将军保存的赴越军事顾问团文件。
[2] Howard R. Simpson, *Dien Bien Phu, the Epic Battle America Forgot*(Brassey's Inc, 1994), pp.61—62.

现？"[1]

3月10日，一份极为重要的越军电报被破译了，它摆上了科尼的办公桌。这份电报说，越军将在3月13日至14日之间的某一时刻向奠边府发起大规模进攻。纳瓦尔原先期盼的大决战终于朝奠边府法军逼近。

读着这份科尼转来的报告，一团阴云飘上心头，纳瓦尔明白，不管已经尽了多大努力进行空中封锁和地面出击，法军既没有挡住越军也没有切断他们的后勤运输线。在会战前的两军斗法上，他已经输了一着。

巴黎也关心着奠边府形势。1954年3月11日，由总理拉尼埃主持，法国国防委员会讨论了国防部长普利文关于印度支那战场局势的报告。报告大致上还是乐观的，倒是普利文自己给自己提出了问题。他说，纳瓦尔可以与越军相争，要是中国空军投入作战的话，情况可就非常严重了。中国空军经过了朝鲜战争的锻炼，在装备上和作战能力以及士气上都大大超过了法国远征军。如果中国空军进入越南上空作战，法军将无法抵挡。

参加会议的法国远东空军司令亨利·洛赞同意普利文的意见。他说，一旦中国空军出现在越南北部上空，印度支那法军空军就可能损失60%的作战能力，这个问题单靠法国已经无力解决。会议因此决定派遣法军总参谋长埃利将军出使华盛顿，寻求美国的支援。

进攻推迟一天

埃利将军还没有出发，越军第312师已经逼近了兴兰高地。

鉴于第308师刚刚从老挝返回，征途劳顿，越南总军委将奠边府首战的任务交给第312师，战役突破口选在兴兰高地。

从2月到3月，师长黎仲迅、政委陈度和中国顾问董仁多次潜上前沿观察哨，用高倍望远镜反复侦察，再回到指挥所一起研究地图，听取军事情报员的汇报。他们到前沿一看就更明白，兴兰高地是奠边府东北前沿的咽喉要地，控

---

[1] Bernard B. Fall, *Hell in a Very Small Place*, *The Siege of Dien Bien Phu*（Published by Da Capo Press, Inc. Originally published by Philadelphia: Lippincott, 1967), p.107.

1954年春，奠边府阵地上的法军士兵注视着空投物品

扼着至关重要的第41号公路，打开了兴兰高地，奠边府机场就完全暴露在直瞄炮火之下了。

来到兴兰高地前沿进行抵近观察的还有越军总军委作战局顾问茹夫一。鉴于奠边府大战临近，韦国清、梅嘉生命令留在中央根据地的茹夫一迅速赶往奠边府前线。茹夫一于2月16日傍晚出发，2月26日黎明时分来到奠边府前线指挥部。

3月7日，茹夫一在越语翻译阮世元陪同下，和第312师首长一起抵近兴兰高地。对这天的抵近观察，茹夫一留下了生动而珍贵的日记：

> 晨，偕第312大团干部共赴新兰（兴兰）高地据点进行勘察。徒步行至公路，复乘马行进，距奠边府约十公里许，即下马步行。丛林中新开道路，状如峭壁，坡极陡，攀缘梯级而上，如华山之百丈峡，极险。幸旁系有藤索及竹竿，可作扶手。
>
> 11时许，抵大团新指挥所，位于一峡谷山坡，并筑有掩蔽部及交通沟，对顾问组照顾甚周到。如此优美自然地形，防空防炮极好。13时许，复出发，抵岭顶（约数百米）炮兵观察所，可概览奠边府全貌，唯距离较远。
>
> 复前行三公里，费时三小时。翻山越岭，或曲身，或匍匐，越丛林，钻竹隙，涉溪水，攀巉岩。18时，始抵师进攻阵地之交通沟。
>
> 又逾越一峡谷，为敌炮火封锁地段，弹痕累累，大树倾折，横卧地面。复上一观察所，亦为敌炮火封锁地带，午间因换哨为敌发觉，射弹五发，弹坑犹新。
>
> 观察所位置，仅十余米之堑壕，且不很深，为敌弹坑尘土堆积，有些

地段已深不过膝。七八人看地形，尚需两批轮番。余在此逗留十余分钟，已黄昏，遂下山返回，已19时半。

准备打新兰高地，已达七八日矣，但尚未抵此进行勘察，不知何故。主要负责干部不勘察，如何下定决心指挥战斗？顾问不勘察，何能提出切实可行的作战方案与建议？

这次勘察后可看出，敌工事全系地下设施，地面仅暴露射孔。一（个）连为一设防据点区。依自然地形，三个山头防三点，为一（个）营设防区。此种设防特点，全系坚守性质，火力点多而密，配备如鱼鳞状。如打不进暗沟是不易解决问题的。但此种设防，仅能死守，不能出击。这也是法帝反动战争本质，士气不佳所决定的。解决此种据点方法，只有以土工作业、炮火组织、突击三者相结合。而突出问题，以我个人考虑，则只有抢占要点，深入地道去作战。如做坑道，需时较长，连续爆破，亦需时较长，且易遭敌炮火反击杀伤，伤亡必大。如爆破，势必逐点连续爆破，亦需时较长，伤亡亦大，而我火力亦不能进行有效压制。因此，唯一有效办法，只有乘我火力压制射击后，一举突破敌要点，分头深入沟道作战。成则成，不成则连续压制，连续突击。以上是初勘地形后所感。

19时半回返，未走原路，而由较近道路返回。越一段小平坦开阔地，沿途仍有敌弹痕。据称因地形暴露，故不让我白天通过。其实，两侧杂草丛林，随处均可隐蔽。如白天走此路则不至于疲惫至如此程度。照顾顾问同志安全，甚可谅解。

归途中，汗已流尽，口干舌燥，幸于部队住处饮水数杯，略进点心。休息达半小时，又复前进。如此疲惫之极，加之山路崎岖，穿林越竹，步履艰辛，只有寸步前移。返驻地后，进晚餐，略沐浴，即睡眠。虽疲倦已极，但睡不安适。[1]

休息两天后，茹夫一又于3月10日抵近独立高地进行观察。他在当天的日记中写道："途初闻猿猴合唱，一猴高声独鸣，群猴和之，千腔百调，无奇不有。如此反复达十余次。自然风景，自然音乐，置身此情此景中，别有一番乐趣。"

---

[1] 引自茹夫一1954年3月7日在奠边府前线的日记。

经当日观察，茹夫一认为敌独立高地防御工事不如兴兰高地坚固，要好打一些，心情也变得轻松了。不过穿行于战阵之中毕竟是辛苦的，他还在日记中写道："归途中，值炎午，汗如雨下。抵驻地之哨所附近，已寸步难行，遂休息十余分钟，始返回驻地。三层衣服全湿。"[1]

对独立高地作抵近观察之后，茹夫一给梅嘉生打了一个电话，提出两点意见。一是建议攻击发起日再推迟一天，让部队再作一天的战前检查，因为这是攻坚战，首战能否获胜至关重大。二是兴兰高地和独立高地不要同一天打，而是先打兴兰高地，再打独立高地。这样，还可以把越军的山炮集中起来使用，作为步兵冲锋的伴随火力。

韦国清、梅嘉生同意了这个意见，奠边府战役进攻发起日遂推后一天。[2]

红河三角洲的策应

接受了中国顾问的建议，中国军队的攻坚战法在奠边府出现了。从1954年2月下旬开始，越军使用堑壕战法一步步逼近兴兰高地。进入3月，几条战壕从兴兰高地对面的小高地上延伸下来，越过山坡和小溪。到3月10日，堑壕前端和兴兰高地的法军铁丝网已经不足100米，最近处只有50多米了。[3]

1954年3月10日左右，韦国清的身体逐渐复原，又整天站在地图前面凝思苦想了。这时，红河三角洲战场传来了让武元甲、韦国清特别高兴的消息，越军两次袭击海防和河内的法军机场得手，获得重大战果。

原来，遵照各地战场配合奠边府战役的越军总军委命令，由文进勇指挥的红河三角洲战区将袭击法军的两大机场作为主要战斗目标。

河内嘉林机场是首选目标，它是增援奠边府的前沿机场，法军的坦克巡逻队在机场区昼夜巡逻，数十盏探照灯不停地扫视重点防备目标。过去，越方的游击队多次试图袭扰嘉林机场都没有得手，使法军的警备部队麻痹了。

1954年3月4日夜，越军的一支突击分队渗入机场外围铁丝网，在蒙蒙细雨

---

[1] 引自茹夫一1954年3月10日在奠边府前线的日记。
[2] 1998年7月4日，作者在成都访问茹夫一。
[3] 1989年9月17日，作者在北京访问董仁。

中匍匐前进两公里，躲过了法军巡逻队，于午夜来到了停机坪前。战斗马上打响，越军战士勇猛地扑向停机坪上的飞机，投出炸药包和手榴弹。战斗持续了五分钟，越军一共炸毁和重创了18架法军飞机，安全撤出战斗。

两天后的3月6日晚，越军又向海防的吉碑机场实施袭击。

法军等待装载的空投物资

突击分队长途奔袭，成功地渗入吉碑机场的铁丝网防卫区。

法军指挥系统的紊乱和低效率暴露无遗，嘉林机场的残骸似乎并没有给法军指挥官以足够的警示，吉碑机场的防务漏洞甚多，为越军突击队大开方便之门。实际上，自1950年以后，海防吉碑机场的重要性大大提高，与嘉林机场同为法军在越南北部最重要的空军基地。法军在吉碑机场周围建造了20余座瞭望塔、5道防卫铁丝网，机场内外有探照灯100余台，一到夜间只见光柱闪闪，往来巡回。海防周围也是红河三角洲法军的重要屯兵区，机场周围驻有七个营，无奈法军士气低落，军纪懈怠。

又是在午夜时分，越军突击队摸到机场停机坪边隐蔽。法军两辆巡逻车开来，什么也没有发现就开走了。不一会儿，又有六名法军士兵走来，当他们走到离开越军战士只有几步远的地方，越军的冲锋枪猛烈开火，法军巡逻兵纷纷倒地，奇袭战打响了。越军战士奔向飞机，在机翼上安放炸药包，或将集束手榴弹投向飞机。法军一时懵了头脑，又生怕打坏自己的飞机而不敢向停机坪开火，给越军战士彻底摧毁敌机提供了绝好的机会。

吉碑机场奇袭战持续了八分钟，停机坪上的爆炸声却从凌晨1时延续到清晨5时。法军蒙受严重损失，共有60架飞机被炸毁或严重破坏。越军突击队损失很小，经过彻夜行军回到隐蔽地带。

两次机场被袭击，给本来已经捉襟见肘的法军空军以致命的打击，大大削弱了红河三角洲法军对奠边府的支援能力，使纳瓦尔怒气冲天。

北京，中国人民解放军总参谋部的参谋们得此捷报兴犹未满，询问韦国清能否对法军机场再做打击？

韦国清明白，从军事角度看这已经不太可能了。怀着愉快的心情，他于1954年3月11日致电中共中央军委报捷："北部平原左岸地方部队与游击队连续袭击敌机场和主要的交通线，造成敌之极大损失，现敌加强其机场守备，继续破坏机场较为困难。"该电称，现在中寮法军正在固守。言外之意，进攻奠边府的准备已经就绪，只待一声令下了。

大决战前夜

为了记录这场至关重要的战役进程，新华社越南分社负责人杜展潮也从中央根据地出发，昼夜兼程，于总攻发起之前赶到奠边府。新华社越南分社是1953年秋成立的，杜展潮本是出生在西贡的华侨，早年参加中国革命，抗日战争中在太行山根据地从事新闻工作，先后在《新华日报》华北版、晋冀鲁豫中央局机关报《人民日报》工作。他资历甚深，到新中国成立之初已是新华社的高级干部。此时燕尔新婚的杜展潮偕妻子萧光逶迤南下，在越北丛林中创建了越南分社。来到奠边府后，杜展潮立即带着翻译王德伦赶往担负首战重任的第312师师部。

当时，杜展潮还兼任奠边府前线中国顾问团党委委员，参加决策。[1]

3月11日晚20时，中共中央军委复电韦国清，同意攻击奠边府的部署：采取稳扎稳打、分割包围、逐步歼敌的战法。

这一天，胡志明致信奠边府战场的越军指战员，鼓励他们与法军决战：

你们即将开赴战场，你们这次的任务是巨大艰难的，但也是光荣的。

你们刚经过政治和军事整训，并且在思想、战术、技术方面都取得了很多成绩，很多单位在各条战线打了胜仗。伯伯坚信，你们将扩大刚刚取得的胜利，努力克服艰难困苦，圆满完成即将来临的光荣任务。伯伯等待

---

[1] 1994年9月27日，作者在北京访问王德伦。

你们报告成绩，以便奖励最出色的单位和个人。

祝你们取得巨大胜利。

伯伯吻你们！

胡志明

1954年3月11日[1]

越军进入临战状态，火炮全部进入阵地，担任进攻任务的越军步兵秘密接近敌人。

兴兰高地上的法军异常惊恐。3月12日，法军一个连从兴兰高地前出，在坦克掩护下，出动推土机，填平了一段越军堑壕。

这种堑壕争夺战，董仁在东北战场上经历甚多。他和黎仲迅说了多次，法军在白天填我堑壕，我们在晚上再摸上去挖开。

当晚，越军在暗夜中恢复了堑壕，为总攻兴兰高地构筑了稳固的进攻出发阵地。[2]

这天上午，茹夫一还在进攻部队检查，他在当天日记中写道："午间，徒步返回。气候炎热，汗如雨下。黄昏，休息于公路侧，敌机两架盘旋数周，无目标地投掷炸弹两枚，即飞返。乘马回到（顾问）团部驻地，已20时矣。"[3]

3月12日是星期五，天气还算晴朗。上午，心神不定的科尼又一次飞到奠边府。在德卡斯特里指挥部里，科尼主持了短暂的军事会议，听取前线情报军官的报告。根据各种情况和情报分析可以判定，越军即将发起进攻。

从11月20日到3月12日，在法军方面，共有7名军官、19名士官和125名士兵阵亡；另有2名军官、9名士官和77名士兵失踪；还有29名军官、100名士官和675名士兵受伤。这个伤亡数字肯定让科尼心里沉甸甸的。从指挥部出来，他仔细检查了德卡斯特里手下两个营的预备队，这是用来反击越军进攻的突击力量，能否在战场上大量歼灭越军的有生力量，就全看法军的反击战打

---

[1] 引自罗贵波向作者提供的在越南工作回忆录稿。

[2] 1989年9月17日，作者在北京访问董仁。

[3] 引自茹夫一1954年3月12日在奠边府前线的日记。

得如何了。在各个阵地上，科尼千叮咛万嘱咐，要德卡斯特里务必尽心尽责，顶住越军的第一轮攻势。

1954年3月12日下午3时30分，科尼结束视察，爬上已经启动的飞机返回河内。他刚刚坐下，正通过窗口向送行的德卡斯特里挥手告别，突然，越军的炮弹飞来，在机场跑道附近爆炸了。送行的人们立即就地卧倒，科尼的飞机冒着炮火强行起飞。

天空上阴云密布，科尼把眼睛贴在机窗上，朝着身下的奠边府凝视。他知道，明天的血战将决定奠边府的命运。而他没有想到的是，作为战区主将，他再也不会踏上奠边府的土地了。[1]

---

[1] Bernard B. Fall, *Hell in a Very Small Place*, *The Siege of Dien Bien Phu*（Published by Da Capo Press, Inc. Originally published by Philadelphia：Lippincott, 1967），p.109.

第30章

石破天惊，奠边府决战终于打响

德卡斯特里等待越军进攻

1954年3月13日早晨,奠边府是在一片白云笼罩中醒来的。

天亮前,奠边府机场的法军空勤人员整整忙碌了一夜,修复跑道和辅助设施。这几天,他们都是在惊恐状态下度过的。3月11日清晨,一架因故障而在奠边府机场停了一夜的美式运输机未及起飞就被越军的炮弹打中,燃烧起来,一直烧到晚上,像是一把横躺着的火炬。

13日上午8时30分,越军的零星炮击又开始了,一发炮弹不偏不斜落到了一架正待起飞的C-46运输机上。飞机受了重伤,瘫痪后被推出跑道。它从此就一直待在那里,直到4月下旬被打成碎片,结果成了越军炮击机场的参照物。

越军的大炮隐蔽得极好,皮罗斯奈何不得,法军只好在机场周围不停地施放烟幕弹。越军的炮击却没有因为识别目标困难而停下来,不一会儿,两架达科塔式运输机被击毁。到11时,第三架运输机遭受重创,飞不起来了。

法军以一部分炮火还击,由于没有找准越军大炮之所在,收效微乎其微。

到下午,奠边府机场上已有五架侦察机、一架直升机和六架战斗机被炮火摧毁。

意识到情况严峻,河内向奠边府紧急空运弹药。下午3时10分,当日最后一架运输机在奠边府机场降落,飞机上跳下来两名法国新闻记者——安德烈·勒邦和让·马丁诺夫。勒邦曾随法军于去年11月20日空降奠边府,报道那次战斗。他们感觉到今天奠边府将爆发恶战,必有文章可作,就不顾一切地赶来了。

他们在机场边的掩蔽部里只坐了一会儿,越军的105毫米榴弹炮就开始猛烈轰击奠边府机场。像是听到了什么命令,两位记者一下子就奔上了机场跑道,要亲眼看看越军大口径火炮是怎么打的。

第30章 石破天惊，奠边府决战终于打响

越军炮火的目标就是机场。富有战场经验的勒邦突听弹道的声音不对劲，大声喊："快进堑壕！"

喊声未落，三发炮弹直直地落在他们两人中间爆炸了。马丁诺夫当场死去，勒邦失去了右脚，倒在血泊里，当晚被一架直升机运回河内。他来奠边府一遭，总共还不到六个小时。

奠边府东北前线，法军官兵紧张得心弦都快崩断了。

早晨，兴兰高地向指挥部报告：已经被越军的进逼壕沟围住了，两军相隔最近的地方不过50米。实际上兴兰高地和中心防御区的联系已是时断时续，连饮用水都要坦克护送了。

上午送水的时候，中心区防卫长官科谢中校开着敞篷吉普车来到了兴兰高地，和阵地指挥官佩戈少校谈了最后一次话。佩戈说，他的士兵不仅疲惫不堪，而且神经紧张。

听了这话，科谢看了看阵地前方。对面，越军战士的身影清清楚楚。他压低了声音说："没时间紧张了，战斗于今晚肯定打响。"

这天早晨，德卡斯特里睡得很不踏实。天亮后，奠边府北部几个阵地向他报告，发现越军在前沿频繁活动，有的似乎在设置迫击炮阵地。

该做的，德卡斯特里差不多都做了，他甚至认认真真地洗了一个澡，换上一身新军装静待敌人进攻。

时针接近5时，德卡斯特里坐在指挥所里，不时看看手表，心里盘算着，一旦越军开始炮击就向科尼报告。对这场即将开始的大战，他已经等了四个月，心中反反复复地掂量，还是觉得胜率较高。此时，他以胸有成竹的样子点燃了一支香烟。在整个奠边府设防阵地内，只有他的指挥所完全达到了防御105毫米榴弹炮轰击的标准。他不为自己的安全担心，心里完全明白，奠边府的命运取决于未来几个小时内的交战。

此时，奠边府法军总兵力达到了1.32万人，其中用于一线作战的步兵为7000余人。在一个狭小的盆地里，法军集中了那么多的兵力，在印度支那战争史上空前绝后。

5时到了，德卡斯特里全神贯注，侧耳静听。什么也没有发生。5时05分，他点燃了第二支香烟。就在这时候，他脚下的土地被摇动了，耳膜中满是连发炮弹炸裂时的震荡。

越军上百门大炮一起怒吼，大决战开始了。

法军火力被全面压制

恶战临近时，朗格莱称得上是个镇定自若的人。

在奠边府阵地上，关于越军将立即开始进攻的消息不知道传过多少遍了，却没有一回是真的。这回如何，朗格莱还打算走着瞧。从德卡斯特里的指挥所回到自己的掩蔽部，眼看5时未到，朗格莱叫过勤务兵，架起旧式的汽油喷枪，洗上了热水澡。

就在这个时候，越军大炮响了，山摇地动。

朗格莱一手拎着制服，光着膀子冲进了自己的指挥所，抓起电话，想让手下的两个营长作好反击准备。可是，电话线已经被打断了。

几分钟后，朗格莱用无线电和两个营长通了话，知道局面都在控制中，就接着给德卡斯特里打了电话。电话线那头，德卡斯特里的一个参谋气喘吁吁地告诉朗格莱，兴兰高地正在遭受猛烈炮击。

朗格莱从炮声中判断，只有兴兰高地真正受到了越军攻击，他立即通过电话要皮罗斯用炮火压制兴兰高地前沿，阻击越军。耳机里传来机械的"是、是"的回答。从支支吾吾的语气中，朗格莱觉得大事不妙。

这天早晨，朗格莱见到皮罗斯的时候曾询问："情况怎么样？"皮罗斯挺有信心地回答："没问题。"

可是现在，德卡斯特里和朗格莱不住地追问："越军的火炮阵地在哪儿？"皮罗斯早已乱了方寸，他慌乱地来回指着地图说，在这儿，也许在这儿。接着又自我否定，指着别处说，或许是在那儿！

1954年3月，法军奠边府机场遭到越军炮击

朗格莱没好气地说:"你赶快压制它。"

皮罗斯耸耸肩膀。他当然想立刻压倒越军的大炮,但就是不知道它们的确切位置。他过分相信自己的155毫米大炮了,甚至拒绝为大炮深挖掩体。现在他知道,一切都晚了。

越军的炮还在怒吼,朗格莱清楚地意识到,法军炮兵未能压制越军炮火,反而被越军压住了。

只过了一会儿,朗格莱的感觉就被验证了。约在17时30分,一发榴弹炮弹直接命中朗格莱的掩蔽部顶端,在那里炸开一个大洞,掩蔽部里的八个人一下子被埋在土里。几名官兵才从土里拔出脚来,又一发炮弹刚好沿着前一发炮弹的轨迹飞进了掩蔽部,只听到后墙上一记闷响。

没有人认为自己还会活着,掩蔽部里出现了片刻沉静。这时有一个参谋叫道:"快看呀,我们真走运!"

原来,炮弹头钉在了土墙上,像陀螺似的急速旋转,在墙上钻出一个大洞,居然没有爆炸。[1]

越军重炮猛烈轰击的重点是兴兰高地。

黄昏时分,一颗炮弹直接命中兴兰高地守军营长佩戈的指挥部,佩戈当场阵亡,守军群龙无首。

在奠边府外围的群山中,数万越军战士早已做好战斗准备,攻击部队定在黄昏中出发,政治工作人员在战壕里一遍一遍地宣读武元甲刚刚发布的进攻命令:

> 奠边府战役就要开始了。
>
> 这是我军自创建以来进行的规模最大的战役。
>
> 自敌军空降奠边府,三个多月过去了,我军已将敌人团团围困,并在全国各个战场创造了大量歼敌的有利条件。
>
> 现在,莱州已经解放,敌人的南乌河防线已被粉碎,在整个丰沙里已经没有侵略者的影子。奠边府孤悬我军后方,已经完全孤立。
>
> 今天,我军主力向奠边府之敌发起进攻的时刻来到了。

---

[1] Bernard B. Fall, *Hell in a Very Small Place*, *The Siege of Dien Bien Phu*(Published by Da Capo Press, Inc. Originally published by Philadelphia:Lippincott, 1967), p.139.

……

如果夺取了奠边府战役的胜利,我们就将彻底粉碎"纳瓦尔计划"。现在,法国政府不断遭受失败,已不得不和我们重开谈判,和平解决印度支那战争问题。奠边府战役的胜利将在国内外产生深远的影响,将是对世界和平运动的有益贡献,将有助于结束战争。

首战告捷,越军攻占兴兰高地

担任主攻的越军第141团在炮火掩护下与敌人短兵相接。209团辅攻,以久经战阵的第130营打头阵。

天色就要黑下去,最后一个波次的法军飞机盘旋在奠边府上空,寻找越军的大炮阵地。突然,在奠边府北部山包上,越军高射炮营开火了。一架正在向越军集结地域俯冲的飞机被击中,冒着烟飞走了。余下的法军飞机吃了一惊,四散纷纷。

天黑前,法军无法再向奠边府上空调集战斗机。奠边府会战开始的时候,法军失去了制空权。

18时15分,越军步兵发起进攻。18时28分,辅攻方向的第130营向前占领了第一个法军阵地。在猛烈的炮火中,兴兰高地上法军两门105毫米榴弹炮被摧毁,炮手被打死打伤。

越军战士勇敢冲锋。在兴兰高地东北部2号阵地上,越军进攻营被法军火力点压制了,越军战士成排地伏倒在地面上。火网下,越军战士潘庭耀扑上前爆破,手榴弹投光了,子弹打完了。这时的潘庭耀已经扑到了敌碉堡枪眼旁边,他一跃而起,用自己的身体堵住法军的机枪射孔。他为越军赢得了短暂的时间,身后的战士一跃而起,突破了2号前沿阵地。

战斗延伸到兴兰高地纵深,双方的大炮也都各自延伸,以对方火炮阵地作为主要射击目标。

夜色渐渐浓了,越军第312师指挥部里的空气紧张得几乎凝固。师长黎仲迅和董仁站在一起,全神贯注地听着从前方阵地上传来的团、营长们的报告声。在他们身边,杜展潮带着翻译王德伦正静静地注视着师指挥部里发生的一

第30章 石破天惊，奠边府决战终于打响

切。终于，杜展潮和王德伦有些忍不住了，他们走出指挥部，走进浓浓的夜色，朝兴兰高地方向望去。

呈现在他们眼前的，是一幅蔚为壮观的战争图景：越军的榴弹炮、重型迫击炮炮弹正从不同的方向朝着兴兰

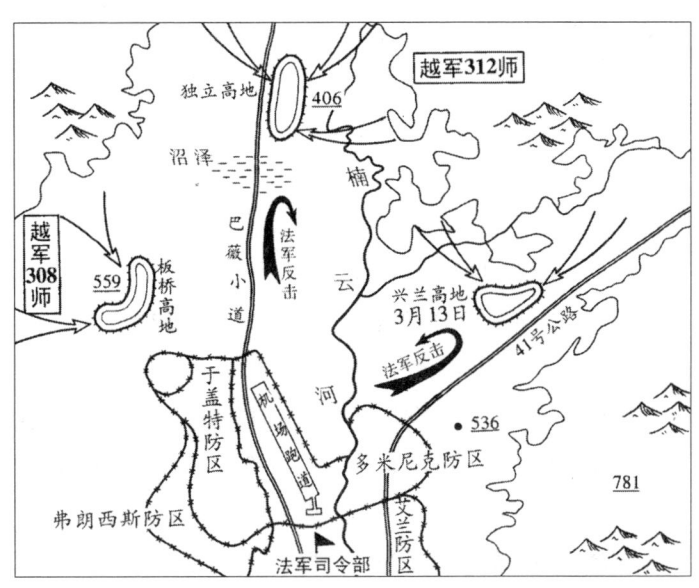

1954年3月13—15日，越军奠边府战役第一阶段作战示意图

高地飞去，在夜空中画出长长的、闪亮的光道，如同一群火鸟共赴火海，去呼唤一个民族在火焰中赢得新的生命。

从奠边府中心区，也有法军的大炮还击，亦如火鸟升空，四散而去。王德伦惊讶地看到，有两发相向而去的"火鸟"在空中竟然撞击在一起，顿时火花迸溅，直上云霄。[1]

由于兴兰高地指挥官佩戈少校阵亡，防区指挥官科谢必须毫不迟疑地任命阵地上的临时指挥员。他打电话要自己的副手马尔泰勒少校和参谋长瓦多少校一起到他的掩蔽部来商量，究竟让阵地上的哪位连长来代理指挥。

瓦多到得稍晚一步，只见科谢的狭小掩蔽部里已经挤得满满的，只好找了一个墙角坐下来。正是这个无意的选择救了瓦多的命。瓦多刚刚坐下，一发越军的炮弹不偏不倚从掩蔽部的通风口里打了进来，落在科谢身前爆炸了。

待到硝烟稍散，掩蔽部里血肉模糊，两名参谋当场死去，马尔泰勒少校负重伤。瓦多也负了伤，但是没伤着要害。他睁开眼睛，一眼看见科谢倒在地上，两腿都炸断了，两臂和胸部负了重伤。在一瞬间，倒在血泊中的科谢还有

---

[1] 1994年9月27日，作者在北京访问王德伦。

知觉,他喃喃地说,我太渴了,快给我点水喝。没过一会儿他就死去了。

夜幕降临,越军的进攻达到高潮,法军前哨阵地的两个指挥所都瘫痪了。接到了报告的德卡斯特里打电话告诉朗格莱:"科谢阵亡了,现在由你接替中部防区的指挥。"[1]

夜晚9时,德卡斯特里接到从兴兰高地阵地传来的最后一次报告:"越军到处都是,我们被包围了。"在失去指挥的情况下,兴兰高地守军的抵抗还是顽强的,进攻的越军同样蒙受了重大伤亡。然而越军士气高昂,志在必得,在重炮火力上又占了压倒优势,兴兰高地的防御火力渐渐弱了下去。

夜11时,越军再度发起进攻。11时30分,黎仲迅向武元甲报告,第312师提前30分钟完全占领兴兰高地,法军600余人被歼,约有百余人溃散。

1954年3月14日凌晨2时许,德卡斯特里向河内的科尼发电报:"自0时15分以后和'比阿特丽斯'(兴兰高地)失去联络。通过无线电监听可以判明阵地已失守。科谢中校阵亡。"

几乎同一时刻,韦国清向中共中央军委报告了奠边府战况:"(昨)下午5时,越军主力第312大团攻击奠边府东北面的兴兰高地据点群。这里工事坚固,敌多躲入地下室抵抗。越军缺乏对付地下室的战斗经验,故战斗时间较长。激战四小时后,才全歼据点守敌外籍步兵一个营,俘敌260余名。敌运回伤兵78名到芒清中心区。"韦国清还报告说:"此次战斗,各大团的顾问组深知初战必胜的作用,他们精心帮助组织了第一阶段的作战,从勘察到部署,从战术到技术都进行了具体的帮助。"

应该说,这一仗越军打得相当好,只是韦国清意犹未尽。[2]

奠边府会战的第一天结束后,茹夫一在当天日记里写道:

> 1954年3月13日,午间,向(顾问)团首长作了关于部队准备情况的汇报,估计初战无问题。
>
> 同晚,开始第一仗。主攻方向未突破,而另两个助攻方向则均及早突

---

[1] Bernard B. Fall, *Hell in a Very Small Place*, *The Siege of Dien Bien Phu* (published by Da Capo Press, Inc. Originally published by Philadelphia: Lippincott, 1967), pp.140—141.
[2] 1993年9月,作者在北京访问王振华。

破,既使人捏一把汗,又出人意料。20时即结束战斗,全歼敌一个营。

印度支那战场之敌第一次遭受如此猛烈之炮火,而友军也是第一次组织这样密集火力进行攻坚战斗。这一天突破,则以后部队攻坚问题也就好办了。[1]

攻克独立高地

失去兴兰高地使德卡斯特里极为震惊,要朗格莱立即反击。

天色破晓时,法军担负反击任务的一个营接近兴兰高地,陆续收容了从兴兰高地上撤下来的100多名残兵,其中体力尚好者编入了反击分队。

天色终于大亮,奠边府谷地阴云密布,使空军完全不能活动,甚至连侦察机也不能飞临战场,法军还是没有制空权。

朗格莱决心,不管条件如何也要实施反击。7时30分,法军反击部队以坦克为先导,沿着41号公路接近兴兰高地。但是,法军一出动就遭到越军炮火的拦阻。

突然,一个受伤的法军军官裹着绷带从兴兰高地上跑了下来,带来了越军指挥员的建议:从8时到12时双方停火,派出人员抬回各自的伤亡人员。法军营长立即向德卡斯特里请示。14日7时45分,通过无线电报话机,德卡斯特里和科尼通话:"越军向我提出,从8时到12时让我方抬回死伤人员。我是否接受?"

"你那两个营的预备队呢?"科尼问。

德卡斯特里的回答甚为低沉:"越军在午夜攻占了兴兰高地,我的炮兵打出了6000发炮弹,打掉了炮弹储量的四分之一,再打出多少将取决于你能给我再运多少。最好你再给我一个空降营。"

"好,接受越方条件。我给你空降一个营加强你的反击力量。"科尼给了德卡斯特里肯定的回答。但此时河内天气很坏,伞兵一时不能起飞。

当天下午,忧心忡忡的纳瓦尔飞往河内。下午4时他在河内机场见到科尼的时候,两人只交谈了几句话,一路沉默驰向指挥部。

---

[1] 引自茹夫一1954年3月13日日记。

在奠边府，一队法军遵照协议乘车上了兴兰高地，拉回300具尸体。幸运的是发现了八个法军伤员，但是其中的一个后来又死了。

待将伤亡人员安置停当，已经到了中午。为抢救伤员，河内往奠边府空投了手术用血液。另一方面，走上了兴兰高地的法军军官一看就知道，越军已经作好抗反击准备，要夺回阵地谈何容易。

反击兴兰高地的计划推迟了，到午后德卡斯特里索性打消了这个念头。他预感到，今天夜里越军还会继续进攻，与其仓促反击不如固守待援。他向河内要求，快派飞机前来轰炸越军炮兵阵地。

1954年3月14日白天，越军的大炮开始从兴兰高地向正北方向的独立高地移动。第312师转入防御；第308师在王承武指挥下，以两个团包围独立高地，准备攻击。按原定计划，向独立高地的进攻应在14日晚间17时开始，因大炮来不及转移只好推迟了。[1]

越军一部分炮火继续轰击奠边府机场。一架法军运输机冒着炮火在奠边府机场着陆，接走了四名重伤员和德卡斯特里的女秘书波拉。

下午，奠边府的天气更坏，空军能够利用的时间很有限，只好先往奠边府中心区空投了一个以越南籍士兵为主的伞兵营。偏偏是，这个伞兵营的相当部分落进了密布铁丝网的防御区，费了半天劲才出来。此时天色已晚，天降大雨，将伞兵们淋得浑身透湿。

在伞兵空降前，抓住交战中的片刻宁静，停在奠边府机场跑道边还没有受伤的三架飞机突然启动，没等越军炮兵观察员反应过来就飞上了天空，转场红河三角洲的吉碑机场。

这三架飞机的升空招来越军炮兵对机场的集中射击，已经瘫痪在飞机掩体里的九架法军飞机又挨了一顿轰击，遍体鳞伤。这次，越军的炮弹还击中了飞行指挥塔。到晚上，奠边府机场已经难以使用了。

由于越军攻占了兴兰高地，独立高地的侧翼完全暴露了。这个高地长700米，距离奠边府中心区约三公里，守军为一个阿尔及利亚加强营，包括一个120毫米迫击炮连在内共五个连，由营长梅科希蒙少校指挥。梅科希蒙的战场任期已满，新任指挥官卡尔已经来到阵地上。由于大战即开，梅科希蒙决定打完头

---

[1] 1998年7月4日，作者在成都访问茹夫一。

一仗再走。

从军事防御的角度来说，独立高地阵地构筑得比兴兰高地还要坚固。整个阵地分前后两道防线，阵地南端设置了八门120毫米迫击炮，阵地北端有三门81毫米迫击炮。阵地上将近一半的碉堡是按照防御105毫米榴弹炮的标准构筑的，火力点之间可以互相支援。阵地上的弹药可以足足打四天。梅科希蒙在他的掩蔽部墙角放了好几瓶香槟酒，自信地宣布："打完仗我们一起来喝香槟。"

大雨随着夜色而来。越军进攻独立高地使用了第308师和第312师各一个团，王承武任总指挥，第312师副师长光中担任副总指挥。

越军炮击奠边府法军阵地，挨炸的法军士兵跳出战壕躲避炮火

1954年3月15日凌晨2时许，越军的120毫米重型迫击炮首先开火，一锤接一锤地砸击独立高地。由于雨下得时间长，炮击延续的时间也长，炮兵根据观察兵的校正进行了精确射击。独立高地上有两个连指挥所被炮火摧毁，一位法军中尉连长阵亡。

在炮火准备中，越军进攻分队不顾雨中泥泞，连续使用爆破组炸开铁丝网，突击队向纵深发展。突破法军即设阵地使越军付出了重大伤亡，鲜血洒满前进的道路。

雨水渐停，越军从3时30分起使用五个炮兵连又一次进行炮火准备。越军炮手范文绥不怕牺牲，将75毫米山炮推到法军碉堡前不足100米处抵近直瞄射击，三炮就摧毁了一个法军连指挥所。在这一顿炮火中，法军前哨连连长莫罗中尉阵亡。

在奠边府中心区，皮罗斯指挥炮火阻拦越军。

吸取了昨日战斗的教训，越军步兵的进攻不那么匆忙，对于那些尚无把握的进攻目标，他们宁肯反复炮击，直到确认了炮火效果以后再行冲锋，即使在冲锋时越军也不像以前那么密集，从而减少了伤亡。这使防守的阿尔及利亚士兵十分吃惊。

越军一个班迅速突破法军前沿，迂回到阵地侧后，使用步兵武器摧毁了独立高地上敌人的120毫米迫击炮连阵地，两军短兵相接。

越军撕裂了法军防线，分割了敌人的碉堡群。越军进攻纵队也被分割成多块，战斗异常激烈。

凌晨4时，梅科希蒙和德卡斯特里通话，要求皮罗斯的155毫米榴弹炮尽一切力量轰击独立高地下方，切断越军的增援；他还要德卡斯特里立即向独立高地增援坦克，把进攻的越军压下去。

通话完毕，梅科希蒙来到已经接替他指挥的卡尔少校身边，协助他指挥。就在这时，类似昨天的故事重现，一发带着延发引信的炮弹打进掩蔽部爆炸，卡尔少校被炸飞了一条腿，倒在地上动弹不得。梅科希蒙胸部受重伤，身边的军官也非死即伤。指挥所里的无线电通信设施全被炸坏了，独立高地上的法军失去了指挥。按说，阵地上的副营长还在，但是他被连天的炮火吓得晕头转向，失去了指挥能力，整个高地只好由一位连长指挥。阿尔及利亚士兵放弃了第一道防线，退至第二道防线抵抗越军。

摧毁独立高地指挥部是战斗的转折点。将近天亮时分，同样付出了重大伤亡代价的越军将残余的敌人逼到了高地一角，成堆的手榴弹向抵抗者投去，阵地上血肉横飞。

早晨7时许，在连续伤亡了四人之后，第五名越军战士将一面上书"决战决胜"字样、弹痕累累的红旗插上了独立高地最高处。阵地上到处晃动着越军战士的盔形帽，他们转而清剿残敌。已被打断腿动弹不得的卡尔少校和企图带伤逃跑的梅科希蒙少校都被俘虏了。几天后，卡尔少校死在越军的俘虏营里。

越军攻克独立高地。

就在眼看独立高地不保之时，德卡斯特里急令朗格莱反击。朗格莱从自己手中的两个法军步兵营中抽出了一个连，作为先导带领半天前空降奠边府的越南籍伞兵营去收复独立高地。

这至少是一个考虑不周的部署。原来，那个越南籍营集结在奠边府中心防御区的东南部，由于掩蔽部不足，结果挨了一夜雨淋，大多数人都没有合眼。接到了反击命令，他们又要在生疏地形中穿过整个中心防区，抵达北部作战地带。将近三公里的路，他们整整走了一个半小时，才接近独立高地。

这时，天已经大亮了。

独立高地下有一条溪流，当法军反击分队刚要涉水而过的时候，越军的一群炮弹呼啸而来。一辆坦克被直接命中击毁，一名坦克排长阵亡。更多的炮弹则落到了跟在后面的越南籍士兵中间。挨着了炮弹的越南士兵士气低落，四处奔逃，半天也收拢不起来。到上午8时，德卡斯特里不得不打消了夺回独立高地的念头。

在前线指挥部，韦国清向北京发报："晨4时，越军第308大团经过四小时战斗，突破奠边府芒清中心区北面的独立高地据点群，全歼阿尔及利亚第7团第5营守备的步兵据点，无一漏网，并打退由奠边府向北增援的一个营，歼敌一个排，击毁坦克一辆，俘敌300余人。"

在兴兰高地和独立高地战斗中，法军折损兵员1300多人，超过奠边府法军总兵力的十分之一。

不祥之兆首先出现在德卡斯特里的指挥部里。由于越军轰击奠边府的炮火如此之猛，德卡斯特里的新任参谋长卡勒中校因恐惧而失去了自控能力。他戴上钢盔，蹲在最深的掩蔽部里，完全不能视事了。

对德卡斯特里的又一个打击是，皮罗斯的精神崩溃，饮弹自杀。

在过去两天的炮战中，法军数门105毫米榴弹炮连同炮手被消灭，一门155毫米榴弹炮严重受损，不能发射了。另有一个重型迫击炮连被消灭在独立高地上。

披着晨光，皮罗斯晃晃悠悠地走出他的指挥部，从这个阵地走到另一个阵地，向所有他认识和不认识的人道歉。他走进北部防区指挥特朗坎德中校的地堡，向中校说："我实在脸上无光。我向德卡斯特里保证过，说我们的炮火能压制敌人。可现在，我把仗打输了。我、我要走了。"

皮罗斯来到朗格莱的指挥所，也说了这番道歉的话。

朗格莱正在为战局焦心，没注意到皮罗斯的心情，他失望地问："你的炮兵是怎么搞的？"

皮罗斯没有回答就转过身去。就在他转身的时候，不知怎么回事，他的军帽掉了，露出了他的光头和一脸皱纹。那皱纹像是耕耘过的土地，沟痕毕露。才两天工夫，皮罗斯就老了！他弯腰捡起帽子，朗格莱发现，眼泪正从皮罗斯的眼睛里流出来。皮罗斯用一只手抓住了朗格莱的后背，用一种低沉的声音说："我们完蛋了。我已经告诉了德卡斯特里，叫他不要再有幻想，我们是在走向一场大屠杀！这都是我的错。"

说完话，皮罗斯迈着机械的步子走开了，一句话也没说地走回自己的掩蔽部。他躺到行军床上，用牙齿拉开了一枚手榴弹的导火索。

手榴弹无情地炸响了，一个生命就此终结。

在河内，接到了独立高地失守、反击也被挫败的消息后，指挥部里的科尼掉转身来，对身边的参谋们说漏了嘴。他说，我跟纳瓦尔将军已经说了好几个月了，奠边府是一个张着口的陷阱！但是，他没有提及自己对奠边府作战曾经表现出的犹豫或乐观。

同一天，科尼向纳瓦尔请示，要求向红河三角洲地区增兵，因为他担心文进勇的第320师会乘胜向三角洲纵深渗透。

奠边府的越军前线指挥部腾起一片轻松。1954年3月14日深夜，韦国清再电中共中央军委：

> 第一阶段的两次战斗，13、14两日晚上连续攻占奠边府以北和东北集群据点两个，全歼两个外籍营，这是越军首次使用重炮火力，对压制敌炮兵、配合攻击起了决定性作用。三天内击毁敌机16架，使敌机不敢在机场着陆和低飞。
>
> 3月14日中午，敌于奠边府南面及西南面平原空降了一个伞兵营。战斗中因强调了迫近作业和步炮协同，故伤亡不大，部队继续围歼奠边府之敌的信心比以前提高一步。[1]

---

[1] 依据梅嘉生将军保存的赴越军事顾问团文件。

第31章

缩小包围圈

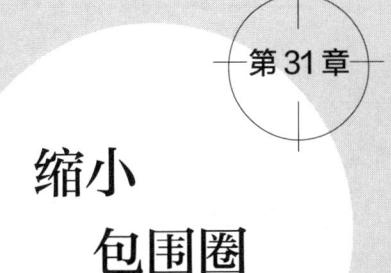

策反成功，越军进占板桥高地

奠边府战役初战告捷的消息传到北京，将宽慰带给了中国人民解放军总参作战部的军官们。此时，周恩来正在拟定出席日内瓦会议的中国代表团名单，他设想，中国代表团中专设一个"越南组"。周恩来认定，战场上取得优势，是谈判主动与否的关键。

1954年3月16日，中国人民解放军总参谋部向韦国清发电建议说，为扩大与发展胜利，不仅应在白天控制敌人机场，而且在晚上亦应迫使敌机不能降落。可否以爆破小组潜入敌机场进行连续爆破的方法，求得破坏敌机场跑道，并炮击指挥塔台通信、气象、夜航等设备。同时应积极组织部队对空射击，杀伤和消灭敌人空降的伞兵，增加敌人空中增援的困难。还应加强政治攻势，展开战场喊话，特别是利用战俘喊话或释放一部分俘虏，以扩大我政治影响，瓦解敌人斗志。为迫使敌人无法抽兵增援，应令其他各战场部队继续积极活动，有力地牵制敌人的兵力。同时应安排此次主攻部队作适当的休息，以保持元气，准备继续战斗。

接到电报，韦国清马上催促越军总军委，要法方抬回两次战斗中的伤兵。

法军迅速反应，要求准其派汽车来独立高地搬运伤兵。越军不愿暴露阵地的防御态势，决定将法军伤兵运至板桥据点附近交给法方，同时对机场以北的最后一个高地的守军——一个由法国军官指挥的越南泰族士兵营——进行策反。

板桥高地在独立高地以南约1000米处，是一个低矮山包，和独立高地遥遥相望，双方阵地都在彼此的重机枪射程之内。但是，自法军反击独立高地失败之后，板桥高地再也没有用步兵火力射击独立高地上的越军。

3月16日下午5时，一名叫米迪安的被俘阿尔及利亚黑人士兵，携带越军司令部两封信件返回板桥高地。两封信中有一封是通知书，要求板桥的法军于明晨派出代表，到阵地之前600米处接回86名受伤战俘；另一封信则

突进到奠边府机场边上的越军战士

是最后通牒，越军命令板桥高地的敌军必须在明天下午5时以前投降。[1]

接到越军的信息，德卡斯特里心绪很坏。恶战几天来，他的睡眠很少，就在这天凌晨1时许，他向河内的科尼司令部报告，在过去两天中，奠边府法军共有六门105毫米榴弹炮被击毁，炮兵力量受到沉重打击。开战以来不足三天，奠边府法军已经打出了预计五天的弹药消耗。此前，105毫米榴弹炮弹储存2.7万发，打掉了1.26万发；120毫米迫击炮弹储备了2.3万发，打了1万发；155毫米榴弹炮弹储备了3000发，打了600发。德卡斯特里指出，即便如此，奠边府法军还是未能压制越军炮火。

上午11时，为了弥补在独立高地的损失，法军又向奠边府空降了一个营共613人，其中332人是越南籍士兵。

下午，德卡斯特里致电科尼说，空投了两个营还不够，能不能再给我空降一个营？

科尼回答："我手头只有一个营了。而且据我所知，在整个印度支那，现在可以完全机动调遣的伞兵营一共只有两个。"

德卡斯特里知道，现在最重要的问题是如何保持奠边府法军的士气。当天下午，他向下属们发布了一条命令：

---

[1] Bernard B. Fall, *Hell in a Very Small Place*, *The Siege of Dien Bien Phu*（Published by Da Capo Press, Inc. Originally published by Philadelphia: Lippincott, 1967）, p.161.

我们正在进行的奠边府战役将决定印度支那战争的走向。

我们承受了沉重的打击，伤亡很大。但是我们已经补充上了2个营，还有5个营正准备投入奠边府战斗。

我们的炮兵还是完整的，能够执行防御任务，即使是损失的部分也已通过空投得到了补充。

因此，我们的空中援助已经弥补了战斗中的损失，而敌人却做不到这一点。

这几天的空中支援不足完全是气候恶劣造成的，一旦气候许可，我们的战斗机就将飞临奠边府。

在奠边府，一切都靠我们自己，我们将在未来的战斗中获胜，战友们的牺牲决不会白白付出。[1]

命令气壮如牛，一如往昔。但是面对板桥高地传来的消息，德卡斯特里一筹莫展。如果派人去抬回伤员，会不会再一次严重影响士气，使得奠边府中心区拥挤不堪的野战医院更加忙乱？不过他最后还是决定把伤员运回来。

17日清早，一队泰族担架兵由一个法国中尉带领，走下板桥高地接收伤员。一位名叫"大武"的越军政工干部抓住机会，向抬着担架的泰族士兵当面宣传："奠边府已经被包围得严严实实，嘉林和吉碑两个机场都受到袭击，炸毁了六七十架飞机。如果不及时投降，你们就会被消灭。板桥据点就要完蛋，你们想逃出死路，就应该及早和大伙儿一起离开据点，跑到越南人民军这边。这样，你们就会得到自由，回到自己的家乡，和亲人团聚。"

大武高声宣传的时候，站在一边的法军中尉默不作声。大武越说越有劲，鼓励泰族士兵发起兵变，他说："你们尽管朝独立高地跑，将有大炮掩护你们。"[2]

担架队返回板桥据点后三小时，那里的泰族士兵果然哗变了，向军官提出两项要求：一是发给口粮，二是就地解散队伍。

---

[1] Bernard B. Fall, *Hell in a Very Small Place*, *The Siege of Dien Bien Phu*（published by Da Capo Press, Inc. Originally published by Philadelphia: Lippincott, 1967），p.136.

[2] （越）大武：《第三个据点》，引自《奠边府战役回忆录》第1集，第133页，作家出版社1965年版。

板桥据点的军官无法控制局面，264名泰族士兵在一名中尉带领下首先持枪离开阵地，有的回家，有的向越军投降。阵地上的其他泰族士兵顿时大乱，纷纷逃亡，其势头之强烈使阵地上的法军军官不敢对他们开枪射击。

越军乘机前进，占领了板桥高地的大部分。

德卡斯特里接到了来自板桥高地的报告，不由得方寸大乱。他和朗格莱商量后，痛苦地决定接受现实，而不是马上组织反击。德卡斯特里和朗格莱的主要考虑是，越军下一个进攻突破口肯定会选在奠边府东部的高地群上，未到最关键时刻不能轻易使用反击预备队——因为纳瓦尔和科尼手里的机动预备队也快枯竭了。德卡斯特里命令：法军在晚上20时从板桥高地全部撤回中心区。

越军兵不血刃拿下了板桥高地，从而打进了奠边府盆地。

韦国清心情甚佳地在发给中共中央军委的电报上签上了自己的名字：

在越军攻占兴兰、独立高地据点后，靠近独立高地西面板桥据点的守敌泰族步兵第3营处于孤立，经我围困及进行敌运工作后，该营伪军200人和外籍兵、非洲兵各一人携械向我投诚，缴获该营全部弹药。余敌溃散。逃入奠边府仅有30余人。

至此，奠边府北面屏障的三个据点群兴兰高地、独立高地、板桥高地全部被越军占领。首战胜利大大鼓舞了士气。[1]

越军高射炮兵初显身手

1954年3月17日中午，心急火燎的科尼不顾天气恶劣，坐飞机亲临奠边府上空。这时，在科尼眼底出现的法军阵地已是千疮百孔，而且被越军切去了北部一端。科尼在奠边府上空盘旋了半个来小时，几番鼓起勇气想在机场降落，直接指挥战斗，因跑道被毁和越军炮火的威胁而终于作罢。

科尼飞回河内，命令想尽一切办法帮助奠边府修复机场，运走伤员。科尼的心情坏极了，几次向下属吐露，他想跳伞进入奠边府，直接指挥战斗。

---

[1] 依据梅嘉生将军保存的赴越军事顾问团文件。

参谋们极力劝阻，对科尼说，你在河内担负更加重大的责任。退一步说，要是你跳进奠边府最后被俘，那不是向武元甲送上的厚礼吗？参谋部认为，现在最重要的是保障奠边府的粮弹供应，尽快撤出伤员。

以后的几天，法军运输机果然冒着越军猛烈炮火，克服恶劣的机场跑道困难，多次着陆成功，至3月28日共接走了223名伤员。其中，直升机大显身手，运走101名伤员，缓解了奠边府野战医院的窘迫。

但是科尼手里并没有解救奠边府危局的锦囊妙计，除了命令保障奠边府守军的后勤供应外，他唯一的办法就是要空军在奠边府上空连续作战，摧毁越军的炮兵阵地。

于是，奠边府战役便成了越军高射炮兵大显身手的开端。

早在2月11日，法军飞行侦察员就从地面痕迹上发现，越军已经把37毫米高射炮运到了奠边府附近。这个报告本应引起德卡斯特里的高度重视，但是，由于越军的地面战壕不断迫近法军前沿阵地，吸引了守军的注意，法军未能通过步兵的努力准确探明越军的高射炮阵地。

3月10日至13日，法军侦察机不断飞临奠边府上空寻找越军的炮兵阵地，居然一个也没有找准，而且连一个高射炮阵地也没有发现。

其实，一个高射炮营的12门火炮就藏在奠边府外围的群山之中，由越军第一个高射炮团团长阮光璧亲自指挥，史国强担任他的主要顾问。该高射炮营共有三位中国顾问，他们是排长马德贞、袁汝世和郭墨林（他长得很黑，绰号叫"郭黑子"），这三人和史国强一样，都来自朝鲜战场同一个高射炮营。

3月13日那天下午，大战即开，空气紧张得快要凝固了。由于一周前红河三角洲两个空军基地遭受惨重打击，能飞到奠边府来的法军作战飞机一下子少多了，但科尼还是命令轰炸机尽可能地往奠边府飞，寻找越军的炮兵阵地。

16时50分，战斗打响前十分钟，最后一批法国空军的轰炸机飞来了，史国强担心法军发现越军的榴弹炮阵地，对阮光璧说："打吧，再不打榴弹炮就要开火了。"

阮光璧示意史国强向上级请示。

史国强立即要通了原野的电话。原野对史国强说："你等一下，我请示一下黎铁雄司令员。"

原野很快就向黎铁雄请示，然后向史国强下令，如果有法国飞机，就和榴弹炮一起打。

原野话音一落，时间也就到了。史国强告诉阮光璧："可以打了，阮团长。"

几乎与榴弹炮轰响同时，越军高射炮开火了。滞留在奠边府上空的法军零星飞机吓了一跳，哪里顾得上寻找越军的地面炮兵，嗖的一下蹿上高空，消失在厚厚的云层里。开战当天，越军高射炮兵没有击落敌机。[1]

第二天下午，法军10多架轰炸机不顾一切地穿云破雾，来到奠边府上空。越军防空兵三个营一起开火。这下，越军的两门高射炮阵地暴露了，法军飞机连连俯冲，投掷炸弹。但是法军飞行员技艺欠佳，投弹都没有炸准，自己的一架B-24却被击中，在空中起火，一头栽了下来。

对空作战就这样打开了，在13—15日的战斗中，越军对空射击部队一共击落和重创了法军12架作战飞机。[2]

在战斗中，越军高射炮阵地不断移动。为了打击越军的高射炮，法军每天出动75至80架次的轰炸机和战斗机寻歼越军的高射炮兵，其中有六架侦察机专门用来寻找越军的高射炮阵地。从3月24日起，由于得到了美军的供应和帮助，法军向奠边府外围的越军阵地投掷了凝固汽油弹。

这是一场生与死的较量。法军一旦认准越军高射炮阵地，往往集中12至14架飞机实施"饱和轰炸"。但越军的高射炮始终在射击，法军渐渐失去了制空权。

韦国清关注着对空作战，3月18日他向中共中央军委报告："敌机在奠边府外围越军阵地施行报复，我略有伤亡。我高炮部队击落敌机五架，击毁藏于地下室拖出逃跑的敌侦察机三架。我高炮被敌榴弹炮击中两门。"

开战五六天以后，奠边府上空云层渐稀，为了保障奠边府守军的粮食和弹药供给，法军运输机不得不冒着越军的猛烈炮火在奠边府机场强行着陆。为此，法国空军付出了惨重代价。

3月26日傍晚，一架飞临奠边府上空的达科塔式运输机被越军高射炮击中坠地，机长当场丧生，机组人员却奇迹般地被冲出阵地的法军救了出来。

---

[1] 1993年9月29日，作者在镇江访问史国强。
[2] Edgar O'ballance, *The Indochina War*, *1945—1954*（London, 1964），p.221.

3月27日早晨7时,法军飞行员伯格林上尉驾驶达科塔运输机在奠边府降落,载运走了满满一舱的伤员。伯格林把伤员运到河内机场后,再次升空朝奠边府飞来,打算在午前执行第二次任务。但是这回,越军的高射炮射手没有放过他,于上午10时许在奠边府东部山头上空将伯格林的飞机击落,整个机组丧生。

当天傍晚,又一架法军运输机在奠边府盆地西南被击落。飞机坠毁后部分机组人员逃了出来,越过法军设置的铁丝网和雷场奔向机场,结果,他们全都倒在奠边府开阔地上,再也没有起来。

倒是再晚些时候,法国空军上尉布热沃驾驶他的C-47运输机穿过越军高射炮编织的弹幕成功着陆,接着又在一阵迫击炮弹的飞溅中起飞,运走了19名伤员。伤员们为了登上这架飞机,已经在紧挨机场的一条排水沟里望眼欲穿地等了好久,他们哪里会想到,这是在整个奠边府战役过程中,最后一架从机场平安起飞的飞机。

鉴于法军飞机在奠边府低空投送物资和着陆运送伤员损失惊人,法军越北地区运输机群总指挥尼科上校向奠边府守军司令德卡斯特里拍发了一份使后者心寒的电报:"我们已经不能继续忍受如此沉重的运输机组的损失。我们的飞行员已经精疲力竭,并不断承受巨大的心理创伤……为此,应该立即停止低空空投。我将在今晚发布此令。"

至于是不是停止空运伤员,尼科没有说,他也不敢这么说。

从第二天起,法军在奠边府上空的空投高度从大约800米(2500英尺)提高到了大约2000米(6500英尺)。即使在这个高度,法军照

1993年9月,钱江(左)与赴越顾问史国强合影于镇江

样受到越军高射炮的严重威胁。

越军高射炮兵的英勇善战，给中国顾问留下了深刻的印象。1993年9月，史国强回忆说："在奠边府，越军高射炮是第一次对空作战，他们打得非常好，成功地保护了地面炮兵，使地面炮兵免受法军航空兵的攻击，这对于越军在奠边府战役中取胜是至关重要的。这也从另一方面说明，中国高射炮官兵对越军高射炮部队的训练是成功的。中国高射炮顾问在奠边府战役中没有跳上炮位直接作战，我们主要是在指挥所里协助指挥，解决一些在作战中越军提出的问题，出出主意。这也正是我们的任务。"[1]

占领奠边府外围三个重要高地后，越军攻势暂缓，一方面要撤下伤亡较大的团，补充兵员，另一方面根据预定计划，特别是根据中国顾问的建议，开始大规模的土工作业，以堑壕战方式向法军阵地步步逼近。

初战得手，武元甲信心甚高。越军伤亡比预计的要少，更何况指挥部还没有动用手里最精锐的第102团和第209团。下一阶段，越军的攻击目标是奠边府东边的五个山头和机场北部的几个小高地。

协助越军总军委作战局工作的中国顾问抓紧时间总结经验，写出《二次战斗（即兴兰高地和独立高地战斗）若干战斗经验介绍》。这份文件根据俘虏口供和实地观察，详尽指出了奠边府法军的防御特点，并且认为："经过这两次战斗，我们可清楚地看到敌人的兵力比较集中，火力较强，防御设施复杂，有炮兵的掩护，但是工事不够坚固，部署机械、呆板，过分依赖炮兵。所以当被我炮火压制、敌炮不能有效地进行掩护时，敌军士气大减，在我军英勇的进攻下遭受失败。"

初战之后，韦国清、梅嘉生听取

奠边府法军在运送伤员

---

[1] 1993年9月29日，作者在镇江访问史国强。

了师顾问于步血、董仁、徐成功和茹夫一的汇报。茹夫一、徐成功等有过朝鲜战争经验的军官对堑壕战的主张尤其坚决，武元甲、黄文泰同意中国顾问的看法。

越、中双方将领意见一致，下令越军战士冒着炮火挖掘S形的堑壕向敌军阵地逼近。这种堑壕有效地解决了防御法军凝固汽油弹的问题，可以在敌军炮火下运动兵力。

比雅尔指挥法军反扑

越军的堑壕渐渐逼近，德卡斯特里接连向科尼发报，请他向奠边府派出防御堑壕战的专家。

1954年3月24日是奠边府法军重整防御系统重要的一天。这天清晨，德卡斯特里重新组建了自己的参谋班子，将已经吓破了胆，成天戴着钢盔坐在掩蔽部深处的参谋长凯勒中校送回河内。朗格莱被赋予重权，全权掌握战场指挥；比雅尔被任命为朗格莱的副手，专门担负战场反击的重任；瓦杨中校接替自杀的皮罗斯担任炮兵司令。实际上，从这一天开始，奠边府战场指挥权转移到了朗格莱的手里，德卡斯特里越来越多地成了一个"总联络官"，成天守在地下掩体里负责与顶头上司科尼的联络。

对于战役全局，德卡斯特里心里明白，空投补给是奠边府法军赖以生存的生命线，是维持生命的血管。一旦这条血管被切断了，上万名法军的末日也就指日可待了。踌躇经日，德卡斯特里在3月27日傍晚召来了比雅尔少校，要他草拟反击计划，采用能够采取的任何措施，调用在奠边府可能调用的一切力量，于明天——3月28日——向奠边府以西的越军防空火力阵地进行一次突袭，消灭那里的越军防空兵。

37岁的营长马塞尔·比雅尔算得上奠边府战场的传奇式人物。他是一个法国工人的儿子，1939年参军，1940年即参加了反抗德军入侵的战斗，并在战斗中被俘。他于次年成功越狱，来到非洲加入法国的抵抗运动，不久后被派到英国接受空降兵训练。1944年，他在法国的德军战线后空降，参加那里的游击队战斗，逐步升为军官。

第31章 缩小包围圈

1945年，比雅尔来到印度支那作战。到空降奠边府前，比雅尔率领的第6伞兵营被认为是印度支那法国远征军最精锐的一个营。1月间，奠边府越军的第308师突然进入老挝北部作战，比雅尔的营被调出奠边府，驻扎在海防附近的吉碑机场，随时接受作战任务。

3月15日，奠边府前线大规模战斗开始两天以后，科尼将军亲自召见比雅尔，命令他带领全营返回奠边府。科尼对他说："情况很糟。越军的进攻确实令人震惊。兴兰高地和独立高地都丢了，整整损失了两个营。我们的炮火没有能压制敌人。河内指挥部认为，情况正向不好的方向发展，唯一可行的也许就是进行有效的地面反击了。"科尼要求比雅尔担当这样的反击任务。

比雅尔接受任务，但要求再给他的营一段时间恢复体力。科尼没有同意，说："飞机已经准备好了，正在等待你。"

比雅尔发现，司令部里的空气很沉闷，奠边府前线失利、皮罗斯自杀的消息使这里的人惶惶不安。第二天，比雅尔带领全营600余人在奠边府降落。法军还向奠边府空降了新的火炮。

比雅尔回到奠边府后，曾为防御指挥系统上的事和朗格莱吵了一架。正是这次吵架使朗格莱和比雅尔增进了相互了解，比雅尔从此成了朗格莱最倚重的战将。现在，面对德卡斯特里交代的新任务，比雅尔没有异议，说："我只做一点说明。为了达到目的，你要有准备，承受法军最精锐连队的不小的损失。"

德卡斯特里没有别的选择。比雅尔拟制的计划总共动用五个营，以两个营主攻，两个炮群进行火力支援，甚至调用了空军掩护进攻，进攻当面的越军第308师的一个团。进攻将从早上6时开始，从河内过来的飞机将在6时30分到达奠边府上空。

次日的战斗基本上按照计划进行，只有空军例外，由于奠边府上空云量太多，法军的飞机上午9时才到达战场。

法军对奠边府西部的突然

奠边府法军的重型迫击炮在战斗中

女护士热纳维耶芙（前右），她是奠边府包围圈中唯一的女性

进攻遭到越军第308师部队的顽强抵抗，越军炮兵迅速地进行了火力支援。战至近午，越军步兵防线被法军突破，设置在步兵后面的越军一个高射机枪连将高射机枪平射，有力地压制了进攻的法军。这时，从奠边府南部防区伊莎贝尔突然杀出一队坦克，将越军防线撕开了一道口子，直接威胁了越军的高射机枪阵地。

越军战士使用反坦克火箭筒抵近射击，将开到跟前的两辆坦克击成轻伤，但是越军的防御阵地也崩溃了。下午3时许，伤亡数百人的越军在法军压力下后退，损失了一个高射机枪阵地。

不过，法军的进攻也成了强弩之末，他们匆匆掠走了越军丢弃的武器，很快退回自己的出发阵地。比雅尔的预计没有错，法军在这次反击战中有20人阵亡，70人负伤，反击的战术成果非常有限。

就在这天早上比雅尔挥兵鏖战疆场之际，一架赶来搬运伤员的法军运输机乘着曙色微明，在奠边府机场降落。飞机降落时因躲避跑道上散落的障碍物，机身与跑道边的铁丝网相撞，造成油料外泄。为了迷惑越军的炮兵观察员，机场上的法军战士推出一架已被严重击伤的C-47运输机搁在跑道边上，留给越军当靶子，而把受了伤的运输机推进一个半露天的飞机掩体，由机械师紧急修理。

上午，奠边府西部的战斗确实吸引了越军的注意，机场方向比较平静。到中午时分，机械师完成了自己的工作，发动马达试机。这下子可瞒不住越军观察兵了，几发炮弹立刻呼啸而来，第三颗炮弹直接命中飞机，引起了熊熊大火。机械师跳下飞机逃命,听任飞机一直燃烧到夜晚。

这架飞机再也回不了河内了,随机而来的机组成员和一组战场护士也留了下来,其中有一位年轻的法国女护士名叫热纳维耶芙。这位蓝眼睛、棕色头发的姑娘,成了奠边府法军中唯一的女性。关于她,日后衍生出许多报道。其实她是一个普通的女孩子,她来到奠边府并不是着意重演南丁格尔的故事,其结果带有几分悲剧的色彩。

第32章

法国再求紧急军援

胡志明的安详和纳瓦尔的焦虑

旱季的阳光照在越南北部丛林，丛林的阔大枝叶将酷热留在了树顶。树林深处，胡志明一身布衣，怡然自得。他的《答瑞典〈新闻快报〉记者问》发表后在国际上反响甚好，为越南争得了外交主动；奠边府战报传来，更让胡志明喜上眉梢。再过几天，他又要去北京，和中国领导人讨论日内瓦会议问题，判断奠边府战役的结局对整个印度支那局势产生的影响。从1950年起，几乎每到一个重要的转折关头，胡志明总要到北京去。这回也不例外。

出发之前，胡志明安排了与著名澳大利亚记者威·贝却敌的会见。贝却敌留下了颇为生动的记录：

> 在北越丛林深处一间用树叶盖成的草屋里，一张竹做的桌子上放着一顶遮阳帽。这是1954年3月中旬的一个下午。一架飞机的嗡嗡声在头上某处响着，它没有机会看见这个由十多间竹子和树叶盖成的草屋所组成的小村。村中树木已被清除了不少，但那些光滑而巨大的坚木树及其他丛林中的树木，支撑着一层厚厚的由宽叶藤交织成的帐篷，成为掩护这一林中小村的天然伪装网。一架直升机即便在这层绿色帐篷上空几米之处盘旋一个小时也不会发现帐篷下面的东西。但在以后很多星期中萦回在我的脑际的倒不是那座森林，而是那顶遮阳帽的样子。
>
> 我在北京只耽搁了一两天，把我用在冰天雪地的板门店的衣服换成了适应北越热带丛林间的衣服，便直接来到这一林中小村了。朝鲜光秃秃的山头和无树的公路同越南茂密而郁郁苍苍的丛林是一个什么样的对照呵！……

第32章 法国再求紧急军援

在我来到北越的时候，无线电广播中充满了关于一个名叫奠边府的地方的消息。根据西方的广播报道，法国人曾经在那个地方建立一个巨大的基地，而且曾经展开攻势，想对越南的整个西北部来一次"肃清越盟"的攻势，并在西自奠边府东至红河三角洲的强大钳形攻势中把后者包围起来。这样，那顶遮阳帽就插进我们的故事里来了。因为它是胡志明主席的帽子，而站在它旁边的就是主席本人。

……我们问胡主席，电台上为什么在吵嚷着奠边府，究竟发生了什么事？

"这就是奠边府。"他边说边把他的遮阳帽翻过来放在桌上。

"这些都是山头。"他用筋瘦而坚强的手指沿着帽檐指着说，"也就是我们所在的地方。"

说到这里他的拳头伸向帽子里面。"下面是奠边府山谷，那里是法国人。他们出不来。可能需要一段较长的时间，但他们出不来。"他重复地说。这就是一场在遮阳帽里面的奠边府战役。[1]

胡志明会见贝却敌时，真可谓信心百倍，气吞万里如虎。如果贝却敌此时到西贡去见见纳瓦尔，他也许会发现，纳瓦尔没有胡志明的安详，从3月13日起，烦恼一直纠缠着他。

兴兰高地和独立高地一失，纳瓦尔沉不住气了，接连不断地致电总参谋长埃利，请求兵力和物资增援。

在巴黎，法国总理拉尼埃也慌了神，督促埃利快去向美国求援。埃利于3月20日飞抵华盛顿。

美军参谋长联席会议主席、海军上将雷德福腰杆挺得笔直，在机场迎接埃利。作为几年来印度支那局势演变的重要见证者，雷德福有满肚子的话要说。这位雷德福将军眼下是美国关于印度支那事务的重要决策人之一，言行举止，引人注目。

---

[1]（澳）威·贝却敌：《十七度线以北》，第6页，世界知识出版社1956年版。

印支战场的美国影子

亚瑟·雷德福，1896年2月16日生于芝加哥，1916年毕业于美国海军学院，从此在海军多个部门中供职。1920年，他开始学习海上飞行，成为美国第一代海军航空兵，是美国最早熟悉航空母舰的军官之一。二战开始，他负责为海军训练飞行人员。1943年底，他出任太平洋舰队空军参谋长，参与指挥了太平洋战区对日军的多次重大战役。大战结束后，他升任大西洋舰队司令。1949年，雷德福成为太平洋舰队司令、四星将军。

从20世纪50年代起，雷德福深深地介入了亚洲事务。1951年12月，雷德福应塔西尼之邀到了西贡。这时塔西尼癌症恶化返回巴黎，塔西尼的参谋长科尼接待雷德福，介绍了越南战局。

塔西尼之后，雷德福和沙朗保持密切的联系。1953年初，雷德福又去过一次西贡，想知道为什么美援越来越多，法军战况却越来越没有起色。那时，雷德福还不觉得印度支那局势有多么严重，不过他指出，越军主力进入老挝使法军的兵力更加分散，更加依赖于远距离的空中补给，是一个危险苗头。当时雷德福认为，沙朗缺乏进攻精神，法国应该换上一名统帅才好。

雷德福是个有心计的将领，迎接埃利之前再一次回顾了两个重要的数字：自1950年6月至1952年12月31日，美国对印度支那的军援总额为3.34亿美元，而1953年的军援总额即达到了7.75亿美元。1954年将达到多少还是一个未定之数。

飞机自天而降，埃利强打笑脸走出机舱，和雷德福紧紧握手。埃利和雷德福很熟悉，他在升任法军总参谋长之前，曾任北大西洋公约组织驻美国代表，同华盛顿的高级军官接触甚多。

1954年3月22日上午10时30分，华盛顿飘起了小雪，春意顿消。雷德福陪同埃利前往白宫面见艾森豪威尔。艾森豪威尔当着埃利的面指示在座的雷德福，尽一切努力满足法方的军事后勤要求。随即，雷德福和埃利赶往五角大楼进行工作会谈。

埃利提出了一个长长的求援单子。在清单上位于前列的居然是降落伞。埃利说，降落伞的需求刻不容缓，仅在奠边府，每天的需要量就是100多个。此外，法国需要美国紧急提供75架飞机，其中包括24架B-26轰炸机、14架C-47运输机。[1]

埃利向雷德福提出的其他请求主要是：1.美军可否帮助法国从北非空运两个伞兵营到越南北部？2.美军可否将若干舰载飞机移交法国远征军使用？3.美军可否立即向印度支那法军交付14架C-47运输机，使北越战区能够保证对奠边府空中补给。4.美军可否立即向法方移交6架新式的C-119运输机？

拿着这样一个清单，埃利在介绍奠边府情况的时候很不自然。他告诉雷德福，从现在看，"奠边府只有50%的希望了"。

雷德福抓住机会，建议法军应该派出地面部队去解救奠边府。

埃利避而不答，实际上心里明白，法军在印度支那已被牢牢钉死，用拆东墙补西墙的办法调兵去救奠边府，可能招致更加严重的战场失败。他婉转地对雷德福说，即便退一步说，奠边府全军覆没的话，其总人数不过占法国印度支那远征军总数的5%，还不至于撼动大局，而且越军的损失会更严重。

话一出口，埃利又觉得心里不踏实，他向雷德福承认，如果失去奠边府，对印度支那局势的打击将是巨大的，对士气影响尤大，特别是对即将召开的日内瓦会议来说，意义非同小可。如果奠边府一丢，法国就很难在日内瓦有所作为了。

雷德福对埃利说，对这张清单上的东西，除了新型运输机，大部分都可能得到满足。不过他又说，光靠这张清单还不能换回战场优势。如果法军空军力量不足，不妨请埃利考虑，效仿第二次世界大战中国战区"飞虎队"的先例，组建一个空中志愿军团，改善法军的空军力量。也就是说雷德福倾向于让美国直接投入印支战场上的战斗，不再像过去那样仅限于做后勤支持。

埃利答应回去"考虑"这个建议，但是他认为这样做远水不解近渴，奠边府的局势已经刻不容缓了。

23日，雷德福陪同埃利来到国务院会见杜勒斯。

埃利知道杜勒斯是个鹰派人物，所以求援之情溢于言表。他特别提到，如果在奠边府战役进行过程中，中国空军投入作战，美国空军可否出援？

杜勒斯回答，这个问题涉及面太大了，需要与国会商量，光靠总统不能单

---

[1] John Prados, *The Sky Would Fall: Operation Vulture: the US Bombing Mission in Indochina 1954*（New York, 1983），p.72.

艾森豪威尔（左）与杜勒斯（右）

独作出决定。但是，杜勒斯给了埃利一个暗示，如果需要美国的进一步支援，最好由政府而不是军方出面提出要求。

法军总参谋长和五角大楼的会谈是非常紧张的。埃利本来安排25日返回巴黎，雷德福告诉他，25日上午美国总统将召开国家安全会议，讨论印度支那局势。

埃利察觉到雷德福将尽心为援助法国做些什么，为此延迟一天回国等候佳音。

雷德福所做的，是向艾森豪威尔递交了一份以个人名义签署的备忘录，建议总统动用海、空军武装干涉印度支那。雷德福写道："我深感忧虑的是，法国目前采取的办法或是不那么得当，或是为时太晚，不能阻止奠边府局势的恶化，其结果有可能使整个印度支那都落到东方阵营手里。如果要避免出现这种局面，我认为美国必须迅速采取行动，应法国政府姗姗来迟的央求，对印度支那实施干涉。"

25日上午，艾森豪威尔召开了会议。杜勒斯做介绍性发言说，现在距离日内瓦会议还有一个月，美国无论如何也得回答几个最基本的问题，其中之一是，如果法国在奠边府战斗不利该怎么办？

每当面临重大决策，艾森豪威尔必然深思熟虑。

法军空降奠边府的消息刚传入白宫，艾森豪威尔马上表示对法军统帅决定的费解，心里有一种不太妙的感觉。他要求美国国务院和国防部向法国表示"对这个行动的关切"。

1954年1月，情报表明，奠边府法军已被越军团团包围。艾森豪威尔与杜勒斯、雷德福讨论情况时得出结论："奠边府的地理位置并没有什么重大的军事意义。但是，失去这支精锐的守军所造成的深远的心理影响，对法国可能是严重的。"

这时，杜勒斯和雷德福都向艾森豪威尔提出，是否由美国进行武装干涉？

艾森豪威尔的明确意见是，最可能，而且最方便的方法就是向印度支那法军提供物资援助。如果靠物资援助还不行，那就需要采用"朝鲜模式"，就是打着"联合国军"的旗号进行军事干涉。但如果要这样做，由于国际环境发生的变化，由于苏联在联合国工作经验的增加，困难要比卷入朝鲜战争时大多了。

美国：援以物资，但不出兵

艾森豪威尔确实考虑过美国武装干涉印度支那的问题。然而，正是他当上总统以后结束了朝鲜战争，卸下了一副重担，他实在不想这么快再把大规模战争的担子挑起来。艾森豪威尔为自己规定了卷入印度支那战争的"三原则"："第一，要求一种以国际法为依据的合法外衣；第二，世界舆论的有利气氛；第三，国会同意采取行动。"

艾森豪威尔对第一条"原则"的解释是："除非有法国政府的紧急请求，否则美国方面的任何介入都是不可能的。"

现在埃利来了，并没有带来法国政府的正式请求，使艾森豪威尔看出了其中的微妙之处。艾森豪威尔的顾问中也有人指出，法国政府"已经到了这么一个地步，即他们宁可放弃印度支那或者作为一个军事失败的结果而丢失它，也不愿意通过国际干涉来加以挽救"。[1]

艾森豪威尔决定：对埃利，主要是满足他的物资请求；对军事干涉问题，还需谨慎从事，要探讨盟国，特别是与英国合作的可能性；还有一点，要看国会能否予以支持。

在最后一天的谈判中，雷德福和埃利达成协议，美国增加援助，向法国提供60架B-29轰炸机，转由法国飞行员驾驶，去轰炸奠边府越军阵地。这下子，埃利算得上收获不小了。

1954年3月27日，埃利回到巴黎。总理拉尼埃于29日召开"特别"联席会议，听取埃利汇报。会议的中心议题是：要不要由政府出面，要求美国军队卷入印度支那战争？此外，与会者还讨论了如果奠边府守军不能突围怎么办？如

---

[1] （美）艾森豪威尔：《受命变革》第2卷，第382—383页，三联书店1978年版。

果中国空军进入越南北部上空作战怎么办？如果大规模战争一开，日内瓦会议还开不开？以及诸如此类的问题。

美、法关系在二战之后十分微妙。法方对自己的政府在二战中沦为盟军中的二等伙计，在政治上饱受冷眼、在军事上处处受美国制约总是耿耿于怀。战后在对美关系上，只要可能，法国总要顽强地表现出"独立"精神和大国气概。所以，法国要求美国提供军援说得上毫无顾忌，一旦美国提出要直接介入印度支那战争，接手军事指挥，法国总是警惕性十足，从不让步。现在，危难临头，这种"独立"倾向只好收敛了。

特别会议决定，立即派遣埃利的助手布罗翁上校前往越南，听取纳瓦尔对美国军事援助的意见。布罗翁刚随埃利去了华盛顿，对于法美交涉的内情十分清楚，他的介绍会有助于纳瓦尔对国际背景的掌握。布罗翁马上出发，于4月1日到达西贡，然后转乘飞机前往河内，向正在那里的纳瓦尔介绍巴黎的新信息。

在大西洋对岸，美国政府中的决策者在对印度支那问题"吹风"了。

3月29日，杜勒斯在纽约海外俱乐部就美国的印度支那政策发表重要演说，他发出暗示：美国可能对印度支那进行军事干涉。他神态严肃地说：

> 艾森豪威尔总统于上周三（3月24日）在谈到印度支那形势的时候指出，该地区有着"异乎寻常的重要"。
>
> 对法国远征军和印度支那国家正在进行的卓绝斗争，美国政府已经通过不同的方式表示了同情。国会已经授权政府向那里的政府和人民提供物资援助。我们还要通过外交努力，阻扼共产党中国在那一地区的公开的侵略势头。
>
> 艾森豪威尔总统在1953年4月26日的讲话中已经阐明，如果在其他地区发生侵略，朝鲜战争将被视为一场骗局。在去年9月我也说过，如果红色中国将军队派进越南，就将造成严重的后果，这种后果将不局限于印度支那。[1]

---

[1] Department of State, *Foreign Relations of the United States* 1952—1954, V13. Washington D.C.: United States Government Printing Office, 1985, p.417.

下阶段的焦点

这时，奠边府战役的新一轮恶战又临近了。

奠边府东南大约10公里处，重峦叠嶂，有一飞瀑喷涌而下，水声激越。离瀑布不远，就是武元甲的前线指挥部。韦国清率军事顾问团人员住在相距数百米的山坡上。3月，越西北天气转热，为了纳凉，武元甲经常在瀑布边举行会议，商讨决策。

第一阶段作战结束以后，韦国清、梅嘉生、茹夫一，还有刚刚赶到的新华社越南分社社长杜展潮研究了下一步作战预案，然后与越方磋商。

鉴于战役第一阶段比预计顺利，第二阶段作战计划的指导思想是趁热打铁，将奠边府东面的五个山头作为主要作战方向，以第312师、第316师两个师进攻。这五个山头是奠边府的东部屏障，如果站到了这个屏障上，距离德卡斯特里的核心指挥部就不过千米之遥，用步枪就可以打着了。第308师担负夺取奠边府机场的任务，该师将首先攻取机场西北端的几个小山包，然后完全控制机场，进而直接威胁法军芒清中心防区；第304师继续分割和包围法军航站南部防区，切断法军的南逃退路。

如果战斗发展顺利，就能赶在雨季到来前一举歼灭奠边府法军。[1]

当此之时，中国军事顾问们心情甚佳。第一阶段作战之前，越军对中国顾问提出的堑壕战法还多少有些犹豫，觉得费力耗时太巨，得不偿失。对越方的犹豫，从朝鲜战场下来的茹夫一和徐成功最感到惋惜，因而劝说最多。对此，董仁倒另有一番见地，他主张茹夫一和徐成功不必着急，堑壕战在攻坚战中的奥妙一战就见分晓，他说："等一仗打过，越方自己就会把堑壕战的问题解决好。"

果然，奠边府北部两个高地的战斗为堑壕攻坚战铺平了道路，越军各师师长不需中国顾问再提醒，纷纷把挖堑壕当成了克敌制胜的法宝。在挖不挖堑壕的问题上，越中双方将军们的意见完全一致，中国顾问遂将更多的精力用于下一阶段的攻坚战斗上。[2]

---

[1] 1998年7月4日，作者在成都访问茹夫一。
[2] 1989年9月17日，作者在北京访问董仁。

由警卫护卫，梅嘉生来到靠近前沿的地方观察。在他的望远镜里，奠边府盆地东边高高低低、曲折回旋的山头，确实像屏障一样把他和法军司令德卡斯特里分隔开了。摧毁这道屏障，越军就会很快冲过楠云河，捉拿德卡斯特里。其实，这五个山头后面还有几个小山头，然后才是弯弯曲曲的楠云河，河西边就是德卡斯特里指挥部了。法军指挥官把这群至关重要的山头划成两个防区：多米尼克和艾兰，简称D区和E区。最初，两个防区分别由一个阿尔及利亚营和一个摩洛哥营守卫。

由于兴兰高地失守，多米尼克防区已经完全暴露在越军眼前。它的突出部位D1和D2是两个海拔高程分别为530米和560米的山头，与奠边府盆地的相对高度还不到100米高，坡度甚缓，便于仰攻。41号公路从这两个山头中间穿过，朝向奠边府盆地。在这个防区内一共有六个山包，都有法军驻守。

多米尼克的南边是艾兰防区，也就是E区。这个防区的北端与41号公路相连接，是公路进入奠边府平原的最后一道关口。艾兰防区内主要有五个山头，重要的是这些山头普遍比多米尼克那边要高上数十米甚至更高，机枪火力可以控制多米尼克。只要艾兰高地不失，越军即使占领了多米尼克也站不稳。

越法双方都明白，下一阶段战斗的焦点将是奠边府东部的这些山头。

第 33 章

东部山头
血战

反复争夺东部山头

奠边府又下起了细雨,从3月29日傍晚开始,淅淅沥沥,将战场硝烟压进了被鲜血染红的土壤。30日白天,奠边府完全笼罩在雨雾之中。

朗格莱狠狠地抽着烟,迎着雨帘走出自己的掩蔽部,眯缝着眼睛凝视起伏的东部高地。作为一个有经验的军人,他知道,丢失了兴兰高地的最直接后果就是将东部诸高地暴露在越军的枪口前面了。浓厚的雨云严重妨碍了空中补给,虽然越军的防空武器也因雨云作怪一架飞机也没有打着,但是冒险飞来的几架运输机在高空投送粮弹,却将不少宝贵的物资白白送到了越军手里。德卡斯特里和朗格莱特别担忧的是,3月29日下午和30日上午,奠边府没有得到兵力补充。

莫非是河内的"添油"意图发生了动摇?朗格莱征得德卡斯特里同意后,准备从河内唤来一架轻型救护飞机,将自己载到河内,向科尼当面汇报奠边府局势,求得兵力和粮弹支援,然后再跳伞返回奠边府。

30日早晨以后有多种迹象表明,越军将在这天傍晚发起大规模进攻,朗格莱改变了计划,不再呼唤飞机,而是亲自披挂,走上东部高地巡视了一番。

在奠边府战壕中据守的法军士兵

自兴兰高地和独立高地失守后，东部的几个高地就成了双方争夺的焦点。所以，朗格莱增加了东部高地的兵力，将原先的两个营增加为四个营，实行阿尔及利亚、摩洛哥、欧洲籍士兵和法军混编，以阿尔及利亚、摩洛哥士兵防守前沿阵

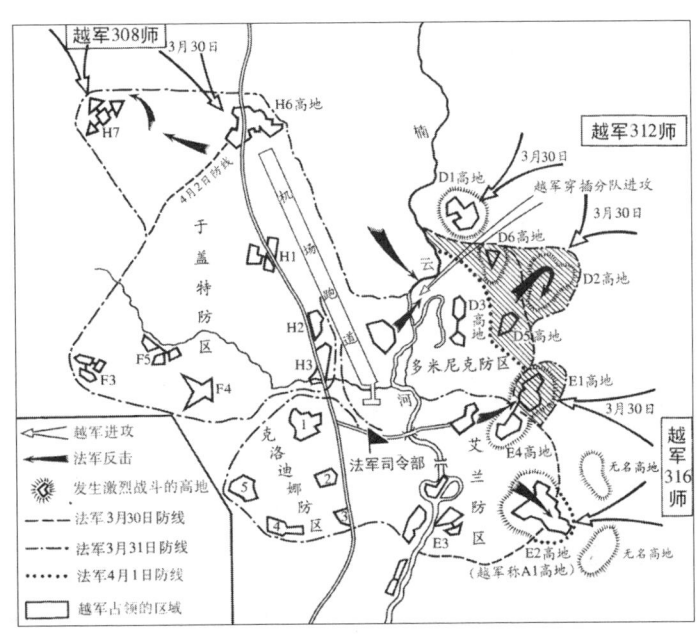

1954年3月30日至4月4日，越军奠边府战役第二阶段作战示意图

地，欧洲籍士兵在中间，法国士兵作为预备队放在最后边的山谷里。朗格莱最不放心的是处于东面突出部的D2高地，他将一个法国伞兵连放在山后，还在那里配备了一个坦克排。朗格莱下令，一旦阿尔及利亚士兵溃败，伞兵连的法国士兵可以向丢弃阵地者开枪。

朗格莱根据经验判断，越军总是在黄昏后发起进攻，于是命令后勤炊事人员，赶在下午6时之前向东部阵地送上热饭。[1]

偏偏是，这一回，越军的进攻时间提前了。

1954年3月30日下午5时，越军上百门大炮实施炮火准备，将奠边府东部山头打成一片火海。

约半小时后，早已隐身于堑壕中的越军战士跳将出来，随着延伸炮火发起冲锋。担任进攻多米尼克防区任务的是第312师，黎仲迅以两个营进攻D1高地，另以精锐的第130营进攻D1高地东南面的D2高地。此外，以两个连组成的

---

[1] Bernard B. Fall, *Hell in a Very Small Place*, *The Siege of Dien Bien Phu*（Published by Da Capo Press, Inc. Originally published by Philadelphia：Lippincott, 1967），p.195.

突击分队从D1和D2高地之间穿插，力图打到东部高地后面的楠云河边，再从背后打击东部高地上的敌人。

越军第316师攻击紧挨在多米尼克南边的艾兰防区。

接战不久，D1高地上的阿尔及利亚士兵就崩溃了，一个连法国士兵朝着败退者举枪射击也无济于事。

D2高地的抵抗很快被越军第130营粉碎，越军在这里打开了进攻东部高地的缺口。

D1高地上的阿尔及利亚士兵节节后退，龟缩于阵地一角。晚上9时50分，法军在这个高地上的无线电联络消失。至此，多米尼克的一半落到越军手里。

就在D1、D2两高地鏖战之际，第312师的穿插分队从这两个高地之间突破了法军的火力封锁，向纵深疾进。法军很快发现了他们，调集火力实施拦阻射击。设置在前两个高地侧后D3高地上的法军高射机枪平射发挥了火力，造成突击越军的严重伤亡。越军不顾牺牲，顽强突前，受伤的战士纷纷拒绝战友救护，催促身边战友赶快突出法军的火力封锁区。付出了三分之一的伤亡后，越军突击连进至楠云河附近，打得河边的法军摸不着头脑，纷纷向芒清平原中心区逃窜。

法军还守着D3高地，要是D3一失，楠云河就暴露了。越军乘胜前进，向D3高地发起攻击。但是，冲锋中的越军战士受到火焰喷射器的阻拦，被突然刮过来的火墙挡住了。紧接着，高射机枪子弹也像急雨一样泼过来。被压制在山坡上的越军向低洼处转移，没料想，那里正是一个新设的雷场。在地雷的轰响中，鲜血洒满了山洼。越军向D3高地的攻势被遏制了。

越军第316师分三路向艾兰防区进攻。一开始时很顺利，只用一

奠边府战役中受伤的法军士兵接受救治

个多小时就占领了紧挨多米尼克防区的小高地。更重要的是，第316师的战士们打下了至关重要的A1高地东坡。

在东北方向的第308师也朝法军机场防线进攻，经一番苦战，夺取了机场西北的H7高地。

在当夜的战斗中，越军达到了预期目的，也付出了不小的伤亡。至31日凌晨，三个方向的战斗分别出现胶着状态。

经过战斗，法军总结出了经验，就是反击必须和前一波次的战斗跟得很紧，要在越军能够重新组织起力量前发起才有把握奏效。所以，越军的攻势稍一停顿，法军的小规模战术反击就开始了。

法军决心消灭穿插进来的越军突击分队。在曙光东升之际，冲在前面的突击连打到楠云河边的时候只剩下20多名战士了。本来，他们的任务是打到楠云河边后立即折回，从侧后攻击D2之敌。现在，他们的退路实际上已经被D3高地上的法军封锁，法军的反击分队从三面围了上来。

率领越军突击的是一位年轻的连长。在刚刚结束的肉搏战中，他听到了许多呼喊永别的声音。在前一天的最后动员会上，师长黎仲迅亲自来到突击连鼓励战士们，使年轻的连长感动不已。而现在，他知道自己在穿插中追击过远，很难撤回了。他果断地命令战士退守到公路边的一个小土包上，与渐渐逼近的法军拼死血战。

天色大亮，雨水变细了。稀疏的雨帘中传来坦克的轰鸣，法军由两辆坦克领头，拉开散兵线围了上来。据守在山包上的越军所剩弹药有限，他们静静地趴着，一动也不动。

法军眼看就要冲上小山包了。年轻的越军连长手持冲锋枪一跃而起，朝着扑到跟前的法军就是一梭子。在他身后，20多名带伤或不带伤的越军战士也踏着泥泞站起来，一片杀声地冲进法军中间。

一场白刃战开始了。

法军远没有身陷绝境的越军战士所具有的勇敢，纷纷逃下阵地。

山包上，剩下10多名越军战士还在战斗。法军使出最后的撒手锏，两辆坦克隆隆地冲上来碾压受伤的越军战士，然后朝着阵地上仍在战斗的人冲来。

年轻的连长通过报话机与隔着一个山头的营长诀别："……我们目前还有一个班，弹尽粮绝，敌人在冲锋，我们顽强抵抗……"

突然，受话器中传出一声爆炸，年轻连长的声音消失了。[1]

犬牙交错的A1高地

1954年3月31日早晨，德卡斯特里、朗格莱、比雅尔通过电话会商决定，中午发起大规模反击。德卡斯特里立即向河内呼叫，请求紧急增援兵力。

上午，从奠边府南部防区航站开出的坦克分队未能突破当面越军第304师的阻拦进入北部战场。

中午，法军集中三个营向东部高地反扑。比雅尔负责战场指挥，朗格莱在艾兰高地的一个反斜面上用望远镜观察战场变化。

D2高地是法军反击的重点，一个法军伞兵连由上尉皮舍林带领，在炮火掩护下，于下午14时30分冲上了D2高地。仅仅一夜工夫，D2高地面目全非，山头上已经没有完整的工事、铁丝网，随处可见的是弹片和尸体。如果说皮舍林上尉还有什么宽慰的话，就是他终于站在D2高地上了。

一名法军士兵扛起交火中负伤的战友

他的生命也走到了尽头，法军重占D2高地几分钟后，一颗子弹飞来，不偏不倚打倒了皮舍林。接着，越军的一顿炮火劈头盖脸地倾泻在高地上，炸得法军四处躲闪。

另一路法军在一番激战后重新占领了艾兰高地东南部的E2高地（越军称之为A1高地），并且迫使越军后退。

法军反击得手，但没

---

[1] 1989年9月17日，作者在北京访问董仁，并引自他收藏的越南人民军第312师师史稿。

有力量巩固失而复得的阵地,因为阵地上再也没有可以依托的工事。对于无工事依托的阵地,越军在士气正强的时候还可以一战,法军则是不行的。

被迫后退的越军没有走远,他们重新组织起来,不等暮色降临就投入反击。还不到下午4时,越军又向法军山头逼近了。

指挥作战的比雅尔忧心忡忡。接连两天,河内方向没有给奠边府以足够的兵员补充,再这样下去,法军的反击势头马上就会停顿。所以,一看到越军士兵冲上了高地,比雅尔就通过无线电问朗格莱:"我们还有没有援兵?"

朗格莱告诉他:"河内方面一点消息也没有。"

比雅尔沮丧至极,心里说:"现在天气正好,要是马上向奠边府空投两个营下来,战场局面就可以改观了。"

在河内,忧心如焚的正是纳瓦尔。

30日下午,得知越军即将发起大规模进攻,纳瓦尔迟疑片刻,决定亲自飞到河内去了解情况。待他降落到嘉林机场,已经是31日凌晨将近2时了。在机场,纳瓦尔受到科尼的参谋长巴斯提尼上校的迎接。上校向纳瓦尔表示歉意说,连日来科尼睡得很少,疲惫不堪,不得已去睡觉了。

纳瓦尔听了,一言不发,钻进汽车赶往科尼的司令部。司令部里自然还是没有科尼的影子,作战参谋在地图前向纳瓦尔汇报了奠边府当前的局势。

听完报告,已将近凌晨4时,纳瓦尔派了一个军官去叫醒科尼,让他到司令部来。谁知道,派去的人被科尼的助手挡在了门外,说,遵照科尼的命令,任何人都不得叫醒科尼。去的人只好悻悻而返。

得知科尼还在睡大觉的消息,纳瓦尔没有大发雷霆,而是像接管了科尼的指挥权似的,和参谋长巴斯提尼一起伏身地图,拟制援助奠边府的计划。但是,纳瓦尔没有作出明确的表示,正在嘉林机场的一个营伞兵是否立即乘机升空。

早晨7时,纳瓦尔又派人去找科尼。这回,科尼起床了,他在7时45分来到了司令部,向纳瓦尔汇报奠边府的情况。科尼告诉纳瓦尔的全是过了时的旧消息,在作战室里待了一夜的纳瓦尔早就知道了。纳瓦尔还知道此时的奠边府法军正在组织反击,情况比午夜时分有所好转。

终于轮到纳瓦尔大发雷霆了,他直起嗓子,将科尼大骂了一顿。纳瓦尔和科尼的矛盾被激化了,纳瓦尔自来到印度支那,还从来没有对另一个将军发这么大的火。事后他承认,他确实骂得很凶,而科尼也出人意料地回敬了他,骂

反击中的法国士兵

了许多过去科尼背着他骂过的话。

在科尼的回骂中,有一句话实在伤了纳瓦尔的自尊心:"如果你不是一位四星将军的话,我真会扇你的耳光!"[1]

奠边府战局危如累卵,印度支那法军两位最高级军官之间居然反目成仇,严重影响了对奠边府局势的判断和战役指挥。

受到了科尼的无礼顶撞,纳瓦尔激怒在胸。他心里盘算,要不要立即将科尼撤职?但是,不知道出于什么考虑,纳瓦尔忍住了。其实,对于纳瓦尔来说,这本是一次机会,可以顺理成章地撤换越北战区司令,再作破釜沉舟之战。偏偏是,纳瓦尔患得患失,在此关键时刻生怕法国最高统帅部指责他指挥不了部下。这个私念将使他在日后付出沉重的代价。

科尼完全失去了纳瓦尔的信任。

纳瓦尔和科尼的对骂使彼此一度失去理智,至31日中午,河内没有做出立即向奠边府增援伞兵的决定。对整个印度支那法军来说,最糟糕的是纳瓦尔和科尼这两个高级指挥官从此尽可能地互不对话,凡有所言,都通过文字传达。奠边府之围越围越紧,法军司令部先自乱了阵脚。

31日下午接近黄昏的时候,眼巴巴看着援兵无望的比雅尔向进攻势头低落的法军发出命令:"如果确认不能固守,即刻撤出阵地。"

下午6时,已将部分失地收复的法军纷纷撤退,前几个小时的恶战劳而无功。

看到法军撤退,在艾兰高地上的朗格莱心中充满一种绝望的感觉。他觉得,在如此严重恶化的局势下,法军似应进一步收缩。天黑以后,他通过无线

---

[1] Phillip B. Davidson, *Vietnam at War, the History, 1946—1975* (California: Presidio, 1988), pp.248—249.

电和比雅尔商量，放弃E2高地，退向楠云河防御。

比雅尔坚决地反对再退，他认为放弃东部制高点，后面就无险可守了。他激烈的声调使朗格莱听了感到吃惊。比雅尔说："只要我还有一个人，就不能放弃艾兰高地。要不然，奠边府就完了！"

比雅尔的话打消了朗格莱的念头。

夜色里，戴着盔形帽的越军重占E2高地。第316师调集兵力，向艾兰的两个高地发起进攻。

越军的进攻兵力占绝对优势，午夜以后，艾兰高地上的法军眼看坚持不住了。这时，山腰处突然转出三辆坦克，从侧面向越军开火。越军预先有准备，反坦克手很快打出反坦克火箭弹。不过，在浓浓的夜色里，有几发火箭弹打飞了，有两发命中，也未至要害。法军坦克带着轻伤冲进越军进攻队列，一待越军的火箭弹打光就占了上风。

东部山头上的战斗是惨烈的，在A1阵地攻坚战中，越军几乎就要攻占整个山头了，法军再次顽强反击，前沿阵地的越军向师长黎广波报告："敌人攻上来了！"

在师指挥所，黎广波在电话中呼叫："把情况报告清楚！"

在他身边的徐成功顾问说："黎师长，立即实施反冲击！"

也许是翻译上出了什么故障，黎广波回头问："什么叫反冲击？"

徐成功着急了，一把将黎广波拉到观察窗口，指着A1阵地上的法军身影说："你看，法军不是上来了吗。你要立即进行炮火拦阻。二是把预备队拉上来，靠近阵地。你先用炮火打，把法军增援部队挡住，然后使用步兵冲击，把敌人压下去。"黎广波听明白了，他立即抓起电话，要阵地报告法军的准确位置，并且命令炮火拦截。但是，越军步兵的行动迟缓，法军死死守住靠拼命反击得来的阵地，与越军扭杀在一起。

徐成功对黎广波说："你下死命令，要部队一定得顶住，至少要占住半边山。"

最后，越法双方各占一个山头，再次形成对峙。[1]

1954年4月1日清早，奠边府大雾弥漫，然后逐渐放晴。

在E2高地，法军从清早开始反击。由于山地战场狭小，比雅尔不得不命令

---

[1] 1990年5月8日，作者在成都访问徐成功。

一个班一个班地向阵地补充。他还当场提拔了一个作战勇敢的士兵为军士。

这天上午9时，科尼在河内主持军事会议，讨论是否对奠边府进行大规模空降支援。

负责空中运输的尼科上校坚决反对，他指出，即使抛开法军的飞机运送能力不谈，由于越军收缩了奠边府包围圈，那里的空降场太狭小了，大规模空投将导致对法军飞机的大规模"屠杀"。

德绍空军准将支持尼科的意见，指出一旦运输飞机在空中被越军防空炮火击中，人员的损失将非常惊人，而且得不到补充。所以，在奠边府一次空降两个营已变得非常困难，或是代价太高了。

尼科和德绍的考虑颇有道理，科尼放弃了最初的念头，决定继续在奠边府实施"添油战术"。科尼决定，除非在奠边府敌后空降进行攻击作战，或是奠边府的空降场有根本的改善，向奠边府补充兵员时不得不缩小机群规模，而且主要改在夜间空投。他要求参谋人员再次考虑，在红河三角洲地区集中3万兵力向越北中央根据地进攻，以调动奠边府越军主力。

另一方面，科尼下达命令，今晚不惜一切代价，必须向奠边府空投增援一个营的兵力。

在奠边府，韦国清致电中共中央军委汇报两天来的作战情况，他知道此时的胡志明已在北京，遂请中共中央军委将汇报内容转告胡志明：

1.3月30日17时，我开始向奠边府东北的四个据点发动第二阶段进攻。至18时30分解决两个据点。

19时30分又解决一个据点；剩下的第四个据点，我攻入纵深，敌损失甚重。但敌仍顽抗，并调换了一个外籍伞兵营。我军因力疲暂停攻击，进行整顿。

31日18时30分我再次发动进攻，结果未详。

在奠边府我击落敌运输机两架，另一C-119型运输机被打伤。

2.31日越联全国常设委员会开会讨论我对日内瓦会议的立场问题。结果容后报告。

韦国清
1954年4月1日

4月1日晚8时30分，夜色完全笼罩了奠边府，夜空中传来运输机马达的轰鸣，这似乎是两天来久违的声音。不知道为什么，奠边府周围的枪炮声一下子都停顿了。就在运输机群来到奠边府上空的时候，越军的高射炮猛烈开火，吓得法军运输机四处乱飞。

法军对奠边府战场的"添油"伞降

这时，奠边府机场上飞机残骸狼藉，高低不平，空降区直径不过500米宽窄，法机一架一架地空投伞兵，把一个营投完至少半个小时。结果，飞机在夜色中投下了一个连百余人，待到落地已有七人阵亡。余下的伞兵只好飞回河内。

法军空降时，机场西北方向枪声大作，第308师又向H7高地进攻了。第308师还以一支兵力进迫机场跑道北端顶点外的H6高地。越军若能占领这两个高地，再从西北方向进占机场就没有什么地形上的障碍了。蜂群一样的越军从早已挖好的堑壕里接连不断地冒出来，团团围住了H6高地。

枪声彻夜不停，血，彻夜倾洒在奠边府沃野上。

由于伤亡严重，东部高地和机场西北防区的法军不得不进行战地缩编，由每个营辖四个连缩小到三个连，甚至两个连。

4月2日上午8时许，掂量了战场局势以后，朗格莱命令放弃H7高地，并向河内呼唤，法军炮手遭受大量杀伤，必须进行紧急补充。

在白天战斗相对平静的时候，奠边府法军作了一个统计，从3月30日战至4月2日黄昏，越军开始"第二阶段作战"以来，法军伤亡了2093人。

越军决心使朗格莱的伤亡继续增加。4月2日傍晚6时，第308师又向H6高地大举进攻。朗格莱命令，必须死守H6高地。在这个高地后面的机场跑道上，从下午开始，法军的推土机冒着炮火填平弹坑，推走飞机残骸，以保障夜间空降的安全。

晚上，H6高地法军拼死顶住越军攻击的时候，法军进行了一次说得上成功的空降，有106名法军落到机场及附近地区，但是其中12名越南籍士兵不知道跳到哪里去了,以后再也没有得到过关于他们的消息。[1]

H6高地一度岌岌可危,这时刚刚落下的法军还没有收拢,朗格莱手里只剩下一个连的预备队了。他一咬牙,命令三辆坦克打先锋,把这个连用到了H6高地上。战至3日清晨,总算挡住了越军的进攻。

4月3日白天,雨水又铺天盖地而来。在雨中,一小队越军紧张地挖掘堑壕,直逼H6高地。一到晚上,越军向H6高地的进攻又开始了。

危急时刻,朗格莱仅有的一个连预备队发挥了作用,将越军打退。有了H6高地,越军的步兵武器就无法直接干扰机场。当晚赶来的法军运输机向机场和楠云河谷空投了305人,对激战中的法军来说,真算得上是一场及时雨。

H6高地血腥拼杀

1954年4月4日早上,雨住了,天色渐渐放晴,远方的大山顶端戴上了云帽子。上午时分,太阳也露脸了,奠边府盆地四周顿时蒸蒸腾腾地热了起来。

由于连日苦战,E2高地西部山头上的法军大都抱着枪睡着了,而且一睡就睡到了中午。待到中午醒来,他们得到一个好消息,说是越军从E2高地的东部山头撤走了。

越军确实从E2高地东部山头上撤下来了。下午,一支法军侦察小分队摸上东部山头,只见山头上越法两军尸横遍野,在烈日曝晒下臭气冲天,让摸上山头的法国侦察兵难以忍受。原先,法军还有重占E2东部山头的意思,听了侦察兵的现场报告,正在那里坐镇指挥的比雅尔马上就明白,E2高地就是重占了也无法固守。他只得命令高地西部山头的士兵们专心守好现有阵地再说。

当日白天无重大战事,南部防区伊莎贝尔的法军坦克拼命向北突击,力图进入奠边府中心区。但是法军坦克被第304师的反坦克炮火挡住了。

夜晚,机场北部顶端的H6高地再度成为主要战场。

入夜以后,豪雨又至。德卡斯特里困坐掩蔽部,收到一份科尼发来的令人

---

[1] Bernard B. Fall, *Hell in a Very Small Place*, *The Siege of Dien Bien Phu*(published by Da Capo Press, Inc. Originally published by Philadelphia: Lippincott, 1967), p.215.

第33章 东部山头血战

沮丧的电报。电报说,主要由于天气原因,原本在今夜向奠边府空投的212名士兵还要再过24小时才能执行空投任务。

德卡斯特里的懊恼还没有过去,越军对H6高地的进攻重新卷起了波澜。随着炮火,越军战士分多路向高地冲锋,对高地形成三面包围。这时,H6高地上共有90名法军守卫。他们无法阻挡越军的凶猛势头,不得不且战且退,至5日凌晨3时退到高地南端据守。

越军的冲锋潮头一浪接着一浪,即使冲进法军的地雷阵里也在所不辞。眼看H6高地的激战到了最后关头,朗格莱命令手中新添的一个连预备队在两辆坦克配合下投入战斗。

法军骁将比雅尔在奠边府战场上

装备不足的越军对坦克似乎有一种天然的恐惧,但这一回他们预有准备。重型炮火在炮兵前线观察员的指挥下在坦克的前进通道上设置了火网,反坦克火箭也一枚枚飞过来迎接法军坦克。结果,一转上山坡,法军的一辆坦克压上了地雷,车长负伤,坦克失去战斗力。另一辆坦克被一枚反坦克火箭击中,坦克受到轻度损伤,无法挪动。失去了坦克的有力掩护,法军的反击势头一下子就低沉了。朗格莱遂命奠边府中心区的法军大炮集中火力向H6高地前沿轰击,压制越军的冲击势头。

朗格莱已把自己的指挥位置移到了机场南端的一个掩蔽部里,见到反击受阻,不由得感到心慌意乱。如果丢了H6高地,法军将失去空降场的一半,要把奠边府守下去就难上加难了。朗格莱破釜沉舟,从关键的E2高地上抽下人来增援H6高地。

法军上尉克利迪克奉命率一个连从E2驰援H6高地。这个连队是一天前刚刚空投到奠边府的,已在E2高地打了一仗,消耗还不大。克利迪克指挥很果断,率领全连从空旷的飞机场穿过,直扑H6高地。

4月5日清晨4时20分,新到的伞兵连投入H6高地的战斗。在H6高地上打了

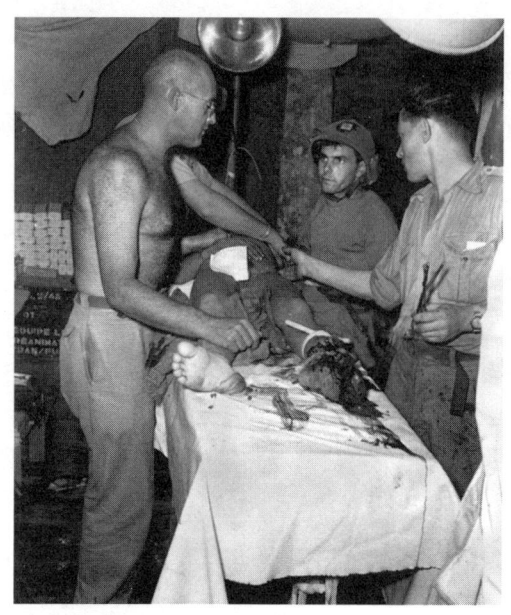

法军军医在奠边府前线实施手术

一夜的越军此时筋疲力尽，经不住生力军的冲击，被迫后撤。克利迪克终于冲上山头的时候，那里的法国守军只剩下20个人了。

伞兵预备队在H6高地激战之时，朗格莱还不放心，用无线电对讲机从东部防线召来了比雅尔，命令他立即拟订一个向H6高地反击的计划。比雅尔来了，趴在地图上策划了反击计划：抽调两个连跟在克利迪克后面向H6高地反击。朗格莱马上批准了比雅尔的方案，立即向河内呼叫，请求空军在天明后派出轰炸机配合作战。

两个连伞兵调过来了，加在一起还不到160人。天亮以后，几架法军轰炸机按计划赶到。这时，正有一支越军朝着H6高地调动。法军飞行员发现了运动中的越军，一阵狂轰滥炸，使之蒙受重大损失。乘这个机会，得到了增援的H6高地上的法军实施反击，终于把越军又赶下了H6高地。

雨后天晴，又复乌云密布，雷声滚滚。H6高地上尸横遍野，在这轮高地争夺战中，越法双方都遭受了重大伤亡。战场上留下了数百具越军尸体，21名越军战士被俘；法军方面则有200余人伤亡。天亮以后，德卡斯特里的电台破译了一份武元甲司令部发往后方的电报，电报说越军伤亡很大，要求后方迅速向奠边府前线增补新兵，弥补各师的伤亡。

作为进攻的一方，越军遭受伤亡后可以得到补充。作为防御的一方，奠边府法军遭受伤亡后只能通过飞机空投进行有限补充。奠边府战役胜负的天平，一加上这个砝码就倾斜了。

第 34 章

战与和的选择

越南密战

东方四国的步调

1954年4月的第一周，奠边府激战正酣，法军伤亡惨重，奠边府中心区野战医院里挤成一团，血腥扑鼻。摩洛哥籍士兵昼夜不停地在地下野战医院里挖掘新的"病室"，以安置每天增加的伤员。更有数百来自欧洲和非洲的士兵草草葬身于异域荒野，化作家人缠绵不绝的梦思和垂念。

对德卡斯特里来说，4月第一周即将结束时的情形更加不妙。奠边府主阵地上，只有四辆坦克还能执行作战任务。大口径炮弹所剩无几，大概只能支持一两夜的作战消耗。他只好不停地向科尼呼叫，请求增加空投。

越军的伤亡大大超过了前一阶段对兴兰高地和独立高地两个高地的攻势作战，还有许多战士被俘。但在阵地态势上越军的情况要好得多，已经从东部和西北部两个方向上压缩了包围圈，使法军难以从空中补给。只是究竟如何打破法军的拼死抵抗，武元甲一时找不到好办法。

韦国清也为此事着急，一夜一夜地失眠，头痛欲裂，不得不整天带着奇特的"健脑器"。他的苦思形象感染了越军作战局副局长陈文光，他在40年后还生动地回忆说："那个时候，由于战事紧张，

1993年6月24日，韦国清夫人许其倩在北京看望来访的前任越南国防部副部长陈文光上将（钱江摄）

韦国清将军头痛,我也头痛。"[1]

使韦国清感到很有压力的同时,日内瓦会议一天天临近,中国和苏联的准备工作已在紧锣密鼓地进行。

1954年3月9日,中国大使张闻天拜会了苏联外长莫洛托夫,通报中、朝、越三方参加日内瓦会议的初步意见。莫洛托夫认为中方代表三方提出的意见很好,他将提交苏联外交部作进一步的研究,还表示欢迎中、朝、越三方代表团于4月中旬到莫斯科来。

莫洛托夫说,苏联最近已开始了会议准备工作,参加人有副外长葛罗米柯、库兹涅佐夫、费德林及苏联东南亚司司长诺维科夫。

3月底,中国参加日内瓦会议的代表团的成员基本确定为:

团长:周恩来

代表:张闻天、王稼祥、李克农。

秘书长:王炳南

团员10人:雷任民、师哲、乔冠华、黄华、陈家康、柯柏年、宦乡、龚澎、雷英夫、王倬如(后来又增加了吴冷西)。

由于会议与印度支那问题有关,中国代表团设越南组,由9人组成。另有综合组10人,新闻宣传组19人,秘书组6人,俄文翻译5人,英文翻译4人。

按照中国、苏联和越南三方约定,为了做好参加日内瓦会议的准备,4月1日,周恩来、王稼祥、师哲和正在北京的胡志明同乘一架飞机,前往莫斯科与苏联领导人协调共同立场。

周恩来、胡志明一到莫斯科就参加了由苏共总书记赫鲁晓夫主持的圆桌会议,苏方领导人马林科夫、莫洛托夫、苏斯洛夫等参加。张闻天也参加了会议。

赫鲁晓夫首先发言说,即将举行的日内瓦会议是一次具有重要政治意义的会议,中国、朝鲜、越南三国与会本身就不同寻常,是东方阵营的一个胜利。赫鲁晓夫表示,对会议要力争取得某种成果,因为这也是可能的,不是空想。

老资格外交家莫洛托夫发言,认为在日内瓦会议上可能取得某种成果,这取决于双方的努力和究竟能够做出哪些让步。他说,苏、中、朝、越四方应该

---

[1] 1994年6月24日,作者在北京访问陈文光。

确定自己明确的立场、态度和原则，同时又必须具有极大的灵活性、预见性。开起会来要随机应变，妥善处理各种可能遇到的情况。

周恩来发言说，中国能够参加日内瓦会议，本身就是一件不同寻常的事，是中国外交的一个胜利。如果我们能够很好地利用这个会议，阐明自己对世界问题的立场和看法，对未来的事态发展是有好处的。由于世界上两大阵营目前都有停止武装对抗的意愿，所以解决某些问题，比方说解决印度支那问题，也是有可能的，应该努力争取。

周恩来指出，中国参加日内瓦会议有微妙之处，那就是会议要解决的问题，即朝鲜和印度支那问题虽然和中国有着切身的利害关系，却并非中国自身的事情，所以需要特别小心谨慎。这次日内瓦会议的召开，是苏联与西方三大国直接磋商的结果，中方对这次会议的背景还不太了解，希望苏联外交部为中国方面作些介绍。[1]

这次，周恩来在莫斯科停留了两三天就返回北京。在向毛泽东汇报中苏双方对日内瓦会议的准备情况后，毛泽东同意周恩来近日再去莫斯科，进一步协调立场、方针。

毛泽东和周恩来的期望

1955年6月，毛泽东到北京机场欢迎胡志明

4月初，越南战场成了国际新闻界最关心之处，每天都有大量消息报道。置身北京中南海的毛泽东总觉得来自韦国清的战场报告太少，还注意阅读新华社编辑送高层领导参阅的《参考消息》，从国外电讯中了解奠边府战事。

---

[1] 师哲：《在历史巨人身边》，第536—541页，中央文献出版社1991年版。

第34章 战与和的选择

4月4日,毛泽东被《参考消息》上的报道吸引住了。外电说,奠边府的东面和西北面受到越军极大压力,法军不得不收缩防线。读了《参考消息》,再参照地图,毛泽东甚为兴奋,提起笔来,起草了一份给韦国清的电报。鉴于胡志明正在莫斯科,毛泽东首先提醒韦国清:"今后军事方针请你与长征和武元甲进行商讨后电复。"接着,毛泽东转入正题:

> 从《参考消息》看到我越南人民军已收复奠边府北面、东面敌外围阵地,2日晚又攻占西面敌外围阵地一部分,似此不仅能确实控制两个机场,我前沿阵地与奠边府敌核心阵地亦相距甚近(估计不过千余米远),战役全胜条件已大为增加。必须继续克服困难,坚决歼全该敌。如攻势顺利,供应有保障,进逼作业能加快速度时,应提早总攻,争取雨季前(5月初)结束奠边府战役,利用雨季休整补充。8月或9月开始向琅勃拉邦和越曾(万象)进攻,解放该两城,并积极准备本年冬季至迟明年初春开始向河内、海防地区进攻,争取1955年解放三角地区[1]。

毛泽东和周恩来都抱有希望,希望越军能在日内瓦会议召开前夕攻占奠边府。如果真如此,就会使中苏阵营在谈判中处于有利地位。

周恩来在短暂回京的几天里得知,身在越南的罗贵波病了。早先,罗贵波是参加日内瓦会议中国代表团的当然人选。周恩来已经关照过,请罗贵波做好参会准备,4月初赶回北京。偏偏从3月28日起,罗贵波突然患病,天天发烧,急坏了身边的越中两国医生。到4月3日,罗贵波的病情有所好转,他向北京报告,如果无其他病变,他准备在4月10日前赶回北京。

4月初,周恩来回北京只不过三几天工夫,他于4月6日再次前往莫斯科,与苏联领导人会谈。

从1953年3月斯大林逝世起到1956年之间,是中苏两党中央关系最密切的时期。中共中央希望在苏联帮助下加快国内经济建设,苏共中央以赫鲁晓夫为首的新领导也迫切地希望得到中共中央的支持,以稳固自己在国内和"社会主义阵营"中的领袖地位。1954年4月7日,周恩来与莫洛托夫会谈,商定由苏方拟

---

[1] 三角地区,指红河三角洲。

订日内瓦会谈的具体方案。莫洛托夫告诉周恩来,苏联与会代表团至少会有120人,甚至更多,将包括各方面的人才。他希望中方充分注意这一点。

周恩来明确地告诉莫洛托夫,中方非常重视这次日内瓦会议,将争取利用会议打开外交局面,也将组成一个包揽众多人才的代表团。

1954年4月9日,周恩来、胡志明、王稼祥与赫鲁晓夫、马林科夫、莫洛托夫、苏斯洛夫就越南问题会谈。苏方对中越两国提出的"关于印度支那形势和战略方针的意见"表示赞同。当晚,赫鲁晓夫设宴招待周恩来一行。

北京时间4月12日,周恩来、王稼祥和胡志明同乘专机回到北京。[1]

美英各自的如意算盘

奠边府战役和即将举行的日内瓦会议同样使美国总统艾森豪威尔反复思考"战"与"和"的选择。从军事角度来说,他早就不赞成法军空降奠边府,认为虽然"这一阵地是坚固到足以给越盟造成重大伤亡的,但从长远来看,放弃机动性而宁可占据一处四周由高地控制着的、与外界难以取得联络的没有机动余地的阵地,肯定不是一种正常的行动"。

但是,艾森豪威尔绝对支持法国拉尼埃政府,他说:"拉尼埃政府的存在对美国来说是重要的。我们深信,没有哪个继任的政府会在印度支那的防御或支持欧洲防务集团这些问题上采取一种比他更为强硬的立场了。"[2]

艾森豪威尔于1954年4月1日亲自致信英国首相丘吉尔:

> 阁下必然以深切的关怀与焦虑的心情注视着法国人在奠边府英勇奋战的每天报道。今天那里的局势看来未必是绝望的。
>
> 但是,不论这场令人瞩目的战斗的结局怎样,我担心法国人不能单独地把它坚持到底,尽管我们给予他们大量的物资和金钱援助。单是力促法国人加紧他们的努力,不是个解决办法。如果他们不能坚持到底,而让印

---

[1] 师哲:《峰与谷》,第127—128页,红旗出版社1992年版。
[2] (美)艾森豪威尔:《受命变革》第2卷,第416页,三联书店1978年版。

度支那落入共产党手中，则对于我们的和你们的全球战略地位以及整个亚洲和太平洋的力量对比来说，其最终影响可能是灾难性的……这就使我们面临严酷的结论，即东南亚的局势迫切需要我们采取严肃而又影响深远的决定。

离日内瓦会议的召开不到四个星期了，鉴于法国人现有的心理状态，在那里共产党在我们之间打进一个楔子的可能性，必然比在柏林大得多。我能够理解法国人谋求结束这场战争的十分自然的愿望，这场战争已经使他们流血八年之久。但是我们为寻求摆脱僵局的煞费苦心的探索，迫使我们勉强地做出这样的结论，即印度支那问题没有那样一种谈判解决办法——在本质上将既不是掩盖法国投降的一项保全面子的策略，又不是掩盖共产党退却的一项保全面子的策略。第一种选择在其广泛的战略意义上是太严重了，对你我来说都是难以接受的。

艾森豪威尔认为，现在支持法国的最好的办法就是建立一个"集团或同盟"。这个集团或同盟的成员应该有英国、美国、法国、印度支那联邦国家、澳大利亚、新西兰、泰国和菲律宾。艾森豪威尔强调："这个联盟必须是强大的，并且在必要时必须愿意战斗。"不过说到这里，艾森豪威尔又加了一句："我并不认为贵方或我方有派出任何值得重视的地面部队的需要。"

同一天，艾森豪威尔在白宫召开国家安全会议，讨论美国对德国和菲律宾政策。既然涉及东南亚，与会者不可避免地讨论了印度支那问题。

参谋长联席会议主席雷德福再次主张，对印度支那动用美国空军和海军，首先使用空军猛烈轰炸奠边府的越军阵地。但是，说出这番主意的时候，雷德福的底气并不壮，因为就在前一天（3月31日），雷德福在五角大楼召集参谋长联席会议时问同僚们，如果法国正式请求美国海、空军投入印度支那战争，美国该怎么办？

与会者们绝大多数反对美军卷入战争，尤其是美军陆军参谋长李奇微反对最强烈。他认为，仗一旦打起来，就很难限制于使用空军了，弄得不好就可能卷入全面战争。当过"联合国军"司令的李奇微在朝鲜半岛和中国志愿军交过手，深知仗不好打。他指出，一旦大规模空军行动使中国志愿军进入越南战场，而美国又要卷入的话，至少要在那里投入七个师才能抵抗得了中国志愿军的进攻。

雷德福的意见没有被通过，只好等到会后在私下里向杜勒斯强调，在印度支那战场，"时间是个大问题"。他还说："如果那里出现一场灾难，人们会因为总统一无所为而批评他。"

鉴于部下的意见很不一致，艾森豪威尔变得更加谨慎，而且认准了，如果要在印度支那动武，英国的支持必不可少。

就在4月1日当天，美国驻英国大使罗杰·马金斯转来英国外交大臣艾登致杜勒斯的一份备忘录。该文指出："仔细地研究了（印度支那的）军事和政治形势以后，我们感觉到在有利情况下解决印度支那问题的可能性已经消失。在那里遭受挫折的可能性则正在增加，这也许会迫使我们三方同意在日内瓦接受一项政治妥协。"[1]

还是英国旁观者清。丘吉尔对法国"体面地实现停火"早就不抱希望。丘吉尔是一位有历史远见的政治家，随着第二次世界大战硝烟散去，他已经发现昔日的大英联邦正在无可挽回地解体。才几年工夫，总人口占世界第二位的印度已经从英联邦内独立出去，英国正在从亚洲国家中一个接一个地退出。既然如此，为什么法国还要留在亚洲不走呢？

早在1953年9月8日，英国外交部远东局顾问奥格本提出印度支那问题备忘录指出："过去，我们的印度支那政策，毫无疑问是建立在法国决不会失败也决不能失败这样的基点之上的。但是现在的迹象表明，法国很有可能在印度支那失败。那么，我们为什么不随之而改变我们的印度支那政策呢？"

英国军方提出了相似意见。1953年下半年，英国三军参谋长会议两次会商了印度支那情况，得出的结论都是，法军在印支的颓势已经无可挽回。

这些判断使得丘吉尔进一步确认，越盟难以打败，北越终将失守。他认为，要保住其他国家的现状就是上策。英国亚洲政策的要点是，既然印度支那战局已经如此，最好的选择是在中国和西方国家之间建立一个"缓冲地带"，使尖锐的冲突暂时平息。英国不想再与东方阵营直接对抗。

英国对日内瓦会议抱有切合实际的希望，准备得也比较充分。丘吉尔和

---

[1] John Prados, *The Sky Would Fall: Operation Vulture: the US Bombing Mission in Indochina 1954*（New York，1983），p.91.

艾登觉得有可能在日内瓦会议就停息印度支那战火达成一项协议，其中的关键就是也运用"朝鲜方式"南北分治。丘吉尔和艾登认为，中国会接受"朝鲜方式"，因为这样一来在中国和西方之间出现了"缓冲地带"，减少了中国和西方直接对抗的可能性。

丘吉尔认为，苏联已经承认，亚洲、特别是东南亚是"中国的势力范围"，但是苏联并不希望中国在那里的影响大得无与伦比，苏联会接受在印度支那实施"朝鲜方式"。事实上，1954年3月下旬，苏联驻英国大使馆官员在与英国外交部官员的接触中已探问过，"朝鲜方式"能不能运用于印度支那？丘吉尔和艾登的看法一致：在日内瓦会议上达成妥协，采取"朝鲜方式"使越南分治，恐怕是最能为两大阵营接受的方案。[1]

鹰派再次失望

1954年4月2日上午，艾森豪威尔召集要员们议事，看到了情报机关的最新综合报告："红色中国是在派人员（主要是顾问和技术人员），但不是派遣军队进入越南。"[2]

4月3日是个星期六，华盛顿的杰斐逊纪念堂前，水平如镜的潮汐湖畔樱花盛开，红云飞腾。这天，有2万余人来到这里观赏樱花。

艾森豪威尔无这份闲心赏花了。当天一早，他驱车前往位于马里兰州的戴维营总统度假营，为预定于下星期一做的演说定稿。还有一件事，他安排杜勒斯来做。

上午，受国务卿杜勒斯的约请，八名国会议员，其中五名参议员、三名众议员走进了国务院5楼会议室。他们惊讶地看到，主人不仅是杜勒斯，身边还站着一副戎装的雷德福和国防部副部长罗杰·凯斯、国防部海军事务秘书罗伯特·安德森，还有杜勒斯手下专司与国会联系的助理思拉斯顿·莫顿。在这些

---

[1] Philippe Devillers and Jean Lacouture, *End of A War* (Published in France in 1960, Translated by Alexander Lieven and Adam Roberts, Published in USA, 1969), pp.109—110.

[2] John Prados, *The Sky Would Fall: Operation Vulture: the US Bombing Mission in Indochina 1954* (New York, 1993), p.94.

美军参谋长联席会议主席雷德福海军上将

人背后的墙壁上，悬挂着巨幅世界地图。

会议室内气氛肃静。待来客坐定，杜勒斯首先发言："总统授权我召开这个会议。"他直截了当地说，希望国会能够同意授权总统在印度支那动用空军和海军挽回那里的颓势。杜勒斯暗示，其实，即使国会通过这样的授权，总统也未必真的下令动武。而眼下总统感到，在此关键时刻，面对印支危机，国会领导人和政府保持一致是必不可少的。

雷德福接过杜勒斯的话头说，政府对印度支那局势的急剧恶化深为关切。他站起来，挥手在背后那幅巨大的地图上描绘印度支那对太平洋地区的重要意义。他说，在奠边府，法军已经被整整围困了三周之久。而且，由于通信联络不畅，他甚至不能说出现在奠边府是否还在法军手里！

杜勒斯强调说，如果印度支那丢了，整个东南亚将不保，美国的势力就会退缩到夏威夷。

那么美国应该怎么办？雷德福将自己的计划和盘托出：美国动用已部署在南中国海的两艘3万吨级航空母舰，同时使用菲律宾的克拉克空军基地，可出动200架作战飞机，轰炸奠边府周围的越军阵地。

雷德福一席话，说得直盯着墙上大地图的八位议员大吃一惊。这八人皆非等闲之辈，他们是：参议院多数党领袖、共和党的诺兰，还有他的同事尤金·米利肯；参议院少数党领袖林登·约翰逊，及民主党人里查德·拉塞尔、厄尔·克莱门斯；众议院议长约瑟夫·马丁，以及众议院内的两位民主党领袖约翰·麦考曼克、帕西·普利斯特。

听完介绍，议员们纷纷发问，首要问题是，如果动武，是否意味着美国就此进入战争状态？

雷德福说，如果那样的话，美国自然进入了战争状态。

第二个问题，如果轰炸奠边府不能达到预期目的，战争是否延续？

"是的。"雷德福给予肯定的回答。

第三个问题是，美国会不会使用地面部队？

雷德福不予直接回答。

提问开始时，参议院共和党领袖诺兰曾表现出几分赞成动武的热情，可是一待民主党人问话，他就缩了回去。

民主党的克莱门斯向雷德福发问："参谋长联席会议的其他成员是否赞成你的计划？"

"没有。"雷德福吐露真情。

克莱门斯追问了一句："其他三位参谋长中有没有人同意你的计划？"

雷德福失望了，说："一个也没有。"

"那你为什么坚持己见呢？"

雷德福说："因为比起其他几位，我在远东的时间最长，了解情况更多。"

约翰逊，这位未来的美国总统崭露头角，他问杜勒斯，是否已经与有关盟国商议，共同派遣军队投入干涉？

杜勒斯摇摇头说，还没有。

约翰逊说："那么为什么您没有像朝鲜战争爆发时那样到联合国去发言、去组织盟国呢？"

杜勒斯说，那需要更多的时间，而现在印度支那局势已经刻不容缓。

议员们谈出自己的担心，生怕美国一旦出兵越南，中国和苏联会联合起来与美国对抗。

杜勒斯显得比较有把握地说，苏联现在并不打算卷入一场全面战争。

然而，与会的议员大都持反对意见。

1954年4月4日是个宁静的星期天，艾森豪威尔和夫人直到傍晚8时20分才从戴维营回到白宫，杜勒斯、史密斯、雷德福等人坐等他归来，然后一起会商了国会对印支战争问题可能采取的态度。

法国的急切和英国的冷淡

美国还沉得住气，法国却不行了。1954年4月5日夜晚，法国总理拉尼埃和外长皮杜尔紧急召见美国驻法国大使都龙。皮杜尔神态庄重地对都龙说："我们急需美国使用航空母舰上的作战飞机对奠边府进行武装干涉，只有这样才能拯救奠边府。"皮杜尔说，在奠边府，越军的补给速度大大超过了法国，那里的局势非常危险。皮杜尔还称，美国参谋长联席会议主席雷德福答应过，一旦奠边府危急，美国会帮忙的。

拉尼埃向都龙出示了纳瓦尔4月3日拍给国防部的绝密电报，电报称中国军事顾问正在奠边府前线协助越军作战，中国向那里的越军提供了大量的武器弹药，导致了奠边府战局的"恶化"。拉尼埃说，如果美军卷入奠边府战局，可能引起中国干涉，法国准备冒此风险。

皮杜尔对都龙说："越军可能在一周内再度发起向奠边府的大规模进攻，而日内瓦会议成败与否，完全取决于奠边府了。"

都龙回到大使馆，即向杜勒斯拍发急电，转述了法国政府的请求。

都龙的电报送到了，时过午夜，杜勒斯和艾森豪威尔被先后叫醒，通报情况。次日一早，艾森豪威尔和杜勒斯又商量了一下，却没有新的举措。艾森豪威尔要杜勒斯再问一下雷德福，听听他有没有新建议。当天，杜勒斯命令中央情报局再一次就中国援助越南的情况递送一个报告。

1954年4月6日下午，艾森豪威尔主持国家安全会议，参谋长联席会议成员都参加了。会议商讨了参谋长联席会议根据艾森豪威尔3月25日的命令拟订的方案：一旦美军要投入印度支那战争，需要立即采取从要求国会批准到调动兵力的一系列步骤。草拟的计划说明，如果投入战争，在第一阶段需要的兵力大体是，空军8600人，海军3.5万人，陆军则可能需要一个空降师和六个步兵师共27.5万人。[1]

对法国政府的紧急求援，雷德福主张不变，李奇微仍坚决反对，认为美军一旦卷入奠边府作战，必然导致中国志愿军进入越南。大多数人同意李奇微的观点，觉得不出兵更符合美国利益，于是与会者干脆转而讨论起即将召开的日内瓦会议来了。

4月7日，答复艾森豪威尔的丘吉尔电报姗姗来迟。年迈的首相说，对于印

---

[1] Bernard B. Fall, *Hell in a Very Small Place*, *The Siege of Dien Bien Phu*（published by Da Capo Press, Inc. Originally published by Philadelphia: Lippincott, 1967），p.112.

度支那战场，英国不会参加"联合行动"，对奠边府战局也没有特殊的兴趣。

这份电报无疑是当头一瓢冷水，在副国务卿史密斯建议下，雷德福于次日会见了英国驻美国军事代表怀特利将军，通报美国军方意见。雷德福对于英方未予合作耿耿于怀，强调说，奠边府必须守住，要是丢了奠边府，整个东南亚也保不住。

怀特利将军问，面对这种形势，美国是否会向中国发出要求停止向越盟提供援助的最后通牒？

雷德福说，不知道。但是从他个人的观点看，即使发出最后通牒也没有用。因为即使中国马上停止对奠边府的援助，也不会对那里的局势产生明显影响。其次，美方无法确认中国会不会接受最后通牒。相反，如果有这样的通牒，反而会导致中国公开卷入印度支那战争。[1]

---

[1] Arthur W. Radford, *From Pearl Harbor to Vietnam* (California: Hoover Institution Press, 1980).

第35章

艰苦的相持战

法军"坑道"引起注意

前方鏖战正酣,美英法三国间信使交驰,和战之争此起彼伏,小小的奠边府愈加为世人瞩目。

1954年4月8日,武元甲在前线指挥部召集会议,总结第二阶段作战经验,整顿兵力,准备第三阶段的战斗。韦国清、梅嘉生与会。

会议上有一初步统计,在第二阶段作战中,法军伤亡约2300名,双方伤亡比例为1∶1。然而越军伤员中67%是轻伤,不少伤员可以在较短时间内重返战场。

综合奠边府战役的第一、第二阶段情况,越军共歼法军5000余名。

越军的伤亡也不小,特别是法军的几次猛烈反击使越军兵锋受挫。让越军感到奇怪的是,法军的反击兵力怎么像从地里钻出来似的,说到就到了?综合制高点上侦察兵的报告,好几位越军指挥官判断,法军在奠边府中心区修筑了绵长的、四通八达的坑道。他们纷纷向中国顾问讨教打坑道的办法。

坑道战是朝鲜战场上中国志愿军熟悉的战法。4月初,中国军事顾问团接连向解放军总参谋部汇报"奠边府法军坑道"问题,请示打法。

1954年春,困守奠边府的一个法军士兵在掩体出口观察

第35章 艰苦的相持战

接到来自奠边府的电报，中国人民解放军总参谋部的军官们很有信心。参加过朝鲜战争的军官们都说得出体会，军中更有长于坑道战的战将。4月9日，中央军委致电韦国清，电文中有一部分专谈坑道战和火箭炮兵的问题：

1.奠边府敌构筑坑道类型及质量如何？坑道一般有多长？石质抑或土质？每条坑道能容纳多少人？用榴弹炮能否摧毁？掩蔽部是否即盖沟？顶有多厚？请详告。

2.七五无后坐力炮是否已经使用于奠边府战场？其效果如何？是否还需该炮？六管火箭炮兵应加强训练，求得全部使用于下次总攻奠边府的战斗中。我们为帮助胡军加速六管火箭炮的训练，决定再派25名熟练六管火箭炮的营、连、排干部赴越帮助训练工作。

3.根据朝鲜作战的经验，有计划地派出狙击手不断杀伤消耗敌人，收效很大。目前奠边府之敌仅剩8000人，我如能很好组织狙击手的射击，将给予敌人以不断杀伤，如此也可造成我最后攻歼奠边府守敌的有利条件。

4.为全歼奠边府守敌，取得战役的全部胜利，我应很好地组织炮火，不要吝惜炮弹的消耗，特别在决定性胜利的关键时刻应组织浓密的炮火支援步兵作战，我们及时供给胡军足够的炮弹。

5.为帮助越军解决打坑道和掩蔽部的战术和战斗动作问题，我们已选调在朝鲜作战有经验的团、营、连干部共12人，由第60军某团团长王子波同志率领，数日内启程赴越帮助工作。

6.据了解，奠边府的地势是北高南低，河道由北向南流，请考虑雨季来后是否可以用人工造成泛滥，以水淹奠边府之敌。如有可能，则请预作研究和准备。[1]

同日，中国人民解放军总参谋部还向韦国清发了第二份电报，告诉韦国清、梅嘉生："对坑道盖沟可以集中炮火予以分段分点逐渐摧毁，特别要充分发挥我伴随火炮的作用（如无后坐力炮、火箭筒、迫击炮等）；敌盖沟只要攻击前将其轰塌，切断一两段，敌即被前后隔绝而有利于我接近后以连续爆破歼

---

[1] 依据梅嘉生将军保存的赴越军事顾问团文件。

灭之。如能组织力量绕至敌侧后分段打击，同时单兵爆破更好。"

与此同时，中国人民解放军总参谋部向正在安徽的第60军某团团长王子波发出命令，要他立即进京受命，带领有坑道作战经验的营、连级军官赶赴越南。

向奠边府增派坑道战指挥员

出生于1922年的王子波是奠边府战役的又一个中国见证者。他是河南省新安县人，父亲当过小学教员，把爱读书的家风传给了孩子。王子波自幼爱好读书，到县里上中专的时候，抗日战争爆发，15岁的王子波投身救亡运动。1938年2月，他和一批同学到山西参加了共产党领导的青年抗敌决死队，不久就到韦国清任校长的八路军随营学校学习，并在那里入党。

抗日战争中，王子波成长为著名战将皮定均麾下的年轻军官。在解放战争中，王子波参加了中原突围、守卫两淮和孟良崮等重大战役。

1951年3月，任团长的王子波率部入朝作战，参加了激烈的第五次战役。战役后，王子波在朝鲜东线作战，在"三八线"附近与敌方对峙。

1952年秋冬以后，东线志愿军开展"挤阵地"作战，多以小部队出击小阵地。在这些战斗中，小部队袭占的阵地大多不能守住，因为敌军的反击很快，且有空军掩护，在夜间攻占阵地的志愿军往往来不及改造工事就遭受敌方的强大压力，只好退下来。在东线的一个小山头"方形山"，志愿军先后攻上去11次，杀伤了敌军，但是都没有守住。

1953年初春，王子波团投入方形山战斗。王子波是一位骁勇善战又颇具文思的团长，他在进军大西南征途中写下的诗后来被编入专集。在"挤阵地"战前，王子波灯下执笔，写了一本专讲攻坚阵地战的小册子，作为本团使用的训练教材。

王子波首先指挥攻占一个小山头的战斗。他将战术确定为"为守一点，攻打数点，将打敌反扑控制在所欲坚守的新占基本阵地之前"。战斗中，王子波所部在攻守中使南朝鲜军伤亡1400余人，敌我双方的伤亡比例为9∶1。志愿军司令部为此发出通报嘉奖。

紧接着，王子波指挥方形山战斗，出师告捷。他指挥的团攻得上、守得住，威震一方。

战斗发起前，王子波将一本他刚刚写成的关于攻坚的油印小册子交给军作训处处长刘凯。战斗结束后，刘凯把小册子送到了志愿军司令部，"志司"则将它呈送司令员彭德怀。

指挥百万大军作战的彭德怀日理军机万端，但仍然饶有兴致地细读了王子波的小册子。彭德怀读后大加赞扬，挥笔批示："只有认真研究情况、总结经验，才能写出这样生动有用的阵地进攻的战术和战斗动作（教材）。应当介绍给全军普遍研究之。"彭德怀还为王子波的小册子重拟了名字。

彭德怀批示后，志愿军参谋长李达签署通报："彭司令员审阅了这个反击战术教育讲课材料后，极为嘉奖，除将其原题改为《对坚固阵地进攻的战术和战斗动作的教材》之外，并嘱令修改，转发全军作为临时战术教材。"

王子波参加了1953年7月的金城战役，指挥部队在突破敌军侧后、断敌退路的战斗中取得胜利。随后朝鲜停战，总参谋部内定，将王子波调回北京，到中国人民解放军总参谋部工作。

王子波于1953年年底从朝鲜返回安徽驻地，军长张祖谅指定王子波执笔编写第60军入朝参战总结。4月2日，王子波正在军部作总结汇报，军长张祖谅接到总参命令，指名王子波率领一个工作组去越南参加奠边府战役。

张祖谅亲自带着王子波来到中南海居仁堂，向中国人民解放军总参谋部报到。总参作战部部长王尚荣向王子波交代任务说，根据前方报告，在奠边府盆地里发现了法军的坑道。对于打坑道，越南人民军缺乏经验，就是中国顾问团首长也了解得不多。总参谋部决定调你到总部来工作，但是你先要辛苦一趟，立即出发到越南西北的奠边府去，参加军事顾问团，解决打敌坑道的战术问题。

本来，解放军总参谋部打算要王子波带上一队人马去越南，但是韦国清于4月10日的回电改变了解放军总参谋部的主意。韦国清在电报中对所谓的"奠边府坑道"廓清疑云，解释说："奠边府敌中心区域芒清的工事构筑是一个母堡，周围有若干个子堡连成集群据点，母堡下面的地下室与掩蔽部以及母堡与子堡间有掩盖交通壕相通。周围有坑道、地下室和盖沟相连，同时与母堡也相连。"

也就是说，奠边府"坑道"的规模不像以前想象的那么大，所以韦电说："目前我方坑道战问题，有顾问徐成功帮助越军研究战术与技术问题，其他顾问暂不必来，只来王子波同志帮助即可。"

于是王子波只带了一位营长晁尚志，还有一位工兵连长，组成一个小工作组，在王尚荣授命的次日乘坐军用飞机朝中越边境飞去。途中天气状况不好，飞机被迫在武汉降落。王子波改乘火车赶往南宁，又一路颠簸来到广西凭祥县的镇南关下。这时，王子波病了，腹泻不止。他休息了三天，未待痊愈就出关入越，挥汗如雨地向奠边府赶去。[1]

新华社记者戴煌奔赴战场

王子波压根儿就没有想到，上级让他这样紧赶慢赶，竟是在追赶一位新四军老战友——新华社著名军事记者戴煌。

戴煌，1928年出生于江苏阜宁县。抗日战争中，戴煌当过游击区的儿童团长，1944年参加新四军，1947年进入新华社成为军事记者，枪林弹雨之中，他写下了许多具有历史价值的报道。

朝鲜战争中，戴煌入朝，于1952年采写的通讯《不朽的国际主义战士（罗盛教）》成为在中国传诵一时的名篇。此后，戴煌又参加了东海岸抗登陆和金城突破战等大规模军事行动的报道。

1953年11月，新华社在北京举行全国社务会议，戴煌作为志愿军总分社代表从朝鲜回来参加会议。会议间隙，戴煌偶然听到新华社负责人商量，要派一个得力记者去越南。原来，杜展潮、萧

20世纪50年代，新华社记者戴煌在越南

---

[1] 1993年9月28日，作者在南京访问王子波。

光夫妇到越南后工作还顺利，但萧光到越南后怀孕了，不久后将回国分娩，杜展潮也要在萧光临盆前从前线撤回，照料妻子。

此时，国内一派升平景象。除了朝鲜和福建方向外，许多军事记者已经马放南山，不少人成了家。戴煌不过26岁，还没有结婚，正是血气方刚的年龄，他即向新华社负责人毛遂自荐，告诉说自己就是去越南前线的最佳人选。

接下来一路绿灯。戴煌赶回朝鲜取行李，又匆匆来到北京。这时候，总社已经把他的未婚妻从济南调到总社的国际部。1954年1月，戴煌和心爱的姑娘在北京成婚，即打点行李，赶赴越南前线。

离京之前，戴煌来到西单附近的一条小胡同，走进一个小四合院，拜访了刚刚从越南短暂回京、正在治疗牙痛的罗贵波，听罗贵波介绍越南情况。这是戴煌第一次听说"奠边府战役"这个词汇。罗贵波对他说，胡志明对中国党的感情很深，甚于对苏联党的感情，而我们援助越南也是无私的。越南军队的战斗力还不能和解放军相比，眼下他们在奠边府围住了法军精锐部队，但是奠边府这么大的战役，也不是人民军一下子能拿得下来的，不能操之过急。

几十个春秋逝去，银发终于飘满戴煌的双鬓，当年和罗贵波谈了些什么，已经难成完整记忆，但是罗贵波的上述那几句话，仍然深深地刻印在戴煌的脑海之中。

见过罗贵波，戴煌去见新华社社长吴冷西。吴冷西对戴煌志愿去越南鼓励了一番，说，杜展潮回国休假期间，你要在越南独当一面。

说着，吴冷西话头一转，问道："你这次去越南，是不是还要用你'戴煌'这个名字？"

戴煌点了点头说："是。"

吴冷西摇摇头不以为然："这恐怕不太好。"吴冷西认为，戴煌当军事记者日久，别人未必没有注意。现在，戴煌去了越南，又去了奠边府前线，如果还用这个名字，有人会想，中国的军事记者已经到了奠边府，那么是不是中国军队也已经参加了那里的战斗呢？这就是一个非常敏感的问题了。吴冷西建议，既然如此，最好改用一个笔名。

戴煌回答说："那就用我的原名，我读书时用的名字'戴澍霖'吧。"

"好！就这样定了。"吴冷西立即拍板，转身对新华社国际部主任李炳泉说，"请转告社内有关部门和有关同志，今后不论公事私事与戴煌联系，一律称他为戴澍霖。"

1954年春节过后，时在2月上旬，戴煌挥别新婚的妻子，登车南下。这时候，戴煌的手腕上有一块瑞士产的自动机械手表，时价170元，是因为戴煌入越而按出国标准配发的。出入战场整整十年了，今天自己终于有了一块很不错的手表，戴煌心绪豪壮，决心用这块手表记录下奠边府战况的发展进程。

沿途耽搁甚多，待到戴煌踏进越北中央根据地，已是3月末梢，奠边府正打得热火朝天。戴煌在根据地住了一些日子，一边熟悉情况，一边等待杜展潮从奠边府前线回来。他分别拜会了越南劳动党总书记长征，见到了正在那里开会的老挝的苏发努冯亲王，还有柬埔寨共产党总书记山玉明。

4月上旬即将过去的时候，杜展潮在翻译王德伦陪同下从奠边府前线回来了，和戴煌交接。戴煌求战心切，即与王德伦登上一辆往前线拉炮弹的大卡车，和几位年轻的中国连排级军官一起，夜行晓眠，朝奠边府而去。[1]

严肃军纪，务求完胜

1954年4月的奠边府战场，连空气中都飘荡着血腥味。

在3月30日以后的战斗中，越军蒙受重创，第308师和第312师这两个主力师伤亡甚重，非经整补难以投入再战。

这一时期，越军后勤补给线遭受法军飞机的猛烈轰炸，时断时续，粮食供应又变得紧张起来。4月上旬，奠边府前线越军主力部队的战士们一连多日每天只供应300克粮食，食盐几克。烟瘾重的战士常把枯焦的树叶搓碎，卷作烟卷。

越军出现了战士逃亡和自伤事件，甚至有基层指挥员在艰巨的战斗面前畏缩了。这样的事件还发生在主力部队中。根据一份手写记录，第308师中国顾问于步血曾向顾问团首长报告说：（第308师）第102团的主力营第2营攻法军E2（即A1）据点未下，担任指挥的团长还没有撤下来，有一个营长就跑到团政

---

[1] 1994年8月6日，作者在北京访问戴煌。

委面前吵着不愿意再上战场。在中国顾问的坚持下，政委要这个营长带部队上去增援，谁知这个营长走到半路，打电话向团长报告说，部队已经上去了，而他自己却跑了回来！[1]

越方一些团营级军官对于是否把奠边府战役打下去出现犹豫和观望情绪，这种情绪甚至影响了高级指挥员

1964年，原越军第308师顾问于步血（左）、越军西北军区司令朋江（中）、原312师顾问董仁（右）合影

的决心。武元甲就问过韦国清，如果不能尽快取胜，要是杜勒斯往奠边府丢原子弹怎么办？

韦国清的战役决心从来没有动摇过，他没有正面回答武元甲的担心，却开玩笑似的对前来汇报的越军师长们说："如果你们不愿意打了，就把我一个人留下来打。"[2]

在越北根据地，在北京和莫斯科，胡志明每天都在等待从奠边府战场传来的好消息。在根据地有罗贵波和邓逸凡，在北京有毛泽东、周恩来，在莫斯科有赫鲁晓夫、莫洛托夫，他们不时地激励胡志明，一定要把奠边府战役打到彻底胜利。因为只有奠边府战役胜利，才会给日内瓦会议苏、中、越一方带来更多的谈判筹码。

胡志明不断地鼓励武元甲，把奠边府战役打好，打出一个全胜的局面。

胡志明的叮嘱与鼓励，以及越方对日内瓦会议的巨大期望，还有中国军事顾问的及时进言，都促使着武元甲横下心来，不惜牺牲，在奠边府打垮法军。

中国军事顾问团的政治顾问们针对奠边府第二阶段作战后出现的情况，于4月中旬提出了《解决胡军（即越军）在奠边府战役中政治工作方面的一些问题的建议》。"建议"指出，冬春战役以来，越军部队连续行军作战，已经取得

---

[1] 1989年9月17日，作者在北京访问董仁。
[2] 1990年，作者在北京访问张英，1998年7月4日，作者在成都访问茹夫，两人均提及此事。

了不断的胜利，歼灭了敌人的一部分有生力量，造成了彻底歼灭奠边府守敌的有利条件。人民军在此次作战行动中得到新的作战方式的锻炼，战斗力比过去有了显著提高。但是由于战役时间比过去任何一次都长，部队中已经产生疲劳现象、涣散情绪，特别在干部中此种情绪正在发展。

中国政治顾问根据中国解放战争中的经验提出：

1.要在部队中，尤其在干部中反复深入地进行胜利完成奠边府战役任务的政治动员，使部队尤其是干部进一步认清战役的重大意义，树立坚决顽强的战斗意志和必胜的信心。

2.要加强干部的战斗积极性和战时工作的责任心。要表扬战斗积极性高、责任心强、完成任务好的干部，批评战斗积极性低、责任心差、完成任务不好的干部。条件许可时可进行简短有力的"评决心""评指挥"。

3.要正确地执行奖惩，整顿和严格战场纪律，同纪律松弛的现象做斗争。

4.要在连续战斗中随时提拔本质优良、战斗中表现积极英勇、肯想办法克服困难、完成任务的干部，充实缺额，健全组织，加强部队的领导和指挥。

5.配合军事机关，开展军事民主。

6.开展政治攻势，瓦解敌军。

邓逸凡对这份建议书全予批准，还亲自与武元甲联系，提出建议，在奠边府设立军事法庭，对开小差、自伤自残，以及在阵地上拒绝执行命令乃至临阵脱逃者以军法论处。

武元甲接受中国军事顾问团政治顾问组和邓逸凡的建议，越军于4月中旬在奠边府设立军事法庭，上文中提及的那个营长被送上军事法庭。

与此同时，越军各部队整肃战场纪律，开展政治动员工作稳定部队情绪。奠边府战后，武元甲一见到邓逸凡就说："邓同志，你给我们提了一个好建议，很起作用！"[1]

---

[1] 1990年6月15—16日，作者在广州访问邓逸凡。

越南老百姓的贡献

为保证奠边府战役的后勤供应,越南民工冒着法军飞机的猛烈轰炸支前。在战役第一阶段,直接投入前线的民工达1.5万余名,亡300余人,半数以上死于法军的飞机轰炸,另有34人病死。由于战场环境恶劣和伤亡较重,奠边府战役第一阶段结束时,这批民工中一部分人情绪低落,逃亡和怠工现象日趋严重。

陈登宁与中国后勤顾问史一民等商议后决定,将第一批征用的民工遣散,利用两个战斗阶段的空隙重新动员、征用了1.2万名民工,其中直接用于前方运输和中越边境金平至莱州运粮线的民工为7000余人,其余的主要用于修路和运送伤员。

对第二批征用的民工,强调了必须配备地方干部,并且进行防空教育和生活照顾,使这批民工的情绪大为稳定,伤亡也减少了。至奠边府战役结束,第二批征用的民工牺牲25人,有58人逃亡,这个数字大大低于前一阶段。

由中国紧急援助的数百辆汽车是运送弹药等军用物资的主力。

通往奠边府的崎岖山道上人流涌动,给刚刚入越也行进在前往奠边府路上的戴煌留下了深刻印象,在茂密的丛林里,他写下了通讯《越南人民的心向着奠边府》:

> 一百多天来,所有通向奠边府的大路小道上,日夜不断地来往着一队队支援前线的民工。他们大都是来自越南北部和中部解放区的农民,志愿远离家乡,来到这炮声隆隆的西北地区。他们挑粮食、运炸药、扛炮弹、运伤员……
>
> 他们对生活的艰苦毫不在乎,他们跋涉了数十公里的路程后,在茂密的山林中停下来,拔出长方形的小刀,砍削竹木,搭起小草棚。他们只休息数小时后,就又出发了,风雨无阻。
>
> 那些穿着栗色衣服的姑娘们也一样奔波在崎岖的山路上,她们边走边擦汗,舍不得停留一分钟。
>
> 在通向奠边府的水路上,还有更感动人的场面。陡峭、曲折的河床有很多处形成层层石阶,汹涌的江水从高山奔流而下,变成了大大小小的瀑

抗法独立战争中，越南民众组织运粮队支援前线

布，另外还有无数暗礁。为了有力地支援前线，这条危险的河水（指从中国云南金平县流出的藤条江）也被作为一条运输线。来自越南中部水网地带的成千水手在这条险流上工作着。不论如何艰难、危险，水上的运输从未停顿过。

……这一切，鼓舞着奠边府前线的每一个人民军战士。当他们站在交通壕里，面对着敌人的铁丝网，吃到从后方送来的食品，感到全国各地人民对他们的期望的时候，他们感动得说不出话来。他们纷纷写决心书给上级。在所有决心书上都可以看到这两句话：坚决打下奠边府，无愧于人民。[1]

中国炮兵顾问原野向本书作者回忆时说：

就不说枪林弹雨吧，单是那里的蚊子就把我整得够呛。我是北方人，可是奠边府太热了，热得我一天出多少身汗就数不清了。也没有什么洗澡条件，有时空下来就在山溪里冲个凉。还有，一出汗蚊子跟着就来了，还

---

[1] 新华通讯社：《新华社新闻稿》（1954年），第9页。

有山蚂蟥，咬得我到处是血。没有办法，洗完澡，我只好在身上打一层药皂，为的是避避蚊子。身上抹层药皂的滋味可不好受，但要比让蚊子、蚂蟥咬得满身血好。就这么，奠边府战役，几个月的时间就坚持下来了。

我那时常想，我们是艰苦，可是被围在奠边府盆地里的法军比我们更苦。法国士兵哪里来洗澡的条件呀？高地上的法军根本就不能洗澡。盆地里的呢，白天被大炮打得紧，不敢出来，他们就在晚上溜到楠云河里洗个澡，可是我给大炮定了点，无规律地向河段里打炮，好几次就正落在洗澡的法国士兵身边，把那一片河水都染红了。

战争从来就是这样残酷的，而胜利者往往就是更耐得住艰苦的一方。[1]

激战E1高地

原野说的是实情。进入4月之后，被包围在奠边府盆地中央和四周山头上的法军，日子更加难熬了。

德卡斯特里龟缩在地下掩蔽部里一筹莫展，朗格莱体谅他，承担了战场指挥的重任。经受了越军一个星期急风暴雨般的攻势之后，朗格莱完全认同比雅尔的看法，东部山头是奠边府中心区的重要屏障，要不然就无险可守了。

1954年4月5日以后，越军对东部山头的攻势渐渐趋缓。朗格莱清点兵力，发现真正控制在手头，尚可抽东补西调遣的战斗员只有2600余人了。已经有五个营的兵员不足300人，特别是坦克手的伤亡更是不可替代的。为此，朗格莱要德卡斯特里急电河内，请求火速向奠

奠边府阵地，法军发起反冲锋

---

[1] 1991年9月11日，作者在北京访问原野。

边府空投坦克手。

比雅尔提出，必须向东面山头的越军实施反击，特别是要夺回失守的E1高地。因为E1高地一失，其他几个小高地都受威胁。他认为，只有夺回E1高地，才可能巩固行将崩溃的东部防线。朗格莱迅速批准比雅尔的计划，并要他指挥反击。4月8日当夜，法军摸近E1高地，偷偷地挖起堑壕来。

比雅尔的决心是，集中奠边府中心区尚存的12门105毫米榴弹炮，再加上其他火炮，于10分钟内向越军阵地打出1800发炮弹；炮火延伸后，把手头还可以使用的4辆坦克派上去。

4月9日，飞临奠边府的法军飞机投下了180吨物资，其中包括急需的弹药。

拿到了这批弹药，10日清晨5时50分，东线法军的反击打响了。两个连法军冒着越军炮火冲上了E1高地。他们打得相当坚决。起初，进攻的法军被山头越军的火力压制在西坡上，法军的一个火焰喷射器班发挥了威力，几条火龙打掉了越军的火力点。

步兵激战之时，法军榴弹炮封锁了E1高地的侧后通道，阻止越军增援。战至下午14时许，法军占领了E1高地。

待到天色刚刚擦黑，越军组织了迅猛的反击，第316师一个团投入战斗，不顾法军的炮火阻拦冲上E1高地，将重占高地的法军分割开了。战至当夜21时，E1高地上的两个法军连长都受了伤，战局岌岌可危。

比雅尔在这时命令伯朗登上尉指挥两个连投入战斗。这两个连因为前一阶段连续战斗的伤亡没有得到整补，各自所剩的兵员不过50人，但他们还是明显改善了战场局面，E1高地上的战斗出现了僵持。

夜深时分，比雅尔终于用上了身边最后的预备队——两个越南籍伞兵连。而此时的越军因为急攻不下，过早地用完了预备队，结果在敌军新锐力量冲击下遭受伤亡，最后不得不退出战场。

4月11日天明，法军重占E1高地的大部分，并且稳固了阵地。

朗格莱于11日重新调整了奠边府防御，将整个奠边府中心防御区划分为五个防区，布里金耐克被任命为东部五个山头防区的司令官，比雅尔被正式任命为朗格莱的副手，掌管反击部队。

11日傍晚，夜色降临之后是最关键的时刻，东部战场出现了片刻的宁静。E1高地上的法军彻夜聆听山脚下越军战士挥动铁锹和锄头挖掘进攻堑壕的声音,这无疑是一场恶战的前奏。

这天是农历初九,月色渐明,E1高地上的树木都不复存在,在月光轻抚下透出满山灰白的颜色。

越军的炮群在夜色里发出复仇的吼声,从不同的方向朝着E1高地倾泻炮弹,使E1高地整个地颤抖起来。在炮火掩护下,头带盔帽的越军战士朝E1高地冲去。

担负此次战斗任务的不是部署在E1高地当面的第316师部队,而是越军主力师第308师的主力团——第102团。在前几天的战斗中第316师蒙受重创,需要整补。越军总军委认为,必须在法军立足未稳时对E1高地实施迅猛的突击,夺回失去的阵地,杀伤法军的有生力量。这一次,武元甲的决心来得特别快,特别坚决,甚至来不及与韦国清、梅嘉生、茹夫一商量,就下令将第308师最精锐的第102团从奠边府西部战线调到东线来,投入反击E1的战斗。他同时命令,第312师以一部分兵力配合第308师主力侧击E1高地。

自奠边府战役开战以来,第102团没有像在以往战役中那样承担最艰难的任务,主要是武元甲把第102团视为手中的总预备队,要把这个团用到最关键的地方去。现在,武元甲觉得是时候了。

第102团以急行军速度进入东部战区,未及进行周密的阵地侦察,即发起冲锋。

但是,E1高地的东坡坡底比较开阔,在山腰处却一收而成狭窄的山脊,越军战士在开始冲锋的时候队形比较分散,来到山腰时却在山脊前挤成了一堆。而这个地方,正是法军预设的炮火封锁区。这天,法军的大炮打得特别准确,几度完全切断了越军的进攻队形,冲在前面的越军已经和死守山头的法军拼起了刺刀,后续部队却被法军炮火死死地压制在山坡上动弹不得,以至于尖刀部队冲上山头以后伤亡殆尽。

第312师的第141团在中国顾问董仁协助指挥下以侧击火力支援第102团,但是效果不大。

在E1高地东部山头坚守的是法军两个连,见到越军伤亡惨重,打得愈加顽强。久攻不下的越军指挥员出现了急躁情绪,不断添加兵力。谁知在狭小的战场上,过于拥挤的战斗队形会妨碍进攻并造成更大的伤亡。战至12日黎明东方破晓,潮水般进攻的越军又像潮水一样地退了下来。这时,法军炮火进行了准确的追踪射击，E1高地东坡血流成河，在一夜的战斗中第102团有700人伤亡，占其兵力的1/3，第102团失去了战斗力！第312师顾问董仁得知此情极为震惊。[1]

11日夜间至12日清晨发生在E1高地上的战斗是越军在奠边府战役中遭受的最大战场挫折，东部5个山头的防线被法军暂时稳固了。在这次战斗中，E1高地上的法军以阵亡19人，伤66人的代价使得E1高地和它南面的E2（即A1）高地成为东部防线的两个支撑点。[2]

彭德怀再次确定不出兵

奠边府东部山头血战的消息及时地汇报给北京，每天都送到彭德怀的办公桌上。几天的血战和挫折使越军总军委对自己的力量几度怀疑，于是向中方发电，希望增派指挥人员前往奠边府，参与作战指挥。电报还表示，希望中国军队派出精锐力量投入奠边府作战。

中方已经多次说明，全力支持奠边府战役，提供一切可能提供的援助，就是有一条：不能直接出兵奠边府。现在越方又一次提出了请中国出兵的要求，彭德怀如何作答？

就在春光明媚的4月里，自朝鲜战争爆发不久即跟随彭德怀的军事秘书许之善要离开彭德怀到军事学院进修去了。就在他要去向彭德怀道别的时候，越南总军委请求中国进一步支援奠边府战役的电报送到手上，由他送给彭德怀批办。

走进中南海永福堂，许之善把这份重要的电报交给彭德怀，告诉他这是一份急件。许之善就要走了，他突然有些舍不得离开彭德怀，离开已经熟悉了的永福堂，他站住了。

电文不长，彭德怀目光一扫就看完了。他抬头叫住了正要退出的许之善："小许，你看，越南来电报了，他们在奠边府打得很苦，想叫我们出兵，你说

---

[1] 1989年9月17日，作者在北京访问董仁。

[2] Bernard B. Fall, *Hell in a Very Small Place*, *The Siege of Dien Bien Phu*（Published by Da Capo Press, Inc. Originally published by Philadelphia: Lippincott, 1967），pp.239—241.

我们应该怎么办?"

说完,彭德怀看着许之善。

面对手下那群高级军官的时候,彭德怀经常是严厉的,严厉得使上将、中将们望而生畏。其实这只是彭德怀性格中的一面,如果不是在战场上,他和身边工作人员说话,特别是和普通士兵说话的时候,通常是亲切的。因此,每当询问,彭德怀的秘书们总是直言不讳。

许之善想了想说:"我认为,奠边府战役应该由越南部队来完成。我们毕竟是两个国家,我们不宜出面直接指挥这个战役,更不能派兵去打,只能在如何打仗这些方面给人家出主意、提建议。越南部队已经打了几年,特别是奠边府战役前一段他们打得很不错,已经取得了经验,有了打下去的能力,因此我们不用出兵。"

彭德怀听了很满意,说:"说得好,很对,就是这个意思。"

说罢,彭德怀拿起一支铅笔,亲自拟写一则简短的复电。他一挥而就,即令许之善送往毛泽东处审阅。电报称,对奠边府战役要做充分的准备,这次战役的组织和指挥还要靠越方来做,我方不能代替。

毛泽东收到电报稿后立即予以批准。[1]

---

[1] 1990年8月,作者在北京访问许之善。

第36章

胜利天平倾向越方

杜勒斯的游说与艾登的质疑

1954年4月10日，美国国务卿杜勒斯飞往伦敦，协调美英两国在印度支那问题上的立场。

约翰·福斯特·杜勒斯，1888年2月25日出身于美国首都华盛顿的一个牧师家庭，1905年考入普林斯顿大学。1907年，19岁的在校大学生杜勒斯被选中参加第二次国际海牙会议，因能说流利的法语而被委派担任中国清朝政府代表团秘书，帮助处理礼仪问题和充当翻译。杜勒斯由此初涉外交事务，也首次接触了中国问题。随后，他到法国巴黎的索邦学院选修国际法。学成归国，他成为一名律师。

第一次世界大战中，杜勒斯接受军职，是海军上校，到战时商业局就职，主管经济方面的军事情报。1918年，杜勒斯任美国代表团顾问前往巴黎参加和平会议。

20世纪20年代，杜勒斯再操律师职业，成了美国最著名的国际法律师之一。他同时担任英国、法国政府的财政顾问，被列为世界上十个收入最高的律师之一。

1939年，杜勒斯写的《战争、和平与变革》出版。他在书中考察战争的起源以及人们力图避免战争的种种努力，得出结论说，成功的办法必须是能导致"和平演变"的办法。这种观点引起了美国上层政治界人士的关注。

1944年，杜勒斯出任纽约州州长。1945年4月至6月，他出席在旧金山召开的创建联合国的大会，并被任命为美国代表团顾问。1949年7月，杜勒斯补缺出任国会参议院议员，专心从政。不久，他的又一部著作《战争还是和平》问世。这部书集中显示了杜勒斯极端反对共产主义的哲学和政治思想。该书将苏联树为西方世界的头号敌人,主张"遏制"苏联集团的进攻势头。

1953年1月21日,他被刚刚就职的总统艾森豪威尔任命为国务卿。艾森豪威尔和杜勒斯出身背景不同,经历迥异,性格恰成对照,但杜勒斯深得总统信任。杜勒斯自谓对国际法作过潜心研究,大刀阔斧毫不逾规。出乎人们意料的是,他对总统保持绝对忠诚,自己凡作重要演说、重要会见,都在事先或及时地通报总统,让总统作出最后决定。所以,人们常常疑问:美国的外交政策中有多少属于杜勒斯,又有多少属于艾森豪威尔呢?

杜勒斯是"冷战"的积极鼓吹者,极力主张对苏联阵营采取一系列经济封锁、政治孤立等非武装进攻的手段进行"遏制"。进入1954年之际,杜勒斯"大规模报复"的思想逐渐成形,主张在世界各地,只要有苏联攻势的地方都应予以还击,"使潜在的侵略者清楚地知道侵略将是得不偿失的"。

在印度支那要不要使用武力?他比艾森豪威尔走得要远,其观点与"鹰派"参谋长联席会议主席雷德福融为一体。

1954年4月11日晚,杜勒斯在美国驻英国大使馆与艾登会谈。

艾登胸有成竹。早在丘吉尔收到艾森豪威尔4月5日来信的那天,艾登即通知英国驻美国大使马金斯,不得在关于英国是否参加"联合行动"问题上发言。

艾登看出来,美国鹰派人物的出发点是,向中国发出战争威胁会迫使它停止援越。艾登认为这种假设根本站不住脚。如果美国使用空军介入奠边府战役,甚至轰炸中国南部的军用机场,会取得某种威慑作用,但远不足以迫使中国停止援越而是恰恰相反。艾登明确地认为,如果对中国的军事威胁不起作用的话,"盟军"将只有两条路可走,要么不光彩地不了了之,要么就向中国发起战争行动。

艾登认为:"对中国实施封锁,或是轰炸中国的国内、国际交通线,这两个方案美国政府都在考虑。但是英国三军参谋长们

时任美国国务卿杜勒斯

的研究结果是,如果进行军事干预,如果和朝鲜战争的情况进行比较,效果不会乐观。相反,这样做倒可能给中国一个很好的借口,使中国领导人援引中苏友好条约,导致苏联的干预,从而引发世界大战。因此,绝不能把英国军队投入印度支那战争,对中国进行战争警告的时机也远未成熟。英国如果能在日内瓦会议上促成谈判,达成一项分治越南的协定,要比进行军事干预的结果好得多。"[1]

和艾登见面以后,杜勒斯告诉艾登,法国已经支持不住了,在政治上、军事上都支持不住。如果印度支那一失,泰国会受到影响,然后是马来西亚、缅甸、印度尼西亚。现在奠边府战役已经到了最后阶段,美国军方认为法国在奠边府成功的机会很小,非军事干涉不能挽救危局。所以,美国特别殷切地希望英国支持美国的东南亚政策,积极参加拟议中的东南亚条约组织,并在其中发挥作用;此外,希望英国支持他对奠边府战场所持的态度和准备采取的军事干涉政策,与美国保持"联合行动"的一致性。即,美国准备投入海、空军力量对奠边府越军阵地进行大规模轰炸,英国最好能——即使是象征性的也好——也投入一部分空军力量。

杜勒斯强调,这件事美国一家干不行,必须要有两个先决条件,一是法国给印度支那以真正的独立,二是英国要加入进来。只要英国同意,美国国会就会同意总统在东南亚直接进行军事干涉。

艾登的答复依然温文尔雅,说他还是怀疑,美国国会会同意在朝鲜刚刚停战以后又派兵去越南动武。英国对东南亚条约组织有兴趣,但并不认为所有的东南亚国家都会对此感兴趣。比如说:印度、巴基斯坦、缅甸就未必参加东南亚条约组织。其二,他认为,一旦在奠边府动武,使用了海、空军,谁也不能保证就此能把战争方式限制住而肯定不投入地面部队。

艾登直率地说,军事威胁无助于解决印支问题,毫无用处。他说:"我看不到有什么样的威慑能使中国忍辱负屈,放弃越盟。"因此,英国不能接受美国提出的组成美、英、法等国联盟以解决印度支那问题的建议。至于在印度支那采取一致的军事行动,英国就更不会考虑了。艾登进一步告诉杜勒斯,上面说的并不只是他个人的意见,而是本周初英国内阁会议的一致见解。会议认为,至少是目前,东西方之间的任何军事对抗都应避免。

---

[1] Anthony Eden, *Full Circle* (Cassell, 1960), p.104.

杜勒斯反复表明，他本人认为印度支那是个可以进行武装干涉的地方，他认为美国国会有可能授权总统使用空军和海军，甚至使用陆军进入印度支那。

艾登说，他难以相信杜勒斯说的这两点。相反，英国三军参谋长都告诉他，仅向越南战场投入空军和海军已经解决不了问题了。艾登强调，特别是公众舆论认为，在日内瓦会议之前决不能使战争升级。

1954年4月12日，杜勒斯和艾登继续会谈一天，于傍晚签署了一份联合声明。杜勒斯终于说动英国更多地参与拟议中的东南亚条约组织的活动，"建立一个联合防御力量"。

杜勒斯于4月13日飞到巴黎。法国虽然急切地希望尽快解决印度支那问题，但对杜勒斯提出的结盟建议并不感兴趣。法国内阁决定，是不是"结盟"要看日内瓦会议的结果。法国对英国能否参加"联合行动"表示悲观。

4月14日下午，杜勒斯和皮杜尔继续会谈。

杜勒斯游说英国对印度支那动武，自然引起了周恩来的注意。经过一番考量，周恩来决定将罗贵波的名字从出席日内瓦会议的中国代表团名单中勾去，以免会议横生枝蔓。4月13日，周恩来打电话给李克农，最后磋商与会人选。周恩来告诉李克农，中央决定，罗贵波不参加日内瓦会议了。

4月14日，经毛泽东批准，中国驻苏联大使张闻天被任命为外交部副部长（仍兼驻苏联大使）。于是，为即将召开的日内瓦会议进行准备，就成了张闻天担任外交部副部长以后的第一桩大事。

法军补给难以为继

这时，奠边府盆地经历了恶战之后稍显平静。

武元甲命令：大致以机场跑道为界，第308师从西向东，第312师从东向西挖掘堑壕，逐步推进，最后切断机场跑道。

德卡斯特里要求河内增加空投。

从1954年4月中旬开始，一队美军飞行员介入了奠边府战役，24架美军的C-119运输机几乎每天往返于河内和奠边府之间空投物资，另有几名美军驾驶员驾驶B-26轰炸机轰炸了奠边府的越军阵地。这些美军飞行员是以"平民"身份成建制地从台湾调到越南战场的。然而,他们确实是不折不扣的现役军人。

由于成建制调动,这些美军飞行员绝大多数不懂法语。而奠边府法军军官中英语说得好的人也寥若晨星,这使得奠边府战场上法美双方的语言沟通大成问题。飞到奠边府上空的美军飞行员听不懂法军战场指挥官的调遣,只好按照地图或是凭借自己的判断实施空投。许多空投物资落到了越军阵地上,引得德卡斯特里大为光火,在电报里一个劲地抱怨。

1954年4月12日中午12时,一名美军飞行员驾驶着B-26轰炸机,居然朝着一个法军防御阵地连投五枚炸弹,将阵地摧毁。当时目睹这一情景的朗格莱心里不由地涌上一股恐惧,叫苦不迭地以为,这是中国空军参加战斗,帮助越军来了!

阵地指挥官图雷少校却打来电话,抱怨说盟军飞机把他的一个阵地炸毁了。朗格莱终于认出是美国飞机,惊魂稍定,在电话里大叫一声:"还好,那是自己人的飞机!"他心里说:"要不是自己人的飞机,被毁的就不止是一个阵地了。"

同样的故事在次日重演一回。4月13日下午14时25分,一架美军轰炸机在奠边府机场外围投下炸弹,炸死法军数人,还引爆了1000多发对守军来说至为宝贵的105毫米榴弹炮炮弹;而另一架C-119运输机则在奠边府东部,把自己载来的全部榴弹炮炮弹送到了越军阵地上。[1]

这天,是奠边府重围中唯一的女性热纳维耶芙的29岁生日。这位姑娘进入奠边府重围的时候,只有一件外套、一条裤子,另外还有一支口红。困境中的法国士兵没有忘记应有的骑士风度,他们挤出了一个地下小掩体供女护士单独使用。热纳维耶芙生日这天,朗格莱从自己的指挥所里给热纳维耶芙拿来了一张床和一把椅子;士兵们送来降落伞缝成的帘布挂在潮湿的泥墙四周。自从来到奠边府以后,热纳维耶芙几乎都在地下医院护理伤员。最让她感到无法忍受的是,由于地下医院狭小无法容纳与日俱增的伤员,从4月中旬起,许多手脚还能动弹的伤员被搬上地面,直接暴露在越军的炮火之下。[2]

---

[1] Bernard B. Fall, *Hell in a Very Small Place*, *The Siege of Dien Bien Phu*(Published by Da Capo Press, Inc. Originally published by Philadelphia: Lippincott, 1967), pp.241—242.

[2] [加]迈克尔·麦克利尔:《越战一万天》,第57页,成都出版社1990年版。

1954年4月13日和14日是法军的两个空投高峰日，法军飞机向奠边府分别空投了217吨和229吨物资。这次补给使德卡斯特里心中得到了一丝宽慰。可是，就在14日傍晚，法军使用卡车和吉普车将当日空投食品集中到司令部附近准备分配的时候，一群越军的炮弹飞

奠边府的法军坦克

来，落进了堆成了小山似的空投物资中，300公斤奶酪、700公斤茶水罐头、700公斤咖啡罐头、450公斤盐、110公斤巧克力，还有5080份战地食品袋化为了灰烬。

为了支持在奠边府苦战的部队，纳瓦尔和科尼反复强调，不惜一切代价向奠边府空投。4月15日，法军动用各型飞机，包括由美国空军人员驾驶的运输机，向奠边府空投了250吨物资，相当于二战中德国军队在斯大林格勒战役中向被围兵团一天的空投量。这250吨物资中约有一半落到了越军控制地带，另一半则使奠边府法军获得了两天的军粮，以及可供五天之用的105毫米炮弹和可供六天之用的120毫米炮弹。

奠边府东线的战事稍显平静，西线机场以北H6高地再度成为会战的中心。经过一段时间的厮杀，H6高地上的法军约有200多人，由比札尔上尉指挥。在击退越军的多次攻击以后，高地上的弹药和粮食尚可支持，但是饮水成了大问题。夏日正在临近，浴血苦战的守军每人每天至少要喝半加仑（1加仑约等于4.546升）的水才能避免中暑。那么H6高地上每天就需要100加仑的水，这些水完全仰仗军工人员从奠边府中心区运送。他们要在越军炮火下行进三公里才能到达H6高地。

1954年4月14日夜间，法军一支50人的运水分队被越军炮火阻隔在机场南端达四小时之久，眼巴巴地望着他们面前一片200米的开阔地不能动弹。当他们历

尽艰辛终于在凌晨2时40分爬上H6高地以后，返回奠边府腹地却成了问题。朗格莱接到报告后不得不在机场两侧各发起一次连规模的佯攻，付出10多人的伤亡代价后才使H6高地上的运水队撤了回来。

4月15日，H6高地上的饮用水又喝完了，朗格莱命令继续向H6高地送水。

这天天明时分，从东向西掘进的第312师部队把堑壕挖到了距离机场中心跑道仅仅20余米的地方。第312师副师长光中亲自来到前方阵地观察情况，决心拿下跑道东侧的"中心十字"地带。根据他的命令，越军调上了无后坐力炮，迅速摧毁了前方的法军防御阵地。

4月16日，中共中央军委致电韦国清，认为在独立高地和坂桥高地都已经被越军控制的情况下，为了进一步压迫法军，缩小包围圈，缩小法军飞机的空投面积，应该组织精干的小部队将机场牢牢控制，或组织兵力迅速占领芒清防区以西据点，这样即可直接向法军的中心区进行攻击。

法国内阁也在关心着奠边府前线将士。一天前，内阁成员们讨论了奠边府的局势后通过一项决定——给置身奠边府重围中的法国军官晋升一级军阶。德卡斯特里上校升为准将，朗格莱升为上校，比雅尔成了中校，奠边府的法军上尉们都成了少校。

在奠边府，军阶高的军官把自己的原有军衔标志交给新晋升的军官。比雅尔对此苦笑着说："他们（指政府）知道我们将在战斗中死去，因此最好给我们装饰一下。"[1]

在奠边府，只有德卡斯特里的军衔不好办。身在河内的科尼把自己一年前佩戴的准将军衔放进一个香槟酒瓶子里，空投给了德卡斯特里。但是空投没有投准，准将军衔落到越军阵地上去了。

法军放弃H6高地

在奠边府，4月16日法军向H6高地的送水行动变成了一场真正的死亡游行。60人的队伍穿行于枪林弹雨之中，结果伤亡了54人，只剩下6名军工人员将5只水

---

[1]（加）迈克尔·麦克利尔：《越战一万天》，第60页，成都出版社1990年版。

箱送上了H6高地。法军实际上已经失去使用人力向H6高地运送物资的能力。

朗格莱察觉，机场西侧H1高地的局势严重恶化了。越军堑壕不仅从三个方面围住了H1高地，还越过这个小高地直抵机场跑道边，挡住了后勤

向法军阵地发起冲锋的越军战士

供应人员前往H6高地的通道。这天晚上，又一支送水分队在这条堑壕前受到越军步兵阻击，所幸越军兵力单薄，越军炮兵怕误伤自己人又不敢开炮，反倒使送水分队顺利地爬上了H6高地。

看到珍贵的水送上了重围中的H6高地，那里的守军欣喜若狂，大口大口地喝了一顿，并以水代酒，祝贺阵地主官比札尔上尉晋升少校。

朗格莱听到送水分队到达H6高地的消息后却没有丝毫宽心。他计算了一下，过去一周里，H6高地守军伤亡惨重，要是加上送水分队的损失，伤亡人数已经超过了在E1高地反击战中法军的伤亡。尽管如此，机场北端实际上已被越军切断，H6高地孤悬敌后，难以再守了。

朗格莱决心撤出H6高地，这个想法得到了德卡斯特里的批准。他立即向河内发电，请求派出空军掩护H6高地撤退。

为从H6高地撤退，朗格莱准备了整整一天，决心在暗夜掩护下，由比雅尔指挥伞兵完成。偏偏17日夜色降临后，越军向E1高地发起了一次反击。比雅尔将这股越军击退后，抽出两辆坦克开往奠边府西北投入解救H6的战斗。但是救援H6高地的法军被越军挡住，几番接战，不能突破。

眼看天色就要亮了，比雅尔感到一种绝望袭来，觉得救出H6高地法军同胞的机会已失。他要身边的一位少校操起无线电报话机告诉H6高地上的比札尔少校，为救援H6高地尽了一切努力但是无效，现在请H6高地官兵自行突围，出现任何结果都不会受到责备。在突围时，H6高地上的官兵可以遗弃伤员，甚至可

以在失去战斗力的时候向越军投降。

倒是比札尔还没有完全失去信心。他向比雅尔报告，H6高地守军决计在上午8时突围，突围分队将不得不遗弃伤员和所有重武器，用手榴弹撕开突破口，向南与援军会合。

天亮了，奠边府盆地又飘起晨雾，给H6高地法军的突围带来了有利条件。一名已经负伤的法军士兵甘策尔自愿持冲锋枪断后，其余士兵在身上挂足手榴弹，悄悄地朝越军爬去。为了不被自己投出的手榴弹片击伤，这些士兵中的大多数人用绷带包裹泥土塞入衣内的前胸后背。他们一直爬到距离越军堑壕30米的地方才停下来。

一场短促突击开始了。发现了法军突围意图的越军战士大叫："放下武器，投降！"法军士兵朝着当面的越军投出手榴弹，紧随着未散的硝烟往外冲。断后的士兵甘策尔操起冲锋枪猛扫，打开了突破口，但几分钟后他被打倒在地。大部分法军一边投手榴弹，一边直起身子朝南猛冲。越军的子弹暴雨般泼了过来，将一个又一个法军士兵撂倒在地上。

从H6高地冲下来的法军什么都不顾了。他们不再停顿，也不顾眼前的伤亡，直直地冲下山、冲过还铺着钢板的机场开阔地，直奔接应的战友而来。这些满身带血的士兵终于和比雅尔的队伍会合了。

H6高地上的血战结束了。1954年4月18日上午10时40分，在机场南端一个小土包后清点人数的比札尔少校实在不愿意相信自己的眼睛：在H6高地守卫战中，法军共阵亡106人，伤49人，79人失踪，只有30多人冲了出来。[1]

H6高地一失，奠边府机场北端的三分之一被越军控制，整个机场处在越军直瞄火力的威胁之下。最为严峻的是，H6刚刚经历过的命运又要由机场跑道腰间西侧的H1高地来承担了。H1高地被越军团团包围，守军无水可饮，连吃饭都成了问题。

---

[1] John Prados, *The Sky Would Fall*: *Operation Vulture*: *the US Bombing Mission in Indochina 1954*（New York, 1983）, p.140.

奠边府守军大势已去

机场北部的战斗使越军总部信心大增。1954年4月19日,越南劳动党政治局在中央根据地举行会议,决议坚决歼灭奠边府法军集群据点。决议指出:"为了保证胜利,我军以前只主张牵制住这些据点群的敌人主力,在对我军有利的地方来进攻敌人。但是现在由于时势的迫切需要和客观条件的许可,我军可以用攻坚战来消灭一个相当集中的敌军据点群。党中央向全党全民解释奠边府战役的情况,使大家明确认识到,奠边府战役对于印度支那的军事和政治形势,对于我军的成长,对于保卫世界和

奠边府战役中负伤的法军士兵

平,具有一个极其重大的历史意义。因此,我们必须坚决地夺取这个战役的全面胜利。"[1]

在奠边府战场,越军高射炮兵越打技艺越精,4月19日至20日,飞到了奠边府上空的法国和美国飞行员纷纷拒绝降低飞行高度空投,使得奠边府得到的补给大大减少了。

4月20日中午,越军第312师第209团一个士兵向E1高地上的法军投降后供出,东部高地大血战之后,第312师补充了新兵。现在面临的困难是,新兵缺乏训练,因为41号公路被法军的轰炸所困扰,再加上雨水,越军的后勤供应甚为困难。但是第209团政委向战士们宣布,不管有多少困难,损失再大也要打下奠边府。

---

[1] 黄铮:《胡志明与中国》,第136页,解放军出版社1987年版。

投降的越军士兵还说出一个让重围中的法军慌乱的消息：中国顾问携带新的37毫米高射炮来到了奠边府，这些中国顾问身着与越军一样的衣服。

其实，这个投降者说错了，刚刚来到了奠边府前线的不是中国的高射炮，而是让法军更为担忧的大炮——中国新近研制的六管火箭炮。它仿制苏联的"喀秋莎"，在中国的天府之国四川问世，最先装备的一个火箭炮连就由该兵工厂的研制人员护送，日夜兼程赶到奠边府，这也是中国制造的火箭炮第一次进入战场。这个火箭炮连来到奠边府后，由第312师中国顾问董仁负责指挥。[1]

胜负的天平正倾向越军。1954年4月16日，美国副总统尼克松参加美国报业编辑协会午餐会并讲话说："越南人[2]缺乏控制这场战争的能力，他们连自己也控制不了。如果法国从那里撤军的话，不出一个月，越南就会落到共产党的手里。"尼克松认为，要训练南越[3]自己的军队需要时间，远水解不了近渴，"那么怎么办呢？第一，这个问题不仅仅是一个物资的问题。情况已经和四个月前不同了，现在需要更多的军队在那里战斗。问题是这些军人从哪里来？法国已经不行了，他们已经厌倦了这场战争，就像我们在朝鲜半岛一样。"尼克松指出，美国应该参加日内瓦会议，从此正式参与印度支那事务。

能否动用军队呢？尼克松说："公众认为美国不会向那里派遣军队。但是，如果政府认为派遣军队不可避免的话，政府将正视现实，派遣军队。"

这个讲话立刻掀起轩然大波，国会议员纷纷提出质询。4月17日，正在佐治亚州的艾森豪威尔告诉他的新闻秘书哈格蒂，与副国务卿史密斯联系，让他向尼克松传话：副总统无权这样表态。[4]

4月19日，新华社宣布，国家主席毛泽东任命周恩来为出席日内瓦会议的中国代表团首席代表，张闻天、王稼祥、李克农为代表。

这天下午4时50分，周恩来在中南海西花厅接见印度驻中国大使赖嘉文，阐明中国对亚洲形势和对日内瓦会议的看法。

---

[1] 1989年9月17日，作者在北京访问董仁。
[2] 指保大政权。
[3] 指保大政权。
[4] Bernard B. Fall, *Hell in a Very Small Place*, *The Siege of Dien Bien Phu*（published by Da Capo Press, Inc. Originally published by Philadelphia: lippincott, 1967）, p.260.

周恩来说，日内瓦会议是不应该失败的，但是现在美国显然要阻挠日内瓦会议达成任何协议，特别是美国正在威胁法国，使法国不能就印度支那问题与东方阵营达成协议。

20世纪50年代，送别中越代表团时，邓小平与胡志明在机场合影

周恩来说，朝鲜总是一个僵局，要再打起来是不容易的，因此美国必须另外找一个有热战的地方，那就是印度支那。假如印度支那战争能够停火，假如能够恢复印度支那的和平，那么美国再也不能在亚洲找到制造战争的借口了。因此，美国的目标就是要避免印度支那战争停火，要阻挠日内瓦会议就此达成协议。

周恩来的判断是：美国政府要压迫法国，杜勒斯的"联合行动"也是针对法国的。美国害怕印度支那的交战双方达成协议。但是，在法国，就是在议会中，和平的呼声也是很强大的。所以，除了杜勒斯以外，尼克松也要出来说话。周恩来说，假若法国的军队撤离印度支那，美国的军队就要进去。美国的中心目标是中东和近东，它要利用印度支那问题来挑起更大的阴谋。

周恩来希望印度大使将他的话转告印度的尼赫鲁总理，希望印度在印度支那问题上发挥积极作用。[1]

周恩来顺利完成了对日内瓦会议进行的准备工作，4月20日，率中国代表团，并偕同胡志明、范文同率领的越南代表团一起飞离北京，转道莫斯科去日内瓦。刘少奇、宋庆龄、李济深、董必武、陈云、邓小平、郭沫若、胡耀邦、邓颖超、黄炎培到机场送行。

---

[1] 中华人民共和国外交部研究室编：《周恩来外交活动大事记1949—1975》，第58页，世界知识出版社1993年版。

第 37 章

外交努力
徒劳无功

机场拉锯战

1954年4月14日至21日，作战顾问茹夫一多次抵近前沿，观察法军的防御状况。他沿途向当地人了解楠云河水情，询问雨季会在何时到来。顾问团首长已经考虑过，能否利用雨季楠云河涨水之时，事先筑坝蓄水，然后放水淹没法军奠边府阵地。

茹夫一在1954年4月21日日记中写道：

> 复至观察所观察情况。天气虽较晴朗，但仍觉迷糊不清，仅能观察到几个外围据点，详细工事情况莫之能辨。战斗两月，敌机仍可空投、空援、空降，主要原因则为两个空投场未有效控制。诚宜吸取此教训也。

据此，越军决心继续对奠边府空降场施加压力，缩小它，进而铲除它。

在此期间，彭德怀指示：奠边府战役宜采取"削萝卜、剥苞谷"的方法。茹夫一对此解释为：采取稳扎稳打方针，一层层地削萝卜、剥苞谷，一点一点地削弱当面之敌，如此"削、剥"到一定程度，则聚而歼之。本此精神作战，部队进行轮番准备、轮番作战、轮番整补，如此边打、边补、边整，始终立于主动地位。[1]

越军收紧了对H1高地的包围，高地上的法军一个连陷入绝境。

对德卡斯特里来说，战局严重恶化。3月13日开战前，奠边府有26辆重型运输车以及90辆轻型运输车和吉普。到4月21日早晨，只剩下3辆重型运输车和1辆

---

[1] 1998年7月4日，作者在成都访问茹夫一，亦引自他的战场日记。

吉普了。当晚，3辆重型运输车全部被越军炮火摧毁。[1]

朗格莱苦思冥想。丢了H6高地，越军能从这个高地上用无后坐力炮向奠边府中心防御区直瞄射击。现在马上放弃H1高地会带来什么？未下最后决心之前，朗格莱命令继续坚守H1高地。但是，送水分队已无法保证将水送上去了。

4月22日晚上，H1高地上的法军连长舍瓦利耶上尉向朗格莱发出绝望的报告："越军已经把我团团包围了！"报告后不久，H1高地和朗格莱的联络中断了，高地上枪声响成一片。23日凌晨，越军终于占领H1高地。

越军后队跟进，将机场跑道拦腰切断，控制了机场的2/3。至此，奠边府中心防御区的直径已经不到2000米，法军空降场急剧缩小，守军心理遭受沉重打击。23日当天，韦国清致电中共中央军委：

> 今晨越军全歼奠边府机场以西206号据点，毙敌23名，俘敌116名。至此，敌我双方各占奠边府机场一半，机场中心区已挖成战壕，双方在此交通沟壕中对战。敌挣扎固守机场阵地，与越军反复争夺。据俘供，敌指挥官在动员时称，各友邦国家认为，如失去机场，就标志法国没有力量固守奠边府，在日内瓦谈判时政治上对法国不利，所以必须付出高代价固守机场两端；日内瓦会议如获协议停战，机场为越盟所占领，则法军于奠边府的处境极为不利。[2]

失去H1高地使德卡斯特里大为惊恐，一名参谋向他提出，是否将奠边府南部防区部队北撤，并入集群防御系统？德卡斯特里立即拒绝并指出，这样做，部队在撤出原有阵地时会受到损失，将丢失全部重武器。他说，应该立即向H1高地反击，夺回已失阵地。此话一出，德卡斯特里的情绪亢奋起来，进而主张，调用预备队猛烈还击，不但要收复H1高地，还要向丢失多日的多米尼克防区攻击，把它夺回来，消除越军直瞄炮火对奠边府法军火炮阵地的威胁。

然而，让德卡斯特里料想不到的是，一向顽强好战的朗格莱不以为然，认

---

[1] John Prados, *The Sky Would Fall: Operation Vulture: the US Bombing Mission in Indochina 1954*（New York, 1983），p.167.
[2] 依据梅嘉生将军保存的赴越军事顾问团文件。

战火中的奠边府机场

为这样做会消耗掉手中仅有的一个精锐伞兵营，而现在这个营也只剩下380个人了。比雅尔同意朗格莱的意见，陈述说，手中有限的预备队经过连续战斗疲惫不堪，要是把这个营——第二外籍军团伞兵营——消耗完了，连最后屏障E1和E2高地都守不住。

朗格莱和比雅尔没有想到，此刻的德卡斯特里坚持己见，断然下令：必须在今天下午4时以前重占H1高地。

朗格莱尊重德卡斯特里，见德卡斯特里决心已定，就把反击任务交给了比雅尔。

经过连续战斗的比雅尔已经累得东倒西歪了，只好强打起精神拟制计划，命令正在E2高地上的第二外籍军团伞兵营撤下来，向H1阵地前方集结；同时向河内呼唤10架轰炸机在13时45分飞到奠边府轰炸H1高地外围的越军堑壕；另唤4架轰炸机在14时赶到，轰炸H1高地。按照计划，空军轰炸后，奠边府法军炮兵向H1高地急速发射1200发炮弹，同时向多米尼克防区和板桥高地前发射烟幕弹，遮挡越军观测兵的视线。炮火准备后，法军在H2和H5高地上的迫击炮掩护步兵进攻。

待一切布置停当，比雅尔却失去了往昔的活力，他把战场指挥权交给了营长利森菲尔德少校，便再也不能支撑，一头倒在行军床上，呼呼地睡着了。按时飞来的法军飞机对着H1高地狂轰滥炸，令大地抖动的爆炸声都没有吵醒比雅尔。

14时25分，一个连法军跃出H2高地北进。另外一个连法军从机场东侧出发，自东向西踏过机场跑道上被午后骄阳晒得滚烫的钢板，扑向已被炮弹犁松了土壤的H1高地。

法军航空兵的轰炸效果不明显，H1高地上的越军勇敢地从战壕里探出头来，朝着两路扑来的法军开火。从东路而来的法军刚刚跨过机场跑道就趴倒在地，被弹雨压得抬不起头来。从南边发起进攻的法军更不妙，他们跳进了越军挖掘的封锁壕，转来转去，一时找不到攻击目标。等到头脑清醒过来，越军的子弹也呼啸而来。

在H1高地上，越军的一挺轻机枪封锁了法军的前进道路，打倒了好几个人。法军的迫击炮手盯住它，几发炮弹把这挺机枪打哑了。但是新的越军火力点随即出现，打得更加猛烈。

法军的步兵反击一开始就失去了势头，负责指挥的利森菲尔德少校毫无办法。

在奠边府中心指挥部，德卡斯特里站在地图前，全神贯注地倾听从无线电报话机中传来的战场指挥官的声音。他很快从前线连长的呼唤声中发现，比雅尔并没有在前线指挥。

德卡斯特里着手干预了，他命令叫醒比雅尔，亲自打电话对他说："我的感觉是，攻击已经受阻，情况很不好。你立即去前线看看那里发生了什么，接手指挥。"

比雅尔睡过片刻，精力有所恢复。他跳上一辆无篷吉普，迎着枪声冲上了H2高地，只见营长正坐在掩蔽部里发呆。比雅尔一把抓过报话机，询问战况。他马上就明白了，进攻部队被压制在H1高地脚下，根本动弹不得。

比雅尔无心恋战，于15时25分下令撤出战斗。

在机场方向，撤退的法军遭受越军的炮火追击和步兵武器的扫射，伤亡惨重。一位名叫盖兰的中尉副连长被一发炮弹重伤双腿，倒在血泊里。眼看撤退在前的士兵要爬回来救他，中尉绝望地摇摇手，赶在这个士兵到来之前，举枪把一粒子弹打进了自己的头颅。

在这天的H1高地反击战中，法军伤亡150余人，寸土未得。从H6到H1高地，法军总共付出了500余人的伤亡，虽然也使数百越军战士血染疆场，但从军事角度来说，德卡斯特里和朗格莱毫无进展。[1]

---

[1] Bernard B. Fall, *Hell in a Very Small Place*, *The Siege of Dien Bien Phu*（Published by Da Capo Press, Inc. Originally published by Philadelphia: lippincott, 1967）, pp.272—276.

美英法各怀心思

1954年4月20日，从巴黎返回华盛顿的杜勒斯不敢懈怠，邀请澳大利亚、英国、法国、加拿大、老挝、新西兰、菲律宾、泰国，还有越南保大政权的大使来国务院开会，商议"联合行动"。然而，英国首相丘吉尔和外交大臣兼副首相艾登一起发出指示，要求英国大使马金斯不得参加会议。由于英国缺席，八国大使会议无功而散。

4月23日，杜勒斯和雷德福飞往法国，参加在那里举行的北大西洋公约组织部长会议。会后，杜勒斯将在法国停留三天，然后直接去日内瓦。

来到巴黎当天，杜勒斯会见了到此访问的澳大利亚外长凯西。杜勒斯一见面就对凯西说，印支局势十分危急，法军的抵抗不久就会崩溃。杜勒斯要求澳大利亚与英国共同支持美国，若能参加"联合行动"最好。老资格的外交家凯西表示，就总体而言，他支持美国，但是对于亚洲、太平洋政策，他还有自己的看法。

次日上午，杜勒斯和皮杜尔会谈。皮杜尔向杜勒斯出示了一份纳瓦尔刚刚发来的电报，说，纳瓦尔的意见是，如果没有大量的直接空军援助，奠边府再也无法坚守。如果越军占领了奠边府，就会掉过头来，在雨季到来之前威胁红河三角洲地区。皮杜尔说，在这种情况下，法国必须设法在印度支那迅速停火，哪怕是临时停火也好。而美国能否改变4月5日的决定，一旦停火不成，就在如此关键的时刻动用空军帮助法国远征军呢？

杜勒斯表示，这件事在美国方面困难不是特别大，重要的是说服英国采取和美国协调一致的做法。只有这样，美国国会才可能加以批准。

会谈后，杜勒斯向艾森豪威尔发出一份电报，通报最新情况：

> 皮杜尔在下午的会议开到一半的时候，收到了纳瓦尔给拉尼埃的电报抄件，他给我看了。他决定今晚在晚餐时同我进一步谈这个问题。但是一句话，奠边府的局势已经绝望。重新夺回奠边府北部的企图耗尽了仅有的后备力量。纳瓦尔认为仅仅可供选择的是：（1）进行大规模B-29轰炸的行动计划（据我理解这是从印度支那境外的美国基地发动的美国军事行动），或（2）要求停火（据我推测可能是奠边府一处而不是整个印度支那

全境）。[1]

艾森豪威尔接到这份电报的时间是华盛顿时间晚8时，他立即回电：

> 在看了你同皮杜尔初次谈话的报告后，我首先产生的反应是，要使你相信我充分理解这种必定会折磨着你的沮丧情绪。我特别指的是我们先前所作的努力——使法国提出战争国际化的要求和英国了解奠边府局势的严重性以及在该地区战败对整个战争可能带来的后果。[2]

4月24日下午3时30分，在美国驻法国大使馆，艾登和杜勒斯、雷德福会面了。

杜勒斯对艾登说，奠边府法军已经无力支持，除非美英联合行动，否则法国就要妥协了。说着，他取出了纳瓦尔发自西贡的电报，为艾登读了一遍。杜勒斯强调，看来奠边府只能维持三四天了，如果英国愿意和美国共同行动，艾森豪威尔总统将寻求美国国会对使用空军力量的批准。当然，"前提是联合行动"。

艾登问，具体地说，美国方面希望从英国得到什么？

雷德福回答说，需要尽快进行军事协同，他建议英国向东京湾方向派出一艘航空母舰。

艾登向杜勒斯和雷德福指出，关于法国的态度，美国政府说的和法国政府多次向英国表达的态度不一致。英国的印象是法国还可以在印度支那支持下去。他肯定地告诉两位美国人，根据英国的既定

英国外交大臣艾登

---

[1]（美）艾森豪威尔：《受命变革》第2卷，第386页，三联书店1978年版。
[2]（美）艾森豪威尔：《受命变革》第2卷，第388页，三联书店1978年版。

立场，他不会即刻返回伦敦和丘吉尔重新讨论印度支那问题。同时他认为："出动空军干涉已经不能改变那里的局面。"

艾登问，美国如何看待中国对印度支那局势的影响？

雷德福说，如果美国空军卷入印度支那战争，中国不会跟着卷进来，因为中国空军的作战能力还是很低的。至于陆军力量，到现在为止还没有发现在印度支那有中国部队。他同时认为，如果美国空军进入印度支那，苏联也不会动，因为他们目前不想再打一次世界大战。

艾登问雷德福："你是不是已经有了具体方案？"

雷德福对艾登说："支援已经不容延缓。"他说，最好英国能够参加，从马来西亚向印度支那派出空军。因为一旦奠边府失守，几天后印度支那的局势也许会变得不可收拾，整个民族的反法情绪就会高涨。

艾登说："法国从来没有向我们把情况说得那么绝望。相反，今天早晨我接到英国驻法国大使的报告，说法国政府与他联系说，奠边府的情况很糟，但是守军将坚持到底。那么，雷德福将军，你是否认为美英空军联合行动会对解救奠边府起到决定性的作用？如果这样做，中国会做出什么样的反应？在这个时候，请不要忽视苏中友好条约的存在。因此，存在这样的一种可能性，即如果我们打进印度支那的话，可能面临一场更大规模的战争。"

雷德福回答："我认为中国不会卷入印度支那地面战争。如果中国空军卷入了，美国空军将轰炸他们的机场。"

艾登说，美国关于有限军事打击的设想缺乏说服力，经验告诉他，只要有大规模空中行动，地面战争也会接踵而至，战争规模就控制不住了。[1]

美英双方的交谈仅半个来小时就结束了。紧接着，美英法三国政要会谈。

杜勒斯首先发言说，现在是一个至为重要的关头，急需澄清的是如果奠边府陷落，法国政府将采取何种印度支那政策？他接着宣读了刚刚收到的艾森豪威尔发来的电报，电报附有致法国总理的信，要求法国政府作一个公开声明，表示说即使奠边府失守，法国也会在印度支那打下去。

皮杜尔再次强调了奠边府的重要意义，认为一旦失守就会改变越南北部的形势。至于总理和他本人，皮杜尔说，是希望打下去的。但是，他不能保证整

---

[1] Anthony Eden, *Full Circle* (Cassell, 1960), p.114.

个法兰西联邦对这件事的反应。在此紧要关头，他郑重地要求美英两国充分合作，采用一切可能的手段，解救奠边府危局。否则，整个"自由世界"的利益将受到损害。

说这些话的时候，皮杜尔的声音都变了。

艾登意识到，眼下是作重要决策的时刻了。他简要重申了刚才对杜勒斯说过的话，然后表示让步说，事情既然已到如此紧急关头，他将改变计划，立刻返回伦敦向丘吉尔报告，请杜勒斯和皮杜尔等候回音。

会议结束了，杜勒斯离开会场去见法国总理拉尼埃。拉尼埃向杜勒斯强调，法国军方依然认为，只有大规模的美军空中援助可以解救奠边府。而且，越军主力正集中在奠边府外围，这是一举从空中予以重创的机会。

会见拉尼埃以后，杜勒斯告诉记者，法国政府已经正式向美国提出，请求美国"直接干涉"。

大英帝国的不和谐音

艾登走出会场后就给丘吉尔拍了一份电报："现在已经十分清楚，我们必须作出一个至关重要的决定，即告诉美国人，我们是不是准备和他们一起参与军事行动。事关重大，我将在今晚返回伦敦与同事们商议。"

当晚，艾登乘飞机到达伦敦后直接驱车去唐宁街10号。讨论中，丘吉尔和艾登的意见非常一致，都认为英国应该拒绝承担印度支那的军事义务。相反，要想办法在即将召开的日内瓦会议上取得成果。

丘吉尔立即批准了艾登刚刚拟就的英国对待印度支那问题的八点政策原则：

1.刚刚发表的英美两国"伦敦声明"并不意味英国将马上参加一连串的商讨，以考虑联合干预印度支那战争的可能性。

2.在日内瓦会议之前，英国武装力量不承担在印度支那的行动。

3.我们将在日内瓦会议上给予法国代表团以一切可能的外交支持，争取达成一个体面的解决方案。

4.我们可以承诺，如果日内瓦会议达成一项解决方案，我们将参与共同努力以实施该项方案,并参与英美"伦敦声明"中述及的在东南亚联合防卫。

5.我们希望在日内瓦达成的方案能促成多国联合行动,并影响印度支那的大部分地区。

6.如果在日内瓦不能达成什么协议,我们将与盟国共同商讨应当采取的联合行动。

7.现在,我们不能作出承诺说,如果日内瓦会议未能就印度支那停止敌对状态达成协议,英国将采取什么措施。

8.现在,我们应与美国政府商议,一旦印度支那的一部分或全部丢失,需要采取措施保卫泰国和包括马来西亚在内的东南亚国家。[1]

1954年4月25日是个星期天,上午11时,由丘吉尔主持,英国内阁举行紧急会议,听取艾登报告和美法外长会谈的情况,讨论印度支那问题和即将召开的日内瓦会议问题。英国军方将领首先作了发言,认定奠边府已经无救,即使投入大量空军也无济于事了。

接下来艾登发言,他认为英国应该坚持既定立场,即,采取军事行动会使日内瓦会议毫无结果,因此决不能卷入。唯一有效的办法就是在日内瓦会议上就停火达成协议。

丘吉尔作了结论,说:"艾登的意见是正确的。"

会议一致通过了艾登提出的八点政策原则。

外交活动达到了白热化的程度。会议结束,艾登刚刚回到自己在外交部的办公室,法国驻英国大使马西格里就赶来了。法国大使说,美国政府已经拟就一项"联合声明",拟请英国、法国、菲律宾和印度支那三国共同签署,宣告出于共同的利益,这些国家关注印度支那局势的恶化,并将一致采取相应的军事行动。如果英国同意签署,美国总统将要求国会批准授权。一旦得到国会批准,美军航空兵将在4月28日进入奠边府战区。

法国大使说,如果英国拒绝采取"联合行动",不和法美两国一道签署一项声明,法国方面将面临灾难性的结果。

---

[1] Anthony Eden, *Full Circle* (Cassell, 1960), pp.116—118.

马西格里说得如此真切,丘吉尔、艾登又匆匆召集才散会不久的内阁成员于下午4时再次会议,商讨法国大使带来的信息。内阁会议一致决定,拒绝随从美国签署法国大使所说的声明,并要求艾登在前往日内瓦途中把英国的立场明确地告诉杜勒斯和皮杜尔。

艾登立即出发前往日内瓦。几乎与此同时,雷德福从法国到达伦敦,带来了艾森豪威尔致丘吉尔的口信。雷德福本人也希望和丘吉尔当面谈谈。

当晚,雷德福应邀和丘吉尔共进晚餐。丘吉尔在席间向雷德福解释说:"以遥远的东南亚丛林中发生的事情来影响英国人民的判断是不那么容易的,虽然英国非常清楚美国在东南亚设有重要的军事基地,并且刚刚和中国打了一仗。"丘吉尔进一步说,英国已经在1947年决定放弃经营了250年的殖民地印度,还放弃了缅甸,既然如此,英国怎么能支持法国继续占领印度支那呢?

吃完这顿晚餐,雷德福乘专机返回华盛顿。[1]

当此严峻时刻,艾森豪威尔的确考虑过,是否动用空军轰炸奠边府越军阵地。4月25日晚,他结束了在肯塔基的短暂休假回到白宫,第一件事就是阅读刚刚收到的来自巴黎和伦敦的报告。艾森豪威尔承认:"我很失望。但是我相信丘吉尔首相和英国政府,所以我接受他们的决定,相信这个决定是慎重地作出来的,反映了他们的最正确的判断,即那种做法对英国最有利,而且从他们的观点来看,对自由世界也最有利。"[2]

艾森豪威尔的判断不是没有道理的,即使在西方世界,美国寻求在印度支那动武的观点也不被广泛接受。1954年4月25日,来到了日内瓦的澳大利亚外长凯西作出了自己的结论,他在日记中写道:

我认为拟议中的美国的军事行动是错误的,因为——
1.它不能阻止在奠边府的溃败。
2.它不会有联合国背景作为支持。
3.它将把我们推向世界公众舆论,特别是亚洲舆论的对立面。

---

[1] John Prados, *The Sky Would Fall: Operation Vulture: the US Bombing Mission in Indochina 1954* (New York, 1983), pp.122—126.
[2] (美)艾森豪威尔:《受命变革》第2卷,第390页,三联书店1978年版。

4.它将把澳大利亚卷入与红色中国的对立中。

5.它将危害日内瓦会议。[1]

4月21日下午,周恩来一行抵达莫斯科,与莫洛托夫就日内瓦会议作了会前的最后磋商。苏联年轻的副外长葛罗米柯向周恩来、张闻天、王稼祥等人介绍了苏联的准备工作。胡志明和范文同还要在莫斯科多停留些日子。

---

[1] R. G. Casey, *Australian Foreign Minister: The Diary of R. G. Casey* (London: Collins, 1972), p.136.

第38章

举世瞩目的时刻

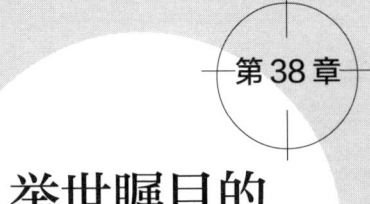

趴窝的"神鹰"

1954年4月24日中午，飞临奠边府上空的法军侦察机将一幅最新的奠边府战场地图投落在德卡斯特里的指挥部旁边。这份地图表明，越军的大炮正在向奠边府中心区靠拢，新的炮兵阵地在构筑之中，更惨烈的恶战即将降临。

在西贡，纳瓦尔的心绪坏透了。早在1953年12月，他命令自己的参谋部拟制了一个"神鹰计划"。计划的出发点是，在奠边府会战开始后不久，前来进攻的越军即被法军重创，失去了继续进攻的能力，法军分四个阶段展开反击：

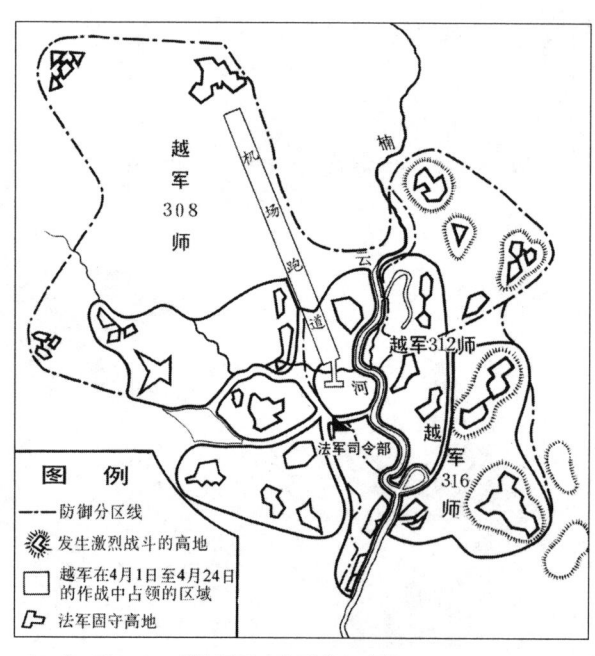

1954年4月24日，越法两军攻守形势示意图

1.以四个营兵力粉碎奠边府南部的越军，然后前出至越老边境的南乌江上游；2.以上述兵力在这个区域进行扫荡；3.以四个营兵力前出至老挝的灰亚那宋地区；4.以八个营兵力出奠边府峡谷，机动作战。

如今，"神鹰计划"的前提已不复存在。4月初，纳瓦尔命令将该计划保留原名，其内容改为，以法军在老挝的部队为主，4月下旬从中寮出发，向北攻击前进，解奠边府之围。

但是，法军在老挝的兵力薄弱，从各地能调集的兵员总数不过5500余人，而且后勤供应较在奠边府的部队更为困难。法军也没有足够多的飞机和飞行员，趴窝的"神鹰"始终飞不起来。

1954年4月21日，纳瓦尔和印度支那高级专员德让会商奠边府战局，认为那里已经没有希望了。纳瓦尔自己都为这个结论吃惊。危急时刻，他原本指望越北司令科尼为上司分忧，可是自从上回在河内大吵了一顿以后，科尼再也不主动找纳瓦尔说话了，凡有请示，一律使用公文。

4月24日晚上10时20分，纳瓦尔忍不住给科尼拍发了一份电报，向科尼询问4个问题。1.如果奠边府得不到新的增援，而越军也不增兵，那么还能够守多久？2.你是否主张继续增援奠边府？3.你是主张向奠边府增援不同建制的志愿人员，还是增援成建制的伞兵？4.你是否主张坚决实施"神鹰计划"？

此时的奠边府，夜雨绵绵，工事塌毁。越军战士冒雨挖掘堑壕，继续向法军阵地逼近。由于空降场大大缩小，空中补给更难了。在23日晚间至24日早晨，法军向奠边府空投了72人，其中包括几名坦克手。

周恩来抵达日内瓦

1954年4月24日，星期六，瑞士日内瓦成为世界瞩目之地。中国代表团于下午3时到达日内瓦机场。停机坪上已有一大群记者等候，其中美国记者最多。

等到机舱门打开，几个身着黑色西装的中国人先下了飞机。外国记者大都不认识周恩来，一迭声地问起来："谁是周恩来？"这时，头戴黑色礼帽的周恩来出现了。首先是美国摄影记者叫唤起来："周恩来，走近点，朝我这里看！"

这是中国总理周恩来在欧洲国际大舞台上的第一次亮相，也是新生的中华人民共和国第一次亮相。周恩来在机场发表书面声明："日内瓦会议就要举行了。这个会议要讨论和平解决朝鲜问题和恢复印度支那和平的问题。亚洲这两个紧迫的问题如果能够获得解决，将有利于保障亚洲的和平，并进一步缓和国际的紧张局势。"

1954年4月24日，周恩来抵达日内瓦

周恩来没有马上离开机场，而是稍作休息又来到停机坪迎接随后抵达的苏联代表团。

莫洛托夫很快到达，并在机场发表谈话指出："不能不指出这一重要事实，即：所有大国——法国、英国、美国、中华人民共和国和苏联——的代表最近几年来首次共同参加一个国际会议。"

英国代表团团长艾登于4月25日夜间飞往日内瓦。途中，艾登在巴黎附近的奥利机场短暂停留，皮杜尔在那里等着他。艾登告诉皮杜尔，在日内瓦会议结束之前，英国不会采取任何在军事上卷入印度支那的行动。另一方面，英国打算在日内瓦会议上给予法国以全面支持，使法国得到尽可能体面的结果。

皮杜尔如闻炸雷，呆呆地站着不动。

从这时起，皮杜尔才收起心来投入日内瓦会谈。由于会前法美英三国没有就印度支那问题达成一致意见，皮杜尔甚至没有时间准备好多种会议预案，这下可慌了手脚。

丘吉尔再一次拒绝法国

奠边府，1954年4月25日战况平稳。科尼电复纳瓦尔说，他认为，在继续空中支援和越军不发起总攻的前提下，奠边府大约还可以坚守两至三周。一旦停止空中支援，奠边府可能在八天内崩溃。科尼婉转地对纳瓦尔说，现在，对法军来说至关重要的地方不是奠边府而是红河三角洲，越军马上就会对那里进攻，如果抽空了红河三角洲去增援奠边府，将是非常危险的。

纳瓦尔于次日致电科尼："如果我没有弄错的话，你的意思是，继续增援奠边府只是苟延残喘，徒劳无益。我不敢苟同。我觉得，出于军人的荣誉与希望，即使没有把握扭转战局，我们也需要援助奠边府。因为我们现在还寄希望于日内瓦会议产生有利的结果：或是停火，或是停火不成而使美国卷入战争。这将取决于奠边府尽可能久的坚持。"

纳瓦尔的职位毕竟比科尼高了一层，更多地从战略角度来考虑此时奠边府战局对法国和即将举行的日内瓦会议意味着什么。

同一天，美国空军的卡达拉尔准将又来到西贡，与纳瓦尔商议"神鹰行动"。他向纳瓦尔透露，美国远东空军司令部已经作好准备，一旦被批准行动，将以80架轰炸机投入最初的战斗，猛烈轰炸奠边府越军阵地和越军在巡教的后勤中转站。

纳瓦尔表示，这实在是求之不得。

此时，纳瓦尔把全部希望都寄托在两点上了：或是美军介入奠边府战斗，使用空军重创越军，解奠边府之围；或是奠边府还可支撑，直到日内瓦会议迅速达成一项哪怕是暂时的就地停火协议。

1954年4月26日下午，拉尼埃指示法国驻英国大使马西格里面见丘吉尔，提出最后一次请求。前提是，一定要使英国首相明白，只要英国点头，美国就会同意使用空军打击奠边府的越军，而英国并不需要真的动用自己的士兵。

丘吉尔没有在当晚会见法国大使，这是一个不妙的兆头。

举世瞩目的讨论和平解决朝鲜问题和恢复印度支那和平问题的日内瓦会议于1954年4月26日下午3时开幕。参加会议的是中国和美国、英国、法国、苏联，以及南北朝鲜，还有参加"联合国军"的成员国澳大利亚、比利时、加拿大、哥伦比亚、阿比西尼亚（埃塞俄比亚）、希腊、卢森堡、荷兰、新西兰、菲律宾、泰国、土耳其。

会议主席、泰国的旺亲王用法文宣读了瑞士联邦议会发来的富有特色的贺电："瑞士联邦和瑞士人民欢迎今天在日内瓦与会的各国政治家！瑞士人民衷心希望与会者发现日内瓦气候宜人，有助于他们在这里找到解决困难问题的办法，从而创造持久和公正的和平。"

也在这天上午，艾森豪威尔邀请国会共和党领袖前来白宫，副总统尼克松也在座，另有参议员威廉·诺兰德、尤金·米利金和查尔斯·哈勒克。

艾森豪威尔谈了对印度支那局势的看法。他认为，法国在印度支那陷入了困境，他不知道下一步会发生什么。但是，奠边府失守会造成严重的后果，所以他要提醒国会议员们，美国战斗部队卷入印度支那是可能的，应该有所准备。即使美国在印度支那投入一个士兵，也是事关重大的事件。现在法国已经向美国提出了请求空军支援的要求，但是美国将避免"单干"。[1]

美国军事情报局新加坡基地于1954年4月27日向美国参谋长联席会议和国务院报告：

1.在过去的一周里，奠边府战局无重大发展，越盟部队已经成功地渗入该地西北部防线，并迫使法军从机场外围的一个据点撤走。

2.法军继续空投兵力和物资，但伤员仍不能撤出，我们认为越盟有可能很快在奠边府发起总攻。

3.美国飞机已将一个法国伞兵营从其本土运至印度支那。

4.印度支那其他地区局势尚无重大变化。[2]

丘吉尔在4月27日早晨会见了法国大使马西格里。当大使阐述法国的请求时，丘吉尔打断他的话说，他打算听取法国方面除了采取军事以外的任何建议。他赞扬了一番奠边府法军将士的顽强苦战，然后表示，很抱歉他不能解救他们。

丘吉尔说，这次英国不同意采取"结盟"立场并不意味英国不再是美法两国的老朋友，在许多重大问题上英国和美法两国没有分歧。但是英国现在已经认定，通过日内瓦会谈来解决问题是有可能的。相反，空中轰炸会完全摧毁日内瓦达成协议的可能。

丘吉尔说得明白："我们决定了的事就不应该动摇。当然我也知道有许多反对意见，但是我排除了它们，并且决不让步。"

这位老资格政治家安慰焦虑不安的法国大使："我们也为许多问题所困扰，比如新加坡、中国香港、土耳其问题……那么很自然，法国也会遇到像奠边府这样的问题。"

---

[1] John Prados, *The Sky Would Fall*: *Operation Vulture*: *the US Bombing Mission in Indochina 1954*（New York, 1983）, pp.167—169.

[2] 作者1992年5月在美国华盛顿美国国家档案馆查阅的关于奠边府战役的档案。

英国的立场已经阐述得相当清楚了，丘吉尔还不放心，又在当天下午的英国议会会议上宣布："英国政府决不在日内瓦会议取得成果之前在印度支那承担任何军事义务。"丘吉尔呼吁："别毁了谈判的机会，应置日内瓦会议于优先地位。"议员们以鼓掌方式表示了他们对这位老政治家的支持。[1]

这下子，英国的态度让法国上下彻底地陷入了绝望之中。

周恩来驰电：配合谈判，打下奠边府

中国代表团到达日内瓦后，不断通过解放军总参谋部了解奠边府战况。周恩来希望，最好能在日内瓦会议讨论印度支那问题之前打下奠边府。

越军基本上控制了奠边府机场后，再次把打击的重点东移，让第312师和第316师担负主要作战任务，同时让第308师迅速整补，准备进行最后阶段的战斗。在这之前，第316师中国顾问徐成功建议，鉴于法军坚守的A1（法军称E1）高地急切难攻，山顶的钢筋水泥大碉堡所处角度狭小，兼有法军炮兵掩护，很难用火炮摧毁，可由工兵在山腰间挖掘地道直抵法军碉堡下，越军再将奠边府前线的炸药都集中起来，放置在碉堡下，待到总攻发起时爆破，将山顶之敌悉数全歼。

徐成功的建议被韦国清、梅嘉生采纳了。[2]

越方提出，越军工兵还无此经验，希望由中国工兵来做。

根据越南战场的请求，解放军总参谋部从中国国内火速抽调六名有朝鲜战场经验的工兵赶往奠边府，指导越南工兵挖掘地道。

六名中国工兵于4月下旬到达奠边府，立即勘察地形，指导越南工兵向敌军脚下掘进。

此前，解放军总参谋部已电询韦国清，为了加强奠边府前线的火力，拟向奠边府调运我国研制的多管火箭炮连，是否需要。

韦国清征求茹夫一的意见。茹夫一说，我在沈阳的时候，看了这种火箭炮

---

[1] Philippe Devillers and Jean Lacouture, *End of A War*（Published in France in 1960, Translated by Alexander Lieven and Adam Roberts, Published in USA in 1969），pp.96—98.

[2] 1990年5月8日，作者在成都访问徐成功。

的试射,它可以打六七千米远,射速快,散布面大,虽然不那么准确,但是威力大,可以运来。

韦国清马上就同意了。

来到奠边府的是一个六管火箭炮连,研制这种火箭炮的技术人员也来了,对专门为此配备的越南炮手进行了速成培训。

火箭炮连在奠边府外围隐蔽,并为武元甲、黄文泰和韦国清、梅嘉生、茹夫一实弹演示了一次。越中将领决定,在最后总攻的时候使用火箭炮。[1]

武元甲和韦国清决定,5月1日向奠边府法军发起总攻。

新华社记者戴煌在这之前赶到了奠边府,在可闻隆隆炮声的森林里见到了武元甲和黄文泰。当日一同来到奠边府的还有几位中国军官,在挂满地图和摆着多部电话机的指挥部里,武元甲、黄文泰用缴获的罐头食品为戴煌一行洗尘,办公桌上摆了沙丁鱼、午餐肉、牛肉、腊肠、法国香槟酒,还有大块巧克力与炼乳熬制的热饮料,外加当地土特产:山鸡、香菇、菠萝。

武元甲和黄文泰用汉语向新到的中国顾问(越方把穿军服的中国人统称作"顾问")介绍了奠边府的形势。

在奠边府,中越双方的关系可谓亲密无间,谈话无拘无束。戴煌在餐桌上向武元甲提出:"总司令能不能接受我的采访,详细介绍奠边府作战?"武元甲当场答应,说好晚上待他有空时就来叫戴煌。

越军指挥员在战斗发起前

将近午夜,武元甲派人把住在军事顾问团营房的戴煌请来他的住处,作了一番长谈。

戴煌问:"根据目前形势,你估计什么时候可以结束这个战役?"

"快了,快了,最迟不会超过5月上旬。"武元甲说,"你也很清楚,

---

[1] 1998年7月4日,作者在成都访问茹夫一。

讨论恢复印度支那和平问题的日内瓦会议将在5月初开始,我们无论如何也要在会议开始前就结束这里的麻烦事。"

戴煌说:"这是出于政治上外交上的考虑,我能够理解。但是,在实力的对比方面,5月初结束战斗的根据是什么?你能不能明确地讲一讲?"

武元甲显得胸有成竹:"是这样:纳瓦尔虽然还有10万之众,但都分散在红河三角洲和南部地区,并受到我们地方武装和民兵的牵制,动弹不得。奠边府德卡斯特里的2万多人,已被歼灭了将近半数。他只能得到零星空投兵力的补充,而我们的围攻部队数倍于他。我们使用的大炮也就是你们在淮海战役和渡江战役中使用过的那种美式榴弹炮,比他们的多得多。再说,我们有人民的支持,而他们孤立无援;我们的部队士气高昂,他们的部队,特别是外籍兵团士气极为沮丧。他们唯一比我们稍占点优势的,就是包围圈里还有一些坦克,另外不时还飞来一批飞机,扔几颗炸弹,扫几阵机关枪。不过,这些根本无济于事。"

遗憾的是,戴煌在1957年遭逢不幸,被划为"右派",此后经历了20年蹉跎岁月,他的越南采访笔记,除已经出版者外尽数丧失。上面所述是他记忆最清晰的部分,但大部分细节则随着时光流逝了。[1]

4月28日,越军总前委召开扩大会议,各师师长、政委参加会议,韦国清、梅嘉生、茹夫一也与会参加。会议部署了总攻任务,要求全歼奠边府之敌。武元甲在讲话中要求部队克服目前因临近胜利而普遍存在的"保命"思想。

美国放弃在印支使用空军

1954年4月29日上午,艾森豪威尔在白宫召开国家安全会议,在讨论了伊朗局势、国际总局势后,以100多分钟时间讨论了印度支那局势。

副国务卿史密斯读了杜勒斯从日内瓦拍来的电报,电报对会议表示"悲观",并说他将在会议上坚持美国的立场。雷德福汇报了巴黎和伦敦之行的结果。中央情报局局长、国务卿杜勒斯的弟弟艾伦·杜勒斯汇报了奠边府局势。

---

[1] 1994年9月5日,作者在北京访问戴煌。

他指出，奠边府法军总兵力将近1万人，被至少4万人的越军包围，法军的失败不可避免，除非美国使用空军进行外科手术式的打击。

参加会议的国防部长哈罗德·史塔生再次提出，如果需要，美国是否派出地面部队进入印度支那挽救败局？

副总统尼克松插话，要派的话，派空军就可以了。

参谋长联席会议的三位成员反对出兵印度支那，反对最坚决的还是陆军参谋长李奇微。

艾森豪威尔作总结发言说，派遣地面部队冒的风险太大，会打破力量平衡，因而派遣空军力量比较适宜。但是英国不愿意合作，在这种情况下由美国采取单方面行动不妥。美国不能使用核武器，而且也不应选择继续同中国打仗的办法。

艾森豪威尔说，如果美国派兵去印度支那，就可能卷入看不见尽头的亚洲战争，"其结果将是，消耗我国的资源、削弱我国的整体防御能力。在没有盟国参与的情况下，如果红色中国卷入印度支那事务的态势已经清晰，我们应该小心地避免在亚洲四处出击。对于红色中国之蛇，我们应该击其要害而不要去踩它的尾巴"。[1]

艾森豪威尔作出了决断，他宣布：美国在日内瓦会议取得相应结果之前不在印度支那承担军事义务。此言一出，"神鹰行动"胎死腹中。

美国总统作出上面那个重大决定的时候，奠边府迎来了4月30日。这天是星期五，法国的外籍军团纪念日。外籍军团是法军编成内的特殊战斗单位，建立于1831年。外籍军团的主体由非法国籍士兵组成，他们大都是北非人或东欧人。加入外籍军团服役达到五年者，大都可以加入法国籍，享受法国公民待遇。出于这个原因，二战以后，法国外籍军团中的东欧籍士兵增加了，一批德国战俘也加入了外籍军团。在4月30日，奠边府阵地上共有2400余名外籍军团士兵。

德卡斯特里命令，这一天，外籍军团士兵享受战场休息日。

100余架次的法军飞机飞到奠边府上空，空投了212吨物资。在越军的猛烈炮火中，法军飞行员在3000米上空即开始空投。结果空军认为，大约三分之一的空投物资落到了越军手里；奠边府中心区的法军宣称，他们连一半也没有拿到。

---

[1] Bernard B. Fall, *Hell in a Very Small Place*, *The Siege of Dien Bien Phu* (Published by Da Capo Press, Inc. Originally published by Philadelphia: Lippincott, 1967), p.312.

第39章

攻克奠边府

武元甲发布总攻令

1954年5月1日，武元甲向奠边府前线将士发布总攻命令。

第308师从西和西北方向，第312师从东方向，第316师从东南方向向奠边府中心区压进。第304师部队仍然执行分割奠边府与航站间法军的任务。在总攻击中，东部为主攻方向。

当日天气晴朗，越军阵地上红旗招展，各师团向前沿运动，炮兵分队也揭开了伪装，由人力拖拽向前推进。

日近黄昏，越军的大炮开始轰击法军阵地。天色擦黑，约晚间8时前后，战斗全线打响。法军前沿阵地遭受越军炮火猛烈轰击，越军战士前仆后继扑上前去。E4高地上，第316师的战士和法军展开了白刃拼杀战。

奠边府东面五个山头上，法军防御总兵力只有四个不满员的混编营了。尽管预有准备，法军几个重要的前哨阵地还是丢了。越军第316师的第98团迅速攻占了重要的E1高地，在法军东部防线上撕开一个口子。

第312师进展顺利，第209团在团长黄琴指挥下摧毁了楠云河东岸法军的505高地和505A据点，很快攻占了北部的D1高地。

法军阵地H4、E2受到严重威胁。根据防御预案，法军预备队实施了反击。到次日天明时分，越军进攻势头缓了下来。

德卡斯特里急电科尼，报告奠边府危在旦夕，必须抽调成建制的伞兵营才能扭转危局。

科尼即向纳瓦尔转述奠边府的要求，并报告说，他已经下了最后的决心，把身边最后一个伞兵营投到奠边府去。当天（5月2日）深夜，一个整营伞兵朝奠边府飞去。在奠边府上空，载人飞机和载运空投物资的飞机搅在了一起，直到5月3日凌晨1时许，才投下了107人。而在当日白天的战斗中，法军共伤亡了420人。

奠边府法军阵地上，没有一辆车可以动弹了，最后一辆吉普四脚朝天躺在炮弹坑里。法军的圆形阵地直径不过1000米，法军陷入绝境。

5月的北京，柳色如烟，春光如潮。中南海居仁堂解放军总参谋部，代行总参谋长职务的粟裕将军关注着奠边府战场。

粟裕于1951年10月任副总参谋长。1952年底，代总参谋长聂荣臻操劳过度，住院治疗，粟裕接替聂荣臻主持总参全面工作。奠边府战役从准备到展开，再由紧缩包围到连续三个阶段的进攻，都在粟裕的掌握之中。韦国清是粟裕的老部下，彼此非常熟悉，此时更是电报交驰，细节必报。

为了掌握好奠边府战况，总参作战局成立了一个专门小组，由张清化、雷英夫、邓汀、巫志远等人组成，每日研究来自奠边府前线的电报，提出作战建议。[1]

1954年4月30日，粟裕致电韦国清，通报情况：

> 法军从中寮抽调7个营集中色诺，由法国本土空运2个营集中河内，另在芒夸地区集中3个营以上，总计敌人的机动兵力已达12个营左右。敌人兵力集中，估计今后行动最大可能：以伞兵2个营空降我后方交通线要点，切断我军补给，捣乱后方，并协助奠边府、芒夸之敌，解奠边府之围，使我军作战功亏一篑。越方除应注意南边之敌外，应特别注意最大可能空降我后方交通线之敌。因此，必须立即抽调得力部队控制后方交通线上之适当地点，担负歼灭空降之敌的任务，以确保后方交通之安全。[2]

1954年5月1日，奠边府炮火连天，粟裕又电韦国清：

> 目前你们危险最大的敌人是集中于河内地区经过训练的伞兵，该敌有极大的可能空降到你们后方的重要交通线，截断你们的补给，以迫使你们

---

[1] 1993年8月12日，作者在北京访问巫志远。
[2] 依据梅嘉生将军保存的赴越军事顾问团文件。

越南人民军部队在奠边府战役最后时刻发起冲锋

撤围奠边府,甚至引起部队混乱。你们应速作妥善准备,应付意外情况。[1]

5月3日天明,奠边府法军集中炮火,猛烈轰击东部刚刚丢失的几个山头。不多时乌云满天,大雨扑来,山头和盆地里泥泞一片,阻挡了两军的厮杀。

河内的法军司令部里,空气也是阴沉沉的,科尼和刚刚从老挝赶来的驻军司令克雷弗克上校,以及参谋们会商了奠边府战况,均感束手无策。他们手头仅有一个机动伞兵营,800多人,已决定投到奠边府去;另一方面,美国空军提供帮助,替法军从本土将两个伞兵营运到了西贡。这两个营要不要也投到奠边府去?或是用于增援老挝方向?科尼认为,最好是先将这两个营放在红河三角洲,以防万一。最后,他们把决定留给纳瓦尔来作。

最棘手的问题是,如果奠边府的抵抗归于失败,那里的万余名法军将士怎么办?可以投降吗?科尼和克雷弗克都想到这件事了,但是谁也不置一词。科尼最后决定,奠边府最后一战该怎么打、能否突围,以及何时突围,都交由德卡斯特里决定。今夜,继续向奠边府空投伞兵。

5月3日深夜至4日凌晨,法军在奠边府空投了一个连,共125人,由上尉普热率领。普热当过纳瓦尔将军的警卫,心气甚高,主动请缨去奠边府。着陆收拢部队以后,比雅尔命令普热的连作为反击预备队,准备投入东部山头战斗。

几乎是同时,越军在暗夜中发起进攻。战至清晨,越军第308师拿下了奠边府西部的H4高地。

在奠边府地下指挥部里,一种绝望的情怀袭上德卡斯特里心头。他一反常态,冒雨走进地下医院看望重伤员。他还和远在河内的妻子通了电话:"别为

---

[1] 依据梅嘉生将军保存的赴越军事顾问团文件。

我担忧，我以前不是当过战俘坐过牢吗，我会想办法的……"说到这里，一时嗓音哽咽，他讲不下去了。

几乎彻夜未眠的德卡斯特里在天亮后9时向科尼拍发电报，报告H4高地失守，奠边府守军渐渐失去战斗力，河内必须速调伞兵增援。

德卡斯特里的电报说：

> 我军全部粮食储备已处于最低限度。15天来，这些储备已经被一点一点地消耗尽了。我们没有足够的炮弹遏制敌军炮火，致使这种炮火威胁终日不息，说明我们未能对此有所作为。飞行员向我们诉说了飞临奠边府上空时经历的危险，但是，奠边府的每一个守卫者何时不在承受更多的危险？对此不能有两种标准。
>
> 夜间空降时间应从23时提前至20时开始。由于晨雾，早上的空投难以进行，而夜晚对山间低地空投，则需要较长的时间。
>
> 我确实需要大量食品，我守备中心阵地上的食品储存已经很少，而处于阵地前沿的各单位不能在没有准确和有力炮火支援的情况下去取他们面前的空投物品，这使许多空投物实际上拿不到手。
>
> 由于缺乏汽车，缺乏苦力，我不得不使用疲惫不堪的部队去搬运物资，因此遭受的伤亡也是可怕的。
>
> 我甚至不能得到空投品的一半，即使这样，空投的总量也只是我要求量的很小一部分。这种情况再也不能继续下去了。我再一次强调，从我的职权范围来说，对于正在进行卓绝努力的部队，我拿不出什么来鼓舞士气，我没有勇气两手空空地去见他们。[1]

德卡斯特里的低落情绪显而易见。5月4日夜晚，他又向河内发电："大雨使战壕和工事都浸泡在水里，这情形对伤员来说实在是个悲剧。他们在地洞里挤在一起，被泥浆浸扰，根本就没有卫生可言，因伤势恶化致死者日甚一日。"

---

[1] Howard R. Simpson, *Dien Bien Phu, the Epic Battle America Forgot*（Brassey's Inc, 1994）, p.152.

彭德怀、粟裕激励韦国清

激烈的战斗同样造成越军的伤亡，但是胜利在鼓舞他们。1954年5月3日夜，第308师的第36团从西向东攻击前进，到天亮时距离德卡斯特里的指挥部不过数百米之遥。

对越军在奠边府前线的战斗进展，粟裕很满意，于5月3日致电韦国清：

> 你们的决心和部署是正确的。军委最关心的是集结于河内并受过训练的伞兵空降于你们后方补给线上（因伞兵不需要着陆场），扼要构筑据点，截断你们的交通，捣乱你们后方，迫你们解围，甚至造成纷乱。这样不仅对胡军影响很大，对越南战局及日内瓦会议均不利。因此，望对后方交通线注意防范，最好再能抽出一些兵力加强之（如河内地区敌据点多，不便攻击，而只能伏击其交通时，是否可从该区抽出一些兵力来），以防万一。
>
> 奠边府战役应力争全胜，这对胡军战力之提高、对你们今后工作便利均有影响，尤其对越战局及日内瓦会议谈判影响更大。望抓住总前委会议的成就，发扬英雄模范作用，开展立功运动，以争全胜。[1]

5月4日，彭德怀、粟裕联名致电韦国清：

> 基本同意为防敌解围或解围所采取的部署……争取奠边府作战全面胜利。这对胡军战力之提高、对越南战局之转变，及对日内瓦谈判均有极大影响。如果我能在敌援抵达前早日作好准备，发动总攻，全歼守敌，则敌之一切解围或解围企图便完全破产。[2]

在河内，科尼心事重重，又把拟制了好几遍的奠边府守军向西南方向突围计划研究了一番。结论很清楚，以这样一支孤悬敌后，在重围中打了50多天的

---

[1] 依据梅嘉生将军保存的赴越军事顾问团文件。
[2] 依据梅嘉生将军保存的赴越军事顾问团文件。

伞兵部队，要走出工事突围，只会加速灭亡。

对于奠边府战局，美国军事情报局新加坡站于5月4日在向美军参谋长联席会议提交的报告中写道：

> 1.越盟通过渗透法军防线的办法缩紧了对奠边府的包围。目前尚无大规模攻击，但被围法军一直受到越盟炮火的袭扰。据报法军将重新组织防御。
>
> 2.自4月26日以来大雨不绝，阻碍了空中支援和补给。洪水浸漫战地，给双方带来新的困难。
>
> 3.可以认为情况仍十分危急。越盟还将围困奠边府一个时期，由于空降场缩小和天气条件的恶劣，法军的空中补给日益困难。
>
> 4.有情报说，越盟恐怖分子将于5月10日起向河内行动。另据报告，恐怖分子的活动还将针对海防。
>
> 5.同一份报告还说，如果有必要的话，河内准备在下个月坚壁撤退……[1]

4日，河内向奠边府拍发了最后一个私人电报，告诉重围中的德西雷上尉，他的女儿在河内降生并以他曾经守卫过的阵地命名——安娜·玛丽。

奠边府法军的最后补充

5月5日清晨，雨还在下，精疲力竭的法军炮兵清点了剩下的炮弹：总共还有2600发105毫米榴弹炮弹、40发155毫米榴弹炮弹、1180发120毫米重型迫击炮弹。这些炮弹只够打一天之需。接着传来坏消息，冒雨飞到奠边府上空的补给飞机中只有两架C-119飞机投准了位置，其余的空投物资全落在了越军阵地上。

在河内机场，法军伞兵营营长德巴赞上尉苦等了三天。在过去的三天中，

---

[1] 作者1992年5月在美国华盛顿美国国家档案馆查阅的关于奠边府战役的档案。

飞越越南村庄的法国飞机

他的营分批伞降奠边府，他的营部和另两个连还在等待空投机会。德巴赞命中注定与奠边府有缘，5月5日凌晨，一架法军的C-47运输机把他和一个连的74名士兵投进了奠边府。

天亮时分，朗格莱见到又有援兵到来，即命德巴赞率全营接手东部山头防御。就在德巴赞抬腿朝东部山头走去的时候，越军一发炮弹尖啸着飞来，炸断了他的一条腿。朗格莱即命前一天来到奠边府的普热上尉代理营长职务。

可是，此时的普热已经带着全连，被比雅尔派到关键的E2高地（即A1高地）担负防御任务去了。

E2高地早已变成了名符其实的人间地狱。由于日复一日的炮击和越法两军反复争夺，高地表面土壤蓬松、寸草无存，山头大碉堡被硝烟熏得黑黝黝的，挺立不动。山腰间横陈着越法战士的尸体，恶臭冲天。普热来到山头片刻，就觉得头脑眩晕，有些控制不住自己。

当天下午，德卡斯特里命令炮兵集中弹药，在傍晚前向被越军占领不久的E1高地轰击，防止越军集结。法军的炮火引来了越军大炮的压制，这场炮战整整持续了四个小时，法军方面有14人阵亡，48人负伤。

5月5日晚9时，科尼发来电报，授权德卡斯特里全权决定在奠边府的一切，包括在他认为适宜的时候进行突围。

这天，茹夫一在日记中写道：

阴雨复连绵，从2日起，已连续四天，为今夏以来第一次连阴雨。友方本拟今日进行第四阶段的攻击作战，因西边部队未准备好，遂推迟一天。

下午听取了参谋部及大团副参谋长的汇报：对A据点坑道的爆破仅及屋而距碉堡尚有三米，效力不佳，如搞不好，下面文章无法做好。乃就所了解情况，并就缩短冲锋时间为三分钟及冲锋部队动作有所阐释，友方似亦同意。[1]

5月6日是一个晴天。从凌晨开始，法军向奠边府进行了半个月以来规模最大的空投，有25架C-119运输机和29架C-47运输机飞临奠边府，投下了物资和新的增援伞兵。至清晨5时20分，共有91名伞兵落到了奠边府，还有一些伞兵来不及跳出，又乘飞机回到了河内。这91名伞兵就是降落到奠边府的最后一批士兵了。

天色大亮，法军运输机散去，几天来因阴雨受阻的法军轰炸机成群飞来，总共有47架B-26轰炸机、18架科斯塔型轰炸机、26架野猫式轰炸机、16架海尔迪沃轰炸机，还有4架海军的四引擎轰炸机。奠边府上空从来没有过在一个上午就会聚那么多的各型轰炸机，越军的地面火力一时间被压制住了。

在这天向奠边府空投给养和弹药的飞行员中，美国飞行员詹姆斯·麦克高文驾驶C-119运输机是第45次在奠边府上空执行任务，他的副手瓦伦斯·比福德坐在身边。突然，在空投区上空，一名法军飞行员从无线电里听到麦克高文喊了一声："我被击中了！"

原来是飞机的一个引擎被击中，麦克高文操纵着还有一个完好引擎的飞机正要逃逸，又被一串越军的高射机枪子弹击中。这架满载六吨炸弹的C-119运输机一个跟斗栽下来，在越军阵地后面发出一声惊天动地的大爆炸，冲天而起的黑烟直上云霄。麦克高文和比福德成了在印度支那战争中最早丧生的两个美国人。

上午10时，朗格莱将各营营长和参谋们召集起来，通报战场情况，会商解围之计。

朗格莱为军官们打气说，日内瓦会议可能会达成就地停火的协议，美军也可能介入印度支那战争，以大规模空袭解去奠边府之围；法军的救援部队正从老挝靠近奠边府。因此，奠边府只能坚守。如果在未来的夜晚德巴赞营剩余兵力约400人能够顺利空降奠边府，如果炮弹得到及时的补充，奠边府就有可能再坚守两周。

听了那么多"如果"，军官们无言以对。就在会议即将结束的时候，情报官诺埃尔接到自河内发来的一份绝密情报。诺埃尔称，情报来自越南劳动党中

---

[1] 引自茹夫一1954年5月5日日记。

央根据地。他向大家朗读电文说,越军将在今天傍晚向奠边府再次发起攻击。

朗格莱主持的会议马上就结束了,他和比雅尔匆匆走过楠云河,去检查东部战线的防御阵地,那里距离法军司令部太近了,近得只剩下一个波次冲锋的距离。他们用中午前的时间将各个阵地的防御安排了一下,各自怀着沉重的心情回到指挥部。

上午的会议结束后,德卡斯特里走到桌子前坐下,抽出笔来,起草了一封致美国总统艾森豪威尔的电报:

> 对您以美国人民的名义发来的电报中表示的嘉许之情,我深为感动,感激不尽。自由世界将感到宽慰,因为奠边府的守卫者,不论自己的战斗如何发展,结局怎样,都深深地意识到要在自己正在进行的战斗中竭尽所能,不负众望,去完成自己的使命直到最后一刻。[1]

起草完了,德卡斯特里静静地坐着,一动也不动,脑海中一片空白。

守卫E2高地的普热上尉还没有失去冷静,命令防御炮兵按照既定标尺向E2高地东坡齐射。又是在缓坡的开阔地带,进攻的越军被法军炮火覆盖,100多名越军战士血洒疆场。

虽然齐射得手,法军火炮阵地也不折不扣地暴露了。越军集中重炮,以火箭炮为前导,瞄准法军炮阵地猛轰,法军的三门105毫米榴弹炮连同炮手被打掉了。

战至深夜11时,奠边府法军炮兵司令拉朗德向德卡斯特里报告,今日开战前自己手里尚有九门105毫米榴弹炮,现已被越军打坏了八门。夜色里,法军再也奈何不得越军的大炮,只能听任其发威。

越军316师在天黑后进攻E4高地。这个高地由法军编成内的30个越南籍士兵防守。半小时后,越军占领了这个高地。

东线越军得手后立即向西发展攻势,于夜间10时向E10高地发起进攻。那里,法军守军不到一个营在托马斯少校率领下顽强抵抗。战至午夜时,山顶上

---

[1] Bernard B. Fall, *Hell in a Very Small Place*, *The Siege of Dien Bien Phu*(published by Da Capo Press, Inc. Originally published by Philadelphia: Lippincott, 1967), pp.371—374.

的法军只剩下20余人，退守在山头的一个掩蔽部里。整个E10高地上的法军被分割为三块，各以一个堡垒为中心。

E10是一个小高地，越军师长黎仲迅在前线指挥部里反复告诫团长们，拿下E10高地，就可以逼近楠云河，威胁德卡斯特里的指挥部了。

法军更清楚E10高地的意义。在夜色里，又一队运输机飞来，要向奠边府战区空投。比雅尔考虑，是否让伞兵们直接降落到E10高地或高地的周围？可是他明白，E10高地上，越法双方的距离差不多是手榴弹可以投到之处，他不得不要求飞机另觅空降场。

朗格莱同意比雅尔的判断，命令西北方向的守军向中心收缩，以腾出哪怕很小的力量去增援摇摇欲坠的东部战线。奠边府中心区只剩下一门榴弹炮了，朗格莱索性命令没有了大炮的炮兵们拿起步枪参加战斗。

进攻E10高地的是越军最精锐的第209团。这天晚上的战斗极为残酷，第209团的一份战斗报告说："在前进道路上，由于敌人埋伏在战壕岔口处投掷手榴弹顽强抵抗，造成我军的重大伤亡。他们投出的手榴弹像雨点般落在我军前进的道路上，很多战士以牙还牙，抓起敌人的手榴弹掷还对方。有些战士因为来不及投出，手榴弹在手中爆炸了。但是，没有一个指战员后退。"[1]

战至次日黎明，越军占领了E10高地。

越军攻占东部制高点

倒是E2高地上的情形好生奇怪。白天，高地上的战斗双方始终保持接触，但是到晚间8时过后，越军第316师第174团的战士们后撤了。

E2高地上法军抓紧时间修筑工事。另一方面，高地上的弹药也不多了，两名士兵爬向山腰间一辆早已被击毁的坦克。坦克上的机枪还是完好的，普热要士兵去把机枪拆回来。他本人坐在山顶碉堡的下层，冥思苦想战局。[2]

其实，E2高地法军此时所做的，差不多完全多余了。

---

[1] 1989年9月17日，董仁向作者提供的越军第312师战史资料。
[2] Bernard B. Fall, *Hell in a Very Small Place*, *The Siege of Dien Bien Phu*（published by Da Capo Press, Inc. Originally published by Philadelphia: Lippincott, 1967），p.383.

在奠边府战壕中的法军士兵

越军第316师指挥部里，师长黎广波和中国顾问徐成功正在准备实施对E2高地的大爆破。经过半个月来中国和越南工兵的共同努力，一段神秘的地道终于挖到了E2高地顶端大碉堡的下面，工兵们在那里装填了整整一吨TNT炸药。

预定时间终于到了，晚间9时，黎广波命令："炸药点火。"

此刻，时间倒像凝固了，师指挥部没有听到E2高地上传来那骇人的爆炸声。出什么问题了？黎广波和徐成功惊异地对视了一眼，还没有来得及说话，E2高地传出闷雷一般的巨响，整个奠边府都抖动了。[1]

由于是夜间，无人仔细领略这场大爆炸的景象。天亮后才得知，炸药坑的位置略有偏差，炸掉了山顶大碉堡的一半。普热正好置身于幸存的那半边碉堡里，他感到一种地震滚过的感觉，就像海战中的舰艇突然被鱼雷击中似的，剧烈的震荡使他一度失去知觉。

还有一名中士夏布里埃正蹲在前沿一个炮弹坑边，眼见一股巨大的"泥喷泉"由硝烟伴随直上云霄，大地像筛子一样抖动。随着耳膜一阵剧痛，他本人被气浪抛了起来，直直地甩进了离他最近的一个地堡口。

E2高地地表塌陷了。地堡和碉堡的碎块飞上了天，又纷纷扬扬地从天上落下来，山顶上的法军有一部分被泥土埋葬了，余下的大部分被震死，即使活着的，也在一瞬间失去了战斗力。

E2高地上从此留下一个巨大的深坑。九年后，一个法国记者身临其境，看到这个坑里寸草不生。

为了避免误伤，大爆炸前越军后退至安全地带。E2高地的那声巨响过后，

---

[1] 1990年5月8日，作者在成都访问徐成功。

第39章 攻克奠边府

越军战士重新冲上了空气滚烫、充满血腥味的高地。

枪声唤醒了E2高地上几名昏迷的法军士兵，他们抓起枪，趴在炸松了的土地上向越军射击。E2高地上还有战斗，不过法军战斗力已经大大削弱了。

普热也从昏迷中醒来，拿起冲锋枪投入战斗。打了一会儿，他发现子弹不多了，就抓起一个无线电报话机，想向德卡斯特里或朗格莱求援。送话器坏了，却可以从听筒里清晰地听到到处都在战斗，各处法军一个劲呼唤增援。普热判断，援兵不会再有了。而且，要是这几个山头今晚守不住，明天奠边府就完了。

天亮前，越军又进攻了一次。朗格莱向生死攸关的东部山头派出了他最后四个残缺不全的连。他身边仅存的105毫米榴弹炮只剩下11发炮弹了。

1954年5月7日早晨4时，E2高地上，普热又先后聚拢了35个人，他觉得再抵抗下去已经没有意义。这时，他手头有了一台还完好的报话机，于是向德卡斯特里的参谋长瓦多请求撤出E2高地。瓦多告诉他："你得战斗到最后一个人，至少要坚持到天亮以后。"

"明白了。"普热说，"如果你没有别的指示，现在我要砸毁这台报话机了。"

突然，普热的耳机里响起陌生的法语："不要砸毁你的无线电台。"这是一个越南人民军无线电报话兵的声音，他听到了普热和瓦多之间的对话，操着法语插进来说，"胡志明主席优待俘虏。"

普热知道自己不可能坚持到天明，他的士兵已经没有多少子弹，只剩一些手榴弹在手里。

普热朝着无线电报话机连开三枪。

E2高地突然出奇的安静，枪声停息了，密密麻麻的越军战士朝着E2高地山头一步步逼近。

法军的子弹打完了，越军也不再打枪，双方以手榴弹作主要武器扔来扔去作血肉搏杀。

普热命令撤退，并且亲自断后。

越军追了上来，普热手里只剩一个手榴弹了。当几名越军战士逼近到距离五六米远的时候，普热投出最后一颗手榴弹。几乎在同时，越军投来的手榴弹也在他身边爆炸。普热被击中昏了过去，等到醒来的时候已经成了俘虏。[1]

5月7日早晨4时40分，越军占领了E2高地。天亮以后，董仁命令六管火箭炮向奠边府困守之敌轰击。

法军终于放弃抵抗

在炮火准备后，从东面进攻的越军来到了距离德卡斯特里的指挥部只有400米的地方，不过是一水之隔。

这是一个浓云密布的早晨。经历了整夜战斗，奠边府的枪炮声不那么激烈了。朗格莱和比雅尔比较镇静，两人在上午7时见面的时候，还觉得E2高地可以夺回来。朗格莱的打算是，收缩西部防线，把还能够集中起来的一点点兵力交给比雅尔指挥，夺回E2高地。

没等朗格莱动手，越军对E12高地的最后一次进攻就开始了。E12高地是楠云河以东法军控制的最后一个小高地。

黄文泰打电话给各师师长，要求各师严密包围敌人，不使漏网。

上午9时，德卡斯特里和科尼通了电话，他报告："E2、E4、E10高地已经失守。"

科尼问："你还剩多少人马？"

德卡斯特里回答："大约还有四个营可以战斗，但是每个营都不到两个连。战斗不起多大的作用了，但是我们还在坚守最后的阵地。"

一发炮弹落下，双方都听不见了。科尼大声呼唤，继续通话。科尼问："你们还能不能守住河岸？"

德卡斯特里："我们要是守不住河岸，那就连一滴水也喝不上了。"他接着说，"我们在试图向南部突围。"

科尼："那得到晚上才行。"

德卡斯特里："我需要得到你的批准。"

---

[1] Bernard B. Fall, *Hell in a Very Small Place*, *The Siege of Dien Bien Phu*（published by Da Capo Press, Inc. Originally published by Philadelphia: Lippincott. 1967），pp.388—389.

第39章 攻克奠边府

科尼马上说:"我批准了。"

德卡斯特里停了一会儿,似乎无话可说了,但是他不愿意放下话筒。

科尼:"你们还剩下多少炮弹?"

德卡斯特里:"只剩下一点了。"

科尼:"我命令空军全力支援你们。"

德卡斯特里:"空军一分钟也不能停。越军已经把所有的力量都用上了。越军第308师的第36和第102团已经投入进攻,进攻的重点在东边。"

德卡斯特里感到再也没什么可说了,他说了一声"再见"以后又说:"也许在最后完结以前我还能跟你通一次电话。"

河内浓云密布,一场暴雨眼看就要降临。科尼放下听筒的时候把头深深地垂下来,额角渗出了汗水。满屋子的参谋们肃立,鸦雀无声。

1954年5月7日上午9时后,越军攻占E12高地,进而肃清了楠云河东岸的全部法军。

奠边府西部和北部防线的法军全面收缩,朗格莱抽调力量,还想反攻E2高地。

临近中午,一架法军飞机飞来,朝德卡斯特里指挥部准确地投掷了刚刚绘制的奠边府战局地图,朗格莱和比雅尔匆匆看了一遍,召集几位营长会商。开始,比雅尔还主张集中力量突围,但是刚刚空投的地图表明,越军已在奠边府南部挖下三道堑壕,作好了反突围的战斗准备。营长们看了新到的地图后都认为,他们的士兵疲惫已极,无法突破越军的包围圈,贸然突围,结局更糟。

短暂的会议没有取得什么结果,朗格莱、比雅尔和瓦多等人一起去见德卡斯特里。

德卡斯特里似乎已经平静了下来,他对比雅尔说:"你最好带着你的人躲得远远的,那么多次反击都是你指挥的,要是越盟抓住你,他们可就乐坏了。"

比雅尔对德卡斯特里说:"一切都完了,要是你同意,今晚我们突围。"

"不,"德卡斯特里说,"我不会同意任何人这样做了。我就待在这儿,到明天天亮我们结束一切吧。"

比雅尔回到了自己的营指挥部,他把身边还能站立的士兵召集到一起,问他们,我们能不能突围?士兵们沉默了片刻,有人对比雅尔说:"不行了,这不值得。我们要是突围的话就会死去,我们虚弱得走不了一百米就会昏过去。"

听到这番回答，比雅尔彻底打消了突围的念头，默默走回自己的掩蔽部。[1]

最后的胜利

1954年5月7日下午3时，武元甲再发攻击命令。他宣布，作战最勇敢的部队，参与战役的部队将获得胡志明主席授予的"决战决胜"红旗。越军终于在白天发动大规模进攻了。韦国清与徐成功、于步血、董仁通了电话，各师中国顾问报告，越军指挥员对胜利充满信心。

越军三个师，从东、西两面夹击。东线的第312师进展迅速，不过30分钟，就打到了楠云河边。

下午3时30分，朗格莱去见德卡斯特里，最后一次试探着问，是否突围？德卡斯特里摇了摇头："这是自取灭亡。"四下里一片寂静，军官们都看着德卡斯特里。德卡斯特里用低沉的声音说："我们什么也不要留下。"

掩蔽部里谁也不说话了，朗格莱抬起胳臂，向德卡斯特里行了一个军礼，然

1954年5月7日越军攻占奠边府战斗示意图

---

[1] Rene Julliard, *The Battle of Dien Bien Phu*（Published in 1963, Translated by Robert Baldick. Published in New York, 1965）.

后转身下命:"破坏武器和一切装备。"

这道命令甚至传达到了战地医院:"一切都完了,医生!下午5时30分停火,停止抵抗,所有可以破坏的武器和弹药都在此之前破坏。"

实际上,下午3时以后,奠边府法军的精神崩溃了,越南籍士兵和非洲籍士兵纷纷投降,法军指挥系统濒于瘫痪。

下午5时,德卡斯特里意识到最后的时刻已经临近,他抓起无线电电话,与河内最后一次通话:"我们被包围了,楠云河以西的三个据点已经全部陷落。敌人到处都是,不知道我军伤员情况如何,各部队军官都在问我下一步怎么办。我们已处在喀秋莎火力的威胁之下,我军士兵因缺乏睡眠疲惫不堪。情况万分危急!"

纳瓦尔将军的副手博代将军这几天一直在河内,他抓过电话对德卡斯特里说:"让这场战斗见鬼去吧,让航岗的拉朗德上校自己想办法突围。我们不会放弃你,你打得很好!"

德卡斯特里向河内通报,到下午5时30分,他将派出联络员与敌人联络,请求停火,并要求越方准许法方明天用飞机前来运送伤员。

科尼接过话筒对德卡斯特里说了几句安慰的话,然后走进自己的办公室坐下来。突然,参谋长巴斯提尼追进屋对科尼说:"你没有提到白旗的事情。"

这句话提醒了科尼,他一下子从椅子上站起来,冲进了作战指挥室。这时,博代正在和德卡斯特里道别:"再见,我的朋友,你们尽了自己的努力,完成了一场艰苦的战斗……"

科尼来到他身边,一把夺过话筒:"德卡斯特里,我完全理解你们。你们会在战场上打到最后一刻。现在,什么事你都可以做,就是不要打出白旗。你们失败了,但是别打白旗。"

话筒那边没有回答。过了一会儿,科尼听见德卡斯特里说:"眼下我在做的就是保护伤员。"

又过了一会儿,德卡斯特里向科尼说了最后一句话:"一切都结束了,我们将战斗到底。我们将毁掉大炮和所有通信设备。再见,将军!光荣属于法兰西!"

在这之后,是法军报话员的声音:"越军离我们只有十几米远了,我们得关机了。向巴黎问好!一切已经结束。再见!"

奠边府战役被俘的法军

听到这个声音,在科尼的指挥部里,几位将军的脸上一下子挂满了水珠,不知哪些是泪珠,哪些是汗水。

在奠边府地下掩蔽部,德卡斯特里和朗格莱默默地对视,然后紧紧拥抱。在战斗的56天中,这两个人的友谊始终保持着。朗格莱向德卡斯特里行了最后一个军礼,跑回自己的掩蔽部销毁文件。[1]

不一会儿,指挥部掩体顶上响起了脚步声,那是越军战士的脚步,因为法军士兵不会在司令部的掩体顶上乱跑。

越军第209团第130营连长谢国律带领战士在午后占领了楠云河铁桥的东岸阵地。下午5时许,越军从四面八方向奠边府中心区发起最后一次冲锋。越军的一排炮弹在铁桥西侧的法军阵地上爆炸了,乘着烟雾,谢国律指挥一个排战士冲过铁桥。

一个法军排长见到冲过来的越军刚想溜走,就被越军战士喝住。他略有犹豫,然后把枪放在地上投降了。

谢国律用法语问这位法军大胡子军官:"德卡斯特里在哪里?"

俘虏告诉冲到了跟前的越军,沿着坦克压痕的左侧向前,就是德卡斯特里的指挥部。其实,德卡斯特里的指挥部就在眼前了。

越军一冲过楠云河,法军就不怎么抵抗了。谢国律带领战士一阵风似的逼近法军指挥部,向洞口投出了几枚手榴弹。

随着硝烟散去,洞口出现了一名手拿白毛巾的法国军官,他呼喊:"德卡斯特里将军请你们派一名军官进来,他准备投降。"

---

[1] Philippe Devillers and Jean Lacouture, *End of A War* (Published in France in 1960, Translated by Alexander Lieven and Adam Roberts, Published in USA in 1969), P.74.

话音方落，谢国律带领五名战士冲进了半地下的指挥部。

德卡斯特里换了一身干净的棕褐色军服，军装上斜挂着一条勋章绶带，神色忧郁然而笔直地站在墙边。他甚至连衬衣都换过了，还戴了一顶红色的军便帽，使面色更显得苍白。面对着冲到了眼前的越军战士，一支点燃了的香烟在德卡斯特里的指缝中微微抖动，他连声说："不要开枪，不要向我开枪。"

谢国律用法语喊道："谁是德卡斯特里将军？"

德卡斯特里听懂了谢国律的话，应声说道："我就是，我是否还应再下命令，要我的部队停止抵抗？"

谢国律紧握着枪摇摇头，大声说："不用了，那完全多余，你的士兵们不用你的命令就投降了。我们胜利了！"[1]

就在谢国律和德卡斯特里的头顶，一位年轻的越军排长朱伯世脚踩掩蔽部，举起一面金星红旗，尽情地挥舞起来。此时，是1954年5月7日17时40分。

在朗格莱的指挥部，这位瘦削上校的精力仿佛一下子消耗尽了，他无力地坐在角落里。他在几年以后回忆说："我们听到头顶上有什么东西在滚动。我坐在椅子上，没有想任何事情。通向外面的阶梯就在我的面前，从那里可以看到外边的一片天空。我们其实一直在想，一枚手榴弹会从台阶上滚下来爆炸。但是，没有出现手榴弹。我们看到的是一个胜利的越盟士兵，他端着一支上着刺刀的步枪，对着我们喊了一声'出来！'"

朗格莱默默地举起双手走出掩蔽部，他不再想战斗的事情了。[2]

---

［1］ 1989年9月17日，董仁向作者提供的越军第312师战史资料。
［2］ Bernard B. Fall, *Hell in a Very Small Place, The Siege of Dien Bien Phu*（published by Da Capo Press, Inc. Originally published by Philadelphia: Lippincott, 1967）, pp.388—389.

第 40 章

北纬17度线

欢庆胜利的时刻

1954年5月7日17时40分左右,第312师前锋部队占领德卡斯特里指挥部、奠边府法军全面崩溃投降的消息传到了越军前线指挥部。

越南军官们兴奋地高声呼喊,纷纷冲出门去,不约而同地来到了指挥部前的一块小平地上,热烈拥抱,围成圈跳起即兴而成的舞蹈。

武元甲也激动地跑出门来,他来到小平地中央,自然形成了舞蹈旋涡的中心。

沸腾的人声也传到了不远处的中国军事顾问团前线总部。

越南人民军作战局副局长陈文光冲出屋子以后,马上想到应该立即把消息告诉韦国清和梅嘉生。他跑着跳着,一口气奔到韦国清门前,大声地说:"国同志,奠边府敌人投降了,我们已经占领了奠边府!"

性情内向,不怎么喜形于色的韦国清听到这消息顿时激动了。"啊,胜利了!"他情不自禁地呼喊起来。这时,陈文光又跑去告诉梅嘉生。

韦国清再也坐不住了,他飞快地跑出指挥部,冲进了正在狂欢中的小平地,和越军将士一起欢呼胜利。[1]

梅嘉生、茹夫一,所有身在总部的中国顾问都跑出屋子。尽管他们大都不会跳舞,此刻却充满自信地一展身手。越南和中国军官用不同的语言欢呼:"胜利了,我们胜利了!"

跳了一会儿,韦国清突然想起了什么,抽身退出狂欢的人群,叫出了正在人群中跳舞的侯寒江,带着他匆匆走向自己的小屋。走了几步,韦国清终于抑

---

[1] 1994年6月24日,作者在北京访问陈文光。

制不住地扭头对侯寒江说:"快,赶快了解情况,给周总理发电报,说我们已经占领了奠边府!"[1]

茹夫一的性格显得内向一些,他把激动的心情倾注于笔端,写进日记:

> 两个关键性的据点均在早晨解决,敌之反击均被击溃,河东之敌准备收缩至河西,敌似乎已处于绝望状态。下午,敌四面八方分批投降,芒清街内亦高悬白旗,友军分批进街受降。
>
> 从去年冬季12月开进以来,至今5月7日为止之冬春战役即告一段落。对友军来说,第一次经受这样长时间连续作战的考验,是空前的,但不是绝后的。[2]

在越军占领奠边府德卡斯特里指挥部的当天,最早进入奠边府中心区的中国顾问是王子波和警卫员。

原来,这天下午王子波从独立高地南下,进入前沿观察越军作战。

王子波是用心研习军事理论的人,奠边府打到这个时候,他知道迫近最后关头,最残酷的战斗已经过去,可以就近仔细观察一下越军作战了。

1954年5月7日,越军攻占奠边府核心阵地

---

[1] 1993年10月,作者在北京访问侯寒江。
[2] 引自茹夫一1954年5月7日日记。

谁知，来到前沿不一会儿，就听说越军占领了法军的核心阵地。王子波正好肩挎一架135照相机，他马上决定到法军阵地上去看看，心想也许可以拍些什么。

来到奠边府平原，王子波头戴一顶草帽，胡子挺长，手持一根竹子拐杖，样子有点怪，有点像个前线记者。他的警卫员则是一身越军装束。

他们走进了硝烟渐渐飘散的战场，只见法军、越军都忙成了一团。法军纷纷放下武器，被集中成几群；越军忙着押解俘虏、打扫战场，谁也没顾得上王子波他们。

在法军医院附近，王子波看见法国女护士热纳维耶芙走出了地下掩体，正在地面救护伤员。他走过一个残破的碉堡，碉堡一角斜插一面法国国旗，上面弹痕累累，巧的是正好有两只乌鸦落在旗杆上。王子波举起相机拍下了这个镜头，心里说："这象征了殖民主义的没落。"

他继续朝前走去，来到了德卡斯特里的指挥部前，一名越军战士还站在那掩体的顶上，不停地挥舞越南的金星国旗，另一名战士持枪站在他的身边。王子波拍下了这个镜头。

此时天色向晚，奠边府上空阴云笼罩，好像不肯散去的硝烟。王子波心情很愉快，很快把一卷胶卷拍完之后，才恋恋不舍地离开战场。

他意识到自己所摄是极为珍贵的照片，回到营地就对戴煌说："我拍了一卷胶卷，你帮我冲出来吧。"

戴煌一口承应，接过了暗盒。回到住地，他见到一位越南摄影师，就把胶卷给他，托他赶紧冲出来。谁知若干天后见到这位摄影师的时候，对方很抱歉地说："对不起，照片给冲坏了。"

戴煌一下子愣住了。对这个胶卷，王子波和戴煌都难以忘怀。39年后，王子波对本书作者说："如果我能看到照片的话，我会辨认出来是不是我拍的。"戴煌则说："这是我在奠边府战役期间最遗憾的事，我对王子波将军感到深深的亏欠！"[1]

---

[1] 1993年9月28日，作者在南京访问王子波；1994年9月5日，作者在北京访问戴煌。

扫清残敌

韦国清回到自己住处，即向国内发电，并嘱咐转呈正在日内瓦的周恩来："5月4日电悉。胡军自5月2日来先后歼灭奠边府外围据点8处后，今日下午5时芒清之敌开始瓦解。现已抓到俘虏3000人左右。此刻战斗正在继续中，估计明日可全部解决。"

这天，韦国清与北京电报交驰，留下了珍贵的历史记录。韦国清在当天晚间致电中共中央军委：

1.中午，越军对A1（即E2）高地、州温、那农及506等据点的守敌进行最后的包围和瓦解。各部队向敌纵深发起进攻。下午5时，约姆河（即楠云河）以东之敌千余人陆续投降。第308师部队从西面突入纵深，法军见大势已去，陆续打出白旗投降，指挥官德卡斯特里将军及其参谋等人员全部被俘，越军将投降官兵分批押离战场。

2.部队将于今晚将缴获之重要战利品运离战场，防敌轰炸；敌伤兵医院则暂留战场，并令其原管理人员负责。因敌伤兵医院暂留战场可减少敌机轰炸，避免损失。[1]

韦国清感到言犹未尽，复于当晚再电中共中央军委，报告一天来的战斗经过：

1.昨夜9时30分，胡军开始向A1据点、州温据点、那农据点（芒清以西），及州温西北之506号据点发起攻击。激战至今午11时，上述据点均为我攻占，计歼敌伪伞兵第5营2个连及其营部，殖民地伞兵第1营三个连及其营部（该营5月5日自河内空投至奠边府），殖民地伞兵第2营一个连及其营部，殖民地伞兵第6营一个连及其营部，外籍步兵第2团第1营两个排，摩洛哥步兵第4团第1营两个排，俘敌少校营长三名，上尉营长一名。并于今晨击落敌机两架，其余战果尚在清查中。

2.A1据点为芒清以东之屏障，为敌外围防御中较坚固之据点，并有坑

---

[1] 依据梅嘉生将军保存的赴越军事顾问团文件。

道式掩蔽部。该据点经我第174、第102团两度攻击，采用一般攻坚办法，均未能最后解决掩蔽部之敌而被迫撤退。敌我伤亡都很大，故胡军对解决此据点没有信心。此次费时半个月采取坑道作业，用1000公斤炸药爆炸，震死、震昏敌各数十名，始能最后解决此据点。

　　3.昨夜奠边府炮战极为激烈，敌仍有冒险空投，数目及番号尚未查清。[1]

这时，奠边府战役还没有最后结束，南面防御集群"伊莎贝尔"法方将近2000人仍在负隅顽抗。那里的法军上校拉朗德于5月7日下午5时接到了德卡斯特里的命令：破坏武器装备，停止抵抗。

拉朗德立即命令破坏重装备。此时夜色渐浓，拉朗德突生侥幸之心："能不能乘此时越军主力集中在北部的机会，索性集中伊莎贝尔的全部力量，向南突围？"决心既定，他立即带领2000之众悄悄南逃。

越军第304师早有防备，更兼法军南逃之路狭窄，布满地雷，拉朗德没走出多远就落入了越军的预设伏击圈。

几声地雷爆炸、几排枪响之后，南逃的法军停住了。一名越军军官带着几个战士走上前来，要求面见拉朗德转达越军前线司令部的命令："放下武器，抵抗已经毫无意义了。"

拉朗德绝望了。5月8日凌晨1时50分，他向河内发出最后一份电报："突围失败。此后不能再行联系，我们将破坏武器装备。电文结束，结束了！"拍完电报，拉朗德束手就擒。

大约在此前后，

1954年5月，在奠边府战场上越军缴获的武器

---

[1] 依据梅嘉生将军保存的赴越军事顾问团文件。

一架法国海军的轰炸机在41号公路上空巡航中被越军高射炮火击落，机上八人全部丧生，他们是奠边府战役中阵亡的最后一批法国士兵。

1954年5月8日上午，越军312师指挥员和中国顾问踏上奠边府核心阵地

5月7日夜，在西贡的纳瓦尔向法国国防部发电："奠边府守军已经完成了印度支那远征军总司令赋予的任务。"纳瓦尔签署名字的时候，不禁悲从中来，感到自己的军旅生涯也走到尽头了。[1]

1954年5月8日上午，东方破晓，越南人民军第312师师长黎仲迅、政委陈度和中国顾问董仁等一行踏上了奠边府中心德卡斯特里掩蔽部结实的顶部，在那里拍照留念。不远处被打坏的法军坦克上，一群越军战士向指挥官发出发自内心的欢呼。

新华社记者戴煌进入奠边府平原拍摄照片。

梅嘉生的警卫员周洪波在战役刚刚结束就摸进了德卡斯特里的指挥部，居然在墙角找到了一架照相机，他兴冲冲地把照相机捧在手里拿回去，要送给梅嘉生作个纪念。

梅嘉生拒绝了，命令周洪波将照相机上交越军后勤部。说完，梅嘉生兴奋地走出指挥部，看着一队队俘虏从眼前押过。当德卡斯特里被押解着从梅嘉生面前走过的时候，认出了梅嘉生的越军军官要德卡斯特里停顿片刻，让梅嘉生好好看一眼这位失败的对手。[2]

---

[1] Bernard B. Fall, *Hell in a Very Small Place*, *The Siege of Dien Bien Phu*（Published by Da Capo Press, Inc. Originally published by Philadelphia: Lippincott, 1967），p.414.

[2] 1990年7月，作者在北京访问周洪波。

胡志明的欣慰与拉尼埃的沮丧

在北京，彭德怀、粟裕关注着奠边府战役的最后结局。5月8日凌晨，中共中央军委致电韦国清："庆祝奠边府战役彻底歼灭敌人的伟大胜利，并同意战后的各项部署。"

同日，胡志明亦结束了在中国和苏联的访问，赶回中央根据地。风尘未洗，胡志明即致电武元甲，向他表示热烈的祝贺：

> 我军已经解放奠边府，我和政府对出色地完成任务的干部、战士、民工、青年突击队员和地方同胞致以亲切的赞扬。
>
> 这次胜利虽然巨大，但它只是一个开端，我们不得因此骄傲起来，不得主观轻敌。我们坚决抗战，争取独立、统一、民主与和平。无论是军事斗争还是外交斗争，都要经过长期艰苦的努力才能达到完全的胜利。
>
> 我和政府对建立了特殊功勋的干部、战士、民工、青年突击队员和地方同胞将给予奖励。
>
> 致以
>
> 亲切和必胜的敬礼！
>
> 胡志明
1954年5月8日[1]

同一天，胡志明援笔亲自起草了致中共中央的报捷电："我们知道这一胜利是马列主义、毛泽东思想的胜利，是越南人民和英勇的人民军的胜利，是各兄弟党忘我援助的胜利。今后我们愿以'胜而不骄，不主观轻敌'的精神，更加努力地争取新的胜利。"

法国巴黎所处时区，与奠边府相差七小时。

1954年5月7日下午5时40分，越军连长谢国律冲进德卡斯特里指挥部的时候，巴黎时间是上午10时40分。法国政府于当日午时得知了来自奠边府的消息。下午4时30分，法国总理办公室通知国民议会，总理将到议会发表重要讲

---

[1]（越）胡志明：《给在奠边府取得辉煌胜利的部队、民工、青年突击队员和西北同胞的表扬书》，引自《胡志明选集》，第282页，人民出版社1984年版。

话。此时，关于奠边府的消息开始在巴黎散布开来，议员们纷纷赶到，把议会厅中的席位坐满了。

下午4时45分，法国总理拉尼埃一身黑服，在几位内阁部长的陪伴下来到议会。他几乎控制不住自己的感情，以一种刚刚能听见的低沉声音告诉议员们："政府刚刚得知，在经历了20小时惨烈的战斗之后，奠边府核心阵地陷落了。"

1954年5月13日，在奠边府战场举行的胜利阅兵式上，总司令武元甲向作战部队授旗

说到这里，拉尼埃的声音沙哑了，不得不停下来。议会大厅里一片沉寂。拉尼埃说下去："伊莎贝尔还在坚守之中。敌人要赶在关于印度支那问题的日内瓦会议开幕之前攻占奠边府以取得有利地位，认为这样就可以给予法军的士气以决定性的打击。他们就是这样，以牺牲数千名士兵的代价来回报法国的和平愿望。而法军的英雄们，奋战56天，将无愧于整个世界的赞扬……"

除了对奠边府法军将士的溢美之词，拉尼埃说不出更多了，此时心绪如麻，不知后事如何是好。[1]

当天晚上，巴黎大剧院取消了预定的莫斯科芭蕾舞团的演出；法国电台和电视台取消了原定播出的娱乐性节目，代之以播放古典音乐。

夜晚10时，拉尼埃约见美国驻法国大使都龙。一见面，都龙就发现拉尼埃的神色躁动不安。拉尼埃对都龙说，现在，他认为法国面临的最直接的敌人是中国，法国远征军在万里之外无法与中国匹敌，因此他要求美国就奠边府失守后的印度支那形势表明立场。他还要求美国立即派一名了解印支问题的军官前来巴黎会谈。拉尼埃无可奈何地说，法军在越南红河三角洲的防线太弱了，现在要收缩防线，甚至要从老挝抽调兵力去防守红河三角洲了。[2]

---

[1] Bernard B. Fall, *Hell in a Very Small Place*, *The Siege of Dien Bien Phu*（Published by Da Capo Press, Inc. Originally published by Philadelphia: Lippincott, 1967），pp.415—416.

[2] Rorbert F. Randle, *Geneva*, *1954*（New Jersey, 1969）.

杜勒斯于5月7日晚就奠边府战事发表了简短讲话:"在困难的条件下,法国士兵既没有丧失战斗意志,也没有失去战争技巧。同时也说明,越南本身也能培养出能够合格地捍卫祖国的战士。"

这天下午,在日内瓦最兴奋的当属以范文同为首的越南代表团。越南代表团是5月4日从莫斯科飞来此地的。5月7日这天下午,越南代表团成员正在自己的房间里准备将于明天开始的关于印度支那问题的会议,他们从法国的无线电广播中听到了奠边府战役胜利的消息。

范文同兴奋得高声呼叫:"快,快拿香槟酒来!"

助手们手忙脚乱地在厨房和储藏室翻了个遍。这幢房子里没有香槟酒,但他们找到了一瓶红葡萄酒。

范文同连声说:"可以,可以,红葡萄酒也行。"

红色的葡萄酒斟满了几个高脚酒杯,所有的越南代表团成员,其中也包括文庄,一起举起斟满红葡萄酒的酒杯庆贺奠边府战役的胜利。

然后,范文同吩咐:"快上街买几份报纸!"

报纸买来了,范文同伸手接住,迫不及待地翻阅起来。[1]

印度支那问题的关键所在

周恩来步入日内瓦会场

1954年5月8日,日内瓦会议开始讨论印度支那问题。奠边府战役的胜利结局为日内瓦会议中东方阵营取得预想结果奠定了基础。

在会议前,越中苏三方经过分析认为,越方在印度支那战场上取得了战争的主动权,控制了越南的大部分

---

[1] 1990年2月10日,作者在北京访问文庄。

国土，但是法方的控制范围还不小，仍然控制着几乎所有的大城市、主要战略交通线、海港和重要经济区域。越法双方控制区犬牙交错，形成"豹斑"。

奠边府战役胜利的消息传来，越南代表范文同在欣喜之余，一度改变了原定的谈判原则。他认为，越南问题应以"就地停火、稍加调整、等待普选"为基本方案，如果对方不接受，再考虑南北划界分治的方案，而且要将分界线南移到北纬15度线，甚至北纬14度线，从而占有三分之二以上的国土面积。

周恩来认为，应该从实际出发，根据现实条件争取最大成果。应该力争参照朝鲜模式，在日内瓦会议上达成一项协议，以北纬16度线为临时分界线，线北的法军撤出，越南人民军的力量则从16度线以南撤到线北。若提出15度线或14度线方案，对方肯定不会接受。

5月12日下午3时，周恩来在日内瓦会议上就印度支那问题阐述了中国的原则立场。周恩来说：

> 日内瓦会议已经进入了关于恢复印度支那和平问题的讨论。摆在我们面前的重大任务就是要在承认印度支那人民的民族权利的基础上，停止敌对行为，恢复印度支那的和平。怎样才算承认印度支那

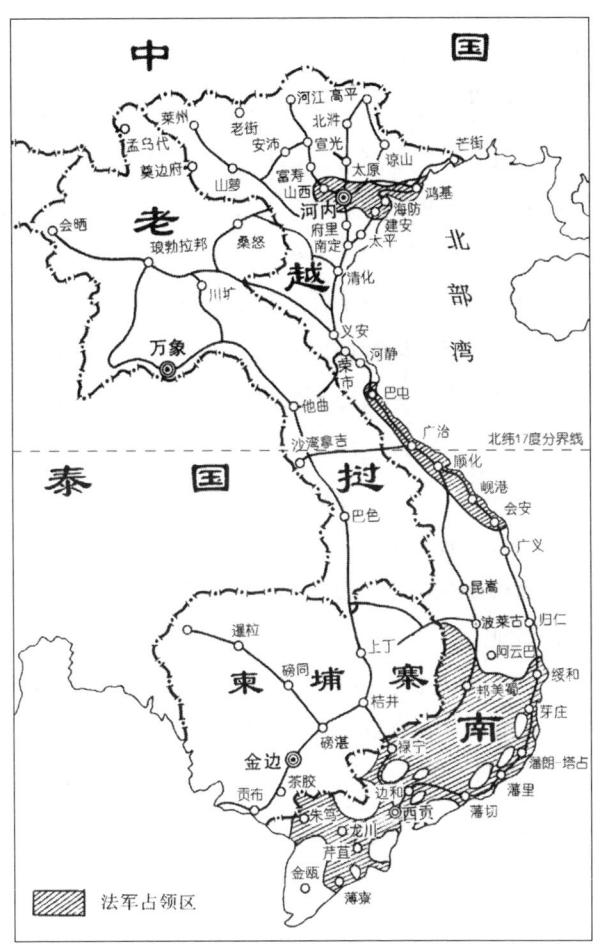

1954年，奠边府战役后越南战场态势图

人民的民族权利呢？那就是必须承认越南、高棉和寮国人民有充分权利获得他们各自的民族独立，国家统一和民主自由，并在他们各自祖国的土地上过和平的生活。[1]

周恩来指出："中华人民共和国对于目前正在它的近邻进行的战争和战争扩大的危险，不能不加以密切的注意。中国人民认为：朝鲜战争停止了，现在，印度支那战争同样应该停止。"

奠边府战役确实给了东方阵营极好的谈判优势，但在越南问题上，究竟是南北划界而守，还是就地停火，即行普选？对这两种方案，东方阵营一时没有取得充分的一致。在老挝问题上，范文同倾向于否认有越南人民军在那里作战，并坚持在老挝寻找一条北纬线划界，实行分治；在柬埔寨问题上，范文同主张否认有越军进入。但是如何提出这个问题，越南方面最初并无定见。

一时间，由于东方阵营在几个重要问题上未能形成一致，西方国家又坚持不讨论在老挝和柬埔寨的停火问题，日内瓦会议陷入僵局。

如果不打破僵局，日内瓦会议就有全面破裂的危险。周恩来敏锐地看到了问题的严重性，与莫洛托夫和范文同商议后提出一个折中方案：印度支那三国同时停火，确定区域调整原则，但是实施方案可以有所不同。这一方案的核心在于绕过了越中苏三方未取得一致的具体方案，肯定了三方的一致之处，即都有一个停火问题。

英国外交大臣艾登也发挥了积极作用。日内瓦会议于5月29日通过了艾登提出的关于越法双方军事代表举行直接谈判的建议。这是日内瓦会议达成的第一个实质性协议，实际上承认了印度支那三国都有停火问题，而停火应该同时实现。

1954年6月2日，越南和法国的军事代表团在日内瓦举行了正式谈判。

从5月下旬至6月上旬，周恩来频繁会见艾登和皮杜尔等人，还会见了柬埔寨和老挝王国的代表，交换意见。周恩来表示，他同意一切外国军队都从老挝和柬埔寨撤出，而柬埔寨王国和老挝王国为了自卫可以保有一定数量的军队，但是柬埔寨和老挝两国必须保证不向任何外国提供军事基地。周恩来还邀请两

---

[1] 世界知识社编：《日内瓦会议文件汇编》，第165页，世界知识社1954年版。

个王国政府的代表和保大政府的代表和范文同会晤，以协商的方式使各方面的意见统一起来。

日内瓦会议的转机

1954年6月12日，在日内瓦会议中持强硬立场的法国拉尼埃政府垮台。6月17日，法国国民议会以绝对多数票接受激进社会党人、主张迅速结束印度支那战争的皮埃尔·孟戴斯-弗朗斯出任总理组阁。日内瓦会议出现戏剧性转机。

孟戴斯-弗朗斯曾在第二次世界大战后任法国临时政府的经济部长，因在经济政策上与戴高乐意见不合而辞职。他认为要恢复法国的大国地位，关键在于振兴国力，应该在殖民地上做战略收缩。他宣称，印度支那战争是法国无法承受的负担，只有立即舍弃这个局部才能保住全局。6月17日，孟戴斯-弗朗斯就任总理之时，面对国会议员们宣布，要在四个星期内，即在7月20日之前，在日内瓦就印度支那和平达成协议。如若不成，他的政府立即辞职。

为了在日内瓦达成协议，孟戴斯-弗朗斯宣布自己兼任外交部部长，亲自参加日内瓦会议。孟戴斯-弗朗斯和英国外交大臣艾登密切合作，从西方立场出发推动了日内瓦会议的进程。6月23日，孟戴斯-弗朗斯来到瑞士首都伯尔尼和周恩来进行会晤，对打破日内瓦会议的僵局具有重要作用。这时，在越南问题上采取"朝鲜模式"，以北纬线划界的框架逐渐清晰起来。

从6月20日起，苏、美、英代表团团长相继离开日内瓦回国，周恩来也于6月24日离开日内瓦去印度、缅甸访问，然后回国。7月3日至5日，周恩来由罗贵波、韦国清陪同，在广西柳州与胡志明、武元甲进行了八次会谈，向越方耐心介绍了日内瓦会议的情况，协调双方立场。

法国军官正和越南人民军参谋人员商谈从法控区撤军的事宜。根据和越方达成的协定，法军可以携带武器离开越南

胡志明理解了中苏方面意见，表示支持周恩来的主张，使越中双方就日内瓦会议的基本原则和具体方案取得了一致。柳州会议的直接成果是以越南劳动党中央名义发给范文同的"七五文件"。该文件规定，日内瓦会谈的指导思想是：采取积极推动的方针，而不应消极等待，在越南争取以北纬16度线作为分治线。如对方不肯让步，也可以在16度线的基础上小作让步；在老挝则把靠近中国的桑怒和丰沙里两省划为巴特寮武装集结区；在柬埔寨争取政治解决。

　　然而，范文同接到"七五文件"后仍不愿意放弃16度线以南的越军控制区。法国则提出，以北纬18度线作为南北双方分界线。此时，离开孟戴斯-弗朗斯许诺的7月20日期限越来越近，美国又施加压力，意在使用武力干涉印度支那；法国主战派也在活动，日内瓦会谈出现了逆转可能。

　　7月12日，周恩来回到日内瓦当晚，与范文同彻夜长谈，以朝鲜战争为例阐述，一旦美国军事干涉，印度支那问题会高度复杂化。周恩来反复以中国抗日战争中皖南事变的教训，以及抗战结束后解放军撤出苏南，加强东北和山东的经验，向范文同说明战争进退的辩证关系。范文同终于同意在次日按照"七五文件"规定的原则向孟戴斯-弗朗斯提出新的建议。

　　7月13日上午，几乎彻夜未眠的周恩来会见孟戴斯-弗朗斯，向他指出，让步是双方的，只要法国肯作出一定的让步，越盟也会让步。周恩来要求孟戴斯-弗朗斯从战略角度出发，认真考虑越南建议。

　　越法双方最终达成协议，在越南全境停火，以17度线以南、9号公路以北的六滨河为越南南北两方的临时军事分界线。对老挝和柬埔寨问题，也随即达成停战协议。

日内瓦协议终于达成

　　1954年7月21日举行了最后一次全体会议，达成了日内瓦会议关于恢复印度支那和平的协议，这项协议包括会议的"最后宣言"和三个停战协定，并以法国、老挝、柬埔寨三国政府分别发表的六个声明作为最后宣言的附件。

　　日内瓦协议的主要内容是：

1. 在北纬17度线以南、9号公路稍北划出临时分界线。此线以北是越南人民军集结区，以南是法军集结区，在此线两侧5公里的距离内为"非军事区"。老挝停战协定规定，巴特寮武装集结在桑怒和丰沙里两省，等

根据《日内瓦和平协议》，越军逐个接管法军撤出的军营

待政治解决；柬埔寨停战协定规定，停火令颁布后30天内，高棉抗战武装就地复员。

2. 成立"联合委员会"和"国际委员会"这两个平行机构，监督停战协议的实施。前者由双方司令部同等人数的代表组成；后者由印度、波兰、加拿大的代表组成，由印度代表任主席。

3. 根据日内瓦会议的最后宣言，日内瓦会议与会国保证尊重越南、老挝、柬埔寨三国的民族独立、主权和领土完整。法国军队将从印度支那三国撤军，但经双方协议留驻在少数规定地点者不在此限。越南将在1956年7月内举行全国自由选举；老挝和柬埔寨将在1955年内举行自由选举。印度支那三国保证不在本国领土上建立任何外国军事基地，并保证不参加任何军事同盟或军事协定。[1]

在日内瓦会议参加者中，中国、苏联、英国、法国，还有越南、老挝、柬埔寨的代表都宣布同意"最后宣言"，唯有美国代表史密斯宣布，美国不参加"最后宣言"。然而他宣布，美国政府将按照联合国宪章第二条第四款，不使用武力破坏这一"最后宣言"，"美国将不使用威胁或武力去妨碍这些协定和条款"。他同时认为，所有违反这些协定和宣言的行为都是危害国

---

[1] 世界知识社编：《日内瓦会议文件汇编》，第258页，世界知识社1954年版。

1954年10月，越军开进河内

际安全的。这仍然不失为一种积极态度。但是，美国代表又表示，要防止"任何侵略的再起"。这又为美国日后大规模卷入第二次印度支那战争埋下了某种伏笔。[1]

从这时起到1975年，北纬第17度线附近的临时分界线将越南分为南北两方。由于这条分界线接近北纬17度线，人们习惯上称之为"17度线临时分界线"。

为期八年的第一次印度支那战争给法国带来了惨重损失。战争耗费了整整3万亿元旧法郎，共有9.22万名法军官兵战死疆场，还有1.14万人负伤，2.8万人被俘。在此期间，法军军官的四分之一投入印度支那战场，每年阵亡的军官人数是圣西尔军校毕业生数目的两倍。[2]

这场战争给越南带来的损失更是惊人的，但越南人民毕竟赢得了胜利。

根据武元甲的命令，越南人民军、游击队和民兵于1954年7月22日在整个印度支那战场停火。根据日内瓦协议，越南人民军在南方的部队，和在老挝、柬埔寨的部队开始集结，陆续撤回越南北方。

在越南北方的法军奉命集结，逐步撤出。1954年10月10日，最后一名法军撤出河内，越军第308师于当日进驻这座城市。

1955年元旦，胡志明率领中央政府成员还都河内。

1955年5月16日，越军第320师接管海防，越军完全解放了越南北方。抗法战争的胜利为越南民族独立奠定了坚实基础。

---

[1] 1954年关于朝鲜问题和印度支那问题的日内瓦会议是一个非常复杂、充满戏剧性变化的外交过程，详尽地描绘这段历史，是作者另一部专著《日内瓦风云》的任务。

[2] 张锡昌、周剑卿：《战后法国外交史》，第81页，世界知识出版社1993年版。

第41章
拂去尘埃的回望

奠边府战役双方伤亡人数

奠边府战役在20世纪世界战争史上留下了深深的印迹。

自1953年11月20日法军空降奠边府,到1954年5月8日奠边府战役结束,法军在奠边府战场上总共战斗了167天。根据法军战场统计,从1953年11月20日至1954年5月6日清晨,法军共向奠边府空降了16544人,此外还要加上若干从莱州撤往奠边府的泰族武装。在奠边府的法军几乎被越军悉数歼灭。

从1953年11月21日开始,到1954年5月5日,即奠边府战役结束前三天,法军在奠边府战场上共有8221人伤亡,其中法国籍士兵阵亡1293人。但是,奠边府战役的最后三天中,法军究竟伤亡了多少,没有精确的统计,因为法军指挥系统崩溃了。或者说即使有统计,也在最后的厮杀中销毁了。据保守估计,在最后三天战斗中法军有600—800人阵亡,伤者甚众。按照比较一致的统计是,在奠边府战役中,法军总共阵亡了3000多人,其中包括2000余名法籍士兵。除阵亡者外,至少有6452人负伤。由此判断,法军在奠边府

关于奠边府战役的影视作品

战役中总共伤亡9000多人。[1]

包括德卡斯特里将军在内，越军在奠边府共俘虏了10903人（其中包括伤员）。根据越军总部和中国军事顾问团共同商定的方案，战俘按国籍编队，军官和士兵分开，每50人为一队，由越军步兵看押，迅速离开奠边府，朝设在越南北部丛林中的俘虏营走去。

越军在奠边府战役中总共歼敌16600余人，改变了印度支那战场的军事力量对比，越方亦付出了重大牺牲。越军总部在战役后不久统计，前线官兵总共伤亡、失踪13956人，其中阵亡和失踪4832人，伤9124人。还有一部分后勤民工在运输线上献出了生命。应该特别指出的是，这个数字，特别是阵亡人数大大低于当时和以后许多西方军史专家的判断。[2]

5月13日早晨，越军在奠边府举行了盛大的胜利阅兵式。

武元甲宣读胡志明发给奠边府前线将士的祝贺信，将"决战决胜"的旗帜授予在战役中建立了卓越功勋的第312师师长黎仲迅。奠边府原野上，回响起人民军战士的欢呼声："越南独立万岁！"[3]

战后，在奠边府东部山头下，修建了一个越军阵亡将士陵墓。此外还竖起两个越军英雄纪念碑，一个在兴兰高地，另一个在战斗最激烈的A1（E2）高地山脚下。

奠边府战役的伤员们

奠边府战役的枪炮刚刚停息，救治双方重伤员事务极为紧迫。

奠边府决战开始之前，越军总军委估计己方伤员人数可能达到6000人，为此共组织了4个直属医疗队进入奠边府战场。战役进程中，又增加了一个医疗

---

[1] Bernard B. Fall, *Hell in a Very Small Place*, *The Siege of Dien Bien Phu*（Published by Da Capo Press, Inc. Originally published by Philadelphia：Lippincott, 1967）, pp.431—432.
[2] Howard R. Simpson, *Dien Bien Phu, the Epic Battle America Forgot*（Brassey's Inc, 1994）, p.169.（在这部1994年出版的关于奠边府战役的专著中，作者辛普森认为，在战役中阵亡的越军差不多有8000人。在这之前，富尔也认为越军阵亡7900人，伤1.5万人，伤亡总计2.29万人。）
[3] 1989年9月17日，作者在北京访问董仁。

签署《日内瓦和平协议》后，法国结束在越南的殖民统治。1954年10月，越南人民军浩浩荡荡开进河内，市民夹道欢迎

队，组成伤员转运总站。在整个战役过程中，共收治越军伤员10021人，其中在战役准备阶段收治1100人，进攻的第一阶段2300余人，第二阶段4500余人，第三阶段2000余人。根据伤情统计，炮伤和地雷炸伤占73%，枪伤占17%。

战役期间越军共有4000多名轻伤员出院，重返战场。但是，越军战场医院收治伤员的能力在战役进程中已经饱和，无力救治战役结束后突然出现的大量法军伤员。

奠边府战役中法军的总伤亡人数约为9000人。在5月7日奠边府战役结束的当日，法军重伤员由27名没有受伤的法军医护人员继续看护。

日内瓦会议开始讨论印度支那问题之时，法国代表要求越军迅速释放重伤员。越方接受了这个要求，范文同于5月10日在日内瓦发表声明："我政府准备允许运走在奠边府俘获的法国远征军重伤员。如果法国政府愿意运走这些重伤人员，双方司令部的代表将就此事就地采取切实可行的措施。"

5月13日，法军派出以菲亚教授为首的红十字代表团飞抵奠边府，与越军会商如何运走重伤俘虏，双方当即达成协议。因奠边府机场难以修复，法方将以直升机和小型运输机运送伤员，此期间，法方保证在奠边府盆地外围十公里及41号公路至山萝一线停止轰炸。法越双方议定，不以国籍区分伤员，总共将伤员中的858人确定为重伤员，这些重伤员即由法方派直升机从奠边府战场运走。

这个协议在政治和军事上均有利于越方，越军乘此机会抢运在奠边府缴获的大量物资，同时交送俘虏。法军很快意识到了这点，遂推翻协议，复于5月16日派出代表飞至奠边府提出新建议，要求修复机场，用大型运输机运送伤员，并要求取消法军飞机在41号公路沿线的禁飞令。

5月22日下午3时，三架法国轰炸机轰炸了41号公路，造成迁移中的法军战俘严重伤亡，引起国际舆论的责难。越军迅速作出反应，停止在交送伤员、释放俘虏方面的合作，弄得法军束手无策。

法军只得退让。5月25日，乘直升机来到奠边府的法国医生带来了科尼致越军总司令的一封信。信中称，法军飞机轰炸41号公路，"是一个值得引以为遗憾的过失。北越法国空军司令部已经命令对可能产生这一过失的实际情况进行调查。同时，已向有关部队再度下达严禁在距离奠边府十公里以内上空飞行的命令"[1]。

走向丛林深处——战俘命运

41号公路上空恢复了平静，至5月26日，越军在奠边府缴获的军事物资基本运完，即便是法军俘虏也走远了。

除去向法军移交的重伤员，以及在战役结束前已经处理的一些越南籍俘虏，越军要向自己的俘虏营地押送大约8000名俘虏。俘虏们大致按法国籍、意大利籍、德国籍、东欧国家籍、阿尔及利亚籍、非洲籍和越南籍等分队，背负粮食或别的物资朝东而去。

德卡斯特里也走在他们中间。被俘之初，德卡斯特里向越军总部军官谈了自己对奠边府失败主要原因的看法：未能发现越军大炮的位置加以摧毁、越军使用了恰当的战术。他向越军提出，通过广播告诉他在河内的妻子，他被俘了，安全得到了保证。这个请求几乎是马上得到了同意。

在法军俘虏中，除了重伤员，最先获释的是女护士热纳耶芙娜。1954年5月19日，热纳耶芙娜致信胡志明，祝贺他的生日。她还在信中说："我们全都希望我们两国能够尽早在一个禁止战争的世界上建立友谊的关系。假如我能幸运地回到我的祖国，我一定要努力在我周围的青年中建立一种能使我们两国人民相互间充分了解的气氛，以有助于维护和重建我们全都希望的和平事业。"[2]

5月21日，胡志明下令释放这位女护士。热纳耶芙娜再次致信胡志明说："我刚刚知道我被释放的令人高兴的消息，我愿意向您——主席先生——表示我的感谢，感谢您对我的宽大！我立刻就要回到我的祖国与家人团聚了，这对

---

[1] 新华通讯社：《新华社新闻稿》（1954年），第17页。
[2] 新华通讯社：《新华社新闻稿》（1954年），第26页；新华通讯社：《新华社新闻稿》（1954年），第17页。

被俘四个月后,奠边府法军最高指挥官德卡斯特里准将被释放

我来说是一个极大的快乐。我衷心希望越南立刻恢复和平,使你们国家所有的男人和女人以及儿童能够过上愉快与幸福的生活。"

热纳耶芙娜写道:"如果仅仅是我一个人回到自己的家园,毕竟还不完美。我和医生、护士们一起在战场上照料伤员,我希望您不要忘记他们,希望他们的渴望不会落空。"

5月24日,女护士获释,于当晚8时30分回到河内。几天后,热纳耶芙娜返回法国。她在越南四年,共执行战场救护任务149次。[1]

大多数战俘不像热纳耶芙娜那样幸运。在走向俘虏营的山路上,俘虏们口粮不足,卫生条件极差,加上战场消耗使他们体质虚弱,俘虏中发生了严重的疟疾和痢疾,传染甚众,造成了许多战俘的死亡。[2]

大多数法军战俘徒步走向越军中央根据地,被俘军官大都被反绑双手,在大卡车车厢里一路颠簸而行。途中不断有战俘逃亡。比雅尔和几个军官曾试图逃跑,都被抓了回来。

战俘中三位法国军事记者——皮埃尔·舍恩、达尼埃尔·卡穆斯,还有让·普奥德——的经历十分典型。

让·普奥德在法国抵抗运动中曾被德军俘虏,进过集中营。在奠边府被俘后他对同伴说:"我已经受过一回集中营的煎熬,再也忍受不了第二回了。如果这回进了俘虏营,我就不会活着出来了。"

让·普奥德在舍恩口袋里发现了一把瑞士造的小折刀,就把小刀藏在了自

---

[1] Bernard B. Fall, *Hell in a Very Small Place*, *The Siege of Dien Bien Phu*(published by Da Capo Press, Inc. Originally published by Philadelphia: Lippincott, 1967), pp.429—430.

[2] Bernard B. Fall, *Hell in a Very Small Place*, *The Siege of Dien Bien Phu*(published by Da Capo Press, Inc. Originally published by Philadelphia: Lippincott, 1967), p.438. (法军战俘在前往战俘营的途中和战俘营中的死亡数字未见精确统计,但根据1954年9月最后释放3300名战俘的情况看,未被释放的法国战俘可计算为死亡或失踪。)

己身上。他们要割断彼此手腕上的绳索不难,却找不到跳车的机会。因为后面跟着的卡车上坐满全副武装的越军战士,一旦发现前面有人跳车,就会毫不犹豫地开枪射击。

机会终于来了,车行至黑水河流域,在山路上急转弯,后车士兵的视野被完全挡住了。刹那间,已经割断身上绳索的让·普奥德和舍恩跳车,冲向最近处的竹林。

让·普奥德躲进了竹林,但是舍恩来不及了,摔进一个大水坑。转过山脚的越军战士立即发现了他,开枪射击压制了他。几个越军战士跳下车来打昏舍恩,又把他扔上卡车。其他士兵端起枪朝着让·普奥德可能藏身的地方连续射击。人们再也没有见到过普奥德,他的名字永远留在了奠边府战役失踪者的名单上。[1]

法军突围者总共78人

在奠边府战役中,被围困的法军中一共有78人从战阵中逃出,其中欧洲籍人只有19个。这19人中有一名是军官马科维克少校。他在5月7日清晨奠边府东部最后一场战斗中突围而出。当时进攻的越军越过他向奠边府

战争中被俘的法国外籍军团士兵

---

[1] Howard R. Simpson, *Dien Bien Phu, the Epic Battle America Forgot* (Brassey's Inc, 1994), p.173.

中心区冲去，于是马科维克反方向而行，从阵地上逃脱出来，在混乱中奔老挝而去。他在印度支那多年，操一口相当不错的泰语，得以在越南和老挝之交的山林里游荡了23天，终于在5月31日衣不遮体地回到法军的一个游击营地。

其他逃脱的法国士兵基本上都是从伊莎贝尔出来的。其中一小队是失去了坦克的坦克兵，他们手持轻武器逃进树林，始终保持战斗队形，一个劲地向西南而去。在途中，他们两次与越军小部队遭遇发生战斗，有几个人被打死，其余的人总算死里逃生。他们在山林中徒步行走了160公里，也于5月底来到孟赛的法军营地。

还有四人是法军工兵连的工程技术员，他们被越军从俘虏中挑出来，去修复和启动楠云河边的发电机和抽水机。一周后，其中一人找到一张标示详细的军用地图，于是四人结伙逃逸，也进了大山，最后面黄肌瘦地找到了在老挝的法军营地。

1954年9月，根据日内瓦会议协定，大约3300名在奠边府战役中被俘的法军军官和士兵被遣返。军官们倒是大都活了下来，德卡斯特里、朗格莱、比雅尔等人回到了法国。

战俘中的阿尔及利亚士兵，在奠边府战役中受到极大的心灵震荡。后来，他们中的相当一部分人回国后投身于阿尔及利亚民族解放战争，那场战争最终导致法国殖民主义在阿尔及利亚的终结。

俘虏中为数不少的东欧战俘，被直接向东欧国家遣返了。

2000名法军士兵则长眠在奠边府谷地。法军战士的战场掩埋极为简单，浅挖长坑后不过是在尸体上薄薄地盖一层红土。用不了多久，阵亡者的身躯就和奠边府的泥土融为一体了。北印度支那的雨季不会让他们久留异乡，充沛的雨水会把他们送进楠云河，然后汇入湄公河，最终归于大海。几度春秋，奔涌不息的洋流或许已经把他们送回了法兰西的海岸。如果这样，也就告慰于他们的亲人了。

奠边府战役成败谈

面对奠边府战役的结局，人们观察、思考了几十年，特别是西方人士一直在讨论,越军胜在何处?法军败在哪里?

舆论认为,奠边府战役中,武元甲将军当推首功。武元甲事后著文论述奠边府战役的成功,认为使越军克敌制胜的因素中,最关键处有两点:越军采取了正确的战略、有高昂的士气。武元甲没有提到中国军事顾问和中方援助在抗法战争中的意义,没有提到中国顾问们在奠边府前线和后方都做了些什么。[1]

武元甲的对手纳瓦尔却提出了许多具体的观点:1.在奠边府阵地防御上,将芒清主阵地与南部分区相隔开,分散了兵力。2.不适当地在战场上倚重了越南籍部队,结果由于他们哗变,丢失了关键的板桥阵地。3.奠边府中心阵地分区防御不便于反击部队的调动。4.阵地未按标准构筑。5.预备队使用失当。6.未能及时打掉越军的火炮阵地。7.科尼缺乏指挥热情。8.奠边府的天气情况不利于空军行动。

当纳瓦尔卸下战袍,隐居起来埋头撰写回忆录的时候,他又归结出,在奠边府战役中失败的原因主要有两点:一是在奠边府战场上,法军的地面部队和空军的力量都不足;第二点在于中国方面突然增加了援助,使法军措手不及。

后来纳瓦尔又加了一条:法军在印度支那的情报工作太差,对中国顾问团的活动规模、级别始终没有弄清楚,导致法国司令部过低地估计了越军的力量。

但是,他回避了关键性的问题,即大大低估了越军重型火炮的装备水平和规模。这些由中国装备的火炮和训练的炮手在战役中发挥了关键性作用,将法军将帅心中的

1954年10月,法军军官向越南人民办理战场移交

---

[1] 本书编辑曾于2010年在河内参观越南奠边府战役纪念馆,该馆的陈列及图片说明文字,以及作为主要内容之一的15分钟的战役介绍电影短片,只字未提中国军事顾问在战役中的作用及中方的援助。——编者注

"那产模式"砸成齑粉。

　　从战役指挥的角度看,在战役关键时刻,纳瓦尔没有及时撤换两名最关键的指挥员:科尼和德卡斯特里。因为前者不能贯彻上级的战役决心,后者缺乏战场指挥能力。但是反过来说,科尼守卫红河三角洲功不可没,德卡斯特里充分发挥了朗格莱的作用,在指挥上并没有明显的失误。

　　一种观点认为,法军在奠边府失败的原因主要在于没有足够的空军,或者说没有得到美国空军的有力支持。

　　那么,为什么法国不向奠边府派出足够的空军?或者说为什么美国没能武装干涉奠边府战场呢?

　　事实说明,法国在印度支那的空军力量不足以应付奠边府战役的需要。法国军队在第二次世界大战中遭受德军重创,法国大部分领土被德军占领四年之久。直到战争结束以后,法国才在美国的帮助下建立起了一支由330架轻型和中型轰炸机、723架战斗机组成的空军。飞行员普遍缺乏战斗经验,指挥员也缺乏协同作战的能力。

　　在印度支那战争开始的时候,越军力量甚弱,几乎没有重武器,而且严重分散。这种状况使空军的使用显得不那么重要。从另一个方面说,由于法军统帅部对印度支那战争现代化趋向缺乏认识,没有在那里进行足够的机场建设,使空军的后勤保障很成问题。大型飞机在印度支那无法着陆,是法军战略部署中的一个致命错误。

　　印度支那战局在1950年边界战役之后发生了根本性改变。越军发展成以师为作战单位的野战军,从中国得到了充足的后勤供应,武器装备可以满足常规战争的需要。

　　曾任法国海外部部长的爱德华·弗雷德里克-杜邦事后说:"当我们认识到这场战争需要江河舰艇和直升机的时候,四年已经过去了。缺乏重型轰炸机造成了奠边府战役的失败,对这个问题,印度支那的后勤人员从没有作过认真的反映,致使国会议员也毫不知晓。一旦我们得到了这种飞机,却又立刻发现,我们缺乏训练基地和足够的地勤人员。"

　　这位部长先生说得不无道理。查尔斯·洛赞于1953年6月30日接任法国远东空军司令后即向上级报告,印度支那空军飞机不足,机场设施也缺。但是议会随后否决了一项总金额折合为1840万美元、在1953—1954年财政年度改善印度

第41章 拂去尘埃的回望

支那空军状况的议案。

奠边府战役的战例说明，无论是空降兵的超远距离和单独使用，还是空军对奠边府战场的支援，都不能挽回奠边府战役的失败。从1954年3月13日至5月7日，法军总共向奠边府守军空投了6410—6900吨各种物资，使用了82926个降落伞，平均每天空投117—123吨物资，但实际落到守军手中的每天不足100吨，而且越到后来越少。以战役的实际消耗量计算，这些供给不足以支持战役。

日内瓦协议签署后身着大将军服的武元甲

从空军方面看，从1953年11月20日至1954年5月8日，在167天中，法国空军共向奠边府战区飞行了10400架次的飞机，其中6700架次为运输飞行，3700架次为战斗飞行。由此可知，奠边府上空平均每天大约有22架次飞机进行了战斗飞行。实际上，自3月13日大规模战斗开始后，法军空军的战斗飞行次数要明显高于22架次。这些空中行动仍然是有限的，不能阻挡越军的进攻，未能摧毁越军的重炮阵地，也未能有效地封锁越军的后勤供应线。

武元甲将军于越南停战后出版了一本小册子《奠边府》，是在奠边府战役总结的基础上写成的。他从战略和战役指挥的角度对越军取得奠边府大捷的原因进行了阐述。越军奠边府战役的许多参加者很快撰写和发表了回忆录，从不同角度描述这场关键性的战役。然而，这些回忆录的作者几乎都没有提到这场战役的重要参与者——中国军事顾问——也没有谈及越军的重炮装备和熟练炮手都是怎么来的。事实上，越军有了重炮和高射炮兵，是他们获得奠边府大胜的重要原因。

越军之所以在奠边府战场指挥方面基本上得心应手，处置得当，很少失误，中国军事顾问的战场指挥能力和丰富经验具有重要意义。法军将帅远非韦国清、梅嘉生等将军的对手。

第42章

完成使命

顾问团完成使命

1954年关于印度支那问题的日内瓦协议签署后，随着越南停战，中国顾问团完成了在抗法战争中的使命。

1954年8月下旬，中共中央对外联络部拟订的对驻越顾问团的处理和建立使馆的方案提出，根据越南停战协定，中国军事顾问团和政治顾问团的组织形式和工作方案应予改变。中国将正式建立驻越南大使馆，从而撤销两个顾问团。军事顾问团撤销后，少数顾问将转到大使馆武官处工作，其余人员回国。

根据方案，当时已回国内休假的梅嘉生和部分师团级顾问留在国内重新分配，不再返回越南。1954年9月1日，罗贵波作为中国驻越南首任大使，和参赞谢爽秋一道，向胡志明主席递交国书，中国驻越南大使馆正式建立。不久，罗贵波向越南劳动党中央转达了中方将撤销顾问团的提议，征求越方意见。

根据中方意向，劳动党中央专门开会讨论了两次，同意中国的方案，赞成今后再行聘请中国顾问。但越方仍认为，在军事系统最好不采取公开聘请的办法，还希望继续以秘密方式请中国军事顾问帮助工作。

10月18日，中共中央复电罗贵波，指出军事、

顾问团撤销后，部分同志留在中国驻越南大使馆工作。图为在越南大使馆工作期间文庄和夫人叶星在河内机场合影

政治顾问团的机关人员要陆续撤回国内。今后哪一类顾问和专家应该公开或不公开，都尊重越南劳动党中央意见，根据越方意见决定。这时，在册的赴越南中国军事顾问团共有237人，其中警卫、电台、供给、医务等保障人员占大多数。

1955年7月22日，中共中央发出《关于中国驻越专家和技术人员若干问题的指示》，明确了撤销顾问团、改派专家的决定。《指示》指出，越南民主共和国还都河内后，中越关系在若干方面较之过去有了很大的变化：第一，越南国家政权建设已进入了一个新的阶段，我国亦在越南建立了大使馆，西方国家在越南也有了一些代表机构，因此今后中国对越南的援助，不仅应该，而且可以通过国家的关系来实现，这与过去有所不同；第二，越南实现和平后，中越交通已很方便，两党中央和两国政府直接接触比较有利，两党中央在重大问题上的直接接触会使问题解决得更正确、更全面，并可避免因来往转达意见而产生的不准确或误解，这与战时情况多变，交通不便，越南需要中国派遣顾问以便及时咨询的情况有所不同；第三，停战后的越南民主共和国，面临着国家建设特别是经济恢复和建设的艰巨任务，今后需要中国帮助的，主要是建设方面的物资和专家。"鉴于上述的各种新的情况，又鉴于援越的形式业已增多，因此过去通过党的关系秘密地派遣顾问赴越的这种援助形式，也应该有所改变。"《指示》指出，派到越南的中国专家，都是由越方聘请的，在越南党和政府领导下进行工作，并不是中国党和政府派遣的代表，这是和顾问的身份职权不同的。

1955年7月至8月间，韦国清在北京休假。刘少奇、邓小平就撤销军事顾问团一事召见韦国清，作了指示。刘少奇指出，根据新的形势，军事顾问团要分步骤地撤回来。军事顾问团在越南的工作是有成绩的，对越南有帮助，如组织部队、训练部队、组织作战等，都取得了很多成绩。在组织接管城市方面也是有成绩的。现在任务已经完成，就应该及时撤回来。顾问们都有这个愿望，现在可以满足了。

刘少奇对韦国清说，要教育全体人员，决不能有任何松懈，要有始有终地做好工作。工作中如有缺点错误，应认真进行自我批评，努力搞好团结，挽回不良影响。

邓小平在谈话中肯定了军事顾问团在越南抗法战争中取得的成绩。他强调，我们在越南工作的同志，要积极地去做应该做的工作，要站在越南人民的立场上去做事情，要团结与尊重越南的同志，不能随便提意见，办错了事还是要受批评的。

1955年8月下旬，韦国清从北京去到河内。8月29日，他向军事顾问团师以上干部传达了中央领导人的指示。9月2日，军事顾问团党委开会，贯彻中共中央指示。这时军顾团尚有军事、政治、后勤、干部教育、炮兵、工兵、民航等7个顾问组，数十名顾问。根据军顾团的情况，作出如下安排：

1.军事顾问团人员分三批撤离回国：第一批是原有工作已完成，没有接受新的任务者，于9、10月间先行回国；第二批是按照越方要求还有事情要做的，暂留数月，在年底回国；第三批是有些工作年底还不能办完以及留做收尾工作的少数人员，将于1956年春季撤完。留下的人改为军事专家和技术人员，由大使馆武官处领导，接受新的任务。

2.军事顾问团回国以前，要特别注意做好内部与外部的团结工作。特别是过去某些人在与越方人员团结方面有缺点的，要认真检讨，主动与对方交换意见，切实挽回影响。

3.要保证做好军事顾问团撤离前的各项工作。主要是按照中越双方在北京会谈的精神，帮助越方搞好作战部署、部队整编、培训干部的计划，以及干部教育和部队训练、机关部门的业务建设等工作。

军事顾问团副总顾问邓逸凡于1955年9月中旬率第一批人员离开河内回国。邓逸凡归国前夕，越军总政治局主任阮志清两次前来长谈，表达了难以割舍的战友情谊，最后将邓逸凡送至睦南关分手。

1955年12月24日，中国国防部和外交部联合发出了《关于撤销我国驻越军事顾问团和改派军事专家的决定》，对在越军事专家的工作任务、领导关系和派遣程序等作了规定。《决定》指出："在越军事专家的任务，主要是帮助越南人民军的军事训练工作和带专门性的各项业务技术工作。凡有关方针、政策性和原则性的问题，以及人民军内部的行政人事事宜，均不属于专家工作范围。"军事专家的派遣，由越方根据工作需要，拟订聘请专家的计划，由越南政府或劳动党中央向中国政府或中共中央提出聘请。中国"在越军事专家和技术人员，统归我驻越大使馆武官处领导"。

谁来担任军事顾问团之后的驻越南"军事专家组组长"呢？

韦国清打算在于步血、董仁这两位师顾问中选择一人留在越南。对这件事,毛泽东问过韦国清,你打算要谁回越南呀?是不是先和总理商量一下?回去的人叫顾问也好,叫武官也可以。

韦国清召来了于步血和董仁询问,谁愿意继续留在越南工作。于步血原本来自三野,在韦国清面前快人快语,坦率地说自己希望回国工作。韦国清又转身征求董仁的意见。董仁也希望回国,但表示最后由上级来决定。

韦国清灵机一动,去找了陈赓。原来在这次韦国清回国向毛泽东、周恩来汇报的时候,周恩来把陈赓也找去了。韦国清特意就专家人选征求陈赓的意见,陈赓听过以后说,这还不容易吗?叫王砚泉去。王砚泉刚好从南京军事学院结束学习,他去过越南,干得很好。现在又回国了一段时间,叫他去挺合适。刘少奇、周恩来同意陈赓的意见,最后由毛泽东拍板,任命王砚泉为驻越南军事专家组组长,国林之为专家组党委书记。[1]

中方的这些决定,是在越方一再要求中国继续派遣军事顾问的情况下作出的。武元甲率领越南军事代表团于1955年夏、冬两次访华,均提出要求中国继续派顾问帮助越军各方面的工作。第一次访华期间,越方提出,在新形势下,军事任务极其重大,建议中国顾问在军队建设、干部训练、作战准备,各兵种和新军种的建设、部队和机关的建设等方面予以全面的并有重点的帮助。为此除现有顾问外,还要求充实总参、总后的顾问,增派海、空军和公安部队等顾问。第二次访华期间,武元甲又提出,希望中国今后除继续派专家帮助工作外,还希望派一人帮助越南总军委的全面工作。

中国方面对撤销军事顾问团改派专家的决心是明确的。1955年12月24日,彭德怀写信给武元甲说:

武元甲同志:

  越南的和平已经实现,越南人民军经过八年抗战的锻炼,不论在作战和训练方面,都有很大的进步,并获得了相当丰富的作战经验,奠定了走向现代化正规化的良好基础。为了适应上述情况,我们认为需要改变目前由中国派遣军事顾问帮助越南人民军工作的方法,故决定撤销现有的军事

---

[1] 1989年9月17日,作者在北京访问董仁。

顾问团的组织机构。如果人民军尚有某些工作需要中国帮助而我们又可能帮助的话，则改派专家性质的干部前往进行帮助。

今后赴越工作之军事专家拟组织为专家组，设组长和副组长负责管理工作，并归中国大使馆武官处领导。

根据您的提议，韦国清同志再去河内一个短时期，协助总军委安排在北京所讨论的一些必要工作。在这项工作完成后，即请让他返回北京。

彭德怀
1955年12月24日 [1]

韦国清携彭德怀的信，于1955年12月29日从北京抵河内，安排中国军事顾问的撤离。1956年1月13日，军事顾问团第二批人员离开河内回国。韦国清参加了越南人民军高级干部会议，听取了越方对今后工作的要求和意见，遵照中共中央军委指示，他于3月中旬率领最后一批人员离开河内回国。

晚年武元甲

中国军事顾问团完成了历史任务，组织机构就此撤销。

赢得奠边府战役胜利的那一年，越南人民军总司令武元甲不过42岁。此后他长期担任越南的国防部部长，军衔一直是大将。他是越南抗美战争的主要指挥者之一，最后欣慰地看到了自己的士兵将胜利的旗帜插上西贡的总统府，最终实现了祖国的统一。在那以后，他经历了与中国的边境冲突。当20世纪80年代就要过去的时候，武元甲主张改善对华关系，他于1990年9月来到中国，为改善中越关系作出了重要贡献。他访问北京的时候会见了罗贵波，和当年的中国顾问

---

[1] 依据梅嘉生将军保存的赴越军事顾问团文件。

1996年6月18日，原中国军事顾问团顾问（左三起）王振华、王砚泉、茹夫一、董仁重访越南，在胡志明陵前与越南战友合影

一起回忆战争岁月。这时他表示，如果有可能，他将撰写回忆录。

后来，武元甲果然完成了战争回忆录。在整本回忆录中，武元甲很少提到中国的帮助或者中国军事顾问团在越南抗法战争中的贡献。但是，在全书的字里行间，我们仍然可以看到作者表露的对中国的友好感情。正在本书即将再版的时候，从越南传来消息，建立过不朽功勋的一代英雄武元甲大将于2013年10月在河内辞世，享年102岁。

武元甲是越南决策层中主张对华友好的领导人。早年，他主张亲华与亲苏平衡。1975年后，华侨受不公对待，武元甲认为此种做法"太霸道"。1978年后，中越分歧加大，武元甲提出要"和中国缓和矛盾"。1980年2月，他因反对决策者反华而被解职。1990年武元甲为中越关系改善做出最后努力，转年中越关系恢复正常。武元甲在世时素有"中国人民的老朋友"之称。

1996年6月，在中越关系全面好转的情况下，越南方面邀请曾经担任过赴越军事顾问、亲身参加过抗法战争的中国老军人访问越南。王砚泉、茹夫一、董仁、王振华应邀成行，访问了河内、海防和胡志明市，越南国防部部长段奎大将会见了他们。在胡志明市，奠边府战役中越军第209团的团长，后任第312师师长，后来又担任过更高职务的退役将军黄琴前来会见了老战友。前来会见他们的还有当年的越军作战局局长，后任驻联合国大使何文楼。

在河内，奠边府战役时的越军作战局副局长，后任国防部副部长的陈文光

2004年5月11日，（左起）越南陈文光上将、黄明芳大校、张德维（前中国驻越南大使）、钱江合影

上将宴请了当年的中国顾问。和陈文光在一起的还有奠边府战役时期配合茹夫一工作的越语翻译阮世元，他后来也担任了较高级别的军事职务。见面时，阮世元题写了汉文诗一首《赠茹董等顾问同志》：

> 兴蓝阿一与奠边，
> 往事犹存在昨天。
> 四十二年又再会，
> 恩情友好更绵绵。
>
> 1996年6月21日 [1]

诗中的"兴蓝"即指兴兰高地；"阿一"即A1高地，都是奠边府战役中法军固守的高地，先后被越军攻克。

王振华当即和诗一首《步韵奉和陈文光、阮世元同志》：

---

[1] 1998年6月9日，作者在北京访问王振华。

> 当年鏖战在奠边，
> 捷报频传似昨天。
> 战友情深幸再会，
> 谈今叙旧意绵绵。[1]

回到祖国的中国军事顾问

参加过第一次印度支那战争的中国军事顾问，永远也不会忘记那片热土。

陈赓结束了在越南的使命后，奉命前往朝鲜战场，于1951年8月任志愿军副司令员兼第3兵团司令员，统帅大军与联合国军作战。他于1952年6月回国，任解放军军事工程学院院长兼政治委员，1954年10月任解放军副总参谋长，1955年被授予大将军衔，1956年当选为中共第八届中央委员。这一年，陈赓再次来到越南，帮助越南人民军制订总体战略计划。他由黄文泰和王砚泉陪同，一起踏勘了归于寂静的奠边府战场。1959年9月，陈赓任国防部副部长。在此前后，他在患病治疗中多次说过，希望就自己征战的一生写一部回忆录，让后代理解创业意味着什么。可是他没有来得及完成这个愿望。1961年3月16日，陈赓因心脏病突发逝世于上海。他留下的秘密进入越南组织边界战役的日记，成为研究那段历史的第一手材料。

1955年2月，还在越南处理军事顾问团回国事宜的韦国清被任命为广西省省长。同年9月，他作为公安军副司令员被授予上将军衔。1956年韦国清归国就任广西省省长，除主持广西的政府工作外，继续负责援助越南的大量工作。

1966年"文化大革命"开始以后，韦国清受到冲击，胡志明即向中共中央提出，如果你们不要韦国清，我们欢迎他到越南来工作。此事一时传为佳话。韦国清很快就在"文化大革命"中恢复了工作，先后担任过广西壮族自治区第一书记、中共广东省委第一书记、广州军区第一政委等职。

"文化大革命"结束后的1977年，韦国清就任解放军总政治部主任、中共中央政治局委员。他是第十、第十一、第十二届中共中央政治局委员，第四、

---

[1] 1998年6月9日，作者在北京访问王振华。

第五、第六届全国人大常委会副委员长。

1988年7月30日,中央军委主席邓小平发布命令,授予韦国清"一级红星功勋荣誉章"。

授勋前后,韦国清和梅嘉生、邓逸凡等战友着手组织人手编写《中国赴越南军事顾问团史实》一书。他对当年在越南的战斗历程表现出特别浓厚的兴趣,但这时他的时间已经不多了。1989年6月14日,76岁的韦国清因病在北京逝世。

罗贵波于1954年日内瓦协议签署后出任中国驻越南大使,1957年离任归国,1958年1月任外交部副部长。"文化大革命"结束后的1978年12月,他任山西省省长,后来当选为中央顾问委员会委员。20世纪80年代中期,他回到北京,在安度晚年的岁月里努力著述,克服视力日渐衰弱的困难,先后完成了《革命回忆录》和《在越南八年》两部书稿。他于1995年11月2日在北京病逝,终年88岁。新华社播发他逝世的消息时,称他是中共早期外交家之一。

闻悉罗贵波逝世,担任越共中央委员会顾问的范文同和已经退休的武元甲大将,分别发出唁电,慰问罗贵波的亲属。

邓逸凡于1955年被授予中将军衔。回国后,他担任过解放军政治学院教育长、副院长。"文革"中他受到冲击,一度任广州生产建设兵团副司令员。"文革"后的1977年2月,他复出担任广州军区副政委。1984年离职休养,1988年获"一级红星功勋荣誉章"。他热情地接受了本书作者的两次访问,提供了重要史料。2004年9月3日,他在广州逝世,享年93岁。

1996年6月26日,中国和越南老战友相聚。左起:王振华、茹夫一、何文楼、董仁

梅嘉生于1955年被授予少将军衔。他担任过海军航空兵司令员、东海舰队副司令员。他在"文化大革命"中备受折磨,"文革"结束后任海军副司令员。20世纪80年代末,梅嘉生将军以极高的

热情参加中国军事顾问团史实的编写工作,他和夫人周政对本书作者收集这段历史资料给予了关键性的帮助。他于1993年9月病逝于北京。

茹夫一回国后任成都军区参谋长、成都军区副司令员。他在越南战争中写下的日记,是关于奠边府战役的珍贵史料。他于2007年10月在成都逝世,享年91岁。

跟随陈赓入越的原边纵参谋长黄景文,不久又随陈赓到朝鲜作战,1952年回国,再度跟随陈赓参加创办著名的"哈军工"(设在哈尔滨的军事工程学院),任海军系主任,后任海军第23基地副司令员。1983年10月13日逝世,时年70岁。

跟随陈赓入越的参谋处处长梁中玉回国后任解放军某军参谋长、副军长、军长、昆明军区副司令员,成都军区副司令员。1964年被授予少将军衔。1980年他在工作岗位上逝世,时年61岁。

徐成功回国后先后任解放军某军参谋长、副军长,沈阳军区装甲兵司令员,又到成都军区任参谋长、成都军区副司令员。他于1996年10月21日在成都逝世。

许法善后任中国民航总局副政委。他于1992年7月19日在北京逝世。

王砚泉回国后从事过一段时间的战史编写工作,然后回到他的老部队所在的昆明军区,离休前担任昆明军区副政委。

接替王砚泉担任越军第308师顾问的是赵永夫。他回国后继续在军队任职,"文革"中担任青海省军区副司令员,1967年后遭受很大的磨难。"文革"后离休。

王子波回国后在解放军总参谋部工作了一段时间,后任军长、南京军区副司令员。

朱鹤云,广西田东县人,1929年参加工农红军,解放战争中任师长,1950年入越任越军第304师顾问,回国后任南京军区装甲兵司令员。他于1992年5月4日逝世。

吴涌军后任海军福建基地政委。

越军第308师顾问于步血回国后任高等军事学院教员,后任解放军某军副军长。

董仁回国后任高等军事学院教员,后任中国军事博物馆副馆长。

窦金波回国后任高等军事学院教员，后任兰州军区副参谋长。

参加奠边府战役最后阶段作战报道的新华社记者戴煌，回国后继续从事他热爱的新闻采写工作。戴煌是充满正义感的新闻记者，勇敢地抨击腐败现象。1957年，他被打成"右派"。戴煌愤而抗争，反复申诉，结果非常不幸，反而被捕入狱。1978年12月，戴煌的冤案平反昭雪，他立即满怀热情投入工作，为平反更多的冤狱而奔走而写作。他继续抨击社会腐败现象，发表了大量有影响的新闻作品，获得了人们的广泛尊敬。1998年，两鬓如雪的戴煌出版的著作《胡耀邦与平反冤假错案》，引起读者的强烈反响。他的生命之火，越到晚年燃烧得越是热烈。

法国的奠边府老兵们

在法国，奠边府老兵们经历各异，演绎着不同的人生故事。

纳瓦尔将军从印度支那回国后不久就退出军界回家赋闲了。他写了一部长篇回忆录《奄奄一息的印度支那》，于1956年出版。接着，他和科尼将军为奠边府战役的责任问题打了很久的官司，在这场诉讼中谁也没有赢得什么。回忆录出版以后，纳瓦尔先生觉得尚有余力可贾，遂经营起一家砖厂，平静地度过余生。随着岁月慢慢流逝，档案解密，史料渐丰，军史学家们普遍认为，纳瓦尔应该对奠边府战役的失败承担战役决策失误的责任。然而，纳瓦尔不断反思奠边府战役的历史，不断总结经验教训的做法对于后人是有益的。

科尼将军归国后愤怒地宣称，由于纳瓦尔指挥得糟糕透顶，导致奠边府败绩。纳瓦尔不服，为此诉诸法庭。科尼由于和纳瓦尔将军之间的诉讼而在法国军界赢得一个"诉讼将军"的名声。他于1964年从军队退役。

德卡斯特里回国后晋升了一级，担任过驻德国的法军第5装甲师师长。但为时不久，他和妻子一起因车祸受伤，不得不退役。后来，他当过一个合股的再生纸生产集团的总裁。

指挥法军空降奠边府的吉尔斯将军，调进奠边府不久因心脏病发作由德卡斯特里上校接任，后来回到了法国还是久被心脏病困扰。1961年，他因心脏病突发逝世。

奠边府战将朗格莱回国后继续在军中服役,并和德卡斯特里保持着终生的友谊。他写了一部《奠边府战役回忆录》。后来他当了准将,曾任一个师的师长。

奠边府战役中法军伊莎贝尔防区指挥官拉朗德归国后不久也晋升准将,在继续了一段军旅生活后退休。

血战奠边府E2高地的普热上尉,回国后弃剑从文,开始了作家生涯。他的《奠边府》一书写得相当精彩,于是,他接着写了下去。

比雅尔回国后迅速得到晋升,1974年出任法国国防部副部长

除了重伤员,奠边府战役中的法国女护士热纳耶芙娜最早获释。她归国后和一位军官结婚,曾和丈夫一起生活在马达加斯加,后来和丈夫带着孩子回到法国定居。她永远忘不了在奠边府战场结识的士兵。在奠边府她曾对一位勤务兵说:"如果我们能活着出去,不管我们在哪里相逢,我都要和你共饮一杯香槟酒。"几天以后,越军攻占奠边府,她和勤务兵各奔东西,待到再次相见已是九年以后了。1963年的一天,热纳耶芙娜和丈夫驱车于巴黎,突然发现那位勤务兵一身便装地走在路边的人行道上。她呼唤丈夫停车,然后跑上去拥抱了这位奠边府战役的幸存者。她找到一家酒店,向老勤务兵送上了一瓶香槟酒。

奠边府作战中崭露头角的比雅尔出类拔萃。他回国后不久再次晋升,当了旅长,以后迅速升迁,1974年在密特朗总统的内阁中担任国防秘书、国防部副部长,然后任国防部部长、四星上将,成为法国内阁成员。

1993年2月初,法国总统密特朗对越南进行了国事访问,这是自奠边府战役以后法国领导人对越南的第一次访问。密特朗在访问中专程来到了奠边府,在法军阵亡将士墓园祈祷。当年亲身参加了奠边府战役的法国摄影记者皮埃尔·舍恩接受特邀陪同总统来到他曾经战斗过的地方。夕阳西下之际,密特朗和舍恩一起站在经过鏖战洗礼的D2高地上,舍恩向总统指指点点,追忆当年战况。他说,昔日战场已被眼前的和平景象覆盖,辨认不出战争的痕迹了。

和密特朗、舍恩一起来到奠边府的，还有五名参加过奠边府战役的法国老兵，他们正好作为旅行者来到越南。在越南官方的协助下，他们随同总统的队伍又一次踏上了奠边府的红土地。

在巴黎，国防部长比雅尔得知总统对奠边府的访问后发表谈话说，对他个人来说，目前还没有机会到奠边府去，但是他确实希望重返奠边府。他还说，待自己死后，希望把骨灰撒在奠边府的红土地上，与死去的战友再度厮守在一起。

在奠边府战斗过的法国老兵怎么会忘记奠边府呢？1954年以后，每年的5月7日下午6时15分，在巴黎的圣路易教堂前，总会聚集起许多老兵，他们列队为1946—1954年印度支那战争中的阵亡者祈祷。祈祷者中有相当部分人是奠边府战役的参加者。他们胸前佩戴勋章，举着当年的军旗，身边是他们的妻子和孩子。

随着岁月的流逝，他们的头发渐渐花白，人数也逐年减少，但是每年到了这个时候，奠边府老兵都要相会，直到最后一个人。[1]

---

[1] Howard R. Simpson, *Dien Bien Phu*, *the Epic Battle America Forgot*（Brassey's Inc, 1994），p.180.

/ 附录一 /

中越关系两千年

天地玄黄，宇宙洪荒。

距今1.5亿年的中生代侏罗纪晚世，这里是一片汪洋大海。随后，大陆板块漂移、碰撞、对接，燕山期造山运动兴起，地壳隆起，中国西南部变成一个辽阔的准平原。

距今3000万年的新生代新第三纪早期，震撼全球的喜马拉雅造山运动发生了，这块准平原逐渐抬升，江河形成，沧海化为桑田，桑田又变成高山，中国的西南成为一个山峦重叠的地带。

距今300万年时，这块山地再度被流水冲刷成波状起伏的准平原，遍布亚热带森林与草原。

160万年前，全球性的第四纪大冰期来临了，这块准平原继续抬升，形成高原。古猿因此走下高山，进入河谷，在这块土地上繁衍，从而使这里成为著名的古人类发祥地。在云南北部元谋出土的拉玛古猿化石和"元谋人"猿人头盖骨化石证明了这一点。

由云贵高原上的横断山脉南出，大山演化成长山山脉，它是中南半岛的脊骨。由中国境内向南流出的元江，在中下游易名红河，它挟带泥土冲积出红河三角洲平原；发源于青藏高原的澜沧江流出云南，更名湄公河，以浩大的水势流淌过老挝，向东南冲积出湄公河三角洲平原。大约在1万年前，今天的越南南部渐渐露出水面。

远古时期是神话和传说的天下。

今天的越南北部，古称"交趾"。交趾这个地名，在中国远古时期的传说中就露面了。

《淮南子·主术训》说:"昔者神农之治天下……其地南至交趾,北至幽都。"

《墨子·节用篇》说:"古者尧治天下,南抚交趾,北降幽都。"

"交趾"在哪里?20世纪50年代以来,考古学家、历史学家、古地理学家纷纷进行了严密的考证:交趾最初是对中国西南部的泛称。中华民族经历了春秋战国时期的繁衍发展,到秦始皇统一中国以后,交趾就是今天的越南中部和北部地区。[1]

中国古代典籍曾记载,3000多年前,交趾以南的"越裳国"有使者北上见周公的故事。《尚书大传》中的《周传·归禾篇》说:"交趾之南有越裳国。周公居摄六年,制礼作乐,天下和平,越裳以三象,重译而献白雉,曰:道路幽远,山川阻深,音使之不通,故重译而朝。"这个"越裳国"和今天的越南有什么关系吗?现有史料还无法回答这个问题,暂存此一说以待识者吧。

随着人类文明史的到来,中国古籍最早记录了那片土地上发生的事情。司马迁著《史记》以《五帝本纪》为第一篇。他注意到了"交趾",刻竹而书:"唯禹之功为大,(地)方五千里,至于荒服。南抚交趾,北发西戎。"

公元前214年,秦始皇派发大军,"略取陆梁地,为桂林、象郡、南海(郡),以适遣戍"。"陆梁地"指岭南的辽阔地域。秦朝的南疆已扩展到今天的广西南部,而此时的越南中、北部地区,大致还处于原始社会后期,是一片布满原始森林的土地。[2]

秦始皇死后,公元前209年,陈胜、吴广起义,当时任南海郡龙川令的河北真定(今河北省正定县)人赵佗趁势拥兵自重,"击并桂林、象郡",割据西南一方。汉朝政权稳固以后,汉文帝以"休养生息"的方针治国,国势渐强。

---

[1] 在此以前,学术界的传统看法认为,交趾始终指今天的越南中、北部地区,且论著甚多。

[2] 成书于14世纪后期和15世纪后期的越南最早的两部史书《越史略》和《大越史记全数》中,有关4000年前红河流域有"文郎国"并由"雒(luò,音洛)王"或"雄王"统治之说。其实,这都是从中国古籍中极勉强地引申出来的。北魏郦道元(约470—527)所著《水经注》曾引文说:"朱吾(在今越南广平省境内)以南有文郎人,野居无室宅,依树止息。"可见文郎人的生活是极原始的,离国家形态和概念还相去甚远。截至目前,现存的任何史料都不能证明世界上曾有一个"文郎国"。用构思小说的方法状写历史,那是不严肃的。"雒王"说最早见于郦道元《水经注》中的引文,或许有点部落首领的意思。对"雄"一词,据大多数学者考证,即古代雕版时"雒"字之误,致使某些缺乏论据又硬要推溯先祖的史学家以讹传讹。公正地说,这些说法都只能是远古的神话和传说,和正史毕竟是两回事。

汉文帝于公元前179年派陆贾出使岭南劝降。赵佗立即奉书汉文帝，"顿首谢，愿长为藩臣，奉贡职"，表示岭南重入汉朝版图。（《史记·南越列传》）在此之前，赵佗曾设置交趾郡，辖境已伸入越南北部。司马迁记载了这些史实，在他笔下，越南有了最初的由文字记载的历史，迄今约为2000多年。

汉武帝时，中央政权的力量益发强盛起来。汉武帝乃决定消灭赵越割据势力。公元前111年，汉武帝拜卫尉路博德为伏波将军，率兵南征。出兵之际，原属赵越诸侯国的桂林郡监居翁起兵响应，传"谕瓯骆属汉"，协助中央军队消灭割据势力。"瓯""雒"是象郡和交趾郡的古代别称。司马迁为此写下了"瓯、越相攻，南越动摇"的感叹。（《史记·南越列传》）

汉武帝元鼎六年（公元前111年），路博德平定岭南，重新设置了9个郡，由中央政权直接管辖。这9个郡中的交趾、九真、日南三郡，就在今天的越南北部和中部。郡、县的刺史和县令两级官吏，由中央政府直接任命，在辖地推行《汉律》。从此以后1000多年的漫长时期，被越南史学界称作"北属时期"。其原因主要在于，这三郡故地是汉、晋、隋、唐朝代辽阔版图的一个组成部分。

西汉时期，汉朝中央政权对南方的交趾、九真、日南三郡大抵沿用"与民休息"政策，逐步划县而治，于任用刺史、太守、县令等官吏的同时，也倚重地方世袭部落首领"雒将"的势力。向三郡移民也在秦汉时期开始，汉族移民将铁器和耕牛带到了那里，提高了三郡的社会生产力，也使三郡原始社会和奴隶制社会的生产关系开始了瓦解的进程。

在当时社会，在遥远的边陲，不可避免地充斥着大批昏庸腐败、以横征暴敛为能事的封建官僚。他们鱼肉百姓，恣意妄为，必然激化边疆的民族矛盾。

> 旧交趾土多珍产，明玑、翠羽、犀、象、玳瑁、异香、美木之属，莫不自出。前后刺史率多无清行，上承权贵，下积私贿，财计盈给，辄复求见迁代，故吏民怨叛。
>
> ——《后汉书·贾琮传》

《后汉书》作者范晔（398—445）这段话，对三郡之地历史情况的复杂性，作了一个很有深意的注脚。

公元34年，交趾郡太守苏定到任，与当地部落贵族雒将诗索的矛盾激化。公元40年，苏定杀害了诗索，诗索妻征侧与妹妹征贰举兵征讨苏定。这就是2000年后越南史学界所称的"二征起义"。二征的军队攻破了三郡的65座城邑。此时恰值汉光武帝刘秀初创政权，无暇南顾，二征军队占领三郡之地约两年。

公元42年，光武帝刘秀已经稳固了中央政权，拜名将马援为伏波将军，率军南下收复三郡失地。马援迅速消灭了二征的军队，于次年（公元43年）"斩征侧、征贰，传首洛阳"，并且一直进军到日南郡最南端的象林县，尽复三郡旧观。

马援经略三郡，"所过辄为郡县，治城郭，穿渠灌溉，以利其民"，并且重新整肃了汉朝法律制度，推行汉律汉仪。（《后汉书·马援传》）随马援南征的部队中，有一部分将士从此定居于三郡，号称"马留人"，毕生开发这块热带土地。从此，三郡的郡县制度得以巩固，奴隶制度再也无法维系下去，只能被封建制所代替。马援这一历史功绩也是为越南史学界所确认的。[1]

历史地看待"二征问题"，要尊重一个基本事实，那就是，当时的三郡地区是汉朝版图的一部分，是由中央政权治辖的边疆。因此，马援征讨二征的军队，是一个国家的内政问题，不涉及外交。而越南和中国之间的国家关系，还要到此后1000年才发生。

在三郡地区的开发中，汉族人发挥了巨大作用。《后汉书·西南夷传》记载："凡交趾所统，虽置郡县，而言语各异，重译乃通……后频徙中国罪人，使杂居其间，乃稍知言语，渐见教化。"

治理三郡也有正直清廉的太守、刺史们的贡献。"光武中兴，锡光为交趾（太守），任延守九真，于是教其耕稼，制为冠履，初设媒聘，始知姻娶。建立学校，导之礼义。"（《后汉书·西南夷传》）

随着汉文化的传播和郡县制的完善，过去三郡地区那种以血缘为纽带的氏族制度衰亡了。到东汉末期，三郡地区原有的部落组织大部分瓦解。从东汉以后，史籍中就再也见不到"雒王""雒侯""雒将"这些古老的称呼

---

[1] 如越南史学家明峥所著《越南社会发展史研究》（三联书店1963年版）一书中就写道："马援改革政治，建城郭，掘河渠，分封土地，雒将制度被废除，县令制度取而代之。根据这些重要的事实，我们看到生产力发展了。"

了。中原文化与三郡文化互为交融，彼此影响。自秦汉以降，1000多年间，中原和三郡地区只通用一种文字——汉字。汉字在三郡社会生活中发挥着极为重要的作用，无论是官方文告或是尔后的科举考试都通用汉字，重要的政治、历史、文学、医学著作都用汉字撰写。现代语言学家研究，在越南语词汇中保存的汉语词汇或发源于汉语的词汇，约占越语词汇的一半以上。

汉朝以后的魏、晋、南北朝时期，中央封建王朝对三郡地区实行着有效的统治。在三国和两晋时期，三郡曾改设为交州，下辖六郡。根据史书记载，三国初，吕岱任交州刺史，此后吴主孙权将他升任为安南将军。吕岱治交州时，曾派遣从事朱应、中郎将康泰向南招抚林邑、扶南、堂明诸国。林邑在今越南中部；扶南在今越南南部及柬埔寨的一部分；堂明在今老挝境内。由于汉使南来，这些小国君主均遣使奉贡。吕岱在交州12年，居官清正，历年不致俸于家，以至妻子饥寒。

吴赤乌十一年（公元248年），孙权任陆胤为交州刺史、安南校尉。陆胤在交州11年，"奉宣朝恩，流民归附，海隅肃清……自胤至州，风绝气息，商旅平行，民无疾疫，田稼丰稔……至被诏书当出，民感其恩，以忘恋土，负老携幼，甘心景从"。（《三国志·吴书·陆胤传》）说明东吴政权对交州的统治是有成效的。到三国末年，陶璜就任都督、交州牧。他治理交州30年，直到东晋时期。陶璜政绩远播，受到了当地人民的拥戴。至南朝时，交州增为七郡。

隋唐以后，由于中央政权实力的增强，三郡和中原的联系更加密切。初唐时著名文学家王勃的父亲王福畴，曾经到过这块热带地区当交趾令。王勃在前去交趾省亲的路上途经江西洪都（今南昌），兴致昂扬，写下了著名的《滕王阁序》，然后继续南行来到广西的北部湾海边，在乘船前往父亲任所的航行中不幸落水溺死。（《新唐书·王勃传》）

初唐时曾到安南（交州）的著名文学家还有杜审言等人。杜审言是五言诗名家，有《旅寓安南》诗一首流传于世，诗曰："交趾殊风候，寒迟暖复吹。仲冬山果熟，正月野花开。积雨生昏雾，轻霜下震雷。故乡逾万里，客思倍从来。"

公元621年，唐朝设置交州总管府。公元679年，改为"安南都护府"，是为全国四大都护府之一，"安南"的名称就是由此而来的。安南都护府，不但对当地农民实行"租庸调法"，还对当地士大夫推行科举制度。唐会昌五年

越南密战

（公元845年）曾颁令规定，安南和岭南、桂府、福建等地一样，每年可以选送进士和明经入仕中央，同时在安南开办学校。为了遴选人才，还在安南专设了"南选使"。一批安南知识分子参加了科举，其中最出类拔萃的当属唐德宗时期的姜公辅。

《新唐书·姜公辅传》说："姜公辅，爱州[1]日南人。第进士，补校书郎，以制策异等授右拾遗，为翰林学士……公辅有高才，每进见，敷奏响亮，德宗器之。"公元783年唐朝权臣作乱，长安动荡，姜公辅追随唐德宗左右，对稳定局势有功，被擢升为谏议大夫，同中书门下平章事，当了宰相。姜公辅以直言敢谏声闻朝野，后来因事与德宗意见相左，被贬为泉州别驾。他终老于福建泉州，墓葬泉州九日山。直到今天，九日山上还有"姜相台"和"姜相墓"供后人凭吊。

在这段长逾千年的历史时期内，中原的许多生产技术，如施肥、灌溉、深耕、种桑养蚕、造纸制陶，以及建筑、医药、冶炼技术等传到了三郡——安南地区。中原的风俗人伦之道，也逶迤南来，积淀在这里。春节、清明、端午、中秋，也成了越南的传统节日。

从历史上看，中国和越南的国家关系，产生于五代十国，中原大分裂的年代里。

唐朝末年的诸节度使混战，严重削弱了中央政权，边疆动荡，朝廷已是鞭长莫及。公元905年，土豪曲承裕控制安南。公元907年，唐朝倾覆。此后50余年，先后占据中国北方的后梁、后唐、后晋、后汉、后周五代王朝都无力顾及南疆。割据江南的南越和南汉曾先后进兵安南。公元930年，南汉大将李顺之率军南下，俘获曲承裕的孙子曲承美，将安南并入南汉。由于南汉力量太弱，次年，曲氏旧将杨廷艺再次割据安南。南汉索性把杨廷艺封为交趾节度使。

公元937年，杨氏牙将矫公羡杀杨廷艺而代之。次年，杨氏旧将吴权又拥兵击败矫公羡，占据了安南，史称"前吴王"。公元944年，吴权死去，杨廷艺之子杨三哥自立，称平西王。公元950年，吴权次子吴昌文驱逐杨三哥，自称"晋王"，史称"后吴王"。

公元963年，吴昌文死去，安南大乱，12股割据势力各占州县，都自号"使

---

[1] 爱州在安南都护府治下。

君",史称"十二使君之乱"。十二使君中,丁部领实力渐强,公元966年,丁部领统一了安南,建立"大瞿越"国,自立为"大胜明皇帝",建都华间(今越南河内),起宫殿,置百官。从此,越南成为一个独立的封建国家。

丁部领建立的就是越南第一个朝代——丁朝(966—980)。公元973年,丁部领遣使向宋朝朝贡。宋太祖赵匡胤册封丁部领为"安南都护检校太师交趾郡王",表示承认安南为宋朝的藩属国。这就是中国和越南两国正式外交关系的开端。

公元979年,丁朝发生内乱,丁部领和儿子丁琏被杀,将军黎桓拥立丁琏之弟丁睿。次年,宋朝"闻安南郡王及子链遇弑,发兵征讨"。历史地看,这可以看作是中国封建王朝对越南的第一次征讨。公元981年,宋军在白藤江被击败退兵。

此前,黎桓已于公元980年即位,史称前黎朝(981—1009)。黎桓取得白藤江之战的胜利后,即千方百计寻求北宋的谅解和承认。公元986年,北宋册封黎桓为安南都护,静海军节度使,实际上承认了黎朝的合法性。整个前黎朝时期,越南遣使11次赴宋,北宋遣使7次入越,由此确定了中越两国的宗藩关系。

1009年,前黎朝将军李公蕴在一次宫廷政变中篡位,建立李朝(1110—1225)。

李朝的实力渐渐强盛起来,很快迈出了侵略扩张的步伐。从1014年起至1060年,李朝军事力量6次侵扰中国边境,积弱的宋朝政府保持克制态度。

1044年和1069年,李朝军队两次大规模向南侵犯,攻入南方的占城国(在今越南南方),劫获大量财物。李朝又扭过头来向北侵犯。1075年12月,李朝军事重臣李常杰率军10余万人,侵犯中国广西。李朝动起干戈的借口是,广西官员沈起、刘彝"潜起蛮峒兵,缮舟船,习水战,禁州县不与我(越南)贸易"。(见《越史略》和《大越史记全书》)

1075年12月30日(北宋熙宁八年十一月二十日),李常杰军攻陷广西钦州,三天后又陷廉州(今广西南宁)。越南的官修史书记载,李常杰军在广西进行了残酷的屠杀,所攻陷之处,"尽屠其民凡五万八千人,并钦、廉死者几十余万"。《宋史》记载:"交趾兵大举入侵,攻陷钦、廉州,兵民死者十余万口,掳妇女小弱者七八万口。"

北宋不得不进行反击,以郭逵为主帅,统兵十万,兵力与李常杰大体相当，于1076年6月冒着盛夏从湖南出发，不顾瘴疠疾病造成的大量减员，于年底进至中越边境与越军接战，又进至越南境内和越军对峙于裒江、如月江两岸。激战月余，双方互有胜负。李朝弘真、昭文两王子战死，兵员伤亡甚重；宋军不服水土，加上战斗激烈，损失也很大，后勤供应越来越困难。这时李朝"遣使诣宋军门纳款以求缓师"，（《越史通鉴纲目》正编卷3）宋军也意识到无法彻底击败越军，于是双方议和，宋军班师。从那以后到南宋末年，双方没有大的边境冲突，李朝则始终向宋朝进贡。

12世纪中叶起，李朝渐渐衰落。13世纪20年代，李朝殿前指挥使陈守度独揽大权。1225年，陈守度逼迫年仅8岁的女皇帝李昭皇让位，李朝灭亡，陈朝（1226—1400）建立，宋朝马上予以承认。1229年，宋理宗遣使越南。

此时，成吉思汗的蒙古族部落崛起了。1234年2月，蒙古军与南宋军联合灭金，随即形成蒙宋对峙的局面。1253年，忽必烈率大军平定云南，意在从西南侧后迂回攻击南宋。忽必烈班师后，大将兀良合台留镇云南。

1257年，兀良合台率一支精锐的蒙古骑兵进攻安南。这支人数不多的队伍迅速击败了陈朝的军队，于次年攻占京城升龙（河内）。在蒙古军攻占升龙的第七天，安南国王奉表请罪称臣。由于解除了进攻南宋的后顾之忧，蒙古士兵又难以适应安南的炎热气候，兀良合台只在升龙停留九天就撤回了云南。

其实，在败给蒙古军之初，安南国王还脚踩两只船，向蒙古和南宋同时进贡。不久，安南国王发现蒙古的军事力量要比南宋强得多，就断绝了和南宋的关系。忽必烈正式建立元朝之后，陈朝的朝贡和奉表更加频繁。越南人黎崱所撰《安南志略》卷6记载了元至元三十年（1293年）陈朝的一次奉表：

> 至元三十年三月初四日安南陈上表　臣谨昧死百拜上奏：臣伏今年二月十四日恭亲天使吏部尚书梁曾、礼部郎中陈孚奉赍天诏，俯临下国，臣谨率宗族官吏，奔走道路，焚香迎迓。及至褥道躬迎，三呼百拜跪读。

言辞之谦卑，大抵如此。

忽必烈即皇帝位后，曾两次进攻安南。一次是1284年，元军攻占升龙，安南国王弃城出逃，其弟陈益稷投降，元军即撤回。另一次是1287年，元军又占升龙，但是不久元军的运粮船队被安南军击沉，元军只得撤退。

元朝很快就覆灭了，明朝代之而起。明初，中央政权力量强盛。1406年，明军自广西、云南两路进攻安南，迅速占领安南全境，将其并入明朝版图，由中央政府直接统治，设17个府。1414年，明朝在安南各个府、县建立学校。

明朝对安南的统治是短暂的。此时的安南已经独立数百年，决不屈服于外来统治，加之明朝的安南官吏中多贪婪残酷之徒，当地人的反抗很快就发生了。1418年，黎利在蓝山起兵抗明。经10年战斗，1427年支棱一战，明军败北，退出安南，黎利建立后黎朝（1428—1789）。

后黎朝维持了百年的极盛状态。16世纪以后，这个朝代的统治衰落了。后黎朝末期，权臣郑松和阮潢形成两个军事割据势力南北对峙。1627年至1674年，郑氏和阮氏进行了将近半个世纪的内战，实力都受到削弱。此后又维持了100年不战不和的局面。就中越关系而言，后黎朝的黎利死后不久，中越双方恢复了宗藩关系。

1771年，爆发了越南历史上规模最大的农民暴动——由阮岳、阮惠、阮侣（也称阮文岳、阮文惠、阮文侣）三兄弟领导的西山起义。1785年，西山军消灭阮福映军事势力的有生力量，并击败阮福映引来的暹罗军队，次年北上消灭了郑楷的军队。1788年，苟延残喘的后黎朝国王黎维祁让母亲和儿子到中国广西，向清朝的两广总督孙士毅痛哭求援。清军以此为由出兵进攻安南，占领升龙。1789年，清军败于阮惠的西山军，退回中国，从而结束了中国封建王朝对越南的最后一次大规模军事行动。

以上所述，可以称作中国与越南的古代关系史。

纵观历史，在越南成为一个独立国家以后，中越双方的战争只占很少的时期，在大部分的历史年代里，中越两国保持着宗主国和藩属国之间的关系，和平相处。两国人民更是情深谊长，这是历史的主导方面。随着一部近代史的翻开，中越两国则是休戚与共。在外国殖民者侵略的屠刀和炮火面前，中越两国人民的鲜血流淌在一起。

18世纪后期，原先统治安南南方的阮福映军队被西山农民起义军击溃后，阮福映逃往暹罗乞援，在那里结识了法国主教百多禄。百多禄劝阮福映与法国结盟，阮福映答应了。1787年，百多禄代表安南回法国，在凡尔赛和路易十六政府订立条约，法国给予阮福映军事援助，阮福映则将土伦和昆仑岛割让法国，并允许法国商人在安南享有免税和垄断贸易的权利。只是因为两年后爆发了法国大革命，路易十六被送上了断头台，条约规定的条款才没有实现。但是，百多禄在签约后不久回到了印度法属殖民地，他出面调来了若干军舰和士兵，抵达安南南部铸炮练兵，与西山军对抗。

在这时的安南，西山军已经分裂成三个部分，各自的领袖沿袭旧日的统治。阮惠、阮岳于1792、1793年先后死去，西山军削弱了。阮福映东山再起，于1788年攻占西贡，1799年又夺归仁，至此西山军败局已定。1801年，阮福映进攻顺化，次年攻陷升龙，终于打垮了西山军，阮朝（1802—1858）建立了。

阮福映建立阮朝，称安南王，立即奉表清朝皇帝，请求册封承认，继续保持与中国的传统关系。这次，阮福映上表清廷："请改国号为南越。"

1803年1月12日，清朝嘉庆皇帝批阅了阮福映的上表，表示不同意"南越"国号。四个月后的1803年5月26日（嘉庆八年四月庚午），嘉庆正式决定，批准阮朝国号为"越南"。嘉庆的谕文是：

> 至所请以"南越"名国之处，该国先有越裳旧地，后有安南全壤，天朝褒赐封，著用"越南"二字。以"越"字冠于其上，仍其先世疆域。以"南"字列其下，表其新赐藩封。且在百越之南，与古所称南越不至混淆。称名既正，字义亦属吉祥，可永承天朝恩泽。[1]

清朝皇帝确定了越南的国名，并被普遍接受，沿用至今。

阮福映定都顺化，将全国分为南、中、北三圻（qí，音其）。待统治渐稳，阮氏朝廷对法国的殖民企图有所警惕，于1825年和1833年两次下令禁止传教，"闭关锁港"，但是已经晚了。

法国大革命一度打断了侵略印度支那的计划，待拿破仑统治法国已稳，侵略越南的步伐就加紧了。1817年，法国要求越南履行1787年条约，被越南拒绝。1857年，克里米亚战争结束，法国即抽出舰队开向远东，力图扩大与中国的贸易，决定先取越南，再以越南为跳板向中国渗透。

1858年8月，法国远东舰队联合西班牙军舰，进犯越南中部的土伦。因受越南军民的抗击，法、西联军未获预期的战果。次年2月，法军南下进攻嘉定，付

---

[1]《清实录·仁宗实录》卷111，第12页。

出重大代价后得手，继而攻陷西贡。1859年6月，在第二次鸦片战争中，英法联军进攻中国天津的大沽口初战失利，侵越法军仅留800人盘踞西贡，其余全部调往中国增援，已经发动将近一年的法国侵越战争不得不中止。

1860年，英法联军打败了中国清朝政府。10月25日，法国迫使清朝政府签订了不平等的《天津条约》。随后法国舰队掉头向南开往越南南部，进攻南圻。阮朝军队无力抵抗，1862年6月5日，顺化朝廷与法国签订了第一次西贡条约，割让南圻东部的嘉定、定祥、边和三省及昆仑岛。法国终于得到了可以进而吞并整个印度支那的桥头堡。1863年，法国迫使柬埔寨成为法国的保护国。

法军得寸进尺，于1867年占领整个南圻。在此期间，越南南方人民不顾政府阻挠，一次次举行抗法起义。1868年，阮文历领导的农民起义失败，阮文历在就义前说："只要大地上还生长青草，越南人民就决不停止对法国侵略者的抵抗。"

法国殖民者的意图很明显。如法国海军将领杜普雷1873年给海军部和殖民部的信中所说："我们出现在这块富有的土地上，出现在这块与中国交界也是中国西南省份物产出口的地方，据我的意见，是一个关系到我们今后在远东地区争霸的生死问题。"

1874年3月，法国强迫越南签订了第二次西贡条约。条约的要点是，越南承认在外交上受法国的监督，法国占有南圻，在越南享有治外法权。

直到这时，越南和法国之间的政治冲突和交易才引起了清朝政府的关切。原因很简单，在此之前的法越条约都是背着清朝政府干的。另一方面，自1840年鸦片战争以后，清朝政府内忧外患不断，自顾不暇，所以只要越南朝贡如常，也就不作多问。

1875年，法国驻华公使罗淑亚将第二次条约的内容通告了清朝政府。清政府主管外交的恭亲王奕䜣认为该条约违背了中国的宗主权，予以拒绝。他说："约中有承认越南为独立国之语，为中国所不解。越南自古为中国属邦，故中国政府不能公认此条约。"

行文至此，应该就中越两国关系史上的宗藩关系作一个说明了。

宗藩关系，是封建社会（也包括资本主义社会的早期殖民主义时代）特有的产物。它的基本含义是："宗"是本源，"藩"为屏卫，宗主国对藩属国的外交和国防有所控制；藩属国首脑对宗主国称臣，定期朝贡。宗藩关系使藩属国处于半独立状态。然而，具体到两国的宗藩关系上，其表现形式往往是多种多样的。

中国和越南的宗藩关系开始于公元973年。这年，丁部领遣子到中国朝见宋太祖赵匡胤。宋太祖为丁部领封了官衔"开封仪同三司，检校太师，封交趾郡王"。公元979年，丁氏父子被臣下所害，大将黎桓篡权。公元980年冬，宋太宗赵光义为挽救丁氏朝廷，同时也为了"收复失地"，派兵攻入越南，结果败北。事后黎桓害怕宋军再度南下，上表谢罪。宋太宗为此下诏说："朕以交趾称藩，代修职贡。昨闻贼臣篡夺，害其主帅之家，聊举师徒，用申赴救，非贪土地，寻罢干戈。"（《宋史·交趾传》）不久黎桓也被封为交趾郡王。

从那以后，越南历史上的每一个封建王朝，无不向中国皇帝奉表称臣，"愿长为藩属"。而中国的封建朝廷为显示"天朝之尊"，也总是乐意于封王封藩于越南，要求越南朝贡。同时，宗主国也承担某种义务，"册封"藩属国，甚至在藩属国内出现"篡位"的严重政治危机时，出兵干涉，"兴灭继绝"。而越南历代王朝之所以向中国称臣朝贡，主要目的则在于确立正统地位，以求得国内政治的稳定。显然，封建时代的中越两国宗藩关系，是建立在两国统治者各自利益的基础上的。从政治上说，这是一种不平等关系，中国的封建王朝曾多次在越南藩属国"求援"的时候派兵攻入越南。

但是，今天的国际关系研究者应该把以往的国际关系放到它得以产生的历史环境中去加以考察。

朝贡是维系中越两国宗藩关系的重要方式。根据历史记载，凡属朝贡，绝大部分"薄来而厚往"，即中国回赐的物品大大优厚于越方所贡之物。按照惯例，越南三年一朝贡，六年一遣使。明太祖朱元璋曾下令："中国之于四夷，唯推诚待之……若彼来贡，亦令三年一来，所遣之人，不过五员，所贡之物务从简俭，且需来使自持，庶免民力之劳。物不在多，亦唯诚而已。"（《明太祖实录》，卷122）作为惯例，中国皇帝的回赐是丰富的。金、玉器和绸缎、名瓷是回赐的主要物品。越南的朝贡使常常兼做买卖，将中国货物贩往越南，获利极丰，因此视朝贡为美差。如果有人说，中国通过这种朝贡"最残酷最野蛮"地剥削了朝贡者，那只能给人一种滑稽的感觉。

问题在于，明代以后的越南统治者，一面朝贡，在中国皇帝面前说尽好话，另一面也曾利用这种宗藩关系，麻痹中国朝廷，时而袭扰中国边境。1396

年，安南侵夺中国属地丘温、如敖等五县。1468年，安南军入侵广西凭祥。1747年，安南入侵云南广南地区。入侵者掳掠人民财产，造成中国边民的损失。这样的事情史籍记载甚多，限于篇幅，难以一一列举。

实事求是地说，古代的中越两国宗藩关系，主要表现为封建政治伦理依附关系，以及宗主国的某种保护关系。自清代以后，中越两国的双边关系更加密切，这种宗藩关系也就更显微妙。按当时惯例，越南向清朝政府的贡物一般是象牙二对，犀角四座，细纨、绢布各200匹，沉香600两，速香1200百两，砂仁、槟榔各90斤。1716年，康熙皇帝下令免去象牙和槟榔的进贡。至乾隆时，又谕令进贡"不妨就该国所有，如土纨、绢布均可进奉，不必拘成定例。所谓不惟其物，惟其意也"。到了这时，清朝政府所看重的，就只是一个象征性的"天朝"尊号了。

历史的产物只能在一定的历史条件中存在。中越两国的宗藩关系就是一个历史范畴，是封建制度下君臣关系在国际交往中的一种反映。在这样的宗藩关系下，对于越南的内政，除了安南君主的请封和受册封外，中国封建王朝一般并不加过问，更不向越南派驻军队。所以不能将中国与越南封建王朝间的宗藩关系等同于近代西方国家与殖民地、附属国之间的关系。同时，随着封建制度的兴衰，一旦历史条件变化，中越两国宗藩关系的消亡是必然的。从整体上看，鸦片战争前，中越间的宗藩关系基本上是小国依附大国的政治不平等关系。鸦片战争后，中国和越南都受到了西方列强的侵略，两国都面临沦为殖民地的苦难深渊。共同的危险为此时的中越关系注入了一个新的内容——抵御殖民主义侵略。在这一点上，中越两国的宗藩关系起了一个人们始料未及的纽带作用——使中越两国在共同的敌人面前团结起来共同抗争。这有历史为证。

越南方面，自第二次西贡条约签订后，阮氏王朝也感觉到亡国之祸迫在眉睫，乃遣使向清朝政府告急，请求清军援助越南抗击法军。清政府经过反复商讨，感到唇亡齿寒，于是命令驻英、法、俄三国公使曾纪泽向法国政府多次提出抗议并声明："越南受封中国，久列属邦，该国如有紧要事件，中国不能置若罔闻。"（《曾惠敏公奏疏》，卷4，第11页）

清朝政府还应越南政府之请，于1881年底至1882年初，从广西、云南派出两支军队进驻北圻，同时暗中资助早已由广西进入越南的太平天国起义军余部刘永福的黑旗军。

1882年3月，法国军官李威利率军5000余人，战舰28艘向北圻进攻，很快占领河内。是年5月19日，刘永福率黑旗军3000人与法军在河内城西的纸桥激战三小时，击毙李威利，挫败法军。8、9月间，黑旗军又和法军接战两次（即怀德和丹凤之战），尽管付出重大牺牲，黑旗军都打胜了。

但就在这时，另一支由七艘军舰组成的法国舰队于8月18日进攻顺化河口的炮台。20日，千余名法军登陆，打垮了越南守军，在次日清晨占领炮台。22日，法国全权代表何罗芒来到顺化，向越南国王发出最后通牒："从明天起24小时的时限，以全部接受或全部拒绝我们的条件，不作讨论……如果你们拒绝这些条件的话，便有更大的祸患等待你们……越南的名字将不再存于历史。"（《中法战争》卷7，第363页）

1883年8月25日，越南阮氏王朝与法国官员签订了城下之盟——《顺化条约》。该条约的第一条规定：

> 安南承认并接受法国的保护权，以及此类型的关系在欧洲外交的法律之观点上所有的后果。意即法国将总理安南政府与包括中国在内的一切外国的关系。安南政府只有通过法国的中介始得与该外国作外交上的交通。

条约还确定，越南将平顺省割让给法国，并驱逐在越北的黑旗军。

条约虽然已经签订，但是法方签约人何罗芒在事先并没有得到政府的批准，条约内容是他临事而拟的。在法国政府看来，这个条约肯定了在此之前越南与中国的传统关系，所以仍不满意。9月15日，法国正式向中国提出了一个解决越南问题的方案，要点为：从越北东海岸北纬21度至22度之间的某一地点起，划定一线至老街。这条线以北到中国之间的地带为中立区，中法双方都不占领。这方面的实质，是用划出一个狭窄中立区的办法，迫使中国撤出驻越南的军队，承认"中立区"以南的越南领土都归法国占领。

顺化条约的签订震撼了清朝政府。广西巡抚亦于1883年9月底接到了越南国王向光绪皇帝报告法国强迫订立顺化条约经过的咨呈。鉴于威胁临近，清朝大多数高级官员主张对法国采取强硬态度。至当年10月底，中法谈判没有达成协议，法国政府遂决定对中国再度诉诸武力。

1883年底,法国国会通过一项议案,拨款2000万法郎,追加军费900万法郎,增派军队1.5万人到越北,在12月中旬向中国军队发起进攻。

中法战争由此爆发。

12月16日,以孤拔为统帅的法军进占越北重地山西,击退黑旗军。法军迅速集结更多的军队,企图在战场上给中国军队以更大的打击,迫使清朝政府屈服。1884年2月,米勒继孤拔为法军统帅,发起新的攻势。中国的滇、桂两军将领昏庸怯懦,举措失当,数万守军一败涂地。3月12日,法军占领北宁,19日攻陷太原,4月12日占兴化。

在接二连三的军事挫败中,清朝政府软下来了,命李鸿章与法国代表谈判。法国代表、海军舰长富尼埃提出先决条件,必须先撤销在连年来的中法谈判中表现坚决的曾纪泽的驻法公使职务。清政府接受了这个条件,于4月28日将曾纪泽免职。

李鸿章违背了清政府事先向他下达的谈判原则[1]。5月6日,李鸿章只和富尼埃谈判了两三个小时,中间还需要翻译,就接受了法国提出的条件。如此迅速地达成两国间的重大协议,在历史上是少见的。而清政府在听取了李鸿章牵强附会的报告后,觉得无可奈何,也竟然批准了李鸿章的所作所为。1884年5月11日,李鸿章与富尼埃在天津签订了《中法会议简明条款》。

条约共五款,第三款最具实质性:"中国南界既经与法国以实在凭据,不有侵占滋扰之事。中国约明,将所驻北圻各防营即行调回边界,并于法越所有已定与未定各条约,均置不理。"这个条款事实上承认了法国对越南的侵占。

条约第三款还明确,中国开放中越边界:"所有法越与内地货物听凭运销,并约明,日后遣其使臣议定详细商约税则,务须格外和衷,期于法国商务极为有益。"

李鸿章的"成就"仅仅在第四款:"法国约明,现与越南议改条约之内,决不插入伤害中国威望体面字样。"

法国驻华公使巴德诺堂而皇之地来到越南首都顺化。巴德诺要求,越南

---

[1] 为了指导李鸿章的对法谈判,清政府确定了几项重要原则:一、越南对中国的"世修贡职"应当继续;二、通商一节,若在越南地面互市,尚无不可,如欲深入云南内地,处处通行,将来流弊必多,亟应预为杜绝;三、要保护黑旗军;四、不赔款。(《光绪朝中法交涉史料》卷14,第14页)

把中国政府的册封大玺交出来,他要送交法国国家博物馆收藏。巴德诺宣称:"我们认为要紧的是,这个中国给予的东西,不要再作为中国宗主权的标志而存在。"

越南官员在这个问题上作了争执,最后双方决定,将清朝册封大玺当众熔解。

熊熊大火燃烧起来,就在"嘉隆王玺"被烈火熔为一个银块后一小时,巴德诺与越南辅政大臣和吏部大臣阮文祥等人签订了新的《顺化条约》。条约的第一条为:

安南承认接受法国的保护权,在一切对外关系上法国将代表安南。在外国的安南人将受法国的保护。

《中法会议简明条款》在清朝政府内部引起强烈不满,李鸿章受到许多大臣的抨击,深感压力沉重。1884年5月17日,富尼埃在离开天津前又以命令式的口吻,将法国单方面规定的在越北向中国军队驻地分期"接防"的日期通知李鸿章。李鸿章没有同意法方的规定,但也不明确表示反对,而且没有立即向皇帝报告。

原来,在《中法会议简明条款》的法文本中,要求中国军队"立即"撤回,但清朝政府认为中文本"即行调回边界"则不那么迫切。李鸿章向清廷君主解释时又说:"只需密饬边军屯扎原处,勿再进攻生事,便能相安,亦不背约。"

在朝野一片反对李鸿章的声浪里,清政府觉得有失面子,所以在订约后严令驻越军队"仍扎原址,进止机宜,听候谕旨"。

1884年6月,法军由越北阵地前出,执行"接防"计划。6月23日,向谅山入侵的法军与中国军队接触。法军宣称:"和与不和,三日内定要谅山。"说罢,法军即开枪射击。中国守军被迫还击,将法军击退。中法战争再次爆发。

法国将其在中国和越南的舰队合编成远东舰队,以孤拔为统帅,于8月5日向中国的台湾省基隆猛烈攻击。侵略军一度登陆,又被中国守军逐回海上。8月23日下午,事先驶入福州马江的法军舰队向福建水师突然袭击。福建水师在战前得到"不准先行开炮,违者虽胜亦斩"的命令,因而完全陷于被动。开战仅仅30分钟,经营多年的福建水师全军覆没。消息传到北京,清政府已是不得不战。三天后，清政府下令，陆路各军迅速进兵，沿海各地严防法军入侵。

在越北战场，1884年12月，中国西线军队发起进攻，将法军包围在越北重镇宣光达70余天。期间黑旗军还设下埋伏，重创自河内出援的法军。但是，在东线作战的中国军队连连受挫。1885年2月，镇南关失守，法军得以抽出兵力，解宣光之围，并由此路侵入中国云南的马关和麻栗坡地区，在长达150公里、宽约80公里的中国土地上耀武扬威。

东线的中国军队溃败了，形势万分危急。在此紧要关头，已经退休的老将军冯子材毅然重披战袍就任东线主帅，迅速稳定了战局。1885年3月23日，法军万余人向镇南关内进犯，窜入冯子材精心准备好的战场。冯子材指挥全军奋战，激战三天三夜，法军大溃，遗尸千余具，向南狂逃。是为中国军队取得的镇南关大捷。至29日，中国军队克复谅山，法军统帅尼格里受重伤。

同时，中国军队在西线取得临洮大捷，侵入云南马关、麻栗坡的法军则陷入当地苗、瑶、壮、傣、汉民众的围攻之中。各族人民在麻栗坡猛洞苗族领袖项从周率领下，用大刀、弩箭等原始武器同法军展开激烈战斗，终于把法军赶出了国境线。

在越北战场的越南守军则配合中国军队作战，扩大了战果。

中国军队在越北战场的重大胜利使中国在外交上也处于十分有利的地位。谅山大捷的消息于1885年3月30日传到巴黎，茹费理内阁当晚倒台，法国不等新内阁上台，就授权总统与中国谈判。

清朝政府未能利用军事胜利取得的有利态势，就和法国政府于1885年4月4日匆忙签订了巴黎停战协定。这个协定的实质是，清政府明令批准不久前订立的丧权辱国的《中法天津条约》，下令越北战场的中国军队分期撤回国内；法军则解除对台湾和北海的封锁。这是中国历史上少有的"战胜求和"的外交失败。当然，这里的问题还要复杂一些。1884年12月4日，朝鲜发生"甲申政变"，日本利用政变插手朝鲜事务，使正在进行中法战争的中国政府极为震惊。1885年3月，日本参议兼宫内卿伊藤博文作为特命全权大使前来中国，与中国政府谈判"甲申政变"后朝鲜的地位问题。日本对正在为战争经费而困窘的中国政府进行了要挟，因此中国政府急于停止中法战争腾出手来对付日本。最终说来，负责谈判的李鸿章又一次在对手面前拜了下风，《中日天津条约》于1885年4月18日签订，从此，日本加紧准备独霸朝鲜和侵略中国的战争。

1885年6月9日，李鸿章和巴德诺又在天津签订了《中法条约（越南条款）》，它的主要内容是：

一、清朝政府承认法国对越南的占领并行使保护权。条约第一款规定："越南诸省与中国毗连者，其境内法国约明自行弭乱安抚。"在第二款中，中国表示："凡有法国与越南订立之条约、章程，或已订者，或续立者，现时并日后均听办理。"

二、中法两国勘定中越边境线。条约第三款写明："自此次订约画押之后，限6个月内，应由中法两国各派官员，亲赴中国与北圻交界处所，会同勘定界线。"

三、法国取得在中国西南通商的特权和在云南修筑铁路的优惠权。

条约签订之后，数万中国官兵撤离越北——他们曾为之流洒了鲜血的土地。当年7月，刘永福也率领黑旗军3000名将士离开越南，撤入云南省文山。黑旗军高擎了12年之久的抗法斗争火炬熄灭了。

中法战争结束，法国确立了在越南的殖民统治。殖民者在越南的南、中、北圻建立了不同形式的殖民统治制度：南圻是"直辖领地"，废除原有的统治机构，设法籍总督；中圻称"保护领"，保留阮氏小朝廷，同时派驻法籍总督；北圻为"半保护领"，形式上由阮氏政府派出"经略使"治理，实际上由法国殖民者遥控，以后又废除"经略使"制度，并入"保护领"。

与此同时，法国殖民者在柬埔寨也得手了。

柬埔寨有着悠久的历史和丰富的自然资源，早在公元1世纪就出现过早期国家扶南。到19世纪，柬埔寨国势衰弱，成为越南和暹罗王朝争夺的对象。第一次《西贡条约》的签订，使法国殖民者从越南君主手中夺取了对柬埔寨的宗主权。1863年，法国殖民者强迫柬埔寨的诺罗敦国王签订了"保护条约"。根据"条约"，法国向柬埔寨派遣一个留守使，实施对柬埔寨的保护。没有法国的允许，柬埔寨不得接受其他国家派遣的领事。1867年，法国又与暹罗签署条约，暹罗承认法国对柬埔寨的保护。

1887年，法国将越南和柬埔寨合并为"印度支那联邦"。19世纪末，又将老挝并入。印度支那联邦中央机关首脑是由法国政府任命的总督，受法国政府殖民部领导。法国殖民者一方面将越、老、柬三国合并在一个联邦内，另一方面又不断制造矛盾，这一切都为日后印度支那问题的复杂化种下了祸根。

/ 附录二 /

风云际会中越近代史

晚清时候，中国和法国勘定中越边界，从1885年开始，1897年结束，历时12年。

由于10世纪以来中越两国长期存在宗藩关系，在中法战争之前，中国和越南之间没有一条经过正式勘定的边界线，但是两国已在漫长的历史进程中形成了各自的管辖范围。中法两国勘定中越边界，以辨认中法战争之前的中越旧界为基础，按桂（广西）越和粤（广东）越、滇（云南）越两个方向进行。

1885年8月29日（清光绪十一年七月二十日），清政府总理各国事务大臣奕䜣向光绪皇帝和慈禧太后报告，已经接到法国政府照会，法方勘界官员浦理燮等六人已确定，不久抵达河内，因此中国也要派出勘界官员。

清廷当日决定，任命内阁学士周德润为钦差勘界全权大臣，赶赴云南，会同云桂总督岑毓英等主持滇越勘界；派鸿胪寺卿邓承修前往广西，会同两广总督张之洞、广西按察使李秉衡等主持桂越和粤越勘界事宜。

在此之前，清政府派出测绘人员前往中越交界地区绘制了地图。光绪皇帝于1885年8月31日（光绪十一年七月二十二日），明确指示诸位军机大臣和云桂总督岑毓英、两广总督张之洞："越南北圻与两广、云南三省毗连，其间山林川泽，华离交错，未易分明。此次既与法国勘定中越边界，中外之限即自此而分，凡我旧疆固应剖析详明，即约内所云或现在之界稍有改正。亦不得略涉迁就。"[1]

乘着中国军队在越北战场连连获捷的余勇，此时光绪的态度还算比较坚决。三个多月后的11月8日（光绪十一年十月初二），光绪再次谕示各勘界大臣：

---

[1] （清）张之洞：《张文襄公奏议·光绪十一年十月初九日》。

> 此事关系重大，必应慎之于始。各处所绘地图详略不一，法使所携，难保不互有异同；目前分界，自应以（大清）《会典》及《通志》所载图说为主，仍须履勘地势，详加斟酌。[1]

九天后，光绪又谕示："总之，分界一事，有关大局，周德润等务当详度地势，设法辩难，多争一分即多一分之利益，切勿轻率从事。"

此时的光绪皇帝还有一个如意算盘，他希望：

> 若于两界之间，留出隙地若干里作为瓯脱[2]，以免争端，最为相宜。[3]

但是法国谈判者的态度十分强硬，与中国代表争执不休。此时，随着朝鲜问题日益尖锐，中国和日本之间的战争阴云正悄悄升腾起来。慈禧太后和光绪皇帝先自手软了，想把中法勘界这桩事当成包袱甩掉。这时，又有一个英国人冒了出来，他就是担任中国海关总税务的赫德——作为一个外国人，他长期把持了中国海关的最高职务。他于1886年1月13日（光绪十一年十二月初九）致函中国总理衙门，施加压力：

> 现在中国若毫无衅端牵及于法国，则法国当不日自退而罢其兵。若中国稍有牵及，恐法将舍彼而寻衅于中国。若不牵及之要，则唯在中国守约。而守约之要，则为两端：一则分界事务须照新约明文办理；一则边界通商章程须照新约明文商议。若中国于此少有违易，则法国必执为柄，而寻衅有词。[4]

---

[1]（清）赵藩：《岑襄勤公年谱》卷8，清光绪二十五年岑春荣刻本。亦见（清）朱寿朋《东华续录·光绪七十三》，清宣统元年上海集成图书公司本。
[2] 设立中法两国互不管辖的中间地带。
[3]（清）赵藩：《岑襄勤公年谱》卷8—9，清光绪二十五年岑春荣刻本。
[4] 中国近代经济史资料丛刊编辑委员会：《中国海关与中法战争》，第204—205页，中华书局1983年版。

清政府很快采取了妥协政策。从1886年初起，军机处一再传达谕令，指示谈判大臣："凡越界中无益于我者，与虽有前代证据而今已久沦越地者，均不必强守。总期速勘速了，免至别生枝节。"[1]

1886年12月3日（光绪十二年十一月丁酉），光绪皇帝又明令军机大臣："我兵驻扎，只须认定现在中国界内之地坚守勿移。其余边荒瘠苦之区，无论一时无从论及，即使划归于我，设官置戍，费饷劳人，水土失宜，瘴疠时作，将来种种窒碍，不可枚举。总之，自强之道，全不在此，切勿徒鹜虚名，不求实际。"[2]

这就使在此之前竭力争取谈判主动的中国代表陷入了十分困难的境地。

1886年8月1日，中法双方在保胜（老街）议定《勘界办法节略》，明确勘界时应当遵守的原则和方法。双方会商时，中越边境地区的抗法力量十分活跃，使法国代表对前往边界线踏勘一事恐惧不安，乃提出"就图定界"的要求，即双方不事先踏勘整个边境线，而是出示各自准备好的地图，凡双方图线一致的，就互相确认；彼此不符的，待该段边境线"平静"后"再行补勘"。这种草率不恭的做法被中方拒绝了。

双方约定，先勘定由保胜到龙膊河一段边界。1886年8月12日，中法勘界人员分别从保胜出发，向红河上游航行。8月20日，法国船队在者兰受到当地抗法力量袭击，法国官兵被打死13人，其余勘界人员逃回保胜。于是他们再也不敢循边勘界，转而坚持"就图定界"。这本来是争取谈判有利地位的一个机会，可是清政府居然同意了。

1886年10月19日，中法双方在保胜签订《滇越边界勘界节略》，这是中越边界云南段划界的基本文件。

这个"节略"签订以后，法国资本急于打开中国西南门户，以期迅速夺取商品倾销市场和廉价原料产地。法国驻华公使恭思当一再要求清政府签订对法国更加开放的商务协定。恭思当还再三说："商务苟可通融，界务亦可

---

[1]（清）朱寿朋：《东华续录·光绪八十一》。清宣统元年上海集成图书公司本。亦见德浩、吴国强：《邓承修勘界资料汇编》卷4，《邓承修勘界来往电稿》，第80页，广西人民出版社1990年版。

[2] 广西壮族自治区通志馆、广西壮族自治区图书馆编：《清实录》，《广西资料辑录（五）德宗光绪实录（光绪元年至十六年）》卷234，第6—7页，广西人民出版社1988年版。

稍让。"这个暗示对清政府吸引力很大，两国代表于是就议而未决的界务问题再行谈判，于1887年6月26日签订了《续议界务专条》和《续议商务专条》两个文件。

在贸易方面，清政府大大让步，同意在云南蒙自、蛮耗（后改河口）两处开放商埠，凡进口税减免十分之三，出口税减免十分之四，还准许法国在广西龙州、云南蒙自分别设立领事馆。同样，法国则表示愿意同中国会商以前没有解决的滇越边界"第二段"和"第五段"问题。双方议定，这次根据谈判而定的二、五两段边界线，在地图上用红线标出来，这就是滇越边界谈判中"红线"的来历。法国同意中国收回大赌咒河流域的原有领土。经过一番周折，"第二段"边界划定。但在"第五段"，法国迫使中国将猛梭等地划给越南。清政府竟以"荒远瘴疠，弃之不足惜"为由，原则上同意了法国的要求。只是因为双方"就图定界"，在事先没有作实地踏勘的情况下闹出了许多村寨、河流名称上的混乱，"第五段"的界线问题实际上没有解决。

《续议界务专条》签订后，双方开始按图逐段履勘。从1887年一直持续到1895年，双方勘界官员几经更迭，但谈判焦点主要集中在"第五段"上，双方争执激烈。直至1895年，法国代表仍坚持按照法方提出的界线会勘。中国代表无法接受，最后形成变通办法，在地图上对中国代表可以接受的界线标以红线，将法国代表要求的界线志以蓝线，将这份红、蓝两线图上报双方政府定夺。

19世纪的中国，是在世界民族之林中沉沦的中国，也是任列强宰割的中国。1894年，中日甲午战争爆发，中国惨败。1895年4月17日，李鸿章与日本的伊藤博文在日本马关签订《马关条约》，中国被迫割让辽东半岛和台湾岛，以及澎湖列岛。日本帝国朝着遍体鳞伤的中国狠狠砍了一刀。

伊藤博文没有想到，六天之后的4月23日，俄国、德国和法国的驻日公使联合照会日本政府，"劝告"日本放弃辽东半岛。为了作这番"劝告"，俄国还在远东迅速集结兵力，命令游弋于远东海面上的军舰作好战斗准备。此时，打完了甲午战争的日军已精疲力竭，5月5日，日本宣布接受三国"劝告"放弃辽东半岛，条件是中国增加战争赔款3000万两白银。

就在此时，中法两国关于中越边界谈判的地图送进了北京紫禁城。令清政府吃惊的是，边界谈判中又冒出了"滇越边界第六段"。原来，法国于1893年侵占了老挝，将老挝并入印度支那联邦，因此要求一揽子解决中老边界问题。法国提出，既然该国参与干涉日本归还辽东半岛有功，理当索酬，所以要求清政府把原属云南的猛乌、乌得（将近8万平方公里，均在今老挝丰沙里北部）割让给法属老挝。

孱弱不堪的清朝政府在外交上无所作为。1895年6月20日，清廷总理各国事务衙门代表和法国公使在北京签署《续议界务专条附章》，对"第五段"，除一小段界线未动外，确认了法国标出的蓝线。不仅如此，"附章"还一揽子解决"第六段"问题，划定了中国和老挝的边界。

接下来，中法双方开始在中越、中老边界上竖立界碑。至1897年6月13日，历时12年的勘定中越、中老边界及立碑工作宣告完毕。

在不算短的12年当中，中法两国签署了一系列勘界文件。回顾这段历史，自然可以清楚地看到，19世纪末叶，中国遭受了一连串外交失败。

自从越南沦为法国殖民地，越南人民反抗殖民统治、谋求国家独立的斗争之火，也就光焰夺目地燃烧起来。随着20世纪初越南民族工商业的萌芽与发展，士大夫阶层中一批开明知识分子愈加意识到救国图存的迫切责任感，他们抬起头来，向海外寻求救国方略。

这时，中国的改良主义之风吹到了越南。中国的政治维新派领袖康有为、梁启超的著作很快为越南知识分子所熟悉。和康梁著作一起传到越南的还有中国学者们翻译的大批西方著作。康梁之作和那些用半文半白的汉文写成的译作，使越南青年知识分子的眼前出现了另一个世界，从而认识到除了孔孟之外，世界上还有如此众多的西方思想家和科学家。西方列强没有儒学渊源，却何以如此先进和强大？这是当时越南知识阶层的先进者为之深思的。他们开始意识到，要摆脱法国的殖民统治，必须开通民智，培养新型人才，引进科学，实行社会改革。

日本的榜样同样激发了越南志士的爱国热情。19世纪中叶之前，日本的情形与中国何其相似，但从1868年，"明治维新"开始，日本迅速克服了殖民地危机，走上了现代化发展道路。

日本的改革成功了，中国也要改革，越南怎么办？以孙中山为代表的民主革命先行者在20世纪初燃起星星之火，使越南的民主革命先驱者也看到了希望的曙光。潘佩珠（1867—1940）成为越南救国运动的领袖。

潘佩珠于1905年取道中国赴日本，找到了梁启超，以所著《越南亡国史》一篇请梁阅读。梁启超读后十分嘉许，援笔为之作《前录》，还出资将该文印行了几千份。梁启超在《前录》结尾处写道："世界进化之运日新月异，其或不许此处披毛戴角之伪文明[1]种种横行噬人于光天化日下。吾观越南人心而信之，吾观越南人才而信之。"

在梁启超启发下，潘佩珠放弃了在越南维持君主制的主张，改而主张君主立宪。不久，潘佩珠又在横滨两次拜访孙中山，认真笔谈。孙中山主张推翻帝制，实行民主共和，潘佩珠受到很大震动。

1911年10月，辛亥革命推翻了清朝统治，大批越南革命者又在潘佩珠等人领导下聚集广州，以抗法将领刘永福的家为主要活动基地。次年12月，潘佩珠从广州到南京，受到孙中山热情接待，受邀旁听第一次国会参议院会议，并与黄兴讨论中国援越问题。黄兴表示："我国援越实为我辈不可辞之义务。然此时谋及尚属太早，今所能为诸君计者，送派留学生入我国学堂，或入我国军营储备人才，以俟机会。"

潘佩珠接受黄兴建议，动员、组织了一批越南青年进入中国各类军事学校学习，成为越南救国斗争的首批军事干部。他们毕业后大部分回国参加救国斗争，也有的留在中国，参加了中国共产党领导的武装斗争。潘佩珠曾就此写道："若我党者，入北京士官学校，入广西陆军学堂，入广东军官学校，教之，养之，保全之，毫无所吝，华人对我，其感情不已（亦）厚厚乎。"

1924年1月，孙中山在广州主持国民党第一次全国代表大会，制定民主革命纲领，重新解释三民主义，中国出现第一次国内革命战争高潮。潘佩珠决心按照中国国民党的样子，将越南光复会改名为越南国民党。他对孙中山抱有深厚的情感，及至孙中山逝世时，潘佩珠书写挽联哀悼："志在三民，道在三民，忆横滨致和堂两度握谈，卓有精神贻后死；乐以天下，忧以天下，被帝国主义者多年压迫，痛分余泪泣先生。"[2]

1924年底，越南革命的领袖胡志明从苏联来到广州，曾与潘佩珠会面。次

---

[1] 指法国殖民者在越南的统治。——本书作者注
[2] 《潘佩珠汉文诗赋》，见季羡林主编：《东方文学作品选》上册，第455—457页，湖南人民出版社1986年版。

年5月，来到上海的潘佩珠准备前往广东，被法国侦探得知，勾结地方当局将潘逮捕，引渡回越南，并判以死刑。消息传开，越南各地出现大规模罢市、罢工和抗议活动，迫使法国殖民当局宣布潘佩珠无罪。但是潘佩珠被长期软禁，失去了自由。

越南革命的领导任务从此落在胡志明肩头。胡志明作为第三国际代表鲍罗廷的翻译来到广州，主要任务是推动越南革命，进行建党准备。

此时，中国共产党已经成立，热情支持越南的救国斗争。一批批越南青年来到广州，有的进了黄埔军校，有的进了农民运动讲习所。进入黄埔军校学习的有司尚梅、武伯边、韦正南和武元博（即洪水）等60余人。至1927年，胡志明等人以"黄埔军校学生队"名义在广州办过三期"特别政治训练班"，培训来华的越南青年，参加者有阮良朋、范文同、黄文欢等数十人。中共领导人毛泽东、周恩来、刘少奇、彭湃曾为他们讲课。

中国的大革命失败后，胡志明到暹罗（泰国）筹备建党。1930年2月3日，胡志明在香港主持会议，实现印度支那共产党和安南共产党两党合并，定名为越南共产党。同年10月，该党更名为印度支那共产党，具有更大的活动范围。[1]

越南党成立后很快受到法国殖民当局镇压。因环境困难，一部分领导人进入中国境内积聚力量。除胡志明外，曾进入广西龙州的就有黄文树、长征、黄国越、黄文欢、黎广渡、朱文晋、陈山洪、高洪岭、黎铁鸿、阮文明等，中国边民冒着生命危险保护了他们。

第二次世界大战爆发后，法国的力量大大削弱。1940年9月22日，日军从广西进入越南，同时以6000人的兵力在海防附近登陆，当地法军仅仅抵抗几个小时就溃败了。在越法军将领与日军达成妥协，日军可以在越南驻军，法国殖民统治继续维持，但要向日军提供连年增长的财政供给。由此形成了日、法两方宰割越南的局面。

1944年夏，盟军在诺曼底登陆，欧洲战局巨变，戴高乐领导的抵抗力量打回法国本土。1944年7月6日，戴高乐的特派员乘飞机在谅山跳伞，到河内将戴高乐的命令交给法军司令莫登，命令在越法军准备向日军进攻。

---

[1] 出于表述方便，人们经常将印支共称为"越共"。——作者注

1945年3月9日夜晚，日军先发制人，向在越法军发起进攻，法军不堪一击。大部分战败被俘，一部分退入中国境内。日军进占越南，扶持保大皇帝傀儡政府上台。驻守柬埔寨、老挝的法军也被日军击溃，日军独占了印度支那。

对此，戴高乐为首的法国政府作出强烈反应，于3月24日发表特别宣言，宣称要恢复印度支那联邦，并把它作为法兰西联邦的一部分。

此时，苏联军队正以数百万强大兵力合围柏林。盟军消灭德国军队后，必将掉过头来一举打垮日本。日军发动"三九政变"当天，印支共中央于3月12日发出紧急指示，号召越南人民打倒日本侵略者，并准备发动总起义。越南解放军于1945年5月15日在太原省成立，编成13个连，约1000多人，开辟了越北根据地。

8月15日，日本宣布投降。

8月16日，在越北宣化省新潮召开的越南国民大会，产生了以胡志明、陈辉燎、范文同、阮良朋、杨德贤五人为首的越南民族解放委员会。胡志明指示全党："现在有利时机已到，不管要作出多大的牺牲，甚至是烧掉长山，也要夺取独立。"

8月19日，越盟的力量进入河内，满城金星红旗。万余名日军用坦克将自己护卫起来，坐视越盟推翻了保大政权。8月24日夜至25日清晨，越盟领导的100多万市民走上西贡街头游行，高呼口号"全部政权归越盟"。

这就是越南"八月革命"。短短十几天内，胡志明领导的越盟控制了全国大部分国土。

1945年9月2日。在河内巴亭广场举行的50万人集会上。胡志明宣读《独立宣言》："越南享有自由和独立的权利，而且事实上已经成为一个自由和独立的国家。"

越南党抢到宝贵时机，赶在法军之前，赶在盟军大部队进入越南之前，迅速夺取政权，使越南独立处于十分有利的地位。[1]

稍早的1945年7月17日至8月2日，在德国柏林附近波茨坦，美英两国首脑讨论了印度支那问题，对越南局势达成一项协议，以穿越越南中部的北纬16度线为界，16度线以南，属英国蒙巴顿将军指挥的"东南亚战区"，由英军消灭日

---

[1] 参见（越）陈辉燎：《越南人民抗法八十年史》，三联书店1974年版。

军并受降；16度线以北，属于中国战区，由中国军队进驻并接受日军投降。

8月17日，盟军司令部发布第一号命令："台湾及北纬16度线以北法属印度支那境内的日本高级指挥官以及所有陆海空军和辅助部队，应向蒋介石委员长投降。"

1945年9月15日，由卢汉为司令的中国陆军第一方面军（原由龙云、卢汉指挥的滇军）18万余人开进越北，迅速在16度线以北的越北各地驻军。9月初，蒙巴顿指挥的1万多名英军进入越南南方。微妙的是，9月12日，一支数千人的法国军队也登陆并闯进了西贡。此时，在越南还有完全听令于盟军、保留装备的6万日军。胡志明领导的新政权刚刚诞生就突然面临中、英、法、日四大国军队同时存在于越南国土的沉重压力。

胡志明迅速扩大越南解放军，并改名为卫国团。越南党的南方局在西贡掌握了共和卫兵第一师，兵员1万人，此后又编成三个师。

至9月下旬，在越法军已达6000人，其中包括从日军集中营获释的法国俘虏。法军计划在四周内占领16度线以南地区，再进占北部，尽复"印支殖民地"旧观。9月23日，法军进占西贡。

越南党决心在南方开展武装斗争，打击法军；在北方则"以和求进"，坚持忍让，避免与卢汉部队发生矛盾，力求稳固政权。

南方武装在黎笋、孙德胜、黄国越率领下与法军战斗了五个月。到1946年2月，法军兵员已达3.5万人，大体上占领整个南方。由于法军被迟滞，等他们打到北纬16度线上，已经没有力量迅速地向北迈步了，更何况还有18万中国军队挡在了面前。南方为北方争得了时间。

1945年底，法方转而求助于谈判桌。法国代表到中国与国民党政府会谈，希望中国军队撤出越南，向法军交防。此事正中蒋介石下怀。种种事实说明，1943年后的两年中，蒋介石对越南的态度发生了变化。

1943年2月25日，中国外长宋子文曾宣布，中国反对任何国家在战后夺取朝鲜、越南、缅甸和其他地区。对此，法国的戴高乐提出抗议。

美国反对戴高乐的意图。罗斯福总统表示，凭什么逻辑、什么习惯、什么历史法则，越南要属于法国呢？

1943年11月，美、英、中三国首脑在埃及首都开罗举行会议。罗斯福会晤蒋介石时表示，战后不能把印度支那归还法国，而应置于国际托管之下。中美双方就此达成口头协议。

会后,罗斯福前往伊朗首都德黑兰参加美、英、苏三国首脑会议。11月28日,罗斯福和斯大林会谈,斯大林表示,战后不能在印度支那恢复法国的殖民统治。对此,美苏双方意见一致。

抗日战争后期,蒋介石与美国委派的"中国战区参谋长"史迪威将军的关系出现矛盾。为了向美国施加压力,1944年10月10日,蒋介石秘密会见戴高乐领导的法国政府代表贝志高,蒋在谈到越南问题时说:"如果我们能够帮助贵国在该殖民地建立法国政权,我们是乐意的。"这使法国代表欣喜若狂。事后看来,蒋介石的用意是为了在与美方矛盾中增加筹码而落下的一步棋子。

抗战胜利后,蒋介石即派卢汉率滇军入越暗含两大目的,一是使"云南王"龙云留在昆明唱"空城计"。1945年9月30日,滇军入越已有半个月,蒋介石突令在昆明的杜聿明部队包围云南省政府所在地五华山,龙云被迫离滇入川,即被软禁。蒋介石的第二个目的,是让滇军入越后控制海防港,使他们可以随时经海路调运到东北,投入内战。

胡志明对滇军的态度是坚决忍让,尽可能地利用中、法军队的历史矛盾和现实冲突。印支共中央于1945年11月11日宣布:"考虑到国际国内特定的历史情况,对越南来讲,现在正是重新夺回统一独立的绝好时机。"为了形成统一战线,公告宣布印度支那共产党自动解散,党员转为"马克思主义研究会"成员。实际上党依然存在。

胡志明果断地于1946年1月6日在全国举行大选,并且让步,请反对派——以阮海臣为首的越南革命同盟和以武鸿卿为首的越南国民党,还有逊皇保大(阮福永瑞)——参加联合政府,担任重要职务。在此基础上,法越双方开始了秘密接触和会谈。

结果中法谈判先一步达成协议。1946年2月28日,中法两国代表在重庆签署《关于法国放弃在华治外法权及其有关特权条约》《中法关于中越关系之协定》,以及《关于中国驻越北军队由法国军队接防之换文》等条约,统称"中法协定",主要内容可以概括为:

法国政府放弃1900年作为八国联军成员入侵中国,通过签订不平等条约所取得的特权,法国放弃在上海和厦门的公共租界中的权利,并将上海、天津、汉口及广州的法租界交还中国。

"中法协定"规定：中国公民应享有历来在越南享有之各种权利，对华侨所征税不得重于越南人所征税。协定还明确，废除1903年10月29日订立的中法关于滇越铁路的协定。滇越铁路在华部分的所有权及材料、设备，移交给中国政府，以赔偿日本南侵期间中国通过越南运送物资，因法国方面扣压、阻挠所蒙受的重大损失。

法国之所以这样做，一来是在对华关系上效法美、英两国，另一方面也出于他们的迫切诉求：法方事先提出，这些协定的签署必须以中国同意从越南撤军为前提。2月28日签订的双方军队接防换文明确：在越南的中国军队于3月1日至15日开始交防，至31日完毕。实际上，法军急不可耐，恨不得一步跨进河内，以便在法越谈判中占据有利地位，所以一再催促中国撤军。

3月4日晚上8时，中法军队代表在河内会商交接事宜。法方要求，法军于3月6日在海防登陆。中方驻军将领说，尚未接到明确命令，法军不能登陆。双方争执到次日凌晨3时，不欢而散。

散会时，两位法国军官私下悄语："糟了，来不及了！"中方代表陈修和懂法语，听后立即警觉到，法国海军已师行在途，不能停止，可能强行登陆。陈修和回到住处，即告诉第60军军长曾泽生："中法军事冲突无法避免。"他力主中国军队如受攻击，应反击强行登陆的法军，并说："一切责任司令部和你我大家负担，不要顾虑。"曾泽生赞同陈修和的意见，立刻启程前往海防布防。

3月5日上午10点30分，法国驻海防联络官罗珍来见中国驻军130师师长王理寰，称："法国军队6日早8时在海防登陆，中国军队应当让防。"王理寰回答："本师未奉到此项命令。"法军联络官下午又来，再次声称法国舰队正向海防驶来，已到近海，登陆在即。王师长答："请你火速制止法舰前进，否则发生误会，当由法国负全部责任。"法军联络官听后神色大变，说："可以通知舰队停止前进，但恐怕无效。"

不多久，联络官又来，说："电台和军舰联络不上，无法制止，请王师长原谅。"

王理寰质问道："电报不通，你怎么知道法军已到近海呢？"他立即传令部队警备。

3月6日清晨，九艘法舰向海防海关码头驶来，中国守军摇旗呼停无效。法舰突然开炮，中国守军即以火箭筒向法舰轰击，六发六中。炮击中当场击沉法舰一艘，击伤两艘，其余法舰挂起白旗溃退。当日下午，法方态度软化，派出代表向中国守军道歉。[1]

海防冲突的结果，使法军在越北登陆、要挟越方的企图破灭，而中国滇军部队则在不久之后全部撤出越南，开赴东北内战前线。这一来，原先在越南的四大国军队中少了日本和中国两家，形势十分有利于越方。

3月6日下午4点30分，"法越初步协定"在河内签字。

根据"初步协定"，法国承认越南共和国是一个自由的国家，可组成政府、国会、军队，是印度支那联邦和法兰西联邦成员；越南则同意1.5万名法军进入越北。双方议定不久再举行谈判，讨论越南对外关系问题，其中包括印度支那未来地位和法国在越南的利益等。

5月13日，胡志明、范文同前往法国会谈。会谈呈"马拉松"态延续了几个月。9月14日，越法两国签署"临时协定"，又称"白露枫丹协定"。协定带有很大的"延缓"性质，同意法国在越南享有优先地位，并规定双方在1947年1月重新谈判。

在"临时协定"谈判期间，越法双方加紧了战争准备。10月19日，印支共中央总书记长征主持军事会议，认为："或迟或早，法国将要打我们，而我们也一定要打法军。"至年底，越军总兵力已达8万人。胡志明估计，战争大规模爆发之际，法军总兵力不会超过10万人。他的判断是正确的。

1946年12月19日夜晚，越北法军发起进攻。越盟顽强抵抗，战斗形成拉锯。直到次年2月15日，得到了增援的法军才占领整个河内。持续近两个月的河内保卫战迟滞了进入越北的法军，越共中央机关和一部分武装从容地向北部山区转移。

在那里，有一支中共领导的武装力量，即广东南路第1团的千余名官兵。他们是按照中越两党协议，为免遭国民党军围歼而在1946年3月，由团长黄景文、政委唐才猷带领进入越南高平整训的。他们入越后，即应越南党的要求，并经中共香港工委批准，由黄、唐亲率一批军官出任越军顾问和教员。至1947年7月，该团共接收了830多名越军干部前来培训、实习。

---

[1] 王理寰：《抗战胜利后海防痛击法军纪实》，载《文史资料选辑》1960年第12期。

1947年初，越北法军总兵力达到了10万人，开始向北进攻，很快攻占越北绝大多数城市。但是，由于战线拉长，机动兵力不足，加上雨季到来，进入5月，法军的攻势停顿下来了。

不仅如此，法军面前还出现了新对手。

1947年6月，中共香港分局任命参加过长征的琼崖纵队副司令员庄田为"粤桂边纵队"司令，以进入越南的第1团为主力发展武装力量。庄田到越南后会见了胡志明，即受邀担任越军高级顾问。他从第1团抽调骨干整训越军部队。

1947年10月7日，法军分南北两路夹击位于越北太原、宣光省交界处的越方根据地，法军伞兵实施了突如其来的伞降。伞兵降落在距离胡志明住所仅几里路的地方，包围了正在主持会议的越共中央书记长征。伞兵手持冲锋枪冲进胡志明住所，发现胡志明的信件还摆在办公桌上。

胡志明、长征都从法军包围圈的空隙中冲了出来。越法两军在丛林中激战。法军坦克时常陷入泥潭，兵力难以在狭窄的林间小道两侧展开，越军常常突然闪现在他们身边猛烈开火。这场丛林激战持续十天以后，法军攻势受到抑制。越军战士付出了重大牺牲，法军士兵也在山林中成排地倒下，最后撤围而去。

1948年春，法军再次进攻越北的太原中心根据地。在越共中央和军委联席会议上，庄田发言指出，根据兵力密度计算，法军此次动用1万多人，不能形成严重威胁，越军能够以运动战方式打败敌人。他建议在谅山到七溪、东溪一线伏击法军。

与会越军将领同意庄田的建议，并请庄田参与指挥。

战斗在太原根据地外围展开。庄田协助武元甲在中越边境地区设伏，重创法军一个营。第1团政委唐才猷、作战股长林杰亦参与指挥，又歼敌一个连，法军此次围攻即告失败。

战争的规模和艰巨性显然是江河日下的法国远征军难以承受的。1947年12月，法国驻印度支那高级专员博拉尔特和已经逊位的保大皇帝阮福永瑞开始商谈越南"独立"。谈判延续到1949年3月8日，法国总统樊尚·奥里奥尔和保大换文，双方明确：

一、越南南、中、北三圻是越南的组成部分。

二、越南是法兰西联邦的一个独立国家。

三、越南可以向印度、梵蒂冈和暹罗派出自己的代表团。各国驻越南使节必须同时向越南政府和法兰西联邦总统递交国书。法国支持越南加入联合国。

四、越南可以拥有自己的军队。法兰西联邦军队可以在越南某些基地驻扎。

五、越南在文化领域内享有完全的自由。

六、越南保证留在法兰西联邦内。

这个协定的实质性内容是，保大政府出面组织越南军队协助法国占领军稳固统治。

随着法国政策的变化，美国对印度支那的关注度提高了。1948年9月27日，美国国务院提出一份关于印度支那局势的政策文件指出："美国印度支那政策的近期目标是，支持一项使法国和越南人民都感到满意的解决目前僵局的方案，该方案将消除双方的敌视态度，并且符合美国的安全利益。"从这时起，美国着手援助驻印度支那法军。

越南抗法战争进入相持阶段。这时，规模宏大的中国解放战争如大海怒涛，奔涌于辽阔的国土。1949年8月，渡过长江的解放军继续向南进军。庄田受命担任中共滇桂边前敌工委书记，率领在越南整训的部队回国参加解放西南的战斗。由于庄田回国，中越两党高层的直接联系中断了。[1]

然而，历史长河奔流到此，又该翻开新的一页了。

---

[1] 吴基林：《一段鲜为人知的援越抗法历史》，载《军事历史》1991年第1期。

/ 初版后记 /

从头顶掠过的炮弹引发了这部书

钱 江

这部书是由一发在头顶呼啸而过的炮弹引发的。

1987年10月19日，我和《人民日报》前辈记者陈勇进一起爬上了老山——当时中越边境冲突战斗的主战场。如果从1979年算起，这场边境冲突已经延续八年了。陈勇进是在抗日战争中投身疆场的前辈军事记者，他上老山有挥别战场的意思，而我则从此活生生地触摸了战争。

当我们来到山顶，踏上国境线的时候，突然炮声炸响，双方的炮战又开始了。一发炮弹尖厉地呼啸着从我们的头顶掠过，使我吃了一惊。

炮战中，越军打来的一发炮弹在我军阵地前沿上空爆炸，我军一位副连长当场阵亡。当我下山的时候，他的遗体也送了下来。

我亲眼看到了，在战线两侧，两国士兵都在浴血奋战。他们是战士，坚决地执行命令，一声令下，就射击、就冲锋，在枪林弹雨中奋不顾身。而当硝烟从他们身边散去的时候，他们会思考，也会提问。我行进在战场上的时候，不止一个士兵问我，这场战争是怎么发展而来的？同样，一些军官也问过我。

我似乎可以回答一个大概，但有许许多多的细节并不清楚。从采访老山战场时起，我开始了在云南的工作，那是在硝烟后面的和平生活。那几年中我三进战区，每次去，心灵都受到强烈的震撼。

云南和越南山水相连，这使我对中越两国关系格外关心起来。最初，我打算写一部长篇战场纪实，从普通士兵写到军长，描述他们怎样从各自不同的层面进入战场。既然是长篇，就应该有一个扎实的开篇，然后娓娓道来。开篇选在哪里呢？我把它选在中华人民共和国成立之初的中越关系，打算从这一点开始采访，收集资料。这个想法，一下老山就在我脑海里成型了。

经《解放军报》记者郑蜀炎介绍，我于1988年初拜访了曾任昆明军区副政委的王砚泉将军。郑蜀炎说，要论当代中越关系，王砚泉将军肯定是经历最深的人士之一，他从1950年跟随陈赓大将到越南，一直到20世纪70年代，中越两军间的重大事件都参与过。

我见到王砚泉将军的时候，他正在撰写回忆录。中越关系的曲折早已引起他深深的思索。我的拜访触涌了他的记忆之泉，他答应先谈谈自己在援越抗法中的经历。在1988年春两个多月的时间里，他和我长谈六次，每次均在两小时以上。有两次，他摆开了大地图讲解。我完全被他的讲述吸引了，因为这一连串动人的故事，深刻影响了中越关系的进程。这段历史被埋藏得太久了。听了他的讲述，我决心先将这段历史写出来，为尔后的著作打下基础。

即使是王砚泉将军，对自己的回忆也没有尽兴。他说，他于1952年夏天回国，到南京军事学院学习，待他重回越南，已在1954年奠边府战役之后了。

我从记者经历中领悟，就恢宏的历史事件来说，一个人经历再丰富也只是历史长卷中的一个片段。把许许多多当事人的片段收集起来，并与翔实的档案资料互为参证，就能够连缀出完整的画面，比较真实地再现历史。这样的事我刚刚做过，完成了《乒乓外交幕后》一书，那么，就让我来完成下一部吧。我是新闻记者，我的责任是记录现实与历史。本书中所描述的，虽然是发生久远的故事，但是它的大部分内容却是读者应知但还未知的事实。

王砚泉将军给了我若干份他撰写的文稿作参考，并建议我即与全国人大常委会副委员长韦国清将军联系，因为他是当年的中国军事顾问团团长，而且正在就此组织当事人撰写回忆录。

我趁一次回京之际找到曾任中国赴越军事顾问团办公室主任的张英先生，请他代为联系。张英告我韦国清将军身体不好，此事暂时搁置，我又回到云南，先把在云南的当年的顾问们都访问一遍。昆明是军事顾问们主要集中居住地之一，我在昆明的采访相当顺利。不料韦国清将军却于1989年6月在北京逝世，他的辞世使本书受到了不可弥补的损失。

曾经担任韦国清将军秘书的王振华先生告诉我，韦国清将军对撰写《中国军事顾问团援越抗法斗争史实》一书非常热心，多次听取撰写情况的报告，回答询问，并审阅了部分待印稿。可惜时间没有再等待他，待到成书，将军已逝。

即使就韦国清本人来说，回忆并叙述那段历史也已经是不容易的事了。王振华告诉我，韦国清以为人谨慎而著称。韦国清生前曾回忆说，在越南的时候，他每次回国，都直接向刘少奇、彭德怀汇报越南战况。临到再赴越南，彭德怀都要找他谈话，然后带他去见毛泽东，接受指示。中央领导人的每次指示和谈话，韦国清都有笔记。但是，回国以后，他又定期地检查过去的笔记然后加以销毁。结果，毛泽东、刘少奇、彭德怀和他所谈关于越法战争的笔记，全部被销毁了。以致到了20世纪80年代末，军事顾问团团史编写组去访问他的时候，韦国清坦率地说，由于失去了这些笔记，要详细回忆过去谈话的内容已经非常困难了。

韦国清将军的逝世使我益发感到完成这部书是在与时间赛跑。1988年下半年到1990年初，我在北京完成了对梅嘉生、周政夫妇的采访，后来作了对罗贵波、李涵珍夫妇的采访。梅嘉生、罗贵波对我起了关键性的帮助作用。我采访了梅嘉生将军之后，已经有信心完成这部著作。采访罗贵波之后，这种信心就更加坚定了。后来，我又顺道在广州采访了邓逸凡将军，在他的家中听邓逸凡将军讲了两天的故事。

曾任越军第312师顾问的董仁将军也给了我非常重要的帮助。

在这段采访中的惋惜也是深刻的，主要是我没有来得及采访接替王砚泉担任越军第308师顾问的于步血将军。开头是没有联系上，后来是因为我没有及时安排时间到烟台去访问他，再后来是因为我赴美国留学。待我于1992年底归国，于步血将军已经染病较深。他来信告诉我，因脑血栓的问题，他虽然有心，却帮不上我的忙了。不久，于步血将军逝世了。

在采写中，我深深感到，中越两国人民在共同的战争中结下的友谊用鲜血凝成，任何曲折都不能磨灭它。

王砚泉将军总是念念不忘，在越南抗美救国战争中，武元甲、文进勇经常到昆明休假。一旦来到美丽的滇池边,这两位越军统帅总是马上点名要见王砚泉。

昆明军区副参谋长田大邦回忆说,1975年春他作为中国军事代表团去越南访问,正值越军主力向南方调动,参加解放西贡的战役。战情如此,正在河内的王承武将军还请田大邦和另一位当年的中国顾问到自己家中吃了一顿饭。

中国顾问周耀华的夫人聂如惠告诉我,周耀华在越南的时候,和越南官兵关系很好,和武元甲也建立了友谊:"1954年6月,我的第一个儿子出生了,我和周耀华为他起名'周越明',这名字包含一种纪念的意义,纪念我们在昆明的相识,还纪念我们在越南的经历。1961年,武元甲和夫人到昆明来休假,周耀华和我带着越明去看望他们。武元甲得知我们的孩子叫'越明',不由地说:'可以叫周中越嘛!'于是,我们的孩子改名叫'周中越'。"

不过,武元甲将军也许不会想到,就是这位周中越,在1984年已经成长为一名解放军炮兵的营指挥员,参加了中越边境作战。

退役前担任中国军事博物馆副馆长的董仁对越军第312师始终抱有特殊的感情,我在他家中看到了20世纪60年代初第312师师长黄琴寄来的该师战史,是请董仁提意见的。一同寄来的还有黄琴署名的一封信,大意说,由于仍然处于战争中,所以这部第312师战史中没有留下中国战友的名字,但是中国顾问的业绩已经留在越南战友的心中了。

对中越两国关系问题,中国顾问们非常关心。原中国民航总局副政委许法善在越南当顾问的时候,他的主要工作伙伴是阮仲永,后来阮仲永担任了越南驻中国大使,但在他的任期内,中越关系已经严重恶化了。有一次,阮仲永到北京首都机场送客,意外地见到了在那里担任领导工作的许法善,十分动情。阮仲永不久后再一次到首都机场的时候,即要机场工作人员打电话向许法善通报。许法善赶去看望,发现阮仲永还没有吃早餐,就立刻为他安排了。

不久,阮仲永通过中国外交部要求会见许法善。经同意,这两位抗法战争中的老战友在中国民航局大楼里会面,共叙当年。阮仲永反复说:"在抗法战争中,我们的关系是很好的,你给了我们很多帮助,我是不会忘记的!现在。越中两国关系上空出现了一片乌云,但是我相信,这片乌云会过去的。乌云过去之后,又是一片灿烂的阳光。"

临分手的时候,阮仲永告诉许法善:"我的任期就要满了,该回国了。临走前我要举行一次酒会，到时候请你一定来。"许法善向阮仲永赠送了一件小礼品——中国民航的飞机模型——并答应说，一定争取去。

不久以后，越南大使馆送来了请柬，许法善如约前往。酒会上，许法善见到了中国外交部副部长刘述卿，谈起和阮仲永曾经共事的经历。刘述卿说，是啊，阮仲永大使向我们多次提到你，要求和你会见，我们就同意了。见面是好事情。

正在这时，阮仲永走了过来，在刘述卿面前回忆当年与许法善在一起的战争岁月。

刘述卿对阮仲永说，是呀，过去我们的关系多好呀，为什么要像现在这个样子呢？请你回去告诉贵国领导人，不要这样下去了。贵国的军队应该撤出柬埔寨，这样做对你们是有好处的。

阮仲永连连点头，说："是的，是的，我回去后一定要转达这个重要的意见。"

酒会临近结束时许法善告辞，阮仲永特意从二楼一直送他下来，直到门口。许法善劝阻说："酒会还没有完，你还有客人，快回去招呼客人吧，为我出来多不合适呀。"

但是阮仲永动情地说："没关系，你是老战友呀，你和别人不一样！"

他们分手了，从此再没有见面。这是20世纪80年代初的事情。

访问张英、侯寒江先生的时候，他们都问我："为什么中越关系会在20世纪70年代和20世纪80年代逆转成这个样子？"

我当时说："这个问题原本应该由我提出来呀。"

我深深地感谢当年的顾问们，他们每一个人都帮助了我（虽然有几位没有见面谈上话）。他们都乐于回答和回忆，认为这样做是对一段重要的历史负责。这一点，正是我们在过去做得非常不够的地方。我们不能因为我们这个国家有着悠久历史，就忽视历史、埋藏历史，这样的话会把历史引入巨大的误区。

我访问过的所有原顾问团成员，那段岁月都在他们的脑海里留下了美好的回忆。我益发感到有责任，不管写作持续多久，也要最终完成之。

帮助我坚定这个信念的还有曾担任云南东南亚研究所所长的陈吕范教授。他是我的前辈，曾与我父亲一起工作过。当我开始中越关系史研究时，陈吕范教授给予我重要的帮助。1988年的一天，当我们一起走进东南亚研究所的藏书库时，我看到了关于奠边府战役的英文专著《狭小盆地中的地狱》（*Hell in a Very Small Place*），作者是美国的伯纳德·富尔（Bernard B. Fall），他1926年出生于法国，后来到了美国，成为记者和历史学家。这部500页的著作是作者采访大批奠边府战役当事人，并参阅文献资料完成的，是迄今为止描述奠边府战役的最权威的英文著作，初版于1967年。完成此书后，作者即奔赴越南战场，打算采写新的著作，不幸因飞机失事而遇难。我在20世纪90年代去到美国的时候，看到这部书已再版了。

我读完《狭小盆地中的地狱》，深深敬佩作者之余，亦扪心自问："他做到的，我行吗？"

陈吕范教授说："你能做到。"

"在中国，写当代史，又涉及当代国际关系史，不是一件容易的事情。"我说。

"你能做到。"他很肯定地说。

战争的硝烟已经散去了，这场战争会被岁月遗忘吗？

1990年代初，我赴美国从事研究的时候，美国的军事杂志正在接连不断地刊载有关"沙漠风暴"的研究文章，著名的军事杂志《军事观察》（*Military Review*）于1992年1月号登载了资深军史研究者辛普森（Howard R. Simpson）的长文《奠边府战役的教益》（*The Lessons of Dien Bien Phu*）。作者写道："事隔37年之后继续研究奠边府战役对今天的重要意义，就在于它能从不同角度为当代局部战争提供有益的经验：它清楚地表明了游击战争的灵活性及其力量，这种战争能够改变一个区域的战争进程……从习惯性的常规战争角度看待游击战，因而低估对手是严重的军事错误。在游击战争中，在复杂的地形和多变的气候条件下，过分依赖空中补给会导致灾难性结果。"但是，这篇文章没有谈到中国军事顾问团的存在。我给作者去了一封信，指出这点。

不久，居住在爱尔兰的辛普森先生回信，同意我的观点，并说他之所以未能指出这点主要是缺乏材料的缘故。不过，他正在富尔的著作基础上撰写关于奠边府战役的新著，他将在新著中对此加以弥补。他还说，在揭示中国军事顾问团的历史作用方面，中国作者的作用是他人无法替代的。

辛普森先生的信从另一个角度坚定了我的决心。在美国，我有条件接触到许多与第一次印度支那战争有关的英文著作和资料，还利用了美国国家档案馆按期解密的档案。

历时八年，本书终于完成了。我感到高兴的是，中越关系经过曲折之后又走上了全面正常化的道路。这符合中越两国人民的愿望。因为如此，我们更应该关注历史，总结历史的教益，使过去的曲折不再出现，使昔日的友谊更加深入人心。

  我愿意对年轻的朋友们说：你们生活在一个有着持久和平的年代里，你们更有条件理智而全面地审视历史，进而创造新世纪的繁荣！

1998年9月1日于北京金台路

/ 修订再版后记 /

冲出历史的旋涡

钱　江

这是一部追溯中国和越南当代关系史源头的著作。它出版十多年后，有机会对它进行订正和增补新的史料，并有机会得以再版，我由衷地感到高兴，因为这证明这部凝聚了心血的著作经受住了时间的检验。

一个人的生命历程总是有限的，因其有限，有些特别的经历就在记忆的田野里犁出了深深的沟痕。我有过中越边境战争的战场感受，亲眼看到战争场景，感受到战争给予人生的震撼性影响。就从这种震撼感出发，我从采访一个个亲历者开始，日积月累，最后完成了这部书。其初衷是想弄明白，在历史风云中，中国和邻国越南的相互关系，经历了哪些阳光和风雨，有过怎样的融合与纷争。历史的大潮不会笔直向前，必有起伏的波浪和湍急的旋涡，这会给今后的中越关系带来什么样的影响？我的这部书所描述的，就是有关于此的一个历史片段。

任何一个历史片段，都有其前因后果。对今天的人们来说，重要的是冲出历史的旋涡，奔向未来更宽阔的海洋。

这部书描写的中国援越抗法进程，是为当代中越关系注入了积极因素的。作者还有《周恩来与日内瓦会议》一书于2005年出版，阐述中国援越抗法带来了怎样的结局，与本书是姊妹篇，它告诉读者，一度将越南划为南北部分的北纬17度线是怎样成为临时分界线的。

从那以后，中国又决策援越抗美，最终看到越南于1975年实现了国家统一。

接下来，中越关系经历了很多波折，乃至兵戎相见。尔后战云渐渐飘散，陆地边境线归于安宁，两国边民互贸，各取所需。此番其乐融融的场景，我又是亲眼看到的。

平静的海面并非波澜不惊，美丽的港湾里可能暗潮涌动。中越两国关系追溯千年，其中包含着太多的起伏变幻。由此可见，国际关系是不断演进的。今天的人们理当把握历史演进的大格局，通晓历史，见微知著，使中越两国关系的航船不要偏离正确的航道。

中越关系的内涵如此丰富，需要众多有志于此的人认真梳理，以便让后人吸取教益。这就是一部部新的中越关系著作要承担的任务，我将带着极大的热情和期望投身于此。

2013年7月3日于北京

/ 致谢名单 /

在本书撰写过程中，下列人士接受了作者的访问，谨向他们表示深深的感谢！

罗贵波	梅嘉生	邓逸凡	文　庄	王砚泉	陈吕范	侯寒江
董　仁	茹夫一	窦金波	王振华	张　英	傅　涯	李涵珍
许其倩	周　政	许法善	雷英夫	戴　煌	田大邦	吴涌军
李增福	李云杨	卢康民	杜建华	马达卫	薛碧天	许之善
谢爽秋	张兴华	徐成功	王子波	刘师祥	栾仲丹	邓　汀
牛玉堂	宋　键	赵瑞来	李玉先	张　祥	李文清	原　野
史国强	周洪波	安　朗	马　丽	朱友林	陈寒枫	张秀明
李　挺	张　翼	孙以谨	巫志远	王　非	周毅之	梁　枫
龙永科	梅　森	孙殷才	王　毅	冯　明	田　真	聂如惠
沈玉录	刘焕成	姚新德	雷震霖	王德伦	叶　星	赵玉珍
杨春秀	左珍一	丁雪萍	张广华			

黄晓夏（黄景文之女）
梅丹波（梅嘉生之女）

陈文光（越南）　　邓　京（越南）　　梅忠林（越南）　　黄明芳（越南）

H. R. 辛普森（美国）
亨利·艾罗（法国）

特别启事

由于年代久远,部分照片未能找到作者,请确有版权的作者联系本出版社,以便支付稿酬。